Veit Heinichen

Borderless

Veit Heinichen

Borderless

Thriller

PIPER

Mehr über unsere Autoren und Bücher:
www.piper.de

Wenn Ihnen dieser Thriller gefallen hat, schreiben Sie uns unter Nennung des Titels »Borderless« an empfehlungen@piper.de, *und wir empfehlen Ihnen gerne vergleichbare Bücher.*

Von Veit Heinichen liegen im Piper Verlag vor:
Die Zeitungsfrau
Scherbengericht

Die Protagonisten dieses Romans entspringen der Fantasie des Autors. Ähnlichkeiten mit lebenden oder verstorbenen Personen sind unbeabsichtigt, rein zufällig und entbehren jeglichen realen Zusammenhangs.

MIX
Papier aus verantwortungsvollen Quellen
FSC® C083411
FSC
www.fsc.org

ISBN 978-3-492-06147-6
3. Auflage 2019

Satz: Satz für Satz, Wangen im Allgäu
Gesetzt aus der Arno Pro
Druck und Bindung: CPI books GmbH, Leck
Printed in the EU

Lasst, die ihr eintretet, alle Hoffnung fahren!
Dante, Die Göttliche Komödie*, Inferno III, 9*

1

Grado Pineta, Via delle Pleiadi.

SUCH DIR EINEN NEUEN JOB, FLITTCHEN. ICH MACH DICH FERTIG. Groß wie die Headline einer Boulevardzeitung prangt der Satz in fetten Lettern an der weißen Wand über einer Serie von Fotos der Senatorin und ihres Bruders Carletto. Zeugnisse, die einen langen Zeitraum umspannen. Romana Castelli de Poltieri von ihren politischen Anfängen als blutjunge Agitatorin gegen die Liberalisierung des Abtreibungsverbots in den Siebzigerjahren, später als Stadträtin von Triest und schließlich die Wahl in den Senat in Rom, in dem sie in der fünften Legislaturperiode sitzt.

Ein plakatgroßer Bogen Papier voller Linien, Zahlen und Zeichen zeigt das komplizierte Beziehungsgeflecht der Dame, samt Anlässen und Daten, die weiter ergänzt werden können. Schon die Wände des Büros im römischen Vorort Ostia, ihrer ersten eigenen Dienststelle, hatte Kommissarin Xenia Zannier bei komplexen Fällen so mit Fakten tapeziert, dass ihr kein Detail entgehen konnte. Zufälle, üble Überraschungen lassen sich vermeiden, wenn man sich nur genug in die Sache vertieft. Die Methodik der Kommissarin zeigte auch dank ihrer Durchsetzungsfähigkeit rasch Erfolg. Kurz nach der nächsten Beförderung schlug sie allerdings eine attraktive Stelle bei der DIA aus, den direkt dem Innenministerium angegliederten Antimafia-

Spezialisten, und ließ sich zur Überraschung aller in den Nordosten zurückversetzen. Ausgerechnet in den verschlafenen Adria-Badeort Grado. Heimweh, meinten viele, die sich ihre Entscheidung nicht anders erklären konnten. Sie hatten die junge Frau bisher für eine eiskalte Karrierepolizistin gehalten: verbissen, vielsprachig, intelligent und unberechenbar.

Als müsste sie sich an das Motiv ihrer Versetzung erinnern, starrt Xenia auf die Wand in ihrem Zimmer im Erdgeschoss des kleinen Fertigbauhäuschens aus den Sechzigerjahren. Kein Laut dringt mehr von draußen herein, die Nachbarn sind längst schlafen gegangen. Um das kalte Licht der nackten Glühbirne kreisen Mücken. Auf ihrem Schreibtisch, einer Holzplatte auf zwei Böcken, sind Berge von Akten ausgebreitet, systematische Aufzeichnungen, die die Kommissarin über Jahre zusammengetragen hat. Ein Mosaik mehr oder weniger bedeutungsvoller Fakten, ein Gewebe von Indizien, gleichwohl noch keine eindeutigen Beweise. Nach denen wird sie so lange suchen, bis sie die Senatorin und ihren Bruder endlich zur Strecke bringen kann.

»Du bist doch nicht anders, Xenia, nur weil du blond bist. Du hast halt die Haare deines Papas …« Floriano saß neben seiner kleinen Schwester zwischen den Rebreihen auf dem Monte Calvario im hohen Gras, wo sie Schinken und Käse aßen.

»Was meinst du damit, Flori?« Sie zog ihn neckisch an einer Locke. »Papa hat doch schwarze Haare wie du, du Esel«, lachte die Achtjährige, die ihren großen Bruder immer gerne zur Arbeit im Weinberg begleitete.

Zu spät, um sich auf die Zunge zu beißen. Floriano blickte auf die Tiefebene zwischen dem Meer und dem hügeligen Weinland hinunter. Arglos hatte er das Familiengeheimnis ausgeplaudert, trotz der Ermahnung seiner Eltern, doch eines Tages hätte die Kleine es ohnehin entdeckt.

»Ach, Xixi.« Floriano legte seinen Arm um die strohblonde Xenia und drückte sie zärtlich an sich. »Das Leben zeichnet Wege, die wir nicht immer gleich verstehen können. Dass du blonde Haare hast und ich schwarze, spielt doch überhaupt keine Rolle, solange wir uns mögen. Und ich werde dich immer mögen, Teufelchen. Du mich doch auch, oder?«

»Ja, schon, aber irgendwie auch nicht. Ich bin nicht wie ihr. Oder hast du etwa Angst, wenn alle Fenster geschlossen sind oder wenn die ganze Klasse dich umzingelt und sie sich daran freut, dass du das nicht aushältst? Dann sperren sie mich in den Schrank oder in die Besenkammer und lachen wie die Idioten.«

»Was tun die? Das hast du mir nie erzählt.«

Floriano war immer in Sorge, dass ihr etwas passieren könnte, und stellte sich schützend vor sie. Selbst wenn sie zu Hause etwas angestellt hatte, nahm er das oft auf seine Kappe, ließ die Strafpredigten gleichmütig über sich ergehen und zwinkerte ihr verschwörerisch zu.

»Na ja, bis ich dann so tobe, dass entweder der Schrank kaputtgeht oder ein Lehrer kommt, der mich befreit. Aber die Schuldige bin immer ich, Flori.«

»Ich werde dafür sorgen, dass sie das nicht mehr tun. In Zukunft sagst du es mir gleich, Xixi. Versprochen?« Floriano atmete auf, offensichtlich hatte sie das eigentliche Thema schon vergessen.

»Ich gebe es denen schon selber, Flori.« Xenia sprang auf und zeigte ihre kleinen Muskeln. »Bring mir ein paar Tricks bei, die du immer im Training machst.«

»Das sind keine Tricks, das sind Techniken. Das heißt Wing Tsun Kung Fu. Wenn du willst, dann nehme ich dich morgen mit, und du schaust uns zu.«

»Flori, ist es ein Zufall, dass mein Geburtsort Gemona und nicht Gorizia ist, wie bei dir und Mama und Papa?«

Xenia setzte sich wieder neben ihn und umklammerte den kräftigen Arm ihres großen Bruders, während er ihren blonden Schopf streichelte und zaghaft nach den richtigen Worten suchte. Es gab jetzt keinen Ausweg mehr.

»Zufälle gibt es nicht, Xixi. Wir sagen das nur, wenn wir uns die Dinge nicht erklären können oder wollen.«

Die frische Nachtluft, die durch die sperrangelweit geöffneten Fenster ihres hell erleuchteten Arbeitszimmers strömt, riecht nach Frühling. Xenia sitzt vornübergebeugt auf einem dreibeinigen Holzschemel, Tränen laufen ihr unaufhaltsam über die Wangen, doch sie schluchzt nicht. Ihr Blick ist starr auf ein mit schwarzem Rand eingefasstes Porträt in einem silbernen Bilderahmen gerichtet. Das Gesicht eines fröhlichen jungen Mannes. *Floriano Benes 31.1.1966 – 9.6.1990* steht darunter. Xenia hat es von der Wand genommen und ist in Erinnerungen versunken. Arne war irgendwann hereingekommen, ihr Freund, nachdem er zuvor lange in der Tür gestanden hatte, ohne dass sie ihn bemerkte. Er umarmte sie und versuchte, ihr zuzureden, nach vorne zu sehen.

»Ein Teil der Zukunft liegt in der Vergangenheit«, hatte sie tonlos gesagt, »das verstehst du nicht. Geh schlafen.«

Sie schüttelte ihn steif ab, und ihm blieb nichts übrig, als ihr einen Kuss auf die Stirn zu drücken und sie zu mahnen, nicht die ganze Nacht in Hader zu versinken.

Xenia ist allein. Auch wenn sie seit fast einem Jahr mit ihm zusammenlebt. Sie erinnert sich nicht an den genauen Tag, an dem er in ihr Leben trat. Absurd genug, eine italienische Polizistin und ein arbeitsloser Jungarchäologe aus Dortmund, dessen Eltern ein Bestattungsinstitut führen. Vielleicht wird sie sich noch an ihn gewöhnen, an seine Ansprüche einer trauten Zweisamkeit. Ohne dass es ihr zu eng wird. Ohne ein weiteres Mal davonzulaufen. Ein netter Kerl, der in sie verliebt ist.

Erst seit jenem Nachmittag im Weinberg weiß Xenia, dass Safiria Lepore in Wahrheit die Schwester ihrer leiblichen Mutter ist und sie zusammen mit ihrem Mann Danilo zwei Tage nach ihrer Geburt adoptiert hatte.

Ihr Babyfoto war durch die europäische Presse gegangen: *Hoffnung im Leid, Das Wunder von Gemona* oder *Das Leben aus der Nacht des Todes* lauteten die pathetischen Headlines. Jordan S. Becker, ein österreichischer Journalist, lässt es sich nicht nehmen, an jedem Jahrestag über ihren Werdegang zu berichten. Mit der Zeit wurde er zu einem fernen Freund, mit dem sie sporadisch telefoniert, wenn er nicht unverhofft auf der Schwelle steht. Selbst in Ostia besuchte sie der groß gewachsene Mann mit dem grauen halblangen Haar eines Tages in ihrem Kommissariat. In diesem Jahr ist sein Besuch längst überfällig.

Schon ihre leibliche Mutter war auf den Namen Xenia getauft gewesen. Sie hatte in Gemona die städtische Bibliothek geleitet und war im siebten Monat, als sie beim großen Erdbeben im Friaul eine einstürzende Mauer ihres Wohnhauses unter sich begrub. Stunden später hatte eine erste Rettungsmannschaft ihre verzweifelten Rufe aus den Trümmern vernommen, die Siebenundzwanzigjährige befreit und zu einem eilig errichteten Militärlazarett gebracht. Um 4 Uhr 37 des 7. Mai 1976 hauchte die junge Frau nach dem Notkaiserschnitt ihr Leben aus. In der Nacht des Todes erblickte Xenia Ylenia Zannier zwei Monate zu früh das Licht der Welt. Fast tausend Menschen hatten ihr Leben verloren und über fünfundvierzigtausend das Dach über dem Kopf. Die Medien hatten sich auf das Neugeborene gestürzt wie auf ein Wunder. Gab es doch Hoffnung im Tod?

Xenia wurde als Vollwaise geboren, auch ihren Vater Gaetano Zannier hatte sie nie kennengelernt. Helfer bargen die Leiche des Gemeindepolizisten erst drei Tage später aus den

Trümmern. Und ihr Onkel Danilo Benes wurde dank der unerschütterbaren Entscheidung Safirias, das Baby umgehend zu adoptieren und ihm den Namen der Mutter zu geben, zu dem Mann, den Xenia schließlich Papà nannte. Ihre Tante wurde zur Mamma. Tatsächlich war Floriano also ihr Cousin, für sie aber ihr großer Bruder. Er war schon zehn Jahre alt gewesen und hatte die Kleine von Anfang an in sein Herz geschlossen.

SUCH DIR EINEN NEUEN JOB, FLITTCHEN. Kommissarin Xenia Zannier sitzt mit durchgedrücktem Rückgrat auf dem Holzhocker, fährt sich mit beiden Händen durch das streichholzkurze blonde Haar, ballt die Fäuste, dass sich die Knochen weiß auf dem Handrücken abdrücken und ihre Nägel in die Hand schneiden, bis sie den Schmerz spürt. Sie schnellt blitzartig auf, drei Schritte, ihre Faust trifft das Bild der Senatorin.

Xenia war vierzehn Jahre alt, als sie die Frau zum ersten Mal sah. Im Gerichtssaal während des Prozesses gegen Floriano. Drei Tage bevor er sich angeblich in seiner Zelle erhängte, um sich seinem Urteil zu entziehen. Jahre später hatte Xenia sich die Akten besorgt und selbst mit den Zeugen geredet, um sich ihr eigenes Bild zu machen.

1990 hatte Floriano bei der Finanzpolizei in Triest im Dienst gestanden und an einem freien Abend mit zwei Freunden nach dem Kino auf einen Drink in der *Bar Bellavia* an der Viale XX Settembre gelandet. Die ehrwürdige Platanenallee im Herzen der Stadt, an der das Geburtshaus von Italo Svevo liegt, strotzte damals vor Hakenkreuzschmierereien und antislawischen Hetzplakaten. Der alte faschistische Hass gegen alle, die anders sind, er hatte schon 1920 in der Stadt die ersten Toten gefordert. Ausgelassen unterhielt sich Floriano mit seinen Freunden auf Slowenisch, worauf die Kerle am Tresen sie anpöbelten und den Weg zum Ausgang versperrten. Floriano rief, jemand möge die Polizei verständigen, und stellte sich schützend vor seine Freunde. Die ersten beiden Angreifer brachte er rasch zu Boden und bahnte sich einen Weg nach draußen. Vor der Tür waren sie zu dritt mit Baseballschlägern und einem zerschlagenen Bierkrug auf ihn losgegangen, worauf er sein Repertoire abspulte. Während er sich nur eine Schramme geholt hatte, zogen seine Gegner einen am Boden liegenden Kameraden in die Bar hinein und blockierten die Tür. Floriano und seine beiden Begleiter warteten, bis nach über einer halben Stunde endlich die Polizei vorfuhr. Er wies sich als Beamter der Guardia di Finanza aus und schilderte sachlich den Vorfall, bis die Sirene eines Krankenwagens ihn unterbrach. Einer der Feiglinge wurde auf einer Bahre abtransportiert, während seine Kameraden üble Drohungen ausstießen. Erst als weitere Streifenwagen vorgefahren waren, hatten sich die Polizisten getraut, in die Bar einzudringen, um die Personalien aufzunehmen. Floriano, Albert und Sebastian erstatteten Anzeige wegen Körperverletzung, Beleidigung und rassistischer Übergriffe und waren davon überzeugt, dass die Sache damit erledigt war. Bis Floriano eines Tages zum Kommandanten seiner Einheit gerufen wurde, wo zwei Polizisten in Zivilkleidung ihm einen Haftbefehl aushändigten: Mordversuch mit gefährlicher Körperverletzung. Die Anzeige stammte vom Schlimmsten der Hetzer in der *Bellavia*: Carletto Castelli de Poltieri. Als Florianos Vorgesetzter ihn aufforderte, Waffe und Uniform abzulegen, ihn vorübergehend vom Dienst suspendierte und ihm riet, in Anbetracht der Schwere der Vorwürfe einen Anwalt zu nehmen, erinnerte er ihn auch daran, dass die Schwester des Klägers über die besten Beziehungen verfügte. Widerstandslos ließ Floriano sich abführen, fest davon überzeugt, dass sich die Sache rasch aufklären ließ. Dann aber standen den drei Aussagen der Freunde plötzlich neun andere gegenüber, die dem Wortlaut nach klar abgesprochen waren. Floriano habe den Streit mit wüsten Beschimpfungen vom Zaun gebrochen und sei tätlich geworden. Die *Bar Bellavia* sei bekannt dafür, dass sie von ordnungsliebenden, pflichtbewussten Söhnen solider italienischer Familien frequentiert würde. Über die Provokationen militanter Slowenen wisse man schließlich ausreichend Bescheid. Die Anwürfe waren ungeheuerlich. Lügen, die zu enthüllen ein Blick in die Zeitungsarchive genügte. Neofaschistische Übergriffe standen damals auf der Tagesordnung, selbst vor Brandsätzen gegen Schulen, Kindergärten und Studentenwohnheime hatten die Extremisten nicht zurückgeschreckt. Florianos Hinweis auf seine Herkunft, die Mutter Italienerin, sein Vater mit slowenischen Vorfahren, fand vor Gericht kein Gehör. Die gegnerischen Anwälte zerpflückten seine Aussage und die seiner Freunde bis in die Einzelheiten. Die Verletzungen ihres Mandanten ließen Tötungsvorsatz erkennen. Das Urteil war hart: Vier Jahre erschwerte Haft, ein lebenslanges Verbot jeglicher Kampfsportbetätigung und der Ausschluss aus dem Staatsdienst samt einer hohen Schmerzensgeldzahlung in Höhe von sechzig Millionen Lire. Noch im Gerichtssaal rief Floriano, dass er in Berufung gehen würde. Als loyaler Diener eines demokratischen Rechtsstaats dürfe er keine Manipulation von Beweismitteln und Zeugenaussagen zulassen. Am dritten Tag im Gefängnis hatte er seinem Leben angeblich selbst ein Ende gesetzt. Ohne ein einziges Wort zu hinterlassen.

Grado, Diga Nazario Sauro.

Die zarte Sichel des neuen Mondes steht tief am wolkenlosen Himmel über der nachtschwarzen Adria. Nur das matte Licht der Laternen auf der Diga Nazario Sauro, dem Deich mit der Uferpromenade, der die Altstadt des Badeorts vor Überflutungen schützt und bei gutem Wetter die Feriengäste zum Flanieren einlädt, lässt zaghaft den Verlauf der ins Meer reichenden Mole erkennen und die sich anschließenden Sandstrände. Stürme und für die Jahreszeit untypisch starke Niederschläge bestimmten den Saisonaufakt. Nach einem sommerlich heißen April hatte der Mai deutlich zu kalt begonnen, und die Hoteliers der *Isola del Sole* klagen über nicht kompensierbare Umsatzeinbußen, obwohl das große Geschäft noch bevorsteht.

Weit und breit ist keine Seele zu sehen, die sich fragen könnte, weshalb zwei dunkel gekleidete, stämmige Männer um halb 4 Uhr morgens rauchend aufs Meer stieren. Weit draußen schiebt sich ein Frachtschiff gegen Westen. Das gemächliche Stampfen seiner Maschinen dringt dumpf herüber und wird schließlich vom Lärm zweier höherdrehenden Motoren überlagert, der sich kontinuierlich nähert. Keine Fischkutter, keine Patrouillenboote.

»Das ist die erste Gruppe.« Der Ältere bläst eine dicke Rauchfahne in die Nachtluft. »Die übernehme ich, du die nächsten. Du kannst schneller rennen.«

»Wer soll uns um diese Zeit schon entdecken?«

»Nur wenn's pissen würde, könntest du dir da sicher sein. Also sei vorsichtig.« Er zieht noch einmal an der Kippe zwischen seinen Lippen und spuckt sie aus. Seine Hände stecken tief in den Taschen der speckigen Jacke.

Von der Mole ist das Kratzen einer Bordwand zu vernehmen, kurz darauf eine Gruppe von etwa vierzig Personen zu erkennen, die den Strand heraufeilen. Der Ältere stellt sich in den Schein der Laterne und winkt mit beiden Armen, dann geht er zum Eingang des Strandbads, um sie in Empfang zu nehmen. Ihre Fußspuren sind die ersten im geometrischen Muster, das die Rechen im Sand hinterlassen haben.

Suchend tastet Xenias Hand nach dem Mobiltelefon auf der zum Nachttischchen umfunktionierten Obstkiste. Endlich reißt sie das anhaltende Klingeln und Vibrieren des Geräts restlos aus dem Schlaf. Kaum eineinhalb Stunden hat sie geschlafen. Die Kommissarin meldet sich knapp, legt nach ein paar Sekunden auf. Arne sitzt aufrecht im Bett und knipst das Licht an.

»Was ist passiert?«, fragt er blinzelnd und mit belegter Stimme.

»Schlaf weiter.«

Sie ist bereits auf den Beinen, schlüpft in Jeans und Sweatshirt, steckt ihre Dienstwaffe in den Hosenbund. Ohne Helm fährt sie durch das dunkle Viertel und biegt Richtung Zentrum ab. Die Luft ist kühl.

Auch der Busbahnhof ist Opfer der Patria Nostra geworden, einer fremdenfeindlichen Gruppierung, die seit Tagen die Region mit Plakaten voller Hassparolen gegen die Europäische Union und Deutschland zukleistern. Plump in der Aufmachung und in einem Kauderwelsch, das seinesgleichen sucht. Der Kleister ist noch feucht.

NIX FRIEDE.
100 anni senza pace.
RAUS dall'Italia!
BASTA. SCHLUSS.
No all'egemonia crucca!
NO ALL'EUROPA INVASORE.
PATRIA NOSTRA.

Xenia schüttelt besorgt den Kopf. Bei den unzähligen Feierlichkeiten zum siebzigsten Jahrestag des Endes des Zweiten Weltkriegs wurden regelmäßig die Errungenschaften des Vereinten Europas betont, während immer mehr Separatistenbewegungen Hass auf alles Fremde versprühen.

Seit zwei Wochen bemühen sich Arbeiter der Stadtverwaltung, die Plakate zu entfernen, bevor die Touristen morgens ihre Hotels verlassen. Vergebliche Anstrengungen, die von den Fanatikern schnell wieder zunichtegemacht werden. Undenkbar bei der knappen Personallage, ihnen durch verstärkte nächtliche Patrouillen das Handwerk zu legen.

Die Scheinwerfer der Streifenwagen der Polizia di Stato, Guardia di Finanza und der Carabinieri sind auf der Piazza Carpaccio auf eine Gruppe ausgezehrter Menschen gerichtet, die stumm auf dem kalten Asphalt kauernd der Dinge harren. Flüchtlinge aus dem Nahen Osten ihrem Äußeren nach. Eine Handvoll Beamte wacht darüber, dass sich keiner von ihnen aus dem Staub macht. Inspektor Rino Refolo, der ranghöchste Kollege unter ihnen, kommt Xenia entgegen und umreißt in knappen Worten die Situation. Er spricht leise, immer wieder schweift sein sorgenvoller Blick zu der Gruppe hinüber.

»Ein Fahrer, der die Tagespresse verteilt, hat die Gruppe gesehen und uns verständigt, Commissario. Einundachtzig Männer oder Jugendliche, acht Frauen. Beim Anrücken der Streifenwagen liefen einige über die Brücke auf die Isola della Schiusa genau in Richtung Kommissariat, wo wir sie aufgreifen konnten. Bis auf zwei. Die sind uns entwischt. Ganz sicher Ortskundige. Dunkle Seemannsjacken, schwarze Mützen, helle Haut. Keine Illegalen, eher Lotsen.«

»Und wie sind diese Leute hierhergekommen? Ausgerechnet hierher?« Widerborstig steht ihr das Haar vom Kopf ab. Die rote Strieme von der Naht des Kopfkissens auf ihrer Wange gleicht einer langsam verheilenden Narbe.

Refolo zuckt die Achseln und schaut hilflos zu der ihn deutlich überragenden, zehn Jahre jüngeren Vorgesetzten auf.

»Grado ist nur über zwei Brücken erreichbar«, sagt sie. »Niemand flieht in eine Sackgasse. Diese Leute sind übers Meer gekommen. Vor Kurzem erst ausgesetzt von einem größeren Schiff, sofern sich kein maroder Fischkutter vor den Stränden findet. Aber die schaffen die achthundert Seemeilen in die obere Adria nicht.« Xenia wählt die Nummer des Rettungsdienstes.

Noch vor ihrer Identität muss der Gesundheitszustand dieser Menschen überprüft werden. Gleich darauf verlangt sie bei der Guardia Costiera in Monfalcone nach dem diensthabenden Offizier. Die Küstenwache soll den Schiffsverkehr der letzten Stunden kontrollieren, Satelliten- und Funkmeldungen analysieren und die Verdächtigen festsetzen, bevor sie internationale Gewässer erreichen. Falls es dazu nicht längst zu spät ist.

Die Kommissarin winkt einen Kollegen heran. »Berto, besorg Mineralwasser.«

Der übergewichtige Berto Donadoni verdreht die Augen. Er ist an Trägheit kaum zu überbieten und will protestieren.

»Ich weiß selbst, dass die Läden erst in ein paar Stunden öffnen«, schneidet Xenia ihm das Wort ab. »Hol den Trottel vom Supermarkt aus dem Bett, er ist uns einen Gefallen schuldig. Los, beweg dich endlich.«

»Soll er auch Champagner für die Willkommensparty mitbringen?«

»Stilles Wasser, ohne Kohlensäure. Halbliterflaschen, kein Glas. Kapiert?«

Noch hält sie sich von der Gruppe fern. Das Telefon des Questore klingelt lange und vergebens. Xenia weiß, Polizeipräsident Falsariga wird ihr bittere Vorwürfe machen, falls sie ihn übergeht. Zwei Versuche, nichts. Sie hat keine andere Wahl, als sich direkt an Präfekt Affaiati in Gorizia zu wenden. Es braucht seine Anordnung, um eine Turnhalle als Sammelstelle freizugeben. Nachdem Affaiati sich wach geräuspert hat, stellt er in Aussicht, sich in Kürze mit weiteren Instruktionen zu melden.

Xenia nähert sich, einige der Menschen blicken ängstlich zu ihr auf. Die meisten von ihnen sind sehr jung, die wenigen Frauen sitzen eng im Kreis beieinander. Aus der Sitzordnung ist nicht zu erraten, ob einer der Flüchtlinge einen höheren Rang einnimmt. Sie sind erschöpft von der langen Überfahrt, schmutzig und verwahrlost, doch auf den ersten Blick geht es keinem von ihnen körperlich so schlecht, dass es eine Noteinlieferung verlangt.

»Good Morning. Welcome to Italy.« Xenia Zannier fühlt sich beschissen. Sie weiß ganz genau, dass in Europa kein Flüchtling mehr willkommen ist. Sie räuspert sich. »I am a police officer of the republic of Italy. Does anybody speak English?« Sie besinnt sich ihrer Amtssprache. »C'è qualcuno che parla italiano? Sono un commissario della Polizia di Stato della Repubblica Italiana.«

Ihr Blick schweift über die Köpfe. Die Leute schauen sie stumm an. Sie weiß aus ihrer Dienstzeit im Süden, dass jetzt niemand antworten wird. Diese Menschen sind nicht frei. Wenn sie durch eine Schleuserorganisation nach Europa gelotst wurden, haben sie viel Geld dafür bezahlt. Und weit mehr zu verlieren: Sicherheit, Hoffnung – so knapp vor dem Ziel hatten sie geglaubt, das Schlimmste überstanden zu haben.

Auch die Kollegen folgen neugierig ihren Worten. Keiner von ihnen hatte bisher mit der Aufnahme von Flüchtlingen zu tun. Sie kennen die Problematik nur aus den klischeegespickten Fernsehberichten oder der Presse. Und vom Geschwätz an den Tresen der Bars. Die Verkäufer, überwiegend Senegalesen, die in der Fußgängerzone oder am Strand ihren Tand verkaufen, kennen sie längst mit Namen. Wie die Tamilen und Bengalen mit ihren Textilläden verfügen sie über gültige Dokumente.

Xenia entscheidet sich für Englisch. »We know that you have been brought here by a vessel and that you immigrated illegally to our country and the European Union. Two of our busses will arrive in a few minutes. It is warmer inside. We will bring you to a safe place where you will get to drink and to eat. There will also be medical assistance. Please follow our instructions.«

Einer der Männer am Boden übersetzt flüsternd, sie prägt sich sein Gesicht ein. Endlich kommt der Lieferwagen des Supermarkts. Ein hagerer übermüdeter Mann ihres Alters im Trainingsanzug steigt aus. Neulich hatten sie ihm seine Tageseinnahmen vollständig wiederbesorgt, weil er nach Feierabend seine Geldtasche auf dem Autodach vergessen hatte. Bedankt hatte er sich mit keinem Wort. Er öffnet die Hecktüren und stellt wortlos einige Gebinde Plastikflaschen auf den Gehweg. Er wirft ein paar verstohlene Blicke herüber und macht sich, so schnell er kann, wieder davon. Angst vor Eindringlingen und Krankheiten? Schlechtes Gewissen und Mitgefühl schließt Xenia bei diesem Mann aus. Als der Tag über die Nacht siegt, verteilen drei Kollegen die Flaschen. Auch sie vermeiden jeden körperlichen Kontakt, als hätten sie es mit Aussätzigen zu tun.

Die Nummer der Präfektur leuchtet auf dem Display ihres Mobiltelefons. Sie entfernt sich ein paar Schritte, bevor sie das Gespräch annimmt. Dem betont freundlichen Tonfall von Präfekt Antonio Affaiati nach rechnet Xenia damit, den Fall bereits los zu sein, weil er die Flüchtlinge sofort in die nächste größere Stadt verlegen lassen will, wo mehr und vor allem geschultes Personal zur Verfügung steht. Weder Status noch Ausstattung der Dienststelle in Grado machen Hoffnung, dass ausgerechnet sie sich an die Fersen einer mafiosen Schleuserbande heften darf, die offensichtlich ortskundig ist.

»Die Illegalen bleiben vorerst in Ihrer Obhut, Commissario. Die Ordnungskräfte in Monfalcone sind anders gebunden. In Grado haben Sie es dagegen geradezu gemütlich. Außerdem ist das für Ihre Leute eine gute Übung. Die Auffanglager sind alle überfüllt. Ihr Chef ist ganz meiner Meinung«, ergänzt Affaiati.

Auf seinen Anruf hatte Questore Falsariga also geantwortet. Ärger steht ins Haus.

»Falsariga schickt Ihnen Verstärkung aus Gorizia, Leute mit Erfahrung bei der Identitätsermittlung von Illegalen. Bezüglich der Versorgung hat seine Eminenz der Erzbischof rasche Hilfe durch die Caritas zugesagt, und der Bürgermeister sagt, dass im Stadttheater wegen fehlendem Budget keine Vorstellungen stattfinden. Waschräume gibt es auch dort. Sorgen Sie aber bitte dafür, dass diese Leute keinen unnötigen Schmutz machen. Die Illegalen werden so rasch abgeschoben, wie sie angekommen sind. Wir sind hier nicht der Mülleimer Afrikas. Spätestens in drei Tagen ist der Spuk vorbei, und Sie können sich um den besonnenen Verlauf des Pfingsttourismus kümmern.«

Das war klar genug: In Grado sollten sie die Basisarbeit leisten, und danach würde wieder die übliche Langeweile einkehren. Die letzten Instruktionen des Präfekten werden vom Motorengeräusch einfahrender Omnibusse übertönt. Die blauweiß lackierten Polizeibusse blockieren die Zufahrt, während aus einem Mannschaftswagen Kollegen in Kampfanzügen aussteigen und eine Mauer bilden.

»Eine Frage noch, Dottor Affaiati: Sind die Beamten zur Identitätsermittlung immer mit Helm, Schlagstöcken und Schutzschildern ausgestattet?«

»Was reden Sie da, Commissario?«

»Hier ist soeben eine Spezialeinheit ausgestiegen. Die Situation wird eskalieren, so, wie die sich aufbauen.« Xenia stellt sich der Truppe entschieden in den Weg und gebietet ihr mit der Hand Einhalt.

»Davon weiß ich nichts. Das Kommando haben Sie, Zannier.«

»Was geht hier vor?«, herrscht sie den Einsatzleiter an, ein etwa fünfzigjähriger Borstenkopf. »Geht das nicht behutsamer?«

»Ein Befehl des Questore, Kollegin. Er sagt, Sie seien mit solchen Situationen überfordert. Wir verfrachten sie ins Theater und sorgen dafür, dass keiner abhaut.«

Breitbeinig und mit verschränkten Armen steht er vor seinen Männern und grinst überheblich. Xenia baut sich eine Armlänge entfernt vor ihm auf.

»Weshalb wohl sitzen die Flüchtlinge hier? Bisher waren sie ruhig. Lösen Sie diese Formation auf. Ihre Leute können dann die Bewachung des Theaters übernehmen. Von außen.«

»Sagen Sie das dem Questore, Zannier. Gehen Sie mir endlich aus dem Weg.«

»Sie können es darauf ankommen lassen, in Grado kommandiere ich. Zeigen Sie mir Ihren Dienstausweis.« Der Mann bleibt stur stehen, ein nervöses Zucken umspielt seinen linken Mundwinkel. Xenia winkt Refolo und zwei weitere Beamte herbei, die sich in respektvollem Abstand gehalten haben. »Nehmt ihn fest.«

»Sie spinnen, Zannier. Das wird Folgen haben.«

»Worauf Sie sich verlassen können.«

Der Borstenkopf gibt seinen Männern das Zeichen, sich zurückzuziehen. Sie zögern zuerst, doch dann kommen sie dem Befehl nach.

»Sobald die Flüchtlinge im Theater sind, riegeln Sie mit Ihren Leuten die Straße ab, Kollege, und warten auf weitere Befehle. Refolo, lassen Sie diese Menschen einsteigen und bringen Sie sie in die Via Marchesini.«

Xenia rührt sich nicht von der Stelle. Wie ein Wachtturm steht sie zwischen der Spezialeinheit und den Flüchtlingen, die sich langsam erheben und zu den Bussen gehen.

In der Straße vor dem Auditorium Biagio Marin gibt es kein Durchkommen. Die blauen Autobusse blockieren den Verkehr. Vor dem Theater weisen zwei Beamte die Journalisten der regionalen Medien zurück, während die Kollegen aus dem Mannschaftswagen einen Korridor bilden, durch den die Flüchtlinge ins Innere des Gebäudes gehen.

Xenia hängt den Helm an den Rückspiegel des Scooters, mit einer abwehrenden Handbewegung drängt sie sich an den Reportern vorbei. »Wenden Sie sich bitte direkt an den Questore in Gorizia. Er wird noch am Vormittag eine Pressekonferenz einberufen. Am besten fahren Sie gleich rüber, dann verpassen Sie nichts.«

Nur wenige fallen darauf rein. Ein Kameramann des regionalen Fernsehsenders filmt die Helfer der Caritas, die Kleidung und Lebensmittel ins Gebäude schleppen. Xenia übergibt an Inspektor Refolo und fährt ins Kommissariat. Der Anruf von Questore Falsariga wird nicht lange auf sich warten lassen, er wird sie gewiss wegen Eigenmächtigkeit und Kompetenzüberschreitung rügen.

Nur Donadoni sitzt im vordersten Büro und stiert auf den Eingang. Immerhin riecht es nach Kaffee, Xenia sieht sich vergeblich nach einer Tasse um, nimmt wortlos die des Beamten und spült sie flüchtig aus.

»Kaffee machen kannst du also auch nicht.« Sie stellt die Tasse angewidert auf den Schreibtisch. »Dir bringt vermutlich deine Frau den Espresso ans Bett.«

»Und weckt mich mit zärtlichen Küssen. Nein danke, ich bin glücklich geschieden.«

»Hat jemand angerufen?«

Berto Donadoni beugt sich gemächlich über ein Blatt auf dem Schreibtisch. »Die sind übrigens vor der Diga gelandet. Ein orangerotes Boot, den Lackspuren an der Mole zufolge.

Und Fußspuren im Sand. Ich hab selbst nachgesehen. Ach ja, vorhin hat einer angerufen.«

»Wer?«

Der Dicke hebt wortlos die Schultern.

»Sein Name?«

»Ein Italiener war es auf jeden Fall nicht«, fügt er sogleich mit erhobenen Händen hinzu, ganz die Unschuld vom Lande.

»Die Telefonnummer?«

Er schreibt ein paar Zahlen auf einen Zettel und legt ihn vor die Kommissarin. »Meine Schicht ist jetzt eigentlich zu Ende.«

»Dann machst du heute eben Überstunden. Du bleibst, bis die Kollegen zurück sind und jemand übernehmen kann.«

Xenia Zannier schüttet den Kaffee zum Fenster hinaus. Refolo hatte die beiden Männer vage beschrieben, die in der Dunkelheit entwischt waren. Ein Altersunterschied wie zwischen Vater und Sohn, abgewetzte schwarze Jacken, die darauf schließen lassen, dass sie diese ständig tragen. Ein Hinweis, dem zu folgen ist. Die Kommissarin wettet darauf, dass man diese Typen in der Stadt kennt und bald auch ihr Stammlokal ausfindig macht. Genau dort muss man sie festnehmen, damit ihre Kumpels gewarnt sind. Die Typen auszuquetschen wird allerdings dauern. Die Fischer in Grado sind zähe Schweiger.

Sie wirft einen Blick auf den Zettel, den Donadoni ihr gegeben hat. Eine österreichische Vorwahl. Sie kennt die Nummer.

Grado, Isola della Schiusa. Kommissariat.

»Ist was passiert?«, ruft Valerio Alfieri dem Beamten zu.

Auf seiner Insel hatte er nur noch darauf gewartet, dass das kleine Frachtschiff im Morgengrauen wie geplant in den Schifffahrtskanal einfuhr, der durch die Lagune führt. Erst danach machte er die Leinen des flachen Boots los, um drüben in der Stadt mit dem Motorrad zur Post zu fahren und das Schließfach zu leeren. Er sah die Busse der Polizia di Stato, die nach Grado hereinfuhren. Die sonst verschlafene Dienststelle ist ungewöhnlich geschäftig, als er im Hof des Kommissariats den Zündschlüssel seiner Harley-Davidson auf Stopp stellt.

»Wir haben Hunderte Illegale am Busbahnhof aufgegriffen.« Berto Donadoni lehnt wie ein Waschweib im Fensterrahmen und schnipst seine Zigarette in den Hof.

»Ihr doch nicht?« Lachend nimmt Alfieri den Helm ab, worauf sein mit dicken grauen Strähnen versetztes Haar bis auf die Schultern fällt. »Ihr seid viel zu wenige für so einen Coup. Erzähl das jemand anderem.«

»Jeder weiß, dass Sie diese Leute lieber mögen als uns, obwohl sie uns die Arbeitsplätze wegnehmen und unsere Frauen.«

»Red keinen Unsinn. Wenn sich die Politik unmenschlich verhält, sind wir gefragt. Jeder Einzelne von uns. Denk dran, wenn es dir mal schlecht geht.«

Der träge Donadoni steckt sich noch eine Zigarette an. »Sie können sich das ja leisten. Aber unsereins verliert mit jedem, der hier ankommt. Denen wird das Geld nur so hinterhergeworfen. Und Sie, Signor Alfieri, geben denen sogar Arbeit, anstatt jemanden von uns anzustellen.«

»Das hab ich lange genug versucht. Euch geht es allen zu gut, um den Rücken krummzumachen und Land zu bestellen. Gemüse kennt ihr nur aus dem Supermarkt.«

Valerio Alfieri gilt als Idealist. Seit Jahren investiert er in Immobilien in der Altstadt, die er originalgetreu renoviert und günstig an junge Leute vermietet, um etwas gegen die Abwanderung zu unternehmen und den Ausverkauf an Deutsche und Österreicher zu verhindern. Andere halten ihn für einen miesen Spekulanten, der an der Frankfurter Börse ein Vermögen verdient hat und es sich erlauben konnte, sich früh aus dem Berufsleben zurückzuziehen.

Das Erdgeschoss des niedrigen Gebäudes auf der Isola della Schiusa hat er an die Staatspolizei vermietet, als man in Grado wieder ein Kommissariat eröffnete. Er hatte sich lediglich ausbedungen, das Motorrad und seinen Wagen auf dem Gelände parken zu dürfen. Die neue Kommissarin, in seinen Augen eine hochgewachsene Blonde mit Adrenalinüberschuss, hatte Sicherheitsbedenken vorgebracht, musste am Ende aber nachgeben. Seine Verbindungen zur Präfektur und manchen Politikern hatten schwerer gewogen. Für Alfieri ist es die bequemste Lösung: Nebenan befindet sich der Anleger, an dem seine hochseetüchtige Motorjacht liegt und wo auch das flache Boot vertäut ist, mit dem er täglich durch die Lagune zu seiner privaten Insel Sant'Andrea fährt.

Er winkt Donadoni, streicht sich durch den Vollbart und klemmt die Post unter den Arm. Dann schließt er das Tor und geht zur Treppe in den ersten Stock. Er schaltet sein Telefon ein und wählt eine türkische Nummer. Nebenher legt er die Lieferscheine für das Gemüse aus, die seine Sekretärin später bearbeiten wird.

»Alles okay. Die Ware ist angekommen. Nur hat sie sofort einen Großkunden gefunden.« Er hält sich kryptisch kurz.

Seine Kommunikation führt er fast nur hier, auf seiner Insel duldet er weder Computer noch Mobiltelefon. Auf Sant'Andrea ist er nur persönlich erreichbar und im Büro nur in den frühen Morgenstunden mancher Wochentage. Wenn er telefonisch sehr wichtige Dinge zu regeln hat, nimmt er die große Jacht und fährt in internationale Gewässer hinaus, von wo er die Gespräche über Satellit führt.

Seit acht Jahren ist die Isola di Sant'Andrea sein ausschließlicher Wohnsitz. Seit seinem Rückzug aus dem Börsengeschäft kümmert sich seine Frau Feride Akgün in Frankfurt um den in Deutschland belassenen Teil seines Vermögens, während er sich dem Gemüseanbau und der Fischzucht widmet und die Abgeschiedenheit genießt. Sant'Andrea bildet die natürliche Barriere zur offenen Adria und schützt die beiden Lagunen von Marano und von Grado vor Sturmfluten. Nur die Fahrrinne für die kleineren Frachtschiffe zum Terminal von Porto Nogaro führt daran vorbei, und manchmal nähern sich die kleinen Mietboote allzu neugieriger Touristen, die der Meinung sind, dort eine Trattoria zu finden. Große Schilder am Anleger schrecken sie schließlich ab.

Neben der Tatsache, dass es das Schiff, ein schrottreifer Seelenverkäufer, bis zum nördlichsten Punkt der Adria geschafft hat und seine Strategie damit bereits fast aufgegangen war, macht etwas anderes Valerio Alfieri an diesem Morgen zu einem noch zufriedeneren Menschen: Seine zähen Verhandlungen mit Romana Castelli de Poltieri haben endlich das gewünschte Resultat gebracht. Die Senatorin stimmt der Veräußerung seiner Aktienmehrheit an der ChimiCo SpA im nahe gelegenen Torviscosa an die deutsche MainChemie AG zu. Bisher hatte sich die Politikerin mit dem Hinweis gesperrt, die ChimiCo sei ein strategisch wichtiges Unternehmen. Bei einem Verkauf stünden über hundert Arbeitsplätze auf dem Spiel. Und schon zu viele internationale Großkonzerne seien im krisengeschüttelten Italien auf Einkaufstour, um sich die besten Betriebe unter den Nagel zu reißen. Von der Landesregierung zugesagte Investitionszuschüsse und Steuergeschenke sowie politische Zusagen aus Deutschland mussten für ihr Einlenken ausschlaggebend gewesen sein. Umsonst gab es von der Senatorin nichts. Und die Tageszeitungen hatten in den letzten Tagen verlautbart, dass Romana Castelli de Poltieri auf deutschen Rückhalt baue bei der Wahl des nächsten Generalsekretärs der OSZE, der Organisation für Sicherheit und Zusammenarbeit in Europa.

Nur einmal in seinem Geschäftsleben, als er die ChimiCo SpA erwarb, hatte der gebürtige Mailänder Valerio Alfieri sich von Emotionen leiten lassen. Nach der Weltwirtschaftskrise hatte sein Großvater im Auftrag des Duce den Ort Torviscosa geplant. Das faschistische Italien sollte durch neue Industriezentren unabhängiger werden. Schon ein Jahr nach der Grundsteinlegung hatte Mussolini inmitten der trockengelegten Sümpfe schließlich die Viskoseproduktion eingeweiht. In den Fünfzigern wurde der Ort zu einem Chemiezentrum privatisiert, doch seit der Öffnung der Weltmärkte ist die ChimiCo der einzige relevante Arbeitgeber dort und weist herbe Verluste aus. Nur die Bereiche Fluorwasserstoff und Ammoniumhydrogendifluorid laufen noch. Der Markt von Dual-Use-Produkten ist krisenresistent. Trotz aller internationalen Exportkontrollen genießen Güter, die sowohl zivil als auch militärisch weiterverarbeitet werden können, eine mindestens konstante Nachfrage. Die ChimiCo ist der ideale Übernahmekandidat für ein kapitalstarkes Großunternehmen wie die MainChemie mit Zugang zum Weltmarkt. Alfieri wird es seiner Frau Feride als Erster berichten. Seit Langem hatte sie ihn dazu gedrängt, das defizitäre Unternehmen abzustoßen. Sie wird erleichtert sein.

Während Valerio Alfieri die Leinen löst, den Bug des Boots in die Lagune dreht und den Kragen seiner schweren Lederjacke hochschlägt, sind seine Gedanken schon wieder bei den Gemüsebeeten und den Anweisungen für die afrikanischen Arbeiter, denen er freie Kost und Logis sowie ein Salär bietet, bis ihre Asylanträge bearbeitet sind. Kaum einer bleibt allerdings länger als ein paar Wochen.

Kühltransporter einer Biosupermarktkette warten jeden Morgen an der Mole auf die kommissionierte Tagesernte, und ein Restaurant am Fischereikanal, das nur mit lokalen Produkten kocht, ist der zweitwichtigste Kunde. Die nicht abgesetzte Ware geht kostenlos an ein Altersheim und zwei Kindergärten. Doch obwohl Stadtverwaltung und Handelskammer seine Großzügigkeit Jahr für Jahr als beispielhaft erwähnen, fühlt Alfieri sich immer wieder unüberwindbar benachteiligt: Reicht er eine Baugenehmigung für die Erweiterung seines Wohnhauses ein oder für eine neue Lagerhalle, lässt man ihn mit Hinweis auf die Bürokratie freundlich abblitzen. Feride behauptet, es sei der Neid. Wenn er wenigstens eine Frau aus Grado geheiratet hätte anstatt einer Deutschtürkin, würde er selbst noch das hässlichste Projekt genehmigt bekommen.

Die Niederschläge und die überdurchschnittlich kühlen Temperaturen der ersten Maiwochen haben das Land auf der kaum drei Meter über den Meeresspiegel ragenden Insel mit ihrem artesischen Brunnen in einen Sumpf verwandelt. Doch die Wettervorhersagen machen Hoffnung auf rasche Besserung. Sobald die Sonne die Wolken durchbricht, werden die Pflanzen schneller sprießen, als das Auge es erfassen kann. Noch ist die Farbe des Meers metallisch grau, aber die Bora treibt bereits die ersten Böen über das Wasser und reißt die schwere Wolkenschicht auf, die erste Stücke des blauen Himmels freigibt.

Grado, Isola della Schiusa. Kommissariat.

Die Telefonnummer auf dem Zettel. Xenia wundert sich, dass Jordan S. Becker sich schon so früh gemeldet hatte. Hat er etwa über einen der Kanäle, auf die er bei seinen heiklen Recherchen zurückgreift, bereits von der Landung der Flüchtlinge in Grado gehört? Für Xenia ist Becker einer der letzten unbestechlichen Rechercheure. Wenn er sich einmal in ein Thema verbissen hat, scheut er keinen Aufwand. Vor allem verfügt er über einen Vorteil, um den Staatsanwälte und Polizisten ihn nur beneiden können: Er kann ohne bürokratische Hürden auf sein internationales Netzwerk von Informanten und Kollegen zurückgreifen und muss dabei keine nationalen Gesetze beachten. Und er vermag Menschen dazu zu bringen, mit ihm zu reden, selbst wenn sie auf der Anklagebank sitzen oder dort landen könnten. Allerdings hat er sich mit seiner Berichterstattung oft genug Ärger eingehandelt. Nur ein Thema hat er in den vergangenen Jahrzehnten konsequent beibehalten: Xenia. Abgesehen von der Rekapitulation der Erdbebennacht von 1976 und den Umständen ihrer Geburt, gibt er darin einen Abriss ihres rasanten Aufstiegs innerhalb des Polizeiapparats sowie einiger größerer Fälle, die im Süden des Landes unter ihrer Führung aufgeklärt wurden. Und plötzlich die Versetzung in den Nordosten.

Strafe oder Strategie? War Hauptkommissarin Xenia Zannier zu unbequem? Soll sie jetzt in einem gemächlichen Adria-Seebad ausgetrocknet werden? Auszuschließen ist das nicht. Genauso wenig wie eine Strategie, die nicht bekannt werden soll.

Becker nimmt nach dem dritten Klingeln ab. »Gut, dich zu hören, Xenia. Ich habe allerdings nicht viel Zeit. Ich habe gleich einen Termin beim Leiter der Sonderkommission Middle European Credit Bank.«

Vor Jahren hatte Becker sich wie ein Pitbull in die Machenschaften eines österreichischen Finanzinstituts verbissen. Die MEC war bereits Anfang der Neunziger tief in kriminelle Geschäfte während des Umbruchs auf dem Balkan verstrickt und wurde schließlich von der BavariaFinance Group in München übernommen. Seines Erachtens ein vergeblicher Vertuschungsversuch mafioser Machenschaften, von Betrug, Geldwäsche und Bereicherung – das bis dahin größte Wirtschaftsverbrechen im Europa der Nachkriegszeit. Die Politik in der Alpenrepublik versuche mit aller Kraft, Ermittlungen im Ansatz zu ersticken. Immer wieder fiele ihm als Journalisten der Teil der Aufklärung zu, der eigentlich von der Exekutive geleistet werden müsste.

»Bist du noch dran?«

Xenia hebt die Brauen. »Gibt's etwa Neuigkeiten?«

»Mir wurde Material zugespielt, das belegt, dass die BavariaFinance bereits vor der Übernahme das gesamte Ausmaß des Desasters kannte. Die Deutschen klagen jetzt auf Schadensersatz, dabei kannten sie den Umfang der Spekulationsgeschäfte genau. Sogar der Rückkauf durch einige Altaktionäre war vereinbart, bei dem allerdings nur noch ein Bruchteil des Preises anfallen und der Rest dem Steuerzahler aufgehalst werden sollte. Milde gerechnet zwanzig Milliarden. Mir fehlt nur noch das juristische Bindeglied, um die Sache wasserdicht zu machen. Dann kann ich damit an die Öffentlichkeit. Ich versuche, einen Deal mit dem Staatsanwalt auszuhandeln. Eine Hand wäscht die andere. Deine Freundin, die Senatorin, könnte das um Kopf und Kragen bringen.«

»Gratuliere. Wie ich dich kenne, kriegst du das auch noch hin.«

»Deswegen habe ich dich angerufen. Wir müssen uns sehen. Ich fühle mich nicht mehr sicher. Vor fünf Wochen wurde ich am helllichten Tag zusammengeschlagen. Inmitten einer Horde japanischer Touristen. Oder Chinesen. Und vor drei Wochen wurde mein Büro durchsucht, der Computer zerstört und Akten gestohlen. Das entscheidende Material haben sie aber nicht gefunden. Wenn es dumm läuft, geht es das nächste Mal schief.«

»Warum? Du hast doch beste Kontakte. Du musst das mit einem Ermittler besprechen, dem du vertraust und der mit dir an einem Strang zieht.«

»Den gibt's in ganz Österreich nicht, Xenia. Vergiss es. Außerdem müsste ich Dinge erklären, die ich selbst erst in jahrelanger Arbeit begriffen habe. Meine einzige Sicherheit ist, eine Kopie der Recherchen an einem sicheren Ort zu deponieren.«

»Verstehe. Aber das sind keine Dinge, die man am Telefon bespricht.« Xenia zieht noch einmal an ihrer Zigarette und drückt sie aus. Immer wieder hatte sie ihn ermahnt, sich bei ihren Gesprächen bedeckt zu halten und verschlüsselt einen Treffpunkt zu vereinbaren, an dem sie unter vier Augen miteinander reden konnten. Von Salzburg nach Grado ist es nicht so weit, dass man sich nicht auf halbem Weg in den Bergen verabreden könnte.

»Übrigens läuft da noch etwas anderes«, fährt Becker fort. »Einige der Drahtzieher kennst du. Auch die Senatorin hat mit der Übernahme einer Chemiefabrik in Torviscosa zu tun.«

»Das steht sogar in der Zeitung.«

»Aber dass der deutsche Auslandsgeheimdienst die Regie führt, wohl kaum. Außerdem saß diese Frau lange im Aufsichtsrat der MEC. Vielleicht hilft dir das. Ich muss jetzt los, sonst platzt mein Termin mit dem Staatsanwalt.«

»Ich komme nach Salzburg, Jordan. Dann bereden wir alles.«

»Ich melde mich später.«

Noch während sie auflegt, steht Donadoni in der Tür. Sein dicker Bauch ragt aus der offenen Uniformjacke hervor, das Hemd spannt an den Knöpfen, den Gürtel seiner Hose hat er gelockert, der Reißverschluss steht halb offen. Die Kommissarin wirft ihm einen wütenden Blick zu.

»Die Nervensäge von der Küstenwache hat schon zweimal angerufen, während Sie am plaudern waren.« Er schnieft.

»Gib mir seine Nummer.«

»Ich habe sie nicht aufgeschrieben. Ich dachte, die haben Sie.« Der Uniformierte wendet sich zum Gehen.

»Du siehst aus wie ein abgehalfteter Penner, Berto. Wie heißt der Mann?«

»Ich frage nie nach, Commissario. Das ist unhöflich.«

»Verschwinde und richte deine Uniform.« Xenia wählt die Nummer der Küstenwache und wird durchgestellt.

Die Angaben des Offiziers sind präzise wie ein Navigationsbefehl: Im Morgengrauen machte im nahen Hafen von Porto Nogaro um viertel nach fünf die EARLY SUN fest. Ein kleines Frachtschiff, 1977 in einer japanischen Werft gebaut. Registriert im Russian Maritime Register, fährt es unter panamaischer Flagge. Der Eigner sitzt in Tripoli im Libanon. Die Ladung besteht aus Flachstahl, den es im südtürkischen Hafen İskenderun nahe der syrischen Grenze geladen hat. Dort hat es wohl auch die Flüchtlinge an Bord genommen. Der türkische Kapitän wurde festgenommen, das Schiff ist beschlagnahmt. Auch die Besatzung ist in Gewahrsam, man wartet auf einen amtlichen Übersetzer. Beamte der Küstenwache und Kriminaltechniker krempeln den Kahn um. Es war ein Leichtes gewesen, ihn zu finden. Dem Radar der Behörden, der Satellitenüberwachung und den Funkmeldungen entkommt niemand. In Porto Nogaro, einem in Meeresnähe gelegenen Flusshafen, legen nur wenige und kleine Schiffe an. Die Kratzspuren am Bug der Rettungsboote entsprechen dem Farbton der Lackspuren an der Mole der Spiaggia principale.

Berlin, Platz der Republik. Bundeskanzleramt.

Trotz der Sonne wurde die Maschine beim Anflug so heftig durchgeschüttelt, dass zwei Manager in seiner Sitzreihe sich mit blassen Gesichtern an die Sitzlehnen krallten, bis sich die Knöchel ihrer Hände weiß unter der Haut abbildeten. Bernd Körber ist Turbulenzen gewohnt, seit er Teil des Auslandsgeheimdienstes wurde.

Er gähnt, ohne die Hand vor den Mund zu halten, sein Blick

schweift aus dem Fenster der Limousine. Er gibt Anweisung, am Spandauer Schifffahrtskanal entlangzufahren. Als versuche er zwanghaft, seinen Widerwillen gegen die Hauptstadt aufzufrischen, besteht Körber bei jeder Dienstreise nach Berlin auf der alten Strecke und betrachtet aus dem Fond der Limousine die Tristesse bedeutungsloser Kleinbetriebe, Blechlawinen in den Höfen osteuropäischer Gebrauchtwagenhändler, Lagerhallen von Kleinspediteuren und Low-Cost-Autovermieter. Die Sonne steht hier zu dieser Jahreszeit am frühen Morgen zwar höher als im Süden, doch die wenigen Blätter an den Bäumen vermögen die Trostlosigkeit der Randbezirke Berlins nicht zu verhüllen. Der späte Frühlingseinbruch ist für Körber schon Grund genug, sich dem Umzug der Behörde zu verweigern. Und der Gedanke, irgendwann über den neuen Großflughafen reisen zu müssen, widert ihn an – sollte er jemals fertiggestellt werden.

In Pullach kennt man sich, trifft sich nach Feierabend unter Kollegen zum Bier. Im alteingesessenen Behördendomizil wird den Dienstältesten Respekt gezollt. Schon die Patina der einst von den Nazis erbauten Siedlung strahlt aus, dass Neuerungen nur zäh durchzusetzen sind. In der Hauptstadt hingegen errichtete man die neue Zentrale ausgerechnet in der Chausseestraße, unweit des Brecht-Hauses und der früheren Wohnung des kommunistischen Liedermachers Wolf Biermann. Ein von uneinsehbaren Mauern umgebener Komplex mit vierzehntausend Fenstern. Hier laufen für Körbers Geschmack zu viele junge Schnösel herum, die keinen Arsch auslassen, um in ihn reinzukriechen. Und die ständig auf seine Narbe oberhalb der linken Augenbraue starren.

Heute muss er sie wieder ertragen. Zuerst Kanzleramtsminister von Menzig und dann Weißenfels, seinen designierten Nachfolger. Ein beißwütiger Bundeswehrhengst im Majorsrang, den der Minister wegen seines Parteibuchs durchgesetzt hat. Zu den wenigen Prinzipien, zu denen Körber sich hingegen bekennt, zählen Standfestigkeit, Sachkenntnis und immer einen Schritt weiter zu sein als der Gegner. Ideologien und Parteibücher perlen an ihm ab wie an einem Ölmantel. Bernd Körber brachte es in seiner vierzigjährigen Laufbahn weit und firmiert seit zwei Jahrzehnten als Direktor der Expertengruppe Südosteuropa der Abteilung EA des Bundesnachrichtendienstes, Einsatzgebiete/Auslandsbeziehungen. Schwerpunkt Balkan. Mit Österreich, aber ohne Bayern, wie er früher scherzte. Und er ist meist selbst vor Ort, um die Dinge zu regeln. Er hält nichts davon, im Büro zu sitzen und zu delegieren.

Wieder gähnt der klein gewachsene Mann mit den geröteten Wangen und den geplatzten Äderchen auf der Nase. Er putzt die großen Brillengläser und wirft einen flüchtigen Blick auf die Armbanduhr, als sich der Wagen dem Platz der Republik nähert. Kurz nach acht, er kommt verspätet, doch einen früheren Flug von München gibt es nicht.

»Ich hoffe, Sie haben einen Mantel dabei, Herr Direktor«, sagt der Chauffeur, während er die Tür aufhält und auf eine dunkle Wolke im Osten zeigt. »Es ist ein abrupter Wetterumschwung angekündigt.«

»Wie jedes Mal, wenn ich in die Hauptstadt komme. Und in München sitzen schon alle im Biergarten.«

Drei Lesebrillen liegen auf dem Konferenztisch des Bundesministers im Kanzleramt. Eine auf einem Stapel Unterlagen, eine weitere sitzt auf seiner Nase.

»Jeder plant für sich allein. Doch ab und zu jemandem einen Gefallen zu tun heißt auch, selbst einen erwarten zu dürfen, wenn es nötig ist.« Dr. Hartlieb von Menzig tippt auf ein Blatt Papier. »Der Nahe Osten ist seit der Irak-Affäre offiziell natürlich nicht mehr unser direktes Operationsgebiet, Herr Direktor. Nur die Fregatte SACHSEN und das Flottendienstboot OKER bleiben vor der syrischen Küste im Einsatz. Ansonsten stützen wir uns auf die Auswertungen unserer Verbündeten.«

Die Stimme des Ministers ist klar wie Morgenluft, er nimmt die Brille ab und wirft sie auf den Tisch. Der Ausdruck seiner graugrünen Augen ist wie immer heiter und täuscht über den Gemütszustand Menzigs hinweg.

»Die Türkei und Israel genügen uns als Basis. Aber unsere Verbindungen auf dem Balkan sind ein Ass im Ärmel, um das uns unsere Alliierten noch immer beneiden.« Hartlieb von Menzig lehnt lässig in seinem Stuhl. Nichts in seinem Gesicht verrät, was er von seinem Gegenüber hält.

»Sie können es nicht wissen, Herr Minister, aber heute ist der fünfzehnte Todestag meiner Frau. Nach Berlin zu kommen fiel mir nicht leicht, reden wir also bitte nicht um den heißen Brei herum. Sie haben mich nicht ohne Grund einbestellt.«

»Nachträglich mein Beileid, Herr Körber. Sie haben sie sicher sehr geliebt.« Von Menzig blinzelt kurz und schnappt sich eine seiner Brillen, bevor er zur Sache kommt. »Die demokratische syrische Opposition braucht schleunigst mehr Unterstützung vom Westen, bevor die fundamentalistischen Terroristen die Situation endgültig zu ihren Gunsten wenden können. Und dass es denen nicht an Nachschub fehlt, wissen Sie. Wir haben in Kroatien noch immer riesige Waffenbestände, die während der Bosnienoffensive nicht gebraucht wurden.« Der Blick des Ministers bleibt auf Körbers Narbe stehen. Das Souvenir vom Hindukusch an seiner Stirn hatte er sich 1982 durch einen Streifschuss an der pakistanisch-afghanischen Grenze gefangen. In einer streng geheimen Aktion musste er von den Mudschaheddin erbeutetes russisches Kriegsgerät übernehmen, damit es in Deutschland analysiert werden konnte, um Einblick in die Waffentechnik der Sowjets zu bekommen.

»Und das soll wie immer der alte Körber erledigen«, kommentiert Körber trocken. Er hatte einst die Lieferung von Dual-Use-Produkten in den Irak, nach Syrien und Libyen organisiert, und auch für Raketenlieferungen in den Sudan hatte man seine Erfahrung gebraucht. »Wissen Sie eigentlich, Herr Minister, wann Deutschland seinen ersten Giftgasexport getätigt hat? 1916 an die Österreicher zur Isonzofront, weil die den Italienern sonst nicht mehr standgehalten hätten.« Seit dem Tod seiner Frau hat Bernd Körber nichts mehr zu verlieren. Seine rot geränderten Augen starren den Vertrauten der Kanzlerin ausdruckslos an.

»Wie immer polemisch, Körber. Wer Sie nicht kennt, würde sofort die Loyalitätsfrage stellen. Alle Welt weiß doch, dass die Italiener uns zuerst verraten haben und dann nur dank des Beistands ihrer Alliierten zu Siegern wurden.« Wieder der strahlende Blick Menzigs, der schon viele getäuscht hat. Er greift nach dem dünnen Stapel Papier auf dem Tisch.

»Wissen ist hilfreich. Aber man muss es interpretieren können. Zwei Probleme stellen sich bei dieser Waffenlieferung.« Körbers Hände verharren reglos auf der Tischplatte. Die Ärmel seines Jacketts werfen grobe Falten an den dünnen Armen. Das aufgedruckte Muster seiner gelben Krawatte passt nicht zu seinem blassblauen Hemd: Tennisschläger. Maja hatte ihm damals so eine geschenkt, seither kauft er sie immer wieder nach. »Seit unsere kroatischen Freunde Mitglied der Europäischen Union und auch der NATO wurden, ist der Preis unverhältnismäßig gestiegen. Der Spielraum ist enger geworden. Meldepflichten gegenüber Brüssel, Kontrollen, Transparenz. Und die politische Opposition versucht sich jetzt kleinlich für die Vergangenheit zu rächen, Herr Minister. Dazu die Staatsanwälte und der Internationale Strafgerichtshof in Den Haag. Selbst in Kroatien sind die Möglichkeiten nicht mehr die gleichen wie damals, als Sie noch nicht in der Politik waren.«

Der Minister übergeht den Seitenhieb. »Lieber Körber, auf den Schlüsselpositionen sitzen meist noch die richtigen Leute. Und Sie kennen sie besser als jeder andere. Es führt kein Weg daran vorbei. Der Flüchtlingsdruck auf Europa nimmt gefährliche Dimensionen an. Die in Syrien verfolgten Christen könnten wir gerade noch aufnehmen, aber all die anderen sorgen für Angst in der Bevölkerung. Das Boot ist voll. Und Sie müssen mit diesem Einsatz das Leck stopfen.«

»Natürlich kenne ich Wege, die Sache durchzuziehen, aber ...«

»Nutzen Sie Ihre Kontakte, denken Sie an Ihre Abschiedsprämie.« Die Lesebrille schaukelt an einem Bügel zwischen den Fingern des Ministers. »Die Analyse der Amerikaner belegt, dass Syrien noch nicht überwiegend von fundamentalistischem Terror durchsetzt ist. Wir müssen kooperieren, um Schaden von der Bundesrepublik fernzuhalten und um dem Flüchtlingsdruck Herr zu werden. Alle wollen zu uns.«

»Es ist eine Frage des Preises.«

»Die Amerikaner und die Briten haben sich mit dem Plazet der Franzosen zu dieser Lieferung entschieden. Die Bundesrepublik stellt lediglich ihre Kontakte zur Verfügung. Durch Sie, Körber.« Von Menzig wedelt mit den Blättern, er zieht die Brille aus der Brusttasche. »Überbestände aus dem Bosnienkrieg. Sie stehen in kroatischen Armeedepots bereit. Granatwerfer Milkor MGL/RGB-6, Panzerabwehrkanonen vom Typ M60 und anderes. Das ist Ihre Liste. Sie regeln die Verschiffung. Die Chefin hat die Sache abgenickt.«

Menzig wirft die Papiere auf den Tisch, richtet sich auf und steckt demonstrativ den Montblanc in die Innentasche seines Jacketts, als wolle Körber ihn stibitzen.

»Die Zeit drängt.« Er erhebt sich und überragt den Mann aus Pullach um mehr als einen Kopf. »Sie informieren niemand anderen als mich. Auch nicht beim BND. Offiziell reisen

Sie in meinem Auftrag, um ein paar symbolische Orte wegen eines möglichen Staatsbesuchs der Kanzlerin zu sondieren: Zagreb, Rijeka, die ehemaligen kroatischen KZs Loborgrad und Jasenovac sowie die Kroatiendeutschen zwischen Vukovar und Osijek.« Wieder starrt von Menzig auf seine Narbe.

»Durchaus glaubwürdig, das gebe ich zu.«

Sobald in der Behörde die Sprache auf die ehemaligen Konzentrationslager kommt, wird niemand weiter nachfragen. Schadenfreude oder Mitleid wird er aus den Gesichtern der Kollegen lesen können, dass ausgerechnet er eine solche Mission übernehmen muss, die ein Anfänger erledigen könnte. Der Beginn des Abstiegs.

»Und um Ihnen den Rücken freizuhalten, kümmert sich so lange Major Weißenfels um die Amtsgeschäfte. Vor allem um die Koordination mit den Italienern wegen der Friedensfeier der Regierungschefs zum Hundertjährigen des Giftgaskriegs an der Isonzofront. Sie rückt immer näher, übergeben Sie ihm die Liste Ihrer Kontakte und bringen Sie ihn auf den aktuellen Stand.«

Ein Tiefschlag. Das ist seit Jahrzehnten Körbers ureigene Domäne. Seine Entmachtung hat also bereits begonnen. Er schluckt trocken und hebt fragend die Brauen. Der Umgang mit den Kollegen in Rom verlangt Fingerspitzengefühl, das er seinem Nachfolger nicht zutraut.

»Die Friedensfeier ist ein Appell für die Stabilität in Europa und die gemeinsame Ächtung von Chemiewaffen ein Zeichen für die Zukunft. Und Sie, Körber, müssen zu allem ja auch die Übernahme von diesem Chemiebetrieb in Torviscosa durchziehen. Die Senatorin, die das Geschäft auf italienischer Seite garantieren soll, ist uns doch hoffentlich noch gewogen.«

»Es ist nur eine Frage von Tagen, bis die Verträge unterzeichnet werden können. Senatorin Castelli de Poltieri will lediglich die Garantie dafür, dass sie im Rahmen der Friedensfeier mit der Kanzlerin zusammentrifft. Könnten Sie das ins Protokoll setzen? Davon hängt alles ab.«

»Diese Produktionsstätte ist wichtig für uns«, unterbricht von Menzig harsch. »Wegen der Waffenexportkontrollen verlagern unsere Konzerne die Produktion ins Ausland. SIG Sauer will in den USA produzieren, und Heckler & Koch muss über ausländische Niederlassungen liefern. Wenn die MainChemie die ChimiCo übernimmt, können wir unser Know-how in der Produktion von Dual-Use-Produkten profitabel in Italien einbringen, ohne dass die Medien Wind davon bekommen. Außerdem sichert es Arbeitsplätze.«

Körber fragt sich, ob Menzig abschweift, um ihn abzulenken. »Die Senatorin wird uns nicht in den Rücken fallen, Herr Minister, solange Sie ihre Unterredung mit der Kanzlerin garantieren. Ohne sie kann der Mehrheitseigner die Firma nicht verkaufen. Diese Frau mischt auch bei der Planung der Friedensfeier in Redipuglia mit. Ich kenne sie seit über zwanzig Jahren, wir müssen uns an die Absprachen halten. Sonst wird sie stur wie ein Esel. Es ist besser, alles in einer Hand zu wissen.«

»Es ist unmöglich, dass Sie das alles gleichzeitig schaffen, Herr Direktor. Es bleibt dabei, die Sache mit der Zeremonie liegt bei Major Weißenfels. Das Zusammentreffen der Senatorin mit der Chefin wird er in Absprache mit mir arrangieren. Sie haben mein Wort. Habe ich mich klar genug ausgedrückt?«

»Immer vorausgesetzt, dass nichts Unvorhergesehenes dazwischenkommt, Herr Minister.« Wieder einmal muss Körber die Drecksarbeit übernehmen, deren Ergebnisse beim nächsten internen Jahresbericht seinem Nachfolger gutgeschrieben werden, der dafür keinen Finger zu regen braucht. »Sind Sie sicher, dass bei Ihnen alle dichthalten, Herr von Menzig?«

Der Minister fährt hoch und wirft seine Brille auf den Tisch, doch Körber fährt unbeirrt fort.

»Wir überwachen seit Monaten einen dieser Schmierfinken, der sich durch nichts abschrecken lässt. Ein Jordan S. Becker, Journalist in Salzburg. Er weiß bereits über die Sache mit der ChimiCo Bescheid. Das ist an sich nichts Schlimmes. Allerdings kennt er sich bei der Übernahme der MEC Bank fast besser aus als alle, die damals beteiligt waren. Seine Artikel haben bisher viel Staub aufgewirbelt.«

»Dann regeln Sie das. Das kann doch nicht schwierig sein. Es bleibt dabei, Sie verantworten die reibungslose Übernahme der ChimiCo durch MainChemie. Und Weißenfels die Zeremonie. Basta.« Nach dem Machtwort lockert sich von Menzig wieder. »Wie lange brauchen Sie?«

»Geben Sie mir einen Monat.«

»Nicht einmal zwei Wochen, Körber. Denken Sie an den Flüchtlingsdruck.«

Ein unergründbares Lächeln umspielt Körbers Mundwinkel, als der um fast zwanzig Jahre jüngere Menzig ihm zum Abschied viel Erfolg wünscht. Die Zeit bestimmt immer noch er, da können die da oben machen, was sie wollen. Und auch von Weißenfels wird er sich nicht ins Handwerk pfuschen lassen.

Kurz vor 9 Uhr verlässt Bernd Körber zielstrebig dieses Symbol der wiedervereinigten Republik. Vergeblich hält er Ausschau nach seinem Wagen und greift verärgert zum Telefon. Sein Chauffeur antwortet erst nach langem Klingeln, während Körber bereits auf den kahlen Platz der Republik hinaustritt. Schwere schwarze Wolken schieben sich über den Himmel, als würde Körber seinem Gemüt freien Lauf lassen. Der Sonnenschein über Berlin dauerte nur kurz. Er weist seinen Fahrer an, vor dem Reichstag auf ihn zu warten. Wie ein einsamer müder Wanderer überquert der kleine Mann die Wiese. Die gelbe Krawatte flattert über seine Schulter.

»Chausseestraße, BND«, knurrt er schließlich und lässt sich auf die Polster des schwarzen Mercedes fallen.

Das Gespräch mit dem Minister hat ihm zugesetzt. Wie immer, wenn ihn die Aussichtslosigkeit seines Lebens nach dem Ausscheiden aus dem Dienst überwältigt, sehnt er sich zurück in die Zeiten seiner großen Triumphe. Afghanistan. Jugoslawien. Kroatien.

März 1990. Zagreb, Stadion Maksimir.

Seit einer Woche hängt eine schwere Wolkenschicht über der Stadt. Nieselregen bei unwirtlichen Temperaturen schränkt das städtische Leben noch stärker ein als der Unwille der Kroaten, angesichts der aufgeheizten Stimmung in der Volksrepublik ihre Arbeitsplätze bei den jugoslawischen Kollektivbetrieben aufzusuchen.

Punkt 8 Uhr verlassen fünf Fahrzeuge das Flughafengelände und biegen in enger Kolonne auf die Hauptverkehrsader Richtung Zentrum ein. Ein silbergrauer Mercedes 300 an der Spitze, dahinter drei weiße Kleintransporter, gefolgt von einem gepanzerten 500 E mit Diplomatenkennzeichen und getönten Scheiben. Rasch durchqueren die Fahrzeuge die breiten Straßen der Unterstadt, doch auf der Maksimirska cesta kommt Nervosität unter den Männern im vordersten Auto auf. Ein Kastenwagen ist in die alte Straßenbahn verkeilt, die Ladung liegt über beide Fahrbahnen verstreut, die Fahrer beschimpfen sich wüst. Hektische Rangiermanöver über den Bürgersteig, dann brausen die Fahrzeuge in Richtung Maksimir-Park, wo sie in der Durchfahrt neben der Haupttribüne des Fußballstadions von Dinamo Zagreb verschwinden, um direkt vor dem Eingang zu den Mannschaftsräumen zu stoppen. Zehn durchtrainierte, bis an die Zähne bewaffnete Männer mit schusssicheren Westen über den Kampfanzügen der GSG 9 entsteigen vor Körber den Fahrzeugen, observieren das Spielfeld mit dem wintermüden Rasen und die leeren Sitzreihen der Tribüne, dann bauen sie sich vor den Lieferwagen auf.

»Dragi Bernd«, ruft Saša Mirković. Der untersetzte Mann tritt mit ausgestreckten Armen und breitem Lächeln aus dem Kreis einer Gruppe Uniformierter auf den Deutschen zu. »Schön, dich zu sehen. Wie geht es Maja und den Kindern?«

Körber lässt sich umarmen. »Was sollen die Scharfschützen auf der Tribüne?«

»Ein Zeichen unseres Vertrauens, Bernd. Um dich zu schützen. Heute schreiben wir die Geschichte neu. Komm herein. Wir wollen uns doch nicht erkälten.«

Bernd Körber und seine Leute waren mit einer Maschine der Flugbereitschaft des Verteidigungsministeriums auf dem Zagreber Flughafen gelandet, nachdem sie zuvor am Standort Fürstenfeldbruck die Verladung der zwei schweren Stahlkisten beaufsichtigt hatten, die noch im Schutz der Dunkelheit von der Bayrischen Landesbank geliefert worden waren. Eine hochsensible Mission, die Europa nachhaltig verändern wird. Niemand außer dem Bundeskanzler, dem Außenminister und Körber selbst kennt ihre wahre Dimension. Sogar der Botschafter in Belgrad soll erst im Anschluss unterrichtet werden. Vor einem Monat hatte Saša Mirković in Bonn mit dem Außenminister verhandelt. Bis zur Unabhängigkeitserklärung Kroatiens von der Sozialistisch Föderativen Republik Jugoslawien sind es nur noch wenige Schritte.

Saša Mirković führt Körber in die Mannschaftskabine. »Dein Schwager Dušan Verbić ist übrigens heute auch hier. Er ist überall, wo es was zu feiern gibt.« Laut lachend haut er seinem Neffen auf die Schulter. »Stell dir vor, er ist seit gestern mein Stellvertreter in Belgrad. Maja wird sich über die Karriere ihres Bruders freuen. Er und ich gemeinsam, zwei Kroaten aus derselben Familie in der serbischen Hochburg. Das ist doch mal was.«

Körber schaut sich schweigend in dem kahlen, muffigen Raum um. In Pullach ist wohlbekannt, dass seine Frau Maja Verbić die Nichte von Saša Mirković ist, aber Dušan ist er bisher noch in keiner Geheimdienstfunktion begegnet. Er begrüßt ihn ausdruckslos mit Handschlag.

Der BND hatte Maja bis auf die Knochen durchleuchtet, bevor Bernd Körber ihr den Heiratsantrag machte. Über ihren Onkel Saša hatte er sie kennengelernt. Eigenartig, dass der seinen Neffen eingeweiht hat, denkt Körber.

»Setz dich, Bernd«, plaudert Saša Mirković drauflos und zieht einen Stuhl heran. »Dušan ist auf unserer Seite. Der Boss bin aber immer noch ich. Er muss nach meiner Pfeife tanzen, nicht wahr?« Mirković fährt sich über den Dreitagebart.

»Ich hoffe, du hast alles dabei.«

»Sonst wäre ich kaum hier, Saša.« Dass der Chef des jugoslawischen Geheimdienstes seinen Neffen zu seinem Stellvertreter machen konnte, ist ein Coup, denkt Körber, und doch behagt ihm die Sache nicht. Seine Walther PPK steckt ungesichert im Holster.

Der Chef schickt seine Begleiter aus dem Raum. Bis auf Dušan und seinen Sohn Josip, ein Muskelprotz, der trotz des Wetters nur ein schwarzes T-Shirt trägt. Schon am Griff erkennt Körber die Neunmillimeter Zastava CZ-99 in Josips Hosenbund. Breitbeinig baut er sich hinter Saša und Dušan auf, die Hände in die Hüften gestützt.

»Kommen wir zur Sache, Saša. Zwei Ausfertigungen auf Deutsch, zwei auf Kroatisch.« Körber setzt sich an den Tisch und zieht die Verträge aus seiner Aktentasche. Er schiebt sie samt einem stahlglänzenden Parker-Kugelschreiber zu Mirković hinüber. »Jedes Wort so, wie vor einem Monat mit Genscher besprochen.«

»Ein Moment, mein Freund«, bremst Mirković mit ausgestreckter Hand. »Wo sind die Scheinchen, die er uns versprochen hat? Dušan glaubt mir von der Geschichte kein Wort. Nicht wahr, mein lieber Neffe? Kein Wort glaubst du. Sag es selbst.«

»Vermutlich besser, dass ich auf deine Wette nicht eingestiegen bin.« Majas Bruder lächelt verlegen. »Ich kann's kaum erwarten.«

»Ich auch nicht, du Verräter«, sagt Mirković fast tonlos.

Noch bevor Körber es sich versieht, zieht Josip die schallgedämpfte Waffe und knallt seinen Cousin, ohne mit der Wimper zu zucken, mit einem präzisen Genickschuss ab. Dušan Verbić fällt vornüber auf den Tisch.

»Und jetzt können wir zur Sache kommen, Bernd. Majas Bruder wurde gegen meinen Willen befördert, um mich zu kontrollieren. Ein Verräter, der keinen verschissenen großserbischen Arsch ausgelassen hat, um sich hochzuschleimen. Eine Schande für die ganze Familie. Er war auch für dich gefährlich, Bernd. Ich schlage eine gemeinsame Sprachregelung vor. Ein bedauerlicher Unfall, er ist betrunken von der Tribüne auf den Platz vor dem Stadion gestürzt. Trägst du das mit?«

Körber hebt beide Hände. »Ich bin sowieso nicht hier, Saša.«

Josip steckt die Waffe zurück in den Hosenbund, reißt den Toten mit einem entschiedenen Griff vom Stuhl und schleppt ihn hinaus. Auf dem Tisch bleibt eine kleine Pfütze von blassrotem Schaum zurück. Mirković wischt sie mit einem Taschentuch weg und wirft es zu Boden.

»Niemand macht unseren Plan zunichte, Bernd. Also, wo ist das Geld?«

»Was soll das Misstrauen? Ich käme wohl genauso wenig hier raus, wenn ich versuchen würde, dich zu linken. Ein Sturz von der Tribüne, samt meiner Männer, wie du so schön gesagt hast. Und für die Angehörigen eine Urne, um die Obduktion zu verhindern. Das Geld ist draußen in einem der Fahrzeuge.«

»Dann lass es reinbringen. Handel ist Handel.«

Körber geht stumm zur Tür, drängt sich an den Wachen vorbei und gibt seinen Männern einen Wink. Einer der Kleintransporter nähert sich im Rückwärtsgang, Mirkovićs Leute beobachten ihre deutschen Kollegen argwöhnisch und sind bereit, sofort zu feuern, als fürchteten sie, dass ein Killerkommando aus dem Laderaum herausspringen könnte, um sie alle abzuschlachten. Sie entspannen sich erst, als sie die zwei mächtigen Edelstahlkisten sehen.

»Reintragen könnt ihr sie selbst«, knurrt Körber. »Ich hoffe, du willst jetzt nicht nachzählen, sonst sitzen wir morgen noch hier. Achthunderttausend Scheine mit drei Nullen hinten, Saša! Keine durchgängigen Seriennummern.«

»Handel ist Handel, habe ich gesagt. Wenn so wenig Vertrauen herrschte, wären wir gar nicht an diesen Punkt gekommen.« Mirković führt ihn zurück in die Kabine, während seine Leute die Kisten geräuschvoll neben dem Tisch abstellen.

»Lasst uns alleine. Auch du, Josip«, befiehlt ihr Chef.

Sein Sohn zögert.

»Raus, los jetzt«, herrscht Mirković ihn noch einmal an.

Natürlich weiß Josip, dass der Deutsche für den BND arbeitet, doch über dieses Geschäft ließ sein Vater ihn im Ungewissen. Jeder Mitwisser ist ein Risiko für die künftige Unabhängigkeit Kroatiens.

»Beim Gedanken, wie du die achthundert Millionen am liebsten gleich in Bonn mitgenommen hättest, lach ich mich immer noch krumm. Ich hoffe, du hast ein besseres Fahrzeug hier als den klapprigen Mercedes.«

»Überheblich wie immer, ihr Deutschen, aber dann nicht einmal den eigenen Produkten trauen. Made in Germany.« Mirković klopft ihm lachend auf die Schulter.

»Jetzt setz endlich deinen Namen unter die Verträge«, beharrt Körber und schiebt ihm zum zweiten Mal die Papiere zu. »Mach auf, Saša, wenn du deine Neugier nicht zügeln kannst: Code 1991. Aber erst nach der Unterschrift. Handel ist Handel, wie du weißt.«

Der Lauf des Kugelschreibers ist viermal deutlich zu vernehmen. Als Mirković seine Exemplare einsteckt, klirrt es in seiner Aktentasche, Körber fährt hoch, seine Hand liegt an der PPK, doch Saša zieht grinsend eine Flasche Rakija und zwei Gläser heraus, stellt sie auf den Tisch und schenkt ein.

»Es kommt viel Arbeit auf uns zu. Es wird Krieg geben, aber zusammen schaffen wir das. Nächstes Jahr im Sommer wird Kroatien ein eigener, unabhängiger und von der BRD und Österreich anerkannter Staat sein.« Mirković lächelt breit. In Kürze wird er in Belgrad aus Gesundheitsgründen seinen Rücktritt als Chef des SDB verkünden, in den nächsten Monaten seine eigene Organisation in Zagreb von Feinden säubern und mit politischen Freunden die Unabhängigkeitserklärung vorbereiten.

Er öffnet die erste der beiden gepanzerten Kisten, nimmt ein Bündel Banknoten heraus, die er fast zärtlich durch die Finger laufen lässt, bevor er es zurücklegt und den Deckel sorgfältig verschließt.

»Das ist echtes Geld. Ihr seid verdammt teuer, Saša.«

»Bei dem Gegenwert ist der Preis nicht zu hoch. Eure Unternehmen bekommen bald neue Märkte. Wir begnügen uns mit den Arbeitsplätzen. Endlich habt ihr, wonach ihr seit achtzig Jahren giert. Der Balkan gehört euch. Ab heute hat dein BND das Kommando über meine Leute und den neuen kroatischen Geheimdienst. Sogar über unsere Agenten in Belgrad. Die paar Informationen, die ihr uns über die Serben liefern werdet, sind für euch kein Opfer. Eine Hand wäscht die andere. Auf die Zukunft. Auf das Glück unserer Länder. Auf Kroatien und Deutschland.«

»Seid dankbar, Saša«, sagt Körber zweideutig und hebt sein Glas.

Salzburg, Rudolfsplatz 2. Justizgebäude.

»Follow the money, Herr Staatsanwalt. Banken, Waffen, Geldwäsche, Bestechung, Insidertrading. Das Ergebnis jahrelanger Recherchen.« Jordan S. Becker zieht mit der Hand einen Schlussstrich in die Luft, schlägt die Beine übereinander und lehnt sich zurück. Sein nackter Fuß im sandsteinfarbenen Wildledermokassin wippt. Das gepflegte, leicht gewellte graue Haar bedeckt die Ohren, eine Strähne streicht er wiederholt aus dem Gesicht. Lavendelfarbene Hose, mintgrünes Leinenjackett, aprikosenfarbenes Hemd. Bei der Arbeit neigt er nicht zu Pastelltönen.

»Die Bayern wussten vor der Übernahme alles über die Middle European Credit Bank. Die Beweise dafür habe ich. Sollte es nicht im Interesse unseres Landes sein, dass mir nichts zustößt?«

»Glauben Sie wirklich, Herr Becker, dass das so einfach ist? Man geht zum Leiter der Soko und sagt, man möchte beschützt werden? Dazu braucht es konkrete Hinweise, nachweisbare Bedrohungen, Ermittlungen der Kriminalpolizei.«

Staatsanwalt Neuner-Hebenstreit nimmt die Hornbrille ab und reinigt die Gläser. Die Stirn ist glatt und kein Fältchen um seine Augen.

»Dass bei mir eingebrochen und mein Büro auf den Kopf gestellt, der Computer zertrümmert und Akten gestohlen wurden, habe ich sehr wohl angezeigt. Die Polizei hat nur mit den Schultern gezuckt und auf den kontinuierlich ansteigenden Zustrom an Asylanten verwiesen, wie sie sie nennen. Und auf die Banden vom Balkan.« Becker spricht schnell, aber ohne die

Stimme zu heben. »Mit Verlaub, die sind nun ganz sicher nicht an Papierkram interessiert. Diebe hätten meinen Computer mitgenommen und verhökert, nicht zerstört. Schon komisch, dass keine Wertgegenstände fehlen. Und dass ich vor ein paar Wochen am helllichten Tag zusammengeschlagen und in einwandfreiem Deutsch bedroht wurde, ist ebenfalls aktenkundig. Schlägerei unter Betrunkenen, steht im Polizeiprotokoll.«

»Machen Sie Ihren Lebenswandel doch nicht anderen zum Vorwurf, Herr Becker.« Neuner-Hebenstreit zwingt sich zu einer lässigeren Haltung, soweit es der Anzug, das bis zum Hals zugeknöpfte Hemd und die Krawatte gestatten.

»Haben Sie mich nur einbestellt, um in Erfahrung zu bringen, wie viel ich weiß? Ihre Sonderkommission soll Licht ins Dunkel bringen. Noch immer hört man, die Machenschaften der Middle European Credit Bank seien nicht systemrelevant gewesen. Dabei ist alles viel schlimmer: Die MEC war selbst das System. Und ich habe die Belege.«

Der Staatsanwalt runzelt zweifelnd seine Stirn. »Es ist nicht ganz unbekannt, dass Sie, werter Herr Becker, hinter jedem Busch einen Feind sehen.«

»In dreißig Jahren Journalismus wurde ich trotz aller Klagen kein einziges Mal verurteilt. Haben Sie auch alle Prozesse gewonnen, Herr Staatsanwalt?«

Die Sonne fällt durch das Fenster auf den Besuchertisch. Das Gespräch verläuft zäh, misstrauisch checken die beiden einander ab. Sie sprechen ohne Empathie.

»Wenn Sie wirklich Beweise haben, sind Sie verpflichtet, diese auszuhändigen. Ich könnte Ihre Unterlagen beschlagnahmen lassen, Herr Becker.« Der Staatsanwalt lächelt säuerlich. Ein aufrechter Diener seines Staates.

»Sie wissen, dass das nicht rechtens ist.«

Der Staatsanwalt seufzt bitter. »Warum bloß, mein lieber Herr Becker, lassen Sie die Angelegenheit nicht einfach auf sich beruhen und vertrauen auf die Arbeit der Justiz. Die Sache liegt zehn Jahre zurück und hat sich längst stabilisiert. Die abschließenden Ermittlungen brauchen Zeit.«

»Zehn Jahre, und Sie haben noch nicht einmal angefangen. Ihre Kommission leistet doch nur das politisch Erträgliche.« Ein Lächeln zeichnet Beckers Mundwinkel. »Middle European Credit, ein vielversprechender Name. Eine echte Erfolgsgeschichte. Eine österreichische Regionalbank, die zur Geldwaschmaschine gemacht wurde. Der Schlüssel zum Safe mit dem ehemaligen Volksvermögen Kroatiens und für deutsche und österreichische Unternehmen die Tür zu einem neuen Markt. Die Übernahme durch die BavariaFinance Group war nichts anderes als ein Versuch, die kriminellen Machenschaften dadurch zu vertuschen, dass man den Laden in ein anderes Land transferierte. Auch die bayrischen Behörden ermitteln nicht, wenn die Politik es untersagt. Aber in Deutschland tut man es wie immer erfolgreich als Schmarrn von uns Balkanesen ab. Glauben Sie mir, die Bayern können Zahlen sehr genau lesen, auch wenn sie bisweilen einen anderen Eindruck zu erwecken versuchen. Auch das ist System. Sie zu betrügen halte ich für unmöglich. Werfen Sie einen Blick auf den Aufsichtsrat und den Vorstand, die Politik war stark vertreten. Einer hat es mittlerweile zum Kanzleramtsminister in Berlin gebracht. Ein Kick-back-Geschäft mit dem Effekt, dass der Steuerzahler die Verluste von zwanzig Milliarden Euro trägt.«

»Wenn Ihre Behauptungen stimmen, würde das die österreichische Position bei den Schadensersatzprozessen enorm stärken. Bei einem solchen Betrag nehme ich selbst diplomatische Spannungen mit Deutschland in Kauf.«

»Und wenn das stimmt, Herr Staatsanwalt, dann können Sie mir helfen. Solange ich lebe. Und Sie können anschließend sogar die Lorbeeren einheimsen. Ein hohes Amt in der Politik ist Ihnen sicher.«

Neuner-Hebenstreit streckt seine Arme aus, als warte er auf Handschellen. »Mir sind die Hände gebunden. Ich habe Ihnen schon erklärt, was es braucht, um Personenschutz zu gewähren. Sie leiden unter Verfolgungswahn, Herr Becker. Und überschätzen sich. Besorgen Sie sich einen Bodyguard, wenn Sie so sicher sind.«

»Schon 1994 sind die Zahlungen für den Embargobruch über Konten der MEC gelaufen. Als Deutschland unter Führung des BND Waffen aus Restbeständen der Nationalen Volksarmee über den Flughafen Maribor nach Kroatien gebracht hat. Und über den Hafen Triest und Slowenien weiter zu Franjo Tuđman und Co.«

»Wer erinnert sich heute noch an Tuđman?«

»Der slowenische Verteidigungsminister hat damals bei jedem Deal, der über sein Land lief, zweihundertfünfzigtausend Dollar eingesackt. Die MEC wurde dabei zur aktiven Kriegstreiberin.« Becker blättert in seinen Unterlagen und legt drei Schwarz-Weiß-Fotos auf den Tisch. »Schauen Sie genau hin. Das ist an einem Grenzübergang von Italien nach Slowenien. 1994. Das Wappen der Nationalen Volksarmee der DDR auf den Kisten ist gut zu erkennen. Das hier sind Vergrößerungen von Aufnahmen, die ich damals gemacht habe. Die Ähnlichkeit der Frau mit der auf dem Foto in der heutigen Presse werden Sie leicht erkennen.«

»Senatorin Castelli de Poltieri vor der Hofburg. Wird die Italienerin die neue Generalsekretärin der OSZE?« Der Staatsanwalt liest die Headline laut vor und legt die Zeitung auf den Tisch zurück. »Was ist mit dieser Dame?«

»Follow the money, Staatsanwalt. Die Aufgabe Ihrer Soko. Noch bevor die Pressemeldung über die Übernahme der MEC durch die Bayern rausgegangen war, wurden stante pede fünfzig Millionen in Nobelvillen in Triest, Weingüter im Friaul, Seegrundstücke in Kärnten und noch mehr in heikle Vorzugsaktien investiert. Eine der Immobilien gehörte dieser italienischen Senatorin auf dem Foto. Romana Castelli de Poltieri. Das dazu nötige Konto führte sie bei der MEC, bei der sie lange im Aufsichtsrat saß. Auch zwei Bosse der BavariaFinance haben profitiert. Die Vorzugsaktien der MEC verzeichneten mit Bekanntgabe der Übernahme eine enorme Wertsteigerung. Die Herren haben sie noch am selben Tag verkauft.«

»Ziemlich abenteuerliche Geschichte, Herr Becker. Wir haben nichts davon ermitteln können.«

»Beruhigen Sie sich. Es ist alles noch viel schlimmer.«

»Was Sie nicht sagen.«

Becker zieht die Fotokopie eines Kontoauszugs aus seinen Unterlagen und hält ihn seinem Gegenüber vor die Nase. »Sie erhielt umgerechnet zwölf Millionen für eine Villa mit zweihundert Quadratmetern. Das war damals die teuerste Wohnimmobilie in Norditalien.«

»Sie können niemandem vorschreiben, wie er sein Geld auszugeben hat.«

»Recherche, die Ihre Sonderkommission leisten müsste. Wenn ich mit meinen Mitteln so weit komme, dann müsste das für Ihre Leute eine leichte Übung sein.«

»Woher haben Sie das Material?«

»Zugespielt bekommen. Von einem Geprellten«, lügt Becker, um Neuner-Hebenstreit zu verunsichern.

Er hatte die Datei per Mail mit unbekanntem Absender erhalten, den er trotz aller Nachforschungen nicht ermitteln konnte. Der Inhalt stammt zweifellos von einer internen Quelle der Bank, wie die Überprüfung der Details ergab.

»Geprellte und betrogene Ehefrauen oder enttäuschte Geliebte sind die Ersten, die reden. Rache ist ein zuverlässiger Komplize. Hätten die Medien nicht berichtet, dann gäbe es auch Ihre Soko nicht. Ich hoffe, Sie stören die feinen Herren nicht allzu sehr mit Ihren Ermittlungen, Doktor Neuner-Hebenstreit. Aber zumindest könnten Sie mithelfen, dass dieser Dame das Handwerk gelegt wird. Am Embargobruch beteiligt, Geldwäsche und Korruption. Ausgerechnet sie als Generalsekretärin der Organisation für Sicherheit und Zusammenarbeit in Europa zu sehen überschreitet meine Vorstellungen. Ihr Rechtsgefühl darf das nicht zulassen.«

Der Staatsanwalt verzieht keine Miene. »Passen Sie gut auf sich auf.«

»Ist das Ihr letztes Wort?«

»Weshalb lassen Sie sich nicht von Jack Samir bewachen, Ihrem alten Freund?«

Becker erschaudert und versucht, es zu überspielen. Hier kennt man offensichtlich alle Details seines Lebens, jeden seiner Schritte. »Nichts für ungut, aber Jack ist Taxifahrer, kein Leibwächter. Sie sollten ein Interesse daran haben, dass mir nichts zustößt.«

»Lebensversicherungen gibt es nur im Todesfall, Herr Becker.« Der Staatsanwalt hebt mahnend den Finger, sein Lächeln gleicht dem einer Sphinx. »Gehen Sie einfach eine Zeit lang so wenig wie möglich vor die Tür.«

»Gehen Sie davon aus, dass ich dieses Material längst in sichere Hände gelegt habe. Und zwar nicht in Österreich. Sollte mir etwas zustoßen, wird die Sache erst recht ans Licht kommen.«

»Sie werden von mir hören.« Der Staatsanwalt schaut auf die Uhr.

Wie ein eingespieltes Team erheben sie sich gleichzeitig vom Tisch. Kaum zieht Becker die Tür hinter sich ins Schloss, greift Neuner-Hebenstreit zum Telefon.

»Alles wie befürchtet. Er hat sich verabschiedet«, sagt er knapp und legt sogleich auf. Dann tritt er ans Fenster mit Blick auf den Rudolfsplatz und wartet.

Jordan S. Becker steigt die breite Treppe des Justizpalasts hinab. Er grinst, weil er dem Staatsanwalt ordentlich eingeheizt hat, aber ganz zufrieden ist er nicht, weil er sich wieder einmal auf einen Hahnenkampf eingelassen hat. Je näher er dem Erdgeschoss kommt, umso mehr Menschen umgeben ihn. Beiläufig grüßt er die ihm bekannten Gesichter.

Im grellen Sonnenlicht auf dem Gehsteig kneift er die Augen zu. Das wütende Aufheulen eines sich rasch nähernden Motors irritiert ihn. Ein leichtes Geländemotorrad rast direkt auf ihn zu, macht einen Sprung über die Bordsteinkante. Die Passanten laufen panisch auseinander. Becker bleibt wie angewurzelt stehen. Der Fahrer trägt einen weißen Helm mit Kinnschutz und voller bunter Aufkleber, eine rot-schwarze Jacke und Handschuhe. Mit der Linken schwenkt er einen langen, in der Sonne blitzenden Gegenstand. Becker spürt noch den Windhauch.

Mit metallischem Klang kracht ein furchterregendes Krummschwert neben seinen leblosen Körper auf den Bürgersteig. Unter Jordan S. Becker breitet sich blitzartig eine riesige Blutlache aus. Sein Kopf hängt nur noch an einem Hautlappen am Körper, Augen und Mund sind weit aufgerissen.

Schrille Schreie. Jemand ruft nach Polizei und Rettungswagen. Der Motorradfahrer ist in einer Seitengasse verschwunden.

»Wenn, dann wie John F. Kennedy! Unerwartet und auf die schnellste Art zu sterben ist nur für die Angehörigen schlimm«, hatte Becker stets gescherzt. Seinen Mörder hat er nicht einmal zu Gesicht bekommen.

Bereits eine Stunde später melden die Nachrichten von *Salzburg heute* aufgeregt geschwätzig den Mord vor dem Justizpalast. Die Methode erinnere an die Handschrift der Dschihadisten, über die Identität des Opfers hüllen sich die Behörden in Schweigen.

Porto Nogaro, Hafengelände.

Die Ladeluken der EARLY SUN stehen offen, zwei Männer mit Schutzhelmen hängen im Bauch des Schiffs den Kranhaken an ein Rohstahlgebinde und geben dem Kranführer das Signal, die Fracht zu löschen, die sich unter den Augen der Behörden allmählich auf der Mole häuft. Im engen Hafenbecken ziehen Schlepper zwei monströse Schleusentore auf einer langen Plattform aufs offene Meer. Über fünfzig Meter lang und dreißig Meter hoch ist jeder der Kolosse. Neben ihnen wirkt die EARLY SUN lächerlich klein, und die Gangway, die Kommissarin Xenia Zannier hinaufsteigt, ist kurz.

»Ein Schweinestall, das sag ich dir gleich«, begrüßt sie Giuliano Perrone, ein uniformierter Kollege der Polizia Marittima. Er ist in ihrem Alter, doch Xenia erinnert sich nicht, woher sie ihn kennt. »Die Kabinen der Besatzung strotzen so vor Dreck, dass selbst die Kriminaltechniker aufgegeben haben. Sinnlos. Neben den Hinterlassenschaften der Mannschaft finden sich die Spuren Hunderter Matrosen vor ihnen. Den Anblick der Kombüse ersparst du dir am besten, sonst vergeht dir für Wochen der Appetit. Das sind die billigsten Lohnsklaven, die man auf der Welt findet.«

»Wo ist die Besatzung?«, fragt Xenia.

»Zum Duschen im Gebäude des Schiffsmaklers, der dritte Containerbau vor der Ausfahrt. Das Wasser an Bord ist eine Bakterienbrühe. Sie werden im Anschluss verhört, ihre Daten durch die Antiterrorismusdatei gejagt und sie dann wohl umgehend abgeschoben. Die von der Guardia Costiera drehen den Kapitän und seinen Ersten Offizier durch die Mangel, bevor sie die beiden an uns weiterreichen. Türken, zwei Jünglinge, die angeblich von nichts wissen. Die gehen in den Bau, bis sie reden – und dann ab mit ihnen. Bis zum nächsten Mal. Die Hintermänner fassen wir nie, die machen weiter. Denen ist es scheißegal, wenn mal ein Schiff hochgenommen wird. Die werden ja im Voraus bezahlt. Der Aufzug an Bord ist übrigens außer Betrieb. Wer weiß, wie lange schon …« Der Kollege weist auf die Luke zum Abgang. »Ich tu mir die Treppen nicht noch einmal an.«

»Besser so, ich hasse Aufzüge.« Xenia wirft einen Blick auf die steile stählerne Treppe, von der die Farbe abblättert.

»Wenn du schon einmal den Maschinenraum eines Schiffs gesehen hast, erspar es dir. Es ist verdammt warm dort unten, und es stinkt wie Sau. Diese Illegalen haben sich im Kesselraum erleichtert. Wenigstens ist es von der Türkei nicht so weit zu uns.«

»Weit genug zum Sterben ist es immer. Wer weiß, wie viele Leichen die Besatzung über Bord geworfen hat. Ich will wissen, wo man Flüchtlinge einsperrt. Man muss die Dinge mit eigenen Augen sehen, um sich ein Urteil zu bilden.«

Xenias Schritte hallen auf dem Stahl, und je tiefer sie steigt, umso dicker wird die Luft. Sie zögert einen Augenblick, ob sie sich diese Enge wirklich zumuten soll, reißt sich aber schließlich zusammen, holt noch einmal tief Atem und geht weiter. Am blanken Metall entlang des Kurbelwellengehäuses ist sichtbar, wo die Flüchtlinge gesessen haben. Die Luke zum Kesselhaus ist verschlossen, trotzdem mischt sich der Fäkaliengestank mit dem von Diesel und Schmierstoffen. Verwesende Leichen stinken schlimmer, denkt sie.

Eine leichte Erschütterung durchfährt den Schiffsrumpf, als der Ladekran den Stahl im Frachtraum anhebt. Drei leere Wasserkanister liegen in einer Ecke sowie ein säuerlich stinkender Blechkübel. Woher mögen diese verdammten Fliegen kommen, die an seinen Wänden sitzen? Als Xenia den Fuß auf die Treppe setzt, fällt ihr ein großer weißer Plastikfetzen ins Auge, der zwischen den Stufen steckt. *Made in Kingdom of Saudi Arabia.* Der arabische Schriftzug darunter besagt vermutlich nichts anderes. Ein rautenartiges Emblem zeigt einen Totenkopf und die Ziffer 6 sowie die Großbuchstaben VX. Haben die Kriminaltechniker das übersehen? Instinktiv zieht die Kommissarin die Hand zurück, schießt ein Foto mit dem Telefon und stürmt die Treppe hinauf. Fünf Stockwerke, zwei Stufen auf einmal. Sie schwitzt und kann es kaum erwarten, der Enge zu entkommen und das Deck zu erreichen. Schon die geschlossenen Fenster und Türen im Büro machen ihr zu schaffen, in Hochhäusern zwingt sie sich, egal wie viele Stockwerke, das Treppenhaus hinaufzurennen. Und nur einmal in ihrem Leben hat sie ein Einkaufszentrum besucht, als ein panischer Kunde in der langen Schlange vor der einzigen geöffneten Kasse durchgedreht war und von den Männern der Security nicht bezwungen werden konnte.

Zehn Stufen noch bis zum Deck, doch die Luke ist verschlossen. Xenia rüttelt panisch an der Tür, setzt mit harten Tritten nach. Keine Reaktion. Ihr Puls rast, sie rennt die nächste Treppe hinauf, erreicht den Flur mit den Kabinen der Besatzung, in dem es kaum weniger stinkt als im Maschinenraum. Sie findet ein Bullauge, stößt es auf und zwängt sich hindurch. Endlich steht sie mit den Fersen auf einer Schweißnaht vor dem Deckhaus hoch über der Mole, auf der Seeseite würde sie, ohne zu zögern, ins Wasser springen. Drei Meter unter ihr stehen zwei Uniformierte, die sich lachend auf die Schultern schlagen. Trotz seiner Schirmmütze erkennt sie Perrone.

»Die ist doch eigentlich ganz sympathisch«, sagt der zweite Polizist kichernd.

»Ja, aber ich mach mit dir jede Wette, dass du sie nicht wiedererkennst, sobald sie sich befreit. Eine Furie.« Perrone klatscht vor Vorfreude. »Wir haben das damals auf der Polizeischule mit ihr gemacht. Besenkammer. Sie hat die Tür eingetreten und dann alles um sich herum zertrümmert, die war gar nicht wieder einzukriegen.«

Es reicht. Xenia springt, kommt knapp neben Perrone auf die Füße. Zwei blitzschnelle Ohrfeigen lassen seinen Kopf hin- und herfahren. Sie läuft bereits die Gangway zur Mole hinunter, während der überraschte Mann seine Wangen reibt. Auf halbem Weg dreht sie sich um, ihre Stimme ist ruhig.

»Du hast recht, Giuliano. Eine Furie. Noch einmal, und du kannst Invalidenrente beantragen«, ruft sie hinauf.

»Es ist nicht unsere Schuld. Reiner Zufall, dass die Tür zu ist.«

»Zu blöd zum Lügen, Perrone. Wer hat das Schiff durchsucht?«

Sie wartet die Antwort nicht ab. Der Schweiß rinnt ihr in Bächen vom Körper. Sie muss niesen und greift zum Telefon. Wieder übergeht sie den Questore und ruft direkt im Innenministerium an.

»Hast du das Material über deine Spezialfreundin schon bekommen?«, fragt Nicola Bonanni anstelle eines Grußes. »Dann schließ es weg, es ist nur für dich bestimmt, Xenia. Unterlagen, auf die du scharf bist.«

»Wovon redest du, Nicola? Ich bin seit halb fünf im Einsatz. Ein Frachtschiff, das Flüchtlinge eingeschleust hat. Es wurde in Porto Nogaro beschlagnahmt.«

»Ich habe es in den Kurzmeldungen gesehen. Warum bist du so aufgeregt?« Bonanni ist der Ministerialdirektor für die Sektion Verbrechen mit politischem Hintergrund und mehr als ein alter Verbündeter. Während Xenias Dienstzeit in Ostia waren sie sich gefährlich nahegekommen.

»Im Maschinenraum liegt ein Fetzen Plastik mit arabischer Aufschrift und einer auf die Spitze gestellten Raute, einem Totenschädel, der Zahl 6 und dem Zeichen VX.«

»Bist du sicher?« Er wartet ihre Antwort nicht ab. »Hochtoxisches Zeug. VX ist ein Nervenkampfstoff, den auch Saddam Hussein im Nordirak eingesetzt haben soll. Liegt noch mehr dort?«

»Ich habe nur das Foto geschossen und bin sofort rausgerannt.«

»Schick es mir umgehend. Wie viele Leute sind an Bord?«

»Zwei Beamte halten Wache.«

»Sie sollen sofort verschwinden. Der Kai muss weitläufig geräumt werden.«

»Ich habe es Questore Falsariga nicht gemeldet.«

»Mach ich schon. Ist es windig?«

»Leichte Bora aufs Meer hinaus.«

»Wenigstens etwas. Es wird Großalarm geben. Die Räumung veranlasse ich. Es dauert zwei Stunden, bis die Spezialisten aus Civitavecchia einfliegen. Undenkbar, was passiert, wenn mehr von dem Zeug an Bord ist und hochgeht. Geh gleich zum Arzt.«

»Das kann warten. Die Flüchtlinge haben es auch überlebt.«

»Geh zum Arzt. Das ist ein Befehl, Xenia. Und nimm danach die Unterlagen unter Verschluss, die ich dir geschickt habe.«

Die Kommissarin vernimmt ein Knacken in der Leitung. Sie winkt Perrone und seinen Kollegen zu sich. »Keine Angst, diesmal tu ich dir nichts. Schick sofort die Arbeiter weg und sorg dafür, dass die Mole abgesperrt wird.«

»Du hast mir nichts zu befehlen, Zannier.« Perrone plustert sich unnötig auf.

»Und zwar bereits an der Hafeneinfahrt. Verdacht auf hochtoxisches Gut an Bord. Auch der Kranführer und die Leute im Laderaum müssen umgehend vom Gelände verschwinden. Alle! Los, beeilt euch.« Wieder niest die Kommissarin. »Spezialisten sind unterwegs. Aber es wird dauern, bis sie hier sind.«

»Hast du übernatürliche Kräfte?« Perrone unterbricht sich und schaut auf sein Telefon. Er nimmt ab, bestätigt Befehle. »Los«, ruft er seinem Kollegen zu, winkt aufgeregt die Arbeiter und den Kranführer zu sich und eilt ihnen zur Einfahrt des Geländes voraus, wo er Anweisung gibt, dass die Schranken geschlossen bleiben. Als die Kommissarin mit dem Scooter vorbeifährt, winkt er ihr eingeschüchtert zu.

Die dreißig Kilometer zurück nach Grado führen durch flaches Land und an dichten Pappelwäldern vorbei, die früher die Zellulose für die Textilproduktion in Torviscosa geliefert hatten. Xenia beschleunigt, endlich trägt der Fahrtwind den Gestank aus den Eingeweiden der EARLY SUN davon, das Visier ihres Helms hält sie auf der ganzen Strecke geöffnet. Manchmal niest sie mehrfach. Giftgas? Oder eine allergische Reaktion auf den Dreck im Schiff?

Als die Sonne endlich die Wolken durchbricht, drosselt sie das Tempo und gleitet gemächlich durch die Landschaft. Zu viel ist an diesem Morgen passiert, worüber sie nachdenken muss. Die Gesichter der Flüchtlinge vermischen sich mit denen der Journalisten und der bescheuerten Kollegen auf dem Schiff. Sie wundert sich über einen Bauern, der einen Acker neben der Straße pflügt. Riesige Schwärme gieriger Möwen stürzen sich hinter dem Traktor auf die reiche Nahrung, die zwischen den Erdschollen freigelegt wird. Der Mann ist spät dran, bei Fiumicello reifen schon bald die Pfirsiche, und auch Gerste und Weizen stehen dank des vielen Regens der letzten Woche hoch, während die weiten Spargelfelder fast abgeerntet sind. Der mächtige Campanile der Basilika Santa Maria Assunta der im römischen Reich so bedeutenden Stadt Aquileia, von der nur ein paar Häuser und ein riesiges Areal an Ausgrabungen übrig geblieben sind, ragt wie ein Wegweiser über die Dörfer und Felder. Vor zweitausend Jahren, denkt Xenia, ging es hier nicht so verschlafen zu wie heute, wo sie fast jeden Tag damit hadert, ob sie sich mit der Versetzung aus dem Süden des Landes tatsächlich einen Gefallen getan hat und wie lange es noch dauert, bis sie ihrem eigentlichen Ziel näher kommt. Ist nicht auch sie zu spät dran, die alten verkrusteten Strukturen aufzureißen und endlich Licht in die Schattenwelt zu bringen, in der die Senatorin mithilfe einiger grauer Eminenzen unter dem demokratischen Deckmäntelchen ihr böses Spiel treibt?

Die Straße führt über eine lange Brücke durch die Lagune nach Grado. Xenia gibt Gas, überholt drei Wohnmobile mit dänischen Kennzeichen und atmet tief durch. Kraniche und Flamingos stehen unbeweglich im Wasser und warten auf den nächsten Fisch. Kleine Ausflugsschiffe fahren unter der Brücke hinaus aufs offene Meer.

An der Ortseinfahrt signalisiert ihr Telefon das Eintreffen einer Nachricht. Sie fährt rechts ran und kramt das Gerät aus der Tasche. Der interne Newsticker der Polizei meldet, dass beim Grenzübergang Tarvisio die Schengen-Zone vorübergehend aufgehoben ist. Nach einem mutmaßlich terroristischen Anschlag in Salzburg wird Wagen für Wagen kontrolliert. Ausgerechnet zum Saisonauftakt. Auch an der ersten italienischen Mautstelle werden die Kontrollen verstärkt, und die Sicherheitskräfte im Nordosten müssen mit Sonderschichten rechnen. Weitere Anweisungen sollen folgen.

In der Via delle Pleiadi ist die Haustür unverschlossen, aus der Küche vernimmt sie Kratzgeräusche. Arne beugt sich über seinen Metalldetektor und fährt vor Schreck zusammen, als sie ihm einen Kuss in den Nacken drückt. Beim Anblick seiner Freundin schmilzt er dahin.

»Hast du frei? Dann bleib ich hier.« Er umschlingt sie und küsst gierig ihren Hals.

»Nein, aber ich brauche eine Dusche und frische Kleider. Ist deine Führung ausgefallen?« Xenia befreit sich aus seiner Umarmung.

»Ohne Honorarersatz natürlich. Nicht einmal abgesagt haben die Schweine. Als ich sie erreichte, gab's lauwarme Ausreden.«

Arne Nordmann hatte in Münster frühchristliche Archäologie studiert und war vor Jahren in Aquileia gelandet. Seit die Grabungen eingestellt wurden, schlägt er sich als Fremdenführer und Aushilfskellner in einem Hotelrestaurant durch. Alle paar Wochen schickt ihm sein Vater Geld.

»Dann gehe ich eben auf Schatzsuche, hab ich viel zu lange nicht getan. Aber ich muss das Ding erst reinigen und entrosten.«

»Lass dich nicht erwischen.«

Xenia füllt Kaffee und Wasser in die Moka und stellt sie auf den Herd. Während sie auf das aufsteigende Gurgeln wartet, streift sie ihre Jeans ab.

Arne gibt ihr einen Klaps auf den nackten Po.

»Arne, was du tust, ist verboten.« Xenia niest.

»Seit wann?« Noch einmal klatscht seine Hand auf ihren Hintern.

»Schon immer, das sind ungenehmigte Grabungen.«

»Aber die beiden Amphoren und die Münzen letztes Jahr haben einiges gebracht.«

»Dafür hätte ich dich verhaften müssen. Und was war mit der rostigen Senfgas-Kartusche vom Monte San Michele? Ich musste dem Räumkommando weismachen, wir hätten sie beim Anlegen der Beete gefunden.«

»Ich hatte doch nur gehofft, sie würden den Gemüsegarten umgraben«, feixt Arne.

»Wir können froh sein, dass sie nicht losgegangen ist und uns beide zu den letzten Kriegsopfern gemacht hat. Das mit dem Giftgas nimmt nie ein Ende.« Xenia schenkt sich Kaffee ein und legt ihr Sweatshirt ab. »Wenn ich Pech habe, habe ich eine Dosis erwischt. Ich musste auf ein Schiff, das so ein Zeug transportiert hat. Ich sollte eigentlich zum Arzt.«

Das Läuten ihres Telefons holt sie aus der Dusche, sie wickelt sich in ein Badetuch, nimmt ab.

»Sie waren in Porto Nogaro, Zannier. Trotz des Chemiealarms haben Sie das Schiff betreten. Sind Sie verrückt geworden?«, schimpft der Questore sofort. Seit ihrem Dienstantritt in Grado scheint ihr oberster Chef nur darauf zu warten, dass ihr Fehler unterlaufen.

»Welcher Alarm, Dottor Falsariga?«

Xenia steht in der Zugluft und niest. Sie verdreht die Augen und stimmt den unschuldigsten Ton an, zu dem sie fähig ist. Selbst wenn sie ihm die Wahrheit ins Ohr brüllte, würde er ihr nicht glauben. Und falls die Untersuchung des Schiffs keine weiteren Aufschlüsse bringt, wird er sie für den ganzen Aufwand verantwortlich machen. Bonanni hat ihm sicher nicht mitgeteilt, woher er die Information bekam. Eher hatten Perrone und sein Kollege sie aus kleinlicher Rache angeschwärzt.

»Terrorismusalarm. Die Spezialisten vom Militär treffen jede Minute ein. Vermutlich wurde Giftgas eingeschmuggelt. Das Ministerium hat die großräumige Absperrung angeordnet, doch Sie spazieren da einfach rein. Halten Sie sich für unsterblich? Und fast zeitgleich gab es in Salzburg einen islamistischen Anschlag. Ich hätte die größte Lust, Sie an die Grenze zu delegieren. Da fehlt es an Personal.«

»Wie Sie meinen, Dottore. Soll ich gleich losfahren?«

»Beherrschen Sie sich, Commissario. Sind Sie auf den Kopf gefallen? Melden Sie sich umgehend beim Arzt. Es kann sein, dass Sie kontaminiert sind«, brüllt Falsariga, und Xenia stellt sich sein tiefrot angelaufenes Gesicht vor.

»Dann wäre ich kaum am Telefon, und die Flüchtlinge wären nicht lebend angekommen.«

»Sie verkennen die Situation. Unser Amtsarzt ist informiert, dass Sie kommen. Zannier, diese Illegalen schaffen nur Probleme. Und dass sie jetzt schon in Grado anlanden, bedeutet, dass wir die Kontrolle verloren haben. Ganz Europa lässt uns auf ihnen sitzen. Deutschland wird bald wieder dichtmachen, und die Österreicher drohen mit der Entsendung von Militär und hermetischen Grenzbarrieren. Italien bezahlt für alle.«

»Und was passiert jetzt mit diesen Leuten? Wir können sie unmöglich im Theater unterbringen, Dottor Falsariga.«

»Die Sicherheitsüberprüfungen haben Vorrang. Terrorismusabwehr, Zannier. Muss etwa noch mehr passieren? Warten Sie weitere Befehle ab. Der Apparat läuft auf Hochtouren.«

Xenia trocknet sich ab, holt frische Kleidung aus dem Schrank und steckt die Beretta wieder ein, obgleich sie die meist im Tresor lässt. Mit der Dienstwaffe durch den Badeort Grado zu gehen hält sie für überzogen. Was soll hier schon passieren?

Grado, Isola della Schiusa. Kommissariat.

Wenigstens stehen an der Dienststelle die Fenster offen, nach den anhaltenden Niederschlägen lüften die Kollegen durch. Ein Wunder, dass es selbst den Männern zu muffig war. Am Schreibtisch im Entree sitzt Chefinspektor Refolo.

»Ist ein Paket aus dem Innenministerium für mich eingetroffen?«, fragt sie grußlos. Sie kann es kaum erwarten, die Unterlagen von Bonanni anzusehen.

»Das Postfach ist leer.« Refolo hebt die Schultern. »Die Post kam während Donadonis Dienst.«

»Wo ist er jetzt?«, fragt Xenia.

»Ich hab ihn nach Hause geschickt. Er jammerte über Kopfweh wegen zu viel Stress. Wenn er nicht ständig was zu essen bekommt, ist er nicht zu gebrauchen.«

»Memme. Gibt es Neuigkeiten über die Flüchtlinge?«

»Die sitzen im Theater fest. Im Moment werden sie von den Ärzten durchgecheckt. Und die Speznas blockieren noch immer die Straße. Die Anwohner beschweren sich, weil sie sich jedes Mal ausweisen müssen, wenn sie durchwollen. Hier ist eine erste Liste mit Personalien. Ausweispapiere hat angeblich keiner von ihnen, und ihre Staatsangehörigkeiten verschweigen die meisten. Dafür haben die Übersetzer die Sprachen notiert, in denen sie die Leute befragt haben. Das Ganze zieht sich hin, wir haben viel zu wenig Personal.«

Auf einen Blick erkennt sie, dass sich ihre erste Einschätzung bestätigt: Syrer, Iraker, Pakistaner. Afrikaner werden nach wie vor nach Sizilien, Kalabrien oder Apulien geschleust. Dass mit der EARLY SUN der kürzeste Seeweg von der Türkei nach Griechenland umschifft wurde, ist neu. Sollte eine neue Route getestet werden? Dass Flüchtlinge mit größerem Budget für viel Geld auf teuren Segeljachten nach Italien geschippert werden, weiß man seit letztem Sommer. Von einem Frachtschiff ist jedoch seit dem Zusammenbruch des Regimes in Albanien nichts mehr bekannt. Schon 1991 brachten Frachtschiffe wie die VLORA Zehntausende auf der kürzesten Strecke über die Straße von Otranto maximal bis nach Bari. Niemals weiter nach Norden.

Wer auch immer diesen Versuch gestartet hat, kennt sich hier aus. Xenia beschließt, bei Nicola Bonanni darauf zu beharren, in die Ermittlungen unter allen Umständen einbezogen zu werden. Von alleine hätten die Flüchtlinge den Weg zum Busbahnhof nicht gefunden, sogar Fahrscheine hatten sie.

Xenia überfliegt die Unterlagen auf ihrem Schreibtisch und

fährt den Computer hoch. Dann schaltet sie an ihrem Telefon die Rufnummernunterdrückung ein und wählt Beckers Nummer, um von ihm mehr über das Attentat in Salzburg zu erfahren. Sie lässt zweimal klingeln, legt wieder auf, dann dreimal und bleibt schließlich dran. Auch wenn sie sich nur selten hören, ist es eine alte Gewohnheit zwischen den beiden, auf die Xenia besteht und an die Becker sich kaum hält. Sie muss lange warten, bis endlich eine Männerstimme mit einem knappen Ja antwortet.

»Ich bin's«, sagt sie lediglich.

»Wer?«

Xenia kappt die Leitung. Becker fragt nie nach. Schon lange behauptet er, dass sein Telefon abgehört werde. Sie tippt die Suchbegriffe, unzählige Seiten melden fast gleichlautend den Mord in Salzburg. Nur eine nennt den Tatort. Rudolfsplatz, direkt vor dem Justizpalast, wo auch die Büros der Staatsanwaltschaft liegen. Beim Opfer handle es sich um einen etwa sechzigjährigen Mann mit schulterlangem grauem Haar und von durchschnittlicher Statur, der zuvor das Gebäude verlassen habe. Ein Geländemotorrad mit kroatischem Kennzeichen, der Fahrer trug eine farbige Lederjacke. Sturzhelm mit geschlossenem Visier. Bei der Tatwaffe handle es sich um ein osmanisches Krummschwert. Vermutlich ein islamistischer Einzeltäter. Es hätte jeden treffen können. Auch in Salzburg sei man jetzt nicht mehr sicher.

Nervös steckt sich Xenia eine Zigarette an. Obwohl der Mann am Telefon nur ein Wort gesagt hatte, Becker war das nicht. Sie wählt die Nummer von Bonanni im Innenministerium. Er antwortet flüsternd aus einer Konferenz.

»Hast du Kontakte in Salzburg?«, fragt Xenia.

»Hab davon gehört. Lass die Finger davon«, sagt er. »Warst du beim Arzt?«

Ohne seine Frage zu beantworten legt sie auf. Bonanni wird

sich melden, sobald er Zeit hat. Sie nimmt ein Blatt Papier und notiert Stichworte. Was ist, wenn die Schleuser neben den Flüchtlingen auch Giftgasbehälter an Land geschafft haben? Wo könnte das Zeug sein, und wo in der Gegend könnte es eingesetzt werden?

Refolo bringt ein dickes Päckchen herein, das ein Kurier angeliefert hat. »Das habe ich unter Donadonis Schreibtisch gefunden. Ich werde ihm eine Abreibung verpassen, wenn er zurückkommt.«

Von Weitem erkennt sie den dicken gelben Briefumschlag mit dem Emblem des Innenministeriums. Dieses Mal ist sie froh über Donadonis Trägheit, dessen Aufgabe es ist, täglich die eingegangene Post zu verteilen. Trotz aller Ermahnungen ist er dem kein einziges Mal zuverlässig nachgekommen. *Streng vertraulich* steht in großen Lettern über ihrer Adresse. Dieses Paket hätte er sicher geöffnet.

Xenia schiebt Telefon und Tastatur beiseite und reißt es auf. Als Erstes überfliegt sie eine dünne Akte von zehn Seiten. Schließlich zieht sie eine dickere mit vergilbten Papieren heraus. Der rote Stempel des Innenministeriums auf dem Deckblatt mit dem Vertraulichkeitshinweis springt ihr ins Auge. Keine Kopien, Originale. Eine Akte, die es offiziell nicht gibt, wie Bonanni sagte, kann auch nicht entwendet werden. Obenauf das gestochen scharfe Foto einer Frau um die sechzig, darunter ihr Name: Senatorin Romana Castelli de Poltieri.

Fünfundzwanzig Jahre angestauter Hass. Die graue Eminenz, der trotz aller schmutzigen Geschäfte bisher niemand habhaft geworden ist. Senatorin des großen rechten Sammelbeckens, ohne jemals einen Wahlkampf geführt zu haben, doch mit einem bis ins Lager ihrer politischen Gegner reichenden Netzwerk an Abhängigen, die ihr mehr als einen Gefallen schulden. Die Spinne im Beziehungsnetz des Nordostens, die Jobs und Positionen besorgt, bevorzugte ärztliche Betreuung oder Sozialleistungen, genauso wie sie Sonderregelungen durchzusetzen vermag oder nötige Modifikationen zugunsten der Protegés im letzten Moment gut kaschiert in Gesetzesnovellen einflicht. Heute Morgen noch hatte Becker am Telefon angedeutet, sie sei in die dunklen Geschäfte der österreichischen Skandalbank verstrickt gewesen.

Südlich von Rom würde sich niemand über diese Mechanismen wundern. Der Nordosten Italiens aber versteht sich als Insel der Glückseligen, wo die Arbeitslosigkeit im Landesvergleich niedrig und die Einkommen überdurchschnittlich sind. Steuerhinterzieher, Schwarzbauten, Betrug bei öffentlichen Ausschreibungen, Straßenkriminalität gibt es angeblich nur bei den anderen.

Sooft bisher jemand auf die unübersichtlichen Beziehungen der Senatorin hingewiesen hat, so oft wurden die Hinweise ignoriert. Drüben bei Fossalon soll sie sogar an einer Immobiliengesellschaft beteiligt sein, die verlassene Gehöfte billig kauft, notdürftig herrichtet und durch eine gemeinnützige Kooperative zur Beherbergung von Flüchtlingen nutzt. Fünfunddreißig Euro pro Person und Tag. Stockbetten für acht bis zehn Personen in vollgestellten, engen Räumen. Miserable Verpflegung. Lukrative Einnahmen. Xenia würde sich nicht im Geringsten darüber wundern, wenn Romana Castelli de Poltieri auch von der Misere der angekommenen Flüchtlinge profitieren würde.

Sie nimmt ihre Dienstwaffe aus dem Gürtelholster. Ohne hinzusehen, zieht sie das Magazin heraus, lässt die Kugel aus dem Lauf fallen und nimmt den Schlitten ab. Sie blättert weiter, während sie die Waffe säubert und ölt.

Commissario Capo Zannier: Mangel an Teamgeist, exzentrisch, renitent und disziplinlos, gewaltbereit, unberechenbar.

Sie liest sich halblaut vor und verzieht das Gesicht, während sie die Waffe wieder zusammensetzt. »Klingt wie eine Beförderung.« Sie murmelt vor sich hin, als brauche sie noch einmal die Bestätigung. »Ein Brief der Senatorin an den Innenminister. Gegen meine Versetzung nach Grado. Und einer vom Questore, der mich aber als überqualifiziert für diese Stelle bezeichnet. ›Eine Beamtin, die durch ihre Schwerpunktarbeit gegen das organisierte Verbrechen das Sozialgefüge in einem kleinen Provinzkommissariat stören wird.‹ Ganz offensichtlich abgesprochen. Mitsamt einiger Zeugenaussagen der Lieblingskollegen, denen ich im Kommissariat von Ostia den Marsch geblasen hab. Jetzt wird mir einiges klar.«

Sie schiebt das Magazin zurück in die Pistole. Lädt durch und legt sie neben die Papiere. *La famiglia* steht groß auf dem Deckblatt der dickeren Akte, das erste Blatt zeigt den Familienstammbaum. Wer hat dieses Dossier angelegt?

Chefinspektor Refolo reißt sie aus der Lektüre.

»Wir sollten zum Theater fahren. Es kommt Bewegung in die Sache. Die ersten Flüchtlinge sollen verlagert werden. Außerdem sind die Giftspezialisten am Hafen von Porto Nogaro gelandet und beginnen mit der Durchsuchung.«

Berlin, Hotel am Gendarmenmarkt.

»Unser Militärbündnis wird eine Ausweitung des syrischen Bürgerkriegs auf die Türkei nicht dulden«, sagt die Kanzlerin in den Fernsehnachrichten anlässlich ihres Besuchs bei einer nach Südostanatolien verlegten Bundeswehreinheit, die die Türkei im Rahmen der NATO-Operation Active Fence mit modernen Raketenabwehrsystemen vor Angriffen aus Syrien schützen soll. Ihr Gesicht ist von den Mikrofonen der Journalisten fast verdeckt.

Bernd Körber hängt sein Jackett auf den Bügel und legt die Krawatte ab, als sein Telefon klingelt.

»Mozart ist tot«, sagt die Männerstimme in der Leitung.

»Keine Zweifel?«, fragt Körber und schaltet den Ton des Fernsehers ab.

»Nur wenn man ihm den Kopf wieder annäht.«

Weder mit seinen Telefonaten noch mit den Mails war der Mann mit dem Decknamen »Mozart« besonders sorgsam umgegangen. Seine bisherigen Publikationen über den Bankenskandal um die Middle European Credit Bank hatten bestätigt, dass er außerordentlich gut informiert war und Zugang zu Quellen hatte, deren Enthüllung aus Gründen der Staatsraison verhindert werden musste. Wenn er endgültig zum Schweigen gebracht ist, hat Körber sein Ziel erreicht: Die BavariaFinance ist aus dem Schneider und das Gesicht derer gerettet, die in Aufsichtsrat und Vorstand die Übernahme der angeschlagenen MEC betrieben hatten. Leider ist damit auch Kanzleramtsminister von Menzig aus der Schusslinie.

»Verdachtsmomente?« Körber weiß, dass die Medien die Sache aufbauschen werden.

»Keine. Aber ein Problem könnte es dennoch geben. Mozart behauptete, er habe Kopien der Partitur im Ausland deponiert. Wir wissen noch nicht, ob es stimmt. Oder, falls es die Wahrheit ist, wer sie hat.«

Körber stößt einen leisen Pfiff aus.

»Es kann sich auch nur um einen Bluff handeln.«

»Analysieren Sie seine gesamte Kommunikation und seine Artikel. Und zwar schnell. Listen Sie die Kontakte auf.«

Körber legt grußlos auf und schiebt die Vorhänge zurück. Am Französischen Dom wird die Beleuchtung angeschaltet. Der Regen fällt gegen das Fenster.

Sein Tag war lang gewesen. Noch auf der Fahrt zum neuen BND-Areal wurde Körber unsanft aus seinen Erinnerungen an die große Zeit in Zagreb und den Umbruch auf dem Balkan gerissen. Er hatte nicht auf den Weg geachtet, den sein Fahrer durch unzählige Seitenstraßen wählte. Die Vollbremsung hatte ihn gegen den Vordersitz geworfen, worauf Körber sofort die Tür aufriss und in den Regen hinaussprang. Ein Mann, dessen Kapuze vom Kopf gerutscht war, stützte sich neben seinem Fahrrad auf dem nassen Asphalt ab und versuchte, wieder auf die Beine zu kommen. Ein dickes, in Plastiktüten gehülltes Päckchen lag drei Schritte vor ihm in einer Pfütze. Zwei Passanten wollten ihm zu Hilfe zu kommen, doch er wies sie fluchend ab und strich sich die dichten, nassen Haare aus dem Gesicht.

Als Körber auf den Radfahrer zutrat, kam der gerade auf die Beine, wobei er wohl wegen der Schmerzen in einer Sprache schimpfte, die Körber wohlvertraut war.

»Sind Sie verletzt? Ich rufe den Notarzt«, sagte Körber sogleich auf Kroatisch.

»Bist du bescheuert?«, blaffte der Kerl auf Deutsch zurück. »Verschwinde und lass mich in Ruhe. Scheißkrawatte.«

Der Chauffeur näherte sich mit dem Päckchen in der Hand und öffnete es, worauf der massige Radfahrer es ihm entriss. Der schmächtige Körber war wie ein Referee im Schwergewichtskampf zwischen die beiden gegangen, die ihn um mehr als einen Kopf überragten, und schickte den Fahrer zurück zum Wagen. Dann nahm er eine Visitenkarte mit eingeprägtem Bundesadler, auf der nur sein Name und darunter das Wort Direktor stand. Er schrieb seine Mobilnummer dazu.

»Rufen Sie mich an, falls es etwas zu regeln gibt. Ich sorge dafür, dass Sie keine Scherereien bekommen. Wie ist Ihr Name?«

»Miloš Ban.«

»Kroate?«

»Slowene, Kroate, Deutscher. Europäer. Wen interessiert das?«

»Rufen Sie mich an, wenn Sie Hilfe brauchen.«

Der Kerl war auf sein Rad gestützt davongehumpelt, und Körber stauchte den Fahrer zusammen, er möge auf weitere Umwege verzichten und ihn endlich zum BND bringen.

Die anschließenden Sitzungen waren nervtötend gewesen. In einem Vieraugengespräch hatte Major Weißenfels allen Ernstes behauptet, Körbers Ehefrau Maja habe ein doppeltes Spiel betrieben und sei ihrem Mann in den Rücken gefallen, indem sie jahrelang die Serben über seine Dienstreisen nach Zagreb informierte, und dass diese ihn observierten und in den Hotels abhörten und somit auch seine Kontaktpersonen kannten. Ausgerechnet an Majas Todestag trumpfte er damit auf und erklärte von oben herab, dass er über eindeutige Hinweise verfüge. In der anschließenden Abteilungssitzung berichtete Weißenfels, ab sofort der alleinige Koordinator für die Abstimmung der Sicherheitsmaßnahmen anlässlich der Friedensfeier der Regierungschefs zum hundertsten Gedenktag des Giftgaskriegs an der Isonzofront an einem Soldatenfriedhof des Ersten Weltkriegs in Norditalien zu sein. Das konnte Körber nicht durchgehen lassen.

Die Kolleginnen und Kollegen schauten angestrengt zur Decke, zwei von ihnen glotzten auf die Narbe an seiner Stirn, als handelte es sich um einen Stadtplan. Keiner hatte den Mumm auszusprechen, was er dachte. Die meisten kannten Körber seit einer halben Ewigkeit. Aber das schneidige Gebaren des Majors schüchterte sie ein.

Nur eine wirklich neue Sache war auf den Tisch gekommen. Nach einer Information der Kollegen des griechischen Militärgeheimdienstes DDPS hatte gestern ein kleinerer Frachter namens EARLY SUN die Insel Korfu passiert, wo der Dienst die Stimmen an Bord auffing. Syrische, irakische und pakistanische Flüchtlinge. Das Schiff fuhr unter panamaischer Flagge und steuerte die obere Adria an.

»Die wissen doch, dass die Italiener sie aufnehmen werden,

statt sie auf offener See zurückzuschicken. Mit ihrem Mare-Nostrum-Programm stellen sie sich als Retter der Menschheit dar, dabei heizen sie die illegale Einwanderung nur noch weiter an.« Weißenfels erntete Zustimmung. »Und im Anschluss schicken sie alle nach Deutschland, dabei ist das Boot längst voll.«

Körber ging anderes durch den Kopf. Er gab Anweisung, ihn über die Position des Schiffs auf dem Laufenden zu halten, und gleich nach der Sitzung führte er zwei Telefonate. Josip Mirković, den Präsidenten der Hafenbehörde im kroatischen Rijeka, informierte er über seinen baldigen Besuch. Der Hafen an der Kvarner Bucht war ideal, um die Waffenbestände nach Syrien zu verschiffen, wie der Minister angewiesen hatte. Und Mirković war dafür die geeignete Person, ihn hatte er im Griff. Körber machte eine kurze Pause vor dem zweiten Anruf, räusperte sich kräftig und setzte schließlich die freundlichste Miene auf, zu der er noch imstande war. Den Abteilungsdirektor im italienischen Innenministerium, Nicola Bonanni, kannte er seit Jahren. Nach kurzem Austausch von Höflichkeiten bat Körber ihn, eventuelle Störmanöver aus seinem Amt zu ignorieren und wegen der Friedensfeier in Redipuglia wie gewohnt ausschließlich mit ihm zu kommunizieren. Bonanni hatte sich nicht weiter über sein Ansinnen gewundert und war wie immer ausgesprochen verbindlich gewesen, allerdings hielt sich der Mann in Rom sehr kurz.

Während er das Bier aus der Minibar öffnete, gingen Körber Bilder von früher durch den Kopf. Als Maja noch lebte. Als sie mit den Kindern unterm Weihnachtsbaum saßen und Geschenke auspackten. Geburtstage. Die Urlaube an der Adria. Das Familienalbum war voll davon.

Berlin, Prenzlauer Berg. Gaudystraße.

»Glaubst du wirklich, dass du das durchhältst, Miloš?«, fragt Clarissa Waisz noch einmal, als sie den Wagen in der einsetzenden Dämmerung am Flughafen Schönefeld vorbei auf die Autobahn Richtung Dresden lenkt. »Das ist eine Mordsprellung. Dein Knie ist ziemlich geschwollen. Das muss geröntgt werden. Ich kann wirklich alleine fahren.«

Die zweiundvierzigjährige Fotografin hatte geplant, am Abend Richtung Süden aufzubrechen, wo sie im Auftrag eines Reisemagazins die östliche Adriaküste vom italienischen Grado bis runter nach Montenegro fotografieren soll, während ein Kollege den westlichen Teil bis zum Salento übernimmt. Ihr Freund Miloš Ban, vereidigter Übersetzer für die slowenische und die kroatische Botschaft in Berlin, wäre ihr dank seiner Sprachkenntnisse eine große Hilfe. Er kennt die Gegend seit seiner Kindheit, was die Reise noch weiter erleichtern würde. Ohne große Umwege oder Zeitverlust kann er sie an die richtigen Orte führen. Doch sein Unfall am Vormittag droht, die Pläne über den Haufen zu werfen. Miloš aber will seine Freundin auf keinen Fall alleine losfahren lassen.

»Es ist wieder mal typisch, dass das ausgerechnet dir passiert«, hatte Clarissa geschimpft, als Miloš gegen 10 Uhr durchnässt und hinkend die Wohnung betrat. »Natürlich ist dir erst wieder im allerletzten Moment eingefallen, deine Rechnungen noch in die Botschaften zu bringen. Ich hab dir schon so viel Geld gepumpt, dass für die Reise Sparkurs angesagt ist.«

Im Flur stand schon ein Koffer mit Clarissas Fotoausrüstung bereit, und auch ihre Reisetasche hatte sie schon gepackt. Miloš warf den Umschlag mit seinen Unterlagen darauf und stützte sich zwischen zwei ihrer gerahmten Vergrößerungen ab.

»Pass doch auf. Nimm die dreckigen Pfoten von der Wand«,

schimpfte Clarissa und versuchte, den Abdruck wegzuwischen.

Unter Schmerzen hatte er das Rad nach Hause geschoben, im Treppenhaus angekettet und sich am Geländer die Stufen in den zweiten Stock hochgezogen. Erst als Clarissa erkannte, dass er die Hose nicht alleine abzustreifen vermochte, bemühte sie sich, ihm zu helfen und ihn zu verarzten. Während er sie auf dem Küchenstuhl sitzend gewähren ließ, meinte sie, dass er besser die Polizei gerufen hätte, um den Unfall aufzunehmen und sich mit dem Krankenwagen zur Notaufnahme bringen lassen, anstatt sich mit einer nichtssagenden Visitenkarte zufriedenzugeben. Schon seit geraumer Zeit herrschte dicke Luft zwischen den beiden.

»Körber, kann jeder heißen. Und auch wenn Direktor unter seinem Namen steht und der Bundesadler eingeprägt ist, bist du keinen Deut schlauer«, keifte sie.

»Und du glaubst, dass die Bullen einen Ausländer ernst nehmen, wenn das Auto eine offizielle Regierungsnummer trägt, die kein Normalsterblicher zuordnen kann. Die scheißen sich doch selbst in die Hose.« Miloš humpelte in die Küche. »Außerdem hat der Mann seine Telefonnummer dazugeschrieben, für den Fall, dass was ist.«

»Kannst du das Knie überhaupt bewegen?«, fragte Clarissa, nachdem sie die Wunde gereinigt hatte. Sie leerte einen Packen Eiswürfel aus dem Gefrierfach in einen Plastikbeutel, den sie mit einem Geschirrtuch umwickelte. »Beim Militär haben wir uns bei Prellungen und Zerrungen mit Eis geholfen. Wir waren geschult, Schmerzen zu unterdrücken.«

»Mit einer Kugel im Kopf hat man das bei uns nicht gebraucht.« Mit schmerzverzerrtem Gesicht bewegte er sein Bein. »Das geht schon vorbei. Wenn du fährst, starten wir wie geplant. Nachts kommen wir gut durch. In sechs Stunden sind wir an München vorbei. Wenn du müde wirst, pennen wir auf einem Autobahnparkplatz. Morgen geht's mir schon besser.«

»Du kannst ja nicht einmal selber packen. Außerdem fahren wir nicht über München.« Sie zeigt auf die Europakarte auf dem Küchentisch. »Wir fahren über Dresden, Prag, Linz und Graz.«

»Du bist und bleibst ein Ossi. Immer brav durch die Bruderländer.« Miloš stutzte, doch er protestierte vorerst nicht weiter gegen die unsinnige Strecke, solange sie ihn verarztete. »Das wenige, was ich brauche, hab ich schnell zusammen. Morgen früh beginnst du deine Arbeit, und wenn ich kann, dann begleite ich dich. Das Zentrum ist hübsch und überschaubar. Den ersten Tag packst du notfalls auch alleine. Eine Nacht verbringen wir dort, dann fahren wir über Triest nach Istrien zu meinen Eltern.«

»Ich will aber nach Rijeka. Zwei Tage mindestens«, sagte Clarissa trotzig.

»Für Rijeka reicht eigentlich ein Vormittag auf dem Markt«, bemerkte Miloš mit einem Stirnrunzeln.

»Ein bisschen Nostalgie halt. Mit sechzehn wurde ich dort Vize-Europameisterin über sechshundert Meter Freistil. Um Haaresbreite hätte ich gewonnen.«

»Vizemeisterin der sozialistischen Länder, schätze ich.«

»Mach du bloß deine blöden Witze. In der DDR galt Jugoslawien als kapitalistisches Ausland, wo nur bewährte Leute hinreisen durften. An den Europameisterschaften nahmen alle teil.« Clarissa drückte den Eisbeutel fester als nötig auf die Schwellung.

»Hör auf«, rief Miloš. »Ich hab verstanden. Du befiehlst, Clarissa-Schätzchen. Du befiehlst, und du zahlst. Und ich sorge dafür, dass du sparst und schnellstmöglich fertig bist. Denk dran, ich kenn die Gegend wie meine Hosentasche. Auch wenn ich seit dem Krieg nicht mehr dort war.«

»Dafür vergammelst du seither in Berlin. Los, steh auf und versuch, ein paar Schritte zu machen. Das muss in Bewegung gehalten werden. Sei nicht so wehleidig. Und dann pack dein Zeug. Um acht fahr ich los. Mit dir oder ohne dich.«

Auf dem Weg zur Südautobahn machte Clarissa doch noch die gewünschten Abstecher, damit Miloš endlich die Rechnungen abgeben konnte. Eine Stunde vor Mitternacht erstehen sie schließlich nach der Überfahrt auf tschechisches Gebiet die erste Autobahnvignette auf ihrer Reise an die Adria.

Grado Pineta, Via delle Pleiadi.

Die Sonne steht tief, als Xenia mit knurrendem Magen den Computer ausschaltet und die Unterlagen von Bonanni zusammenpackt. Bevor sie das Kommissariat verlässt, versucht sie noch einmal von der Dienstnummer aus, Jordan S. Becker zu erreichen. Tatsächlich meldet sich wieder eine männliche Stimme, die nicht die Beckers ist. Auf ihre Frage, mit wem sie verbunden sei, behauptet der Mann, ein Freund zu sein, Becker sei im Moment verhindert. Xenia faselt von einer telefonischen Rechercheanfrage des Journalisten über die Sicherheitslage für Touristen im Badeort Grado und bittet um Rückruf. Sie legt auf, bevor er nachfragen kann. Als sie aus dem Kommissariat tritt und die Akten unter den Sattel ihres Scooters legt, macht Valerio Alfieri gerade sein Boot am Anleger fest und kommt mit einer Kiste Grünzeug auf sie zu.

»Ganz schön langer Tag heute, Commissario«, sagt er. »Als ich im Morgengrauen rüberkam, waren Sie schon wegen der Illegalen im Einsatz, und jetzt sind Sie immer noch da und nehmen auch noch Akten mit nach Hause. Selten, dass sich ein Beamter so ins Zeug legt. Das Essen sollten Sie aber dennoch nicht vergessen. Ich habe eine Kiste Gemüse, die ich eigentlich jemand anderem versprochen habe. Aber der kann auch bis morgen warten. Hier, Vitamine tun Ihnen gut. Alles sauber, ohne eine Spur Chemie.«

»Der Nachschub an Landarbeitern ist ja nicht Ihr Problem.«

»Guter Witz, Commissario«, lacht Alfieri. »Jetzt muss nur noch jemand behaupten, deshalb sei ich auch der Hintermann bei der Schleuserei. Die Unterkünfte der Senatorin bei Fossalon sind auf jeden Fall lukrativer.« Er stellt die Kiste auf den Sattel ihres Gefährts. »Nehmen Sie es, bitte. Sie würden mir eine Freude machen.«

»Das ist hoffentlich kein Versuch von Beamtenbestechung.« Xenia lächelt verlegen. Sie ist zu müde, um sein Geschenk zurückzuweisen.

»Mit Gemüse wäre es mal etwas Neues. Besuchen Sie mich bei Gelegenheit mal auf Sant'Andrea. Der Sonnenuntergang in der Lagune wird Ihnen gefallen.«

»Vielleicht wenn ich Ihr Grünzeug aufgegessen habe.«

Sie startet den Roller. Xenia wird gute Nerven brauchen. Die Stadtverwaltung hatte gemeldet, dass die Senatorin sich in den kommenden Tagen mit einer Rede zur aktuellen Lage an die Einwohner Grados wenden wird. Mitten im Saisonauftakt fängt sie an zu trommeln, dabei ist die Bürgermeisterwahl, bei der sie ihren Kandidaten durchsetzen will, erst im Herbst.

Der Tag hatte sich im Laufe des Nachmittags beruhigt, nachdem auch die Chemiewaffen-Spezialisten Entwarnung gegeben hatten. Zwar fanden sie noch drei weitere leere Kanister an Bord, aber keine verdächtigen Substanzen. Allein die Frage, ob mit den Flüchtlingen auch Kampfstoff an Land gebracht wurde, blieb unbeantwortet.

Außerdem hatte sich Xenias Laune schlagartig gebessert, als eine Ärztin, die sich im Theater um die weiblichen Flüchtlinge kümmerte, auf ihr Bitten auch sie untersuchte und sie beruhigte. Keine Anzeichen von Vergiftung, auch bei den Flüchtlingen waren keine Symptome aufgetreten. Die Frau wunderte sich zwar über den konkreten Verdacht, doch sie erhielt keine Auskunft. Etwa die Hälfte der Menschen war in ein Auffanglager bei Gradisca gebracht worden, das die Regierung erst vor einem Jahr geschlossen hatte. Aus der Architektur des Gebäudes sprach der Ungeist der einstigen Planer. Mit den hohen grauen Mauern und den glänzenden Stahlgittern erinnerte es an ein Hochsicherheitsgefängnis. Flüchtlinge wurden nicht als Menschen, sondern als Verbrecher betrachtet. Nicht weniger bezeichnend war, dass auch die Kampfeinheit des Questore dorthin delegiert worden war.

Xenia schiebt den Scooter durchs Gartentor. Aus der Küche duftet es verlockend, als sie die Haustür öffnet. Arne eilt ihr wie ein rolliger Kater entgegen, nimmt ihr das Gemüse ab und drückt Xenia ein Glas eisgekühlten Prosecco in die Hand. Der Stapel Unterlagen fällt zu Boden. Sie will ihn nach dem Abendessen lesen.

»Komm mit«, sagt Arne und führt sie in den Garten hinaus. Er hat das wurmstichige Doppelbett aus dem Haus geschleppt und unter der alten Linde aufgebaut. Es musste einem alten bäuerlichen Schlafzimmer entstammen. Dafür hatten sie es billig auf dem Flohmarkt erstanden.

Wie immer, wenn die Wettervorhersage sich zum Besseren wendet und selbst wenn es nachts frisch ist, drängt es Xenia nach draußen. Die Nachbarn sind längst daran gewöhnt, dass sie ab und zu fast nackt durch den Garten geht. Am untersten Ast hängt eine Lampe unter dem Moskitonetz.

»Du bist ein Schatz«, lächelt Xenia. »Ich habe einen Riesenhunger. Was gibt's?«

»Ach, das braucht noch eine Dreiviertelstunde.« Arne schubst sie aufs Bett.

Als Xenia zum Duschen ins Haus geht, kann sie sich einen Blick in die Küche nur schwer verkneifen. Mit dem Material von Bonanni lässt Xenia sich wieder auf dem Bett nieder und liest sich in der dickeren Akte fest.

»Roomservice, Signora!« Arne trägt eine ofenfeste Form heraus.

»Jetzt weiß ich's, der Duft von Oregano. Gefüllte Tomaten, herrlich.«

»Leg die Arbeit beiseite. So vergilbt, wie die Seiten sind, kann das warten.«

»Wahrheit hat Eile«, sagt sie. »Aber Hunger kann nicht warten.«

Gefüllte Tomaten nach Arnes Art. Mit Anchovis, Kapern, Knoblauch, Peperoncino, Reis, Pecorino und Oregano. Die Backform dampft auf dem Tisch. Das Wachs der Kerzen tropft auf das Holz und fügt sich zu den anderen Spuren.

Xenia nimmt einen Bissen, sie wedelt mit der Hand. »Heiß! Köstlich! Danke!«

»Und was steht Spannendes in dem Altpapier da?« Nachdem Arne abgeräumt hat, deutet er auf die Dokumente, in die sie sich vertieft.

»Mangel an Teamgeist, exzentrisch, renitent und disziplinlos, gewaltbereit, unberechenbar.« Sie fuchtelt mit einem Blatt. »Was sagst du dazu?«

»Präzise, Volltreffer. Ist das dein Psychogramm?«, lacht er.

»Nein, das ist nur eine unbedeutende Vorbemerkung zu hundert Jahren europäischer Geschichte. Drei Generationen Kriegsgewinnler, die noch immer im Geschäft sind.«

»In der Zeitung stand, die Senatorin hätte die Poleposition als OSZE-Präsidentin.«

»Das wäre die Krönung. Hier ist ihre Familiengeschichte. Lauter starke Frauen, angefangen bei ihrer Großmutter.« Xenia legt den Familienstammbaum auf den Tisch. »Ziemlich aufschlussreich, auch wenn es kein Erbgut gibt, das einen automatisch zum Verbrecher macht. Habgier kann man auch anders weitergeben.« Sie legt ein altes Porträtfoto auf den Tisch. »Diese Maria Hohenhofer wurde 1916 mitten im Großen Krieg Leiterin der Zuteilungsstelle für Lebensmittel in Triest. Die Bevölkerung erhielt immer kleinere Rationen. Kannst du dir vorstellen, was für eine Machtposition das war? Fast alle Lebensmittel wurden an die Front geschickt, Kobarid, Monte San Michele, und später an den Piave. Die reiche Stadt litt Hunger. Und Maria verwaltete den Mangel. Im extremen Winter 1917/18 wurden die Brotrationen von siebzig Gramm pro Kopf und Tag auf die Hälfte gekürzt. Mit einem Generalstreik forderte die Bevölkerung *Pane e pace*. Und dann wurde auch noch kurz vor Weihnachten die Gasversorgung abgedreht. Maria Hohenhofer war das Bindeglied zwischen offizieller Zuteilung und Illegalität.«

Xenia deutet auf das Foto einer Lebensmittelmarke. Arne nimmt seinen Stuhl und setzt sich Schulter an Schulter, Bein an Bein neben sie.

»Am Ende des Kriegs hatte sie einen riesigen Schatz aus Kunstwerken, Schmuck, Münzen und Hypotheken zusammengetragen. Dankbarkeiten für Hilfe in der Not.«

»So kann man es auch nennen.«

»Und als nach dem Krieg die österreichische Krone durch die Lira ersetzt wurde, italienisierte sie ihren Nachnamen von Hohenhofer flugs in Altavilla. Mit ihrem Vermögen und dem hier verbliebenen Geld ihres österreichischen Familienzweigs betrieb sie Devisenhandel.«

»Und kassierte natürlich wieder.«

»Immerhin bist du doch noch Realist genug. Ich würde allzu gerne wissen, wer diese Akte angelegt hat.« Xenia lächelt schief. »Hier, Maria zog dann auch die österreichische Verwandtschaft über den Tisch, als die nach dem Sieg Italiens die Stadt verließ und ihren Immobilienbesitz verkaufen wollte. Häuser in zentraler Lage riss sie sich unter den Nagel, rings um den Corso Italia und die Piazza della Borsa. Maria Altavilla heiratete einen Ludwig von Pöltl, dessen Name im Faschismus italienisiert wurde. Fortan hieß er Luigi de Poltieri.« Xenia deutet auf den Namen Adele im Stammbaum. »Ihre Tochter heiratete 1948 einen Cesare Castelli. Dessen Vater siehst du hier.«

Xenia zeigt das sepiafarbene Foto eines Schwarzhemds. Strammer römischer Gruß, grimmiger, in die Ferne gerichteter Blick, markantes Kinn.

»Als Mussolini 1938 in Triest die Rassengesetze proklamierte, kam dieser Remigio Castelli als Direktor der staatlichen Sozialversicherung in die Stadt. Damit besaß er die Kartei der ganzen Bevölkerung und diente sich anschließend als rastloser Denunziant den Nazis an. Er bereicherte sich schamlos an der Arisierung des Vermögens. Eine kleine Warnung an die noch in der Stadt verbliebenen Juden vor der nächsten Razzia. Ein Pro-forma-Kaufvertrag für Haus, Firma, Kunstwerke, die er bis zu ihrer Rückkehr freundlicherweise verwalten würde. Die Tinte war noch feucht, als er sie ans Messer lieferte. Ganze Häuserzeilen gingen in seinen Besitz über.«

»Nach dem Krieg kam natürlich auch er ungeschoren davon.«

»Meinst du wirklich?« Xenia schüttelt zaghaft den Kopf. Sie zeigt ein unscharfes Foto eines am Boden liegenden Mannes. Schaum vor dem Mund, die Augen weit aufgerissen. Zwei amerikanische Offiziere blicken auf ihn hinunter. »Bei seiner Verhaftung zerbiss er eine Kapsel mit Zyankali.«

»Der Feigling hat sich den Strick erspart.«

»Du bist ein unverbesserlicher Optimist, mein Lieber.« Xenia zieht ein weiteres Blatt heraus. »Der Totenschein von 1945.

Ausgestellt von den Amerikanern. Aber das hier ist ein nie veröffentlichter Geheimdienstvermerk.« Ein mit Schreibmaschine verfasstes Schreiben mit CIA-Briefkopf.

»Woher hast du das?«

»Offiziell habe ich das gar nicht. Castelli ist erst 1985 unter dem Namen John Castle in Miami gestorben. Zum zweiten Mal. Ganze vierzig Jahre später. Unmöglich, die Fotos mit dem des Suizids zu vergleichen. Das ist zu unscharf.« Sie legt Kopien von Artikeln amerikanischer Zeitungen über Kunstauktionen daneben. »In Wahrheit lebte das Schwein bis ins hohe Alter als Kunsthändler in Florida. Und verhökerte Gemälde von Chagall, Lovis Corinth, Franz Marc, Kandinsky, Picasso, Matisse.«

»Und die wahren Eigentümer hat er ans Messer geliefert. Verlang eine DNA-Probe, das muss der Presse zugespielt werden.«

»Eingeäschert und im Wind verstreut. Es gibt keine Überreste von ihm.«

»Und ich dachte, nur wir Deutschen hätten solche Kaliber gehabt.«

»Es ist noch nicht vorbei, Arne. Sein Sohn Cesare Castelli studierte ebenfalls Jura, wurde aber vor dem Kriegseintritt der Amerikaner zum Studium in die USA geschickt. 1945 kam er mit den amerikanischen Truppen nach Triest zurück. Als Befreier. Er übernahm die Kanzlei seines Vaters. Ohne Universitätsabschluss. Big Brother hat es schon damals registriert. So hält man seine Leute im Griff.«

»Dieser Cesare wusste natürlich, dass sein Vater in Florida lebte. Oder?«

»Rate mal, wen er heiratete?«

»Die andere natürlich. Diese Adele de Poltieri. Liegt doch auf der Hand.«

»Richtig. Die Hochzeitsreise machten sie nach Miami. Die

Senatorin ist ihre älteste Tochter. Auch sie studierte Jura, ging aber direkt in die Politik.«

Arne schlägt mit der Hand auf den Tisch, eine der Kerzen fällt um. Das Wachs läuft über eine Fotografie von der Verleihung des Doktortitels 1982: die strahlende Romana Castelli de Poltieri mit ihren stolzen Eltern.

»Und was hast du mit alldem zu tun?«

Xenia nimmt einen tiefen Zug von ihrer Zigarette. »Ich habe erfahren, dass sie eine geheime Akte über mich führt.«

»So wie du über sie?«

»Und wie derjenige, der dieses Konvolut anlegte. Ich kenne die Frau seit Langem.«

Um 22 Uhr 30 klingelt Xenias Telefon. Erleichtert sieht sie Bonannis Nummer, nimmt das Gerät und lässt Arne allein am Tisch zurück.

»Das hat aber lange gedauert«, sagt sie, als sie abnimmt. »Wo warst du?«

»Hört sich nach einem Vorwurf an, mein Schatz. Ganz schön besitzergreifend.« Nicolas ironischer Unterton ist unüberhörbar. Xenia hatte sich während ihrer Affäre stets gegen alle Ansprüche verwahrt, selbst wenn er ihr vorschlug, übers Wochenende nach Terracina in seine Wohnung am Meer zu fahren.

»Du verwechselst Privates und Berufliches, mein Lieber. Was ist passiert?«

»Jetzt ist es offiziell: Bei euch in der Gegend wird bald einiges los sein. Ausgerechnet am Sacrario von Redipuglia soll eine große Zeremonie zur Ächtung von Chemiewaffen zelebriert werden. Zum hundertsten Jahrestag des Giftgaseinsatzes während des Ersten Weltkriegs an der Isonzofront. Der Witz bei der Sache ist, dass nicht die Staatspräsidenten auflaufen sollen, sondern die Regierungschefs. Deutschland, Italien, Österreich, Slowenien und Kroatien. Als herrsche Dauerwahlkampf.

Ein Zeichen des Friedens ausgerechnet am Gefallenenmahnmal. Und mich erwischt es doppelt. Die Kollegen haben mir die Koordination übertragen. Das hat man davon, wenn man mehrere Sprachen beherrscht. Sei auf der Hut, Xenia, sonst geht's dir auch so. Ich musste zähneknirschend akzeptieren und werde eine Menge Geschwätz ertragen müssen, ohne besonders viel Einfluss auf die Vorgänge zu haben. Eher eine Aufgabe für den diplomatischen Dienst. Alle eigenen Überzeugungen ausschalten und jede Programmänderung im eigenen Haus nach außen kommunizieren. Selbst wenn absehbar ist, dass sie im nächsten Moment widerrufen wird. Gute Miene zum bösen Spiel machen.«

»Das kannst du doch ganz gut, Nicola.«

»Hast du das Dossier gelesen?«

»Würde ich eine Biographie der Senatorin schreiben, wäre es hilfreich. Leider sind keine Fakten dabei, mit denen man sie überführen kann. Wer hat die Akte überhaupt angelegt?«

»Das lässt sich nicht mehr feststellen. Ich bin fast zufällig darauf gestoßen.«

»Fast zufällig?«, spottet Xenia. »Was soll denn das heißen? Wenigstens geht daraus hervor, wer gegen mich intrigiert hat, als es um die Besetzung der Dienststelle ging.«

»Das sollte dich eigentlich motivieren.«

»Hast du von dem Attentat in Salzburg gehört? Was ist da dran?«

»Nachdem du mich schon heute früh danach gefragt hast, haben wir uns informiert. Das Opfer ist ein Journalist, der gerade von der Staatsanwaltschaft kam. Auf jeden Fall kein Terrorismus, die Grenzkontrollen werden aufgehoben.«

»Also doch Becker.« Xenia gefriert das Blut in den Adern.

»Kennst du ihn?«

»Allerdings«, flüstert sie. »Ich befürchte, ich muss morgen nach Salzburg.«

22. April 1996, 5 Uhr 55. Triest.

Der Tag nach den Wahlen für das neue Parlament. Morgengrauen. Ein Mannschaftswagen der Polizia di Stato stoppt vor einer schmucken Villa in einem der bürgerlichen Vororte am Meer. Ein dunkelblauer Alfa Romeo hält dahinter. An der Gartenmauer vor der zweistöckigen Villa klebt ein Wahlplakat mit dem Konterfei der Senatorin und dem Logo der Forza Italia. *Boia chi molla. Eine für alle* lautet der einzige Slogan. Die Politikerin zeigt selbstbewusst lächelnd das Victoryzeichen. Ein Unbekannter hatte in tiefster Nacht mit einem dicken Filzstift »Faschistennutte« auf ihre Stirn geschrieben und ihr ein Hitlerbärtchen angemalt.

Zwei Männer steigen in den Mannschaftswagen um, in dem sechs uniformierte Beamte warten. Der Ispettore Capo ist ein dynamischer Mann um die vierzig, dessen dunkles Haar erste silberne Strähnen zeigt. Ihm folgt der Staatsanwalt, hellhäutig, mager, leicht Basedowscher Blick und trotz seiner jungen Jahre mit schütterem Haar.

»Dies ist keine politische Aktion. Lassen Sie sich nicht irritieren, Signori.« Er stutzt einen Augenblick und fügt lächelnd ein »Signorina« hinzu, als er die blutjunge Polizistin sieht, deren Schulterklappen noch kein Streifen ziert. Er wirft dem Chefinspektor einen Blick zu und, als dieser bestätigend nickt, fährt er fort.

»Die Senatorin wurde gestern zum zweiten Mal gewählt und hat politisch Rückenwind. Sie wird uns mit allen verfügbaren Mitteln das Leben schwer machen. Verhalten Sie sich absolut korrekt, keine Antworten auf erwartbare Provokationen. Sie hat das Recht, ihren Anwalt anzurufen, sie ist aber selbst Juristin, und ich bezweifle, dass sie das in Anspruch nimmt. Ansonsten muss sie die Durchsuchung dulden. Ihre Büroräume im Stadtzentrum werden zeitgleich durchsucht. Ein

Beamter wird darauf achten, dass sie keine Beweismittel verschwinden lässt.«

Der Chefinspektor zeigt auf die zwanzigjährige Xenia Ylenia Zannier. Sie lächelt dankbar. Er ist ihr sympathisch. An der Polizeischule hat er ein Seminar über den korrekten Umgang mit Bürgern in Krisensituationen gehalten. Unterhaltsam, unkonventionell, zum Teil zum Lachen komisch, obgleich er alle Beispiele aus der eigenen Berufserfahrung gegriffen hatte, wie aus seinen Schilderungen leicht zu verstehen war. Proteo Laurenti heißt er und ist keiner der Bürokratenhengste, die sich nur an Hierarchien festklammern.

»Wir suchen Unterlagen über Geldtransfers und geheime Bankkonten, welche die Beteiligung der Senatorin 1994 beim Bruch des UN-Embargos gegenüber den Staaten des ehemaligen Jugoslawiens belegen. Vor zwei Jahren also«, fährt der Staatsanwalt fort. »Verbotene Waffenlieferungen an Kroatien. Sie kennen das Vorgehen.«

Einige der Beamte tauschen vielsagende Blicke, manchen behagt die Sache nicht, die Senatorin kann einen in den Ruin treiben. Doch Befehl ist Befehl. Der Staatsanwalt steigt als Erster aus, klingelt lange am Gartentor. Chefinspektor Laurenti steht neben ihm. Endlich wird ein Vorhang im ersten Stock zurückgeschoben. Die Senatorin ist zu sehen. Dann erklingt ihre Stimme in der Gegensprechanlage.

»Ja, bitte.« Den Hörer hält sie ans linke Ohr. Hinter der Glasscheibe bewegen sich ihre Lippen. Ihr dunkelblondes Haar ist wirr und unfrisiert. Der Staatsanwalt hält ein Stück Papier hoch, Laurenti antwortet.

»Richterlich angeordnete Durchsuchung. Öffnen Sie, oder wir brechen die Tür auf.«

»Warten Sie.«

Er zählt deutlich sichtbar mit den Fingern bis fünfzehn. Der Türöffner zum Gartentor summt. Die Uniformierten rennen zur Haustür und bauen sich mit gezogenen Waffen zu beiden Seiten auf. Wieder dauert es einen Augenblick, bis ein Schlüssel im Schloss knirscht und sich der Knauf dreht. Der Staatsanwalt stößt die Tür auf und steht der Senatorin gegenüber. Romana Castelli de Poltieri ist zweiundvierzig, an diesem Morgen wirkt sie deutlich älter. Ihre Gesichtszüge sind von der Wahlfeier gezeichnet. Die Uniformierten drängen an ihr vorbei und verteilen sich in die Räume. Sie hält den Morgenmantel mit einer Hand geschlossen. Er öffnet sich kurz, als sie nach dem Durchsuchungsbefehl greift. Sie trägt ein Nachthemd aus schmutzigweißer Seide. Sie schließt ihn mit einem entschiedenen Ruck am Gürtel und zerknittert dabei das Papier in ihrer Hand.

»Die Beamtin wird Sie begleiten und während der Durchsuchung nicht von Ihrer Seite weichen. Sie haben das Recht, sich in ihrer Gegenwart anzukleiden. Die Vernichtung oder das Unterschlagen von Beweismitteln unterliegt dem Strafrecht. Sie dürfen Ihren Anwalt anrufen, ansonsten keine Telefonate, keine Behinderungen.« Die Augen des Chefinspektors scheinen zu lachen, während sein restliches Gesicht keine Regung zeigt.

»Höchste Zeit für eine grundlegende Justizreform, mit der dieser Willkür ein Ende gesetzt wird. Immerhin haben Sie bis nach der Wahl gewartet. Aber Sie wissen, dass Sie damit nicht durchkommen werden«, entgegnet die Senatorin übellaunig. »Schlechte Presse für Polizei und Staatsanwaltschaft.«

Sie lassen die Frau wortlos stehen und drängen ins Haus. Xenia folgt der Senatorin die Treppe hinauf in den ersten Stock zu ihrem Schlafzimmer. Als sie die Tür energisch hinter sich zu schließen versucht, stößt die junge Polizistin sie viel zu heftig auf.

»Steh auf und hau ab«, faucht die Senatorin, als unter der Bettdecke das verschlafene Gesicht eines jungen Mannes auftaucht.

Sie würdigt Xenia keines Blickes, nimmt ein paar Kleider von einem Stuhl und Wäsche aus dem Schrank und geht ins Bad. Dieses Mal stellt Xenia den Fuß in die Tür, sieht aber noch, wie der Mann rasch seine Unterhose anzieht und die auf dem Boden verstreuten Klamotten zusammensucht.

»Sie hat einen Gast«, ruft Xenia durchs Treppenhaus. »Er kommt jetzt runter.«

»Scher dich zum Teufel«, schimpft die Senatorin und knallt vergebens die Tür gegen Xenias Stiefel. »Du verletzt meine Intimsphäre.«

»Sie haben nichts, was ich nicht auch habe, Signora.« Endlich steht sie der Frau gegenüber, von der sie überzeugt ist, dass sie ihren Bruder Floriano auf dem Gewissen hat.

»Senatrice«, korrigiert die Frau zischend. »Zeig gefälligst Respekt vor den Institutionen dieses Staats. Dreh dich um.«

»Vor dem Gesetz sind alle Menschen gleich.« Tatsächlich dreht sie der Senatorin leicht den Rücken zu, sie sieht sie über die Schulter halb im Spiegel. Knapp einssiebzig, die linke Brust größer als die rechte, fünf Kilo zu viel auf den breiten Hüften, Cellulite, blasse welke Haut, Mangel an Bewegung, obwohl ihr nachgesagt wird, sie habe eine Leidenschaft für Pferde. Sie sieht älter aus, als sie ist, ungepflegt. Das Nachthemd wechselt sie zu selten, denkt Xenia. Romana Castelli de Poltieri zieht Unterwäsche und Strumpfhose an, einen knielangen, grauen Rock und eine hellrosa Bluse. Sie erwischt ihren Blick im Spiegel, während sie sich das Haar bürstet.

»Name und Dienstrang«, faucht die Senatorin.

»Agente Zannier, Xenia Ylenia.« Sie verschweigt den Nachnamen ihrer Stiefeltern. Erst mit der Volljährigkeit hatte sie den Namen ihres Vaters angenommen.

»XYZ? Deine Eltern können nicht ganz bei Trost gewesen sein.«

Sie sagt es, als versuche sie, sich den Namen für immer einzuprägen. »Such dir einen anderen Beruf, Kleine. Ich kann dir helfen, draußen im richtigen Leben. Aber ich kann dir auch eine Menge Schwierigkeiten bereiten. Du hast die Wahl.«

Die Senatorin drängt sich an Xenia vorbei, geht strammen Schrittes in einen kleinen, altmodisch eingerichteten und unaufgeräumten Salon, in dem es nach kaltem Zigarettenrauch stinkt. Sie lässt sich wie eine Versteinerung auf einem unbequemen Holzstuhl direkt vor einer getäfelten Wand nieder. Trotz der ausladenden, mit grünem Samt bezogenen Sessel. Keine Regung, außer ihrem eiskalten Blick, der der jungen Polizistin folgt, die sich anscheinend gelangweilt umsieht. Ein randvoller Aschenbecher steht auf der Fensterbank, zwei Champagnergläser. Die leere Flasche liegt auf dem Boden vor dem Heizkörper. Die Kissen auf dem Sofa sind zerwühlt, die Sessel unberührt.

»Gib mir die Fernbedienung.« Romana Castelli de Poltieri zeigt auf den Couchtisch.

Xenias Blick fällt auf den riesigen Fernsehapparat, dessen Schirm man nur von der Sitzgruppe aus betrachten kann. Sie tut, als hätte sie nichts gehört, und setzt sich rittlings auf einen anderen Stuhl nur einen Meter der Politikerin gegenüber, die Arme über der Lehne verschränkt, ihr Kinn leicht aufgestützt. Sie hält ihrem Blick, ohne mit der Wimper zu zucken, stand. Die Senatorin steht auf, Xenia drückt den Rücken durch und schaut ihr nach. Die Frau geht hinüber, dreht den Fernseher, nimmt die Fernbedienung, doch als sie ihren alten Platz einnehmen will, hat Xenia den Stuhl verrückt und klopft mit den Knöcheln das dunkle Holz der Täfelung ab.

»Lass das«, faucht Romana Castelli de Poltieri böse. »Das ist mein Platz.«

»Setzen Sie sich woandershin«, sagt Xenia ungerührt.

»Glaubst du, du kannst mich herumkommandieren?«

Sie blickt arrogant auf die undekorierten Schulterklappen

der Uniform und zieht den Stuhl zurück, doch Xenia weicht nicht von der Stelle und klopft weiter.

»Setz dich hin. Dein Chef hat gesagt, du sollst mir lediglich Gesellschaft leisten. Wie alt bist du überhaupt?«

»Zwanzig, nächsten Monat.«

Xenia stemmt beide Hände gegen die holzvertäfelte Wand und versucht, sie zu verschieben. Sie wackelt leicht mit einem fremden, leicht metallischen Klang, aber sie weicht nicht. Stoisch tastet die Polizistin den Rand ab.

»Untersteh dich, mein Haus zu demolieren, Flittchen.«

Die Senatorin läuft zu der jungen Frau, die mit bloßen Fingern eine Leiste löst, und versucht, sie am Arm zu fassen.

Die Uniformierte macht einen Schritt zur Seite, die Politikerin greift ins Leere, und Xenia hat bereits eine zweite schmale Leiste in der Hand. Sie hält sie hoch wie zwei Schwerter. Romana Castelli de Poltieri weicht einen Schritt zurück, dann verliert sie die Beherrschung und beginnt, wie am Spieß zu schreien.

»Sachbeschädigung und tätlicher Angriff. Such dir einen neuen Job, Flittchen. Ich mach dich fertig. Dich wird man schneller aus der Polizei werfen, als du dir vorstellen kannst. Aufhören! Du Nutte gehörst auf den Straßenstrich.«

Unbeirrbar entfernt Xenia die breiteren Leisten aus der Täfelung. Nut und Feder, keine Spinnweben. Ispettore Capo Laurenti stürmt herein.

»Was ist hier los?«

»Dieses dumme Huhn demoliert meine Einrichtung«, schimpft die Senatorin. »Befehlen Sie ihr, damit aufzuhören.«

Der Vorgesetzte schweigt und beobachtet die junge Kollegin, die wie in Trance eine Leiste nach der anderen aus ihrer Verankerung zieht.

»Jetzt reicht's.«

Die Stimme der Senatorin bebt, ihr Blick lastet auf dem

Chefinspektor. Er macht einen kleinen Schritt nach vorne. Die Szene belustigt ihn. Eine einflussreiche Politikerin verliert die Fassung, weil eine naive Berufsanfängerin starrköpfig davon überzeugt ist, Inspektor Columbo oder einer von *Starsky & Hutch* zu sein.

Die restliche Täfelung löst sich fast von alleine. Hinter der nächsten Leiste wird der graue Stahl eines großen Tresors sichtbar. Zwei Schienen kommen zum Vorschein. Man kann die Täfelung verschieben, ohne sie zu zerlegen, wenn man den Mechanismus kennt. Xenia löst ihn aus.

»Ich verleime die Leisten wieder«, sagt sie kokett. »Ein Kinderspiel.«

»Wenn die Kollegin das sagt, ist es so.« Der Chefinspektor wendet sich lächelnd der Senatorin zu, die sich mit geballten Fäusten und hochgezogenen Schultern auf die Unterlippe beißt. Sie zittert vor Wut.

»Was geht hier vor?« Der Staatsanwalt tritt mit alarmiertem Blick ein. Als er den Tresor entdeckt, hellen sich seine Züge auf. »Öffnen Sie, Senatorin.«

Schweigen. Sekunden verstreichen, in denen man nur die Geräusche der Männer im unteren Stockwerk vernimmt.

»Wenn Sie ihn nicht öffnen, dann werden unsere Spezialisten es tun«, sagt Xenias Chef mit ruhiger Stimme. »Sie gehen meist ein bisschen grob vor. Vermutlich müssen Sie danach einen neuen kaufen.«

Zögerlich setzt sich die Senatorin in Bewegung. Xenia ist auf Abstand bedacht und macht drei Schritte zurück. Nummerntasten, Drehkranz. Eine sechsstellige Kombination. Spitzes Klacken der Stahlstangen. Drei Aktenordner. Papierstapel. Bargeldbündel. Kontoauszüge.

Xenia lässt dem Staatsanwalt und ihrem Vorgesetzten den Vortritt. Vom Fenster aus sieht sie, wie ein Kollege vor dem Einsatzwagen dem Mann aus dem Bett der Senatorin seine

Papiere zurückgibt. Wie sie später erfährt, ein österreichischer Student aus Salzburg, der an der juristischen Fakultät Triests eingeschrieben ist und kurz vor dem Examen steht.

Im Juli erhält die Jungpolizistin Xenia Ylenia Zannier bei der Zeremonie zum 144. Bestehen der Polizia di Stato ihre erste Belobigungsurkunde wegen besonderer Aufmerksamkeit. Die Staatsanwaltschaft erhebt Anklage, doch die Immunität der Senatorin wird von ihren Kollegen nicht aufgehoben.

2

Grado, Isola della Schiusa. Kommissariat.

Schlaf findet Xenia in dieser Nacht kaum. Immer wieder taucht Becker in ihren Träumen auf, auch ihr Bruder Floriano, die Senatorin und sogar Nicola Bonanni. Als sie schließlich kurz vor sechs das Bett unter der alten Linde verlässt, ist die Luft frisch und voller Vogelgezwitscher. Sie wirft sich ein leichtes Kleidchen über und geht zum Meer. Sie braucht dringend körperlichen Ausgleich. Zu dieser Stunde trottet noch kein Jogger mit leidendem Gesicht an Grado Pineta vorbei.

Mit kräftigen Zügen zieht sie durch die Wellen. Nach den Regenfällen hat die Adria erst siebzehn Grad, doch das Wasser wird sich mit jedem Sonnentag schneller erwärmen. Dann ist nicht mehr daran zu denken, unbekümmert nackt schwimmen zu gehen. Touristen werden noch vor dem Frühstück mit Handtüchern ihr Revier am Strand markieren.

Je tiefer und regelmäßiger ihre Atemzüge werden, umso fester ist Xenia entschlossen, ab jetzt wieder jeden Abend im Garten an der Hölzerner-Mann-Puppe Muk Yan Jong zu trainieren. Die hohe Konzentration während der schnellen, nicht endenden Schlagfolgen und Tritte baut Stress ab. Erst wenn der Bewegungsablauf so perfekt sitzt, dass sie sich keine Schmerzen mehr zufügt, ist Xenia mit sich zufrieden. Ihrem Bruder Floriano schaute sie häufig beim Training zu, bis er sie im Jahr vor seinem Tod mit den ersten Techniken vertraut machte.

Xenia beschließt, ihren Dienst heute kurz zu halten und um 14 Uhr nach Salzburg zu fahren, um mehr über den Mord an Becker zu erfahren. Sie wird Bonanni bitten, die zuständige Dienststelle ausfindig zu machen.

Arne schläft noch immer, als sie nach dem Duschen die Moka vom Herd nimmt und sich Kaffee eingießt. Auch heute steckt sie die Dienstwaffe ins Gürtelholster. Der Stoff ihrer weiten Bluse verbirgt sie ausreichend.

Sie startet den Scooter und biegt an der Hauptstraße in Richtung Zentrum ab. Im Kreisverkehr an der Ortseinfahrt nimmt ihr ein schwarzes Taxi mit Salzburger Kennzeichen die Vorfahrt und bringt sie beinahe zu Fall. Als Xenia den Scooter auf Höhe des Fahrers hält, tippt er sich an die Stirn. Ein muskulöser Kerl von etwa vierzig Jahren mit schwarzem Bürstenschnitt, dessen Arme voller Tätowierungen sind. Eindeutig südosteuropäischer Einschlag. Kein Fahrgast ist an Bord, aber das Taxischild auf dem Dach. Er wiederholt die Geste, Xenia ist kurz davor, ihn zu stellen und ihm eine Abreibung zu verpassen, doch sie bremst abrupt, als sie an einer Bushaltestelle ein grässliches Plakat entdeckt, dessen Kleister noch feucht ist.

Eine weitere Hetzerei der Patria Nostra. Wüste, fette Lettern in Schwarz und Rot. Wahrlich kein grafisches Meisterwerk.

AL DIAVOLO deutsche Frau
Nix prodotti dalla Germania
Comprate italiano
Bruxelles ci rovina.
ZUM TEUFEL EUROPA!
ITALIA NOSTRA
PATRIA NOSTRA

Sie macht ein Foto, bevor sie es mit spitzen Fingern ablöst und so faltet, dass es nicht zusammenklebt. Wieder schüren diese Idioten Hass und spielen sich dabei als Vaterlandsverteidiger auf. Ignorant und anachronistisch. Ohne Fremde wäre Grado dem Verfall preisgegeben, ohne Fremde ist die gesamte Grenzregion im Nordosten Italiens undenkbar. Ohne Fremde ergäbe Europa keinen Sinn. Sie selbst stammt von hier und ist eine Fremde zugleich.

Wie jeden Morgen stoppt Xenia an der Bar vor der Brücke, die zur Isola della Schiusa führt, und ruft schon beim Eintreten ihre Bestellung in den Raum. Sie stellt sich an den Tresen und angelt sich die Tageszeitung. Sie blättert bis zum Lokalteil. Der Barista stellt stumm das Brioche und den Espresso vor sie auf den Tresen und lässt sie nicht aus den Augen. Xenia verzieht lediglich das Gesicht, als sie das Foto von Carletto Castelli de Poltieri erkennt und das Zitat aus seinem Interview liest:

Die derzeitige Leitung des Kommissariats in Grado lässt an der Absicht zweifeln, Sicherheit herzustellen. Es fehlt an Kompetenz und dem Willen, die Gesetze durchzusetzen. Flüchtlinge überlaufen die Stadt und gefährden den Tourismus und die Wirtschaft des Orts. Niemand muss sich wundern, wenn die besorgte Bevölkerung zur Selbsthilfe greift. Rom muss diese Fehlbesetzung umgehend korrigieren.

»Was glotzt du so dämlich, Gigi?«, fragt Xenia den Barista und legt das Blatt auf den Tresen zurück. »Man kann nicht nur Freunde haben. Mach mir bitte noch einen Espresso.« Sie legt die Münzen auf den Tresen.

»Selbsthilfe nennt der Arsch diese Plakate. Selbstverletzung wäre besser. Touristen sind auch nur Flüchtlinge, zumindest auf Zeit.« Der Barista schiebt ihr die Tasse rüber. »Ohne seine Schwester wäre die Pfeife doch gar nicht in der Position, Interviews zu geben. Man sieht ihn übrigens ständig bei den Flüchtlingsheimen in Fossalon, wo die Frau Senatorin natürlich völlig selbstlos vom Los dieser Menschen profitiert. Über Jahre wollte niemand diese Bruchbuden haben. Und jetzt macht dieser Dreckskerl Stimmung, wie gefährlich es dort sei.«

»Wie immer, Gigi«, sagt Xenia und stürzt den Kaffee runter. »Gerüchte pflastern die Welt und sorgen für Gesprächsstoff. Alle wissen alles. Ich sag dir, was wirklich läuft. Die Flüchtlinge sind inzwischen alle verlegt worden und werden irgendwann abgeschoben. Irak, Pakistan, der Großteil sind Syrer. Und um sie loszuwerden, ordert das Ministerium die Jets einer Charterfluggesellschaft, die fürstlich am Schicksal der Illegalen verdient. Meist ist es Blue Oasis Air. Hört sich gut an, oder? Das ist kein Low Cost, sondern ein Riesengeschäft für die Hintermänner.«

Sie verschweigt, dass neun von ihnen Anträge auf politisches Asyl gestellt haben und sieben, unter dem Versprechen zu kooperieren, eine vorübergehende Duldung bekamen und aussagten, dass sie für die Überfahrt von İskenderun zwischen vier- und achttausend Euro pro Kopf bezahlt haben. Die Schleuser kassierten für diesen Teil der Flucht etwa eine halbe Million.

Von einem der überfüllten Flüchtlingslager hinter der türkisch-syrischen Grenze wurden die Leute nachts mit LKWs in den Hafen gebracht. Keinen einzigen Kontrollposten hatte der Transport während der zweistündigen Fahrt passiert. Auf dem ebenfalls finsteren Hafengelände wurden sie zuerst in Container gepfercht und später auf das Schiff getrieben, dessen Maschine bereits lief. Von der Besatzung hatten sie niemanden zu Blick bekommen. Lediglich ein paar Wasserkanister und ein Kübel Reis hatten unten gestanden, Licht gab es keines. Die Überfahrt dauere fünfzig Stunden, habe man ihnen gesagt, doch es wurden fünf Tage, die sie im stickigen Maschinenraum des Seelenverkäufers eingesperrt waren.

Berlin – Grado.

Deutschland, Tschechien, Österreich, Slowenien, Italien: Die neuen Grenzen bestehen aus Mautgebühren. Mit inzwischen drei Autobahnvignetten passieren sie die Grenze nach Italien. Die Aufkleber an der Windschutzscheibe haben verschiedene Laufzeiten und unterschiedliche Preise, dafür konnten immerhin zwei in der gleichen Währung bezahlt werden. Schwer abzukratzen sind sie alle.

Wenigstens hatte Clarissa sich von Miloš dazu überreden lassen, auf den Umweg über Wien zu verzichten. Um Ljubljana herum herrschte schließlich dichter Berufsverkehr, und erst zwanzig Kilometer vor Triest riss der Himmel auf und beendete die öde Fahrt durch den Dauerregen. Clarissa hatte sich auch noch die ganze Fahrt über deutlich unter der Geschwindigkeitsbeschränkung gehalten, und ihr Freund sich jeden Kommentar verboten. Die Stimmung war mies genug.

Angehalten hatten sie nur zum Tanken und um sich die Beine zu vertreten. Wegen ihrer Fotoausrüstung wollte Clarissa das Auto stets in Sichtweite behalten. Außerhalb Deutschlands traut sie niemandem, nachdem sie im Internet die Reisewarnungen des Automobilclubs gelesen hatte. Auch Miloš hatte sich wach gehalten, was wegen der Schmerzen am Knie nicht besonders schwerfiel.

Nach zwölfstündiger Fahrt und mehr als tausend Kilometern durchqueren sie gegen Mittag die flache Lagunenlandschaft, an deren Horizont sich die Kulisse von Grado im schönsten Sonnenschein übers Meer erhebt. Sie hatten sich über eine Gruppe junger dunkelhäutiger Männer am Straßenrand gewundert, die vermutlich darauf hofften, von einem der Bauern als Schwarzarbeiter angeheuert zu werden. So zumindest behauptet es Miloš, als er Clarissa bittet, an einer Bar zu halten, damit sie endlich beim ersten guten Espresso beratschlagen können, wie es weitergeht.

An der Bushaltestelle neben der Bar hängt der Rest eines Plakats, dessen Text noch lesbar ist.

BASTA CON PROFUGHI
Ributtiamoli in mare
RAUS DEUTSCHLAND IMPERIALISTA
BASTA € – BASTA die FRAU
Vaffanculo EUROPA
Prima gli ITALIANI
PATRIA NOSTRA

»Jetzt geht das auch hier schon los«, sagt Miloš kopfschüttelnd.

»Was wollen die?«, fragt Clarissa ungeduldig.

»Die Menschen ins Meer werfen. Und sie geben Deutschland und der Kanzlerin die Schuld. Und Europa. *Italiener zuerst,* schreiben sie. Kennt man irgendwoher.«

»Recht haben sie. Seit der Vereinigung ist Deutschland eine Hegemonialmacht, weil das politische Gegengewicht fehlt und das ganze Geld an die Konzerne geht. Oder an die Illegalen. Und wir? Kommst du jetzt, oder muss ich dich tragen?«

Während Miloš den zweiten Espresso trinkt und Clarissa zwei Tütchen Zucker in einen Latte macchiato verrührt, fragt er den Mann hinterm Tresen nach einem netten Bed & Breakfast.

»Die Stadt ist voll, plötzlich Sonne nach dem langen Regen. Saisonbeginn. Ihr braucht ein bisschen Glück. Versucht es zum Beispiel auf der Isola della Schiusa. Zu Fuß ist es von dort nicht weit ins Zentrum. Und parkt nur da, wo es erlaubt ist. Die von der Stadtverwaltung sind wie die Ameisen: Kaum wird es warm, kommen sie aus den Löchern und verteilen

Strafzettel. Aber die Sache mit diesen Plakaten kriegen sie nicht in Griff.«

»Hätte ich mir denken können. Aber du hast ja steif und fest behauptet, dass man zu dieser Jahreszeit noch nicht reservieren muss«, mault Clarissa. Ihre Laune ist durch die Müdigkeit noch schlechter geworden. »Ich hab keine Lust, mir die Füße lahm zu laufen. Die brauch ich noch zum Fotografieren. Du bist immer mit allem zu spät.«

»Ein Zimmer zu finden ist kein Problem. Du wirst sehen.«

»Zwei, Miloš. Ich habe keine Lust auf deine Schnarcherei. Erst recht, wenn du wie immer so viel trinkst.«

»Der Wein ist hier besser und billiger. Das muss man nutzen. Aber du bezahlst, du befiehlst, Schätzchen. Wirst schon sehen, gleich kannst du dich aufs Ohr hauen.«

»Wenn ich tagsüber schlafe, krieg ich nachts kein Auge zu. Eine schnelle Dusche, dann zieh ich los. Du kannst pennen, sag mir aber vorher, worauf ich achten muss.«

»Etwas zu essen brauchst du auf jeden Fall. Hier bekommen wir guten Fisch. Bieg hier rechts ab und fahr über die Brücke. Siehst du den Wegweiser? *B & B Nontiscordardimé*. Vergissmeinnicht. Hört sich doch gut an.«

»Ich seh nur die Polizeistation.«

»Genau gegenüber, da, wo die Bar ist. Ich geh rein und frage.«

»Zwei Zimmer, vergiss das nicht. Denk an den Preis. Frühstück brauch ich nicht.«

»Und warum heißt es dann Bed and Breakfast?«

Clarissa stellt sich vor die Ausfahrt des Kommissariats und wartet, während Miloš über die Straße humpelt und in dem gelb gestrichenen Gebäude verschwindet. Sie schließt die Augen und atmet tief durch. Die Fahrt sitzt ihr in den Knochen.

Erst das laute Aufheulen eines Motorradmotors weckt sie auf. Das Hupen des Scooters hinter sich hatte sie nicht gehört. Und schon klopft jemand energisch ans Seitenfenster. Clarissa blickt erschrocken in das Gesicht einer hochgewachsenen Frau mit kurzen blonden Haaren, die auf das Tor vor der Polizeistation zeigt. Sie ist jünger als Clarissa und trägt unter der weiten Bluse offensichtlich eine Waffe am Gürtel.

Clarissa lässt schlecht gelaunt das Fenster herunter.

»Fahren Sie weiter, Sie blockieren die Ausfahrt«, sagt die Kurzhaarige auf Deutsch.

»Welche Ausfahrt?«, entgegnet Clarissa. »Einen Moment, ich warte auf jemand.«

Eine Harley-Davidson nähert sich aus dem Hof der Polizeistation und stoppt mit brabbelndem Motor auf der anderen Wagenseite.

»Verständigungsprobleme? Sie sprechen doch perfekt Deutsch, Commissario«, ruft der Fahrer, dessen Haar unter dem Helm heraus bis auf die Schulter fällt.

Clarissa fingert nervös nach dem Zündschlüssel, hört dann aber die Stimme ihres Freundes, der die Frau auf Italienisch anspricht.

»Alles in Ordnung? Ich habe nur nach einem Zimmer gefragt. Wir sind die ganze Nacht durchgefahren. Dreh um, Clarissa, und park gegenüber in der Einfahrt.«

»Aus Berlin?«, fragt die Kommissarin. »In einem durch?« Sie sieht, dass er hinkt.

Miloš nickt. »Dauert ewig.«

»Sie haben sich hoffentlich abgewechselt.«

»Sind Sie etwa von der Polizei?«

Die Harley heult wieder auf, endlich gibt Clarissa die Einfahrt frei.

»Touristen, Commissario«, lacht Valerio Alfieri. »Wir leben von ihnen. Jetzt kommen sie ja schon aus dem Nahen Osten.«

»Sagen Sie das den Idioten mit diesen widerlichen Plakaten«, schimpft Xenia und fährt mit dem Scooter auf den Hof des Kommissariats. Beim Absteigen sieht sie den hinkenden Mann und die Platinblonde das Gepäck in das B&B gegenüber tragen.

München. Weißes Bräuhaus im Tal.

»Trinken, bevor man Durst hat. So wird's gemacht.« Die Kellnerin im weiß-blau geblümten Dirndl serviert lächelnd das Weißbier, doch der magere kleine Mann, dessen Gesicht von Müdigkeit gezeichnet ist, hat keinen Blick für sie und sitzt schlecht gelaunt am langen blanken Wirtshaustisch.

Sein graues Jackett hängt über der Lehne, die Ärmel des weißen Hemds hat Bernd Körber hochgekrempelt und den Knoten der grellen Krawatte mit den Tennisschlägern etwas gelockert. Wie immer schwillt die Lärmkulisse in den alten Gewölben des Brauhauses zur Mittagszeit an. Körber hat einen Platz in der Schwemme gewählt. Auf Abstand bedacht, sitzt er zwischen anderen Gästen, die mit ihm zu plaudern versuchen und dabei die Narbe an seiner Stirn anstarren. Er nickt nur beiläufig zu ihren Bemerkungen und wendet seinen Blick ab. Eine halbe Brezel in den Fingern, schaut er immer wieder auf seine Armbanduhr, bevor er einen Schluck Bier nimmt und den Schaum von der Oberlippe leckt.

Seine Leute haben noch keinen Hinweis auf die Person gefunden, bei der dieser Salzburger Journalist vor seinem Tod angeblich seine Unterlagen deponiert hat, wie er es gegenüber Staatsanwalt Neuner-Hebenstreit behauptet hatte.

Körber ist sauer. Aus welchem verdammten Grund hat sich Major Weißenfels für den Nachmittag angekündigt? Es handle sich um eine wichtige Unterredung unter vier Augen, hatte er angedeutet, mehr nicht. Was will dieses Würstchen noch? Hatten sie nicht gestern genug, wenn nicht sogar zu viel geredet? Der sechzigjährige Bernd Körber hadert, ob er nicht sogar seine Frühpensionierung vorziehen soll, um dem Zirkus ein für alle Mal ein Ende zu bereiten. Sein Pensionsanspruch ist beträchtlich, aber was passiert dann? Ist seine Karriere etwa für die Katz gewesen? Was lässt sich aus seiner Position jetzt noch herausholen? Natürlich könnte er den Russen oder Chinesen gegen Cash tiefe Einblicke in die Tätigkeiten des Geheimdienstes anbieten, doch allein der Gedanke widert ihn an. Verrat ist nicht seine Sache.

»Solange Sie ein Bier haben, muss ich mir ja keine Sorgen machen.« Die spöttelnde Stimme der Senatorin reißt ihn aus seinen Gedanken. »Verzeihen Sie bitte die Verspätung, mein lieber Herr Direktor.«

»Alitalia vermutlich. Wie immer.« Körber wird schlagartig wieder zum deutschen Amtmann, wirft einen demonstrativen Blick auf seine Armbanduhr und erhebt sich. »Der Schlendrian bleibt. Trotz der Übernahme durch die Araber.«

»Nein, Lufthansa, mio caro«, erwidert Romana Castelli de Poltieri spitz. Ihr Deutsch hat sie einst in Wien gelernt, aber auch der italienische Akzent ist nicht zu überhören. »Warum konnten wir uns nicht am Flughafen treffen?« Unwirsch, scharfe Stimme. Zu lange Abwesenheit von ihrem Wahlbezirk beunruhigt sie, selbst wenn dort nichts ohne ihre Zustimmung geschieht. Im Senat in Rom nimmt sie dafür einen der hinteren Plätze in der Anwesenheitsstatistik ein und zeigt sich meist nur, wenn es darum geht, die derzeitige Regierung schnellstmöglich abzuschießen oder den in ihren Augen zu mächtigen Justizapparat auf Linie zu trimmen.

»In diesem Lokal gibt es keine Videoaufzeichnungen, und für Lauscher ist es zu laut.« Körber macht eine ausschweifende Handbewegung. »Das sollte Ihnen entgegenkommen. Abgesehen davon, dass man telefonisch mit Ihnen nichts besprechen kann.«

»Leere Worte, Körber. Ein Entgegenkommen wäre gewesen, wir hätten uns in Triest getroffen. Nachdem Sie ohnehin nach Rijeka fahren, wie ich von Mirković erfahren habe. Ich fliege mit der nächsten Maschine zurück, kommen wir zur Sache.«

»Im Hafen von Porto Nogaro liegt ein beschlagnahmtes Schiff namens EARLY SUN. Sorgen Sie dafür, dass es freigegeben wird.«

»Ich habe davon gehört. Leider ist bei uns die Staatsanwaltschaft noch unabhängig von Weisungen aus der Politik.«

Kaum sitzen sie, steht auch schon die dralle Kellnerin neben ihnen, um die Bestellung aufzunehmen.

»Für die Dame abgebräunten Leberkäs mit Spiegelei und Kartoffelsalat. Und einmal Münchner Voressen. Sie sind wirklich ein Feinschmecker, mein Herr. Dazu zwei Weißbier«, fasst die Bedienung zusammen und wendet sich zum Nebentisch.

»War das alles?«, fragt die Senatorin.

»Diese Chemiefabrik. Die …« Sein Gedächtnis leidet unter der Müdigkeit.

»Die ChimiCo«, kommt ihm die Senatorin zu Hilfe. »Ich habe inzwischen meine Zustimmung gegeben. Die Verträge sind unterschriftsreif. Es liegt nur an euch.«

»Regeln Sie die Freigabe dieses Schiffs, und wir unterschreiben.«

»Deutschland kauft ein. Immer eine Bedingung mehr. Krisengewinnler.«

»Es geht immerhin um über hundert Arbeitsplätze in Ihrem Wahlkreis.«

»Was bin ich froh, dass es selbstlose Leute wie Sie gibt, Herr Körber.« Wie diese Frau das Wort *Herr* betont, grenzt an Beleidigung.

»Ich bin nur der Bote.« Bernd Körber zuckt die Achseln. »Von mir aus schließen Sie die Bude.«

Er schiebt sein Bier zur Seite, der im Dirndl eingezwängte Busen der Kellnerin wabert wie die Innereien auf dem Teller, den sie serviert.

Die Senatorin zerstößt mit der Gabel das Eigelb auf dem Leberkäse. »Ihr wollt doch in diesem Stadium nicht noch alles kaputtmachen? Wie ich gesagt habe, die Sache mit dem Schiff entscheidet die Staatsanwaltschaft. Das geht leider nicht wie in Deutschland, wo es nur einen Wink von oben braucht.«

»Sie sind wahrlich ein Musterbeispiel der Demokratie, Romana. Aber Sie schaffen das schon.« Körber lächelt. Er kennt sie seit den Neunzigern, als die frischgebackene Senatorin Investitionen von Parteigängern in ein enormes Hotelprojekt in Istrien protegierte, während im restlichen Kroatien noch die Toten aus dem Bürgerkrieg gezählt wurden. »Es steht nicht gut um die Wirtschaft in Italien. Die Medien werden Sie zur Heldin des Vaterlands krönen. In krisengeschüttelten Zeiten. Sie persönlich können jetzt nur verlieren, falls der Deal platzt.«

Körber winkt der Kellnerin und bestellt einen Obstler. Den Teller mit den Innereien hat er kaum angerührt.

»Eine Hand wascht die andere, Herr Direktor. Haben Sie erreicht, dass mich die Kanzlerin anlässlich der Versöhnungsfeier empfängt?«

»Ihr Büro weiß Bescheid, die Protokollabteilung ist informiert, aber die palavern noch über Kalorien, Teilnehmer und Sitzordnung. Mit dem definitiven Programm werden sie wie immer bis zuletzt warten. Major Weißenfels kümmert sich darum.«

Endlich spießt Körber ein schwabbeliges Stück Kalbsbries auf die Gabel und schiebt es sich in den Mund. Die Senatorin wendet angewidert den Blick ab.

»Mir ist es lieber, wenn Sie persönlich für meinen Termin

mit der Kanzlerin sorgen. Zuverlässigkeit unter alten Partnern, Körber. Nur darauf kommt es an. Das haben wir in der Vergangenheit ganz gut gemacht.«

»Ich weiß, es zieht Sie zu Ihrer Verwandtschaft nach Wien, meine Gute.« Körber spricht mit vollen Backen. »An die Hofburg, zur OSZE. Deshalb pochen Sie doch auf die persönliche Unterredung. Sie und die Kanzlerin bei der Zeremonie. Ein nettes Bild. Mit der mächtigsten Frau der Welt beim Damenkränzchen die Zukunft der Weltgeschichte neu zu definieren würde Ihnen Auftrieb geben.«

»Es geht mir um Bosnien, die Trainingslager der islamistischen Extremisten dort, den Kosovo und die Zukunft Albaniens. Wir leiden unter einer immer stärkeren Zuwanderung aus diesen Gebieten. Lastwagenweise werden von dort aus Illegale zu uns geschleust. Und dann müssen wir uns auch noch von euren Medien abbürsten lassen. Solange Deutschland nicht endlich die Polen und Tschechen dazu zwingt, ihren Anteil zu übernehmen, bleibt die Hauptlast an uns hängen.«

Körber nimmt der Senatorin die Aufrichtigkeit ihrer Sorge nicht ab. »Das übliche italienische Selbstmitleid. Was kümmert es euch? Macht die Grenzen dicht. Außerdem hat Ihre Familie am Elend anderer immer gut verdient.«

»Wie üblich spielt Deutschland den Saubermann.«

»Sicherheit und Stabilität haben einen hohen Preis.«

»Ganz schön selbstgerecht, Herr Körber. Deutschland ist ein Geldwäscheparadies, und fünfzehn Jahre nach der Unterzeichnung hat die Bundesrepublik die UN-Konvention gegen Korruption noch immer nicht ratifiziert. Und wer Ihr Handwerk ausübt, Körber, ist auch kein Engel«, antwortet die Senatorin kühl. »Außerdem wären Ihnen einige Erfolge Ihrer Laufbahn ohne mein Zutun versagt geblieben. Vergessen Sie das nicht. Allein der Transport 1994. Mirković hat mir übrigens mitgeteilt, dass Sie wieder mit ihm im Geschäft sind.«

Körber fällt ihr ins Wort. »Unser Einfluss brachte Stabilität auf den Balkan.«

»Wären damals nicht falsche Gerüchte über Kriegsverbrechen der Serben gestreut worden, hätte Italien der Unabhängigkeit Kroatiens niemals zugestimmt. Fake News würde man das heute nennen. Auch das kam vermutlich von euch.«

»Sie schulden mir eine Antwort, Senatorin. Erinnern Sie sich noch daran, wie viel Sie an der Waffenlieferung für Kroatien über den Hafen Triest verdient haben? Ihr Konto bei der Middle European Credit hat damals einen freudigen Sprung gemacht. Seien Sie auf der Hut, diese Sache kann noch immer auffliegen. In Salzburg ist einer dieser selbstgerechten Enthüllungsjournalisten ermordet worden, der in der Causa MEC angeblich Beweise gegen Sie bei einer Vertrauensperson deponiert hat.«

»Hören Sie doch auf, Körber. Fliege ich auf, dann gehen Sie und der BND mit hoch.« Die Senatorin erhebt sich. »Sobald ich einen Termin mit der Kanzlerin habe, finde ich eine Lösung für Ihr Schiff in Porto Nogaro. Meine Maschine wartet nicht.«

»Ich garantiere Ihnen, dass Sie den Termin bekommen. Handeln Sie!«

12. Juni 1994. Triest. Grenzübergang Prebenico/Prebeneg.

»Das Ergebnis der Volksabstimmung in Österreich ist eindeutig«, vermelden die Radionachrichten um Mitternacht nach dem Abspielen der italienischen Nationalhymne. »Mehr als zwei Drittel der Bevölkerung wünschen den Beitritt des Landes zur Europäischen Gemeinschaft. Der Jubel ist groß in Wien und in Brüssel.«

»Und jetzt?«, fragt Carletto Castelli de Poltieri am Steuer der dunkelblauen Lancia-Limousine, die mit ausgeschalteten

Scheinwerfern an der Mole des Canale Navigabile, einem Arm des Industriehafens, steht. Er stellt das Radio leiser.

»Handelserleichterungen«, sagt seine Schwester. »Seit acht Monaten gilt der Vertrag von Maastricht, damit gehört jetzt auch Österreich zur Wirtschaftsunion.«

»Und glaubst du, dass die wirklich irgendwann eine gemeinsame Währung einführen? Das wird dann wohl die Deutsche Mark.«

»Solange wir an der Regierung sind, sicher nicht. Schweig jetzt, Carletto, die müssten bald da sein.«

Nur das Gebläse ist zu hören, trotzdem beschlagen die Seitenfenster. Seit drei Tagen regnet es pausenlos, die Temperatur ist seit Anfang des Monats um annähernd zehn Grad gefallen. Romana Castelli de Poltieri ist dem Wettergott dankbar, dass er ihren Plänen in die Hände spielt: kein Mondschein, trübe Dunkelheit. Im Industriegebiet um den Anleger ist keine Seele zu sehen.

Seit einem Monat und zwei Tagen ist die Achtunddreißigjährige im Amt. Eine der wenigen Frauen im Senat im Palazzo Madama und von diesen mit Abstand die jüngste. Ihr Äußeres ist unauffällig: schulterlanges Haar, durchschnittliche Statur mit breiten Hüften, gekleidet meist mit einem grauen Rock, hellrosafarbener Bluse und einem grauen Blazer.

Endlich kommt sie zum Zug. Nichts anderes hatte sie zum Ziel, schon seit sie als Jugendliche in die Politik eingestiegen war. Jetzt zahlen sich ihre über viele Jahre erworbenen Kontakte und die vom Vater vererbten Beziehungen endlich aus. Niemand kann ihr noch einen Strich durch die Rechnung machen. In ihrer neuen Position müsste sie vor Zeugen einen Mord begehen, um sich angreifbar zu machen. Wann hatten die Senatoren jemals die Immunität eines Kollegen aufgehoben?

Das aktuelle Geschäft hat sich erst vor wenigen Wochen angebahnt und wiegt einundfünfzig Millionen D-Mark. Den

Deutschen Bernd Körber hat Romana Castelli de Poltieri im Frühjahr 1990 kennengelernt, als er unter dem Vorwand, erhebliche Geschäftsaktivitäten nach Triest zu verlagern, die Haltung von Hafenbehörde, Stadt- und Regionsregierung sondierte und auch in ihrem Büro vorstellig geworden war. Damals kursierten bereits Gerüchte über eine bevorstehende ernste Krise in Jugoslawien. Doch Triest sei eine sichere Frontstadt, versicherte man Körber. Nur drei Jahre zuvor, 1987, habe der bayrische Ministerpräsident Franz Josef Strauß hier sogar ein einwöchiges Oktoberfest veranstalten lassen, um den Hafen für die bayrische Industrie zu sichern.

Den zwei Jahre älteren Körber fand sie schon damals interessant. Obwohl vom Äußeren her unscheinbar, strahlte er eine Macht aus, die sie anzog. Romana Castelli de Poltieri öffnete ihm die Türen der Stadt und ließ den Kontakt nicht mehr abbrechen. So sicher, wie er seiner Sache war, konnte er nur im Auftrag einer mächtigen Institution handeln. Und nach der Wahl fiel es der Senatorin leicht, ihm den Gefallen zu erfüllen, um den er sie angegangen war.

Jetzt aber brennt es jenseits der Grenze lichterloh. Slowenien hatte 1991 nach der Unabhängigkeitserklärung von Jugoslawien nur kurze Scharmützel mit der jugoslawischen Volksarmee auszufechten. Kroatien aber befindet sich in einem blutigen und ausweglosen Krieg, und niemand weiß, ob Zagreb oder Belgrad mehr Öl ins Feuer gießt. Das UN-Waffenembargo verlangt den Einfallsreichtum der westlichen Unterstützer Kroatiens, um einen Weg an den Schiffen der NATO-Staaten vorbei zu finden, die den Bruch des Embargos gegen die Splitterstaaten verhindern sollen und die Adriahäfen des einstigen Jugoslawiens kontrollieren.

Die Grenze nach Slowenien verläuft nur wenige Kilometer von Triest entfernt vom Meer bis auf den Karst. In dieser Nacht geht die Fracht, die letzte Woche von einem deutschen Schiff aus Rostock im extraterritorialen Freihafen gelöscht worden war, weiter zum Bestimmungsort. Ein Espresso mit dem Präsidenten der Hafenbehörde hatte genügt, um die unauffällige Verladung klarzumachen. Ohne den Einfluss der Senatorin säße der Mann sowieso nicht auf seinem gut dotierten Posten.

Waffen für die kroatischen Streitkräfte, teilweise aus DDR-Beständen: kistenweise Granaten und sechstausend brandneue Wieger 940-Gewehre mit NATO-Kaliber 5,56 Millimeter samt einer Million Schuss Munition. Dazu einige Hundert Heckler & Koch MP5 aus schwäbischer Produktion, der Mercedes unter den Maschinenpistolen, wie Körber behauptete, sowie die panzerbrechende Waffe Armbrust von Messerschmitt-Bölkow-Blohm aus Ottobrunn. Offiziell sind die Waffen für Kolumbien deklariert, wohin der Bundessicherheitsrat ihre Ausfuhr genehmigt hatte.

Der mit Körber ausgehandelte Anteil für Romana Castelli de Poltieris Dienstbarkeit beträgt drei Prozent: Mehr als eineinhalb Millionen D-Mark liegen auf einem Sperrkonto bei der Middle European Credit Bank in Österreich und warten nur auf die Freigabe, sobald die Übergabe an der slowenischen Grenze in Anwesenheit der Senatorin erfolgt ist. Eine freundliche Belohnung für eine kleine Bemühung, die durch den Verfall der Lira noch wertvoller ist.

Eine Menge Geld ist zu verdienen, das ehemalige jugoslawische Volksvermögen schreit danach, in neue Hände zu kommen. Ungeduldig trommelt die Senatorin aufs Armaturenbrett, ihr Bruder betätigt beizeiten den Scheibenwischer. Hinter ihnen wartet eine Kolonne von Siebeneinhalbtonnern mit brandneuen slowenischen Kennzeichen und neben ihr ein Wagen der Carabinieri. Beamte, die sie im Griff hat. Sie werden den kleinen Konvoi sicher durchs Rosandratal geleiten, vorbei an den Rohöldepots der Transalpin-Pipeline und hoch zu dem kleinen Grenzübergang bei der Ortschaft Prebenico. Den ursprünglich slowenischen Namen der Ansiedlung, Prebeneg, brächte Romana Castelli de Poltieri nicht einmal unter Folter über die Lippen. Triest ist für sie die italienischste Stadt im ganzen Land und die slowenischen Einwohner – seit jeher die zweitgrößte Bevölkerungsgruppe – nichts anderes als ein fataler Irrtum der Geschichte.

Endlich nähert sich vom nachtschwarzen Meer das Licht des Schleppers vor dem Lastkahn, das über die Mole gleitet, bis das Schiff am Anleger stehen bleibt.

»Lass den Motor laufen.« Romana öffnet das Fenster.

Das Stampfen der Maschinen dringt herein. Die Besatzung des Streifenwagens schaltet das Blaulicht ein, dessen Schein rhythmisch über die Gesichter Carlettos und seiner Schwester gleitet. Sogleich hebt ein Ladekran die Transportkisten an und verfrachtet sie auf die Lastwagen, deren Fahrer eilig dunkle Planen darüberwerfen und festzurren. Mit drei dicken Briefumschlägen voller Lirascheine steigt die Senatorin aus. Der Regen schert sie nicht. Sie geht zum Schleppschiff hinüber und wartet, bis der letzte Behälter verfrachtet ist. Sie verabschiedet die Seeleute mit einem verbindlichen Lächeln und Handschlag. Rasch setzt sie sich in den Wagen, Carletto übernimmt mit dem Lancia die Spitze des Konvois. Im Rückspiegel leuchtet das Blaulicht am Ende der Kolonne.

Trotz der Spannungen in Slowenien und trotz des Kriegs im nahen Kroatien liegt das Grenzgebäude dunkel und verlassen da, der Vorplatz ist nur schwach beleuchtet. Kein Grenzpolizist, keine Zöllner weit und breit. Nur ein rostiger Kleinwagen mit österreichischem Kennzeichen steht auf der Wiese daneben. Er scheint leer zu sein, beschlagnahmt wahrscheinlich. Zwei rot-weiße Schranken blockieren die Durchfahrt. Carletto hält vor dem unbesetzten Gebäude der italienischen Grenzpolizei, die Senatorin steigt aus und schaut sich um. Als sich der Konvoi nähert, öffnen sich wie von Geisterhand die Barrieren auf beiden Seiten der Grenze. Mit ausgestrecktem Arm stellt sich die Senatorin in die Mitte der Fahrbahn und hält den Fahrer des ersten Kleinlasters an. Sie geht zum Führerhaus, zeigt auf die Ladefläche. Der Mann steigt aus. Die Plane hat sich gelöst, die Holzkisten sind im Scheinwerferlicht der anderen Wagen deutlich sichtbar. Zügig zurren die Männer sie fest. Ein muskulöser Riese mit martialischem Kurzhaarschnitt kommt von der anderen Seite der Grenze hinzu, gibt der Frau die Hand und wechselt einige Worte mit ihr, bevor er sich auf den Beifahrersitz des LKWs schwingt. Die Senatorin winkt flüchtig, als der Konvoi schließlich den Übergang durchfährt und sich die Schranken wieder senken. Auf slowenischer Seite flackern die Blaulichter von zwei Fahrzeugen der Policija auf, die sich vor und hinter die Lastwagen setzen. Der Deutsche hat offensichtlich gründliche Arbeit geleistet. Keine dreißig Kilometer sind es noch bis zur nächsten Grenze, wo das kroatische Militär die Ladung übernehmen wird. Romana Castelli de Poltieri kann es kaum erwarten, in ein paar Stunden telefonisch den Kontostand abzufragen.

Österreich ist also in der EU, nimmt Jordan S. Becker zufrieden zur Kenntnis und dreht die Rückenlehne runter, um wenigstens ein paar Stunden zu schlafen, bevor er sich an die Weiterfahrt in die Republika Srpska Krajina macht, wo der Krieg eskaliert. Erst spät war der Reporter in Wien zu seiner dritten Fahrt in das Krisengebiet losgekommen, und nach dem Abendessen in Triest gewann die Müdigkeit, als er Richtung Grenze fuhr. Dann aber bog er von der Hauptstraße ab und suchte bei dem kleinen Übergang Prebenico einen entlegenen Platz, um ein paar Stunden zu schlafen. Unbequeme Positionen ist er in seinem Job gewohnt, er kann überall schlafen, aber seine Kamera behält er stets in der Hand. Ohne Kamera kein Geld, keine Geschichten, keine Beweise.

Schon nach kurzer Zeit weckt ihn Fahrzeuglärm. Im Scheinwerferlicht einer Limousine sieht er die Kisten auf der Ladefläche eines LKWs, öffnet das Seitenfenster einen Spalt weit und legt die Kamera mit dem lichtstarken Objektiv an. Grübelnd starrt er in die Finsternis, kümmert sich nicht um den Regen, der über seine Wangen läuft, dafür reinigt er immer wieder die Linse. Hier wird also nachts Ware über die Grenze verschoben, die man tagsüber besser nicht bewegt? Die Art der Kisten ist ihm bekannt, die großen schwarz-grünen Stempel auf dem Fichtenholz kennt er von der kroatisch-serbischen Front. Hammer und Zirkel in einem Ährenkranz, das Hoheitszeichen der Landstreitkräfte der DDR. Obwohl es den Staat seit fünf Jahren nicht mehr gibt, landen seine Waffen haufenweise bei den kroatischen Verbänden. Und wer weiß, wo sonst noch. Brisantes Material. Als er auf der anderen Seite der Grenze Josip Mirković erkennt, kann Becker seinen Aufschrei kaum unterdrücken. Er kennt das Schwein viel zu gut. Er hat ein Foto im Archiv von seinem ersten Einsatz als Reporter gleich zu Beginn der Kroatienkriege. Der Redaktion war das Bild zu brutal gewesen: Bei der Kleinstadt Gospić erschoss die Einheit des Mannes wahllos Zivilisten. Seine Waffe war auf eine vor ihm kniende Frau gerichtet, deren zerfetzte Kleidung ihre Blöße kaum bedeckte, aus dem Lauf seiner Pistole sah man das Mündungsfeuer.

Die Frau am Grenzübergang ist Becker jedoch unbekannt. Der Beweis des Embargobruchs über italienisches Territorium wiegt schwer – falls er die Beteiligten benennen kann.

Grado, Isola della Schiusa. Kommissariat.

»Da ist ein Mann mit einem Paket. Er spricht kaum Italienisch, aber soweit ich verstehe, will er es nur Ihnen geben.« Berto Donadoni tritt, ohne anzuklopfen, ein.

Die große Glocke der Basilica di Sant'Eufemia verkündet die Mittagszeit.

»Es ist immer das Gleiche mit dir, Berto. Ich werde im Polizeipräsidium beantragen, dass du einen Deutschkurs belegen musst. Feierabends.«

Die Kommissarin weiß sehr wohl, dass keine Macht der Erde den Beamten dazu zwingen kann, aber vielleicht wird er seine Versetzung beantragen, wenn sie ihn weiter unter Druck setzt. Widerwillig drückt sie ihre Zigarette aus und geht zum Empfang. Sie traut ihren Augen nicht. Der Taxifahrer mit den breiten Schultern und den tätowierten Armen, der sie im Kreisverkehr beinahe vom Scooter geholt hat.

»Ich war gerade dabei, die Anzeige zu schreiben. Verkehrsgefährdung, überhöhte Geschwindigkeit, Nichtbeachten der Vorfahrt im Kreisverkehr, Beamtenbeleidigung«, blafft Xenia. »Macht eintausendvierhundertdreiundsiebzig Euro und achtunddreißig Cent sowie sechs Monate Fahrverbot. Wenn Sie den Betrag nicht begleichen können, wird der Wagen beschlagnahmt. Die Tatsache, dass Sie vorstellig wurden, lässt mich von der Beleidigung absehen. Ausweis, Fahrerlaubnis und Fahrzeugschein bitte.«

Sie streckt fordernd die Hand aus.

»Was reden Sie da? Sind Sie etwa Kommissarin Zannier?«

Jack Samir hatte mit einem freundlichen Empfang gerechnet, schließlich war er die lange Strecke nur gefahren, um ihr Beckers Unterlagen zu übergeben.

»Vorhin am Kreisverkehr hätten Sie mich fast umgebracht. Kommen Sie mit.«

Jack folgt ihr zögernd durch den Flur. »Sind Sie jetzt Xenia Ylenia Zannier, oder nicht? Ich will Ihren Ausweis sehen.«

»Wer soll ich sonst sein?«, herrscht Xenia ihn an und macht auf dem Absatz kehrt.

Keine Armlänge stehen sie voneinander entfernt, Jack ist etwas kleiner als sie. Beide nehmen die gleiche kämpferische Haltung ein. Xenia entspannt sich und stößt die Bürotür auf. »Wer sind Sie?«

»Ein Freund. Mein Name ist Jack Samir.«

»Zeigen Sie mir Ihre Papiere.«

»Und ich will Ihre sehen. Sonst kann ich Ihnen das hier nicht aushändigen. Es ist von Jordan Becker.«

Xenia zieht ihren Dienstausweis hervor.

Der Taxifahrer legt das Paket auf den Stuhl und reicht ihr das Dokument.

»Hier steht nichts von einem Jack Samir.« Sie deutet auf seinen Personalausweis.

»Das ist eine längere Geschichte.«

»Was ist Becker passiert?«

»Jordan wurde ermordet. Auf offener Straße.«

»Das weiß ich längst. Setzen Sie sich.« Xenia weist auf den Besucherstuhl. »Hat er einen Verdacht geäußert? War er gleich tot?«

»Ich weiß nur, was in den Nachrichten mitgeteilt wurde.« Jack Samir räuspert sich mit glasigen Augen. »Ich habe aus dem Autoradio von einem Mord vor dem Justizgebäude erfahren und bin sofort hingefahren. Als ich hinter die Absperrung ging, jagte mich ein Uniformierter zurück. Ein Tuch bedeckte ihn, aber ich habe seine Schuhe und Hosenbeine erkannt. Es ist doch auffällig, dass er direkt nach dem Gespräch mit dem Staatsanwalt ermordet wurde.«

Der Mann schiebt das Paket über den Tisch. Als seine Hände frei sind, wischt er sich die Tränen aus den Augen. »Jordan sagte, Sie sollen zuerst die Fotos ansehen, die ganz oben liegen, Kommissarin.«

»Weiß noch jemand anderes von diesen Unterlagen?«

Samir schüttelt entschieden den Kopf. »Von mir bestimmt nicht.«

Xenia widersteht dem Wunsch, das Paket sofort zu öffnen. »Wann hat er Ihnen den Auftrag gegeben? Seit wann kennen Sie ihn überhaupt?«

Der Taxifahrer räuspert sich mehrfach und versucht, sich zu fassen. Seine Stimme verfestigt sich von Wort zu Wort. »Mein wirklicher Name lautet Yakoov Ganić. Jordan hat mich im Krieg in Sarajevo aufgelesen. Sonst wäre ich in einem Keller nahe der Sniper Alley an einem Bauchschuss verblutet. Jahre später bin ich ihm in Salzburg zufällig wiederbegegnet. Hinter dem Bahnhof, wo ich als Schwarzarbeiter um Arbeit anstand. Die zweite Begegnung mit ihm. Jordan hatte seinen Job als Kriegsreporter an den Nagel gehängt, er hat mich aufgenommen und beim Asylverfahren unterstützt. Und er hat mir das Geld für meinen ersten Wagen gegeben, als ich den Taxischein bekam.« Samir schließt die Augen zu einem schmalen Schlitz. »Es war in der Lastenstraße in Salzburg, in seiner Lagerhalle. ›Falls mir etwas passiert, bringst du dieses Paket sofort zu einer Freundin nach Italien. Das ist meine Lebensversicherung. Wenn es dumm läuft, wird es mein Nachlass. Der Leiter der Sonderkommission hat mich zum Gespräch gebeten‹, sagte Jordan, bevor er umgebracht wurde.«

»Und die Unterlagen?« Xenia ist ungeduldig.

»Jordan war nervös, ein paar Wochen zuvor wurde in sein Büro eingebrochen, sein Computer und die Datensicherung waren restlos zertrümmert und wichtige Akten gestohlen. Dieser Neuner-Hebenstreit ist der Leiter der Sonderkommission MEC Bank. Jordan sagte, er ginge nur dorthin, um auszuloten, weshalb sich die Staatsanwaltschaft nicht härter ins Zeug legt.

Er zählte zwei Möglichkeiten auf: Entweder er wird aus der Politik gedeckelt, oder er hängt selbst irgendwie mit drin. Ich musste Ihre Adresse auswendig lernen. Ich durfte sie nicht einmal aufschreiben. Und er hat mich geradezu beschworen, Sie nicht anzurufen. Das ist alles.«

»Wer leitet die Ermittlungen?«

»Irgendeine Bundesbehörde, soviel ich weiß. Wegen Terrorismus. Schön eingefädelt. Da stellt dann kein Schwein irgendwelche unbequemen Fragen. Die Bürger scheißen sich wegen der Islamisten ins Hemd und geben Ruhe.«

»Wurden Sie befragt?«

»Nein. Ich bin gleich losgefahren. An diesem Kreisverkehr habe ich fast die Abfahrt verpasst und den Wagen abrupt nach rechts gezogen.« Jack erhebt sich abrupt, um seinen Gefühlen nicht freien Lauf lassen zu müssen. »Ich muss zurück nach Salzburg.«

»Eine Sache noch: Jordan sagte, er sei überwacht worden? Und Sie?«

»Es wäre mir aufgefallen. Ein Taxifahrer weiß, was ein Rückspiegel ist.«

»Wie vorhin am Kreisverkehr.«

Jack stutzt. »Wenn es Jordan aufgefallen ist, hätte ich es erst recht bemerkt.«

Becker hatte stets nach internationalen Zusammenhängen gesucht. Der einzige Weg, Licht in eine Welt zu bringen, in der nur noch die Behörden in den nationalen Zwinger gepfercht sind und für alles Anträge stellen und auf Genehmigungen warten müssen, das organisierte Verbrechen aber virtuos das Spiel über alle Grenzen hinweg beherrscht. Als Xenia wieder alleine ist, öffnet sie behutsam das Paket. Die Bilder fallen ihr auf den Schoß, sie betrachtet das erste.

13. Juni 1994, 1 Uhr 10. Grenzübergang Prebenico bei Triest. Se-

natorin Romana Castelli de Poltieri geleitet einen Konvoi mit Waffen aus Deutschland zur slowenischen Grenze. Der kroatische Brigadekommandant Josip Mirković übernimmt den Transport. Zwei slowenische Streifenwagen geben Geleit.

Becker muss es extra für sie beschriftet haben. Seit vielen Jahren wusste er von der Feindschaft zwischen ihr und Castelli de Poltieri. Er kannte Xenias Geschichte fast besser als sie selbst.

Ein spärlich beleuchteter Grenzübergang. Personen und Lkws. Eine Vergrößerung. Die Senatorin erkennt sie sofort. Ist Jordan S. Becker etwa über all die Jahre im Besitz des Beweises gewesen, nach dem Xenia so dringend sucht und der inzwischen wohl verjährt ist? Auf der Rückseite der Bilder hatte der Reporter mit einem Aufkleber seine Urheberschaft festgehalten sowie Datum und Zeit, Ort und Namen hinzugefügt. Der Farbe seines Stifts zufolge hat er den Namen von Romana Castelli de Poltieri erst später ergänzt. Der Muskelprotz heißt Josip Mirković.

Xenia gibt den Namen in die Suchmaske ein. Zuerst springt ihr ein Saša Mirković ins Auge, über den es zahlreiche Einträge gibt und als dessen Sohn Josip genannt wird. Saša war bis Herbst 1990 Chef des jugoslawischen Staatssicherheitsdienstes SDB gewesen, danach der des neuen kroatischen Geheimdienstes. Als Auftraggeber von Morden an politischen Widersachern im Exil war er mit internationalem Haftbefehl gesucht worden und entging infolge des EU-Beitritts Kroatiens der Auslieferung nach Deutschland durch seinen natürlichen Tod. Seinen Sohn Josip hatte er unter Staatspräsident Franjo Tuđman selbst noch zum Koordinator der Geheimdienste gemacht. Heute ist der Fünfzigjährige Präsident der Hafenbehörde in Rijeka. Über eine Beteiligung im jugoslawischen Sezessionskrieg kann Xenia nichts finden, auch das Kriegsverbrechertribunal in Den Haag sucht Josip nicht.

Das nächste Foto spricht der Informationslücke Hohn. *Kommandant Josip Mirković. Massaker von Gospić 17.10.1991,* steht in Beckers Handschrift auf der Rückseite. Die Pistole ist auf eine kniende Frau gerichtet, die zuvor vergewaltigt worden sein muss. Xenia atmet tief durch und vergleicht das Gesicht mit dem Foto vom Grenzübergang Prebenico. Ohne Zweifel ist es derselbe Mann. Und dieser Mirković ist auch noch ein Verbündeter der Senatorin und sitzt heute auf einer guten Position in der Hafenstadt an der Kvarner Bucht. Machen sie noch immer Geschäfte zusammen? Noch einmal geht Xenia die spärlichen Informationen durch. Als Geheimdienstkoordinator im neuen Kroatien hatte er sicher die Macht gehabt, belastende Dokumente aus den Archiven zu entfernen. Nur Überlebende könnten bezeugen, was er sich als Brigadekommandant zuschulden kommen ließ. Überlebende Kampfgefährten, überlebende Vorgesetzte und überlebende Opfer. Sofern der Mann im Lauf der Jahre nicht alle aus dem Weg geschafft hat. Steht er etwa auch hinter dem Mord an Jordan S. Becker? Das Motorrad, mit dem das Attentat verübt wurde, war in Kroatien zugelassen. Aber was besagt das schon? Bald die Hälfte der Fahrzeuge auf Europas Hauptverkehrswegen stammt aus jeweils anderen Ländern.

Rom, Piazza del Viminale. Innenministerium.

»Die finanziellen Mittel für die EU-Missionen Triton und Poseidon zur Seenotrettung der Flüchtlinge wurden verdreifacht. Unsere Appelle haben endlich Gehör gefunden, doch damit ist das Problem nicht gelöst. Der Flüchtlingsstrom schwillt täglich an.« Die Staatssekretärin im feuerroten Kostüm macht eine bedeutungsvolle Pause. Für ihre Ansage nutzt sie die erste Sitzung der Direktoren der Sicherheitskräfte sowie des Militärs und des Inlandsgeheimdienstes wegen der Friedensfeier der Regierungschefs am Sacrario von Redipuglia. »Bis Jahresende rechnen wir mit mindestens einer halben Million, die übers Meer kommen. Abgesehen von jenen Opfern, die wir bergen können, muss die Dunkelziffer der Toten hoch sein. Aber die Briten sowie einige osteuropäische Staaten blockieren die innereuropäischen Verteilungsquoten. Auch wenn jetzt zusätzliche Mittel zur Verfügung stehen, hat Italien in der Vergangenheit für Mare Nostrum alleine mehr Geld bereitgestellt als die Europäische Gemeinschaft zusammen. Immerhin liegen klare Zahlen darüber vor, wie viele Menschenleben wir gerettet haben. Die EU wird ein Mandat des UN-Sicherheitsrats verlangen, um die Schleusernetzwerke bereits an Land zu zerschlagen.« Wieder lässt sie ihren Blick mahnend über die Versammelten schweifen und fährt fort, bevor Unruhe aufkommt. »Die Koordinationsstelle ist eingerichtet. Mit Marineeinsätzen müssen die Boote in den libyschen Häfen versenkt und die Schleuser bis ins Hinterland verfolgt werden. Ihre Abteilungen, Signori, werden Konzepte erarbeiten, die unseren Beitrag gewährleisten. Information ist der Schlüssel zum Erfolg. Vergessen Sie nicht: Wir stehen in vorderster Linie. Auch über die Balkanroute drücken Migranten auf die Schengen-Grenze.«

Fragen sind offensichtlich nicht vorgesehen. Die Staatssekretärin steckt mit einem formalen Lächeln ihre Unterlagen ein und stöckelt aus dem Konferenzsaal.

Kaum hat sie den Saal verlassen, kommen die Teilnehmer auf den eigentlichen Anlass der Konferenz zurück und beginnen die Kompetenzen abzustecken, Verantwortungen zuzuweisen, Eitelkeiten auszufechten. Vor der Tür steht die Koordinationssitzung in der Präfektur von Triest über die Sicherheitsmaßnahmen während der Friedensfeier der Regierungschefs zum Hundertjährigen des Giftgaskriegs an der Isonzofront.

Am späteren Vormittag stapeln sich die eingehenden Aktennotizen immer höher auf dem ausladenden Edelholzschreibtisch des Ministerialdirigenten der Abteilung für Verbrechen mit politischem Hintergrund, Nicola Bonanni. Er versucht vergeblich, sie abzuarbeiten. Ein Telefonat jagt das nächste, eine Sitzung die andere. Als keifende Frauenstimmen vom Vorzimmer hereindringen, schaut er von den Papieren auf. Grob wird die Tür zu seinem Büro aufgerissen. Seine Sekretärin macht eine hilflose Geste, als Senatorin Romana Castelli de Poltieri an ihr vorbeistürmt und sich breitbeinig vor seinem Schreibtisch aufbaut.

»Hart ist sie ja, Ihre Vorzimmerlöwin, und von Respekt vor den Institutionen hält sie offensichtlich nichts, Direttore.«

Bonanni erhebt sich nicht von seinem Stuhl, er schiebt lediglich einige Papiere zur Seite, die nicht für die Augen der Senatorin bestimmt sind.

»Ich kenne kein Dekret, das den Mitgliedern des Palazzo Madama automatisch freien Zugang zu allen Räumen verschafft, Senatrice. Sind Sie beraubt worden? Oder gar bedroht? Es muss dringend sein.«

»Vermutlich sind Sie auf dem Laufenden. In meinem Wahlbezirk wird es zu einem großen Staatsakt der Regierungschefs einiger mitteleuropäischer Länder kommen.«

Bonanni winkt nonchalant ab. »Werden Sie auch zugegen sein?«

»Ich werde ein Vieraugengespräch mit der deutschen Bundeskanzlerin führen. Widmen Sie der Planung die allerhöchste Aufmerksamkeit. Es darf nichts schiefgehen, Bonanni. Ich möchte im Vorfeld über alle Details unterrichtet werden. Auch über Probleme.«

Seine Gedanken an die im Verborgenen operierenden Logen, die Malteser Ritter, die Kurie, die Schattenmächte ohne Leidenschaft für Grundgesetz und Demokratie, behält er für sich. Es ist bekannt, dass sich die Macht dieser Frau auf obskure Kräfte stützt, die sie mit Informationen und Gerüchten versorgen, mit denen sie viel Schaden anrichten kann. Nicht einmal das Beichtgeheimnis halte dem stand, wird gemunkelt.

»Erinnern Sie sich an den Festakt der drei Staatspräsidenten vor zwei Jahren, oder danach der Papstbesuch in Redipuglia? Es gab nicht den geringsten Makel an der Durchführung. Und Riccardo Muti wird diesmal das European Union Youth Orchestra dirigieren. Beethovens *Neunte* natürlich. Ihren zweiten Wunsch kann ich jedoch nicht erfüllen. Ich bin nur dazu befugt, innerhalb der beteiligten Abteilungen und mit den zuständigen ausländischen Partnern zu kommunizieren. Andere Anweisungen habe ich nicht, Senatrice. Meine Kompetenzen werde ich nicht überschreiten.«

»Nach Ihrer Koordinationssitzung in Triest zur Vorbereitung der Friedensfeier gebe ich in meinem dortigen Büro einen Empfang, und ich würde mich freuen, Sie zu meinen Gästen zu zählen.«

Einer aus dem erlauchten Kreis der Geheimnisträger in der heutigen Sitzung hatte also nichts Besseres zu tun gehabt, als diese Dame trotz aller Geheimhaltung eiligst zu unterrichten.

»Ich höre, Sie haben schon jemanden, der Sie informiert«, sagt Bonanni süffisant. »Ich danke für die Einladung, aber ich werde kaum Zeit haben.«

»Eine Frage des guten Willens, Direttore. Sie werden wichtige Leute kennenlernen, die Ihnen beizeiten gerne behilflich sein werden, wenn Sie weiterkommen wollen.«

Bonanni schweigt. Im Prinzip hat sie ihm das Gegenteil mitgeteilt. Die feinen Leute könnten ihm das Leben schwer machen, sollte er nicht nach ihrer Pfeife tanzen.

»Prioritäten, Bonanni, muss man selbst setzen.«

»Ich werde beizeiten gerne auf Ihre beratende Kompetenz zurückkommen.«

»Ich rechne fest mit Ihnen.« Romana Castelli de Poltieri schießt zur Tür hinaus.

Nicola Bonanni knallt wütend seinen Montegrappa-Füllfederhalter gegen die Wand, wo er in der Holztäfelung stecken bleibt. Tintenkleckse. Er atmet geräuschvoll aus. Ab jetzt ist mit Querschlägern zu rechnen, als reiche nicht schon die zusätzliche Belastung durch die verlogene Zeremonie, mit der sich die Regierungschefs von fünf Ländern über ihre Staatspräsidenten zu erheben versuchen. Ächtung des Einsatzes von Chemiewaffen, ein Appell für den Frieden, Lernen aus der Vergangenheit. Ausgerechnet an dem Ort, wo die Gebeine Abertausender Opfer des Giftgaskriegs der Isonzoschlachten des Ersten Weltkriegs ruhen. Leere Worte. Niemals wird die Rüstungslobby Einschränkungen ihrer Waffenexporte zustimmen. Umso mehr Kriege es gibt, desto höher fallen die Boni für die Vorstandsetage aus.

Er greift zum Telefon und wählt die Nummer von Commissario Zannier in Grado. Xenias Stimme klingt gehetzt. Er hält sich knapp. »Deine Freundin war bei mir. Ich komme nach Triest. Auch du wirst zur vorbereitenden Konferenz einbestellt. Aber ich hoffe, du hast im Anschluss Zeit für mich.«

»Ich ruf dich zurück«, flüstert Xenia und legt auf.

Nicola Bonanni nimmt sich die Teilnehmerliste vor. Um ein Haar hätte er sie abgehakt, ohne die Namen durchzugehen. Was hat die Senatorin darauf zu suchen? Und wer hat sie überhaupt vorgeschlagen? Er streicht sie dick mit dem Rotstift aus.

Die nächste Notiz ist die kollegiale Auskunft der österreichischen Bundespolizei über die Identität des Toten vom Autobahnparkplatz. Es handelt sich um den Mann, der den Mord an diesem Journalisten verübt hatte. Der Motorradfahrer, ein Österreicher namens Gerhard Altmann, wurde mit einem Genickschuss zum Schweigen gebracht und in einem Müllcontainer entsorgt. Er trug dieselbe Lederjacke wie beim

Anschlag in Salzburg. Bonanni leitet die Meldung per Mail an Xenia weiter.

Pullach bei München. BND.

»Ich halte Unpünktlichkeit für äußerst respektlos.« In den blauen Augen seines designierten Nachfolgers funkelt Überheblichkeit. Weißenfels hat die Ärmel seines penibel gebügelten weißen Hemds nicht zurückgeschlagen. Der bringt es fertig, es bis zum Abend nicht zu zerknittern, denkt Körber, als ihm der Major mit grimmigem Gesichtsausdruck die Hand reicht.

Die S-Bahn war ausgefallen. Nach dem Gespräch mit der Senatorin musste Körber ein Taxi rufen. Wenn er Pech hat, wird er die Fahrt aus eigener Tasche bezahlen müssen. Die Gründe interessieren die Pfennigfuchser in der Verwaltung nicht. Dabei weiß jeder, dass er mehr als die anderen arbeitet.

»Wie ich sehe, haben Sie mein Büro aufgeräumt«, bemerkt Körber bitter. Der Kerl hat sich an seinem Schreibtisch breitgemacht. Wer zum Teufel hat ihn reingelassen? Welche Unterlagen hat er durchstöbert? Die Akten liegen Kante an Kante, wie die haarscharf gefaltete Wäsche im Spind eines Soldaten, und nicht mehr über den Tisch verstreut, wie er sie zurückgelassen hat.

»Sind die neuen Stühle besser oder die alten?«, fragt er erbost. »Auf meinen müssen Sie noch warten, Major.«

Körber setzt sich an den Besuchertisch, dem die Spuren seines langen Arbeitslebens genauso anzusehen sind wie ihm selbst. Die alten Räume des BND tragen eine dicke Patina. Außer der EDV wurde hier seit Jahren nichts erneuert, und manche Büros muten an, als stammten sie noch aus der Zeit, in der der Geheimdienst Organisation Gehlen hieß und der Gebäudekomplex in Pullach weiterhin Rudolf-Heß-Siedlung genannt wurde. Auch Weißenfels hat seine ersten Jahre hier Dienst geschoben und nie einen Hehl daraus gemacht, den Umzug nach Berlin kaum erwarten zu können. In die Hauptstadt, in die Nähe der Macht und näher am Leben.

»Wollten Sie mich so dringend sehen, um mir das Treffen der Senatorin mit der Kanzlerin zu bestätigen? Ein Anruf hätte genügt.«

»Wir haben einiges zu klären, Herr Direktor Körber.« Er bequemt sich zu seinem Vorgesetzten herüber, setzt sich ihm mit geradem Rücken und gefalteten Händen gegenüber. »Sie haben den Realitätsbezug verloren und gefährden die Resultate. Ich beginne mit der ersten Sache: Die Sicherheit bei der Friedenszeremonie liegt ausschließlich in meinen Händen. Sie haben bei Bonanni, dem Kollegen in Rom, intrigiert und versucht, meine vom Minister zugewiesene Autorität zu untergraben. Er berief sich auf ein Gespräch, dass alle Kontakte ausschließlich über Sie zu laufen hätten, und begann erst am Telefon mit mir zur verhandeln, nachdem der BND-Präsident eine schriftliche Klarstellung nachgereicht hat. Sie finden eine Kopie der Anweisung in Ihrer elektronischen Post. Der Chef wird Sie persönlich aufklären. Nur ich werde die Interessen der BRD in Triest vertreten. Bei der antideutschen Stimmung in Südeuropa muss unsere Position ohne diplomatisches Geplänkel klargemacht werden. Ihr Blick ist von zu langer Erfahrung verstellt. Konzentrieren Sie sich in den letzten Monaten Ihres Dienstes lieber auf die Planung der Kroatienreise der Kanzlerin. Und machen Sie mir und sich selbst nicht unnötig das Leben schwer.«

»Achtung, Weißenfels.« Körbers Hand schnellt gebieterisch über den Tisch. »Der BND ist eine hierarchische Einrichtung. Hier herrscht ebenso wenig Basisdemokratie wie bei der Bundeswehr. Ihr Direktor bin ich. Wenn Sie es darauf anlegen, können Sie das auch über die Eröffnung eines Disziplinarverfahrens schriftlich von mir bekommen.«

»Man hat mir das Kommando nicht entzogen, Körber.« Jetzt wird auch der Major pampig. »Ich verstehe ja, dass Sie nicht loslassen wollen, aber Ihre Zeit ist abgelaufen. Sie sind jung genug, um Ihrem Leben noch einen neuen Sinn zu geben.«

Diese schnöselige Gönnerhaftigkeit musste sich Körber bereits von einem anderen deutlich jüngeren Mann anhören: von Minister Hartlieb von Menzig. Welche Erfahrungen hat der Major schon? Oder Narben etwa, die er sich bei einem Einsatz geholt hat? Als junger Soldat gehörte er noch einem KFOR-Kommando beim Kosovoeinsatz der NATO an und arbeitete anschließend dem BND vom deutschen Kontingent der ISAF in Afghanistan von außen zu. Erst nach seiner Rückkehr war er in die Behörde gerutscht und hatte sich emsig hochgeschleimt. Inkompetent, unerfahren und keine Spur von persönlicher Autorität.

»Sie sollen den Besuch der Chefin in Kroatien vorbereiten, Herr Körber.« Weißenfels versucht vergeblich, eine Brücke zu bauen. »Ihr Spezialgebiet.«

»Der BND ist kein Reisebüro.« Körber fragt sich, ob der Kanzleramtsminister dem Mann auch gesteckt hatte, dass es sich dabei nur um einen Vorwand für den Transport der Waffen an die Syrer handelt. Obwohl er Körber in Berlin verpflichtet hatte, niemandem von der Unterredung zu erzählen. Nicht einmal dem Präsidenten des BND.

»Die Reise der Kanzlerin und die Übernahme dieser Chemiefirma durch die MainChemie, von der mir der Minister erzählt hat, wozu Sie diese komische Senatorin brauchen. Eine alte Freundin, wie ich hörte, nicht wahr?«

»Und eine gute Bekannte des Ministers, auch wenn beide es abstreiten würden.« Körber sieht die Neugier in den Augen seines Gegenübers aufblitzen. »Sie werden mehr zu tun bekommen, als Ihnen lieb sein wird. Kein einziges Mal in vier Jahrzehnten ging es bei der Vorbereitung von Regierungstreffen ohne kleinliches Hickhack aller Beteiligten ab. Weder als Schröder mit Berlusconi in Triest konferierte, noch beim dortigen G-8-Außenministergipfel und erst recht nicht beim Besuch der Kanzlerin.«

»Ich kenne diese Leute.«

»Nationale Eitelkeiten, Weißenfels. Auf allen Seiten. Soweit ich weiß, sprechen Sie zwar Englisch, aber weder Italienisch noch Kroatisch oder Slowenisch. Es hilft ungemein, wenn man die Verhandlungspartner versteht. Das verkürzt das Verfahren deutlich.«

»Zumindest mit den Österreichern hab ich kein Problem.« Weißenfels lacht.

»Bei einem Einspänner denken Sie doch an die Fiaker am Stephansdom«, blafft Körber zurück. »Sie müssen in Ihre Aufgaben hineinwachsen. Das geht nicht von einem Tag auf den anderen. Im Anschluss an meine Kroatienreise werde ich nach Grado fahren, um die Vertragsunterzeichnung in Sachen ChimiCo zu koordinieren, und anschließend gehe ich zur Sicherheitskonferenz, Major. Die Koordination bleibt bei mir, ich werde Sie aber offiziell mit unseren Partnern bekannt machen. Und danach mache ich noch ein paar Tage Urlaub in der Gegend. Nur damit Sie nicht lange nach mir suchen müssen.«

»Sie wollen es offensichtlich nicht anders.« Weißenfels beugt sich über den Tisch. »Hieß Ihre verstorbene Frau Maja Verbić, Herr Direktor?«

»Fangen Sie schon wieder damit an?« Körbers Gesicht verfärbt sich tiefrot. »Lassen Sie Maja in Frieden ruhen. Sie ist seit fünfzehn Jahren tot.«

»Sie stellte Ihren Kontakt zu den Ustascha in Kroatien und

in Deutschland her. Ich musste nicht lange danach suchen. Die Basis Ihrer exzellenten Kontakte, wie von Menzig sie nennt.«

»Was hat Ihr Vater im Zweiten Weltkrieg gemacht, Major?«

»Zu jung. Die Gnade der späten Geburt. Dass Ihre Frau Gemahlin ein doppeltes Spiel trieb, wird hoffentlich neu für Sie sein, Herr Direktor.« Weißenfels' Mundwinkel zucken vor Freude, seinem Chef eins auswischen zu können. »Auch zu den Serben pflegte sie beste Kontakte.«

»Fahren Sie zurück nach Berlin und erledigen Sie Ihre Arbeit. Allein die Reisekosten für dieses Geplauder werden Sie kaum rechtfertigen können. Raus jetzt.«

»Setzen Sie sich.« Weißenfels hebt die Stimme nicht, wenngleich seine Miene eisern ist. »Verrat von Dienstgeheimnissen, Untreue und Ihre Tätigkeit für gegnerische Geheimdienste.«

»Was reden Sie bloß für einen Schwachsinn?« Körber stützt sich ungläubig an der Lehne seines Stuhls auf. »Schade, dass ich diese Vorhaltungen nicht aufgenommen habe.«

»Sobald ich die Sache dokumentiert habe, wiederhole ich sie mündlich vor dem entsprechenden Gremium. Im Gegensatz zu Ihnen spiele ich fair. Ich bin nur hier, um vorher Ihre Stellungnahme zu erfahren. Ich weiß selbst, dass derart gravierende Vorwürfe lückenlos bewiesen werden müssen. Aber da Sie mir das Gespräch verweigern, wird Ihre Stellungnahme in den Akten fehlen.«

»Dann legen Sie mal los, Major«, lacht Körber bitter und setzt sich tatsächlich wieder.

»War Maja Verbić Ihre Ehefrau?«

»Das steht schwarz auf weiß in meiner Dienstakte.«

»Nun, sie hat in Ihrem Auftrag den Serben Informationen über das Vorgehen des BND in Kroatien zugespielt. Ihre Frau benutzte dafür den Decknamen Mila. Dafür wurde sie zwar miserabel bezahlt, aber das brachte sie nicht davon ab, jede Ihrer Reisen, Herr Direktor, dem serbischen Verbindungsmann in München zu melden. Ein Gastwirt, bei dem auch Sie ein und aus gegangen sind. Ich habe lange gebraucht, bis ich das entschlüsseln konnte. Maja Verbić hatte ein Konto auf den Namen Ihres Sohnes Erik bei einer österreichischen Bank eingerichtet. Das Geld liegt noch heute dort. Hier ist der aktuelle Kontoauszug.« Weißenfels lässt das Blatt mit dem Logo der MEC auf den Tisch segeln. »Belgrad kannte jeden Ihrer Schritte.«

»Stimmt nur bedingt.« Körber lacht. »Sie gab gezielt Informationen weiter, so, wie ich es ihr aufgetragen habe, als Köder. Sie musste sich dafür bezahlen lassen, um glaubwürdig zu bleiben. Sie haben keine Ahnung vom Geschäft. Wir haben dafür Leute auf der anderen Seite bezahlt. Seien Sie sich gewiss, die Lage in Europa wäre ohne unser Wirken nicht so stabil wie heute. Glauben Sie bloß nicht, dass solche Anwürfe folgenlos bleiben. Sie machen sich lächerlich. Maja stammt aus einer zuverlässigen kroatischen Familie. Sie können nur nicht erwarten, dass ich den Platz räume. Major, Ihr Verhalten nennt man Unterminierung von Disziplinarverhältnissen. Schreiben Sie ruhig Ihren Bericht, ich verfasse meinen.«

»Ach, Körber. Ich meine es nur gut mit Ihnen. Den Akten habe ich entnommen, dass Sie damals lange nach dem Mörder Ihrer Frau gesucht haben.«

»Bis heute, Weißenfels.«

»Sind Sie nie auf die Idee gekommen, dass es jemand aus Ihrer Nähe war?« Weißenfels zieht einige Papiere hervor. »Josip Mirković zum Beispiel?«

Körbers Blick verschwimmt einen Augenblick, dann richtet er sich abrupt auf und zieht die Unterlagen heran.

»Dieser Mann hat damals unter falschem Namen einen Wagen hier in München gemietet und ihn mit einer Kreditkarte bezahlt, die auf den Namen lief: Robert Perić. Das Fahrzeug trug dasselbe Kennzeichen wie jenes, mit dem Ihre Frau überfahren wurde. Er hatte es allerdings bereits kurz nach der

Übernahme und vor der Tat bei der Polizei in Augsburg als gestohlen gemeldet. Vom zeitlichen Ablauf haut es hin, dass er im Anschluss damit trotzdem unbemerkt nach Pullach fuhr. Und wiederum unter dem Namen Perić hat er anschließend im *Bayerischen Hof* genächtigt und ist am nächsten Morgen nach Zagreb zurückgeflogen.«

»Wo haben Sie das gefunden? Ich will die Originale sehen.« Das Passfoto zeigt eindeutig Mirković. Körbers Stimme ist schneidend. »Seit wann wissen Sie das?«

»Sie selbst hatten damals angewiesen, dass die Bewegungen aller Staatsbürger der ehemals jugoslawischen Staaten hier registriert werden. Mit dem Pass eines anderen Landes wäre Josip Mirković vermutlich unerkannt geblieben. Grämen Sie sich nicht, dass Sie nicht selbst daraufgekommen sind. Sie sind ein Mann der alten Schule. Mit der heutigen Bilderkennungssoftware ist so etwas ein Kinderspiel, Herr Direktor. Man muss nur noch die richtigen Fragen stellen, die Technik erledigt den Rest. Allein daran sehen Sie, dass es an der Zeit ist, die Stafette zu übergeben.«

»Verschwinden Sie endlich, Weißenfels. Und erwarten Sie keinen Dank dafür, dass Sie in meiner Vergangenheit stöbern. Die Bundeswehr wird Sie wieder mit offenen Armen aufnehmen. Ich ziehe noch heute den Antrag auf Frühpensionierung zurück und wechsle nach Berlin. Dann müssen Sie viel Geduld aufbringen, bevor Sie sich noch einmal auf meinen Stuhl setzen können. Fünf Jahre genau.«

Sobald der Major grußlos den Raum verlassen und die Tür hinter sich geschlossen hat, faltet Körber die Fotokopie zusammen, die Weißenfels auf dem Besuchertisch hat liegen lassen, und steckt sie in die Innentasche seines Jacketts. Er hat Durst, nimmt einen Schluck aus dem Flachmann in der untersten Schublade und legt die Beine auf seinen Schreibtisch. So einfach wird mit ihm keiner fertig.

Körber leert den Flachmann in einem weiteren Zug. Weißenfels soll ruhig die Friedenszeremonie in Redipuglia koordinieren. Darauf kommt es jetzt nicht mehr an, obwohl es Fehler garantiert. Dann wird Körber ihm das Genick brechen. Weißenfels kann sich seiner Sache nicht sicher sein. Maulwürfe in den eigenen Reihen hat es immer wieder gegeben, aber noch nie hatte man einen gewarnt, bevor man ihn hochgehen ließ oder exekutierte.

Bernd Körber schließt sein Büro zweimal ab und macht sich zu Fuß auf den Heimweg. Er muss die Sache durchdenken. Vielleicht bei einem Bier in der *Wolfgangstube* des Rabenwirts am Kirchplatz, wo am Nachmittag noch träge Ruhe herrscht. Dicke Regentropfen platzen auf den Asphalt, als er durch die Sicherheitsschleuse tritt und dem Pförtner am Haupteingang zunickt, wie er es seit Jahrzehnten tut, wenn er das Gelände verlässt.

Und dann tauchen plötzlich die Bilder auf, als Josip seinen Schwager Dušan, ohne mit der Wimper zu zucken, abknallte. Verdammt seist du, Josip Mirković!

Grado, Isola della Schiusa. Kommissariat.

Um 14 Uhr schließt Xenia ihre Dienstwaffe in den Safe ihres Büros und packt ihre Sachen zusammen, als die Kollegen der Streife melden, dass in der Nähe der Flüchtlingsunterkünfte bei Fossalon eine kleine Gruppe von Glatzköpfen mit Abzeichen einer rechtsextremen Gruppierung am Straßenrand steht. Auch Baseballschläger tragen sie bei sich. Die beiden Polizisten sahen gerade noch, wie sie diese in ihre Wagen verschwinden ließen, als sie sich näherten. Etwas entfernt vom Flüchtlingsheim parkt auch der Wagen von Carletto Castelli de Poltieri, der aber nirgendwo zu sehen ist.

Die Beamten geben die Kennzeichen aller Wagen an den dicken Berto Donadoni durch, der sie im Vorzimmer missmutig notiert, sich aber sogleich eifrig gibt, als Chefinspektor Refolo neben ihn tritt. Beide schauen zur Kommissarin auf, die mit der schweren Lederjacke über der Schulter aus ihrem Büro kommt. Sie trägt sie sonst nur im Winter oder wenn sie eine längere Tour mit dem Scooter macht.

»Die Kollegen haben Angst, die Nazis alleine zu stellen. Sie brauchen Verstärkung«, seufzt Donadoni. »Kann ich gut verstehen, sie sind nur zu zweit. Wir sind einfach zu wenige.«

»Eine große Hilfe wärst du gewiss nicht«, sagt Xenia. »Ich mach das schon. Sag den Kollegen, sie sollen an der Kreuzung auf mich warten. Übrigens bin ich dann erst am Abend wieder zurück.«

»Gehen Sie etwa unbewaffnet dorthin?«, fragt Donadoni.

»Ich fahre, ich gehe nicht.«

Der lethargische Kollege hat ausnahmsweise einmal recht. Um eine Gruppe Gewaltbereiter festzunehmen, sind genauso viele Beamten vonnöten. Doch jedes Mal, wenn sie Verstärkung brauchen, müssen sie die in Monfalcone anfordern und darlegen, dass es wirklich nicht anders geht. Xenia setzt auf psychologische Kriegsführung. Sie wird die Skinheads sowieso nicht festnehmen können, solange sie nur dort herumstehen. Aber überprüfen muss man sie, ihnen klarmachen, dass man sie im Visier hat und sie der Polizia di Stato nicht entgehen werden, sollten sie gegen das Gesetz verstoßen. Hirnlose Muskelprotze, die wegen ihrer Liste an Vorstrafen meist sofort klein beigeben, sobald die Sicherheitskräfte die nötige Präsenz zeigen.

Im Hof begegnet sie Valerio Alfieri, der ebenfalls aus seinem Büro kommt und den Anleger seiner Hochseejacht ansteuert.

»Sie waren schon lange nicht mehr mit diesem Schiff draußen«, sagt Xenia.

»Ihnen entgeht wirklich nichts, Commissario. Es stimmt, man braucht gute Gründe, diese Masse zu bewegen. Der Kahn will wieder einmal gefahren und muss auch für den Sommer bereit gemacht werden. Wäre er präsentierfähig, würde ich Sie einladen, mich zu begleiten. Doch derzeit ist nicht einmal eine Flasche Champagner an Bord.«

»Danke, Alfieri, aber ich bin im Dienst.« Xenia schließt die Lederjacke und setzt den Helm auf. »Wie lange dauert es eigentlich, um das Ding vollzutanken?«

»Ein Mittagessen ist möglich, bis die viertausend Liter drin sind. Natürlich kein fünfgängiges Menü.«

»Und wie weit kommen Sie damit?«

»Unter sehr günstigen Bedingungen bis Otranto. Oder Korfu.«

»Also zweimal tanken bis in die Türkei.« Sie startet den Scooter.

»Das reicht nicht. Aber wie kommen Sie darauf? Glauben Sie etwa, ich hab die Flüchtlinge hergeschippert? Mehr als sechzehn Passagiere sind nicht zugelassen.« Alfieri lacht schallend. »Oft ist schon bei dreien einer zu viel.«

»Reine Neugier, Alfieri. Sie fahren immerhin unter türkischer Flagge.«

»Das haben Sie doch längst überprüft, Commissario. Der Kahn ist auf meinen Schwager in Antalya registriert, und die Zollbestimmungen verletzen wir nicht. Ganz schön schwierig, eine Polizistin als Nachbarin zu haben.«

Xenia klappt das Visier runter und winkt zum Abschied. Zehn Minuten später sieht sie den Streifenwagen am Straßenrand. Sie weist die Kollegen an, ihr mit großem Abstand zu folgen, als sie auf die kleine Straße nach Fossalon einbiegt, die durch die knapp über dem Meeresspiegel liegenden Felder führt, auf denen immer noch Pfützen stehen. Ein Kilometer weiter sieht sie die Typen. Einer schlägt sich wichtigtuerisch mit dem Baseballschläger in die Hand und schwingt dabei Reden. Sie drehen sich zu ihr um, als sie direkt neben den beiden verdreckten alten Autos hält. Sie bockt den Scooter auf und steigt ab.

»Verschwinde. Wir brauchen keine Zuschauer. Verpiss dich.« Der Anführer trägt den Schläger martialisch auf der Schulter und macht einen zu schnellen Schritt nach vorne. Noch bevor er den Knüppel bewegen kann, trifft Xenia ihn am Handgelenk. Der Holzstock fällt zu Boden, und der Kerl landet durch einen sauberen Front-Kick unsanft ein Stück daneben. Er grunzt wütend. Seinen fünf Kumpanen ist die Überraschung anzusehen, sie setzen sich nur zögernd in Bewegung. Xenia nimmt den Helm ab und hält ihren Dienstausweis empor, als der Streifenwagen heranfährt.

»Polizia di Stato. Macht keinen Unsinn, Jungs. Sonst wird alles nur schlimmer. Ihr führt Baseballschläger als Waffen mit. Das reicht, um euch einzulochen.«

»Auch noch eine Nutte. Na warte«, der Anführer rappelt sich umständlich auf.

»Auf was? Es wird dir wie eben ergehen, wenn du's probierst. Eure Papiere, und zwar sofort. Und ihr beide lasst die Waffen stecken. Ihr braucht sie nicht«, ruft sie den Kollegen zu. »Überprüft die Fahrzeuge. Waffen, Drogen, Fahrtauglichkeit.«

Nur den Bruchteil einer Sekunde hat sie den Nazi aus den Augen gelassen, als er sich auf sie stürzt. Sie macht einen Ausweichschritt, ihr Ellbogen erwischt ihn an der Schläfe und ein Kick am rechten Knie. Wie ein gefällter Baum kracht er mit dem Gesicht ungebremst auf den Asphalt.

»Niemand rührt sich.« Ihre Stimme ist schneidend klar. »Stellt euch in einer Reihe nebeneinander auf, nehmt eure Papiere in die rechte Hand und reicht sie mir mit ausgestrecktem Arm. Keine dummen Gedanken, sonst geht es euch wie ihm.«

Sie gehorchen zögernd. Xenia befiehlt den Kollegen, dem Mann die Hände auf den Rücken zu fesseln, ihn zu durchsuchen und auf den Rücksitz des Dienstwagens zu befördern. Der Kerl ist zu benommen, um Widerstand zu leisten. Ein Schlagring, ein Totschläger und ein Klappmesser finden sich in seinen Jackentaschen sowie eine kleine Dose mit Pillen und einem Pülverchen.

Mit einem Meter Entfernung bleibt sie vor den Schlägern stehen und fordert mit einer Handbewegung die Ausweise. Endlich haben sie die Machtverhältnisse begriffen und reichen der Kommissarin die Dokumente. Die Kerle stinken nach Alkohol. Xenia bleibt auf der Hut.

Zwei von ihnen sind minderjährig, die drei anderen gerade einmal Anfang zwanzig. Kein Einziger stammt aus der näheren Umgebung. Einer der Uniformierten bringt den Führerschein des Anführers. Ein Renzo Feruglio, vierzig Jahre alt und aus einer Kleinstadt in der Nachbarprovinz. Xenia weiß, dass die Überprüfung der Personendaten ergeben wird, dass jeder von ihnen schon seit Jahren notorisch mit den Kollegen zu tun hat.

»Was habt ihr hier zu suchen?«, fragt sie.

»Ein Ausflug, mehr nicht«, stottert der Kleinste.

Der Uniformierte ruft von einem der Autos herüber. »Ein ganzes Arsenal an Schlag- und Stichwaffen, Commissario. Und verdächtige Substanzen. Außerdem ist die Karre nicht versichert und so voll mit fragwürdigem Zeug, dass die Inventur ein Weilchen dauern wird.«

»Ich habe gefragt, was ihr hier wollt.«

»Vögel beobachten in der Lagune«, stottert ein anderer.

»Natürlich. Für den Biologieunterricht, ihr Gelehrten«, sagt Xenia. »Mit Baseballschlägern, Totschlägern und Messern. Und ausgerechnet hier. Zeigt mir eure Telefone.«

Diesmal gehorchen sie rasch. Ohne eigenes Einkommen,

aber die neuesten Geräte. Sie sammelt sie ein, nur einer lässt sein Telefon erst los, als sie die Hand hebt.

»Ihr habt mehr als ein Problem«, sagt die Kommissarin. »Trunkenheit und Störung der öffentlichen Ordnung, Alkohol am Steuer, Angriffswaffen, Widerstand gegen die Staatsgewalt. Von den Drogen in euren Taschen rede ich erst gar nicht, das ist sowieso alles für den Eigengebrauch, nicht wahr? Die Autos sind beschlagnahmt. Euer Boss kommt mit uns. Und ihr verschwindet umgehend, sobald ihr eure Papiere wiederbekommt.«

»Und wie sollen wir von hier nach Hause kommen ohne Auto?«, fragt der Kleine keck. »Fahren uns die beiden Bullen?«

»Die haben schon einen Passagier. Geh zu Fuß.«

»Was geht hier vor, Commissario?« Carletto Castelli de Poltieri schlendert auf sie zu. Sein Wagen steht kaum hundert Meter weiter in der Einfahrt zu einem Acker, noch mal so weit ist es bis zur ersten Flüchtlingsunterkunft. »Wenn die Polizei in Grado endlich einmal aktiv wird, dann terrorisiert sie Jugendliche, die nur die Natur genießen wollen.«

»Sind Sie auch zum Vögelbeobachten hier?«, fragt Xenia. Am Morgen hat sie seine Hetze in der Lokalzeitung gelesen: *Niemand muss sich wundern, wenn die besorgte Bevölkerung zur Selbsthilfe greift. Rom muss diese Fehlbesetzung umgehend korrigieren,* hatte die Zeitung den Bruder der Senatorin zitiert. »Fragt doch diesen netten Mann, ob er euch mitnimmt, Jungs.«

»Wie Sie wissen, stehe ich dem Beirat der Kooperative vor, die diese Heime dort betreibt. Wenn man nicht ständig kontrolliert, was dort geschieht, braucht man sich nicht zu wundern, wenn alles beschädigt oder abmontiert und irgendwo unter der Hand verkauft wird. Diese Leute haben nicht die gleiche Kultur wie wir.«

»Sie meinen wie diese Jungs hier mit ihren Hakenkreuz-Tätowierungen, Dottore? Wie viele Personen beherbergen Sie zurzeit?«

»Um die hundertzwanzig. Das ändert sich täglich.«

»Gab es bereits Zwischenfälle mit Rechtsradikalen? Oder Anschläge?«

»Nicht dass ich wüsste, Zannier. Nur weil jemand anderer politischer Meinung ist, müssen Sie ihn auch nicht gleich radikalisieren. In unserer Region ist es ruhig. Zu ruhig, könnte man sogar meinen.«

»›Niemand muss sich wundern, wenn die besorgte Bevölkerung zur Selbsthilfe greift.‹ So oder so ähnlich haben Sie es zum Besten gegeben.« Die Kommissarin vergisst ihre Höflichkeit. »Sollten Sie das wirklich glauben, dann nehmen Sie zur Kenntnis, dass es gesetzeswidrig ist und wir einschreiten werden. Zumindest solange ich hier das Kommissariat leite. Und das wird sich trotz Ihrer Vorwürfe so schnell nicht ändern. Gehen Sie jetzt Ihrer Wege, Signore, damit meine Kollegen ihre Arbeit tun können. Und versuchen Sie nicht noch einmal, sich einzumischen.«

Xenia dreht sich eine Zigarette und überblickt vom Sattel ihres Scooters aus die Kerle. Sie traut ihnen durchaus zu, dass sie unbequem werden, falls sie die beiden Kollegen alleine lässt. Während einer der Uniformierten ihnen die Ausweise zurückgibt, führt Xenia mit leiser Stimme ein Telefonat. Sie entschuldigt sich, dass sie über eine Stunde zu spät zu ihrer Verabredung kommen wird.

Carletto Castelli de Poltieri steht neben seinem Wagen und schaut herüber. Erst als sie ihn länger fixiert, steigt er endlich ein und fährt sehr langsam am Flüchtlingsheim vorbei Richtung Isonzomündung. Unschwer zu erraten, dass er dort eine Weile warten wird, bevor er zurückkommt, in der Hoffnung, dass die Polizei inzwischen abgezogen ist.

Xenia wird die juristischen Hintergründe der Flüchtlingsheime rekonstruieren müssen. In der Presse war zu lesen, dass die Senatorin den Anstoß für sie gegeben habe. Doch wer außer ihrem Bruder sitzt noch im Beirat? Woher kam das Geld, die Gebäude zu kaufen und herzurichten? Und wie hoch ist die Miete? An wen wird sie überwiesen? Wer steckt wirklich hinter dieser vorgeblich gemeinnützigen Kooperative, und wer hat die Genehmigung erteilt? Die Senatorin hat schon in der Vergangenheit jede Menge Sonderregelungen in ihrem Wahlkreis durchgesetzt. Ihre Gefolgsleute sitzen überall, oft haben sie den Job erst dank ihrer Einflussnahme bekommen. Hier stehen sehr konkrete Fragen an, die leicht überprüfbar sind: Sind die Normen in Sachen Hygiene, Feuer- und Unfallschutz und der Wohnraumordnung erfüllt? Überhaupt, wie steht es um die medizinische Versorgung in den Unterkünften? Wer arbeitet dort? Ehrenamtlich oder gegen Bezahlung? Stimmt die Anzahl der Personen mit dem Melderegister überein? Versicherungen? Buchhaltung? Schwer vorstellbar, dass Carletto sich solchen Details widmet. Eher setzt er auf den Einfluss der großen Schwester.

Xenia überschlägt den staatlich garantierten Beitrag von fünfunddreißig Euro pro Kopf und Tag und geht von einer durchschnittlichen Auslastung von hundert Personen aus. Ein Mordsgeschäft.

Einen konkreten Anlass, das Gebäude zu durchsuchen, hat sie zwar nicht, einen Hinweis an die zuständigen Kollegen wird sie aber geben. Die Uniformierten verabschieden sich und fahren los, die Glatzköpfe haben sich bereits zu Fuß auf den Weg Richtung Hauptstraße gemacht. Xenia muss sich beeilen.

Obere Adria. Internationale Gewässer.

Die FERIDE dümpelt im sanften Wellengang, kaum dass Valerio Alfieri sie mit gemäßigtem Tempo in über zwei Stunden und nach vierundzwanzig Seemeilen aus der erweiterten territorialen Zone der nationalen Hoheitsbefugnisse aller angrenzenden Staaten gefahren hat. Wie immer, wenn Vertrauliches zu besprechen ist, tut er dies entweder unter vier Augen und weitab unsichtbarer Zuhörer, vor deren Technologie ohne die nötigen Vorkehrungen niemand sicher ist. Oder er bedient sich des Satellitentelefons auf der Jacht, an deren Heck die türkische Fahne matt im Wind flattert. Normale Telefone benutzt er nur für Alltägliches.

Alfieri ist ein aufmerksamer Zuhörer. Echte Informationen sind Gold wert, egal, um was es geht. Das hat er früh gelernt. Auch rechtzeitig aufzuhören gehört dazu. Mit fünfzig hatte er seine Karriere an der Börse in Frankfurt beendet, nachdem die Staatsanwaltschaft wegen Insidergeschäften ermittelte. Irgendein frustrierter Konkurrent musste das Gerücht gestreut haben, dass bei der Kapitalerhöhung eines großen Chemiekonzerns im Rhein-Main-Gebiet gegen die Regeln verstoßen wurde. Den Beteiligten war nichts nachzuweisen, der damalige Finanzvorstand ist längst der Vorstandsvorsitzende. Und Alfieri hatte sich vor acht Jahren nach Grado zurückgezogen, ließ Bart und Haar wachsen und baut nun Gemüse an. Nur seine Frau Feride führt in Frankfurt ihre kontinuierlich wachsende deutsch-türkische Arbeitsagentur weiter. Und kümmert sich um sein Vermögen.

Er stellt den Autopiloten ein, die Position zu halten, und begibt sich unter Deck. Die Leitung steht nach zwei Versuchen, die Stimme am anderen Ende klingt fern und hat einen leichten Nachhall. Nach wenigen Sätzen finden er und Murat Akgün den nötigen Kommunikationsrhythmus: Sie lassen sich mit Antworten und Einwänden Zeit, bis das Echo verklingt. Sein Schwager führt zwei Aktiengesellschaften für Informatikdienstleistungen und beschäftigt allein in Antalya über hundert Personen. Die Belegschaft in Berlin ist etwa gleich stark. Valerio Alfieri hat das Unternehmen an die Börse gebracht, als einst der Hightech-Boom die Finanzmärkte zum Brodeln brachte, und später natürlich die Kapitalerhöhungen gemanagt.

»Auch wenn der erste Versuch geklappt hat, würde ich den zweiten anders gestalten.« Alfieri spricht für seine Verhältnisse langsam und klar. »Es sind zwar alle angekommen, doch nach der Landung war die Reise schon zu Ende. Das spricht sich schnell rum. Eigentlich schade für diese hoffnungsvollen Menschen. Sie haben eine Menge Geld bezahlt für die Überfahrt. Und das Schiff wurde keine drei Stunden nach der Ankunft beschlagnahmt.«

»Sie kennen das Risiko vom ersten Moment an. Schiffe wie die EARLY SUN sind kein großer Verlust. Die finden sich en masse. Abwrackware eigentlich. Die Reeder lösen sie nur aus, wenn ihr Restwert höher als die Strafe ist. Was willst du ändern?«

»Die Strategie, weiter entfernte und daher unübliche Landungsorte anzusteuern, behalten wir bei. Doch wir wechseln sie jedes Mal. Die Behörden hier im Norden profitieren vom vorauseilenden Gehorsam der Bevölkerung, die immer gleich alles meldet, was ihr nicht normal vorkommt. Also, pass auf: Slowenien und Kroatien streiten nach wie vor über den tatsächlichen Grenzverlauf, und die EU hat mit der Klärung keine Eile. Slowenien hat nur dreißig Kilometer Küste. Die nächste Fuhre geht dort an Land, sie kommen in kürzester Zeit über die Schengen-Grenze nach Italien oder Österreich und sind erst einmal sicher. Die Kroaten kümmert es nicht, weil diese Leute sowieso weiterwollen, und die Slowenen sind bisher nicht darauf eingerichtet oder winken sie durch, damit die Italiener die Probleme am Hals haben. Grenzen erschweren die Ermittlungen, wenn auch nicht sehr lange. Das Schiff fährt danach mit der normalen Fracht weiter Richtung Italien. Und wie gesagt, kein zweites Mal am gleichen Ort. Später bewegen wir uns in die Nähe der Po-Mündung. Dort kommen die Häfen von Mestre-Marghera oder Ravenna infrage. Auf jeden Fall kannst du die Anzahl der Passagiere ab jetzt mindestens vervierfachen.«

»Wie lange brauchst du, das vor Ort zu organisieren, Valerio?«

»Du meinst Reiseleiter für das letzte Stück?«

»Lass dir was einfallen. Der Druck ist gewaltig. Niemand wird den Zustrom stoppen können. Die humanitären Missstände werden eskalieren. Abschottung heißt, am Tod von Hunderttausenden schuldig zu werden.«

»Ich weiß, Murat. Wir regeln ja nur, was Europa versäumt. Sonst übernehmen andere das Geschäft. Überweise meinen Anteil auf das übliche Konto bei der Deutschen Bank. Zahlungsgrund: Beratungskosten.«

»Verlass dich drauf, Schwager.«

Novigrad, Istrien.

Der unerwartete Besuch von Jack Samir am Morgen macht die Reise nach Salzburg obsolet. Schon bei ihren Anrufen auf Beckers Mobiltelefon, auf die sich eine fremde Stimme meldete, hatten sie Zweifel am Sinn der Fahrt beschlichen. Und spätestens als Jack berichtete, dass den Salzburger Kollegen die Ermittlung durch eine Bundesbehörde abgenommen wurde, ist klar, dass sie dort schwerlich der Wahrheit näher kommen würde. Nicht einmal der Einfluss des Ministeriums würde Xenia helfen können. Die Notiz von Nicola Bonanni, dass das

Motorrad des Attentäters auf einem Autobahnparkplatz gefunden worden war, hatte sie noch erreicht. Zwei Hinweise also auf Kroatien im Zusammenhang mit der Senatorin: das Kennzeichen des Motorrads und dann der Name Josip Mirković und die Fotos von Jordan S. Becker vom Grenzübergang 1994. Xenia braucht Informationen aus Kroatien, um weiterzukommen. Ratlos wandte sie sich an ihren ehemaligen Chef in Triest, dessen internationale und unbürokratische Verbindungen immer wieder für wilde Gerüchte sorgen. Wie sonst hätte er seine Fälle im Grenzgebiet lösen können, wenn nicht durch profunde Kooperation mit den Kollegen auf der anderen Seite? Vicequestore Proteo Laurenti stellte in zwei Telefonaten den richtigen Kontakt her. Als Xenia noch Berufsanfängerin war, wurde über seine lange Affäre mit einer kroatischen Staatsanwältin gemunkelt. Sie ist erstaunt, dass die Verbindung offensichtlich bis heute hält.

»Du hast Glück, du brauchst nicht einmal nach Zagreb zu fahren«, sagte Laurenti beim Rückruf. »Živa hat ein Haus in Cittanova, Novigrad, und verbringt ein paar Tage dort. Sie erwartet dich.«

Xenia hätte auch die dreistündige Fahrt nach Zagreb in Kauf genommen, doch im istrischen Novigrad ist sie viel schneller. Seit Brüssel allerdings verschärfte Kontrollen an den Schengen-Außengrenzen vorgeschrieben hat, staut sich der Verkehr in Ferienzeiten kilometerweit am Übergang von Slowenien nach Kroatien. Sie überholt die Urlauberkolonne mit dem Scooter und drängt sich kurz vor dem Kontrollposten vor einem deutschen Wohnmobil in die Schlange zurück, dessen Fahrer ungnädig hupt und wüst zum Fenster hinaus schimpft.

Der Grenzpolizist hat sie offensichtlich beobachtet und wirft ihr in scharfem Ton eine Menge Vergehen vor. Selbst dann noch, als sie sich in seiner Sprache als italienische Kollegin vorstellt. Erst als sie sagt, von wem sie erwartet wird, verändert sich sein Gesichtsausdruck. Er gibt ihr missmutig die Papiere zurück und wünscht halbherzig eine gute Fahrt. Eine Viertelstunde später parkt sie den Scooter am Anleger der Fischerboote in Novigrad und geht zu Fuß in die engen Gassen des vom Meer umgebenen Städtchens, das unter venezianischer Herrschaft auf römischen Grundmauern erbaut worden war.

Živa Ravno hatte den Weg gut beschrieben, doch Xenia vergewissert sich zweimal, vor der richtigen Hausnummer zu stehen, bevor sie klingelt. Für ihre Vorstellung ist das Häuschen für eine Generalstaatsanwältin viel zu klein. Nicht einmal Bodyguards sind zur Bewachung der obersten Anklägerin abgestellt. Eine Frau gegen fünfzig mit offenem schwarzem Haar, das ihr weit über den Rücken fällt, in Shorts und T-Shirt, öffnet und lacht, als Xenia sie verlegen nach Živa Ravno fragt.

»Ich weiß, in den Ferien seh ich aus wie meine eigene Putzfrau«, strahlt Živa Ravno und duzt sie gleich. »Du siehst aber auch nicht aus wie ein Superbulle. Komm rein, Laurenti hat mir viel von dir erzählt. Und er meinte, ich soll auf der Hut sein, du seist in geschlossenen Räumen ziemlich unberechenbar. Meine Großeltern waren Fischer, das Boot liegt direkt vor der Tür. Das Haus ist klein, dafür seit ein paar Hundert Jahren in Familienbesitz. Ich brauche nicht mehr, wenn ich überhaupt einmal ein paar Tage freinehmen kann.« Die Generalstaatsanwältin spricht akzentfrei italienisch. Sie geht durch einen engen Flur mit schiefen Wänden und betritt eine große, modern ausgestattete Wohnküche, von der eine Tür auf die kleine Terrasse hinausführt, unter der das Meer in der Nachmittagssonne glitzert. Ein altes Holzboot tanzt auf den kleinen Wellen. »Mit dem ging schon mein Opa fischen, ich fahr damit zum Schwimmen raus und erspar mir die Strände. Ist schon die richtige Uhrzeit für einen Aperitif, nicht wahr? Mach's dir erst mal bequem.«

Kurz darauf kommt Živa Ravno mit einer Karaffe Weißwein zurück. Sie holt zwei Gläser, stellt einen Teller panierte Sardellen daneben und gießt ein. »Das Wiener Schnitzel der Adria. Greif zu und erzähl mir, was du auf dem Herzen hast. Der alte Laurenti hat darauf gedrängt, ich möge dich gleich empfangen. Informell natürlich, wie er betonte. Damit das klar ist. Übrigens pass auf bei ihm, er mag die Frauen.« Živas Augen blitzen heiter.

»Danke, dass Sie sich die Zeit nehmen …« Xenia ist verlegen.

»Lass das Sie weg, wenn du mit Laurenti befreundet bist, dann sind wir es auch. Bei ihm kann man sich darauf verlassen, dass er die richtigen Leute zusammenführt. Sonst hätte ich dich gar nicht erst empfangen.«

»Ich habe eine Menge Material zugespielt bekommen und auch selbst einiges zu der Angelegenheit zusammengetragen. Darin taucht der Name Josip Mirković auf. Ich habe im Internet gesucht, aber es ist kaum etwas über ihn zu finden, und bei uns ist er ein Unbekannter. Im Juni 1994 muss er an einer gewaltigen Waffenschieberei beteiligt gewesen sein. Er hat an der slowenischen Grenze hinter Triest eine Lieferung mit Waffen aus DDR-Beständen übernommen. Die Lieferung wurde wohl von den Deutschen eingefädelt. Auf italienischer Seite wurde der Konvoi von Romana Castelli de Poltieri begleitet, die damals gerade Senatorin in Rom geworden ist.« Xenia legt die Ausdrucke von Beckers Fotos auf den Tisch.

»Hinter wem bist du her?«, fragt Živa Ravno kühl. Sie sitzt mit durchgedrücktem Rücken am Tisch. So stellt Xenia sie sich an ihrem Schreibtisch in Zagreb vor.

»Das weiß ich noch nicht genau. Meine Ermittlungen fingen bei der Senatorin an. Wer weiß, wer da noch alles dazukommt.«

»Seit wann hast du das Material?«

»Seit heute früh. Bis jetzt konnte ich die Unterlagen lediglich überfliegen.«

»Du bist schnell. Immerhin. Von wem?«

Xenia umreißt die Geschichte, auch die kroatische Ermittlerin hatte vom Mord in Salzburg gehört. Sie hört ihr mit ausdruckslosem Gesicht zu. Erst als Xenia schweigt und einen Schluck Wein trinkt, stößt Živa einen kleinen Seufzer aus.

»Schade, dass du die Unterlagen nicht viel früher erhalten hast. Inzwischen sind diese Dinge leider verjährt. Bis vor einigen Jahren hätte ich Mirković damit noch an den Karren fahren können. Das ist nicht einfach, er genießt Protektion von oberster Stelle. Und du kennst das ja aus eigener Erfahrung: Niemand weiß jemals genau, wer die oberste Stelle ist. Sie wechselt nach Bedarf. Wir konnten ihm jedenfalls nie beikommen. Nicht einmal wegen seiner Kriegsverbrechen während der Offensive in der Srpska Krajina. Mirković hat wohl die Archive gesäubert und mögliche Zeugen vermutlich still und heimlich beseitigt. Die Geschichte ist so dreckig, dass wir sie im Keller besprechen sollten. Aber wir machen ein Geschäft, Xenia. Ich erzähl dir von Mirković, und du packst diese Flüchtlingsgeschichte in allen Details auf den Tisch. Ich befürchte, sie betrifft uns alle. Die Entfernungen sind verdammt kurz an der oberen Adria. Übers Meer und über Land.«

Ihr Ausflug nach Kroatien dauerte länger, als sie trotz der verspäteten Abfahrt geplant hatte. Dafür bringt Xenia wesentliche Informationen nach Hause.

Die Generalstaatsanwältin hatte ihr zuerst das Versprechen abgenommen, nicht auf eigene Faust auf kroatischem Gebiet zu handeln, und sie schließlich zum Abendessen eingeladen, einer köstlichen Pasta mit Meeresfrüchten. Sie hatten längst das Thema gewechselt. Živa erzählte von ihrem Studium in München, von der einstigen Hoffnung einer Gruppe von Idealisten, ihrem Land eine demokratische Verfassung und einen stabilen Rechtsrahmen zu geben, damit es nicht in die Klauen der Kaste um Franjo Tuđman fiel. Die Kriegstreiberei zu beenden und zu verhindern, dass das Volksvermögen in die Hände weniger Familien und ihrer ausländischen Komplizen wechselte. Und Schluss zu machen mit den faschistischen Umtrieben, mit denen Kirche und Nachfahren der Ustascha nach wie vor Geschichtsklitterei betrieben. Und Xenia hatte zum ersten Mal seit Langem von sich erzählt, von ihrer Karriere im Süden des Landes und von ihrer rasenden Angst vor Enge, die sie selbst bei persönlichen Beziehungen in Panik versetzen konnte. Auch von den Wurzeln des Hasses, den sie gegenüber der Senatorin hegt. Und von ihrem Wunsch, dieser Frau ein für alle Mal das Handwerk zu legen.

Es ist längst nach Mitternacht, als Xenia den Motor abschaltet und den Scooter die letzten Meter durch die Via delle Pleiadi ausrollen lässt. Der Schwung reicht bis zur Haustür. Arne ist noch wach, als sie den Garten betritt. Er liegt unter dem Moskitonetz im Bett unter der alten Linde, schließt sein Buch und steht auf, um sie zu begrüßen. Xenia hat keine Lust zu reden, sie entledigt sich ihrer Klamotten und geht in die Ecke des Gartens mit der Hölzernen-Mann-Puppe. Noch ist sie mit den Gedanken bei ihrem Gespräch mit Živa Ravno. Erst allmählich klingt der leichte Hall ihrer Schläge und Tritte immer regelmäßiger durch die Nacht und wird immer schneller.

3

Grado, Viale Kennedy.

»Commissario, hier sieht's aus wie im Krieg. Der ganze Supermarkt wurde umgestülpt.« Die Stimme des Uniformierten aus dem Streifenwagen klingt, als hätte man einem Kind die Geschenke vorenthalten.

Die Dämmerung hat eingesetzt, der Himmel leuchtet im intensivsten Blau des Tages. Erwachendes Vogelgezwitscher. Die Fenster der umliegenden Wohnhäuser sind noch dunkel. Xenia sitzt auf der Bettkante und versucht, die verworrene Schilderung zu verstehen.

»Geben Sie die Meldung durch, veranlassen Sie verstärkte Verkehrskontrollen im Umland«, weist sie ihn schließlich an. »Ich bin gleich da.«

»Und du behauptest immer, Grado sei ein langweiliges Kaff, in dem nichts passiert«, mault Arne verschlafen.

»Schlaf weiter.«

Sie schlüpft unter dem Moskitonetz hervor und läuft durch den Garten in die Küche, wo sie die Moka aufsetzt. Vom Fenster des Badezimmers hört Arne die Dusche rauschen. Er wirft einen Blick auf den Wecker, zehn Minuten vor fünf. Gerade mal drei Stunden nachdem sie, verschwitzt und erschöpft aneinandergeschmiegt, in den Schlaf gesunken waren.

»Wie schaffst du es nur, schlagartig wach zu sein, sobald

dein Telefon klingelt?«, fragt er, als Xenia angekleidet zurückkommt und ihm eine Tasse Kaffee neben das Bett stellt.

»Ein Akt von Vandalismus.«

»Können deine Leute das nicht alleine erledigen?«

Als Arne versucht, sie zu umarmen, spürt er die Beretta im Gürtelholster unter der langen, weiten Bluse stecken.

»Und was tust du heute?«

»Dieses Vogelgezwitscher raubt mir den Schlaf.« Er nimmt einen Schluck Kaffee.

»Stadtmensch.«

»Ich muss zwei Gruppen Deutsche durch Grado und zu den Ausgrabungen von Aquileia führen, samt Bootsfahrt durch die Lagune und Mittagessen auf der Insel Anfora. Hoffentlich sind die nicht so knauserig mit dem Trinkgeld.«

»Wenigstens hast du was zu tun.«

Xenia drückt ihm einen Kuss auf die Lippen. Als der Lärm des Motorrollers verklingt, dreht Arne sich noch einmal um.

Zwei Streifenwagen haben mit eingeschalteten Blaulichtern in der Viale Kennedy einen LKW eingekeilt, auf dessen Hebebühne eine Palette Toilettenpapier darauf wartet, abgeladen zu werden. Der Supermarkt liegt im Erdgeschoss eines schmucklosen Gebäudes aus den Siebzigern. Die Uniformierten warten mit dem Fahrer vor dem Eingang der Warenanlieferung. Die Rollläden auf der Vorderseite sind halb hochgezogen.

»Sie müssen sich das ansehen, Commissario«, sagt der uniformierte Polizist, der ihr entgegenkommt.

»Weshalb? Wart ihr etwa noch nicht drin? Wo ist der Geschäftsführer?«

»In seinem Büro, putzt Sauerkraut auf, das die dort ausgeschüttet haben. Stinkt wie Kinderkotze. Wir haben ihm verboten, den Laden zu betreten, bevor die Spurensicherung ihre

Arbeit getan hat. Er will um acht aufmachen. Wenn Sie mich fragen, bleibt der Laden ein paar Tage zu.«

»Was ist mit dem Tresor?«

»Der hat die Täter offensichtlich nicht interessiert.«

»Videoüberwachung?«

Achselzucken.

»Fragt den Geschäftsführer.«

»Aber schauen Sie sich das Desaster selbst an, Commissario. So etwas haben auch Sie noch nicht gesehen. Und Ihr Frühstück liegt bereits geöffnet herum.«

»Ich kann Supermärkte nicht ertragen.«

Sein Kollege steigt aus dem Streifenwagen und zieht die Waffe.

»Lass das, die sind doch längt weg.« Xenia atmet tief durch, geht los.

Ein merkwürdiger Anblick: Berge von Lebensmitteln zwischen einigen Regalzeilen. Herausgerissen, zertrümmert und zerstampft. Andere Bereiche sind unversehrt. Dann ein Teil des Regals mit Bier und zersplitterten Flaschen am Boden. Die Getränkeecke ist ein stinkender See, in den auch der Inhalt der Jägermeisterflaschen geflossen ist, während der Campari unversehrt im Regal steht. Milch, Frischkäse und Joghurt bilden eine widerliche, schmierige Masse am Boden. Xenia sieht sich vorsichtig um, der Boden ist glitschig. Butter zerstampft, aufgeplatzte Schwarzbrotpackungen, zersprungene Gläser mit Wiener Würstchen, Senf, Salzbrezeln. Sie zieht einen Schokoriegel aus der Packung und steckt ihn in den Mund. Die Abteilung mit Pasta ist so unberührt wie die Fächer mit Mehl, Oliven, Eiern, Gemüse und Obst. Schwerste Verwüstung bei den Reinigungsmitteln, Waschmittel vermischen sich mit Toilettenreiniger und verbreiten einen ätzenden Geruch. Die Fleischtheke dagegen ist unversehrt. Also keine Tierschützer. Xenia geht zurück zu den Getränken beim Eingang, wo die Luft besser ist.

Sie betrachtet die Bierflaschen und die Kartonverpackungen der Säfte. Auf der Suche nach dem Büro sieht sie die Tür zum Lager, die grob aufhebelt worden ist. Als die Leuchtstoffröhren anspringen, tut sich das gleiche Spektakel auf wie im Laden. Sie steigt über die Trümmer, um die Tür zur Gefrierzelle zu erreichen, atmet tief durch und zwingt sich, die enge Kühlkammer zu betreten. Schweinehälften hängen unversehrt an den Haken, auf den ersten Blick kann sie keine Auffälligkeiten entdecken.

Xenia fröstelt, macht kehrt. Die dicke Edelstahltür ist verschlossen, dabei hatte sie die nur angelehnt. Sie rüttelt vergebens am Griff und schaut durch das Bullauge aus Isolierglas in das verlassene Lager. Panisch blickt sie sich um. Sie poltert gegen die Tür. Trotz der Kälte steht ihr plötzlich der Schweiß auf der Stirn. Ein unbeschrifteter roter Knopf. Rot heißt Alarm. Sie drückt ihn wie wild. Dann landet sie einen gezielten Tritt gegen den Sperrhebel, der keinen Millimeter nachgibt. Sie wählt die Nummer der Kollegen. Ihr Gerät hat keinen Empfang. Xenia reißt die Beretta aus dem Holster und feuert fünf Schüsse auf die Stelle, wo sie den Schließmechanismus vermutet. Der Hebel bleibt starr. Weitere sieben Schüsse auf die Stelle daneben. Nichts. Fünfzehn Kugeln hatte sie in der Waffe, die letzten drei spart sie auf. Zwei Schritte zurück, sie stößt gegen eine tiefgefrorene Schweinehälfte. Sie nimmt Anlauf, ihr Kick landet am Bullauge, einem Kontrahenten hätte er den Schädel zertrümmert. Das Glas ist mit einer dicken Gummidichtung eingefasst, es muss doch nachgeben. Ihr Puls rast. Raus hier. Sofort. Ein Hieb trifft den roten Knopf, seine Plastikkappe splittert, ihr kleiner Finger und der Handballen bluten. Wieder rast sie zurück zu den Schweinehälften und nimmt Anlauf zum nächsten Tritt gegen das Fenster. Diesmal bewegt es sich. Die ganze Tür bewegt sich.

Blut fließt von der Wange und dem Ohr des Mannes, noch bevor er zu Boden geht. Die Kommissarin steigt über ihn hinweg und rast zum Ausgang. Die Beamten auf der Straße fahren vor Schreck herum, als sie die Kommissarin erblicken. Wortlos rauscht sie an ihnen vorbei und verschwindet an der Kreuzung aus ihrem Blickfeld. Sie springt über den Zaun einer Villa in den gepflegten Vorgarten und legt sich im Schutz der Hecke ins nachtfeuchte Gras. Atemtechnik, hatte ihr der Therapeut eingebläut, bewusst atmen gibt Raum. Allmählich beruhigt sich ihr Puls. Sie vernimmt Stimmen in der Nähe. Die Polizisten suchen ihre Chefin.

»Wenn die erfährt, dass wir das waren, ist's aus mit der Gemütlichkeit.«

»Verdammt, der Typ vom Supermarkt hat uns gesehen.«

»Der liegt doch flach.«

»Der kommt wieder auf die Beine.«

»Mein Gott, die hat vielleicht Power.«

Xenia dreht sich eine Zigarette und steckt sie erst an, als die Männer verschwunden sind. Sie streicht sich durch die Haare und richtet ihre Bluse. Als sie um die Ecke zurückschlendert, schauen ihr die beiden Uniformierten verunsichert entgegen.

»Habt ihr ihn gekriegt?«, fragt Xenia mit ruhiger Stimme.

»Wen?«

»Ich habe gehört, dass ihr nach jemandem gesucht habt. Habt ihr eigentlich diese Fußspuren verfolgt? Bier, Joghurt und Schokolade sind klebrig.« Das Profil der Sohlen ist in der Nähe des Ladens noch gut zu erkennen.

»Ich hatte es gerade vor, Commissario.« Der Beamte bückt sich geflissentlich. »Sie waren zu dritt.«

»Fotografiert die mit einem Maßband daneben und folgt den Abdrücken, soweit ihr könnt. Und du kommst mit mir.«

Der zweite Uniformierte trottet gehorsam hinter seiner Chefin in den Laden. Er trägt weiße Spuren von Waschmittel an den Hosenbeinen seiner dunkelblauen Uniform und an den

Schuhen, obgleich er anfangs behauptet hatte, nicht weiter in den Laden vorgedrungen zu sein.

»Fällt dir nichts auf?«, fragt Xenia.

»Es stinkt so nach Bier, dass man schon vom Geruch besoffen wird.«

»Schau dir die Etiketten an.«

Heineken, Becks, Jägermeister. Senfter, Müller, Wolff, Bayernland, Knorr und Kraft. Milka, Ritter Sport, Lindt-Schokoladen liegen auf dem Boden, Haribo und Bahlsen.

Der Mann tut zwei Schritte in ihre Richtung, bückt sich, zuckt die Achseln. »Alles Qualitätsmarken. Mir schmecken sie.«

»Hast du bemerkt, was im Regal geblieben ist?« Sie führt ihn durch die anderen Flure. »Schau dir die Etiketten der Waren an, die auf dem Boden liegen, dann die in den Regalen. Schau es dir genau an.«

Sie lässt den Mann alleine und geht zu den Kassen. Unversehrt. Ihr Blick fällt auf die Schaufenster. Der Tag hat an Licht gewonnen. Die erste Sonne fällt auf die verglaste Ladenfront. Über den Sonderangeboten hängt ein großes Plakat, das flüchtig angebracht worden war. Der Kleister ist noch feucht. Mit spitzen Fingern zieht sie es ab und klebt es an ein Regal, von dem man es später leicht ablösen kann.

»Hol den Geschäftsführer«, ruft sie dem Uniformierten zu. »Aber auf der Stelle. Und frag ihn, ob es eine Espressomaschine gibt. Keine Milch, kein Zucker für mich.«

»Zum Glück lebt er noch.« Seine Schritte knirschen auf den Scherben.

Wüste fette Lettern. Schwarz, grün und rot auf weißem Grund.

AL DIAVOLO deutsche Frau
ZUM TEUFEL
Nix Essen dalla Germania

Comprate italiano
Il Nord ci rovina.
ZUM TEUFEL EUROPA!
ITALIA NOSTRA
PATRIA NOSTRA

Der Uniformierte kommt mit einem Becher Espresso zurück, den Filialleiter im Gefolge. Der Mann ist schwer mitgenommen, sein Gesicht aschfahl und blutverschmiert. Das Hemd kann er wegwerfen oder als Souvenir in einen Bilderrahmen klemmen. Er zittert am ganzen Leib.

»Da, lesen Sie«, faucht sie.

»Immerhin haben Sie mich am Leben gelassen, Commissario. Was ist das?«

Der Mann tut ihr fast leid. Vom Schock gezeichnet, blass, müde, gestresst. Von Ostern bis Mitte Oktober ist sein Laden sieben Tage die Woche von frühmorgens bis tief in die Nacht geöffnet. Und dann auch noch der Kick der Kommissarin, der selbst einen Elefanten zum Taumeln gebracht hätte.

»Wo haben Sie das gefunden?«, fragt er mit bebender Stimme.

Xenia zeigt auf die Leimspuren am Schaufenster. Blitzlicht. Der erste Reporter von der Lokalpresse. Sie lässt es geschehen. Der nächste Kaffee für ihre Männer ist also schon bezahlt. Um Reporter zu verständigen, die sich erkenntlich zeigen, haben die Typen immer Zeit. In Ostia und Rom lebten sie sogar mit leerer Geldbörse gut, erinnert sie sich. Einige der Beamten mussten in keiner Bar je bezahlen. Solange bis Xenia damit entschieden aufgeräumt und sich Feinde auf allen Seiten gemacht hatte. Humorlos und kleinlich wurde sie genannt, und eine Menge falscher Gerüchte gerieten über sie in Umlauf.

»Hatten Sie schon einmal Probleme?«, fragt sie den Geschäftsführer. »Vielleicht eine Kleinigkeit nur, der Sie keine größere Beachtung geschenkt haben?«

Der Mann zieht die Mundwinkel nach unten, schüttelt zaghaft den Kopf, tastet nach seinem Ohr, seufzt. »Im Moment fällt mir nichts ein. Mit wachsendem Tourismus nehmen nur die Ladendiebstähle zu.« Seine Stimme ist matt.

»Wie viele Videokameras haben Sie installiert?«

»Drei.«

»Welchen Zeitraum zeichnen die auf?«

»Nach einer Woche werden sie überschrieben.«

»Die sind beschlagnahmt. Legen Sie Ersatzspeicher ein.«

»Ich weiß es«, ruft der Uniformierte durch das Geschäft. »Alles Waren aus dem Ausland: Deutschland, Österreich, Schweiz, Skandinavien. Und Südtirol. Aber das ist doch Italien.«

»Ob das wirklich jeder weiß?« Die Kommissarin widmet sich wieder dem Filialleiter. »Informieren Sie Ihre Versicherung, veranlassen Sie eine Schadenserfassung. Die Kollegen protokollieren Ihre Aussage.«

Sie geht hinaus und startet den Scooter. »Punkt elf liegt das Protokoll auf meinem Schreibtisch. Und zwar mit den Auswertungen der Aufnahmen aus den Überwachungskameras«, befiehlt sie den Beamten. »Um 11 Uhr. Klar?«

Kurz vor sieben parkt sie am Ufer des nächsten Strands, der nicht von einer Badeanstalt betrieben wird und frei zugänglich ist. Sie ärgert sich über einen Hundehaufen am Weg. In einer Stunde schon ist mit den ersten kinderlosen Paaren zu rechnen, die den Abschnitt zusammen mit ihren Vierbeinern besetzen werden.

Sie streift ihre Kleider ab, versteckt die Beretta darunter und läuft ins Wasser, um wenigstens ein kurzes Stück hinauszuschwimmen und sich Schweiß und Stress von Leib und Seele zu spülen. Nach hundert kräftigen Zügen dreht sie sich auf den Rücken und lässt sich im sanften Wellengang treiben. Sie erschrickt, als sie plötzlich regelmäßige Atemzüge und das Geplätscher eines sehr kräftigen Schwimmers vernimmt, der schnurstracks auf sie zuhält. Xenia taucht weg und entfernt sich, so weit ihr Atem reicht. Als sie wieder auftaucht, schlägt er einen Rechtswinkel ein und kommt wieder auf sie zu. Regelmäßige schnelle Beinschläge, die Kraulzüge sind stärker und geübter als ihre. Ein heller Haarschopf, der sich nur alle vier Armzüge zum Atemholen wendet. Sie will sich weder auf einen Wettkampf einlassen noch den Eindruck geben, dass sie flieht. Erst als sie noch fünf Längen trennen, stößt Xenia einen gellenden Pfiff aus. Der Kopf taucht unvermittelt aus dem Wasser auf, eine Frau mit Pferdeschwanz, der ihr über die Schulter fällt und im Wasser treibt.

»Haben Sie nichts anderes zu tun, als frühmorgens der einzigen Person im Wasser des ganzen Golfs den Weg abzuschneiden?«, faucht Xenia.

»Oh, Entschuldigung. Ich habe Sie nicht gesehen.« Die Blonde antwortet auf Deutsch. Auch sie ist unbekleidet.

»Sind Sie nicht die Frau, die gestern vor dem Kommissariat im Auto geschlafen hat? Man könnte meinen, Sie verfolgen mich.«

»Reiner Zufall. Ich schwimme seit meiner Kindheit fast täglich. Und an den anderen Stränden sind Badeanstalten, bei denen man Eintritt bezahlen muss. Das war der erste freie Strand, den ich gefunden habe.«

»Sie schwimmen verdammt gut.«

»Ich war Vize-Europameisterin im Freistil über sechshundert Meter. Und später bei der Volksmarine.«

»Im Meer schwimmen ist etwas anderes als im Becken.«

»Für Dilettanten scheint es einfacher zu sein. Wenn man es richtig angeht, relativiert sich das. Der Wettkampf in Rijeka fand auch im Meer statt.«

»Wie heißen Sie?«

»Clarissa Waisz. Mit A, I, S und Z.«

»Aus Berlin?«

»Woher wissen Sie das? Haben Sie mich etwa schon überprüft?« Der Ton der Deutschen ist aggressiv.

»Keine Sorge, wir sind nicht in der DDR. Das Kennzeichen an Ihrem Wagen. Wie lange bleiben Sie in Grado?«

»Wir wollten heute weiter nach Istrien fahren. Ich fotografiere für eine Adria-Reportage. Aber der Wagen ist beschädigt. Mein Freund hat ihn natürlich wieder nicht im Hof geparkt. Er tut einfach nicht, was ich sage. Heute Nacht hat jemand das Auto zerkratzt, einen Reifen zerstochen und die Scheibenwischer abgebrochen. Gegenüber von Ihrer Polizeiwache.«

»Haben Sie es bei meinen Kollegen angezeigt?«

»Ich habe mich zu sehr geärgert. Das muss Miloš machen, erstens spricht er Italienisch, und zweitens hat er uns die Scheiße eingebrockt.«

»Gehen wir an Land, Frau Waisz. Bald sind wir hier nicht mehr allein. Und wie ich sehe, tragen auch Sie keinen Badeanzug.« Xenia wendet sich ab und macht ein paar kräftige Züge, dann aber schwimmt sie verhalten weiter. Sie wird sich gewiss nicht mit einer Profisportlerin messen. Nicht im Schwimmen. Beim Wing Tsun Kung Fu hätte sie keine Skrupel.

Xenia steigt aus dem Wasser, als die Berlinerin bereits durch den Sand zu ihren Kleidern geht. Wenn sie wirklich täglich schwimmen geht, wie sie behauptet, dann nur noch, um in Übung zu bleiben, denkt die Kommissarin, die ihren Körper betrachtet. Die Muskulatur ist nicht mehr die eines Profis, schnell war sie im Wasser wohl nur dank der perfekten Technik gewesen.

Auch Clarissa schätzt Xenia mit Blicken ab, als sie über den Strand geht und sich schließlich die weite Bluse über die nasse Haut wirft. Als sie in den Jeans nach Tabak und Feuerzeug sucht, kommt ihre Dienstwaffe zum Vorschein. Die Blonde ist fast angezogen und schaut neugierig auf die Beretta, als Xenia sich die Zigarette ansteckt.

»Ist das nicht leichtsinnig?«, fragt Clarissa. »Eine Pistole im Sand?«

»Kann schon sein, wenn neugierige Touristen in der Nähe sind. Kommen Sie nachher ins Kommissariat. Ich nenne Ihnen eine Werkstatt, die den Wagen richtet.«

Xenia geht zum Scooter, an dem der Schlüssel noch steckt.

In der ersten geöffneten Bar auf dem Weg bestellt Xenia einen Espresso und überfliegt die Tageszeitung. Sie schimpft stumm, als sie den Titel des Lokalteils liest.

Senatorin Castelli de Poltieri besorgt über Sicherheitslage. Um 11 Uhr wendet sie sich auf der Viale Europa Unita an die Bürger.

Die Senatorin kündigt großspurig Veränderungen an. Sie habe im Innenministerium und in der Präfektur interveniert und die notwendigen Zusicherungen erhalten. Sie werde sich selbst einen Eindruck von der Lage in Grado verschaffen und treffe Bürgermeister und Gemeinderat sowie den Vorsitzenden des Tourismusverbands und der Hoteliersvereinigung. Der Kommentar auf der dritten Seite palavert von einer besorgniserregenden Stimmung im Land und zeigt zugleich Verständnis für die Angriffe gegen die deutsche Bundeskanzlerin und ihre Politik der Austerity. Der von Deutschland verordnete Sparzwang ist das gängige Modewort. Selbst wer des Englischen nicht mächtig ist, benutzt es.

»Es ist ein Dilemma mit diesen Deutschen«, sagt der Barista wichtigtuerisch. »Würden sie nicht jedes Jahr treu ihr Geld nach Grado tragen, müsste man den Chaoten von der Patria Nostra eigentlich recht geben.«

Xenia hört mit einem halben Ohr zu. Die europäische Stimmung ist nicht gut, mit nationalistischer Polemik reißt auch die Journaille immer tiefere Gräben auf.

»Die ist doch selbst in einer Diktatur aufgewachsen. Und jetzt richtet sie die Freiheit zugrunde. Verstehst du das etwa, Commissario?«

Xenia hebt die Brauen, sie schwankt zwischen Zweifel und Bewunderung für die Beharrlichkeit der deutschen Kanzlerin, die andere als rücksichtslose Härte bezeichnen. Sie legt eine Münze auf den Tresen.

»Lass mal, Xenia, der Espresso geht aufs Haus.«

Sie wirft die Münze in die Dose fürs Trinkgeld und überfliegt noch eine Meldung über die Proteste der Bauern von Fossalon gegen die Flüchtlingsheime und die Unterstützung, die Carletto Castelli de Poltieri zugesichert habe. Der Bruder der Senatorin verspricht baldige Besserung, weil sich die Anwohner wegen der dunkelhäutigen Menschen nicht mehr sicher fühlen. Von den Einnahmen der Einrichtung und von den verhafteten Rechtsextremisten, für die er sich stark gemacht hat, ist keine Rede. Angst schüren und damit kassieren – Geld und Wählerstimmen.

Rijeka, Wenzelova ulica.

»Die Politik ist wieder mal klüger als die Experten«, schimpft Körber im Stau vor dem Grenzübergang Bad Reichenhall. Die vorübergehende Aufhebung des Schengen-Abkommens erfolgte rechtzeitig zum Auftakt der Pfingstferien und macht Pendlern und Urlaubern an der Grenze zu Österreich das Leben schwer, während sich die Routen für die Migranten stetig verlagern. Alle Sonderbefugnisse nützen dem Mann vom BND im Stop-and-go-Verkehr nichts. Normalerweise würde er lange vor dem Mittagessen in Rijeka eintreffen, zu dem er mit dem Präsidenten der Hafenbehörde Josip Mirković verabredet ist. Körber kennt die Strecke gut, mehr als fünf Stunden hat er noch nie gebraucht. Aber heute befürchtet er Wartezeiten auch vor der Mautstelle des Tauerntunnels und später vor dem durch die Karawanken.

Im zähen Stau schweifen Körbers Gedanken zurück zu seinem Haus in Pullach. Hat er sorgfältig abgeschlossen und die Alarmanlage eingeschaltet? Wo findet er einen Gärtner, der endlich die Büsche zurückschneidet, Unkraut jätet und den Rasen mäht? Alle anderen Anwesen in der Nachbarschaft sind penibel gepflegt. Er wird sich wirklich einmal bei den Nachbarn, zu denen er so gut wie keinen Kontakt hat, nach einer zuverlässigen Hilfskraft erkundigen. Seit Majas Tod vor fünfzehn Jahren hat er das Leben der Familie nicht mehr im Griff. Seine drei Kinder wären entsetzt, würden sie die Unordnung sehen, falls sie doch einmal nach Hause kämen. Wie lange war eigentlich niemand von ihnen zu Besuch? Anja und Pavel studierten in München. Sie traf er wenigstens manchmal im Biergarten. Und sie riefen zu Weihnachten, Neujahr und seinem Geburtstag an. Der Älteste aber ist unversöhnlich und lässt seinem Brass freien Lauf, wenn Körber sich meldet. Er ist davon überzeugt, dass seine Mutter zum Opfer des väterlichen Berufs geworden ist.

Natürlich war es ein Schock für die Kleinen gewesen. Völlig ungefiltert blieben sie der Tatsache ausgesetzt, dass Maja im Alter von nur achtunddreißig Jahren direkt vor ihrem Haus von einem Auto überfahren wurde, dessen Fahrer nicht einmal gebremst hatte. Körber hatte den Anruf in Zagreb erhalten, wo er anlässlich des Beitritts Kroatiens zur Partnership for Peace weilte, dem Bündnis für militärische Zusammenarbeit der NATO mit zweiundzwanzig Staaten Europas und Asiens. Erst zwei Tage später war er in Pullach eingetroffen. Erik war elf Jahre alt, Anja und Pavel neun und sieben. Bei helllichtem Tag war es geschehen. In dem geordneten Viertel voller Einfamilienhäuser, deren Grundstücke von hohen, blickdichten

Mauern oder Hecken umsäumt sind. Nicht einmal Bernd Körbers Kollegen aus der Spezialabteilung konnten das Gesicht des Fahrers aus den Aufnahmen der Videokameras filtern.

Seinen Kindern erklärte Körber es als unerklärlichen Schlag des Schicksals. Er selbst grübelte über jedes Detail, seit er Maja kennengelernt hatte, und legte eine lange Liste mit Verdächtigen und ihren möglichen Motiven an, die er dann nach und nach wieder verwarf. Saša und Josip Mirković strich er als Letzte, der Mord an Majas Bruder Dušan zehn Jahre vorher in Zagreb wog schwer. Doch in ihrem Fall gab es kein gleichwertiges Motiv.

Die letzten Tage und Nächte verbrachte Bernd Körber fast ausschließlich im Büro. Mit der Senatorin konferierte er verschlüsselt und konnte durchsetzen, dass die EARLY SUN auslaufen darf, sobald eine neue Besatzung bereitsteht. Der libanesische Reeder hatte nur darauf gewartet. Und sobald Zeit blieb, hatte Körber vergeblich versucht, die dreckigen Vorwürfe von Major Weißenfels zu überprüfen. Hatte jemand Maja die Wahrheit über den Tod ihres Bruders gesteckt, und hatte sie deswegen Informationen an die Serben geliefert? Aber wer? Nur Körber und Saša Mirković waren damals dabei gewesen, als Josip ihn im Stadion Maksimir exekutierte. Die Leiche wurde sofort eingeäschert und der Familie Dušans Tod als Unfall verkauft. Maja war keine Verräterin. Was hatte er schon daheim von seiner Arbeit erzählt? Selbst seine Reisepläne kannte sie nur in Andeutungen. Darunter hatte vor allem das Familienleben gelitten, weil die Körbers einen normalen Alltag und normale Gespräche nicht kannten. Auch das macht ihm sein Sohn Erik zum Vorwurf. Erst als der Dienst im Rahmen der von oben angeordneten Transparenzoffensive seine Existenz nicht mehr verheimlichte und unter dem wahren Namen firmierte, hatte der Junge erfahren, dass sein Vater nicht Beamter der Abteilung Sondervermögen des Bundesvermögensamts der Außenstelle Pullach war. Erik war damals schon vierzehn.

Pullach verfügte früh über eine umfassende Videoüberwachung, doch keine der Kameras hatte brauchbare Bilder des Mörders geliefert. Bernd Körber hatte sich für einige Wochen vom normalen Dienst suspendieren lassen, um sich mithilfe der besten Kollegen nur der Aufklärung zu widmen. Den schwarzen BMW einer Mietwagenfirma spürten sie schon bald in der Nähe der nächsten S-Bahn-Haltestelle auf, auch darin hatte der Fahrer keine verwertbaren Spuren hinterlassen. Es war, als hätte das Auto alles alleine gemacht. Den Mieter des Wagens konnten sie ebenso wenig ausfindig machen, falscher Name und falsche Kreditkarte. Er hatte alle damals verfügbaren Mittel eingesetzt, und bis heute hat Bernd Körber die Hoffnung nie aufgegeben, den Mörder doch noch zu fassen. Sicher, Major Weißenfels hat dank der neuen Ermittlungstechniken ein leichtes Spiel. Wer aber sagt, dass ihm an der Wahrheit liegt und nicht daran, seinen Chef anzuschwärzen? Trauen kann er ihm nicht. Mit der Technologie lassen sich Fälschungen noch leichter anfertigen, als bisher verborgen gebliebene Fakten auszugraben.

Das Navigationsgerät leitet Körber bei Postojna endlich von der Autobahn auf die Landstraße, die durch Slowenien in Richtung Rijeka führt. Noch sechzig Kilometer hat er vor sich, die verlorene Zeit ist wieder reingeholt. Kein Geheimdienstler der Welt bezahlt Strafzettel wegen Geschwindigkeitsüberschreitung. An der kroatischen Grenze zeigt er seinen Diplomatenpass und parkt wenig später den Mercedes SUV vor dem Fünfsternehotel im Herzen Rijekas. Den Wagenschlüssel übergibt er dem Rezeptionisten. Zum Mittagessen mit Josip Mirković ist er im üblichen Restaurant an der Wenzelova ulica am Kanal verabredet, in der Nähe der Hafeneinfahrt. Die Walther PPK legt er zu den dicken Bündeln Fünfhundertern und den Unterlagen in den Aktenkoffer, versiegelt ihn und lässt ihn unter seinen Augen in den Panzerschrank des Hotels schließen. Er geht zu Fuß los.

Mirković erwartet ihn an einem Tisch direkt am Kanal. Die Männer könnten unterschiedlicher kaum sein. Körber klein und hager, mit rotblondem Haar, altbackener Brille und gerötetem Gesicht. Das graue Sakko hängt er über die Lehne des Stuhls, die Ärmel seines Hemds krempelt er bis über den Ellbogen hoch und lockert den Knoten der gelben Krawatte. Trotz seiner Erscheinung geht von dem Sechzigjährigen Autorität aus. Sein Begleiter ist zehn Jahre jünger, gebräunt, Sonnenbrille, kurze schwarze Haare, sein schwarzes Hemd spannt am Bizeps und an den breiten Schultern.

»Du bekommst zu tun, Josip. Wir brauchen deinen Hafen«, sagt Körber, nachdem sie ihre Bestellung aufgegeben haben. Eine fangfrische Dorade und als Vorspeise Scampi von der Insel Cres, Gemüse vom Grill, istrischer Weißwein. »Aber zuerst möchte ich wissen, welche Geschäfte du mit der Senatorin machst.«

»Das Reich befiehlt, die Welt steht stramm.« Mirković lehnt sich zurück und macht eine ausschweifende Handbewegung zum Meer. »Es geht um den Hotelkomplex, den sie damals mit ihren Parteifreunden und ungesicherten Krediten der MEC in Istrien hochgezogen hat. Sie hat den späteren Konkurs so raffiniert eingefädelt, dass die Bank allein auf den Millionenschulden sitzen blieb, die Anlage aber weiterhin im Besitz der Bande war. Beim Verkauf an diesen Hotelkonzern haben sie angegeben, rein aus Versehen natürlich, dass die beiden Bootsanleger dazugehörten. Nur ist die Marina Eigentum der kroatischen Hafenbehörde. Ich soll sie freigeben und Schadensersatzforderungen verhindern.«

»Und tust du das?«

»Aber sicher, solange die Aufwandsentschädigung stimmt.

Und nun zu dir. Was liegt an, dass du so rasch nach Rijeka gekommen bist, Bernd?«

»Wie ich schon sagte, bekommst du zu tun, Josip. Das Schiff heißt EARLY SUN und fährt unter panamaischer Flagge. Von den Italienern beschlagnahmt, auf Druck der Senatorin freigegeben.«

»Unsere liebe Freundin. Verdient auch sie daran?«

»Eine Hand wäscht die andere. Diesmal ist sie in der Geberrolle. Die EARLY SUN kommt aus Porto Nogaro. Übermorgen gegen Abend. Nicht besonders groß, einhundertsiebzehn Meter. Sie wird Container laden. In zwei aufeinanderfolgenden Nächten. Weise ihr einen abgelegenen Quai zu. Es ist schon schlimm genug, dass die Lkw-Kolonne durchs Zentrum fahren muss und die Leute weckt. Ich möchte nicht, dass man den Kahn von der Stadt aus sieht.«

»Warum Rijeka?«

»Weil du hier bist. Hast du verstanden, die Sache muss reibungslos ablaufen.«

»Zwei Lieferungen, sagst du? Wie hoch ist mein Anteil?«

»Angemessen. Vertrau mir.«

»Er richtet sich nach dem Inhalt der Container.«

»Den Tarif bestimme ich, Josip. Du kommst nicht zu kurz.«

»Worum geht es?«

»Unterstützung der demokratischen Kräfte in Syrien.«

»Mit Sicherheit keine Carepakete, wenn du im Spiel bist.«

»Auf Beschluss der Briten, Amerikaner und Franzosen. Sollte es auffliegen, was nicht sein darf und nicht passieren wird, dann haben die natürlich nichts damit zu tun. Genauso wenig wie wir Deutschen. Kroatien hätte die Sache alleine am Hals, samt Druck aus Brüssel, internationaler Ächtung, Subventionskürzungen, Strafzahlungen und so weiter. Aber du selbst bekämst ein wesentlich größeres Problem.«

»An Heimlichtuereien verdient man stets am besten, Bernd.«

»Dich interessiert dein Profit, uns die Sicherheit. Die Fracht geht von hier in den Süden der Türkei. In den Hafen von İskenderun. Zur Grenze ist es von dort nicht mehr weit. Überbestände aus dem Bosnienkrieg, die dir ja bestens vertraut sind.«

»Was genau?« Mirković blinzelt böse.

»Panzerabwehrkanonen Typ M60, Granatwerfer Typ Milkor MGL/RGB-6, rückstoßfreie Sturmgewehre und Panzerabwehrwaffen Typ Armbrust, DM41-Granaten und mehr. Einen Lieferschein bekommst du natürlich nicht.«

»DM41? Ihr lasst euch eure alten Granaten doppelt bezahlen?«

Körber lächelt. »Fabrikneue Altbestände des kroatischen Heeres, die nie dem Sicherheitsrat gemeldet wurden.«

»Deutschland kassiert. Zuerst von uns, jetzt von den Syrern. Woher wisst ihr, dass sie nicht in den Händen der Fundamentalisten landen?«, fragt Mirković belustigt.

»Das ist Sache der Amerikaner. Weder Russen, Iraner noch die Libanesen oder Israelis dürfen davon Wind bekommen. Sagen wir, es sei die alleinige Angelegenheit der NATO. Die Bundeskanzlerin ist einverstanden, aber offiziell weiß die Regierung nichts davon. Ihr Ansehen und das Grundgesetz binden uns die Hände.«

»Euer Ansehen! Eure heile Welt. Märchentanten seid ihr. So wie die Tausendmarkscheine mit dem Antlitz der Brüder Grimm darauf, die du meinem Vater nach Zagreb gebracht hast«, spottet der Kroate. »Deutschland Waffenexporteur Nummer drei.«

»Ihr sollt auch was tun. Man kann nicht immer nur kassieren. Außerdem war Lucas Cranach auf den Scheinen, Josip. Die Grimms kamen später.«

»Das Volk der Dichter und Denker. Darauf heb ich mein Glas, Bernd.« Mirković prostet ihm lachend zu.

»Übermorgen in der Nacht kommt der erste Teil, tags drauf dann der zweite. Du hast genügend Zeit, das vorzubereiten. Die EARLY SUN muss anschließend sofort auslaufen. Deinen Anteil erhältst du erst, wenn das Schiff internationale Gewässer erreicht hat. Dort wird es dann aus großer Entfernung von einer englischen Fregatte geleitet. Sorg dafür, dass weder Zoll noch Küstenwache Dummheiten machen.«

»Cash!«

»Cash. Du bist immer gerissen genug, zur richtigen Zeit am richtigen Ort zu sein.«

»Willst du bei der Verladung dabei sein?«

»Das ist eine der Bedingungen. Nur ich weiß, wie viele Container es sind, damit niemand auf die Idee kommt, einen verschwinden zu lassen. Angeliefert wird morgens zwischen 3 und 4 Uhr. Dann muss sofort verladen werden.«

»Ein Wagen wird vor deinem Hotel warten. Verschlaf nicht.«

Körber schweigt, als Mirković die Rechnung begleicht und der Kellner Rakija serviert.

»Josip, ich kenne dich, seit du zweiundzwanzig warst und Dušan umgelegt hast«, sagt er schließlich, ohne sein Glas zu berühren. »Maja war erschüttert über den Tod ihres Bruders. Habt ihr deshalb nie Probleme bekommen? Mit seinen Eltern, mit Maja oder mit den Serben?«

»Was blieb denen anderes übrig, als die Sache mit dem Unfall zu glauben? Die Asche eines Verstorbenen kann man nicht obduzieren. Und mein Vater, der große Saša Mirković, hat seine Betroffenheit voller Inbrunst zum Ausdruck gebracht. Er hat sogar bei der Urnenbeisetzung tröstende Worte über Dušans Verdienste gesprochen. Ich war da bereits auf dem Weg zur Front.«

Körber zieht drei Blätter aus der Innentasche seines Jacketts, auf dem ersten ist Mirkovićs Passfoto zu sehen. »Kennst du diesen Mann?« Er fixiert sein Gegenüber genau, dessen Stirn glatt bleibt.

»Dumme Frage. Schon eine Weile her, wie man sieht.«

»Fünfzehn Jahre genau.«

»Gibt es von dir selbst etwa keine alten Bilder?«

»Dieses Foto stammt aus einem gefälschten Pass. Auf meine Anweisung wurden damals alle Bürger aus dem ehemaligen Jugoslawien an den Grenzen registriert. Und auch ihre weiteren Bewegungen in der Bundesrepublik.«

»Spuck die Kröte schon aus, Bernd.«

»Du wirst es früh genug erfahren, Josip.«

Grado, Isola della Schiusa. Kommissariat.

Erst gegen Mittag kommt Xenia zu ihrer Dienststelle. Direkt von der Viale Europa Unita, wo die Senatorin auf dem Platz vor der Enoteca sich an ihr Wahlvolk gewendet hatte. Zum Glück waren die meisten Gradeser mit den Touristen beschäftigt. Nur knapp hundert Pensionisten hatten der Dame applaudiert, und auch einige Feriengäste waren neugierig stehen geblieben, konnten der Rede jedoch mangels Sprachkenntnis nicht folgen. Geklatscht haben sie trotzdem.

Die Politikerin appellierte an Geschlossenheit. Sicherheit sei ein Verdienst aller, erst recht in Momenten, in denen die offiziellen Sicherheitskräfte ihrem Dienst am Bürger nicht nachkämen. Teils weil ihre Kräfte durch illegale Migranten gebunden würden, teils wegen weitreichender personeller Fehlentscheidungen. Das galt der Kommissarin, die sich im Hintergrund hielt. Allerdings streifte Carletto Castelli de Poltieri, ihr Statthalter und Kettenhund, durch die Versammelten und beobachtete deren Reaktionen. Und er applaudierte an den markanten Stellen der Rede lautstark, um die Leute mitzureißen. Plötzlich stand er vor Xenia und sprach sie mit schmierigem Grinsen an.

»In Rom war es bequemer, nicht wahr, Commissario?«

Xenia musterte ihn stumm.

»Hier herrscht Einheit«, fuhr er fort. »Kein Platz für Kommunisten wie Sie. Und auch nicht für dieses Pack aus der Dritten Welt. Wann unternehmen Sie endlich was gegen die wilde Plakatiererei? Sie schadet dem Gemeinwohl. Wenn die Touristen ausbleiben, weil sie sich nicht willkommen fühlen, fällt auch Ihre Dienststelle flach.«

»Ihnen wäre das doch mehr als recht.« Auch Xenia zwang sich zu einem Lächeln.

»Gestern haben Sie restlos übertrieben, Zannier. Legen sich mit ein paar harmlosen Jungs an, die die Angst der Bevölkerung vor der islamischen Invasion zum Ausdruck bringen. Sie können froh sein, dass die Medien Ihr Vorgehen ignorieren. Aber die Plakate und den Vandalismus greifen Sie nicht an. Wie ich hörte, wurde vergangene Nacht sogar ein Supermarkt verwüstet. Wir werden Ihren Schlendrian nicht länger hinnehmen, Commissario.«

»Wie laufen denn die Geschäfte mit den Notunterkünften bei Fossalon?«

Carletto hörte sie nicht mehr, er war dabei, die Umstehenden zum Applaus zu bewegen. Die Senatorin brüstete sich noch mit dem Verkauf der Chemiefabrik in Torviscosa und versprach Beschäftigung und Sicherheit. Schließlich warb sie noch für ihren Kandidaten bei den kommenden Kommunalwahlen und verschwand dann im Gefolge des Bürgermeisters Richtung Rathaus an der Piazza Biagio Marin.

Als Xenia über die Brücke zur Isola della Schiusa fährt, sieht sie Arne unten mit einer Gruppe Touristen auf einem Ausflugsboot, das Kurs auf die Lagune hält. Sie winkt ihm zu. Gut, dass ihr Freund beizeiten Arbeit hat und etwas dazuverdient. Kurz darauf traut sie ihren Augen nicht: Wieder blockiert der Berliner Kleinwagen die Einfahrt zum Kommissariat. Ein schmales, orangefarbenes Notrad ist an der Hinterachse aufgezogen, krumm stehen die verbogenen Scheibenwischer empor, beide Außenspiegel fehlen, und auf die Motorhaube ist ein Hakenkreuz geritzt. Clarissa Waisz und ihr hinkender Mitreisender, der einem müden Bären gleicht, debattieren aufgeregt mit Alfieri und Chefinspektor Refolo, die sie vergebens zu beschwichtigen versuchen. Xenia steuert den Scooter über den Gehsteig durchs Tor.

»Sie haben offensichtlich einen Narren daran gefressen, die Zufahrt zur Dienststelle zu blockieren«, schimpft sie. »Was ist, wenn wir zu einem Einsatz müssen?«

»Ich habe dir doch gesagt, du sollst weiter vorne parken«, keift Clarissa Waisz ihren Freund an.

»Und wie hätten die dann eine Anzeige aufnehmen sollen?« Der Mann mit der wilden Lockenmähne und dem ungepflegten Bart macht eine hilflose Geste und humpelt zum Auto.

»Drücken Sie ein Auge zu, Commissario«, meint Alfieri. »Die Armen tun mir leid.« Er schielt unverhohlen auf das Dekolleté der Berlinerin, das viel zu weiße Haut zeigt. »Diese Leute sind verzweifelt. Sie haben sich über eine Stunde gequält, das Reserverad zu montieren, und müssen weiter. Ich hab ihnen geraten, den Wagen vorher wenigstens behelfsmäßig zu reparieren.«

»Fahren können Sie damit nicht«, pflichtet ihm Xenia bei. »Noträder taugen nur für die Fahrt zur nächsten Werkstatt. Und die Rückspiegel fehlen auch.«

»Und was sollen wir Ihrer Meinung nach tun? Wir sind schließlich nicht im Urlaub.« Clarissa Waisz ist ungehalten.

»Am Ende der Straße ist eine Werkstatt. Wenn Sie wollen,

bitte ich den Inhaber, Sie bevorzugt zu behandeln. Er ist ein erfahrener Mechaniker. Wenn er Sie gleich nach dem Mittagessen drannimmt, dann können Sie zwei Stunden später weiterfahren.«

»Es bleibt uns wohl kaum was anderes übrig«, brummt der Bär.

»Und wer bezahlt uns das? Es kostet uns jetzt schon einen ganzen Arbeitstag. Wenn die es überhaupt bis zum Nachmittag schaffen. Heute wäre Istrien dran, dann Rijeka.«

»Ich hab dir schon mehrfach gesagt, dass ein Tag für Istrien nicht annähernd reicht«, sagt ihr Freund. Sein Blick ist verzweifelt.

»Du bist ein Vollidiot, Miloš«, entgegnet Clarissa. »Ich wäre besser ohne dich losgefahren. Was sollen wir bis dahin machen?«

»Keine Sorge, ich lade Sie zum Mittagessen auf meine Insel ein«, sagt Valerio Alfieri charmant lächelnd, während Xenia mit dem Inhaber der Werkstatt telefoniert. Ein Wunder, dass er nicht nur die Berlinerin einlädt. »Wir lassen Sie nicht einfach so abreisen, Sie sollen sehen, dass wir Italiener gar nicht so schlimm sind, wie es in Deutschland immer behauptet wird. Nur Ihre Telefone und die Kameras müssen Sie hierlassen. Meine Insel ist frei von jeglicher Technologie, dafür ist das Essen ausgezeichnet. Mein syrischer Koch ist schon seit Jahren bei mir.«

Die Kommissarin hört das zum ersten Mal, die meisten Flüchtlinge, die bei dem Broker arbeiten, bleiben nur ein paar Wochen. So lange, bis ihre Papiere in Ordnung sind und sie weiterreisen können.

»Bringen Sie den Wagen gleich hin«, unterbricht sie ihn. »Der Mechaniker erwartet Sie. Haben Sie den Schaden bei meinen Kollegen angezeigt?«

»Wir haben die Sache aufgenommen«, sagt Refolo mit einem Augenaufschlag, der Bände spricht.

»Wenn Ihr Freund den Wagen bringt, fahren wir beide mit der Harley voraus.« Alfieri zeigt auf sein Motorrad, Clarissa lächelt zum ersten Mal.

Refolo steht die Erleichterung ins Gesicht geschrieben, als sie das Kommissariat verlassen. »Der Kerl kann einem leidtun«, sagt Refolo.

Xenia äußert sich nicht zu der Szene zwischen den beiden deutschen Urlaubern. Ihr ist jede Situation suspekt, bei der das Individuum hinter den Umständen verschwindet. Egal, ob das architektonische oder persönliche Einschränkungen sind. Beziehungen seien doch nur dafür da, sich nicht selbst zu hinterfragen und die Schuld dem anderen zu geben, hatte sie einmal in Rom auf einer Party behauptet und wilden Widerspruch geerntet. Was finden Clarissa und Miloš denn sonst aneinander?

Es dauert nicht lange, bis sie die Harley wieder hören. Wenig später hilft Alfieri der Berlinerin bereits auf sein flaches Boot, während ihr Begleiter zu Fuß zurückkommt. Als auch er an Bord ist, legt Alfieri ab und hält Kurs auf seine Insel Sant'Andrea.

»Wie weit sind die Kollegen mit dem Bericht aus dem Supermarkt?«

»Es geht schneller, als vermutet«, sagt Chefinspektor Refolo auf der Türschwelle zum Kommissariat.

Die beiden uniformierten Kollegen, die morgens am Supermarkt im Einsatz waren, diskutieren konzentriert ihre Ermittlungsergebnisse. Der Chefinspektor weist auf einen riesigen Bildschirm, der fast die Breite des Schreibtischs einnimmt.

»Das sind die Videoaufzeichnungen der Bank in der Nähe des Supermarkts. Eigentlich sollten die Kameras nur auf den Abschnitt des Gehwegs davor eingestellt sein, doch eine nimmt die ganze Straße bis zur Kreuzung auf. Und jetzt schauen Sie sich das an, Commissario.«

Drei schlanke Jungs in schwarzen Klamotten kommen um

die Ecke ins Bild gerannt und nehmen ihre Masken ab, als sie in einen schwarzen Fiat Punto steigen, dessen Fahrer anfährt, bevor sie die Türen schließen können.

»Was für ein Computer ist das eigentlich?«

Giorgio Molinari, der Beamte davor, lächelt stolz. »Meiner, ich habs nicht weit nach Hause. Ich fotografiere viel und habe eine professionelle Software zur Bildbearbeitung. Sonst müssten wir das Material rausgeben und warten, bis irgendwann die Auswertung eintrifft. Schauen Sie sich die Vergrößerungen an. Auch wenn man den Supermarkt nicht sieht, sie waren es.«

Die Hosenbeine der drei Männer sind voller heller Flecken. Eine weitere Vergrößerung in der Nähe der Kreuzung lässt die Spuren ihrer Schuhe erkennen.

»Gut gemacht. Und die Gesichter? Habt ihr die Identität schon ermittelt?«

»Wir kennen sie auch so. Alle drei Anfang zwanzig und aus sogenannten guten Familien. Bis auf den Fahrer. Der ist ein alter Bekannter.«

Ein Passfoto erscheint auf dem Bildschirm, daneben das Kennzeichen des Fiats. »Nunzio Tognon«, sagt Molinari. »Ein stadtbekannter wortkarger, vierzigjähriger Fischer, der meistens nachts mit seinem Vater rausfährt und bei der Rückkehr im Morgengrauen bereits den ersten halben Liter Wein vernichtet. Der Wagen ist auf ihn zugelassen, Commissario.«

»Suchen Sie ihn.«

»Wenn er ausgeschlafen hat, sitzt er beim Kartenspiel in einer von drei Spelunken. Es heißt, er habe einiges an Spielschulden angehäuft und lasse bei den Wirten anschreiben. Er ist also empfänglich für kleine bezahlte Tätigkeiten.«

»Ich mache jede Wette, dass er nicht aufzufinden ist. Wir sollten zuerst seine Jungs ausquetschen«, sagt Refolo entschieden. »Wir können sofort zugreifen.«

»Wir haben die Aufnahmen der Kameras an den Kreuzungen durchgesehen.« Molinari gibt ein paar Befehle ein. »Es ging ziemlich schnell, das Zeitfenster war klein und kaum ein Auto unterwegs. Er hat sich von den drei Typen am Hafen getrennt. Sie hatten ihre Motorroller dort, und sein Fiat steht jetzt an der Riva Brioni, wo normalerweise sein Boot liegt. Ich nehme an, er hat sich auf irgendein Inselchen in einen Casone verzogen. Aber auf welche? Nunzio kennt sie alle. Schwierig, ihm dort beizukommen. Von den Fischern wird uns kaum einer helfen, die richtige zu finden.«

»Nunzio ist immer gleich angezogen. Genau wie sein Vater. Egal, ob es Sommer oder Winter ist.« Alle drehen sich zum dicken Berto Donadoni um, der sich bisher – wie immer, wenn es um Arbeit geht – im Hintergrund gehalten hat. »Und die beiden Schleuser, die die Flüchtlinge zum Busbahnhof gebracht haben, waren auch so gekleidet.«

»Dann findet ihr eben zuerst seinen Vater. Sucht Nunzios Telefonnummer und bereitet den Antrag für den Staatsanwalt vor, seine Gespräche zu analysieren. Schickt das unbearbeitete Bildmaterial gleich in die Kriminaltechnik, sonst wird es gerichtlich nicht anerkannt. Dann schleppt ihr seinen Fiat ab. Wenn Nunzio zurückkommt, wird er sein Auto suchen und sich bei einem der Kerle melden. Behaltet die drei im Auge, so bekommt ihr auch ihn. Und wir erfahren hoffentlich, wer hinter der Patria Nostra steckt. Gute Arbeit bis jetzt, Signori. Wenn ihr wollt, dann seid ihr wirklich klasse.«

Seinem Grinsen nach platzt Molinari schier vor Stolz, doch es vergeht ihm schlagartig, als seine Vorgesetzte fortfährt.

»Eine der Kameras im Supermarkt nimmt das Lager auf. Die Aufnahmen müssten auch zeigen, wer die Tür zum Kühlraum verschlossen hat, als ich drin war. Druckt die Bilder für mich aus.« Xenia verschwindet in ihrem Büro, öffnet die Fenster und fährt den Computer hoch.

In ihrem E-Mail-Postfach findet sie die Aktenmeldung aus Österreich, die Bonanni an sie weitergeleitet hat. Sie gibt den Namen von Beckers mutmaßlichem Mörder in die Suchmaschine ein und findet ihn nach langem Suchen unter den alten Haftbefehlen des Internationalen Strafgerichtshofs in Den Haag. Gerhard Altmann hatte Vorstrafen wegen Körperverletzung, war früher in einer neonazistischen Gruppierung auffällig geworden und hatte sich als Söldner an die Kroaten verkauft und in der Krajina gekämpft. Josip Mirković führte seinerzeit dort das Kommando, hatte ihr gestern Generalstaatsanwältin Živa Ravno erklärt. Seine Landsleute allerdings hatten Altmann nach seiner Rückkehr nie ausgeliefert und erst recht keine eigenen Ermittlungen geführt. Hatte man ihn sich als willfährigen, erpressbaren Handlanger gehalten?

Xenia nimmt sich die Dokumentation der Flüchtlingsheime bei Fossalon vor. Alle drei Häuser werden von der gleichen gemeinnützigen Organisation geführt, die in Udine registriert ist, doch Eigentümer der Immobilien ist eine Kapitalgesellschaft mit Sitz in Ljubljana. Ein Gesellschafterverzeichnis liegt nicht vor, der Handelsregisterauszug weist lediglich aus, dass sie von einer weiteren Holding im österreichischen Villach beherrscht wird. Verdammt, Becker war auf die Entschlüsselung des internationalen Finanzdschungels spezialisiert. Wäre er doch nur noch am Leben, seufzt Xenia und wählt die Nummer von Martina Liotta, die im Polizeipräsidium von Gorizia die Anti-Mafia-Einheit leitet. Sie kennen sich seit der gemeinsamen Dienstzeit als junge Polizistinnen in Reggio Calabria.

»Flüchtlingsheime und Altersresidenzen sind das neue Boomgeschäft«, sagt die Kollegin. »Häufig sitzen die Betreiber im Ausland. Tarnfirmen meistens. Der Verdacht auf Geldwäsche liegt nahe, hängt aber vom Land der Muttergesellschaft ab. Und die zu ermitteln ist nicht immer einfach. Alles vielfach verschachtelt und über die Welt verstreut. Wir versuchen meistens, auf Umwegen zu ermitteln, wenn ein Verdacht vorliegt: Lizenzen der Betreibergesellschaft, Strafregister der Geschäftsführer und der Mitarbeiter, Bilanzen und Steuerzahlungen, Einhaltung gesetzlicher Normen. Du weißt es selbst, Xenia, oft genug gelangt man über Kleinigkeiten tiefer ins Gestrüpp. Aber da braucht es die Vernetzung verschiedener Einheiten. Die anderen sind schließlich auch vernetzt. Wonach suchst du?«

»Martina, hast du schon einmal erlebt, dass ein Verantwortlicher einer Flüchtlingsunterkunft zugleich die Nazi-Skins protegiert, die gegen die Einrichtung vorgehen wollen? Die Betreibergesellschaft sitzt in Slowenien, von dort führt der Weg nach Österreich.«

»Und von dort kommst du nicht weiter. Mach's dir einfacher und lass andere für dich arbeiten. Gib doch mal dem Gesundheitsamt einen Tipp. Das schafft erhebliche Unruhe und bringt sehr negative Presse. Und du stehst nicht selbst im Fokus, was im Moment klüger scheint. Der Questore hat heute Vormittag bei der Konferenz seiner Wut auf dich freien Lauf gelassen. Hast du noch keinen Anruf erhalten?«

»Ich kann's kaum erwarten.«

»Er wird dich hundertprozentig antanzen lassen. Und wenn du dann schon in Gorizia bist, lass es mich wissen, dann gehen wir anschließend zusammen essen. Handle einen Randtermin aus, vor der Mittagszeit oder am späten Nachmittag.«

Wer auf ein Gewitter wartet, hofft, es möge ohne größere Schäden schon vorbeigezogen sein. Die Kommissarin macht eine Liste aller Punkte, bei denen sie nachhaken muss. Dann wirft sie eine Skizze aufs Blatt und verbindet die Namen: die Senatorin, ihr Bruder Carletto, Josip Mirković, Gerhard Altmann, Staatsanwalt Neuner-Hebenstreit, die MEC Bank, Jordan S. Becker. Wer hat dann eigentlich Beckers Killer erledigt? Da fehlt mehr als ein Name. Resigniert wirft sie den Stift aufs

Papier, dreht sich eine Zigarette, legt die Beine auf den Tisch und schließt die Augen zu einem schmalen Schlitz, wie immer, wenn sie in Gedanken versucht, die Details zu einem Ganzen zusammenzufügen. Noch ergibt sich kein Bild.

Sie hatte Arne einmal erklärt, dass Ermitteln sich von der Arbeit eines Archäologen dadurch unterscheidet, dass man sich neben handfesten, uralten Spuren auch mit den Lügen und den falschen Fährten lebender Menschen herumschlagen muss. Ansonsten bedeutet auch diese Tätigkeit, Schicht für Schicht tiefer zu graben, Fragmente zu finden und zu katalogisieren, Mauern abtragen und dann bis ins letzte Detail wieder einen Stein an den anderen zu fügen wie bei einem der frühchristlichen römischen Mosaike in Aquileia. Und diese Einheit aus Beweisen muss der kritischen Prüfung des Untersuchungsrichters standhalten und vor Gericht auch den wendigen Strafverteidigern und den Gegengutachten von teuer bezahlten Spezialisten. Anwälte und Experten, wie sie sich die Senatorin leisten konnte.

Grado Lagune. Isola di Sant'Andrea.

»Einer der größten Vorteile ist, dass ich mich nicht mehr groß mit Formalitäten aufhalten muss«, erklärt Valerio Alfieri, der mit seinen Gästen zum Du übergegangen ist. »Über drei Jahrzehnte bin ich nicht ohne Jackett und Krawatte aus dem Haus gegangen und hab sogar fast meine erste Frau gesiezt. In manchen Belangen ist die deutsche Mentalität doch ziemlich unflexibel.«

»Das kannst du laut sagen«, pflichtet Miloš bei. »Bei uns war's lockerer. Vor allem in den Städten am Meer.«

»Das merkt man dir täglich an. Nicht die geringste Kleinigkeit erledigst du akkurat.« Clarissa lässt ihre schlechte Laune noch immer an ihrem Freund aus. »Bei uns in der DDR hat sich das Siezen erst mit dem Westfernsehen verstärkt. Und dann als die Wessis uns nach dem Machtwechsel zivilisiert und zu Menschen gemacht haben. Zuvor haben wir schließlich auf den Bäumen gelebt.«

Alfieri lacht laut über ihren Sarkasmus. Clarissa wechselt auf einen Platz im Schatten. Sie sitzen mit Blick aufs offene Meer auf der Terrasse des Anwesens beim Aperitiv, einem leichten Spumante aus der Umgebung. Valerio Alfieri hatte eingangs betont, dass zu seinem neuen Leben auch gehöre, nur lokale Produkte zu verwenden, von denen er viele selbst anbaue. Auch eine Fischzucht betreibe er, aber mit den höchsten Ansprüchen an die Qualität. Die Doraden erhielten nur natürliche Futtermittel, und der Fischbesatz in den Bassins sei äußerst gering.

»Ihr stammt also beide aus Ländern, die es heute nicht mehr gibt.« Der Gastgeber schenkt nach. »Solche Gäste sind selten. Habt ihr euch etwa darüber gefunden? Heimatlose unter sich?« Provozierend richtet er die Frage an Clarissa.

»Was ist schon für die Ewigkeit?« Sie lächelt keck. »Wir teilen die Miete. Schön, wenn man sich wie du ein solches Paradies leisten kann. Hier könnte ich jeden Tag schwimmen gehen und trainieren. Wenn auch nicht mehr so hart wie früher.«

»Aber höchstens sechs Monate im Jahr. Sonst ist das Wasser zu kalt.«

»Ach was, Clarissa war in der DDR Vize-Europameisterin über sechshundert Meter Freistil, und später wurde sie als Eisbrecher bei der Nationalen Volksmarine eingesetzt, wo man sie auch im Winter in die Ostsee jagte«, sagt Miloš.

»So ein Quatsch kann nur aus deinem Mund kommen«, faucht Clarissa.

»Tatsächlich? Du bist doch viel zu jung.« Alfieri lächelt.

»Doch, doch. Das gehörte dazu. Ich hab mich mit achtzehn freiwillig gemeldet und war die einzige Frau in der Einheit. Aufklärungsarbeit mit einer spezialangefertigten wasserdichten Leica. So kalt ist das Wasser gar nicht mit der richtigen Ausrüstung. Frieren ist eine mentale Angelegenheit. Dass ich dabei fotografieren gelernt habe, hat immerhin die Basis für später gelegt. Außerdem war im November '89 sowieso Schluss. Da hat Miloš noch wohlbehütet in Piran gelegen und hatte keine Ahnung vom Leben. Ist bis heute so geblieben.«

»Immerhin habe ich den Krieg nicht nur gesehen.« Er stemmt sich, so weit er kann, entgegen. »Zweimal haben sie mich eingezogen, weil ich plötzlich zwei neuen Staaten angehörte. Slowenien und dann Kroatien. Ich hab Dinge gesehen, von denen ich besser gar nicht erst rede. Außerdem hat sich in Deutschland sowieso niemand dafür interessiert, was in Jugoslawien passierte.«

Valerio Alfieri schafft Platz auf dem Tisch, als der Koch unzählige Schüsselchen mit syrischen Vorspeisen bringt. »Das ist Baschar, er kümmert sich seit Langem um meinen Haushalt. Einer der wenigen, die weder in Deutschland oder Frankreich Bekannte oder Verwandte haben. Zurück nach Aleppo kann er auch nicht, er entkam knapp dem Krieg und hat die ganze Familie verloren. Von mir aus kann er bleiben, so lange er will. Zumindest solange die Behörden mitmachen. Er kann sich mit den Erntehelfern verständigen und ist außerdem ein ausgezeichneter Koch.«

Essen besänftigt. Ein kleines Frachtschiff schiebt sich die Schifffahrtsrinne aus dem Hafen von Porto Nogaro auf die Adria hinaus. EARLY SUN steht in weißen Lettern auf dem dunkelblauen Rumpf. Clarissa ärgert sich, dass sie auf Geheiß des grün angestrichenen Millionärs ihre Kamera an Land zurücklassen musste.

»Wird dir nie langweilig, das ganze Jahr über so ganz allein auf dieser Insel hier?«, fragt sie beim Sayadyie, einem Fischgericht mit orientalischen Gewürzen aus Latakia.

»Nicht im Geringsten. Stress hatte ich genug in meinem Leben, ich genieße die Ruhe hier. Am schönsten ist es, wenn die Saison vorbei ist und nur noch die Einheimischen hier sind. Phantastisch. Wenn im Winter die Stürme kommen, merkt man erst, wie klein wir Menschen sind.«

»Puh«, stößt Clarissa aus, während ihre Augen ihn anhimmeln. »Das wäre nichts für mich.«

»Natürlich freue ich mich über den richtigen Besuch.« Alfieri zwinkert ihr zu. »Es ist Zeit, euch ans Land zurückzubringen. Der Wagen müsste fertig sein. Nur habt ihr einiges an Wein getrunken, lasst euch nicht von der Kommissarin erwischen.«

Eine halbe Stunde später verabschiedet er Miloš mit Handschlag und Clarissa mit Wangenküsschen. Und er schreibt ihr seine Telefonnummer auf, die sie gerne entgegennimmt. Außer der Vorwahl nur Fünfen. Für den Fall, dass sie während der Reise noch einmal Hilfe brauche. »Erreichbar bin ich aber höchstens morgens, wenn ich in der Stadt bin«, sagt er noch und legt schon gleich wieder ab, während die beiden Berliner den Weg zur Werkstatt einschlagen.

Grado, Isola della Schiusa. Kommissariat. Redipuglia. Monte Calvario.

Als Xenia Zannier das Tuckern des Motorboots vernimmt, hebt sie den Blick von den Unterlagen und schaut aus dem Fenster zum Anleger. Nach der Art, wie sie sich verabschieden, muss sich der Ex-Broker bei der Deutschen kräftig ins Zeug gelegt haben. Doch reißen grobe Flüche und Gepolter im Büro von Chefinspektor Refolo die Kommissarin aus ihren Gedanken. Sie eilt hinüber, öffnet lautlos die Tür und staunt. Vor dem

Kollegen steht ein robuster, deutlich größerer Mann von vielleicht sechzig Jahren, die Mütze in die Tasche der speckigen Fischerjacke gestopft und die riesigen Hände auf den Rücken gefesselt. Refolo stößt ihn auf einen Stuhl und will ihm die Handschellen abnehmen, doch der Kerl springt sofort wieder auf und verpasst ihm einen kräftigen Schulterstoß, der den schmächtigen Polizisten zurückwirft.

»Dann halt nicht«, schimpft Refolo und tänzelt um ihn herum. Völlig unerwartet rammt er ihm den Ellbogen in die Nieren. Ächzend sinkt der Mann auf den Stuhl.

»Da bleibst du jetzt sitzen, sonst wird's härter. Wo hast du deinen Ausweis?«

Xenia verharrt schweigend in der Tür, der Inspektor schenkt ihr lediglich einen kurzen Blick und widmet sich wieder seinem Kunden.

»Im Portemonnaie in der Gesäßtasche. Aber wenn du mich dort mit deinen lüsternen Pfoten berührst, dann reiß ich dir den Arsch auf, sobald ich wieder auf freiem Fuß bin. Was willst du überhaupt?«

»Wo ist Nunzio?«

»Was weiß denn ich?«

»Wo warst du vorletzte Nacht?«

»Im Bett natürlich, wie alle anständigen Bürger. Bei Neumond beißen die Fische nicht, dafür sind die Weiber geil.«

»Ich kann dir sagen, wo du warst. Zuerst auf der Diga Nazario Sauro, und dann hast du die Illegalen zum Busbahnhof geführt.«

»Frag meine Frau, sie weiß, wo ich war. Wir haben die ganze Nacht gevögelt wie Achtzehnjährige. Ich hab sie lange nicht so glücklich lächeln sehen, und am Morgen hat sie den besten Kaffee ihres Lebens gemacht. Davon kannst du nur träumen.« Der Fischer zeigt sein breitestes Grinsen, so leicht lässt er sich nicht einschüchtern.

»Wo ist Nunzio?«

Der Mann schüttelt trotzig den Kopf. »Weiß nicht. Er ist volljährig.«

»Wir haben die DNA von den Zigarettenstummeln an der Diga Nazario Sauro«, blufft Refolo. »Und dein Mobiltelefon. Das von Nunzio kriegen wir noch. Wenn wir eure Gespräche der letzten Wochen auswerten, finden wir auch die Nummer des Schleusers, der euch bezahlt hat. Hast du immer noch nicht begriffen, dass du bis zum Hals in der Scheiße steckst? Mitglied einer mafiösen Vereinigung. Hochsicherheitstrakt im Knast, Isolierzelle.« Refolo übertreibt schamlos.

Die Kommissarin löst sich vom Türrahmen und stellt sich vor den Fischer. »Wir werden Ihrem Bruder sagen …«

»Mein Sohn«, faucht Bernardino. »Auch wenn ich damals erst siebzehn war.«

»Wir werden Nunzio erzählen, dass Sie ihn verpfiffen haben. Ebenso Ihren Kumpels im Vereinslokal der pensionierten Seeleute. Das gibt vielleicht einen Empfang, wenn Sie nach Jahren, in denen Sie nur mit sich selbst sprechen konnten, aus der Einzelhaft zurückkommen und endlich wieder unter Menschen möchten. Ihre Frau hat Sie dann längst verlassen und einen Jüngeren gefunden.«

Aus dem Augenwinkel bemerkt sie gerade noch den Tritt, den ihr der zornige Kerl verpassen will. Sie ist schneller, brennender Schmerz im Schienbein durchfährt ihn, der jäh seinen Oberkörper nach vorne reißt und ihn einen dumpfen Grunzlaut ausstoßen lässt.

»Sie haben die Wahl«, faucht Xenia. »Beim nächsten Mal splittert der Knochen, jetzt hinken Sie nur, weil Sie ungeschickt aufgetreten sind. Passiert schon mal. Refolo kann's bezeugen. Also raus mit der Sprache. Wo waren Sie vorletzte Nacht in der Zeit zwischen 2 und 5 Uhr morgens?«

Der Fischer schweigt trotzig.

»Wer hat Sie bezahlt, Bernardino?«

Sein Blick weicht ihr aus.

»Gut, Sie wollen es nicht anders. Der Staatsanwalt wartet auf unseren Bericht und wird den Haftrichter verständigen. Sie fahren ohne Gerichtsverhandlung ein und schmoren, bis Sie auspacken. Bedenken Sie Ihre Antwort gut. Wenn Sie kooperieren, können Sie nach Hause gehen und kommen mit ein paar Monaten auf Bewährung davon. Der Inspektor und ein Kollege haben Sie erkannt, als Sie das Weite suchten. Und sie haben auch gesehen, wie Sie diese Hassplakate an die Häuserwände geklebt haben. Das kommt erschwerend dazu.«

»Scheißfaschisten, was wollt ihr mir noch alles anhängen?«, murrt der Alte aufgebracht. »Vergesst nicht, es gibt auch ein Leben außerhalb des Kommissariats.«

»Nur weiter so, Bernardino. Die Liste wird immer länger. Was glauben Sie, wiegt schwerer vor Gericht: Die Aussage Ihrer Frau oder die von zwei vereidigten Repräsentanten des Staats?« Sie wendet sich wieder an Refolo. »Wenn er Sie nochmals verarschen will, dann knöpfe ich ihn mir vor. Ohne Zeugen. Klar?«

Natürlich kennt Bernardino die Köpfe der Schleuserbande nicht, wahrscheinlich aber den Mann, der ihm den Auftrag und das Geld gab. Den werden sie als Erstes fassen.

Das Telefon in Xenias Büro klingelt ohne Unterlass. Als sie abnimmt, vernimmt sie die zeternde Stimme von Questore Falsariga.

»Glauben Sie etwa, dass ich das durchgehen lasse? Ihre Disziplinlosigkeit ist weithin bekannt. Die Bevölkerung sorgt sich. Die Presse schreibt von Schlamperei.«

Xenia kratzt sich zweifelnd am Kopf. Offensichtlich hat der Mann Druck bekommen und gibt ihn ungefiltert weiter. Sie sieht ihn vor sich, das Gesicht feuerrot angelaufen und in starkem Kontrast zu dem schwarzen Haarkranz um seine Glatze. Den Hörer unters Kinn geklemmt, dreht sie sich eine Zigarette.

»Was ist mit diesen Schmierereien, Zannier? Diese Separatisten, diese …«

»Patria Nostra, Questore.«

»Und der Supermarkt? Sind Sie weitergekommen? Ich bekomme Anrufe der Politiker, die sich Sorgen um die Saisonbilanz machen, Ispettore.«

»Commissario Capo«, korrigiert sie ruhig und steckt sich die Zigarette an. Einige der besorgten Lokalpolitiker bedienen sich im Alltag des gleichen Sprachschatzes wie auf den Plakaten, obgleich sie selbst Inhaber von Hotels und Gastronomiebetrieben sind. »Auf Ihrem Schreibtisch liegt ein Schreiben mit der dringlichen Bitte um Verstärkung meines Kommissariats. Ohne die ist an eine flächendeckende Kontrolle von Stadt und Umland nicht zu denken.«

»*Ihr* Kommissariat? Es gehört nicht Ihnen, Sie Anarchistin. Ich war von Anfang an dagegen, Ihnen das Kommando anzuvertrauen. Die Situation mit den Illegalen haben Sie restlos unterschätzt. Dafür haben Sie nach der Landung dieser Leute hinter meinem Rücken bei Affaiati angerufen.«

»Sie haben nicht abgenommen, und Ihr Stellvertreter war in Rom.«

»Dass jemand in Ihrem Dienstrang den Präfekten anruft, ist die Höhe. Bevor Sie angekommen sind, gab es hier keinerlei Probleme. Ich warne Sie. Die Polizei hat eine Vorbildfunktion. Wie weit sind Sie in dieser Sache?«

»Sie wissen selbst, dass der Fall außerhalb meiner Zuständigkeit liegt, Dottore, fast alle Flüchtlinge sind inzwischen verlegt worden. Der Kapitän und die Seeleute werden von den Kollegen vernommen, mir sind lediglich die Lotsen geblieben, von denen wir einen bereits dingfest gemacht haben. Es wird nicht lange dauern, bis wir auch den zweiten fassen.«

»Ich will Ihren Bericht, Zannier.«

»Sie haben erst gestern einen erhalten, Questore.«

»Überschreiten Sie Ihre Befugnisse nicht noch einmal.«

Sie vernimmt nur noch das Klicken in der Leitung. Was für ein Tag: Der Bruder der Senatorin hatte sie als Kommunistin bezeichnet, der Fischer als Faschistin und der Questore als Anarchistin. Sie sucht den Bericht von gestern auf ihrem Computer, ergänzt ihn mit dem Protokoll der beiden Kollegen aus dem Supermarkt und druckt ihn aus. Dann sendet sie ihn zusammen mit einer neuerlichen Personalanforderung ins Polizeipräsidium.

Wieder läutet ihr Telefon, beim Anblick der Nummer auf dem Display bekommt sie ein schlechtes Gewissen. Wie konnte sie nur das Geburtstagsessen von ihrer Adoptivmutter Safiria vergessen haben? Xenia kündigt an, in Kürze einzutreffen. Sie steckt Beckers Unterlagen ein, fährt den Computer runter und meldet sich bei den Kollegen ab.

Sie jagt den Scooter über die Landstraße, die links und rechts zuerst vom Schilf am Ufer der Lagune und später von weitläufigen Getreidefeldern umgeben ist. Kurz nach der Abfahrt zu den Flüchtlingsheimen muss sie an einem Kontrollposten der Kollegen von Monfalcone anhalten, die Pkws und Lieferwagen überprüfen. Offensichtlich eine Anweisung von oben, um durch mehr sichtbare Präsenz die Gemüter zu beruhigen. An die Verkehrsregeln hält sich die Polizistin jetzt nicht mehr. Sie hat den Flughafen längst hinter sich gelassen, als ein erneuter Anruf ihre Fahrt unterbricht.

»Presente!« Xenia meldet sich militärisch und gleichlautend mit den riesigen steinernen Schriftzügen auf den Stufen des im Faschismus erbauten Monuments von Fogliano Redipuglia, vor dem sie ihren Helm an den Rückspiegel des Scooters hängt.

»Bist du auf dem Weg zu deinem Chef, Xenia?«, spottet Nicola Bonanni. Ihr alter Verbündeter, der in der Hauptstadt viele Türen öffnen kann. »Dann bring ihm ein Beruhigungsmittel mit. Er hat mir mit allem gedroht, um zu erfahren, woher ich meine Informationen habe. Ich war drauf und dran, es ihm mitzuteilen, damit du so schnell wie möglich nach Rom zurückversetzt wirst. Meine Personalanforderung ist nur auf dich zugeschneidert und braucht nur noch meine Unterschrift.«

»Du musst dich gedulden, bis ich am Ziel bin. Ich hab den Geburtstag meiner Mutter vergessen und mich für den Rest des Tages abgemeldet.« Sie spart sich weitere Erklärungen, er kennt die Geschichte ihrer traumatischen Kindheit. »Dem Questore habe ich den x-ten Bericht geschickt. Samt neuerlichem Antrag auf zusätzliches Personal. Weißt du inzwischen mehr von diesen Giftkanistern?«

»Das Schiff hat irgendwann solche Behälter transportiert. Aber ohne Inhalt. Giftgas können die Araber längst selbst mischen. Dazu braucht es nicht viel, außer ein paar aus der EU exportierten Dual-Use-Produkten. Fluorwasserstoff und Ähnliches, offiziell für die Kosmetikindustrie oder die Produktion von Pestiziden. Die EARLY SUN hat leere Kanister geliefert, wann und woher auch immer. Beim Löschen der Ladung ist wohl einer zurückgeblieben. Ein Fehlalarm, Xenia. Aber er war richtig. Lass dich nicht einschüchtern.«

»Ich?«, fragt sie belustigt und zieht an der Zigarette.

»Du hast also noch immer nicht damit aufgehört«, stellt Bonanni fest, als sie den Rauch ausstößt. Als die Kommissarin noch die Dienststelle Ostia vor den Toren Roms leitete, hatte er jedes Mal, wenn sie zu den Kippen griff, nachdem sie miteinander geschlafen hatten, versucht, seine Geliebte von einem gesünderen Leben zu überzeugen. »Wo bist du eigentlich gerade?«

»Direkt vor dem Sacrario von Redipuglia, diesem falschen Heldenfriedhof. Hundert Jahre Erster Weltkrieg. Und hundert Jahre Giftgaskrieg.«

»Helfen dir meine Unterlagen weiter?«

»Die anderen sind aktueller, die mir der Vertraute von Becker gebracht hat.« Sie tritt die Kippe aus. »Hintergründe über eine österreichische Pleitebank, durch die ich mich noch durcharbeiten muss. Und die Leute, die an der Sache beteiligt sind, bilden einen weit über die Grenzen reichenden Ring. Auch die Senatorin fehlt dabei natürlich nicht. Aber für die genaue Analyse brauche ich noch Zeit.«

»Alleine wirst du dir schwertun, Xenia. Wie wär's mit einer Reise nach Rom? Wir sollten unter vier Augen darüber reden.«

»So einfach komme ich hier nicht weg.«

»Dann komme vielleicht ich dich besuchen. Viel zu lange, dass ich dich nicht gesehen habe. Ein sicheres Plätzchen wirst du doch kennen.«

»Wofür? An Büros mangelt es nicht.«

»Denk nicht nur an die Arbeit.«

Sie stellt sich den eleganten Mann im Ministerium vor. Ende vierzig mit dichtem, pechschwarzem Haar und von sportlicher Statur. Gewiss hat er die Füße mit seinen polierten braunen Lederschuhen wie immer beim Telefonieren auf den filigranen antiken Schreibtisch gelegt. Dunkler Maßanzug aus feinem Stoff, Hemd mit Manschettenknöpfen, feine Krawatte, dezentes Aftershave.

»Du glaubst doch nicht wirklich, dass ich hier in der Gegend inkognito ein Hotel beziehen kann, Nicola?«

»Dann fahren wir eben nach Istrien oder in die Berge.«

»Wie alle anderen, denen man nicht begegnen will. Wir wären nicht einmal in einem der miesesten Randbezirke Mailands sicher. Dort würde uns irgendein Kollege von früher erkennen. Bei der dünnen Personaldecke ist gar nicht daran zu denken, dass ich verreise. Lass meine Dienststelle verstärken, dann sehen wir weiter.«

»Wäre das nicht ein bisschen auffällig, Xenia? Lass dir etwas einfallen.«

Sie lächelt versonnen, als sie das Telefon einsteckt. Natürlich würden ihr zwei, drei unbekümmerte Tage mit Bonanni an einem sicheren Ort abseits des Alltags gefallen. Ihr Blick fällt auf die Uhr. Sie ist bei ihren Adoptiveltern überfällig, und Safirias Geburtstag liegt so verdammt nah an Florianos Todestag.

Hinter Gorizia wird die Landschaft sanft. Das Sträßchen windet sich durch die bewaldeten Hügel auf den Monte Calvario, wo die üppigen Weinberge das Gehöft von Danilo und Safiria umgeben und der Blick über das Grenzland zu Slowenien, das Isonzotal und im Südwesten bis zum Meer schweift. Schwer vorstellbar, dass ausgerechnet in dieser Idylle während des Ersten Weltkriegs zwölf Schlachten mit einer Million Opfern geschlagen wurden. Mann gegen Mann und aus kaum fünfzig Metern voneinander entfernten Schützengräben. Bis die Deutschen für die sechste Schlacht das Giftgas lieferten, weil die Österreicher die Front alleine nicht mehr halten konnten. Nur ein steinernes Denkmal und drei Kreuze zeugen auf dem Gipfel des Hügels noch von dem Horror.

Auf diesem Weingut war Xenia aufgewachsen, hier lernte sie von Kindesbeinen an drei Sprachen: Italienisch, Slowenisch und Friulanisch. Und auf dem Gymnasium in Gorizia noch Deutsch, Englisch und Serbokroatisch. Mit Floriano durchstreifte sie die Wälder und begleitete ihn in die Weinberge. Bis er sich anstelle des Militärdiensts bei der Guardia di Finanza verpflichtet hatte und in Triest Dienst tat. Und nur darauf wartete, dass die Dienstzeit vorbei war, um dann in den Weinbau einzusteigen.

»Mammilein, wo bist du? Tanti auguri«, ruft Xenia, während sie den Helm absetzt. »Herzliche Glückwünsche. Ist denn niemand da? Alles Gute zum Geburtstag.« Sie nimmt den Blumenstrauß aus dem Staufach des Scooters.

Safiria reißt die Augen auf, stößt einen freudigen Schrei aus und strahlt übers ganze Gesicht, als Xenia auf sie zukommt und ihn mit einer herzlichen Umarmung und Küssen überreicht.

»Was für eine Überraschung, mein Kind. Wir haben gar nicht mehr mit dir gerechnet.« Safiria wischt sich die Tränen von den Wangen und nimmt sie bei der Hand. »Komm mit auf die Terrasse, Danilo wird sich riesig freuen. Und zu essen gibt es auch noch genug. Schaut mal, wer da ist«, ruft sie in die Geburtstagsgesellschaft. »Macht Platz am Tisch. Die Kleine stirbt vor Hunger, das sehe ich ihr an. Seit Xenia diesen Freund hat, kommt sie so selten vorbei. Ausgerechnet einen Deutschen hat sie sich geangelt, stellt euch vor. Nur reich ist er nicht.«

Eiliges Stühlerücken unter der Pergola, überschwängliche Begrüßungen, tausend Fragen, klapperndes Geschirr, klingende Weingläser, fröhliches Gelächter. Während sich Xenia eine Gabel Pasta in den Mund schiebt, muss sie gleich auch von ihrem neuen Freund erzählen. Sein Aussehen ist schnell beschrieben, doch was soll sie sonst noch berichten? Ein arbeitsloser Archäologe, der als Aushilfskellner jobbt? Sohn eines Dortmunder Bestattungsunternehmers, den sie oft genug trotz ihres kargen Gehalts mit durchschleppt? Sie beschränkt sich auf seine Tätigkeit als Fremdenführer und darauf, dass er entgegen aller Vorurteile ein guter Koch ist, der im Garten sein eigenes Gemüse anbaut. Als Safiria den Braten serviert, geht es um ihren Beruf. Eine solche Polizistin zu sein stellen sich zwar alle spannend vor, doch gilt das auch für Grado? In Friaul-Julisch Venetien lebe man schließlich auf der Insel der Glückseligen, wo die Kriminalität noch nicht den Alltag dominiert.

Als ein angetrunkener Nachbar behauptet, man müsse die Grenzen in Europa wieder schließen, damit das auch so bleibe, und ein anderer lautstark darauf einstimmt, wird Xenia unruhig. Leute, die nicht hören wollen, dass die Fremden nicht schlimmer sind als die eigenen Landsleute. Nur die Torte wartet Xenia noch ab, dann bricht sie zu Safirias Enttäuschung gleich wieder auf.

Sie ruft Arne an, er möge nicht mit dem Essen auf sie warten. Für die Rückfahrt nimmt sie sich Zeit, zu viele Dinge gehen ihr gleichzeitig durch den Kopf. Sie muss Ordnung in ihre Gedanken bringen und sich in Beckers Unterlagen vertiefen. In Grado fährt sie direkt zum Anleger, wo ihr kleines Boot auf den Wellen schaukelt. Sie legt nicht ab. Sie liest sich in Beckers Dokumentation fest. Erst als sie in der zunehmenden Dämmerung die Akte wieder schließt, dreht sie sich eine Zigarette und fasst die Informationen in Gedanken zusammen.

Sie wird seine Beweise überprüfen müssen. Vor allem die Echtheit der Kontoauszüge der Middle European Credit Bank, die bis zurück in die Neunzigerjahre reichen. Internationale Kontoinhaber mit großen Namen. Falls der Staatsanwalt tatsächlich hinter dem Mord an Jordan Becker steht, wie Jack behauptete, wen kann die Kommissarin dann um Rechtshilfe bitten? Auch bei der MEC trieb die Senatorin ihr schmutziges Spiel, wie Xenia den Transaktionen entnimmt. Andere Namen, die ihr noch nichts sagen, sind zu recherchieren. Wie lässt sich Beckers Argumentationskette verifizieren? Sie kann darauf bauen, dass er sich seiner Sache sicher gewesen ist. Doch die Arbeit eines Journalisten, der sich lediglich vor Verleumdungsklagen schützen muss, ist mit den Ermittlungen einer Polizistin oder eines Staatsanwalts nicht vergleichbar, deren Beweisketten vor Gericht standhalten müssen. Sie muss mit Jordans Erkenntnissen anders umgehen. Sie braucht ein Netzwerk, wenn sie vorankommen will. Es alleine zu versuchen kostet wertvolle Zeit. Erst als es dunkel ist, fährt sie die paar Meter nach Hause in die Via delle Pleiadi.

4

Rijeka, Zentrum.

Die Tage an der oberen Adria waren so voller Bewegung, dass Clarissa Waisz lange damit beschäftigt sein wird, die unzähligen Aufnahmen zu sortieren. Wahllos und unkonzentriert hatte sie auf die Motive gehalten, die Miloš ihr zeigte. Vom Seebad Grado führte sie ihr Weg über die Steilküste nach Triest und schließlich vom slowenischen Piran auf die kroatische Seite der istrischen Halbinsel, wo sie beim Leuchtturm von Savudrija beginnend die venezianischen Küstenstädtchen Novigrad, Poreč und Rovinj abklapperten. Clarissa fotografierte ohne viel Hingabe, sie machte Druck, nach Rijeka zu kommen. Nur der kurze Abstecher auf die Insel Brijuni faszinierte sie, wo Tito, Nasser und Nehru 1956 den Grundstein für den Pakt der Blockfreien Staaten gelegt hatten. Ein Bündnis für den Weltfrieden, gegen Kolonialismus und Rassendiskriminierung hätte es werden sollen. Vor allem eine alte Schwarz-Weiß-Aufnahme von Tito und Hồ Chí Minh auf einem schnittigen Riva-Motorboot hatte Clarissa begeistert.

Ihre Laune lichtete sich nur langsam, für jede Kleinigkeit machte sie Miloš verantwortlich, der sich viel Mühe gab, ihr die Geschichte der Region um den Golf von Triest nahezubringen. Clarissa, die die ersten achtzehn Jahre ihres Lebens mit der Mauer zu den Westsektoren in Ostberlin gelebt hatte, fiel es schwer, den Schilderungen über die vielen Veränderungen der Grenzen und wechselnden Herrscher zu folgen, die dieses Gebiet im 20. Jahrhundert mehr als jedes andere in Europa geprägt hatten. Für Clarissa steht bis heute das Deutschland mit der Mauer im Zentrum Europas. Mit dem Handicap allerdings, wie sie oft klagt, dass der Westen ihre Identität dominiere.

Als sie Rijeka erreichen, entscheidet Clarissa sich für das erstbeste B & B im Zentrum. Die beiden Zimmer liegen Tür an Tür in einem neoklassizistischen Bau mit heruntergekommener Fassade am Korzo, der Hauptader der Fußgängerzone. Die Einrichtung ist so simpel und der Kaffee zum Frühstück so miserabel, wie es für zweihundert Kuna die Nacht und Person zu erwarten ist. Vierter Stock ohne Aufzug. Sie bezahlt, sie entscheidet.

Das schöne Wetter stimmt die Hafenstadt fröhlich. Die Bars am Trg Republike Hrvatske und dem Korzo sind gut besucht. Clarissa zieht sofort los und schaut sich kaum nach Miloš um, der ihr noch immer etwas hinkend mit der schweren Kameratasche folgt. Manchmal stoppt sie an einer Bar, um sich umzusehen oder bei einem kleinen Bier den Durst zu stillen, bevor es weitergeht. Sie genießt die Freiheit, dass niemand sich für sie interessiert und sie abdrücken kann, wann und wo immer sie will.

Abends auf dem Korzo trinken sie einen Gin Tonic nach dem anderen. Sie ist wider Erwarten entspannt, milder. Miloš erschrickt, als Clarissa ihren Arm auf seinen legt und nach seiner Hand greift, vom lebhaften Markt der Hafenstadt schwärmt, wo neben den alten Hallen frühmorgens schon die Bauern aus dem Umland ihre Gemüsestände bestücken und sie vom regen Treiben schöne Bilder machen will. Zwei Nächte möchte sie in Rijeka bleiben. Sie fragt nach dem Programm der nächsten Tage. Während Miloš seine Vorschläge abspult, knipst sie die Passanten.

»Ihr Slawen seid lustig.« Clarissas Lachen ist glockenhell,

ihre himmelblauen Augen strahlen. Sie zeigt ihm eines der Fotos. Eine pummelige, falsche Rothaarige von vielleicht zwanzig Jahren mit mehlweißer Haut in viel zu knappen Shorts und einem schwarzen T-Shirt mit der rückenbreiten Aufschrift *ABCDEFUCKYOU*. »Nicht schlecht: Die stolze Notwehr einer, die sich gehen lässt und sich einen feuchten Kehricht um die Meinung anderer schert«, spottet sie und steckt sich eine Parliament Night Blue an. Sie raucht nicht viel, und wenn, dann nur diese Marke.

»Du bist selber lustig. In Berlin würde sie dir nicht einmal auffallen. Hast du vergessen, wie ihr nach der Öffnung rumgelaufen seid? Und ihr seid vor falschem Selbstbewusstsein fast geplatzt. Der Süden ist lebensfroher, das ist alles.«

»Nimm es mir nicht übel, Miloš. Du kennst ja meine Gemütsschwankungen. Und du hältst sie auch so tapfer aus.« Clarissa schnurrt wie ein Kätzchen und streichelt versöhnlich seinen Arm. Er wagt es kaum, sich zu rühren. »Im Krieg in Belgrad, Novi Sad und der Krajina gab es das einfach nicht. Und seither war ich nie mehr hier.«

»Was hast du dort gemacht?« Zu Hause wechselte sie immer sofort das Thema, wenn Miloš nachhakte.

»Für manche Themen braucht es eine andere Umgebung. Fotos habe ich gemacht, was sonst? Ich brauchte Geld, und da ich schon bei der Volksmarine fotografiert habe, hab ich bei einer neuen Ostberliner Agentur angefangen. Aber fünf Jahre waren genug. Erinnerst du dich an das Foto von Arkan mit dem Tiger? Das habe ich geschossen«, sagt Clarissa stolz.

»Du? Wirklich? Das ist doch um die Welt gegangen. Warum hast du aufgehört nach solch einem Volltreffer?«

Clarissa leert das Glas in einem Zug und bestellt noch einen Gin Tonic. Er spürt, wie sich ihre Fingernägel in seinen Unterarm bohren. »Vergewaltigt. Die Schweine sind wie die Berserker über mich hergefallen. Einer nach dem anderen. Vier Soldaten dieser serbischen Freiwilligengarde. Bei Banja Luka haben sie mich in einen Wald geworfen. Erspar mir die Details. Ein Wunder, dass ich noch lebe. Danach habe ich alle Kriegsfotos vernichtet und keine weiteren Aufträge mehr angenommen. Ich konnte nicht mehr.«

»Wahnsinn. Du warst gerade zwei-, dreiundzwanzig.«

»Verstehst du endlich, weshalb ich nie darüber reden wollte?« Ihre Nägel graben sich noch tiefer in sein Fleisch. »Ich will es nicht auffrischen. Wenn du wüsstest, was die alles getan haben.«

»Ich weiß einiges, Clarissa. Oft genug haben sie die Frauen danach eiskalt abgeknallt.« Die Erfahrungen aus seiner Zeit bei der Brigade verschweigt er. Sein Kommandant war ein gnadenloses, blutrünstiges Schwein gewesen.

»Lass uns über Erfreuliches reden.« Clarissa nestelt eine neue Zigarette aus der Packung, räuspert sich und richtet sich mit einem Ruck auf. Ihr Griff lockert sich. »Stell dir vor, ich hab in der Schulzeit einen Sommer in Moskau verbracht und mich königlich amüsiert. Die Russen sind wirklich liebenswürdig.« Sie lächelt versonnen.

»Sprachkurs?«

»Und politische Bildung. Das fing schon morgens mit Wodka an. Die haben vielleicht geschaut, als ich nicht schlapp machte und noch mein tägliches Schwimmtraining durchzog. Rekordzeiten legte ich natürlich keine hin, besoffen wie ich war.«

»Wie lange warst du dort?«

»Ganze sechs Wochen. Nachts haben wir sogar nackt in der Moskwa gebadet, trotz aller Verbote.«

»Nur gebadet?«

»Du bist und bleibst ein Schweinchen, Mili.« Clarissa kichert schelmisch. »Auch wir könnten doch nachts in der Adria baden. Ist nicht bald Vollmond?«

»Aber bitte nicht in Rijeka.«

»Heute sowieso nicht, ich geh vor Sonnenaufgang raus. Ich will zum Markt, bevor er öffnet. Die Fischer fotografieren.« Als Miloš ein Gesicht schneidet, sagt sie sogleich: »Wir treffen uns zum Frühstück am Markt. Halb acht, bitte. Und auch wenn's ein Fehler ist, einen will ich noch.«

Zu wenige Kellner, zu viele Menschen. Miloš erhebt sich grinsend. Wenn alles gut geht, ist das Eis zwischen ihnen endlich gebrochen. Gin Tonic zeigte bei Clarissa schon immer Wirkung.

»Lass mich doch nicht so lange allein, Mili«, kichert Clarissa, als Miloš zurückkommt, und lehnt ihren Kopf an seine Schulter. »Ich mag es hier. Ein lauer Wind und viele Leute.«

Miloš verflucht sich, er weiß, dass er es bitter bereuen wird.

Im Flur des B & B nimmt Clarissa seine Hand und legt sie an ihren Busen, schmiegt sich an ihn, küsst ihn wie eine Besessene und greift ihm in den Schritt. Dann zieht sie ihn von seiner Zimmertür zu ihrer.

»Komm«, flüstert sie in sein Ohr. Miloš spürt ihre Brüste und ihren Unterleib. »Ich brauch dich heute Nacht. Ich kann jetzt nicht allein sein.«

Rijeka, Hafen.

Trotz des Alkohols ist Clarissa Waisz lange vor dem Morgengrauen auf der Jagd nach Bildern. Sie sucht die Mole, an der die Fischer ihren Fang anlanden. Hinter einem stolzen Zweimaster mit dunkelblauem Rumpf liegt ein einziger unbeleuchteter Fischkutter, kein Mensch ist zu sehen. Ist sie zu früh? Die Sonne wird sich bald zeigen, das milde, überraschende Licht des Tagesanbruchs wird suggestive Bilder ermöglichen. Hinter ihr fährt im Schritttempo eine Kolonne Militärlaster vorbei.

Sie beachtet sie nicht. Dann fällt ihr Auge auf ein verrottendes altes Schiff, bei dem es sich nur um die GALEB handeln kann, von der Miloš während der Fahrt erzählte. Mit diesem umgebauten Bananendampfer war Marschall Josip Broz Tito 1953 die Themse hinaufgefahren, um als erster sozialistischer Staatschef von der jungen Queen Elizabeth II. empfangen zu werden. Clarissa kennt die Anekdoten über die prominenten Gäste auf dem Schiff: Liz Taylor, Richard Burton und Kirk Douglas, Hồ Chí Minh, Haile Selassie, Leonid Breschnew, John F. Kennedy, Fidel Castro. Alle hatten den von Flugangst besessenen jugoslawischen Staatschef an Bord besucht. Ein schönes Motiv, dieses einst so stolze, jetzt sterbende Trumm, an dem der Rost über die abblätternde Farbe gewinnt.

Clarissa sucht nach einer guten Aufnahmeposition. Sie sieht den Wellenbrecher, der den inneren alten Hafen vor Stürmen schützt, und quetscht sich durch ein Tor in die Einfahrt, neben der eine große blaue Tafel die Sterne der Europäischen Union trägt sowie einige Schilder auf Kroatisch. Um Hinweise, die Unbefugten den Zutritt verbieten, hat sie sich nie gekümmert.

Sie lächelt. Oft gelingen ihr die besten Fotografien dann, wenn sie sich überraschen lässt. Am Ende der langen Mole sieht Clarissa ein schwach beleuchtetes Frachtschiff, von dessen Heck in der leichten Brise die panamaische Flagge weht. Drei Männer neben zwei schwarzen Limousinen beobachten die Containerverladung von den in Kolonne wartenden Sattelschleppern. Clarissa stützt ihre Kamera am Schild der Europäischen Union auf, doch das Licht ist aus dieser Entfernung nicht ausreichend. Sie schlendert zu einem Haufen Stahlschrott, der ein wenig näher ist. Dort versucht sie es noch einmal. Im Zoom sieht sie unter den Scheinwerfern die Brust des Kleineren: graues Sakko, helles Hemd und eine grelle Krawatte mit Muster. Ein dunkler Fleck an der Schläfe über der Brille. Sie ist zufrieden und fotografiert weiter. Neben ihm ein muskulöser Hüne, dessen schwarzes Jackett an den Schultern spannt. Haarschnitt und Körperhaltung nach könnte er in einem amerikanischen Actionfilm mitspielen. Fünf Schüsse. Dann ist die Speicherkarte voll. Sie setzt sich hin und wechselt sie aus. Die andere steckt sie in das kleine Fach im Hosenbund. Sie hat extra zwei Zentimeter der doppelten Naht so aufgetrennt, dass es vom Gürtel verdeckt wird. Der sicherste Platz, selbst in brenzligsten Situationen hat es ihr bisher geholfen. Sie richtet sich auf und stellt ihre Kamera erneut scharf. Plötzliche Aufregung unter den Männern. Gestikulieren, ein ausgestreckter Arm zeigt in ihre Richtung. Rasch tritt Clarissa den Rückzug an, rennt aber nicht. Auf halbem Weg zum Tor stoppen zwei Limousinen mit quietschenden Reifen neben ihr.

Einer der Beifahrer springt heraus, entwindet ihr wortlos und grob die Kamera. Es setzt zwei saftige Ohrfeigen, als sie sich wehrt. Dann stößt er Clarissa auf die Rückbank eines Wagens und wirft die Tür ins Schloss. Der andere, ein nach Schweiß stinkender, breitschultriger Kerl mit schlechter Haut, setzt sich mitsamt der Kamera nach vorne. Der Wagen beschleunigt, bevor er richtig sitzt. Die Fahrt ist kurz. Sie halten direkt vor dem Frachter, den sie gerade noch für das perfekte Motiv gehalten hatte. Der schmächtige Anzugträger mit dem rotblonden Haar dreht ihr den Rücken zu, auch von dem Muskelprotz mit dem schwarzen Bürstenschnitt sieht sie das Gesicht nicht. Er erteilt harsche Befehle.

Ein Glatzkopf mit einem Funkgerät in der Brusttasche seines schwarzen Overalls und einer Pistole im Holster reißt den Wagenschlag auf und lässt sich neben Clarissa auf die lederbezogene Rückbank fallen. Ein wuchtiger Stoß rammt sie in ihre Ecke. Bevor sie es sich versieht, tasten seine Hände grob über ihren Körper. Fahren zuerst in die Taschen, aus denen er ihr Portemonnaie mit den Dokumenten herauszieht, dann Zigaretten und Feuerzeug, Papiertaschentücher. Das Schwein reißt ihre Bluse auf und den BH herunter, genauso grob öffnet er den Reißverschluss ihrer Jeans und fährt mit seiner Hand in ihren Slip. Finger, schmieriges Grinsen, auch in der Fratze des Fahrers, der den Rückspiegel verstellt, um Clarissas Blöße zu sehen.

»Dakle, ko st ti?«, fragt der Stiernacken, als er von ihr ablässt und den Inhalt ihres Portemonnaies inspiziert. Clarissa versteht kein Wort, zittert am ganzen Leib. Sie schätzt den Kerl auf dreißig. Er hat üblen Mundgeruch, sie wendet das Gesicht ab. Die paar Geldscheine steckt er ein. Dann betrachtet er Clarissas Personalausweis.

»Dakle Njemica.« Er schaut in ihren Presseausweis. »Još takođe i novinarka?« Er wiederholt seine Frage auf Englisch. »Wer bist du, was willst du hier?«

»Ich bin Journalistin«, stammelt Clarissa. »Ich arbeite für ein Travel Magazin. Eine Reportage über diese schöne Stadt. Ich wollte die Fischer fotografieren. Warum behandeln Sie mich so? Ich hab doch nichts Verbotenes getan. Rufen Sie die Polizei.«

»Polizei?« Das Schwein lacht gehässig. »Vergiss die Polizei. Security der Hafenbehörde. Das gilt hier mehr. Die Polizei macht, was ich sage.«

Eine Weile lang fingert er erfolglos an den Tasten der Kamera herum, schließlich gelingt es ihm, sie einzuschalten und die Fotos durchzublättern. Der Speicher ist leer.

»Wo sind die Fotos?«

»Es ist zu dunkel, ich habe noch nicht fotografiert.«

»Halt mich nicht für blöd.« Der Kerl ist wütend. »Wo sind die Bilder?«

»Ich konnte wirklich noch keine Bilder machen, es ist doch viel zu dunkel«, jammert sie. »Ich warte auf die Fischer, wenn sie ihren Fang entladen. Für eine Reisereportage über Kroatien. Wirklich! Man hat mir gesagt, ich würde sie im Hafen finden. Wo sind sie?«

»Es ist verboten, im Hafen zu fotografien. In welchem Hotel bist du abgestiegen?«

»Ein Bed & Breakfast am Korzo.«

»Wen kennst du in Rijeka?«

»Ich bin alleine hier.«

»Besser für dich, Schlampe. Der Hafen ist Sperrgebiet. Gefährlich.«

Der Glatzkopf hantiert so lange an der Kamera herum, bis es ihm gelingt, den Schacht der Speicherkarte zu öffnen und sie herauszuziehen. Er steckt sie ein, knallt Clarissa den Apparat in den Schoß, dass sie aufschreit. Er wirft ihr Portemonnaie samt ihrer Papiere darauf. Seine nächsten Worte versteht sie nicht.

»Izbaci je iz avta na Korzu.«

Der Chauffeur bestätigt mit einem Kopfnicken und lässt die Limousine an.

»Next time I will not be charming«, bellt die Glatze und knallt die Tür ins Schloss.

Der Wagen fährt mit Karacho an, bremst nur am Tor ab und drängt sich draußen hupend an den Lieferwagen mit den Waren für den Markt vorbei. Clarissa stopft die Bluse in die Jeans zurück und steckt gerade ihre Geldbörse ein, als die Limousine am Beginn des Korzo scharf bremst.

»Um Gottes willen, wie siehst du denn aus?« Miloš springt vom Tisch vor einem Café auf, als Clarissa sich panisch den Weg durch die Menschen bahnt. Der Schrecken ist ihr ins Gesicht gezeichnet. »Was ist passiert?«

Sie kann sich nicht mehr beherrschen, Tränen rinnen hemmungslos über ihre Wangen, sie drückt sich an Miloš. Seine Arme umschlingen sie, er streichelt ihr Haar. Die Passanten schauen neugierig. Eine Versöhnung oder ein Todesfall. Plötzlich stößt sie ihn so heftig von sich, dass Miloš fast über das Tischchen hinter ihm fällt.

»Ihr seid alle Schweine«, schreit Clarissa mit weit aufgerissenen Augen und aschfahl im Gesicht.

Sie sinkt auf einen Stuhl. Miloš schiebt ihr wortlos sein Wasserglas zu, das sie in einem Zug hinabstürzt. Er bestellt zwei Espressi bei der Kellnerin, deren helle Bluse trotz der frühen Stunde voller Flecken ist, als trüge sie die schon seit Tagen. Clarissa atmet tief und schnell, als wäre sie wütend.

»Was ist passiert, Liebes?«, flüstert Miloš. »Du bist doch nicht nur sauer auf mich. Da ist noch etwas anderes. Erzähl schon.«

»Ich weiß nicht, wo die Fischer sind.« Sie schluchzt und schaut sich hektisch um. Ihre Sätze überschlagen sich. »Ich war doch nur im Hafen. Die haben mich durchsucht. Ein Wunder, dass ich noch lebe.«

»Manche sind noch immer ein bisschen grob, wenn jemand ihre Autorität untergräbt«, besänftigt Miloš vergebens.

»Aber ich hab doch nichts Böses getan.«

»Das ist nebensächlich, wenn Militär im Spiel ist. Auf der ganzen Welt ist das so. Du warst doch selbst dabei. Mensch, Clarissa, Militärlastwagen, abgesperrtes Gebiet. Während des Kriegs hätten sie ruckzuck kurzen Prozess mit dir gemacht.«

»Sollte ich mir eine solche Gelegenheit entgehen lassen?« Ihre Stimme klingt so verzagt, als müsse sie als Erstes sich selbst überzeugen. Wieder schießen ihr Tränen in die Augen, doch dann stampft sie mit dem Fuß wie ein trotziges Kind. »Ich muss mir das morgen noch einmal ansehen«, sagt sie plötzlich.

»Bist du wahnsinnig? Das tust du nicht. Du sollst doch nur schöne Bilder liefern.«

»Ich muss. Ich gebe mich nicht geschlagen. Das ist deren Schuld.« Clarissa schaut ihn mit verheulten Augen an, schnieft. »Ich habe mein Telefon im Hotel gelassen. Noch einen Espresso, dann holen wir es. Warte, da ist noch etwas.« Sie nestelt die Speicherkarte aus dem Hosenbund, lehnt ihren Kopf an seine Schulter und drückt Miloš den Chip unter dem Tisch in die Hand. »Steck den unauffällig ein. Ohne dass es jemand sieht. Man weiß nie«, flüstert sie und will sich gleich wieder lösen.

»Beweg dich nicht. Tu, was ich dir sage. Schau nicht auf.«

Miloš' Arme umschlingen sie. Auch er verbirgt sein Gesicht an ihrer Schulter. Er flüstert so leise und so schnell, dass sie ihn kaum verstehen kann.

»Du erstickst mich, lass mich los.« Clarissa windet sich.

»Schau nicht auf. Da geht ein Mann an uns vorbei, den ich kenne«, flüstert er ihr ins Ohr. »Josip Mirković, die Drecksau. Mein Kommandeur in der Srpska Krajina. Ein Schlächter. Er darf mich nicht sehen, ich bin desertiert.« Aus dem Augenwinkel sieht er ihn in der Menschenmenge verschwinden, dann lässt er Clarissa los.

»Desertiert bist du?« Sie stößt ihn von sich. »Das hätte ich mir denken können.«

Gorizia. Schießstand der Polizia di Stato.

»Zwei Feinde von links!«

Die rasche Schussfolge aus der 9-Millimeter-Beretta macht beide unschädlich. Treffer in Hände, Kniescheiben, Schultergelenke. Xenia lächelt zufrieden. Sie ist unter den Ersten, die an diesem Morgen das dreimonatliche Schießtraining absolvieren.

Die Stimme des Instrukteurs bellt schnelle Befehle durch den Schießstand, in dem zehn Beamte das vorgeschriebene Training absolvieren. Konzentriert beobachtet er die hochgewachsene blonde Frau mit dem kurzen, feinen Haar. Nur ihr gelten seine zunehmend rasenden Anweisungen, die er auf dem Laptop vor sich wählt, um die Projektion in dem geschlossenen Übungsstand auszulösen. Gefahrensituationen aller Art. Er hat den höchsten Schwierigkeitsgrad gewählt, doch die Frau zeigt keine Anzeichen von Ermüdung.

»Freund rechts, Feind dahinter und Gefahr von links.«

Eine Rolle seitlich, im Fallen treffen ihre Kugeln die imaginären Feinde empfindlich, doch auch dieses Mal kein Treffer in Kopf und Herz. Rasch rückt sie den Kopfhörer zurecht.

»Geiselnahme, extremes Risiko! Lagerhalle, dichter Rauch. Mann steht hinter Opfer, Pistole an linker Schläfe, auf 3 Uhr, Entfernung dreißig Meter. Komplize auf 10 Uhr, fünfzig Meter, zielt in deine Richtung. Du sollst die Pistole zu Boden legen und mit dem Fuß von dir wegschieben. Achtung, los.«

Die Projektion zeigt die Situation verschwommen. Ihre Hand umfasst die Waffe fest, während sie sich langsam bückt, um sie abzulegen. Dann geht alles so schnell, dass der Instrukteur die einzelnen Bewegungen nicht mehr analysieren kann. Ein rotes und ein grünes Licht zeigen das Resultat. Der Komplize ist tot, der Geiselnehmer entwaffnet und verletzt. Die Geisel ist unversehrt.

Xenia lächelt über zwei übergewichtige Inspektoren mit leidenden Gesichtern, die sich kaum aus den Knien erheben können und sie entsetzt anstarren.

»Schluss mit der Pistole«, ruft der Instrukteur.

Die meisten Kollegen sind erleichtert, doch den situativen Entscheidungsübungen mit der ein Kilo schweren 9-Millimeter folgt die Übung mit der Maschinenpistole. Einzelschüsse, Serien, je nach Zuruf. Das Ziel wird weiter zurückgefahren. Selbst bei einhundertfünfzig Metern Entfernung platziert die Kommissarin noch völlig gelassen den optimalen Treffer. »Alle Achtung. Nur nicht nach Lehrbuch«, nörgelt der Instrukteur. »Die Regeln verlangen tödliche Treffer. Du hast nur einen einzigen platziert. Ist das System? Was zum Teufel soll ich in die Bescheinigung schreiben?«

»Das!«

Drei schnelle Schüsse treffen dreimal ins Herz der Figur am Ende des Schießstands und drei in den Kopf. Commissario Xenia Zannier sichert die Beretta, nimmt das Magazin heraus und lädt nach. Dann packt sie die Dienstwaffen ein.

»Man muss nicht immer gleich alle umbringen. Diese Vorschriften sind für die Füße. Wenn eine Waffe auf dich gerichtet ist, schieß sie ihm aus der Hand und triff, wo's wehtut und nie wieder ausheilen kann. Gelenke sind ideal. Lass ihn leben und für immer büßen. Die Lizenz zum Töten hat nur James Bond.«

»Du bist dir verdammt sicher. Was ist, wenn einer zufällig eine andere Bewegung macht, als du dir ausgerechnet hast?«

»Zufall gibt es nicht. Dann ist es mein Fehler, weil ich die Situation falsch eingeschätzt habe. Aber genauso wenig würde ich ihn tödlich treffen.« Xenias Stimme klingt gleichgültig, sie hängt sich die Tasche über die Schulter. »Wer sich nur an die Lehrbücher hält, denkt nicht nach.«

»Man könnte meinen, dein Kommissariat befände sich in der Bronx und nicht in Grado, wo die Alten zum Sterben auf den Winter warten, weil der Sommer zu gemächlich ist.«

»Gibst du mir jetzt die Bescheinigung, oder muss ich mit der Knarre darum bitten?«

Flüchtig winkt sie den Kollegen zu und verlässt die Übungsanlage. Auf der Straße kneift sie von der Sonne geblendet die Augen zu und atmet tief durch. Jetzt kommen die heiteren Tage, Xenia lächelt. Sie nimmt den Helm aus dem Stauraum und deponiert ihre Waffen unter dem Sattel des schweren Motorrollers. Sie klappt das Visier herunter, entscheidet sich für die Landstraße, auf der Autobahn reihen sich Tausende Schwertransporter aus Osteuropa aneinander, und man muss ständig mit dem Schlimmsten rechnen.

Ihre Gedanken schweifen zu Beckers Recherchen. Arne hat ihr gestern Abend versprochen, sich schlauzumachen, wie man die Unterlagen gezielt ins Netz stellen kann, ohne dass der Absender bekannt wird. Gerade hat sie den Scooter abgestellt und will das Tor zum Hof ihrer Dienststelle wieder schließen, als Valerio Alfieri mit seiner Harley-Davidson heranfährt. Sie lässt ihn durch, der Mann gibt noch einmal Gas und nimmt den Helm ab.

»Ist der Auspuff kaputt?«, fragt Xenia spöttisch. »Was befriedigt euch Biker eigentlich daran, mit diesem Krach die ganze Umgebung aufzuscheuchen?«

»Das ist kein Lärm, das ist Musik und soll gut für den Motor sein. Gibt's was Neues in Grado?« Alfieri geht zu seinem Boot hinüber und macht die Leinen los.

»Sie sind schon viel länger hier als ich, Alfieri. Haben Sie etwa Veränderungen beobachtet?«

»Nichts, abgesehen vom Wetter, den Flüchtlingen und diesen dreckigen Plakaten. Haben Sie die Sache noch immer nicht im Griff?«

»Sie könnten eine Spende machen, damit wir Verstärkung bekommen.«

»Bei Stress braucht man Vitamine. Ich lass morgen ein paar Kisten Gemüse für Sie und Ihre Kollegen vorbeibringen. Ich habe gehört, der Hotelier- und Wirteverband will eine Art Bürgerwehr organisieren, die nachts patrouilliert.«

»Fehlt nur, dass mit Messer und Gabel bewaffnete livrierte Kellner nach Dienstschluss durch die Straßen ziehen. Nur die Bars bleiben dann länger geöffnet.«

Alfieri startet den Motor. »Brauchen Sie etwas aus Triest? Ich komm zur Mittagszeit zurück.«

Xenia winkt ihm zu und geht zum Kommissariat. Trotz der Idylle auf seiner Insel gefallen dem Ex-Broker aufheulende Motoren, denkt sie, als er das Boot mit überhöhter Geschwindigkeit in die Lagune und aufs offene Meer hinaussteuert. In weniger als einer halben Stunde wird er in der großen Stadt sein und direkt an den Rive anlegen. Über Land dauert die Fahrt länger.

Xenia reißt entsetzt die Augen auf, als sie auf ihrem Schreibtisch einen riesigen Strauß roter Rosen in einem undichten Blecheimer vorfindet. Eine große Pfütze weicht bereits die Mappe mit dem unergiebigen Vernehmungsprotokoll Bernardinos auf. Xenia öffnet die Fenster, stellt ihre Tasche ab und wirft die Rosen mit einem derben Fluch in den Papierkorb. Den tropfenden Eimer trägt sie hinaus und knallt ihn neben den erstbesten Schreibtisch der Kollegen.

»Wer zum Teufel hat die Sauerei in meinem Büro angerichtet? War das einer von euch, oder habt ihr etwa einen Fremden reingelassen?«

»Ein Fremder war's nicht gerade, Commissario.« Inspektor Refolo kommt aus seinem Büro und unterdrückt vergeblich sein Grinsen. Bevor er den Satz vollenden kann, fällt die Tür ins Schloss.

Also wieder einmal Arne, der sich ständig wie ein Kind von seinen Gefühlswallungen überrollen lässt. Wie oft hat sie ihm solche Peinlichkeiten verboten? Xenia atmet tief durch. Nach Feierabend wird sie ihm ein für alle Mal klarmachen, dass Privates im Berufsleben nichts zu suchen hat.

Sie wischt den Tisch ab und breitet die feuchten Unterlagen zum Trocknen aus. Eine Notiz fällt ihr ins Auge und gefällt ihr gar nicht. Sie wählt die Nummer des Staatsanwalts, der den Fall der EARLY SUN in der Hand hat.

»Jetzt rufen Sie auch noch an, Commissario. Ich hätte es mir denken können. Das Telefon läutet ohne Unterlass.« Luigi Percoraros Stimme überschlägt sich fast. »Ja, es ist wahr. Die Beschlagnahmung der EARLY SUN wurde auf oberste Weisung hin aufgehoben. Nicht meine Schuld. Druck des Ministeriums auf den Generalstaatsanwalt und so weiter. Angeblich, um diplomatische Spannungen zu vermeiden. Mit wem, weiß ich nicht. Ein neuer Kapitän stand mit einer neuen Besatzung bereits an der Mole, als die Siegel abgenommen wurden. Der alte sitzt immer noch in Untersuchungshaft, für den interessiert sich niemand mehr außer mir. Ich hoffe, dass er anfängt zu reden, wenn er erfährt, dass man nur ihn, nicht aber sein Schiff im Stich lässt. Die EARLY SUN ist eine Stunde später ausgelaufen. Die Capitaneria verfolgt ihre Route, sie liegt im Moment im Hafen von Rijeka.«

Xenia ist empört. Wieder behindert die Politik die Aufklärung. Jetzt auch durch internationale Intervention und nicht mehr nur durch gewollte Personalknappheit oder zu geringe Mittel für Uniformen und Ersatzteile für den Fuhrpark. Und Staatsanwalt Percoraro spricht davon, dass das Schiff direkt Kurs auf Rijeka genommen hat. Also dahin, wo dieser Mirković Präsident der Hafenbehörde ist.

Die beiden alten Fotografien in Beckers Dokumentation sprechen Bände. Wer hat Druck ausgeübt, damit der Frachter so schnell freikam? Hat etwa die Senatorin als Verbündete des Kroaten so viel Macht?

Xenia wählt Bonannis Nummer und muss nicht lange warten.

»Hast du dir's anders überlegt? Kommst du mich doch besuchen?«, scherzt er, obwohl er weiß, dass Xenia noch nie einen ihrer Entschlüsse rückgängig gemacht hat. Er horcht sofort auf, als er ihren Tonfall vernimmt.

»Wer hat die Freigabe der EARLY SUN veranlasst? Kannst du das herausfinden? Druck auf den Generalstaatsanwalt, heißt es.«

»Eine Anweisung von ganz oben? Dann lief es über das Justizministerium. Und so, wie du sagst, ist auch noch das Außenministerium im Spiel. Die Wege der Diplomatie. Frachtschiffe werden oft schnell ausgelöst. Abwägung der Beweismittel.

Fraglich, ob ich erfahren werde, wo das seinen Anfang nahm, wenn es daran kein begründetes öffentliches Interesse gibt, dem die Regierung nachgeben muss.«

Die Polizistin fasst in knappen Worten die Fakten zusammen.

»Mehr als Indizien sind das nicht«, entgegnet Bonanni. »Es ist doch nichts Ungewöhnliches, dass alte Partner nach Jahrzehnten noch am selben Strick ziehen. Du hast selbst gesagt, dass Beckers Beweise gegen die Senatorin nur Straftaten betreffen, die inzwischen verjährt sind. Die könnten vielleicht helfen, sie moralisch zu Fall zu bringen. Doch dazu haben wir beide nicht die Macht. Das kann höchstens eine Skandalbiographie schaffen, aber dafür ist deine Freundin wiederum auf internationaler Ebene nicht präsent genug.«

Bonanni hat recht, doch die Senatorin strebt ein hohes Amt an. Als Generalsekretärin der OSZE an der Hofburg in Wien genösse sie nicht nur diplomatische Immunität, sondern bekäme auch mehr Einfluss auf das Spiel internationaler Schattenmächte, die ohne Rücksicht auf Regeln die Welt unter sich aufzuteilen versuchen. Das darf nicht passieren. Xenia sucht die Nummer des Salzburger Taxifahrers heraus. Jack Samir verabschiedet einen Fahrgast, als er das Gespräch annimmt. Er berichtet, dass Beckers Lagerhalle, in der er sein Büro und seine Wohnung hatte, von der Staatsanwaltschaft sofort nach seinem Tod beschlagnahmt wurde. Es gibt keine Chance, an die verbliebenen Unterlagen zu kommen. Nur das Material für Xenia habe er gerettet. Auch Jack berichtet vom Fund der Leiche des Motorradfahrers in einem Müllcontainer, ein Autobahnparkplatz hinter der Raststätte, an der seine Geländemaschine stand. Xenia macht sich Notizen und schlägt in ihren Unterlagen nach. Gerhard Altmann, ein vorbestrafter, fünfundvierzigjähriger Kärntner Rechtsextremist. Seine Vorstrafen hatte er sich einst durch Schmuggel von Waffen und Devisen eingehandelt, zu denen später bewaffnete Überfälle in Österreich kamen. Mit einem Leben in Freiheit und Demokratie war der Mann nicht zurechtgekommen. Ob er Linkshänder war, wie der Mörder Beckers, wurde aus den Meldungen nicht klar.

Triest, Piazza San Giovanni. Büro im Piano nobile.

Die Senatorin folgt festen Abläufen, wenn sie in ihren Wahlkreis zurückkehrt. Die Termine organisiert ihr Bruder. Die Abende sind für die Dinners mit Geschäftsleuten vorbehalten, und am Freitagvormittag ist Sprechstunde, wo angeblich jeder Bürger bei Romana Castelli de Poltieri vorstellig werden kann. Nur Journalisten wimmelt Carletto konsequent ab. Die Senatorin gibt nicht einmal vor Wahlen Interviews. Unerreichbarkeit ist eine Stärke. Ihre Wählerschaft sichert sie sich erfolgreich damit, einmal im Jahr ein Fest auszurichten, bei dem es einfachen Wein und Mortadella gibt, und beizeiten Gefallen zu tun, um Verpflichtungen zu schaffen. Von wichtigen Persönlichkeiten erwiesene Gefälligkeiten adeln den Nutznießer und sprechen sich rum.

Am Freitagmorgen sitzen die ersten Menschen bereits eine Stunde vor Eintreffen der Politikerin im Entree ihres Büros in dem stolzen Palast an der Piazza San Giovanni, als harrten sie im Wartezimmer ihres Hausarztes aus. Doch die Räume mit dem alten Parkett und den üppig verzierten Stuckdecken sind imposanter als von Pharmakonzernen spendierte uniforme Praxiseinrichtungen. Respektvoll grüßen sie die Dame, die um halb neun mit energischem Schritt und aufgesetztem Lächeln an ihnen vorbeistürmt. Wenig später ruft Carletto den ersten herein.

Staatsmännisch ist die Nationalflagge vor der hohen Wand aufgestellt, daneben das Banner ihrer Partei. Auch wenn Romana Castelli de Poltieri jeden Eintretenden im Sitzen mit Handschlag begrüßt und ihn Platz zu nehmen bittet, steht der schwere, ungepolsterte Besucherstuhl über einen Meter vom Schreibtisch der Senatorin entfernt, und nur die wenigsten haben den Mut, ihn näher heranzuziehen. Die Anliegen ähneln sich in Zeiten der Krise: ein Arbeitsplatz für sich selbst oder die Kinder, für Verwandte oder gute Freunde, Fürsprache bei Ausschreibungen der öffentlichen Hand, ein gutes Wort im Prozessfall. Die Audienzen dauern nie länger als eine Viertelstunde, doch da Carletto an der schmalen Seite des Schreibtischs jedes einzelne Anliegen akkurat notiert und die Senatorin scheinbar aufmerksam zuhört, kein Telefonat sie je unterbricht, entsteht ein Moment der Zuversicht für die Besucher. Mit ehrfürchtigem Blick zu der hohen Decke des imposanten Raums lassen sie sich hinausgeleiten und machen dem nächsten Platz. Lange vor Mittag ist die Sprechstunde beendet, und Carletto schließt die gepanzerte, holzverkleidete Tür zum Treppenhaus sorgfältig von innen ab.

»Gleich kommt Alfieri«, informiert er seine Schwester.

»Was hat die Durchsuchung gebracht?«

Carletto schüttelt den Kopf. Einmal die Woche lässt er die Büroräume von einem Spezialisten auf unerwünschte Zuhörer überprüfen.

»Nichts mehr, seit der Stuhl weit genug vom Schreibtisch steht. Auch die EDV ist sauber. Zwei Dinge noch, Romana, bevor der Deutsche kommt. Erstens steht zwischen Fossalon und Monfalcone noch ein Gehöft zum Verkauf, das wir für die NGO kaufen sollten. Riesig, aber die Jungen drängen dort nicht mehr in die Landwirtschaft. Als Flüchtlingsheim würde sich das Ding selbst finanzieren. Ich habe die Unterlagen angefordert. Viele Interessenten gibt es nicht. Und in ein paar Jahren können wir alle drei Anwesen zusammenlegen und ein Tourismusressort mit einem Golfplatz und Spa daraus machen.«

»Wie sind die Einnahmen bei den beiden anderen Gehöften?«

»Der Staat zahlt brav die Quoten, wenn auch immer mit zwei Monaten Verspätung. Ich finde, wir sollten die Betten noch enger stellen. Zwei Schlafplätze mehr sind siebzig Euro pro Nacht.«

»Wir schauen uns das an, wenn du die Verkaufsunterlagen hast. Lass prüfen, ob das Anwesen hypothekenfrei ist. Und dann bestellst du die Geschäftsführer der Kooperative ein. Die müssen das mittragen. Was gibt's noch?«

»Ich brauche dein Plazet für das nächste Plakat.«

Er zieht den Entwurf aus der Tasche und glättet ihn auf dem Schreibtisch.

RICORDATE E ONORATE I NOSTRI MORTI
RAUS DEUTSCHLAND IMPERIALISTA
Fertig € – Fertig DIE FRAU
BASTA AUSTERITY
Prima gli ITALIANI
RIVOLUZIONE SUBITO
PATRIA NOSTRA

»Streich die Revolution raus. Wie kommst du denn darauf?« Die Senatorin tippt unwirsch auf das Blatt. »Und lass dir endlich etwas Neues einfallen. Ich will spektakuläre Aktionen, über die im ganzen Land berichtet wird. An diese Schmierereien gewöhnen sich die Leute. Werft einen Molotowcocktail ins Hauptquartier der Zentraleuropäischen Initiative CEI in der Via Genova oder verwüstet deutsche Soldatengräber, besprüht die lutherischen Kirchen, setzt endlich ein Zeichen.«

»Wir sabotieren die Transalpin-Pipeline, wie 1972 die Palästinenser vom Schwarzen September, bevor sie in München bei der Olympiade zuschlugen.«

»Willst du mit der Bohrmaschine ein Löchlein hineintreiben?«

»Da wird das gesamte Erdöl für Österreich, Tschechien und Süddeutschland durchgepumpt. Wenn die in die Luft fliegt, werden die Medien berichten. Und die Deutschen sitzen in der Scheiße.«

»Das ist eine Nummer zu groß für dich, Carletto.« Romana lächelt gerührt. Sie kennt die Fähigkeiten ihres Bruders. »Ich muss nur dran denken, wie du damals erwischt wurdest, weil du mit Haschisch gedealt hast. Oder deine Schlägerei mit dem Slowenen in der Bar. Gott sei Dank hat der sich im Knast erhängt, bevor es zur Revision kam. Das hat mich verdammt viel Mühe und Geld gekostet. Bleib bei dem, was du kannst. Ich kann dir nicht jedes Mal den Arsch retten.«

»Das ist gar nicht so schwer, Romana. Wir sind es mehrfach durchgegangen. Es kostet nur einiges an Risikozulage. Sprengstoff haben wir, so viel du willst.«

Vom Entree dringt das Klingeln herüber.

»Das heben wir uns für später auf. Und denk dran, je größer der Fremdenhass, desto diplomatischer kann ich einwirken und auf die Stimmungslage verweisen. Wenn der Druck groß genug ist, schwenken sogar die Linken auf unsere Themen ein. Du musst das Stück für Stück aufbauen. Erst einmal heizt ihr die Stimmung für die Sicherheitskonferenz an. Die sollen sich richtig Sorgen machen, wir vermasseln diesem überheblichen Bonanni die Show. Ich kann ihn nicht ausstehen seit seiner Affäre mit dieser schrecklichen Polizistin.«

»Commissario Zannier? Aber die sitzt doch in Grado.«

»Unter tausend Kilometern ist alles zu nah. Auch ihre Stunde schlägt noch.«

»Kohle brauche ich trotzdem. Fünfzehntausend genügen vorerst. Kleine Noten. Die Pipeline wird dann teurer.«

»Was hast du für ein Glück, dass der Geldverkehr so genau

geprüft wird, dass du deine eigenen Konten nicht anzufassen brauchst. Mach im Regionalparlament eine Eingabe, die Abgeordnetenbezüge um ein Drittel zu kürzen. Von dir erwartet das niemand. Damit machst du Furore und Punkte bei der Bevölkerung. Und du bringst die Linken in Verlegenheit. Keine Sorge, es wird dafür nie eine Mehrheit geben. Aber du stehst glänzend da, Carletto.«

Romana streift einen Handschuh über und öffnet den Wandsafe. Seit der Hausdurchsuchung vor zwanzig Jahren fasst sie ihre geheimen Barreserven nicht mehr mit bloßen Fingern an. Sie nimmt Bündel mit Zwanzigern und Fünfzigern heraus und steckt sie in einen Briefumschlag. Das Klingeln wird nachdrücklicher, fast aufdringlich.

»Eines noch, bevor Alfieri kommt. Bei der Übernahme der ChimiCo darf nichts schiefgehen. Ich will eine Pressekonferenz zur Vertragsunterzeichnung. Mit dieser Scheißfabrik rette ich hundert Arbeitsplätze. Und jetzt öffne Alfieri, dem falschen Hund, aber lass ihn erst noch ein bisschen im Vorzimmer schmoren.«

Carletto schließt sorgfältig die Tür zum Büro der Senatorin, bevor er den Öffner drückt. Alfieris Schritte hallen schwer auf dem Parkett, die Jeans stecken in seinen Motorradstiefeln, unter der nietenbesetzten Lederjacke ein weißes T-Shirt mit dem Konterfei von Karl Marx und dem Schriftzug *Wirtschaft ist tot.* Seine Sonnenbrille steckt im dicken schulterlangen Haar, und rasiert hat er sich auch schon länger nicht mehr. Im Gegensatz zu den anderen Besuchern dieses Vormittags hat er sich nicht für die Senatorin herausgeputzt. Carletto begrüßt ihn mit lauem Händedruck.

»Sie müssen sich gedulden. Die Senatorin hat noch zu tun. Setzen Sie sich.«

»Wie sieht es mit der Baugenehmigung aus, Carletto? Du weißt, dass ich es leid bin, ständig verarscht zu werden. Da tut man Gutes, und dann wird man an allen Ecken ausgebremst. Wozu sitzt du eigentlich im Bauausschuss?«

»Ich werde sehen …«

»Einen Teufel wirst du sehen, wenn du die Sache nicht endlich durchsetzt. Die Journalisten sind ganz heiß auf ein paar Details, um die Bezüge des Brüderchens der großen Senatorin zu hinterfragen. Und jetzt richte deiner Schwester aus, dass ich kein Bittsteller bin. Ich habe nicht viel Zeit. Sie hat um diesen Termin gebeten.«

Carletto erhebt sich widerwillig, am liebsten würde er den Deutschen, wie er ihn nennt, rauswerfen. Doch Romana würde ihm die Hölle heißmachen.

»Wir haben uns lange nicht gesehen, mein lieber Alfieri. Wie geht es dem Salat und den Kartoffeln? Ich hoffe, Ihre Sklaven leisten gute Arbeit.«

Romana Castelli de Poltieri reicht ihm lächelnd die Hand und mustert ihn.

»Stellen Sie sich vor, ich zahle sogar Tariflohn, Senatrice. Das nächste Mal bring ich Ihnen eine Kiste Spinat mit.«

Sie führt ihn zu der Sitzgruppe und weist ihm den Platz auf dem breiten Sofa zu, während sie den am weitesten entfernten Sessel wählt, die Beine übereinanderschlägt und den grauen Rock übers Knie zieht.

»Ein Direktor Körber kommt vorbei, um die Vertragsdetails zu prüfen«, hebt sie sogleich an. »Er ist so etwas wie ein Gesandter der deutschen Regierung. Der Abschluss wird dann übrigens recht feierlich: Sie und der Vorstandsvorsitzende der MainChemie werden vor laufenden Kameras unterzeichnen. Vielleicht nicht gerade in zerrissenen Jeans und Lederjacke, mein Lieber. Die Medien sind vollständig vertreten.«

»Und Sie haben Angst um Ihr Bild in der Öffentlichkeit. Die Anzüge und Krawatten habe ich in Deutschland vergessen. Wie glauben Sie, bin ich wohl an der Frankfurter Börse aufgetreten?« Alfieri prustet vor Lachen. »Seit dem Tod meiner Mutter dachte ich, gäbe es niemanden mehr, der etwas an meinem Aufzug auszusetzen hat. Kommen Sie bitte zum Wesentlichen.«

Romana lässt sich nicht aus der Fassung bringen.

»Ich würde es begrüßen, wenn die Vertragsunterzeichnung nicht wie vorgesehen in der ChimiCo in Torviscosa, sondern hier vorgenommen würde, Alfieri.«

»Von mir aus, aber dafür hätte ein Anruf genügt. Es ist mir gleichgültig, dass Sie sich als Retterin der Arbeiterklasse feiern lassen wollen. Es heißt, Sie seien sogar einmal Sozialistin gewesen, als das noch modern war. Sie befinden sich immer auf der richtigen Seite. Nur sollten Sie für den Anlass das Parteibanner durch die Europafahne ersetzen. Für das Gespräch mit Körber brauchen Sie mich hoffentlich nicht. Die Bedingungen für die Übernahme der ChimiCo stehen fest. Das können Sie alleine.«

»Ich kann das nicht ohne Ihre Zustimmung regeln. Aber da Sie einverstanden sind, brauchen Sie sich nicht von Ihren Erbsen zu trennen.«

»Übrigens wird es bald einen Staatsakt am Sacrario von Redipuglia geben, mit den Regierungschefs von fünf Ländern. Sogar die deutsche Kanzlerin kommt.«

Ihr Blick verrät Überraschung. »Das ist doch noch gar nicht offiziell. Wie haben Sie davon erfahren?«

»Gute Verbindungen, Gnädigste. Ich saß lange im Wirtschaftsausschuss für den Finanzplatz Frankfurt. Soll ich dafür sorgen, dass Sie eingeladen werden?«

Zum ersten Mal seit Langem errötet Romana Castelli de Poltieri. Wie kann Alfieri annehmen, dass sie nicht auf der Gästeliste stünde oder nicht selbst dafür sorgen könnte? Und sogar ein Vieraugengespräch mit der Kanzlerin haben wird.

»Aber unter einer Bedingung«, fährt er fort. »Ich möchte, dass das Kommissariat in Grado verstärkt wird. Commissario

Zannier ist tüchtig, doch sie erhält zu wenig Unterstützung. Da könnte Ihr Wort vielleicht etwas bewirken. Allein um die Plakatierungen dieser Patria Nostra zu unterbinden, braucht sie mehr Leute. Dieser antieuropäische Mist schadet dem Tourismus.«

Valerio Alfieri ist auf den Beinen, bevor Romana Castelli de Poltieri sich gefangen hat. Sie hat sich beim Präfekten mehrfach dafür stark gemacht, das Kommissariat in Grado zu schließen. Es sei zu teuer, nur für ein paar Monate Badesaison eine Dienststelle zu unterhalten. Und nun setzt sich dieser unberechenbare Kerl für das Gegenteil ein. Weil er sich bisher demonstrativ aus der Politik raushielt, hat sein Wort durchaus Gewicht.

»Regeln Sie die Vertragssache. Halten Sie mich auf dem Laufenden. Und versuchen Sie nicht, noch einmal an den ausgehandelten Konditionen zu drehen. Meine Empfehlung, Verehrteste.«

Alfieri winkt ihr von der Tür zu, bevor er durch das Vorzimmer verschwindet. Nur den Hall seiner Stiefel vernimmt sie noch, bevor die Tür ins Schloss fällt.

Grado, Isola della Schiusa. Kommissariat.

»Die anderen haben Nunzio festgesetzt. Er sitzt drüben bei Refolo«, sagt Donadoni, als sie das Kommissariat betritt. Sein Gesichtsausdruck ist bekümmert. Er greift zaghaft nach einem Papier und wagt kaum, seine Vorgesetzte anzusehen.

»Was ist das? Was liegt noch an?«

»Eine Weisung der Questura. Sie wollen zwei Leute abziehen. Vorübergehend, heißt es. Wegen der Operation gegen die Schwarzarbeiter bei den Subunternehmern der Werft in Monfalcone.«

»Und, bist du bereit, Berto?« Xenia lässt sich nicht anmerken, dass die Meldung sie zum Rasen bringt. Zwei Leute von der unterbesetzten Dienststelle abzuziehen ist nichts anderes als Falsarigas Versuch, ihre Tätigkeit so weit zu unterminieren, dass sie am Ende als Niete und ohne Resultate dastehen soll.

»Ich geh hier nicht weg, Commissario«, trotzt Berto Donadoni, als kenne er ihre Antwort.

»Keine Sorge, hier geht keiner weg. Ich werde das klären. Ich brauche jeden Einzelnen von euch. Und du könntest dafür ab sofort mehr Einsatz zeigen.«

»Sie könnten uns auch mal loben, Commissario«, sagt der Dicke erleichtert.

»Gäbe es eine Generalschuld, dann gäbe es auch eine Absolution für alle.«

»Sie reden wie ein Priester. Wir sind hier aber nicht in der Kirche.«

»Deshalb nehme ich Nunzio jetzt die Beichte ab.«

»Da ist noch etwas, Commissario.« Donadoni wedelt mit einem Stapel Papier. »Das ist die Anrufliste von seinem Apparat. Die Kollegen haben das Mobiltelefon unter dem Autositz gefunden. Ich schätze, er hat es dort versteckt, damit man ihn in der Lagune nicht orten konnte. Ich hab die Namen hinter den Nummern herausgefunden und danebengeschrieben.«

Xenia reißt dem Beamten die Liste aus der Hand und verschwindet in ihrem Büro, öffnet alle Fenster und überfliegt die Seiten. Sie markiert einige der Nummern. An zwei Namen bleibt sie hängen. Damit kann sie arbeiten.

Lautlos öffnet sie die Tür zum Büro nebenan und legt den Finger an die Lippen, als Refolo ihr einen kurzen Blick zuwirft. Nunzio sitzt mit dem Rücken zu ihr und scheint sich an die Tischplatte zu klammern. Im Gegensatz zur Festnahme seines Vaters ohne Handschellen.

»Du hast die Bilder der Videokamera gesehen. Noch eindeutigere Beweise brauchen wir nicht. Ich frage dich noch einmal: Wo hast du dich versteckt, Nunzio?«

»Das habe ich dir schon gesagt. Ich war die ganze Zeit zu Hause.«

»Unsichtbar? Als Gespenst? Wahrscheinlich hast du im Raum geschwebt und dich halb totgelacht, als wir deine Bude auf den Kopf gestellt haben. Widerlich! Ein Saustall. Dass man die Bettwäsche nicht nur zu Weihnachten wechselt, hat dir deine Mama anscheinend nie gesagt. Du hast dich in der Lagune versteckt.«

Nunzio kneift die Lippen zusammen und ballt die Fäuste, bis die Sehnen auf seinem Handrücken hervortreten.

»Ich habe mich nur von euch mitnehmen lassen, um Anzeige wegen Diebstahl zu erstatten. Mein Auto ist weg. Ich will einen Anwalt. Das ist mein Recht.«

»Aber natürlich. Sobald du dem Staatsanwalt gegenübersitzt, bekommst du einen. Wir beide plaudern nur wie alte Bekannte.«

»Retten Sie Ihre Haut, Nunzio«, pfeift ihn Xenia aus dem Hintergrund an.

Nunzio erschrickt, als er völlig unerwartet die scharfe Stimme hört.

»Filmchen wie das von der Bank gibt es noch andere. Bis sie ausgewertet sind, landen Sie in der Zelle. Der Staatsanwalt ist sauer, dass Sie uns so einen Haufen Arbeit machen. Beim Urteil macht es sich bemerkbar, ob jemand kooperiert oder nicht. Wenn Sie uns helfen, kommen Sie mit einer Bewährungsstrafe davon. Wenn nicht, dann wird's ziemlich ungemütlich. Die Gefängnisse sind schrecklich überfüllt. Wer da noch reinmuss, bekommt höchstens eine Matratze auf dem Boden vor der Latrine und kann froh sein, wenn die anderen ihm nicht ins Maul scheißen. Inmitten der illegalen Ausländer mit ihren ansteckenden Krankheiten und den Gewaltausbrüchen. Diese

Leute sind traumatisiert, sie wachen in der Nacht schreiend aus ihren Albträumen auf und schlagen um sich. Das kann man ihnen nicht einmal zum Vorwurf machen, sind sie doch vor den Killern in ihrem Land geflohen. An Ihrer Stelle würde ich es mir überlegen. Wenn Sie aussagen, verraten wir Ihnen, wo Ihr Wagen ist.«

»Sie wissen, wo er steht?« Nunzio rutscht auf seinem Stuhl herum.

»Übrigens haben die drei Jungs, die du chauffiert hast, geschlossen gegen dich ausgesagt.« Refolo übernimmt wieder. »Du, Nunzio, seist der Drahtzieher, während die drei lediglich einen Streich gespielt hätten, weil es ihnen in Grado zu langweilig ist. Begreifst du, was das heißt? Es geht nicht nur um die Illegalen, sondern auch um den Vandalismus der Patria Nostra.«

»Im Gegenteil, ich war es, der denen einen Gefallen getan hat«, empört sich der Fischer. »Sie spendieren mir manchmal ein Glas Wein. Mehr nicht.« Stockend beginnt er auszupacken. »Ich hatte Angst vor euch, weil ihr meinen Vater festgenommen habt.«

»Also, wo hast du dich versteckt, Nunzio?«

»In der Lagune.« Erst nach geräuschvollem Räuspern schafft er es. »Auf Sant'Andrea.«

»Und was hat Valerio Alfieri mit Ihren Dummheiten zu tun? Er duldet niemanden, den er nicht eingeladen hat.«

»Ich helfe ihm bei der Fischzucht, wenn ich sonst nichts zu tun habe. Er ist großzügig. Und ich muss meine Schulden abtragen. Mehr nicht. Arbeit ist nichts Unehrenhaftes.«

Den anderen Namen von der Telefonliste spart sich die Kommissarin auf. Sie gibt Refolo ein Zeichen, ihr zu folgen. Im Flur weist sie ihn an, Nunzio nach seiner Aussage auf keinen Fall laufen zu lassen. Die Kollegen sollen seinen Wagen wieder dort parken, wo sie ihn abgeholt haben, damit man ihnen nicht auf die Schliche kommt, dass sie ihn ohne Durchsuchungsbefehl mitgenommen und durchsucht haben. Der Mann darf vorerst keine Gelegenheit bekommen, mit anderen zu reden. Sowohl Alfieri wie auch dem zweiten Anrufer können sie besser auf den Zahn fühlen, solange die glauben, Nunzio befände sich noch auf freiem Fuß.

Sie nimmt die Mappe mit den Vernehmungsprotokollen der drei Gehilfen Nunzios und geht in ihr Büro. Die Aussagen gleichen sich. Jetzt müssen sofort die Anträge zur Überwachung der beiden Telefone vorbereitet werden. Und dann braucht sie einen Termin bei ihrem Chef, der ausrasten wird, sobald er den zweiten Namen erfährt. Sie geht in ihr Büro und wählt die Nummer des Questore, sein Sekretär bestellt sie für 12 Uhr ein. Martina Liotta, die Kollegin von der Anti-Mafia-Sektion, schlägt ein gemeinsames Mittagessen vor. Der dritte Anruf gilt dem Staatsanwalt, dessen Einverständnis sie für die nächsten Schritte braucht. Luigi Percoraro meldet sich sofort.

»Wir haben die drei jungen Männer vernommen, die auf dem Überwachungsvideo der Bank zu erkennen sind, als sie den Supermarkt verlassen.« Xenia versucht sich an einer Zusammenfassung der Aussagen. »Alle drei erklären, Ausländer hätten in Italien nichts zu suchen, ausschließlich Deutschland und die EU seien an der prekären wirtschaftlichen Situation schuld, Italien wäre mit der Lira besser bedient, und alle Schuld liege bei der Gemeinschaftswährung. Banken und Konzerne machten alleine die Politik, und es brauche endlich einmal einen gewaltigen Ruck, der durch die Gesellschaft fahrt, wie damals, als Mussolini den Feudalismus zerschmettert habe. Ein Regime, wenn auch nur auf Zeit, brauche es endlich, das die Ordnung wiederherstelle. Verquastes Zeug, Geschichtsklitterung.«

»Deswegen haben Sie mich nicht angerufen, Commissario?«, unterbricht sie Percoraro.

»Auch den Einbruch in den Supermarkt haben sie gestanden, nachdem wir jedem Einzelnen die Aufnahmen gezeigt haben. Die Kerle blieben vollkommen locker. Sie rechnen offensichtlich damit, dass ihre Väter sie raushauen und für den Schadensersatz aufkommen werden. Aber sie bestehen geschlossen darauf, lediglich Nunzio einen Gefallen getan zu haben, der ihr Boot einmal nach einem Motorschaden vom offenen Meer in den Hafen zurückgeschleppt habe. Woher die Pamphlete kommen, wissen sie angeblich nicht. Auch mit den vorherigen Plakataktionen hätten sie nichts zu tun gehabt. Nunzio habe das Material mitgebracht. Und nur dieses eine Mal hätten sie geholfen.«

»Auf was warten Sie noch, Commissario? Verhaften Sie diesen Fischer«, befiehlt der Staatsanwalt.

»Haben wir bereits, Dottor Percoraro.«

»Längst überfällig, Commissario. Ich hatte bereits Zweifel.«

»Zweifel sollte Ihnen etwas anderes bereiten. Eine erste Analyse seines Mobiltelefons ergab zwei Namen, die zeitnah zu den Anschlägen angerufen wurden. Einmal Valerio Alfieri, der vor und nach der Ankunft der Flüchtlinge in Kontakt mit Nunzio stand. Nunzio behauptet, er habe sich bei ihm auf der Insel versteckt.«

»Schwer vorstellbar, dass ausgerechnet Alfieri Propaganda gegen Deutschland macht, wo er sogar die deutsche Staatsbürgerschaft hat. Aber wenn Sie sich sicher sind, stelle ich einen Durchsuchungsbefehl für Sant'Andrea aus. Auch wenn das Aufsehen erregen wird. Schicken Sie gleich jemanden von Ihren Leuten los, der ihn abholt.«

»Bei allem Respekt, aber das hat meines Erachtens keine Eile, Dottor Percoraro. Die Insel schwimmt nicht weg. Es geht mir um den zweiten Namen, der sowohl vor wie auch nach der Verwüstung im Supermarkt mit einem der drei Jungs telefonierte. Und komischerweise auch vor und nach allen anderen Aktionen der Patria Nostra. Und der wird wirklich Aufsehen erregen.«

»Nun spucken Sie's schon aus, Commissario.«

»Carletto Castelli de Poltieri, Herr Staatsanwalt. Der Bruder der Senatorin.«

Einen Augenblick lang herrscht absolute Stille am anderen Ende der Leitung. Dann vernimmt Xenia ein Räuspern.

»Das ist natürlich etwas völlig anderes.« Percoraros Stimme klingt zögerlich. Sie hört ihn noch einmal tief durchatmen. »Wenn Sie das lückenlos dokumentieren können, werden wir ihn natürlich überwachen. Ich warte auf Ihre Unterlagen.«

Gorizia, Piazza Cavour. Questura.

Xenia steckt die Beretta ins Halfter, gibt Inspektor Refolo Bescheid, dass sie sich heute schon zum zweiten Mal auf den Weg nach Gorizia macht und erst am Nachmittag zurückkommen wird.

In weniger als einer halben Stunde ist die Entfernung nur zu schaffen, wenn man alle Verkehrsregeln bricht und auf der Landstraße einen Schnitt von über hundert herausfährt. Wieder kommt sie am Sacrario di Redipuglia vorbei, wo die Regierungschefs gemeinsam die Friedenspfeife rauchen wollen, und dessen zweiundzwanzig monumentale Betonstufen, die sich den Hügel hinaufziehen, unter der gleißenden Sonne harte Schatten werfen. Der Schriftzug *PRESENTE* wiederholt sich in steinernen Lettern über die Mauern, als könnten die dort einzementierten Knochen der Gefallenen sich noch einmal zur Stelle melden. Ein Ritual der Mussolini-Milizen, mit dem man versucht hatte, das Fußvolk, das gnadenlos verheizt worden war, im Nachhinein als Märtyrer zu verklären.

Kurz vor Mittag parkt Kommissarin Xenia Ylenia Zannier den Scooter neben der Einfahrt zur Questura von Gorizia an der Piazza Cavour.

Heute rechnet Xenia nicht damit, dass jemand ihren Rat einholt oder gar nach ihrer Meinung fragt. Anstatt gleich die Treppen zum Büro von Questore Falsariga hinaufzueilen, dreht sie sich eine Zigarette und lässt den Blick über den gepflasterten Platz schweifen. Im dreisprachigen Gorizia ist Xenia zur Schule gegangen und hat hier das Abitur gemacht. Es ist der letzte Ort in Europa, wo der Grenzzaun gefallen war, der es nach dem Zweiten Weltkrieg geteilt hatte. Die tausend Jahre alte, schmucke Stadt hier in Italien, die neu errichtete sozialistische Mustersiedlung auf jugoslawischer Seite dort drüben. Eine hermetische Grenze durchschnitt Gärten, ganze Häuser und teilte sogar Gräber auf den Friedhöfen. Erst mit dem Beitritt Sloweniens zur Europäischen Union wurde sie mit großer Geste demontiert. Xenia drückt die Zigarette aus, atmet tief durch und steigt die Treppen hinauf.

»Der Chef ist beschäftigt.« Kühler Empfang. Kein Gruß, kein Augenzwinkern des uniformierten Sekretärs, erst recht keine Zeitangabe. Die Temperatur des Vorgesetzten lässt sich stets an der Stirn seines Vorzimmerdrachens messen.

Auf dem einzigen freien Stuhl liegen Zeitungen. Xenia bleibt stehen, aufrecht, mit verschränkten Armen. Laute Stimmen dringen durch die zweiflügelige Holztür vom Zentrum der Macht herüber. Der Sekretär schaut Xenia prüfend an, als versuche er zu erforschen, ob sie den Wortlaut vernehmen kann. Wenig später vernehmen sie den Knall einer zugeschlagenen Tür.

Der Uniformierte erhält einen Anruf, den er stumm entgegennimmt.

»Scheiterhaufen oder Guantanamo?«, fragt Xenia.

»Sie müssen rein.« Der Mann verzieht keine Miene.

Er erhebt sich widerwillig, um sie hineinzugeleiten, doch sie öffnet selbst. Bedeutende fünfzehn Meter sind es bis zum Schreibtisch von Questore Falsariga. Wortlose Distanz zu den Untertanen. Er ist allein und schaut nicht von seinen Papieren auf. Seine Gäste müssen den Saal durch den Seitenausgang verlassen haben. Xenia bleibt einen Meter vor seinem Schreibtisch stehen. Hinter dem Mann sind die Tricolore, die Fahne der EU und das Gonfanon von Gorizia aufgestellt.

»Zannier, ich weiß, was Sie von mir wollen.« Der Questore bequemt sich endlich aufzublicken. »Nichts zu machen. Unsere Aufgabe ist es, die Bürger zu schützen und die Einhaltung der Gesetze zu garantieren. Wir können die Dienststelle in Grado nicht überbesetzen, nur weil Sie unfähig sind.«

»Ich weiß, Sie werden es sich noch einmal überlegen, Questore.« Xenia lächelt süffisant. »Ich bin wegen einer anderen Sache hier. Es dreht sich um einen konkreten Verdacht. Alle Fakten führen zu einer Person mit politischem Hintergrund. Ich fürchte, dass sich auch das Ministerium dringend dafür interessieren wird.«

»Nicht einmal Ihre Verbindungen nach Rom werden meinen Entschluss ändern.« Noch ist Falsarigas Tonfall kalt. »Zwei Beamte werden nach Monfalcone versetzt.«

»Ich bin davon überzeugt, dass Sie im Vorfeld über die notwendigen Maßnahmen informiert sein möchten. Es geht darum, die Kontaktperson der Patria Nostra abzuhören und deren Bewegungsdaten und Anrufprofil im gesamten Zeitraum der Attacken zu erstellen und damit neuen Aktionen zuvorzukommen. Der Staatsanwalt ist damit einverstanden.«

»Das ist etwas anderes. Überfällig, dass Sie Resultate vorweisen. Heute haben sich die Hoteliersvereinigung und das Amt für Tourismus empört.« Die Stimme ihres Vorgesetzten zeugt von Erleichterung. »Haben Sie den Antrag richtig ausgestellt?«

Xenia legt ihm die Ausfertigungen vor. Falsariga führt den Kuli in die Unterschriftszeile, doch dann fällt sein Blick auf den Namen des Verdächtigen.

»Sehen Sie, man kann Ihnen nicht im Geringsten vertrauen. Sie können es einfach nicht lassen, Zannier. Glauben Sie wirklich, dass ich das unterzeichne?«

»Die Indizien lassen keinen anderen Schluss zu.«

»Sie ticken nicht ganz richtig, Zannier.« Der Questore läuft rot an. Er knallt seinen Kugelschreiber auf die Papiere, die Mine reißt ein Loch ins oberste Blatt. »Unterstellungen sind keine Beweise. Ihr Blick ist verstellt. Private Rachefeldzüge haben hier nichts zu suchen. Ich habe auch die Verantwortung, meine Untergebenen vor sich selbst zu schützen.«

»Als überqualifiziert haben Sie mich bezeichnet, Questore, und durch meine Erfahrung in Ermittlungen gegen das Organisierte Verbrechen als Störfaktor des sozialen Gefüges in Ihrem Amtsbezirk verleumdet. Als wimmle es hier vor Heiligen.«

»Was reden Sie da? Hüten Sie Ihre Zunge.«

»Ihr Brief vor zwei Jahren traf zeitgleich mit dem von Senatorin Castelli de Poltieri im Innenministerium ein. Die verwendete sehr unfreundliche Worte, um zu verhindern, dass ich die Leitung des Kommissariats in Grado bekam.«

»Unsinn, Zannier. Es ist einfach effizienter, wenn die Personalplanung vor Ort und nicht in der Hauptstadt geschieht.«

»›Unbeherrscht, unberechenbar und undiszipliniert‹, schrieb die Senatorin.«

»Womit sie nicht unrecht hat, Commissario.« Der Polizeipräsident erholt sich rasch von der Überraschung, dass Xenia über alles Bescheid weiß. »Nicht einmal die Schießübungen befolgen Sie wie angeordnet. Mit Ihren Zirkusnummern schüchtern Sie in verantwortungsloser Art Ihre Kollegen ein. Wer soll Ihnen vertrauen, Zannier?«

»Credere, obbedire, combattere. Blinder Gehorsam ersetzt das Denken.«

»Ihnen diese Stelle zu geben war ein Fehler«, brüllt Falsariga und erhebt sich wild fuchtelnd von seinem Sessel. »Wenn ich wegen Ihnen noch einmal Probleme mit dem Präfekten bekomme, werden Ihnen auch die Verbindungen ins Ministerium nicht helfen. Sie haben nicht einmal ein so kleines Kommissariat im Griff.«

»Mit Verlaub, Questore, ich habe fünf Eingaben gemacht, das Personal zu verstärken, auf die ich nicht die geringste Reaktion erhielt. Meine Leute sind bereits vor Beginn der Hochsaison am Rande ihrer Reserven. Wenn Sie das Gesuch abschmettern, zersetzt das die Moral. Auch der Staatsanwalt und der Untersuchungsrichter werden sich über Ihre Motive wundern. Ich werde es der Hoteliersvereinigung und dem Tourismusbüro gerne ausrichten.«

Der Mann scheint einem Infarkt nahe zu sein, seine Hand zittert, sein Mund steht halb offen, sein Gesicht ist eher violett als dunkelrot. Wenn er nicht bald Luft holt, denkt Xenia, wird sie ihn wiederbeleben müssen. Aber bitte ohne Mund-zu-Mund-Beatmung.

»Zannier, sparen Sie sich Ihre Frechheiten.« Zaghaft greift er nach seinem Kuli, und noch zögerlicher setzt er seine Unterschrift auf das Blatt. »Verschwinden Sie, Zannier. Abtreten. Sofort!«, wieder brüllt er wie am Spieß.

Xenia macht auf den Hacken kehrt und geht im Exerzierschritt zur Tür.

»Zannier«, brüllt der Questore.

Kehrtwendung. Rechte Hand an der Schläfe. Salut.

»Versuchen Sie, sich über mich lustig zu machen?«

»Ganz im Gegenteil, Dottore. Ich gehe davon aus, dass in Grado kein Personal abgezogen wird.«

»Nehmen Sie gefälligst die andere Tür.«

Grado, Isola della Schiusa. Kommissariat.

Das offene Gespräch während des Mittagessens mit Martina Liotta hatte sie bestärkt, keine übertriebene Rücksicht mehr zu nehmen. Weder auf die Befindlichkeiten Verdächtiger oder gar Zeugen noch auf deren Stellung. Martina und Xenia kennen sich seit ihrer Zeit als Berufsanfängerinnen tief im Süden des Landes, und beide sind erst seit Kurzem im Nordosten im Einsatz.

»Verdammt, Xenia, wenn du wüsstest, wie man im Polizeipräsidium über dich herzieht, hättest du keine Skrupel mehr. Das reinste Mobbing. Du hast zwar einen Ruf als Superbulle, aber die Leute tendieren dazu, alles zu demontieren, was sie überragt. Irgendjemand hat dir sogar den Spitznamen ›Rambo‹ verpasst«, erklärte Martina in unüberhörbarem sizilianischem Tonfall, nachdem sie in einer nahe gelegenen Trattoria ihr Essen bestellt hatten und die sympathische junge Wirtin Wein und Wasser serviert hatte.

»Nicht schlecht, aber dann müssten eigentlich sie auf der Hut sein«, lachte Xenia.

»Erstens bist du eine Frau, und diese Typen sind dumm genug, dich auf die Probe zu stellen. Und zweitens wäre es anders, wenn du dein Büro in der Zentrale hättest. Dann könnte sich jeder sein eigenes Bild machen, anstatt das Geschwätz der anderen nachzuplappern.«

»Ich kann unmöglich jeden Tag fünfzig Kilometer hin- und zurückfahren.«

»Als würde das etwas nützen, wenn der oberste Chef bei jeder Gelegenheit über dich herzieht. Vergiss nicht, Falsariga hatte deine Stelle schon jemand anderem versprochen, doch dann kam die Weisung aus Rom. Du hast nichts zu verlieren und stehst ohnehin unter Beschuss. Und außer mir hast du kaum Verbündete in der Questura«, erklärte Martina.

»Aber verlass dich drauf, dass ich dich warne, wenn es nötig ist.«

»Ich bleibe nicht für immer in Grado. Sobald ich mein Ziel erreicht habe, bekomme ich neue Weisungen.«

»Hört sich nach einer verdeckten Mission an.«

»Das wäre stark übertrieben, aber du kennst das ja selber. Es gibt Personen, an die man anders nicht rankommt. Noch stehe ich mit den Ermittlungen am Anfang, und ich kann dir nicht viel mehr verraten, als dass die Sache eine verdammt große, grenzüberschreitende Dimension annimmt.«

»Du musst networken, Xenia. Das habe ich dir schon am Telefon gesagt.«

»Ich bin schon dabei. Es kann sein, dass ich bald deine Unterstützung brauche.«

»Du kannst auf mich zählen.«

Sie warteten, bis die Wirtin das Essen serviert hatte und sie wieder alleine waren.

»Wir haben uns wirklich lange nicht gesehen. Lass uns nicht nur vom Job reden.«

»Lebst du eigentlich allein?« Martina lachte bei ihrer Frage. »Irgendjemand hat verzapft, dass du einen deutschen Freund hättest, der arbeitslos sei. Das ist fast noch schlimmer als dein Ruf als Killer.«

Auf der Rückfahrt ist Xenia drauf und dran, schon im Ortsteil Pineta nach Hause abzubiegen und mit dem Boot abzulegen, um mit weitem Blick übers Meer in aller Ruhe über das weitere Vorgehen nachzudenken. Dann aber entscheidet sie sich doch fürs Büro. Sie muss Živa Ravno über die EARLY SUN informieren, die vermutlich längst im Hafen von Rijeka eingelaufen ist.

Schon von Weitem hört sie den Lärm von Valerio Alfieris Harley. Ungewöhnlich, dass er am Nachmittag in der Stadt ist.

Sie wartet, bis er in den Hof fährt und das Motorrad endlich verstummt.

»Ich muss mit Ihnen reden, Alfieri«, sagt sie, noch bevor er abgestiegen ist.

»Morgen, Commissario. Heute muss ich den Arbeitern auf Sant'Andrea Anweisungen geben. Sonne und Wasser, man kann den Pflanzen beim Wachsen zusehen.«

»Das Gemüse wächst auch ohne Sie. Ich brauche Sie jetzt, und zwar offiziell. In meinem Büro.«

Er hört unschwer heraus, dass es ihr ernst ist. Er grüßt die diensthabenden Beamten beim Eintreten, die ebenso überrascht wirken, als sie ihn im Gefolge der Chefin sehen, die wortlos die Tür zu ihrem Büro schließt.

»Auf Strafvereitelung durch Verbergen des Straftäters stehen vier Jahre Haft.«

»Was Sie nicht sagen, Commissario.« Alfieri lächelt.

»Nunzio Tognon hat sich nach eigener Aussage auf Sant'Andrea versteckt, nachdem er mit drei Jungs aus besten Kreisen im Supermarkt randaliert und Plakate der Patria Nostra angeklebt hat.«

»Nunzio?« Jetzt lacht Alfieri. »Der ist doch selbst zum Onanieren zu blöde. Wenn überhaupt, dann hat er das im Auftrag von jemand anderem getan.«

»Wer sagt, dass nicht Sie das waren? Er hat sich bei Ihnen versteckt, Alfieri.« Xenias Ton ist eisig. Von den Telefonaten sagt sie nichts.

»Ich weiß, es gehört zu Ihrem Beruf, niemandem zu trauen und alles für möglich zu halten und zu untersuchen, Commissario. Aber es ist nicht das erste Mal, dass er auf Sant'Andrea übernachtet. Nicht bei den Arbeitern, sondern auf seinem Boot am Anleger. Er kümmert sich alle paar Tage um meine Fischzucht. Damit hat er mehr zu tun und verdient auch mehr, als wenn er mit seinem Vater aufs offene Meer hinausfährt und nie weiß, wie viel er fängt. Das Einzige, was Sie mir anhängen können, ist, dass ich ihn teilweise schwarz bezahle. Nur ihn übrigens, die anderen sind alle offiziell gemeldet. Sie können sich selbst denken, dass er davon nichts wissen will. Und noch was: Ja, die letzten Nächte verbrachte er wirklich auf der Insel, aber ich weiß nicht einmal, was er isst. Es gab nach den Stürmen der letzten Wochen einiges an den Bassins zu reparieren. Sie können sich gar nicht vorstellen, wie viele Zentner Doraden entkommen sind und jetzt beseelten Hobbyfischern an den Haken gehen.«

»Ich nehme Ihre Aussage zur Kenntnis, Alfieri. Wir werden sie noch offiziell aufnehmen. Sie können gehen.« Xenia dreht sich zu ihrem Schreibtisch und überfliegt die Post.

Alfieri zögert kurz. In der Tür dreht er sich noch einmal um.

»Gemüse, Commissario. Sie müssen Gemüse essen. Wer gestresst ist, braucht Vitamine.«

Grado Pineta, Via delle Pleiadi.

Xenia ballt die Fäuste. Zuerst die Peinlichkeit mit den Blumen im Büro und dann das: Ein riesiger Strauß langstieliger roter Rosen nimmt fast die Hälfte des wackligen Esstischs im Garten ein. Daneben hat Arne für das Abendessen gedeckt.

»Schon wieder Rosen? Du spinnst, Arne. Hast du deine Eltern angepumpt oder sie auf dem Friedhof geklaut?«

Arne tut das einzig Richtige, wenn seine Freundin in Rage ist: Er schweigt. Aus den offenen Fenstern der Küche hört sie das Geschirr klappern. Der Tisch ist feierlicher gedeckt, als es ihre Mittel zulassen. Selbst den Rasen hat er gemäht. Eine goldene Eins glitzert im Kerzenschein inmitten der Blumen. Sie zieht sich kopfschüttelnd um und geht in die Ecke, in der ihre Trainingspuppe verankert ist. Ein Schreiner hat das Ding nach

Xenias Anweisungen gebaut und nicht über ihre Modifikationswünsche geklagt. Er hatte in ihrer Schuld gestanden, weil sie bei einer Kontrolle auf den Alkoholtest verzichtete und ihn zu Fuß nach Hause schickte.

Xenia beginnt mit Dehnübungen, um sich aufzuwärmen, und geht fast nahtlos dazu über, das leicht federnde Holzgestell mit schnellen, nicht endenden Schlagfolgen und Tritten zu bearbeiten. Es dauert, bis sie den Alltag abschüttelt und nicht mehr an den Mord an Becker denkt und an den Killer. Hatte auch er mit Mirković zu tun gehabt? Oder mit der Senatorin, oder mit beiden? Erst allmählich kann sie die Konzentration ausschließlich auf sich lenken. Dann werden ihre Bewegungen endlich so rund, dass sie sich keine Schmerzen mehr zuzieht und das Tempo erhöht, bis sie sich irgendwann schweißüberströmt ins feuchte Gras sinken lässt.

Arne muss sie vom Küchenfenster aus beobachtet haben. Er rast freudestrahlend und mit einer Flasche eisgekühltem Prosecco auf sie zu. Drei Jahre jünger, blond und blauäugig, schlank. Seine blasse Haut hat zu viel Sonne abbekommen.

»Herzlichen Glückwunsch zum Einjährigen, amore mio«, ruft er und entkorkt die Flasche.

»Muss ich mir Sorgen über deinen Geisteszustand machen? Hat jemand Geburtstag?« Xenia ist entsetzt. Eingesperrt in einem Schraubstock der Gefühle.

»Na wir, mein Engel. Heute ist es auf den Tag genau ein Jahr, dass wir zusammen sind. Das ist doch ein Grund zu feiern.«

»Mir ist nicht nach feiern zumute. Was hast du gekocht?« Xenia lächelt verlegen. Schon seinen Geburtstag hatte sie vergessen.

»Eines deiner Lieblingsgerichte. Lass dich überraschen.« Er streicht sich die Haare aus der Stirn. »Aber es braucht noch ein Weilchen.« Arne wirft sich neben sie ins Gras und zieht sie eng an sich heran. »Wie wär's so lange mit einem Appetizer, Süße?«

»Köstlich, danke! Hast du eigentlich Beckers Unterlagen durchgesehen?«, fragt Xenia und wirft die letzten Gräten des Steinbutts auf den Teller, den ihr Freund einem Fischer an der Mole abgeluchst hatte. »Und weißt du, wie man die ins Netz stellen kann?«

»Eine erste Ankündigung ist bereits drin.«

»Bist du wahnsinnig?«

»Ganz im Gegenteil. Man muss das aufbauen.«

»Dann können wir ja jetzt darauf warten, dass wir Besuch bekommen. Die IP-Adresse haben die schnell raus. Was glaubst du, weshalb Jordan mir die Unterlagen zukommen ließ? Um genau das zu vermeiden. Und ich habe noch gar nicht alle Zusammenhänge ermittelt.«

»Reg dich ab, Xenia. Es kann nichts passieren. Ich bin extra über die Grenze nach Koper gefahren und habe mich in der Universitätsbibliothek an einen Computer gesetzt. Ich habe einen Hushmail-Account angemeldet und als Nickname ›Borderless‹ gewählt. Passt wie die Faust in den Suppenteller nach dem, was ich aus Beckers Recherchen gelesen habe. Ich habe erste Andeutungen an ein paar ausgewählte Journalisten geschickt. Mal sehen, wer antwortet.«

Xenia ist verblüfft. »Und woher weißt du das alles?«

Arne benutzt den Computer zu Hause nur, um Mails an Freunde zu verschicken, seine Eltern anzubetteln oder Stellenanzeigen zu lesen.

»Ein alter Schulfreund aus Dortmund hat es mir erklärt. Ich sagte, ich schreibe an einem Kriminalroman. Es ist ganz einfach, wenn man die Struktur erst mal begriffen hat. Man benutzt ein Verschlüsselungsprogramm namens PNP, das heißt Pretty Nice Privacy, und bittet den anderen darum, einen öffentlichen Schlüssel zu schicken. Da hängt man sich dann mit einem privaten Schlüssel dran. Und zack, läuft es schon.«

»Ich verstehe kein Wort.«

»Macht nichts. Es funktioniert und ist sicher, solange ich das auswärts mache. Internetcafés, Bibliotheken und so.«

»Und was hast du verschickt?«

»Die beiden Fotos deiner Freundin. Das von Becker mit den Waffen am Grenzübergang nach Slowenien, und das vor der Hofburg aus der Zeitung, wo es um den neuen Generalsekretär der OSZE geht. Samt Beckers Text über die Aufnahme und dem Kontoauszug der Senatorin bei der MEC Bank.«

»An wen?«

»Es gibt da ein Netzwerk von Journalisten aus verschiedenen Ländern, die gemeinsam Hintergrundrecherchen betreiben. Deutschland, Italien, Frankreich, Spanien, England, Polen.«

»Hoffentlich geht das gut«, sagt Xenia auf Deutsch.

»Das nächste Mal muss ich mir einen anderen Computer suchen. Sie dürfen nicht in die Lage kommen, auf die Position des Absenders zu schließen. Vielleicht Nova Gorica, Hauptsache auf der anderen Seite der Grenze. Oder ein Internetcafé in Piran. Auch nach Venedig ist es nicht weit. Dort rennen sowieso zu viele Leute rum.«

5

Rijeka, Hafen.

Ein feiner Silberstreif hebt sich im Osten zaghaft über die Bergkette, die zur Adria abfällt. Unten an der Kvarner Bucht kündigt sich der Tag noch nicht an. Die Stadt schläft, und die Beleuchtung der Uferstraße ist spärlich. Weit draußen auf dem schwarzen Wasser blinken die Positionslichter der Fischkutter, sie werden die Mole kaum vor 5 Uhr erreichen. An der Hafenanlage lassen sich die Ladekräne am Kai nur dank der wenigen Lampen erraten, die an der Brücke des Frachtschiffs eingeschaltet sind. In der frischen Brise zeichnen leichte weiße Schaumkronen ein feines Muster auf das nächtliche Meer. Die panamaische Flagge flattert über dem dunklen Bug, von dem sich in großen weißen Lettern der Name EARLY SUN abhebt. Das schwere Tor zum Hafen ist heute hermetisch verschlossen, die weiterführende Umzäunung repariert und unüberwindbar. Die blonde Frau in schwarzen Jeans und Lederjacke ist der einzige Mensch an der Riva. Zu dieser Uhrzeit lassen sich noch nicht einmal die Möwen und Katzen blicken, die später am Anleger auf Leckerbissen warten werden, die den Fischern beim Entladen runterfallen. Bei jedem Schritt wippt Clarissas Pferdeschwanz. Sie schlägt den Kragen der kurzen Lederjacke hoch. Dann nimmt sie den schweren Fotoapparat wieder hoch und schlendert ziellos weiter. Sie setzt sich auf einen rostigen Poller und steckt sich eine Parliament Night Blue an. Zu dieser Stunde ist nicht einmal ein Kaffee zu bekommen. Auch die Marktstände werden erst viel später geöffnet. Sie erinnert sich nicht an den Fortgang des Abends mit Miloš, der sich gleich als sie eingeschlafen war in sein eigenes Zimmer zurückgezogen hatte, als fürchte er sich vor dem gemeinsamen Aufwachen am nächsten Morgen.

Clarissa wirft einen Blick über die Schulter, als sie in der Ferne Motorenlärm vernimmt, der nicht vom Meer kommt. Die Uferstraße ist noch leer, und doch schwillt das Geräusch stetig an. Sie tritt langsam ein paar Meter zurück und verschanzt sich hinter einem Müllcontainer. Eine Angewohnheit aus der Zeit, als sie ganz andere Reportagen machte, bei denen es besser war, aus der Deckung heraus zu arbeiten. Endlich werden die dunklen Umrisse einer langen Kolonne unbeleuchteter, schwerer Militärlastwagen sichtbar, die sich in niedrigem Tempo nähern. Der Kai vibriert unter ihrem Gewicht, ein langes, konstantes Beben. Allmählich werden in wenigen Etagen der Palazzi gegenüber ein paar Lichter angeschaltet. Clarissa zählt dreiundzwanzig Sattelschlepper, jeder mit einem in Tarnfarben lackierten Container beladen.

»Was soll diese Heimlichtuerei? Die sind doch längst Teil der Europäischen Union und nicht mehr im Krieg«, murmelt sie zu sich selbst, als könnte der Klang ihrer eigenen Stimme die gespenstische Situation klären. Nie wieder Krieg, hatte sie sich damals geschworen. Vor sechzehn Jahren hatte sie in Belgrad noch dokumentiert, wie die NATO angeblich versehentlich die chinesische Botschaft bombardierte, in der die jugoslawische Funkzentrale untergebracht war. Wenig später hängte sie den Job als Kriegsreporterin an den Nagel. Seither widmete sie sich nur noch Sonnenuntergängen und anderen romantischen Reiseträumen. Auch wenn sie damit weniger verdient, weil die Bilder unspektakulär und schnell vergessen sind.

Noch reicht das Licht nicht für ein sauberes Foto. Die Fahrzeuge bewegen sich kaum schneller als Schritttempo. Dieses Mal nehmen sie nicht die Haupteinfahrt zum Hafen. Erst am Kanal gegenüber den zerfallenden Hallen der ExportDrvo öffnet ein Mann das schwere Stahltor einer Nebeneinfahrt. Eine dunkle Limousine wartet, bis der letzte Sattelschlepper es passiert hat. Er versetzt dem Tor einen Tritt und steigt in den Wagen, noch bevor es ins Schloss fällt.

Den Schreck von gestern Morgen und Miloš' Mahnungen scheint sie vergessen zu haben. Clarissa schlüpft durch das Tor, bevor es sich schließt. Das Schild mit den Sternen der Europäischen Union bietet ihr Schutz. Sie zückt die Kamera, hält den Atem an und stellt den Zoom scharf. Zwei weitere Limousinen stehen auf dem schwach beleuchteten Kai vor dem Rumpf der EARLY SUN. Drei Männer stehen gestikulierend daneben. Gebückt läuft sie zu dem Haufen Stahlschrott, der neben den Gleisen eines Ladekrans lagert. Nur noch zwei Schritte fehlen ihr, als sich einer der Männer umdreht und in ihre Richtung schaut. Sie duckt sich und atmet tief durch. Doch wieder Krieg?, fragt sie sich. Vorsichtig hebt sie ihren blonden Schopf über den Schrotthaufen und löst die Kamera aus, kontrolliert die Bilder im Display. Von hier ist die Sicht auf das Geschehen besser, die Aufnahmen sind schärfer.

Ein Ladekran rollt auf Schienen zum vordersten Lkw und hebt den ersten Container an. Während der Sattelschlepper anfährt, folgen die drei Männer von letzter Nacht im Scheinwerferlicht der Fahrzeuge der Verladung. Der zweite Container schwebt zur EARLY SUN hinüber. Die Bilder werden besser, das Licht der aufgehenden Sonne gewinnt rasch an Stärke. Bald wird sie sich über die Bergrücken heben, so lange darf Clarissa nicht warten. Nur noch ein paar Aufnahmen. Ein heftiger Windstoß fegt über das Gelände und löst ihr Haar, die Strähnen flattern ihr ins Gesicht.

Der ausgestreckte Arm des Hünen zeigt in Richtung des Schrotthaufens, hinter dem sie sich versteckt. Panisch sieht sich Clarissa nach einem Fluchtweg um. Ihr Puls rast. Es ist weit bis zum Tor. Sie spurtet los. Die Kamera schwenkt in ihrer Hand auf dem Weg zum dunklen Stahltor. Mit einem Blick über die Schulter sieht sie Männer in die beiden Limousinen springen. Sie wird das Tor nicht erreichen. Als die beiden Fahrzeuge sie am Schild einkeilen, bleibt sie keuchend stehen. Die Insassen kann sie durch die getönten Scheiben nicht erkennen, sie macht panisch kehrt, einer der Fahrer setzt sofort zurück und blockiert ihr den Weg. Das andere Auto fährt nach vorne, als sie noch einmal die Richtung wechselt.

»Was wollen Sie?«, ruft Clarissa und wedelt mit dem Presseausweis. »Ich suche doch nur die Fischer. Pressefreiheit! Europa!«

Ihr Blick flackert unstet, als das Fenster eines der Wagen heruntergelassen wird. Gegen die starke Hand, die ihr die Kamera brutal entwindet, hat sie keine Chance. Wütend fährt sie herum, ihr Gesicht verzerrt sich vor Angst, als sie in die Mündung einer Waffe blickt, doch ihrem weit aufgerissenen Mund entfährt kein Schrei.

»I warned you«, sagt der Mann im Fond der Limousine. »I told you before.«

Der Lauf einer Pistole riecht herb, süß und leicht metallisch nach einem Schuss. Zweimal zieht sie ungläubig die Luft ein.

Nova Gorica. Universität.

Xenia beschleunigt und rast bei wenig Verkehr über das flache Land mit den sich weit hinziehenden Feldern. An einem Kreisverkehr biegt sie zur Autobahn ab.

Bis Mitternacht hatten Arne und sie das Material aus Beckers Recherche aufbereitet und ausgewählte Dokumente auf einen Speicherstick geladen, die Xenia von einem Computer der Universitätsbibliothek in Nova Gorica an die Mailadressen verschicken soll, die Arne ihr nannte. Ganz unabhängig davon, ob sich einer der Journalisten des internationalen Netzwerks, die er gestern mit ersten Andeutungen versorgt hatte, gemeldet hat. Das Zeug muss raus, Becker hätte es so gewollt, und niemand durfte im Vorfeld die Gelegenheit haben, die Anschuldigungen zu zerstreuen. Die Meldung über seine Ermordung hatte über Österreich hinaus auch ihren Weg in die ausländischen Medien gefunden.

Seit ihrem Politologiestudium an der Polizeihochschule in Padua hat Xenia keinen Campus mehr betreten. Frei zugängliche Computer mit Internetzugang gab es damals ebenso wenig wie eine Universität in Nova Gorica, wo sie nach halbstündiger Fahrt eintrifft.

Sie ist früh dran, gleich mehrere Computerplätze sind frei. Sie verbindet den Speicherstick und loggt sich mit dem Nickname »Borderless« in den Account ein. Erstaunt nimmt sie zur Kenntnis, dass gleich zwei Antworten im Posteingang warten. Beide stammen vom gleichen Journalisten einer Münchener Tageszeitung aus dem internationalen Recherchenetzwerk auf Arnes Liste. Die erste wurde gestern um 19 Uhr verschickt, die zweite um 3 Uhr heute Morgen. Beide bekunden sein Interesse, doch nimmt nur die erste Mail Bezug auf die gestrigen Andeutungen. Bei genauerem Hinsehen unterscheidet sich die zweite Antwort in einer Kleinigkeit beim Absender. Bei der auf Arnes Zettel endet die Domain auf ».de«, die zweite endet mit ».bayern«. Und der Absender behauptet, ein alter Freund und Kollege von Jordan S. Becker zu sein, während der erste auf Erklärungen verzichtet. Xenia vergleicht sie sorgfältig mit Arnes Notizen. Das Material schickt sie nur an die erste Adresse sowie an die anderen aus dem Rechercheverbund. Auf eine Verschlüsselung verzichtet Xenia. Der zweiten antwortet sie knapp: »Woher wissen Sie von mir?«, macht ein Foto vom Bildschirm und loggt sich aus. Mit einem Feuchtigkeitstuch wischt sie ihre Fingerabdrücke von Tastatur und Maus. Vierzig Minuten hat sie in der Universität verbracht, als sie den USB-Stick abzieht und zu ihrem Scooter zurückgeht. Am Eingang des Gebäudes wird sie aufgehalten.

»Willst du dich einschreiben, Xenia?« Ein kräftiger Mann ihres Alters mit rotem Gesicht. Seinen Händen nach zu urteilen ist er körperliche Arbeit gewohnt.

Xenia erkennt ihn sofort. »Andrej?«

»Lange her. Ich glaube, wir haben uns das letzte Mal bei der Abifeier gesehen«, sagt ihr ehemaliger Mitschüler. Er war einer derjenigen gewesen, die sie einmal in den Wandschrank gesperrt hatten. »Irgendjemand hat mir erst vor Kurzem erzählt, du hättest in Rom Karriere gemacht.«

»Ich bin jetzt in Grado. Es ist herrlich langweilig dort. Studierst du etwa immer noch?«

»Quatsch, ich leite die Fakultät für Weinbau und Önologie. Was machst du hier?«

»Ich habe etwas in eurer Bibliothek nachgeschlagen.«

Während sie ihre Adressen austauschen, stoppt ein weißer Škoda-Kombi mit Kennzeichen aus Ljubljana vor dem Haupteingang. Zivilpolizisten erkennt sie von Weitem, sie macht einen halben Schritt zur Seite und sucht Sichtschutz hinter Andrej. Zwei Männer verschwinden eilig im Gebäude. Wenn ihre Befürchtung zutrifft, liest irgendein Geheimdienst die an den Journalisten gerichtete Post mit. Die Sache schlägt viel früher als geahnt verdammt hohe Wellen. Xenia verabschiedet sich eilig und jagt den Scooter zurück über die Grenze.

Kaum im Kommissariat angekommen, findet sie eine Kiste mit verschiedensten Gemüsen auf ihrem Schreibtisch. Ein Blatt mit einem Auszug eines schlaumeierischen Internetratgebers liegt bei. Gestern Rosen von Arne, heute Vitamine von Alfieri. Sie schüttelt den Kopf, freikaufen kann er sich damit nicht.

Sie wählt Bonannis Nummer. Den Stimmen im Hintergrund nach erwischt sie ihn in einer Konferenz. Im Telegrammstil umreißt sie ihre Beobachtungen, er verspricht mit leiser Stimme, sich informell bei einem befreundeten Kollegen des Auslandsgeheimdienstes zu informieren, ob entsprechende Instruktionen auch in Italien vorliegen.

Das nächste Telefonat gilt der kroatischen Generalstaatsanwältin. Xenia erzählt von dem ermordeten Attentäter von Salzburg mit dem kroatischen Motorrad. Živa Ravno sagt lediglich, dass sie davon gehört habe. Xenia deutet die Wortkargheit richtig und und bedient sich des Codes, den sie vereinbart hatten für den Fall, sich besprechen zu müssen. Živa Ravno sagt, sie müsse schon am Nachmittag wieder in ihrem Büro in Zagreb sein, und schlägt einen Treffpunkt auf halbem Weg zwischen Novigrad und Grado vor, nennt aber keinen Ort. Xenia bestätigt.

Als sie die Tagespost durchblättert, sieht sie Andrejs Nummer auf dem Display.

»Weshalb warst du eigentlich bei uns an der Universität, Xenia?«, fragt er ernst. »Kaum warst du weggefahren, fragten mich die beiden Typen mit dem weißen Skoda nach dir. Ich fresse einen Besen, wenn das keine Bullen waren.«

»Und was hast du ihnen gesagt?«

»Dass ich dich nicht kennen würde und du nach dem Weg nach Kobarid gefragt hättest. Sie sahen zwar nicht so aus, als hätten sie es mir geglaubt, sind dann aber trotzdem weggefahren.«

Rijeka, Korzo. Bed & Breakfast.

Miloš wird zur Unzeit durch lautes Getrampel und Gezeter auf dem Flur unsanft aus dem Schlaf gerissen. Benommen tastet er nach seiner Armbanduhr, es ist noch nicht einmal 6 Uhr. Der Krach macht ihn wütend. Eine Männerstimme schnauzt unflätig die Vermieterin an, man könne die Tür auch eintreten, wenn sie nicht freiwillig öffne. Dann folgen grobe, knappe Befehle und Gepolter aus dem Zimmer nebenan. Clarissas Zimmer. Miloš springt aus dem Bett, zieht Jeans und T-Shirt über und reißt die Tür auf. Die Vermieterin steht mit wirrem Haar und aschfahlem Gesicht auf dem orangefarbenen Kunststoffboden vor ihm. Ängstlich starrt sie auf die angelehnte Tür. Miloš stößt sie unwirsch zur Seite und tritt entschieden ein. Statt Clarissa sieht er drei bewaffnete Uniformierte in dunkelblauen Kampfanzügen, auf deren Rücken in großen weißen Lettern *Policija* steht. Sie packen die Fotoausrüstung zusammen und stopfen den Laptop in Clarissas Reisetasche, während ein Mann in Zivil die Unterlagen auf dem kleinen Schreibtisch durchwühlt. Die Lampe liegt zertreten auf dem Fußboden.

»Was tun Sie da?«, ruft Miloš empört. »Lassen Sie das sofort. Wer sind Sie?«

Die Uniformierten schenken ihm keine Beachtung. Ein Zivilbeamter baut sich vor ihm auf. Ein hochgewachsener, magerer Typ mit dickem Schnauzbart, der sein Hemd über den Jeans trägt. Die Waffe am Gürtel zeichnet sich unter dem Stoff ab. Er überragt selbst Miloš um einen Kopf, ist aber deutlich jünger.

»Interventna policija. Zapovjednik odjeljenja. Pokažite mi vašu putovnicu.« Akzentuierter, militärischer Tonfall, gefurchte Stirn, unbarmherziger Blick, die Hand an der Waffe.

»Weisen Sie sich aus. Wer sagt mir, dass Sie nicht lügen?«, blafft Miloš zurück, als beeindrucke ihn die geballte Staatsgewalt nicht.

Zwei der Männer im Kampfanzug richten sich auf und schauen amüsiert herüber. Der Zivilbeamte zieht eine Dienstmarke aus der Brusttasche seines Hemds. Milan Rakić heißt er, so viel kann Miloš gerade erkennen, bevor der Mann das Etui flugs wieder zuklappt.

»Schluss mit den Witzen. Entweder Sie weisen sich aus, oder ich nehme Sie fest.«

Sein Tonfall lässt keinen Verhandlungsspielraum zu. Miloš' Fäuste öffnen sich.

»Mein Ausweis ist drüben. Was tun Sie hier?«

Wortlos weist der Hüne auf die Wand, hinter der sein Zimmer liegt, stumm wendet Miloš sich um. Diese Kerle kennt er gut, militärischer Drill, keine Skrupel, keine Kompromisse. Im Krieg hatte er genug mit ihnen zu tun gehabt. Rakić folgt ihm dichtauf, bei einem Fluchtversuch bekäme er ihn mit ausgestrecktem Arm zu fassen. Während Miloš nach dem Ausweis sucht, sieht der Bulle sich ungeniert um, stöbert sogar in seinen Unterlagen auf der Kommode.

»Ab jetzt stelle ich die Fragen, verstanden? Und Sie antworten.« Er wirft einen Blick auf den Ausweis und steckt ihn ein.

»Wo ist Frau Waisz? Was ist passiert?«

»Kennen Sie die Frau?« Rakić ignoriert seine Gegenfragen.

»Ich bin ihr Übersetzer, ich will mit ihr sprechen.«

»Haben Sie Unterlagen oder Gegenstände aus ihrem Besitz?«

Miloš schüttelt den Kopf. »Nein. Frau Waisz arbeitet an einer Reisereportage über die kroatische Küste. Für ein deutsches Magazin. Wo ist sie?«

Er denkt weder an den Autoschlüssel noch an die Speicherkarte, die sie ihm am Markt in die Hand gedrückt hatte, und sperrt sich, ein weiteres Wort zu sagen.

»Wozu braucht eine Fotografin einen Übersetzer?«, knurrt Rakić.

»Sie ist eine berühmte Journalistin«, lügt Miloš. »Rechnen Sie mit heftigen Protesten aus Deutschland, falls ihr etwas passiert. Wo ist sie?«

Einer der Uniformierten steckt den Kopf zur Tür herein und meldet, dass alles eingepackt sei. Der Vorgesetzte weist an, im Revier auf ihn zu warten.

»Kommen Sie mit«, befiehlt er.

»Kaffeetrinken?«, provoziert Miloš.

Rakić schweigt.

»Ich habe nicht einmal gefrühstückt, und ich will sofort wissen, wo Frau Waisz ist, sonst informiere ich die Botschaft in Zagreb.«

»Ich sag's kein zweites Mal.«

Der schlaksige Riese hält die Zimmertür auf. Miloš weiß, dass er keine andere Wahl hat, schnappt sein Telefon, Portemonnaie und Jacke, schließt sein Zimmer ab und geht voraus zur Treppe. Die Zimmerwirtin steht noch immer zitternd an der Wand und blickt ihnen zusammen mit den anderen Übernachtungsgästen hinterher. Das Thema für den Tag bekamen sie heute gratis. Auf dem Korzo drängt ihn Rakić stumm nach links und kurz darauf in eine Querstraße, wo er ihn nach wenigen Schritten im Polizeipräsidium in einen Aufzug schubst. Unter anderen Umständen würde Miloš zuschlagen.

Im dritten Stock steigen sie aus, Rakić geht voran in ein Büro, in dem die Akten sich auf den Tischen stapeln. Er weist auf einen Stuhl, Miloš soll sich setzen und die Klappe halten. Störrisch gehorcht er. Rakić führt einsilbige Telefonate und verlässt mit Miloš' Ausweis den Raum, kommt ohne ihn zurück. Miloš folgt seinen Bewegungen, selbst als Rakić sich demonstrativ gelangweilt gibt und die Fußballergebnisse des Vortags auf dem Bildschirm ansieht.

»Dinamo Zagreb gegen Roter Stern Belgrad?«, provoziert Miloš gehässig.

Rakić hebt die Augenbrauen. »Auf welcher Seite stehen Sie?«

»Olimpija Ljubljana.« Miloš grinst dreckig.

Ausdruckslos wendet sich Rakić wieder dem Bildschirm zu und schweigt.

Nach zehn Minuten klopft es, ein blasser Uniformierter tritt ein. In der einen Hand trägt er einen weißen Plastikbecher mit Automatenkaffee, den er vor Miloš auf einen Aktendeckel stellt. Den Ausweis und die Fotokopien reicht er seinem Vorgesetzten.

»Sie leben also in Berlin«, stellt Rakić endlich fest, ohne von dem Papier aufzublicken. »Und sind slowenischer und kroatischer Staatsbürger zugleich.«

»Vorher war ich Jugoslawe.«

»1994 desertiert«, kommentiert der Polizist grinsend. »Ausgerechnet während der Operacija Oluja.«

»Verjährt«, antwortet Miloš trocken.

»Stimmt. Welchen Beruf üben Sie aus?«

»Vereidigter Übersetzer für die kroatische und die slowenische Botschaft.« Er setzt den Becher mit der Brühe ab. Endlich schaut Rakić ihn an.

»In welcher Beziehung stehen Sie zu Clarissa Waisz?«

»Rein beruflich. Ich kenne die Gegend und beherrsche die Sprachen. Wo ist sie? Ich will es endlich wissen.«

»Sind Sie mit ihr verwandt?«

Er schüttelt den Kopf.

»Dann darf ich Ihnen keine Auskunft geben.«

»Aber ich muss es wissen. Jemand muss es wissen. Sie hat sonst niemanden.«

»Sie können gehen.«

Miloš bleibt sitzen.

»Sie hatte einen Unfall«, gibt der Hüne nach, ohne ihn anzusehen.

»In welches Krankenhaus wurde sie gebracht?«

»In keines. Sie liegt in der Gerichtsmedizin auf dem Obduktionstisch.«

»Was?« Miloš springt entsetzt auf. »Das ist nicht wahr!«

Der Aufschrei fährt selbst dem arroganten Bullen durch Mark und Bein, endlich fasst er sich ein Herz. »Setzen Sie sich wieder. Frau Waisz ist illegal in das Hafengelände eingedrungen. Ein Kran der Containerverladung hat sie überrollt. Sie war sofort tot. Der Kranführer steht unter Schock. Ihre Freundin hat nicht gelitten, ein glatter Genickbruch. Informieren Sie die Angehörigen, das ist das Einzige, was Sie tun können.«

»Und weshalb haben Sie dann ihre Sachen mitgenommen?« Er hebt wütend die geballte Faust.

Rakićs Blick ist streng, seine Stimme bleibt ruhig. Er weiß, dass Miloš nicht zuschlagen wird. Und er weiß, dass diese platinblonde Frau für den Mann mehr war als eine Reisebegleitung.

»Vorschrift. Es war ein bedauerlicher Unfall, Gospod Ban. Es tut mir leid, Ihnen nichts anderes sagen zu können. Frau Waisz war sehr leichtsinnig. Der Zutritt ist aus gutem Grund verboten. Gehen Sie jetzt. Ich habe Ihnen schon mehr gesagt, als ich darf. Informieren Sie die Angehörigen, sie sollen sich an die deutsche Botschaft in Zagreb wenden. Fahren Sie zurück nach Berlin.«

Rakić legt die Papiere beiseite und widmet sich wieder seinem Computer. Miloš taumelt benommen hinaus.

»Ihr Ausweis«, ruft ihm Rakić nach.

Miloš hört ihn nicht.

Er wird zurückkommen, denkt der Polizist.

Mit Tränen in den Augen trinkt Miloš am Tresen der nächsten Bar einen Espresso, die Stimme der Kellnerin hört er nicht. Die Uhr über dem Tresen sieht er nur verschwommen, er braucht Hilfe. Das deutsche Honorarkonsulat in der Stadt wird erst später öffnen. Er wirft ein paar Münzen auf den Tresen und tritt hinaus ins grelle Sonnenlicht. Die Beine versagen ihm fast. Clarissa tot? Unmöglich.

Rijeka, Hotel.

Das Mobiltelefon am Ohr, gießt Bernd Körber Kaffee in die Tasse. Neben dem Brotkorb liegen eine Packung Parliament Night Blue, der Personalausweis der Fotografin und die SIM-Karte aus ihrem Telefon. Er wird sie später an seinem Apparat durchgehen, die Daten auslesen und in Pullach analysieren lassen.

Nur zwei Gäste sitzen in der anderen Ecke der Terrasse. Körber kann ungestört telefonieren. Seine Sekretärin tritt ihren Dienst seit Jahren um 7 Uhr an.

»Dann noch etwas, Frau Lämmle: Schauen Sie, was Sie über eine Clarissa mit C und Nachnamen Waisz finden. A, I, Es und Zett geschrieben. Nein, nicht Eszett, zwei Buchstaben, Siegfried, Zeppelin. Berlin-Prenzlauer Berg, Gaudystraße ...«

»Soll ich Sie zurückrufen, wenn ich alles beisammenhabe, Herr Direktor? Gestern kam eine Anordnung von Major Weißenfels, die Telefonkosten zu senken.«

»So ein Schmarrn. Erledigen Sie das jetzt gleich. Ich warte.«

Körber schüttelt den Kopf über die Anmaßung seines Nachfolgers, gibt ausgiebig Zucker in den Filterkaffee und setzt einen Löffel Schlagsahne auf die Brühe. Er rührt um und nimmt einen Schluck. Vor ihm steht ein Teller mit fetter Wurst, drei Spiegeleiern und Brot. Er greift nach dem Kugelschreiber mit dem Namen des Hotels und lauscht dem Klappern der Computertastatur und dem Gemurmel von Frau Lämmle. Einen Eidotter und ein Stück Wurst schafft er, bevor sie anwortet.

»Sind Sie noch da?«, fragt sie.

»Ich höre«, antwortet er mit vollem Mund.

»Sie haben wie immer ein gutes Näschen, Herr Direktor Körber.«

Er schreibt mit: *C. W., 42, *Berlin Ost, ledig, 88–90 freiw. Militärdienst NVA.*

»Einen Moment. NVA, sagen Sie? Dienstrang? Einheit?«

»6. Grenzbrigade Küste, Volksmarine in Kühlungsborn, Kreis Rostock. Ich weiß nicht, was KSK 18 bedeutet. Soll ich nachschlagen?«

»Sind Sie sicher, Frau Lämmle? Das war das Kampfschwimmerkommando der Nationalen Volksmarine«, sagt er. »Offiziell gab es das gar nicht. Da kamen nur die härtesten hin. Freiwillige aus Offizierslehrgängen, stramme Parteigänger. Von Frauen in der Einheit habe ich noch nie gehört. Wurde Frau Waisz bei der Auflösung der NVA in die Bundesmarine übernommen?«

»Vize-Europameisterin im Schwimmen über sechshundert Meter. Mit der Wiedervereinigung schied sie aus. Sie sei nur für Aufklärung und Spurenverwischung zuständig gewesen. Mit dem Überprüfungsausschuss der BRD kooperierte sie nicht.«

»Es gab in der DDR keine Wehrpflicht für Frauen. Da kam man nur als Freiwillige rein. Durchleuchten Sie die Register, ob sie danach bei den Russen oder anderen sozialistischen Einheiten wiederauftaucht.«

»Auftauchen ist gut, bei einer Schwimmerin. Aber es ist unwahrscheinlich, wenn Sie erlauben. Vor der Auflösung ihrer Einheit erkrankte sie an einer schweren Meningitis und kam auf die Isolierstation der Charité. Nach ihrer Entlassung war sie noch ein Jahr lang in Behandlung. Laut ärztlichem Befund mit Folgeschäden: kognitive Störungen, extreme Stimmungslabilität, sporadische Gedächtnislücken, bis hin zu zeitweise auftretenden Psychosen. Ihre Klage auf Invalidenrente wurde aber abgelehnt.«

»Das kann vom Doping kommen, die DDR hat ihre Athleten mit allem vollgepumpt, was sie in die Finger bekommen haben, damit sie Glanz und Gloria bringen. Was dann?«

»1992 dockt sie als Fotojournalistin bei einer neu gegründeten Bildagentur namens Streifschuss in Ostberlin an und wird Kriegsreporterin. Soll ich vorlesen?«

Körber notiert: *Fotografin '94, Generalmobilmachung Republika Srpska Krajina, Banja Luka, Pale. '95 Kosovo, Dayton. '95 Arkan – Hochzeit! März '97 Aufstand Tirana, Operation Libelle von Luftwaffe m. Hubschrauber evakuiert > Podgorica. '99 UÇK, > Priština Belgrad/USA. Fotos Tornado Luftwaffe D. Ab 2003 Reisereportagen.*

»Moment, Frau Lämmle, da ist eine Lücke von vier Jahren. Was hat sie da gemacht?«

»Darüber liegen keine Einträge vor.«

»Und diese Reisereportagen? Wo war sie?«

»Tunesien, Ägypten, Syrien, daneben noch konventionelle Ziele wie Mallorca, Madeira, Azoren, Kapverden, Kaliningrad.«

»Königsberg, Frau Lämmle. Und konventionell ist das wirklich nicht. Ehemals deutsches Gebiet, russische Exklave. Wo ist diese Reportage erschienen?«

»In der *Frankfurter Allgemeinen Zeitung*, Herr Direktor Körber.«

»Ach so. Und sonst?«

»Zweimal war sie in der Türkei. Zuletzt 2013 über das Marmarameer, dann Anatolien.«

»Zu der Zeit brannte in Istanbul der Taksim-Platz, und es gab die Aufstände im Gezi-Park. Eigenartig. Fragen Sie ihre Bankkonten ab, ob sie andere Einnahmen hat. Wer wohnt noch in dem Haus in der Gaudystraße?«

Körber winkt dem Kellner, bestellt noch einen Kaffee mit Schlagsahne. Er betrachtet die Notizen und stopft wieder eine Gabel Ei und Wurst in den Mund.

»Die Wohnungen in den Stockwerken drei und vier sind an junge Ausländer vermietet, die das Goethe-Institut vermittelt. Im Erdgeschoss ein Delikatessenladen und eine Kneipe mit dem lustigen Namen ›Schadenfreude‹, im ersten Stock wohnt eine Angestellte des Links Verlags mit ihrem Lebensgefährten, Pädagoge in einer Kita. Daneben ein arbeitsloser Schauspieler. Im zweiten Stock rechts Clarissa Waisz. Sie teilt sich die Wohnung mit einem Miloš Ban, der dort aber nicht gemeldet ist. Slowenischer und kroatischer Staatsbürger. Auf der anderen Seite ein Polizeirat vom LKA 3 mit Frau und zwei Kindern. Soll ich ihn durchleuchten?«

Die Leitung bleibt einen Moment stumm, Körber stellt die Kaffeetasse wieder auf, die er umgestoßen hatte, als er den Namen von Clarissas Mitbewohner hörte.

»Miloš Ban?« Er sieht das schmerzverzerrte Gesicht des Radfahrers vor sich.

»Das wissen Sie doch, Herr Direktor. In der Datenbank steht, dass Sie seine Daten schon abgefragt haben.«

»Richtig, aber von einer Clarissa Waisz stand da nichts drin. Oder ich hab es überlesen. Halten Sie mich darüber auf dem Laufenden, wo er sich aufhält und mit wem er spricht. Schicken Sie die Liste mit seinen Kommunikationsdaten mit der nächsten Maschine zur Polizei am Flughafen Triest. Ich hole sie am Nachmittag dort ab.«

»Fahren Sie heute nach Grado? Soll ich ein Hotel für Sie buchen?«

»Ich ändere meine Gewohnheiten nicht mehr, ich bin im Savoy.«

»Sie sind ja mit dem Major verabredet.«

»Wer, ich?« Er kann seine Überraschung nicht verbergen.

»Major Weißenfels fliegt nach Triest, habe ich in den Reiseplänen gesehen. Wegen dieser Sicherheitskonferenz anlässlich des Staatsakts.«

»Senden Sie mir seinen Reiseplan, Frau Lämmle. Haben die Leute von der MainChemie den Vertragstermin für die Übernahme der ChimiCo endlich bestätigt?«

»Ja, Herr Direktor. Es gibt keine Änderungen mehr.«

»Schicken Sie mir auch die Daten der Teilnehmer an der Sicherheitskonferenz.«

Körber reißt die Blätter vom Block und schiebt sie in die Tasche seines grauen Jacketts. Er ist sauer. Kaum ist er aus dem Haus, maßt sich sein Nachfolger eine Unverschämtheit nach der anderen an. Sollte er wirklich nach Grado kommen, wie Frau Lämmle sagte, wird Körber ihn fertigmachen. Sein Entschluss, die Frühpensionierung zurückzuziehen, wird immer konkreter.

Wieder greift er nach seinem Telefon. Mirković klingt aber nicht im Geringsten schläfrig.

»Entweder bist du jetzt schon bei einer deiner Nutten, Josip, oder du denkst, dein Job sei bereits erledigt. Noch hast du dein Geld nicht verdient, vergiss das nicht.«

»Die EARLY SUN ist nicht ausgelaufen, falls du das wissen willst. Ein Reparaturteam ist bestellt, der Reeder hat sofort die finanzielle Sicherheit bereitgestellt. Das Schwanzlager für die Schiffsschraube. Dafür drehen wir deine blonde Freundin durch die Mangel. Allerdings noch ohne größere Befriedigung. Sie hält sich für stahlhart. Aber sie wird reden, wenn ich mich weiter mit ihr beschäftige. Denk an meinen Lohn. Ich hoffe, du hast das Geld dabei.«

Körber läuft vor Zorn rot an. Er übergeht die Bemerkung. »Diese Blonde ist kein unbeschriebenes Blatt. Kampfschwimmerin in der DDR, und später in Krisengebieten eingesetzt. Auch in der Srpska Krajina, als du dort Zivilisten massakriert hast. Vielleicht war sie hinter dir her. Ungeheuerlich, dass du die Situation nicht unter Kontrolle hast und der Hafen bei einer derartigen Aktion nicht bewacht wird. Vergiss dein Geld, bis die EARLY SUN internationale Gewässer erreicht hat. Wenn du pfuschst, klemmt's gewaltig.«

»Bist du jetzt schon besoffen, Körber? Versuch nicht, mich einzuschüchtern. Der Mann in Salzburg war schon teuer genug.«

»Es liegt an dir, ob du deinen Anteil erhältst oder ob ich dich in Berlin freigebe und du wegen Mord an Exilkroaten in der BRD zur Fahndung ausgeschrieben wirst. Deine eigenen Landsleute, Josip. Wolfratshausen, Frankfurt und später in Pullach.«

»Ich in Pullach?«

»Deine Cousine Maja. Meine Frau.«

»Was erzählst du da? Du schuldest mir Geld. Vergiss das nicht und lass mich mit Maja in Ruhe.«

»Halt dich zurück und tu deine Arbeit. Du weißt, wie du mich erreichen kannst.«

»Ich warne dich, Bernd. Halt mich nicht zum Narren.«

Körbers Hand zittert, als er die Rechnung verlangt. Er wird das Bitte-nicht-stören-Schild an die Zimmertür hängen und endlich schlafen, bevor er nach Italien weiterfährt, doch ein weiteres Telefonat hält ihn auf. Als er die Nummer erkennt, weiß er, dass es nicht lange dauern wird, und nimmt das Gespräch an.

»Ich bin hoffentlich nicht zu früh dran, Direttore. Deutsche Beamte genießen den Ruf, zeitig mit dem Absitzen ihrer Arbeitszeit zu beginnen.«

»Unsere Länder verbindet so einiges, Senatorin«, flötet Körber plötzlich belustigt. »Deutsche Beamte sind im Gegensatz zu Ihnen rund um die Uhr telefonisch erreichbar.«

»Ich halte Sie nicht lange auf. Wie ich höre, ist der Vertragstermin bestätigt.«

»Ich hoffe, Sie halten sich daran.«

»Es liegt in beiderseitigem Interesse. Alfieri wünscht sich, dass der Vertrag in meinem Büro in Triest unterzeichnet wird.«

Rijeka – Zagreb.

Wie in Trance drückt Miloš sich an den Menschen zwischen den Marktständen vorbei, er nimmt nichts von dem appetitlich aufgeschichteten und reichhaltigen Gemüseangebot der Bauern wahr. Erst vor dem himmelblauen Stahlgitter am Hafengelände blickt er auf. Das mannshohe Schild der Europäischen Union, dahinter die Ladekräne an der Mole. Dort soll Clarissa am frühen Morgen umgekommen sein? Und er darf sie nicht einmal sehen? Es muss auf dieser gottverdammten Welt doch irgendjemanden geben, der ihm hilft. Seine Hände krampfen sich um die Stahlstangen. Er weiß nicht, wie lange er so verharrt, bis er sich endlich die Tränen vom Gesicht wischt. Ein Anflug von Hoffnung: Er kramt sein Mobiltelefon aus der Tasche und wählt Clarissas Nummer, in der Überzeugung, dass alles nur ein Irrtum ist und seine Freundin ihm mit heller Stimme Vorwürfe macht, weil sie ihn nicht finden kann. Die Ansage der Telefongesellschaft teilt mit, dass die gewählte Nummer nicht erreichbar sei.

An der Riva Boduli findet er ein Hostel für Rucksacktouristen mit dem Zeichen für freien Internetzugang. Er fragt nach dem Zugangscode und sucht die Adresse des deutschen Honorarkonsulats in Rijeka. Nur eine ältere Seite verzeichnet es. Miloš springt auf und eilt zurück ins Zentrum, geht durch enge Gassen und muss sich mehrfach nach dem Weg zur Kathedrale von Sankt Veit erkundigen. Die Passanten schauen dem gehetzten, schwitzenden, offenbar verwirrten Mann amüsiert nach. Außer Atem steht er endlich vor einem schmucklosen Bürogebäude aus der sozialistischen Vorzeit. Vergebens sucht er auf den Klingelschildern nach dem Konsulat. Auch an der Fassade ist keine der üblichen Messingtafeln mit dem Bundesadler angeschlagen. Nur ein grauer Fleck mit vier Bohrlöchern befindet sich zwischen dem Schild einer Arztpraxis und dem einer Physiotherapeutin. Umgezogen? Unschlüssig sieht sich Miloš um, geht zögerlich zu dem Herrenfriseur gegenüber und tritt ein, er winkt sofort ab, als der Inhaber ihm den zerschlissenen roten Kunstledersessel vor dem Spiegel anbietet, über dem ein verstaubter roter Stern prangt. Das Konterfei von Marschall Josip Broz Tito hängt an der Wand. Ein letzter Aufrechter des zu Tode geschossenen Jugoslawien.

»Ist der deutsche Konsul umgezogen?«, stammelt Miloš mit belegter Stimme.

Der Friseur schneidet eine abfällige Grimasse. »Via Roma«, sagt er und hält Miloš am Arm fest, als er hinausrennen will. »Du weißt das wohl nicht. Es ist der Spitzname unseres Untersuchungsgefängnisses. Heißt so seit dem Mussolini-Faschismus. Dort findest du den feinen Herrn. Ein echter Würdenträger ist der, das sage ich dir. Korrupt bis über die Ohren und einer der Profiteure der MEC Bank. Vor ein paar Jahren hat er sogar Genscher, der noch einmal sein Schandwerk begutachten wollte, den roten Teppich ausgelegt. Aber der Herr Konsul hat das Wort ›Honorar‹ allzu wörtlich genommen. Dass die Deutschen keine Skrupel haben, sich von solchen Leuten repräsentieren zu lassen, wissen wir ja. Dass Jugoslawien kaputtging, ist ihre Schuld. Und die der österreichischen Banditen. Der Sozialismus ist gescheitert, ein für alle Mal. Diese Gangster haben sich das Volksvermögen unter den Nagel gerissen. Aber mit der Zeit kriegen wir sie alle und hängen sie an den Eiern auf, druže moj, ich habe die Hoffnung nicht aufgegeben. Hörst du überhaupt zu? Lass dir wenigstens die Haare schneiden. Ungewaschen sind sie auch.«

Miloš reißt sich los. Zehn Minuten später stürmt er das

Treppenhaus zum Bed & Breakfast hinauf und stopft hastig seine Klamotten in die Reisetasche. Auf dem Tischchen liegt der Schlüssel von Clarissas Wagen, er tastet die Taschen seiner Jeans ab und ist beruhigt, als er den Speicherchip fühlt.

»Was ist denn das? Wollen Sie sich einfach so davonmachen?«, keift die Wirtin im Flur. »Sie müssen bezahlen. Und auch drei Tage für Ihre Zimmernachbarn. Die sind stinksauer ausgezogen nach dem Lärm, den Sie veranstaltet haben. Wo ist überhaupt Ihre Freundin?«

Er hat keine Kraft zu protestieren. Ohne abzuzählen, zieht Miloš Geldscheine aus dem Portemonnaie und wirft sie auf den Tisch. Dann sieht er, dass sein Ausweis fehlt. Verdammte Bullen. Er hetzt grußlos das Treppenhaus hinunter.

»Ich muss dringend mit Kommandant Rakić sprechen«, fordert er am Schalter in der Eingangshalle des Polizeipräsidiums.

Der Beamte wählt eine Telefonnummer und schüttelt nach wenigen Worten den Kopf. Stumm starrt er Miloš an und zieht schließlich unter einem Stapel Papiere seinen Ausweis hervor. Bild und Original gleicht er länger als nötig ab und reicht ihn mit zwei Fingern herüber, als wäre er verseucht. »Der Kommandant ist nicht zu sprechen.«

Clarissas Wagen parkt seit Tagen in einer Seitenstraße in der Nähe des Hafens. Möwenschiss auf Dach und Kühlerhaube. Vier Strafzettel klemmen unter den Scheibenwischern. Miloš knüllt sie zusammen und wirft sie samt seiner Tasche in den Kofferraum. Beim Ausparken knallt er gegen die Stoßstange des Hintermanns. Es stört ihn so wenig wie die hupenden Autos, als er auf die Fahrbahn ausschert. Die Beschilderung ist dürftig, die Straße führt durch die schäbigen Viertel sozialistischer Wohnsilos den Berg hinauf und mündet schließlich in Tunnels und Unterführungen, die in den Steilhang gefräst worden war. Immer wieder gibt die Straße den Blick über die Kvarner Bucht frei, die Inseln Cres und Krk mitten im stahlblauen Meer, dann verschwindet sie wieder im Gebirge, das sich über Rijeka auftürmt. Am Ende jedes Tunnels schlägt ihm unbarmherzig die Sonne ins Gesicht, wie die Lampe der Bullen in alten amerikanischen Filmen. Miloš hat den Vorrat an Papiertaschentüchern längst aufgebraucht. Er schnieft in den Ärmel seines hellblauen Hemds, dessen Stoff dunkle Flecken zeigt. Er bemerkt die Ausfahrt Richtung Karlovac erst im letzten Moment und zieht das Auto rücksichtslos und viel zu schnell auf die rechte Spur. Er schrammt gegen die Stahlbetonwand der Unterführung. Bis zur Hauptstadt sind es keine hundertsiebzig Kilometer. Er muss vor Mittag in Zagreb sein.

Das Nagelbett seines Mittelfingers ist blutig gebissen, er wischt ihn immer wieder an den Jeans ab. Eineinhalb Stunden später überquert er auf der Jadranski Most die Save, den Fluss, der in Slowenien entspringt, Kroatien durchquert, die Grenze zu Bosnien-Herzegowina bildet, nach knapp tausend Kilometern in Belgrad in die Donau mündet. Nur Mazedonien und Montenegro fehlen unter den Teilrepubliken des einstigen Jugoslawiens.

Die Einfahrt nach Zagreb hat sich verändert, seit dem Krieg war Miloš nicht mehr hier. Noch am Tag seiner Desertion hatte er den Rest seiner Habe und sein Diplom abgeholt. Bevor er zur Fahndung ausgeschrieben wurde. Als studierter Germanist mit Kampferfahrung verließ er Kroatien über einen Schleichweg an der Grenze bei Dragonja, nicht weit von Piran, wo er sich bei seinen Eltern erholte.

Er hatte einen brutalen Krieg erlebt, dessen Sinn ihm bis heute verborgen geblieben ist. Alle früheren Staaten Jugoslawiens haben nur verloren: Menschen, Vermögen, Zukunft. Kapitalstarke Konzerne wie Siemens, Deutsche Telekom, WAZ-Gruppe, MEC Bank, Grazer Stadtwerke und andere standen bei der Erklärung der Unabhängigkeit schon bereit. Auch Italiener, Franzosen und Amerikaner gingen bei der letzten zu führenden Schlacht nicht leer aus. Erst über zwanzig Jahre später wurde das Land in die Europäische Union aufgenommen, deren verbindlicher Gesetzesrahmen beim großen Ausverkauf hinderlich gewesen wäre.

»Was für ein Bluff«, schimpft Miloš, während er sich zu orientieren versucht. Auf der Ulica grada Vukovara sieht er bald das noble Palais der deutschen Gesandtschaft.

Botschaften sind Niemandsland. Niemand hat dort etwas zu suchen, außer er stellt einen Antrag. Hoheitsgebiet ihres Landes, in dem eigene Gesetze gelten. Zehn Minuten vor Ende der Öffnungszeit reißt Miloš die Tür auf und holt seinen Ausweis hervor, doch der Wachmann verzieht keine Miene, als er behauptet, dringend den Botschafter sprechen zu müssen, es gehe um Leben und Tod. Der Mann sagt, er möge morgen wiederkommen, die Botschaft schließe gleich. Miloš hält seine Nervosität nicht länger im Zaum.

»Sie ist Deutsche. Sie müssen ihr helfen. Jede Sekunde zählt, verdammt noch mal«, brüllt er und drängt zu einem der Schalter vor. »Jeder Deutsche in Not hat Anspruch auf die Hilfe der Botschaft. Es geht um Menschenleben, nicht um Bürokratie. Hilfe!«

Sein Schrei gellt durch das Gebäude. Der Wachmann telefoniert, lässt ihn keine Sekunde aus den Augen. Zwei breitschultrige Typen fordern Miloš auf, die Taschen zu leeren und durch die Sicherheitsschleuse zu treten. Dann sitzt er in einem fensterlosen Raum, der sich nur durch die Eingabe eines Sicherheitscodes öffnet.

»Clarissa Waisz ist in Lebensgefahr.« Miloš buchstabiert hastig ihren Nachnamen, fügt Adresse und Geburtsdatum hinzu. »Ich muss den Botschafter sprechen.«

»Warten Sie«, sagt der eine der beiden Gorillas und geht hinaus. Miloš' Finger trommeln auf den Tisch, dann verstummt auch er. Wartenlassen ist Macht. Es dauert ewig, bis er das Piepsen an der Tür vernimmt.

»Sie haben Glück. Kommen Sie bitte mit.« Jähe Höflichkeit.

Der Flur eine Etage höher ist weniger anonym, Plakate zieren die Wände. Romantische deutsche Landschaften, von den schneebedeckten Bayerischen Alpen und Schloss Neuschwanstein bis zu den Kreidefelsen der Insel Rügen. Die Türen der Büros sind geöffnet, schweigsame Menschen hinter Papierstapeln. Er ist zuversichtlich, beim Botschafter tatsächlich Gehör zu finden. Aber in dem kargen Büro, in das man ihn bringt, telefoniert eine unscheinbare Frau seines Alters, die so blass ist wie die Papiere vor ihr. *Dr. Marianne Küppers-Rakovac* steht neben dem Bundesadler auf einem Schild. Sie gibt ihm ein Zeichen, sich zu setzen, und mustert ihn, während sie das Gespräch beendet.

»Ist er das?«, fragt die Dame seine beiden Begleiter und stellt sich als Leiterin des Rechtsreferats vor. »Sie dürfen die Tür schließen. Von außen.«

Miloš' dramatische Darstellungen scheinen sie nicht zu erreichen. Ihre Augen bleiben fest auf ihn gerichtet, ihr Gesicht ist ausdruckslos.

»Es tut mir leid, die Papiere der Behörden sind einwandfrei. Mein Mitgefühl«, sagt die Rechtsreferentin endlich und zieht ein Blatt hervor. Es muss soeben übermittelt worden sein. Amtsgewalt versetzt Berge. So schnell hat seines Wissens noch keine kroatische Behörde gearbeitet.

»Schauen Sie, Herr Ban, ich kann Ihre Unruhe und Ihre Betroffenheit verstehen. So bitter es ist, aber nach Auskunft von Polizei und Staatsanwalt in Rijeka handelt es sich eindeutig um einen Unfall. Dieses Papier lässt nicht den geringsten Zweifel zu. Es gibt keinen Grund, die Korrektheit der örtlichen Behörden anzuzweifeln. Kroatien ist Mitglied der Europäischen Union. Da gelten für alle die gleichen Regeln.«

»Aber Clarissa wurde schon gestern Morgen bedroht, Frau Konsulin. Verbrechen gibt es trotz aller Gesetze.« Miloš schildert aufgebracht, wie Clarissa am Vortag im Café vor dem Markt verstört und zitternd aufgetaucht war. Die Frau macht Notizen.

»Herr Ban, beruhigen Sie sich. Ich habe mit dem Staatsanwalt in Rijeka telefoniert. Mehr kann ich nicht tun. Wenn Sie davon überzeugt sind, dass irgendetwas nicht mit rechten Dingen zugeht, beauftragen Sie einen Detektiv. Ermitteln dürfen wir nicht, das sprengt unsere Zuständigkeit. Wir können nur tätig werden, wenn Sie Beweise haben. Beruhigen Sie sich und machen Sie vor allem keine Dummheiten.«

»Was passiert weiter? Mit Clarissa?«

»Der schriftliche Befund des Gerichtsmediziners kommt im Lauf des Tages. Hab und Gut von Frau Waisz werden uns von der Polizei überstellt. Wir lassen es den rechtmäßigen Erben zukommen. Das Gleiche gilt für die sterblichen Überreste. Auch dafür gibt es klare Regeln. Wie lange das dauert, weiß ich nicht. Wir werden aber dafür sorgen, dass es bald geschieht. Immerhin ist noch keine Hochsaison.« Die Frau blickt auf ihre Armbanduhr. »Bei den vielen Tausend Urlaubern an der Küste müssen leider jedes Jahr ein paar ihre Rückreise anders antreten als geplant. Eigentlich immer wegen ihres eigenen Leichtsinns.«

»Aber das ist doch nicht richtig. Man muss untersuchen, ob das alles stimmt.«

»Die Angehörigen können sie in Berlin auf eigene Kosten obduzieren lassen, Herr Ban. Wegen der bürokratischen Hürden rate ich Ihnen aber, einen Anwalt einzuschalten.«

Die Frau öffnet die Tür ihres Büros. Ihr sanftes Lächeln nimmt Miloš nicht wahr.

Golf von Triest.

Das fünf Meter lange Boot ist nur für die Fahrt in Küstengewässern zugelassen. Zwölfeinhalb Seemeilen trennen sie vom gegenüberliegenden kroatischen Ufer, wo der Leuchtturm von Savudrija steht, vor dem sie in einer Stunde verabredet ist. Xenia sieht ihn vom Anleger aus. Sie sollte sich bei diesem inoffiziellen Ausflug nicht erwischen lassen, auch wenn sie ihn aus Dienstinteresse unternimmt.

Letzten Herbst hatte Xenia den Kahn samt Liegeplatz spottbillig von einem pensionierten Kollegen erstanden. Nachdem sie zwei große Ersatzkanister voller Sprit an Bord geschleppt und verstaut hat, senkt sie den über zwanzig Jahre alten Johnson-Zweitakter ins Wasser. Beim dritten Versuch springt er an und stößt eine dicke blaugraue Abgaswolke aus. Kaum hat sie die markierte Fahrrinne zwischen den Sandbänken passiert, gibt sie Gas. Die weiße Gischt der Bugwelle verliert sich hinter der Landspitze, und Xenia hält aufs offene, spiegelglatte Meer hinaus. Nur in Andeutungen und ohne konkrete Ortsbezeichnung hatte Živa Ravno vorgeschlagen, sich auf halber Strecke zu treffen. Der Vorschlag der Generalstaatsanwältin war klar genug gewesen, abhörsicher sind sie am ehesten auf dem Meer. Nur wie sollten sie sich finden? Auf dem Wasser täuschen die Entfernungen, und unter der Sonne erschweren die Reflexe der Wellen die Sicht.

Weit vor dem Ziel drosselt Xenia die Geschwindigkeit auf ein Minimum und holt ein Fernglas aus dem Stauraum. Von dem kleinen Fischerboot, das bei ihrem Besuch vor dem Haus in Novigrad am Anleger festgemacht war, ist noch nichts zu sehen. Wer weiß, ob sie auf dem Kurs entlang der Ostküste genauso ruhige Bedingungen hat? Xenia muss sich gedulden. Ein paar wenige Ausflugsboote sind unterwegs, weiter in der Mitte des Golfs hält eine der türkischen Lkw-Fähren mit voller Fahrt

Kurs auf Triest, aus dessen Hafen gemächlich ein riesiges Containerschiff die Fahrt Richtung Süden aufnimmt.

Warten ist eine einsame Sache. Die Müdigkeit gewinnt endlich über ihre seit Tagen aufgebaute Anspannung. Unter der prallen Sonne am Steuer des Boots sitzend, kämpft Xenia gegen den Schlaf. Erst das anschwellende Dröhnen eines schnellen, schwereren Boots schreckt sie wieder auf. Über den strahlend weißen Bug laufen ein roter und ein blauer Streifen von oben nach unten, weiter hinten prangt der von Weitem lesbare blaue Schriftzug *Policija*. Xenia überlegt einen Augenblick, wie sie sich bei einer Kontrolle verhalten soll. Sie kann immer behaupten, die Küste entlanggefahren zu sein. Oder sollte sie etwa wegen einer Grenzverletzung kontrolliert werden? Obwohl beide Länder in der EU sind, streiten sich die ehemaligen Bruderstaaten Slowenien und Kroatien kleinlich über den Verlauf der Grenze auf dem Meer, und selbst der Spruch des Ständigen Schiedshofs in Den Haag kann sie nicht beschwichtigen.

Das Polizeiboot verringert die Fahrt und hält direkt auf sie zu. Zwei Uniformierte stehen an Deck, einer hält einen Enterhaken, der andere ein Tau. Als sie vielleicht noch dreißig Meter trennen, öffnet sich die Kabinentür, und eine Frau tritt heraus. Xenia ist erleichtert. Živa Ravno hat ihr schwarzes Haar hochgesteckt, trägt Sonnenbrille, eine wadenlange rot-weiß gestreifte Caprihose und eine über den Bund reichende weiße Leinenbluse. Sie winkt, einer der Uniformierten wirft Xenia das Tau zu, das sie an ihrem Boot festmacht, während er sie heranzieht.

»Setzt eure Patrouille fort. Hier passiert mir nichts. Ich melde mich, wenn ich euch wieder brauche«, befiehlt die Generalstaatsanwältin und springt auf Xenias kleines Boot. »Mach die Leine los.«

Das Polizeiboot setzt behutsam zurück, wendet und entfernt sich nach Süden.

»Meine Schutzengel sind rührend. Um einen Mann würden sie sich nicht so kümmern. Fünfmal haben sie mich auf der Fahrt gefragt, ob ich wirklich sicher sei auf dem Boot einer ihnen unbekannten Person. Ich hoffe, das Ding geht nicht unter.«

»Das hoffe ich auch. Schwimmen können wir zum Glück beide.«

»Fahr ein Stück raus, Xenia. In spätestens einer Stunde muss ich an Land sein, mein Chauffeur erwartet mich in der Nähe. Am Nachmittag geht es in Zagreb schon wieder mit den Terminen weiter. Ich kann leider nie lange hierbleiben.«

Schnell haben sie die Mitte des Golfs erreicht.

»Am besten, wir schalten die Telefone ab und nehmen die Batterien raus.«

»Nicht nötig«, sagt Xenia und zieht eine schwere Kassette unter dem Sitz hervor. »Stahl und Aluminium. Es reicht, die Geräte hier drin zu verschließen. Keine lange Warterei, wenn man das Telefon plötzlich doch braucht.«

»Wenn du sicher bist, dass die beiden Männer an der Universität von Nova Gorica heute Morgen zum slowenischen Geheimdienst gehören, dann müssen wir davon ausgehen, dass auch der kroatische Dienst Bescheid weiß. Italien und Österreich sowieso und die Deutschen erst recht. Vermutlich ist bereits ganz Europa informiert.«

»Hast du etwas über diesen Gerhard Altmann erfahren?«

»Ich wusste es längst. Ein Nazisöldner. Er hat sich im Krieg in Mirkovićs Einheit verdingt. Bei der Bosnien-Offensive. Danach war er aus guten Gründen nicht mehr in Kroatien. Er wäre für viele Jahre im Knast gelandet, doch die Österreicher haben auf stur geschaltet. Wir haben die Akte geschlossen. Das Motorrad wurde übrigens schon vor Längerem in Rijeka gestohlen. Offensichtlich nicht von ihm.«

Xenia legt den Leerlauf ein. Das Boot gleitet aus. »Immer wieder Mirković, Živa.«

»Schau, da drüben. Das Feriengetto von Savudrija über den Salinen von Piran. Ja, dort links vom Leuchtturm. Dort hat vor fünfundzwanzig Jahren alles angefangen. Mithilfe der MEC Bank haben die Senatorin und ihre Gehilfen, zu denen neben Österreichern auch Mirković gehörte, sich für ein paar Groschen das Naturschutzgebiet unter den Nagel gerissen, das auf wundersame Weise sich plötzlich in Bauland verwandelte. Zur Finanzierung der Feriensiedlung zog die Frau ihren schafsköpfigen Parteimitgliedern das Geld aus der Tasche. Das Projekt legte schon sehr bald eine Megapleite hin. Die Investoren konnten nicht einmal rechtlich dagegen vorgehen, sie hatten schließlich ihr Schwarzgeld reingesteckt. Und vermutlich haben sie die Senatorin danach trotzdem wiedergewählt«, lacht Živa, wird aber sofort wieder ernst. »Damit begann der große Ausverkauf Istriens und Dalmatiens. Die alteingesessenen Eigentümer wurden von der Küste verdrängt. Und fast alle Geschäfte wurden von der MEC gedeckt und von Mirković ausgeheckt.«

»Hat der heute noch immer so viel Einfluss?«

»Es war lange ruhig um ihn. Aber dann hast als Erstes du mich über ihn befragt. Und jetzt kommt gleich eine ganze Menge neuer Aktivitäten zum Vorschein. Stell dir vor, heute früh kam eine offizielle Anfrage des deutschen Generalkonsulats in Zagreb mit höchster Dringlichkeit. Eine Eilanfrage zum Tod einer Fotografin im Hafen von Rijeka. Also in seinem Zuständigkeitsbereich. Sie ist in der Dunkelheit des frühen Morgens offensichtlich unbefugt ins Hafengelände eingedrungen und wurde von einem Ladekran überrollt. Sie war sofort tot. Eine Clarissa Waisz aus Berlin.«

»Wie bitte?«, ruft Xenia überrascht. »Wie hast du gesagt, heißt sie?«

»Clarissa Waisz. Der Staatsanwalt in Rijeka hat es bestätigt. Sie wurde sofort obduziert. Kein schöner Tod. Kennst du sie etwa?«

»Das darf nicht wahr sein. Vor ein paar Tagen war sie noch in Grado mit ihrem Freund. Miloš Ban heißt er. Aus Piran.« Xenia zeigt auf das letzte Städtchen an der kurzen slowenischen Küste. »Sie war ziemlich konfus und hat ihm ständig die Schuld an allem gegeben. Unerträglich peinlich. Ich hatte zweimal mit ihr zu tun. Autofahren war nicht ihre Stärke.«

»Zu Fuß gehen wohl auch nicht.«

»Živa«, Xenia beugt sich vor und fasst sie am Unterarm. »Was ist, wenn das alles kein Zufall ist?«

»Was genau meinst du?«

»Irgendwie scheint alles bei mir zusammenzulaufen. Die Senatorin, die Akte des ermordeten Journalisten, in der unter anderem sie und auch Mirković genannt werden. Dann dieser Altmann und jetzt die Berlinerin. In Grado sind Zufälle so wahrscheinlich, wie dass der Mond aus Käse ist.«

»Natürlich ist das alles kein Zufall, du bist einfach die Erste, die ihre Sensoren aufstellt. Du willst die Senatorin ans Messer liefern und bekommst Mirković mitgeliefert. Unwahrscheinlich, dass es dabei bleibt. Ich bin gespannt, wer sich noch dazugesellt.«

»Und diese Clarissa Waisz?«

»Vielleicht lasse ich sie in Zagreb noch einmal obduzieren. Von unseren Spezialisten. Ich melde mich bei dir.«

Trieste Airport.

Der Leiterin der Flughafenpolizei genügt ein flüchtiger Blick auf seinen Diplomatenpass, bevor sie ihm einen Umschlag übergibt, auf dem neben dem Bundesadler sein Name prangt. Der Co-Pilot der Lufthansa-Maschine aus München habe ihn vor zehn Minuten abgegeben, sagt die Frau.

Wegen der peniblen Kontrollen beim Eintritt in die Schengen-Zone an der slowenischen Grenze traf Körber erst nach knapp zweistündiger Fahrt und kurz nach der Landung des Flugs ein. Den Mercedes hat er im Parkverbot abgestellt.

Er kann es kaum erwarten, die Daten des Mobiltelefons von Miloš Ban durchzusehen, und eilt die Rolltreppe zum Flughafenrestaurant hinauf, verlangt ein Bier und reißt den Umschlag auf. Zuoberst liegt die Bestätigung der Übernahme der ChimiCo durch die MainChemie AG. Der Vertrag soll offiziell in Triest besiegelt werden. Also hat Weißenfels der Senatorin das Treffen mit der Kanzlerin bei der Zeremonie verschafft. Wenigstens das hat er richtig gemacht.

Das nächste Dokument ist das von ihm verlangte Bewegungsprofil. Körber beginnt mit dem letzten Blatt und vergisst den ersten Schluck, als er den Eintrag von heute Morgen 10 Uhr liest. Miloš Ban ist noch in Rijeka. Und wenn er wirklich mit der Journalistin zusammenarbeitet, war der Unfall seines Chauffeurs mit dem Radfahrer in Berlin kein Zufall. Der Kerl ist hinter *ihm* her. Aufgeregt wählt er Mirkovićs Nummer.

»Setzt sofort diesen Miloš Ban fest. Er kooperiert mit der Blonden. Definitiv.« Körbers Ton lässt kein Missverständnis daran aufkommen, wer kommandiert.

»Wir hatten ihn bereits. Auch ohne deinen Hinweis.«

»Dann überstellt ihn nach Zagreb in die Botschaft. Tu, was ich dir sage.«

»Leider haben ihn die dämlichen Bullen nach dem Verhör gleich wieder laufen lassen. Ohne mich zu informieren, verdammt. Ich hätte ihn mit größtem Vergnügen durch die Mangel gedreht. Den Namen eines Deserteurs vergisst man nicht.«

»Dem Bewegungsprofil aus den Funkzellen zufolge ist Miloš Ban zusammen mit dieser falschen Journalistin aufgebrochen. Schreib ihn zur Fahndung aus und loch ihn sofort ein.«

»Gut, dass wir die SIM-Card kopiert haben. Er hat bereits dreimal angerufen, obwohl die Schlampe noch immer behauptet, sie sei alleine hier. Ich werde sie ab jetzt persönlich ausquetschen.«

»Nicht zögern, Josip. Nehmt ihn fest. Sofort. Bevor er euch noch einmal entwischt.« Körber ist wütend, weil Mirković seinen Befehl nicht bestätigt. »Ihr habt keine Zeit zu verlieren.«

»Bist du endlich zur Besinnung gekommen, Bernd?«, knurrt Josip Mirković böse. »Du schuldest mir Geld.«

»Was ist mit der EARLY SUN?« Körber ist von der Hartnäckigkeit des anderen nicht im Geringsten überrascht. Wenn es um Geld geht, auf das er meint Anspruch zu haben, ist auf Mirković wirklich Verlass.

»Wir tun unser Bestes. Das Schiff läuft heute Abend aus. Wenn du mich dann nicht bezahlst, komme ich und hole, was mir zusteht. Verlass dich drauf.«

»Sei dir nicht zu sicher, Mirković. Die Liste ist lang: erst Clarissa Waisz, dann Miloš Ban und dann das Schiff. Und anschließend vielleicht auch das Geld.«

»Die Verzögerung hast du selbst zu verantworten, wenn du mir so einen Schrotthaufen schickst. Als hätte die NATO keine besseren Schiffe.«

»Erspar mir deine Kommentare. Du weißt, was du zu tun hast. Und bevor du auch nur einen Cent siehst, haben wir beide noch eine andere Sache zu klären. Ich warte auf Neuigkeiten.« Ohne eine Antwort abzuwarten legt Körber auf.

Beim ersten Schluck Bier fällt sein Blick aus dem Panoramafenster auf die Start- und Landebahn mit den wenigen Linienmaschinen. Die Lufthansa-Maschine ist schon wieder auf dem Rollfeld. Als sie schließlich abhebt, widmet sich Körber erneut den Unterlagen, die Frau Lämmle wie immer zuverlässig auf den Weg gebracht hat.

Clarissa Waisz war sogar in Grado gewesen, bevor sie nach Rijeka fuhr. Zusammen mit Miloš Ban? Was hatte sie dort zu suchen? Weiß sie vielleicht auch von der Übernahme der ChimiCo? Nicht nur von der Verschiffung der Waffen nach Syrien? Oder wurde sie vielleicht sogar auf ihn angesetzt? Aber von wem? Diese verdammten Enthüllungsjournalisten, schimpft er in sich hinein. Man merkt erst, dass sie ihre Nasen in eine heikle Sache gesteckt haben, wenn es schon zu spät ist. Wenn die Waisz sich nur als Journalistin ausgibt, für wen arbeitet sie wirklich? Für Weißenfels etwa, um ihn restlos zu demontieren?

Als er missmutig die Unterlagen zusammenschiebt, stößt er auf einen weiteren Zettel von Frau Lämmle: Die BND-Spezialisten haben die mutmaßliche Kontaktperson des Salzburger Journalisten Jordan S. Becker ausfindig gemacht. Auch die sitzt ausgerechnet in Grado und ist zu allem auch noch eine Polizistin mit einem schrecklichen Namen: Xenia Ylenia Zannier. Sie leitet das Kommissariat dort.

Den Rest des Biers zieht er in einem Schluck runter. Das letzte Blatt aus der Hand von Frau Lämmle verzeichnet die Meldung der slowenischen Kollegen, dass bereits am frühen Morgen von einem Computer der Universität in Nova Gorica Beckers Daten an verschiedene Journalisten verschickt wurden. Es brennt.

Nie wäre ihm in den Sinn gekommen, dass der gemütliche Badeort, in dem er über unzählige Jahre mit Maja und den Kindern die Sommerferien verbracht hatte, plötzlich von strategischer Bedeutung sein könnte.

Vielleicht ist es an der Zeit, mit seinen Gewohnheiten zu brechen, denkt Körber. Vielleicht kommt er nun zum letzten Mal hierher. Falls er den Antrag auf Pensionierung nicht doch noch zurückzieht, muss er seinem Leben ohnehin einen neuen Sinn geben. Seinen letzten Auftrag hat er erfüllt, wenn die EARLY SUN noch am Abend ausläuft, wie Mirković in Aussicht gestellt hat, und morgen der Vertrag zur Übernahme der Chemiefabrik unterzeichnet ist. Um Clarissa Waisz und Miloš Ban müsste sich dann dieser Schnösel von Weißenfels kümmern. Mitsamt dem Schaden, den Beckers Akte anrichten wird. Im Zweifel trifft ihr Inhalt den Kanzleramtsminister von Menzig mit voller Breitseite. Er hat Körber ohnehin schon verraten, indem er dem Major die Koordination der Zeremonie der fünf Regierungschefs in Redipuglia anvertraut hatte.

Körber kann es kaum erwarten einzuchecken und mit dem Büro in Deutschland zu telefonieren. Und dann die neue Situation anzugehen. Und den Schlaf nachzuholen, den ihn die letzten Nächte gekostet hatten. Das Bier macht ihn müde, aber es ist nicht mehr weit. Die letzten fünfundzwanzig Kilometer führen über flaches Land zur Brücke über den tiefgrünen Isonzo kurz vor seiner Mündung in die Adria und schließlich durch die Lagune nach Grado zum Hotel Savoy.

Grado, Isola della Schiusa. Kommissariat.

»Wie haben Sie denn das gemacht?«, fragt Donadoni seine Vorgesetzte, als sie nach dem Treffen mit der kroatischen Generalstaatsanwältin zurückkommt. »Sie sollten unbedingt eine Creme gegen den Sonnenbrand auftragen, Commissario.«

»Ich muss wohl am Strand eingeschlafen sein.«

»Passiert mir auch immer.« Er zieht ein Blatt hervor. »Die Questura hat die Personalanforderung zurückgezogen. Hier muss Gott sei Dank keiner weg.«

»Da hast du wirklich Glück gehabt, Berto.« Erleichtert überfliegt sie die Zeilen. So schnell hatte sie nicht damit gerechnet, dass Questore Falsariga sich besinnt. Sie traut dem Frieden trotzdem nicht.

»Refolo ist mit zwei Kollegen zu den Flüchtlingsheimen in Fossalon gefahren. Das Gesundheitsamt prüft die hygienischen Bedingungen. Carletto Castelli de Poltieri hat einen Aufstand gemacht und wollte sie nicht hineinlassen. Sie haben ihn schließlich zur Raison gebracht.«

Zwei zu null. Xenia lächelt. Auch ihr Anruf bei einem Abteilungsleiter der Behörde, den sie während des Mittagessens mit Martina Liotta führte, hat schneller funktioniert, als sie dachte.

Auf ihrem Schreibtisch liegt die Ladung zur Sicherheitskonferenz im großen Sitzungssaal der Präfektur von Triest, zu der die Leiter der regionalen Dienststellen aller Sicherheitskräfte einbestellt sind. Auch die Vertreter der anderen Länder nehmen daran teil.

Xenia bittet Donadoni, die Anzeige der Fotografin wegen ihres Wagens herauszusuchen. Miloš Ban hatte als Zeuge ausgesagt und seine Personalien angegeben. Sein Telefon klingelt nur einmal vor der Ansage, dass der Teilnehmer derzeit nicht erreichbar sei. Xenia bittet mit einer Textnachricht um dringenden Rückruf. Dann fasst sie sich ein Herz und wählt die Nummer von Clarissa Waisz. Auch ihr Telefon klingelt vergebens.

Unüberhörbar nähert sich Alfieris Harley-Davidson. Als er in den Hof fährt, geht Xenia hinaus. Wieder gibt Alfieri vor dem Abschalten noch einmal Gas, setzt den Helm ab und tätschelt sein Gefährt, als wäre es ein treuer Gaul.

»Ich wusste gar nicht, dass man auch für Maschinen Zärtlichkeit aufbringen kann«, kommentiert sie spöttisch. »Haben Sie sich noch einmal Gedanken über den Aufenthalt von Nunzio Tognon auf Sant'Andrea gemacht?«

»Da gibt es nichts hinzuzufügen, Commissario. Zwei Nächte hat er auf dem Boot geschlafen, und tagsüber hat er sich um die Zuchtbassins gekümmert. Einmal hat er auch ein paar Zentner herangewachsene Fische mit seinem Boot zum Fischmarkt gebracht. Ich habe mich nicht weiter um ihn gekümmert.«

»Hat er ordentlich abgerechnet?«

»Ihr Beruf lässt Sie wohl an allem zweifeln. Keine Sorge,

ich erhalte eine Gutschrift der Kooperative. Und wissen Sie, selbst wenn er einmal zwei Doraden für sich behält oder unter der Hand verkauft, ändert das nichts am Ergebnis. Ich muss mich auf den Kerl verlassen, jemand anderen zu finden wäre schwieriger. Schmort er noch immer in eurer Obhut? Ich hoffe, Sie belasten ihn nicht zu sehr, nur weil er die paar Flüchtlinge zum Busbahnhof geleitet hat. Eine Lappalie. Er hat ein gutes Herz.«

»Nunzio und sein Vater interessieren mich nicht besonders. Umso mehr dafür ihre Hintermänner, die mit dem Schicksal dieser Leute das große Geschäft machen. Es ist schließlich keine Kleinigkeit, ein ganzes Schiff aufzutreiben. Allein der Treibstoff für die Fahrt von der Türkei muss ein Vermögen kosten. Auch wenn ein Teil auf die normale Fracht umgelegt wird.«

»Ich habe gesehen, dass die EARLY SUN schon bald wieder ausgelaufen ist. Ich dachte, ihr hättet sie festgesetzt.«

»Der lange Arm der Politik, Alfieri. Mehr weiß ich auch nicht.« Xenia geht zurück zum Eingang des Kommissariats. »Und ich zweifle, dass ich es je erfahren werde.«

»Morgen ist übrigens ein großer Tag, Commissario. Wenn jetzt nichts mehr dazwischenkommt, gibt's ausreichend Grund zu feiern. Ich würde mich freuen, wenn Sie mich dann auf Sant'Andrea besuchten.«

»Was liegt an?«

»Ich werde endlich die ChimiCo los, meine Fabrik drüben in Torviscosa. Der einzige Verlustbringer unter meinen Beteiligungen. Die offizielle Vertragsunterzeichnung findet in Triest statt. Im Büro der Senatorin, in Anwesenheit aller Medien. So geht das. Zuerst hat sie sich jahrelang quergestellt und den Verkauf mit dem Hinweis verhindert, es handle sich um einen strategisch bedeutungsvollen Betrieb, was mich einen Haufen Geld gekostet hat. Und jetzt lässt sie sich dafür feiern, durch den Verkauf an einen deutschen Konzern über hundert Arbeitsplätze zu retten. Da können selbst Sie sich eine Scheibe abschneiden, Commissario.«

»Sie meinen, um zum Ziel zu kommen, sollte man anfangs genau das Gegenteil von dem tun, was man am Ende vorhat, Alfieri?«

»Genau. Aber im Ernst, so etwas muss doch gefeiert werden.«

Lächelnd verschwindet Xenia im Kommissariat und lässt sich mit dem Staatsanwalt verbinden.

»Ich wollte mich wegen der Anträge auf Telefonüberwachung informieren.«

»Carletto Castelli de Poltieri ist genehmigt, Zannier«, sagt Luigi Percoraro. »Morgen erhalten Sie die schriftliche Ausfertigung.«

»Und Valerio Alfieri?«, fragt sie erstaunt.

»Die Begründung ist nicht triftig genug. Dieser Fischer arbeitet regulär für ihn.«

»Aber ...«, versucht sie zu widersprechen.

»Stellen Sie einen neuen Antrag, wenn der Verdacht stichhaltiger ist.«

Xenia packt ihre Sachen zusammen. Dann entdeckt sie eine SMS von Arne, die ihr entgangen war. Er wurde als Aushilfskellner abberufen und wird mindestens bis 21 Uhr die Gäste im Hotel Savoy bedienen. Sie ist erleichtert darüber, den Rest des Nachmittags und den frühen Abend für sich zu haben.

Doch ein Anruf aus Rom hält sie noch im Büro fest.

»Hast du die Einladung zur Sicherheitskonferenz erhalten?«, fragt Nicola Bonanni.

»Einladung würde ich es nicht nennen. Eher Befehl. Wann kommst du an?«

»Am gleichen Morgen. Aber wenn du dir Zeit nimmst, auch einen Tag früher.«

»Kannst du herausfinden, ob einer unserer Geheimdienste wegen der Recherche des ermordeten Journalisten tätig ist? Und wenn ja, von wem der Auftrag stammt?«

»Ich habe dir einiges zu erzählen, das nicht fürs Telefon ist, Xenia. Finde ein lauschiges Plätzchen, an dem wir alleine sind.«

Den Schichtwechsel im Kommissariat wartet sie nicht mehr ab, startet den Scooter und fährt nach Hause, wo sie sich umzieht und in den Garten geht, um sich Bewegung zu verschaffen. Xenia weiß, dass die Nachbarn hinter den Vorhängen herüberschielen, als sie eine Stunde lang ihre Übungen durchzieht. Gleich werden die Spießer auch den Gartengrill anzünden, so sie sich vom Fernseher oder von der Fensterbank lösen können. Ein allabendliches Ritual, das sie von den ersten warmen Tagen bis zum Spätherbst durchhalten.

Das monotone Training ist ideal zur Entspannung, ihre Beweglichkeit steigert sich schon mit der Aufwärmphase, die Atmung wird tiefer, Zwerchfell statt Brust, einatmen über die Nase, ausatmen durch den Mund. Die zweite Phase mit begleitenden Kampfschreien und möglichen Bruchtests mit Brettern und Ziegelsteinen erspart sie sich. Dafür müsste sie vorher von den Gaffern Eintritt verlangen. Mit der monotonen Wiederholung der Übungen verschwinden dafür bald ihre Köpfe, und schon zieht der Rauch der Grillöfen über den Garten.

Nach einer ausgiebigen Dusche setzt sich Xenia schließlich mit einem Glas Weißwein an den Gartentisch. Sie schlägt den Roman *Todo modo* von Leonardo Sciascia auf, auch wenn sie ihn schon oft gelesen hat. Xenia Lepore, ihre leibliche Mutter, war in Gemona Bibliothekarin gewesen und hatte das soeben erschienene Buch an dem Abend auf dem Schoß gehabt, als das Haus einstürzte. Und Stunden später wurde wie durch ein Wunder Xenia Ylenia Zannier dank des Notkaiserschnitts eines Militärarztes gerettet. Er soll während der Operationen die ganze Nacht lang geraucht haben, heißt es.

Todo modo spielt in einem Landhotel, das einst eine Eremitage war, aber zum Rückzugsort der feinen Gesellschaft wurde, die sich selbst zu finden trachtet. Ein Senator wird ermordet, und ein Maler flüstert dem Staatsanwalt die nächsten Schritte der Ermittlungen ein und entlarvt ihn am Ende selbst als Täter. Die Wahrheit liegt stets unter den Augen aller. *Todo modo*: Jedes Mittel ist recht, um das Konstrukt der eigenen Welt zu retten.

Rijeka, Frachthafen.

Wie lange schon liegt sie mit auf den Rücken gefesselten Händen auf dem kalten Metallboden? Die Zeit vergeht schneller, wenn sie da sind, wenn die Männer sie schlagen, sie quälen, sie anbrüllen und verhören. Sogar wenn das glatzköpfige Schwein ihre Beine auseinanderreißt und seine Zigarette auf der Innenseite ihrer Oberschenkel ausdrückt. Dort, wo die Haut am dünnsten und am reizbarsten ist. Dann zwingt er grob seine Finger in sie hinein. Schemenhaft erkennt sie im Dunkeln sein Gesicht, wenn er vorher noch einen tiefen Zug aus der Kippe nimmt, damit die Glut schön heiß ist. Seinen Boss im Hintergrund, den schwarzhaarigen Muskelmann, könnte sie kaum beschreiben. Nur einmal, als die beiden Dreckskerle das letzte Mal eintraten, fiel kurz das Sonnenlicht in den Container. Sie sah seinen Umriss, bevor die Tür wieder mit blechernem Geräusch verschlossen und ein Riegel umgelegt wurde. Er blendet sie mit der Stablampe, während er Clarissa mit hartem slawischem Akzent befragt. Als sie zuletzt hereinkamen, sah sie kein Sonnenlicht mehr draußen. Ist es schon Nacht?

»Wer ist Miloš Ban?«

»Mein Übersetzer.«

»Er wohnt in Berlin mit dir zusammen.«

»Mein Übersetzer.«

Mit lautem Knacken bricht ein gekonnter Handgriff des Glatzkopfs den kleinen Zeh ihres linken Fußes. Sie unterdrückt den Schmerzensschrei.

»Das ist erst der Anfang, wenn du mich weiter verarschst«, sagt der Unsichtbare. »Für wen arbeitest du?«

Das grelle Licht der Lampe blendet sie.

»Für wen arbeitest du?«

»*Idylle Europa*. Ein Reisemagazin.«

Der Glatzkopf nähert sich. Die Taschenlampe erlischt. Clarissa erkennt die Glut seiner Zigarette. Der Schmerz ist höllisch. Sie presst die Lippen zusammen.

»Du warst DDR-Kampfschwimmerin«, bellt der Mann im Dunkeln.

»Ich habe in Rijeka bei den Europameisterschaften den zweiten Platz über sechshundert Meter gemacht. Ich wollte das noch mal sehen.«

Ein harter Schlag trifft ihr Gesicht.

»In welcher Mission bist du unterwegs?«

»Reisereportage. Kroatien ist schön. Die Deutschen kommen gerne. Deshalb.«

»Warum machst du es dir so schwer? Wenn du redest, bist du frei.«

Stille.

»Du warst 1994 in der Srpska Krajina. Wo? In wessen Auftrag?«

»Ich war Kriegsreporterin. Meine Berichte wurden alle gedruckt, samt den Fotos.«

»1995 hast du Bilder auf der Hochzeit von Arkan gemacht. Zu Arkan kam nicht jeder. Das Serbenschwein hat Tausende unserer Leute abgeschlachtet. Wen kennst du dort?«

»Er war eitel und hat sich Spannbetttücher aus Seide gewünscht. Deshalb.«

Der Dunkelmann lacht kurz. »Ausgerechnet in seinem Hauptquartier in der Weinkellerei von Erdut bei Vukovar warst du.«

»Als Kriegsreporterin. Ich war auch bei den Kroaten. Von Ante Gotovina habe ich viele Fotos gemacht. Kurz vor eurem Massaker bei Banja Luka.«

»Red keinen Scheiß. Gotovina wurde freigesprochen. Wir Kroaten waren keine Kriegsverbrecher.«

»Was geschah dann im Lager Dretelj?«

Zwei harte Schläge ins Gesicht.

»Slobodan Praljak.« Der Name eines der verurteilten Schlächter.

Der Schwarzhaarige schlägt selbst zu, dann ein kurzer Befehl auf Kroatisch.

Der Glatzkopf schlingt blitzartig ein Kabel um ihre Knöchel. Ein kurzes elektrisches Summen. Clarissa windet sich unter den Stromstößen.

»Woher kennst du Miloš Ban?«

»Aus Berlin. Vereidigter Übersetzer für die kroatische Botschaft. Fragen Sie dort nach.«

»Er hat dich schon gesucht. Er ist ein Deserteur. Für wen arbeitet ihr?«

»Ich habe es schon gesagt.« Wieder zuckt sie unter einem Stromstoß zusammen.

»Du bist im Auftrag eines Geheimdienstes unterwegs. Wer sind deine Auftraggeber? Die Serben?«

»Blödsinn. Ich bin kein Spion.«

»Woher weißt du von der Verladung?«

»Ich weiß nichts von einer Verladung.«

Unter dem nächsten Stromstoß bäumt sie sich auf, verbietet sich aber zu schreien.

»Wo bist du, zum Teufel? Melde dich endlich«, liest der Große Miloš' letzte Nachricht vor. »Der macht sich ernsthaft Sorgen um dich, Kleine. Also, für wen arbeitet ihr?«

Stromstöße, diesmal zwei. Clarissa schweigt.

»Du glaubst, du bist stark. Gefällt es dir, zu leiden? Gib alles zu, und du bist frei. Ich habe schon ganz andere zum Reden gebracht. Wer ist Miloš Ban?«

»Mein Übersetzer.«

Stromschläge.

Clarissa stellt sich bewusstlos. Nicht einmal auf die Verbrennungen mit der Zigarette reagiert sie mehr. Sie zwingt sich zur äußersten Ruhe, weiß selbst nicht, ob sie noch wach ist.

»Wir kommen wieder, verlass dich drauf«, knurrt der Mann. »Du wirst schon noch reden.«

Ein schmieriger Lappen wird ihr in den Mund gestopft, ein Fußtritt in die Lende ist der Abschied. Der Knebel stinkt nach Diesel und ist feucht. Der Eingang zum Container schließt sich mit metallischem Klang. Clarissa hört genau hin. Ein Geräusch fehlt diesmal. Das Umlegen des Sperrhebels an der Tür. Eine Falle?

Sie hebt den Kopf, so gut sie kann, doch ihre Wunden kann sie im Dunklen nicht erkennen. Ihr zerrissener Büstenhalter liegt auf ihrem Bauch, den Stoff des Slips fühlt sie an der Wade. Die Handgelenke sind ihr auf den Rücken gefesselt, um ihre Waden ist das blanke Stromkabel gezerrt, die Füße spürt sie kaum noch.

Atemtechnik hatte sie in der Kampfschwimmereinheit neben der täglichen Schinderei zum Muskelaufbau als Erstes gelernt. Unter Wasser und in der Dunkelheit verändert sich jedes Zeitgefühl. Sie erinnert sich nicht mehr, wann sie zuletzt das Sonnenlicht gesehen hat. Nicht, als das glatzköpfige Dreckschwein und sein Boss endlich von ihr abgelassen haben. Gewiss nicht, um ihr eine Pause zu gönnen. Die gibt man niemandem, den man ausquetschen will. Clarissas Magen ist leer, ihr Mund ausgetrocknet. In weichen Bewegungen versucht sie, die Handfessel nach und nach zu weiten, ohne den Knoten enger zu ziehen.

Behutsam reibt sie sich die Handgelenke, streift endlich das Kabel von ihren Beinen, stützt sich ab. Der Schmerz der gebrochenen Zehe ist erträglich, aber ihre Fußsohlen sind taub. Vorsichtig steigt sie von einem Bein aufs andere, bis sie wieder durchblutet sind, tastet sich unsicher an der kalten Stahlwand in jene Richtung vor, in der sie die Tür vermutet. Dann spürt sie einen eisernen Hebel in der Hand. Wieder atmet Clarissa tief durch, bevor sie mit leichtem Druck den Zugang öffnet. Gerade so weit, dass sie im Licht der Scheinwerfer auf der Mole den Umriss eines Schiffs erkennt, dessen Maschinen laufen. Die geladenen Container ragen über seine Bordlinie hinaus. Ansonsten scheint die Mole verlassen. Ihre Haut schimmert weiß und hebt sich von der Dunkelheit ihres Gefängnisses und dem schwarzen Asphalt ab. Clarissa schaut sich um. Viel Mühe, sie zu verstecken, haben sich ihre Folterknechte nicht gemacht. Der rostige Container steht gerade einmal zwanzig Meter von den Schienen entfernt, auf denen die Ladekräne fahren. Zum Wasser ist es doppelt so weit, schätzt sie. Sie spürt die spitzen Steine in der Fußsohle, macht zwei Schritte, überlegt einen Augenblick, ob es nicht besser wäre, zurück in die Dunkelheit zu fliehen, doch als plötzlich das Horn des Frachtschiffs ertönt, läuft sie los. Das salzige Wasser der Adria brennt in ihren Wunden, als sie eintaucht. Mit kräftigen Zügen entfernt sie sich vom Ufer und dem Wirbel der Schiffsschraube. Sie muss sich keine Sorgen machen, dass man sie hören könnte, während sie die hundert Meter in Richtung des Lotsenbootes durchzieht und sich auf der dem Land abgewandten Seite an einen Fender an der Bordwand klammert. Egal, wohin es fährt, nur weit genug vom Ufer weg, hofft sie. Sicherlich wird es den Frachter aus dem Hafen und dann durch die Meerenge vor der Insel Cres hinausgeleiten. Sobald es den Lotsen wieder aufnimmt, kann sich Clarissa entscheiden, was sie tun wird. Die Entfernungen in der Kvarner Bucht sind überschaubar, allerdings soll es Haie in diesem Teil des Meers geben. Hatte Miloš erzählt.

Die Positionslichter der EARLY SUN werden immer kleiner in der Nacht. Als das Lotsenboot zurück in den Hafen steuert, wundern sich die drei Männer an Bord über die Scheinwerfer von Patrouillenbooten, die über den pechschwarzen Wasserspiegel gleiten. Auf der Hafenmole stehen Einsatzfahrzeuge, deren Blaulichter aufs Meer hinausleuchten. Über Funk erhalten die Lotsen den Befehl, zur Mole zurückzukommen. Als sie in Sichtweite sind, erkennen sie Mirković samt seinem Glatzkopf, der ihm nie von der Seite weicht. Das verheißt nichts Gutes. Noch während sie anlegen, hageln die Fragen auf sie ein.

»Habt ihr sie gesehen?«

»Wen?«

»Eine nackte Blonde.«

»Hätten wir uns wohl kaum entgehen lassen.«

»Eins fünfundsiebzig groß, verwundet.«

»Nein.« Die drei Männer schauen sich fragend an. Wer von den Typen da oben hat zu viel getrunken? »Da war niemand.«

»Seid ihr ganz sicher? Eine Schwimmerin?«

»Da war nichts, Chef.«

Auf der anderen Seite des Zauns fahren Autos der Hafenbehörde auf und ab. Die Fischer, die ihre Boote bereit machen, schauen ihnen misstrauisch hinterher.

6

Salzburg Leopoldskron, Zwieselweg.

»Nach dem Attentat auf diesen Journalisten ist man nicht einmal mehr bei uns vor den Fundamentalisten sicher.« Die akkurat frisierte Margarete Neuner-Hebenstreit legt die Zeitung beiseite und betrachtet ihre manikürten Hände. Ein Blitz lässt das Licht über dem Frühstückstisch flackern.

Gestern am späten Nachmittag hatte sich der Himmel über Salzburg mit einem Mal verfinstert, starker Westwind trieb schwarze Wolken über das Land. Aus der Ferne näherte sich dumpfes Donnergrollen, als die Ruhe vor dem Sturm einkehrte und die Luft stickig wurde. Keine Stunde später prasselten dicke Regentropfen auf die Stadt nieder. Der Geruch nach Asphalt, nassem Staub, Metall verschwand rasch, als der Himmel schließlich alle Schleusen öffnete, Blitze und Donner die Leute von den Straßen trieben. Die ganze Nacht regnete es ohne Unterlass, und auch an diesem Morgen scheint sich noch keine Besserung abzuzeichnen.

Staatsanwalt Clemens Neuner-Hebenstreit musste auf sein tägliches Bad im Pool seines Gartens verzichten. Beim Frühstück plaudert er nicht wie sonst ausgelassen mit seiner Frau über die Geschehnisse, die ihm beim Durchblättern der Zeitungen erwähnenswert scheinen. Stattdessen verschüttet er den Kaffee über das Wurstbrot auf seinem Teller und über die weiße Leinentischdecke, als er die Headline des Artikels gleich auf der dritten Seite sieht, und zieht sein Mobiltelefon aus der Hosentasche.

Margarete Neuner-Hebenstreit räumt erschrocken den Tisch ab und wechselt das Tischtuch, während er nervös mit den Fingern auf das blanke Holz trommelt und wartet, dass abgenommen wird. Eine andere Nummer von Romana Castelli de Poltieri hat er nicht. Normalerweise meldet sich ihr Bruder Carletto und leitet sein Anliegen an die Senatorin weiter. Kein einziges Mal hatte sie ihn in der Vergangenheit versetzt. Und heute ist es noch wichtiger als sonst. Brisante Meldungen der ausländischen Medien finden frühestens am Folgetag in die eigene Presse. Zeit, die sie nutzen müssen.

BAYERN-FAULSPIEL BEI MEC-DEAL. Der Titel ist so unverfänglich, dass er auf der Sportseite stehen könnte. Bereits im Untertitel geht es aber zur Sache. *Kick-back-Zahlungen statt Due Diligence. Ein Alpen-Adria-Krimi mit Milliardenfolgen.*

Als Aufmacher die Abbildung eines Grundbuchauszugs des Katasters in Triest, auf dem der Name eines der beiden Aufsichtsräte der BavariaFinance Group farbig unterlegt ist. Der Artikel beansprucht eine halbe Seite und ist so gehalten, dass noch Schlimmeres zu befürchten ist.

Der Autor dieser Recherche, Jordan S. Becker, wurde in Salzburg brutal vor dem Justizpalast ermordet, kaum dass er das Gebäude verließ. Der Leiter der Soko MEC Dr. Clemens Neuner-Hebenstreit hatte ihn zum Gespräch gebeten. Der Redaktion vorliegende Kontoauszüge aus dem Jahr 2007 belegen Kick-back-Zahlungen an zwei Aufsichtsräte der BavariaFinance Group, die zeitgleich mit der Übernahme der maroden MEC getätigt wurden. Heikel ist dabei auch, dass einer dieser Männer heute Schulter an Schulter mit der deutschen Kanzlerin arbeitet. Der zweite frühere Aufsichtsrat erwarb eine Nobelvilla mit Meerblick im eleganten Triester Vorort Barcola zu einem Preis, der um tausend Prozent über dem damaligen Marktwert lag. Veräußert wurde das Gebäude von der italienischen Senatorin Romana Castelli de Poltieri, die seit 1994 im römischen Senat sitzt. Diese Summe wurde ihrem Konto bei der MEC Bank gutgeschrieben, das sie inzwischen aufgelöst hat. Ähnliche Transaktionen liefen beim Verkauf eines bedeutenden Weinguts im Friaul und anderen Immobilien. Es liegt auf der Hand, dass der italienische Fiskus bei diesem Geschäft leer ausging. Die Originalbelege der Bank, die dem Autor anonym zugespielt wurden, sowie die Grundbuchauszüge sprechen eine deutliche Sprache. Belegbar sind Kick-back-Zahlungen in Höhe von fünfzig Millionen Euro. So stellt sich zwangsläufig die Frage: Waren diese Überweisungen für die Übernahme der maroden Middle European Credit Bank AG entscheidender als eine sorgfältige Prüfung durch die Käuferin, die BavariaFinance Group? Natürlich gilt die Unschuldsvermutung. Dem Schadensersatzprozess gegen die Republik Österreich, in dem die Bayern sich als Betrogene gerieren, können diese neuen Erkenntnisse eine entscheidende Wendung geben. Die Notverstaatlichung wäre damit unnötig gewesen. Der Leiter der Soko MEC, Dr. Neuner-Hebenstreit, steht jetzt mit seinen Ermittlungen auf dem Prüfstand. Wie viel will und darf er aufdecken?

Verdammt, sein Name steht schwarz auf weiß an prominenter Stelle. Wie war Becker an die Bankunterlagen gekommen? Entweder hatte sie ihm ein Maulwurf in Bayern zugespielt oder jemand aus der Soko. Und auch die Senatorin wird genannt. Er muss sie warnen. Sie hatte damals das Ihrige dazu getan, seinem Curriculum Vitae zusätzlichen Glanz zu verleihen. Neuner-Hebenstreit gilt schon deshalb als Spitzenjurist, weil er über gleich zwei Staatsexamen verfügt. Das österreichische hatte er mit summa cum laude bestanden, beim Abschluss seines zweiten Studiums in Italien war dafür der Einfluss der Senatorin ausschlaggebend gewesen.

Sie hatten sich einst in Triest kennengelernt, wo er während des Studiums nach politisch Verbündeten Ausschau hielt. Der fünfzehn Jahre älteren Dame präsentierte er sich auf Empfehlung des damaligen Kärntner Landeshauptmanns, für dessen politischen Schwung Clemens Neuner-Hebenstreit sich im Land Salzburg stark zu machen versuchte, doch kaum Gefolgsleute fand. An der Universität Triest war er zwar immatrikuliert, doch zeigte er sich dort selten. Aber das Zertifikat eines glänzend bestandenen Studiums ziert in goldenem Rahmen die Wand seines Arbeitszimmers. Romana Castelli de Poltieri hingegen wurde in den Aufsichtsrat der MEC Bank gewählt und bald darauf für ihre Verdienste zur Intensivierung der grenzüberschreitenden Zusammenarbeit mit dem Großen Goldenen Ehrenzeichen des Landes Kärnten ausgezeichnet.

Der zweite Artikel untermauert die Vorwürfe mit Fotos und Beckers Text.

EUROPA IN RECHTEN HÄNDEN
Die Favoritin für die Position des Generalsekretärs der Organisation für Sicherheit und Zusammenarbeit in Europa (OSZE), die italienische Senatorin Romana Castelli de Poltieri, war 1994 aktive Embargobrecherin, jahrelang saß sie im Aufsichtsrat der MEC.
Vier Fotos zeigen sie in gleicher Pose:
12. 6. 1994, Waffentransfer an einem Grenzübergang bei Triest.
2001, bei der dritten Wiederwahl in den Senat.
2009, Rede beim ersten Parteitag des Rechtsbündnisses Popolo della Libertà.
Vor einer Woche, noch nicht ganz drin: Sitz der OSZE, die Hofburg in Wien.

Bildlegende: *Befehlen gewohnt – Manche Posen behält man bei. Senatorin Romana Castelli de Poltieri in über zwanzig Jahren unaufhaltsamer politischer Karriere.*
Gut Ding will Weile haben, heißt es im Volksmund. 1994 dokumentierte unser Kollege Jordan S. Becker den Bruch des von der UNO verhängten Embargos gegen die Teilrepubliken des zersplitterten Jugoslawiens. Ein Lkw-Tross mit slowenischen Kennzeichen und mit Waffen aus Deutschland beladen, Altbestände der DDR-Volksarmee, wie die Aufschriften der Kisten vermuten lassen, wurden nachts an einem kleinen Grenzübergang östlich der Hafenstadt Triest unter den Augen der slowenischen Polizei einem kroatischen Kommandanten übergeben. Die Frau im Vordergrund ist die 1994 erstmals in den römischen Senat gewählte Romana Castelli de Poltieri. Bildrecherchen über den Lauf von mehr als zwei Jahrzehnten schließen jeden Irrtum aus. Die Aufgabe der OSZE ist es, Konflikte zwischen den 57 Mitgliedsstaaten zu vermeiden und die Kooperation in Zentraleuropa zu verstärken. Kann dieses Amt von einer Person ausgefüllt werden, die ihre Karriere mit dem Bruch des Waffenembargos begann? Die Politikerin war bis Redaktionsschluss für eine Stellungnahme nicht zu erreichen.

Wieder und wieder betätigt Neuner-Hebenstreit vergebens die Wahlwiederholung. Eine halbe Stunde später sitzt er im Büro Rudolfskai an seinem Schreibtisch und schielt auf die Nummern, die in kurzen Abständen auf dem Display seines Dienstapparats aufleuchten. Es können nur Journalisten sein, die sich ein Statement erhoffen. Freunde wissen, wie sie ihn erreichen können, doch von ihnen meldet sich keiner. Der Staatsanwalt sagt alle Termine ab, tippt sein Plädoyer in eigener Sache und druckt es aus, um sofort zur Anwaltskanzlei eines früheren Kommilitonen zu eilen, der daraus die einstweilige Verfügung gegen das Blatt formulieren soll. Derartige Anschuldigungen müssen unmittelbar untersagt werden.

Adria-Schiffsroute nach Süden.

Ein rhythmisches Stampfen, begleitet von einem sonoren Geräusch ist das Erste, was Clarissa vernimmt, als sie zu sich kommt. Um sie herum ist es stockdunkel, doch der leicht vibrierende Metallboden unter ihrer Haut ist wärmer als der Stahl des Containers in Rijeka. Ihre Kehle ist trocken, sie fühlt sich zerschlagen, ihr Gesicht schmerzt, mit dem linken Fuß stimmt etwas nicht. Vorsichtig tastet sie ihn ab. Die Innenseiten ihrer Oberschenkel brennen höllisch, nässende Wunden an den Leisten. Ihr platinblondes Haar ist starr vor Schmutz und Salz. Der Raum stinkt nach Fäkalien. Wo ist sie, und wie kam sie hierher? Vorsichtig stützt sie sich auf und lauscht in die Finsternis. Zaghaft versucht sie, auf die Beine zu kommen, berührt bald eine Stahlwand mit einer dicken Schweißnaht, der sie folgt. Zwei Ecken zählt sie, bis sie auf eine Vertikalstruktur stößt, eine Tür. Jetzt tastet sie sich mit beiden Händen voran, findet einen dicken Metallbügel, er quietscht, sie zuckt zusammen, doch dann legt sie ihn ganz um. Die Luke bewegt sich tatsächlich, Neonlicht fällt durch einen Spalt auf ihre helle Haut. Erschrocken zieht sie sich zurück, atmet durch, öffnet die Tür erneut und streckt vorsichtig den Kopf hinaus. Der Korridor eines Schiffs. Der einst grün gestrichene Metallboden hat fast alle Farbe verloren, die Schweißnähte haben Rost angesetzt. Wohin ist sie unterwegs?

Clarissa zögert einen Augenblick, bevor sie auf den Flur hinaustritt. Ein paar Meter weiter öffnet sich ein riesiger Raum, durch den die Schraubenwelle läuft. Es ist warm, auch hier stinkt es nach Rohöl und Fäkalien. Weiter hinten stößt sie auf eine Stahltreppe, die steil nach oben führt. Zwanzig Stufen vielleicht. Angestrengt horcht sie, doch außer dem Stampfen der Maschine kann sie keine Geräusche vernehmen. Den linken Fuß aufzustellen bereitet ihr Schmerzen. Der kleine Zeh ist stark geschwollen. Plötzlich erinnert sie sich wieder an alles.

Das Wasser der Adria gibt ihr die Stärke zurück. Ihre Schmerzen verklingen nach den ersten Zügen, mit der sie sich von der Mole des Hafens Rijeka entfernt. Erst weit draußen taucht sie auf, um die Richtung auszumachen, in die sie schwimmen muss. Damals beim KSK18, der Kampfschwimmereinheit der Volksmarine in Kühlungsborn an der mecklenburgischen Ostseeküste, hatten die Ausbilder sie zum Training auch im Winter und bei Sturm ins eiskalte Wasser gejagt, und als einzige Frau in der Einheit war sie bei voller Fahrt noch vor den Männern aus dem Schnellboot in die grauen Wellen gesprungen. Nie hatte sie auch nur die geringste Schwäche gezeigt. Für sie wäre es sogar ein Leichtes gewesen, in den Westen zu schwimmen, doch daran hatte sie nie Interesse gehabt. In der sommerlichen Adria hingegen wird sie stundenlang durchhalten, der hohe Salzgehalt trägt sie fast von allein. Die Schraube des Frachtschiffs wirft weiße Gischt auf und entwickelt einen starken Sog, sie muss nur weit genug davon wegkommen. Ein Stück entfernt schaukelt ein Boot auf den Wellen, auf dessen Bug groß PILOT aufgeschrieben steht. Die Entfernung schätzt sie auf etwa hundert Meter, sein Heck liegt ihr zugewandt. Mit aller Kraft zieht sie durch und krault in seine Richtung. Nach etwas mehr als der halben Strecke taucht sie ab. Trotz der Zigaretten, die sie seit Monaten raucht, hat sie noch immer genug Luft, um unter seinem Bug zur landabgewandten Bordwand durchzutauchen und vorsichtig den Kopf aus dem Wasser zu heben. Zwei große Fender hängen über die Reling. Clarissa greift sich den ersten, wenn sie sich nicht täuscht, wird das Boot den

Frachter aus dem Hafen und vielleicht noch durch die Meerenge zwischen dem Festland und der Insel Cres geleiten, wenn nicht sogar den Lotsen aufnehmen. So lange hält sie durch, und dann wird sie auch weit genug von Rijeka entfernt sein, wo ihre Peiniger bereits aufgeregt nach ihr suchen. Nur der unsägliche Durst setzt ihr zu. Seit ihrer Gefangennahme hat sie weder etwas zu essen noch zu trinken bekommen. Vor allem hat sie keine Ahnung, wie viel Zeit vergangen ist. Wo ist eigentlich Miloš? Sucht er nach ihr? Auf der Herfahrt hatte er noch versucht, ihr Angst vor den Haien in der Kvarner Bucht zu machen. Lächerlich, hatte sie gespottet. Und war schließlich selbst in ihre Hände gefallen. An Land.

Das Boot nimmt Fahrt auf, Clarissa klammert sich am Fender fest und lässt sich mitziehen. Das Frachtschiff muss auf der anderen Seite laufen, sie bemerkt es erst, als sein Bug in der Dunkelheit über dem Lotsenboot auftaucht und lauthals Befehle gegeben werden. Es nähert sich stetig, dann wird die Gangway ausgefahren. Sie muss handeln. Mit voller Kraft stößt sie sich ab, taucht unter dem Rumpf des Lotsenboots hindurch und zieht sich auf der anderen Seite wieder empor. Das Boot hat direkt an der Gangway festgemacht, die keinen Meter über ihr hängt. Schritte eines herablaufenden Manns in weißer Uniform, er springt an Bord. Auch Clarissa drückt sich ab. Mit den Fingerkuppen bekommt sie gerade noch die untere Plattform zu fassen. Das Boot hat bereits abgedreht. Sie fasst rasch nach, fädelt ihre Beine ein und spürt den Zug der Gangway, die hydraulisch eingezogen wird.

Nur an eines erinnert sie sich nicht: Wie zum Teufel ist sie in den stinkenden Frachtraum gelangt? Hier muss sie das Bewusstsein verloren haben. Selbst einen Stock höher riecht sie noch den Gestank.

Eine unbekleidete blinde Passagierin an Bord eines Schiffs,

von dem sie nicht weiß, wohin es fährt. Völlig ungeschützt, niemand weiß, wo sie ist. Sie darf sich auf keinen Fall erwischen lassen, schon gar nicht nackt. Seeleute sind einsam. Auf so einem trostlosen Seelenverkäufer vermutlich schon seit langer Zeit.

Zaghaft schleicht Clarissa durch den Gang, sieht einen Wasserschlauch, trinkt daraus und wäscht sich, so gut es geht. Als sie die Pfütze sieht, in der sie steht, schimpft sie über ihren Leichtsinn. Dann aber öffnet sie den Wasserhahn, bis der Schlauch tropft. Als hätte ihn jemand nicht richtig zugedreht. Sie steigt eine Treppe nach der anderen empor und befindet sich endlich oberhalb der Bordwand.

An Steuerbord schaut sie aus dem Bullauge. In weiter Ferne verläuft die Küste. Welche? Clarissa steigt weiter nach oben, vernimmt Schritte. Sie schlüpft durch eine Tür und befindet sich in einer engen Einzelkabine. Flugs lässt sie sich unter die Koje gleiten, der Boden strotzt vor Dreck. Sie presst sich gegen die Wand und wartet, zählt ihren Puls, um wenigstens eine Idee von Zeit zu bekommen. Zehn Minuten müssen etwa vergangen sein, Clarissa kriecht aus ihrem Versteck, knipst das Licht an, das Bullauge ist mit einem dreckigen Stück Stoff verhängt. Auf einem Klappbord liegt eine angebrochene Packung Kekse, die in einer Sprache bedruckt ist, die sie nicht kennt. Sie stopft das süße Gebäck in sich hinein. Dann stößt sie auf eine Thermoskanne mit lauwarmem Tee. Zuerst nimmt sie kleine Schlucke, dann leert sie gierig die ganze Kanne. Sie kann sich kein Durchatmen erlauben, schnell wird ihr die Situation wieder bewusst: Sie muss hier raus. Clarissa schaut sich hektisch in der Kabine um. Ein großes, kariertes Männerhemd an einem Haken, es stinkt nach Schweiß, trotzdem streift sie es über und krempelt die Ärmel hoch. Der Kerl, dem es gehört, muss riesig sein, es reicht ihr bis über die Oberschenkel. Erst jetzt sieht sie die rote Baseballcap mit den drei kyrillischen Buchstaben.

КГБ steht für KGB. So etwas gab es während der Sowjetzeit nicht. Der Besitzer muss ein Blödmann sein, oder er versteht die Sprache nicht, die sie auf der Schule hatte lernen müssen. Sie zwingt ihre Haare darunter. Auf der Liege findet sie zwei Blätter: Das Schiff befindet sich auf der Fahrt nach İskenderun in der Südtürkei. Auch das Datum ist vermerkt. Clarissa überschlägt die Zeit. Ein Tag und eine Nacht fehlen ihr also. Wieder schaut sie aus dem Bullauge. Die Küste kommt näher, es kann nur die italienische sein. Der direkteste Weg für den Frachtverkehr führt dicht an Apulien vorbei. Vermutlich passieren sie Bari, bevor das Schiff die Adria durch die Straße von Otranto verlassen wird und ins Ionische Meer weiterfährt.

Sie öffnet behutsam die Kabinentür, der schwach beleuchtete Flur ist verlassen. Noch. Sie weiß, dass diese Kübel mit kleiner Besatzung fahren, doch auch die hat ihre wechselnden Ruhezeiten. Sie muss schnellstens von hier verschwinden.

Die Luke hinaus aufs Deck ist schwergängig, sie braucht ihre ganze Kraft, um sie aufzustemmen. Clarissa vergewissert sich, dass niemand von der Brücke herabblickt, dann läuft sie ans Ende der Reling. Der Schiffsverkehr ist dichter geworden, abgesehen von einigen Fischkuttern sieht sie in gar nicht zu großem Abstand Frachter und Öltanker, die nach Süden fahren, andere kommen auf Backbord entgegen. Ein schnittiges türkisches RoRo-Schiff, wie sie es in Triest am Hafen gesehen hat, schiebt sich mit hohem Tempo vorbei. In dichten Reihen stehen Schwerlastwagen an Bord, deren Auflieger Namen türkischer Spediteure tragen. Clarissa sieht die Küste näher kommen, drüben scheinen Strandbäder, Campingplätze und Feriensiedlungen zu liegen, über deren knallroten Dächern die italienische Tricolore weht. Die Entfernung schätzt sie auf drei Seemeilen, fünfeinhalb Kilometer. Das ist zu schaffen, im Wasser mit dem lädierten linken Fuß allemal leichter als an Land. Clarissa springt.

Grado, Isola della Schiusa. Kommissariat.

Eine leichte Bora ist aufgezogen und sorgt für kristallklare Luft. Wieder ist Xenia lange vor Arne auf den Beinen. Ein Anruf von Nicola Bonanni hat sie geweckt. Von seinem Verbindungsmann beim Inlandsgeheimdienst hatte er erfahren, dass ein Kollege aus Pullach sich kollegial um eine Telefonauskunft bemüht hatte. Xenias Nummer. Drei Auslandsgespräche hatte sie zuletzt geführt: Jordan S. Becker in Österreich, Clarissa Waisz und Miloš Ban erfolglos unter deutscher Vorwahl. War es etwa leichtsinnig gewesen, die Nummern zu wählen, nachdem Živa Ravno vom Vorfall im Hafen von Rijeka berichtet hatte? Nach dem Gespräch mit Nicola läuft sie an den Strand und wirft sich in die Wellen. Eine halbe Stunde schwimmt sie, dann wirft sie sich das Kleidchen über ihren nassen Körper und geht die paar Meter zurück, um sich dienstfertig zu machen. Als sie die Moka auf die Flamme setzt, vibriert ihr Telefon. Auf diesen Anruf wartete sie seit gestern vergeblich. Miloš Bans Stimme lässt darauf schließen, dass er an diesem Morgen noch mit niemandem gesprochen hat.

»Commissario, ich habe Ihre Nachricht erst jetzt erhalten. Haben Sie Neuigkeiten über Clarissa? Ist sie bei Ihnen? Lebt sie? Kann ich mit ihr sprechen?« Er verhaspelt sich, spricht italienisch und schwankt zwischen Räuspern und Aufregung.

»Wo sind Sie, Gospod Ban?« Xenia spricht ihn in seiner Muttersprache an. In Krisensituationen hat das oft beruhigende Wirkung.

»Bei Salzburg, auf dem Parkplatz eines Einkaufszentrums. Mit Plattfuß und kaputtem Kotflügel. Und Clarissa? Wissen Sie etwas?«

»Ich weiß nichts. Offiziell weiß ich nichts. Und alles andere sind keine guten Nachrichten. Deshalb habe ich Sie gesucht. Es wäre am besten, wenn Sie zurück nach Grado kommen.«

»Ich muss zuerst das Rad wechseln. Ich bin eingeschlafen und habe auf der Autobahn die Leitplanke erwischt. Ich habe fast kein Geld mehr, aber der Tank ist halb voll. Es müsste reichen. Wo ist sie?«

»Kommen Sie ohne den Wagen. Gehen Sie davon aus, dass man Sie sucht.«

»Wo ist Clarissa?«

»Darüber sollten wir nicht am Telefon sprechen. Wo befinden Sie sich genau?«

»Ich sagte doch schon, ich weiß es nicht. Irgendwo bei Salzburg.«

»Beschreiben Sie die Umgebung.«

Zuerst druckst Miloš Ban herum, beschreibt den leeren Parkplatz. Endlich nennt er die Namen der Geschäfte. Xenia verdreht die Augen. Die gibt es zigfach und überall.

»Beschreiben Sie, was Sie sonst noch sehen. Los! Sie haben keine Zeit zu verlieren.«

Xenia atmet auf, als er endlich eine Billigtankstelle mit Waschstraße beschreibt. Damit lässt sich mehr anfangen als mit den von Stadt zu Stadt gleichen Einkaufszentren an den Einfahrtsstraßen.

»Ich schicke jemanden. Entfernen Sie sich von Ihrem Wagen. Verstecken Sie sich. Hinter den Müllkübeln oder den Einkaufswagen, oder was auch immer Sie sehen. Er wird Sie finden, falls Sie zwischenzeitlich nicht beim Friseur waren. Er kommt allein. Sollten Sie ein Auto mit mehreren Insassen sehen, bleiben Sie in Ihrem Versteck.«

»Aber ...«

»Sobald wir aufgelegt haben, trennen Sie sich von Ihrem Telefon. Ist das klar?«

»Aber warum? Was ist, wenn Clarissa anruft?«

»Clarissa wird nicht anrufen. Löschen Sie das Gesprächsverzeichnis und lassen Sie das Telefon im Wagen, damit niemand Sie verfolgen kann. Haben Sie mich verstanden?« Xenia nimmt die brodelnde Moka von der Flamme und schenkt sich ein.

Miloš schweigt lange, bevor er zögernd nachgibt. »Wenn Sie es sagen ...« Er wiederholt ihre Worte.

»Keine Tricks, Gospod Ban, sonst kümmern sich andere um Sie, die Ihnen nicht freundlich gesinnt sind. Telefone kann man ersetzen. Und den Wagen holen Sie ab, wenn alles vorbei ist. Tun Sie, was ich gesagt habe. Versprochen?«

»Versprochen.« Seine Stimme ist jetzt klar. »Danke, Commissario.«

»Bringen Sie sich nicht in Schwierigkeiten, Miloš. Verstecken Sie sich und warten Sie. Es kann durchaus dauern. Aber Sie werden abgeholt. Und jetzt löschen Sie die Gespräche und trennen Sie sich vom Telefon. Sofort.«

Sie nimmt einen Schluck vom Kaffee und wählt die Nummer von Jack Samir. Es dauert, bis er sich meldet.

»Ich habe mich gerade hingelegt, hatte Nachtdienst, Commissario. Was ist los?«

»Schlafen können Sie später, Jack. Ich brauche Ihre Hilfe.« Sie beschreibt das Einkaufszentrum, doch erst die Tankstelle erkennt der Taxifahrer wieder. Sie beschreibt Miloš, so gut sie kann, und bittet Jack, ihn so lange zu suchen, bis er ihn gefunden hat. Und anschließend nach Grado zu bringen. In Beckers Interesse, der Journalist hätte es so gewollt.

»Jordans Material ist übrigens in der Presse«, sagt Jack noch und nennt den Namen des Blatts. »Titelseite und zwei lange Artikel. Haben Sie das veranlasst?«

Sie bleibt ihm die Antwort schuldig. »Fahren Sie gleich los und suchen Sie Miloš Ban. Wenn er Ihnen nicht traut, nennen Sie meinen Namen und wohin Sie ihn bringen sollen, Jack. Wir sehen uns später.«

Bevor Xenia aus dem Haus geht, stellt sie eine Tasse dampfenden Kaffee neben das Bett unter der alten Linde. Arne blinzelt und will sie umarmen, doch sie drückt ihn zurück aufs Kissen.

»›Morgenstund hat Gold im Mund‹, Arne. Ist das nicht ein deutsches Sprichwort?«

»›Den Seinen gibt's der Herr im Schlaf‹ aber auch.«

»Siehst du, nicht einmal mehr auf Redewendungen kann man sich verlassen.«

Noch einmal wählt sie die Nummer von Clarissa Waisz und lässt es klingeln, bis die automatische Ansage anspringt. Wenn die Deutschen sich deshalb nach ihrer Nummer erkundigt haben, wird sie es bald erfahren. Dann startet sie den Scooter und fährt zum Kommissariat.

Während ihr Computer hochfährt, erhält Xenia den Anruf des Inspekteurs des Gesundheitsamts, der von der Durchsuchung der Flüchtlingsheime bei Fossalon berichtet. Die Mängelliste sei lang, doch das sei keine Seltenheit bei diesen Einrichtungen, kommentiert er lapidar. Es fehle nicht viel, um die Unterkünfte zu schließen. Bei seiner Ankündigung, den Rapport und die Mängelliste mit der Heimleitung besprechen zu wollen, sei er erwartungsgemäß auf Widerstand gestoßen. Er wäre für polizeiliche Begleitung dankbar. Xenia verspricht, selbst vorbeizukommen. Sie will wissen, wie diese Einrichtungen auf dem Rücken Hilfloser Profite machen. Sie verabreden sich an der Kreuzung vor dem Anwesen.

Als Xenia Zannier aus der Dienststelle tritt, hebt sie neugierig den Kopf. Valerio Alfieri schließt soeben das Tor auf und kommt ihr bestens gelaunt entgegen.

»Gleich ist es so weit, Commissario. In Kürze bin ich die Fabrik los. Ich fahre mit dem Boot rüber.« Er grinst zufrieden. Nicht einmal zu diesem Anlass hat er sich umgezogen und gleicht wie immer einem Altrocker in chronischer Midlife-Crisis.

»Na dann, viel Glück.«

Während sie den Helm aus dem Fach nimmt, hat Alfieri am Anleger schon die Leinen losgemacht und richtet den Bug auf den Kanal, der aufs offene Meer führt. Breitbeinig steht er am Steuer und schiebt den Gashebel vor, die Gischtwelle wird immer höher. Bei vollem Tempo dauert die Fahrt nach Triest kaum eine halbe Stunde.

Triest, Piazza San Giovanni. Büro im Piano nobile.

Der Kameramann trägt seine Ausrüstung vom Lieferwagen der RAI in den riesigen neoklassizistischen Palast, in dem das Büro der Senatorin die Hälfte der zweiten Etagen einnimmt. Als Alfieri mit dem Taxi vorfährt, ist der Aufzug mit dem Equipment belegt. Er steigt die breite steinerne Treppe empor. Seit einer Viertelstunde wird er erwartet, der Bruder der Senatorin hat bereits zweimal besorgt angerufen, um sich nach seinem Verbleib zu erkundigen. Die drei deutschen Vertreter der MainChemie AG seien längst eingetroffen und auch der Emissär der Bundesregierung, maulte Carletto. Die Senatorin sei sauer über die Respektlosigkeit Alfieris, sie warten zu lassen. Alfieri lachte laut, den CEO kennt er noch gut aus seinen Frankfurter Jahren, und ohne ihn findet der Deal sowieso nicht statt.

Carletto Castelli de Poltieri betrachtet abschätzig seinen Aufzug: Stiefel, Jeans, Lederjacke, und sein dickes Haar hat er nicht einmal zu einem Pferdeschwanz gebunden. Der Fahrtwind hat es zu einer dunkelgrauen Löwenmähne aufgebläht. Der Notar hält mahnend sein Exemplar des Vertrags hoch, doch der offizielle Akt beginnt erst, wenn das Kamerateam bereitsteht. Der herrschaftliche Raum mit seinen reichen Stuckverzierungen ist nach den Anweisungen der Senatorin hergerichtet. Hinter ihrem breiten Edelholzschreibtisch stehen antike Stühle. Die Vertragsunterlagen liegen in schweren Ledermappen zur medienwirksamen Besiegelung des Geschäfts obenauf. Nachdem man ihm den Emissär der Regierung namens Bernd Körber vorgestellt hatte, scherzt Alfieri auf Deutsch mit dem Vorstandsvorsitzenden der MainChemie AG.

»Ein bisschen schmerzt es mich, euch den Laden zu überlassen. Ich hatte Großes vor mit der ChimiCo und Torviscosa. Aber besser, ihr bekommt ihn, als der russische Investor, der daran interessiert war, oder die Chinesen. Den europäischen Interessen zuliebe gilt es eben ein bisschen Verzicht zu üben, und ihr habt auch verhandelt wie die Teufel. Die Senatorin hat eine Menge Wirtschaftsförderung für euch herausgeholt, um die sie sich für mich nie bemüht hat. Das muss euch einiges gekostet haben.«

»Sie wissen selbst, lieber Herr Alfieri, wie solche Dinge laufen. Ihr Betrieb besetzt zwar eine schöne Nische im Markt, aber unverzichtbar ist er für uns natürlich nicht. Sagen wir es mal so, ich tue Ihnen einen Gefallen, so, wie Sie mir damals einen getan haben bei der Kapitalerhöhung der MainChemie.«

Der grau melierte Vorstandschef lächelt süffisant, während Alfieri zu Körber schielt, der mit Romana Castelli de Poltieri lauernd am Tisch steht. Die Senatorin scheint nicht gut auf den Deutschen zu sprechen zu sein und wendet sich von ihm ab, sobald sie erkennt, dass die Fernsehteams aufnahmebereit sind und die Vertreter der Printmedien nur darauf warten, so bald wie möglich wieder in ihre Redaktionen zurückzufahren. Sie geht zum Schreibtisch und nimmt in der Mitte Platz, dann weist sie den Deutschen, dem Notar und Alfieri ihre Plätze zu. Hinter ihr sind die italienische Tricolore, die deutsche Bundesfahne, die europäische Flagge und sogar das Banner ihrer Partei drapiert. Alfieris Appell, die Übernahme der ChimiCo nicht zur Parteiwerbung zu missbrauchen, hat sie demonstrativ ignoriert, und ein Protest vor laufenden Kameras ist nicht angebracht. Romana Castelli de Poltieri würde nicht davor zurückscheuen, ihn bei ihrer Ansprache als glücklosen Unternehmer in Misskredit zu bringen, ohne ihm Raum für eine Replik zu gewähren.

»Die kontinuierliche Verbesserung der europäischen Zusammenarbeit ist ein Ziel, für das ich seit Jahren kämpfe. Heute ist ein großer Tag für die Beschäftigten und die Wirtschaft in unserer Region. Seit der ersten Kontaktaufnahme habe ich diese neue Kooperation zwischen Italien und Deutschland begleitet und bei den Verhandlungen Wert darauf gelegt, dass die sozialen Aspekte von über hundert Mitarbeitern nicht vernachlässigt werden. Unsere deutschen Partner haben sich dabei, wie nicht anders zu erwarten, zwar als zähe Verhandlungspartner erwiesen, doch sich auch in Bezug auf die Wichtigkeit der regionalen Belange verständig gezeigt. Das Resultat ist eine langjährige Bestandsgarantie für alle Arbeitsplätze und, dank der globalen Marktstärke der neuen Eigentümer, auch eine Chance für den symbolträchtigen Standort Torviscosa und das gesamte Friaul-Julisch Venetien. Mein persönlicher Dank gilt dem CEO und seinen Kollegen der MainChemie für die glänzende Zusammenarbeit, die damit einen Maßstab für die Zukunft setzt. Der Notar hat die ausgehandelten Verträge überprüft, meine Herren, ich bitte Sie, die neue gemeinsame Zukunft mit Ihren Unterschriften zu besiegeln.«

Die Dokumentenmappen werden geöffnet, teures Schreibwerkzeug gleitet über die Seiten, dann werden sie ausgetauscht. Der Kameramann richtet das Objektiv auf das Exemplar des Vorstandschefs. Ein wertvoller Füllfederhalter, gepflegte Hände, ein glänzender Ehering, dezente Krawatte, ein gewinnendes Lächeln, als er sich erhebt und Alfieri die Hand drückt, während Romana Castelli de Poltieri über sie wacht. Körber hält sich im Hintergrund und löst sich erst am Ende von der Wand, an der er lehnt. Er geht zu Alfieri, dem der Notar soeben den Zugang zum Treuhandkonto übergibt, und gratuliert ihm. Der Senatorin schenkt er keine Beachtung. Carletto öffnet die Flügeltüren, zwei Pinguine hüpfen herein und bieten billigen Schaumwein an. Man prostet sich zu, nippt ein wenig am Glas und lächelt. Die Deutschen verabschieden sich rasch, um von Triest aus mit dem Firmenjet zurückzufliegen.

Valerio Alfieri hat einen guten Schnitt gemacht. Allein die anfallenden Verluste der ChimiCo und die angehäuften Schulden nicht mehr tragen zu müssen ist ein Erfolg. Mit dem Kaufpreis kann er den viertausend Liter fassenden Tank seiner großen Motorjacht während der sommerlichen Fahrten mit seiner Frau Feride füllen, sooft er will.

Vieste, Gargano. Spiaggia Sfinalicchio.

Kaum spürt Clarissa den Grund unter ihren Füßen, watet sie die letzten Meter an Land und lässt sich erschöpft in den Sand fallen. Sie bettet die Stirn auf ihre Unterarme und schläft in der prallen Sonne sofort ein. Das Geschrei der Kinder und ihrer Mütter hört sie nicht.

Sie hat keine Ahnung, wie lange sie geschlafen hat, als sie jemand heftig an der Schulter rüttelt. Eine Frauenstimme. Clarissa versteht die Sprache nicht, benommen versucht sie, sich aufzurichten, die Frau in dem roten T-Shirt mit dem weißen Schriftzug *Life Guard* zieht ihr das karierte Hemd über die Hüfte und bedeckt sie, dann hält sie ihr eine Wasserflasche an die Lippen.

»Are you alone? What's your name? Can you hear me?«

Sie zeigt auf die Wunden an Clarissas Armen und auf die Hämatome an ihren Beinen. Clarissa schüttelt den Kopf und steht unbeholfen auf. Sie schaut an sich herunter, das karierte Hemd ist schmutzig. Sie lächelt verlegen.

»Too much sex. Everything is okay. Thank you. I just wanted to sleep a bit.« Mit der Hand zeigt sie auf die Gebäude hinter einem Pinienhain. »What time is it?«

»Half past two.«

»Thank you very much.« Clarissas Stimme ist leise. »I have to go to lunch, my family is waiting.«

Sie hinkt einfach in Richtung der Feriensiedlung los und durchquert die am Strand in Reih und Glied aufgestellten Liegestühle unter den Sonnenschirmen. Die Wunden an ihren Leisten brennen, sie muss sie reinigen, den Sand auswaschen. Die Menschen schauen ihr verwundert nach. Hätte Clarissa sich selbst durch das Objektiv einer ihrer Kameras gesehen, hätte sie zweifelsohne sofort abgedrückt: rote Baseballcap mit weißem KGB-Aufdruck, platinblondes Haar, ein zeltartiges, groß kariertes Hemd und viel mehlweiße Haut mit einem Anflug von Sonnenbrand. Hinter dem schmalen Pinienhain erstrecken sich die schachbrettartig angeordneten Bungalows mit den glänzenden roten Dächern. Nur wenige Familien sitzen noch beim Mittagessen, die anderen liegen vermutlich am Strand. Auf den Terrassen flattert Wäsche an der Leine. Vor einem der Häuschen ist der Tisch noch gedeckt, ein Rest Lasagne steht in einer Backform, daneben ein übrig gebliebener Schnitz Wassermelone. Es ist nichts zu hören. Clarissa steigt die drei Stufen hinauf und stopft gierig das Essen in sich hinein. Wie lange hat sie nichts gegessen? Das Mineralwasser aus der Flasche stürzt sie in einem Zug hinunter. Sie sieht die Flasche mit Olivenöl, gießt es über ihre Leisten und versucht mit den Fingern, die Wunden zu reinigen. An einem Kleiderhaken hängen ein türkisfarbener Bikini und ein pinkfarbenes T-Shirt mit dem Aufdruck *Choose Life. Bitch is back.*

Ohne zu zögern streift sie das Männerhemd ab und zieht

sich an Ort und Stelle um. Ein dicker Mann in einer viel zu kleinen roten Badehose bleibt stehen, schaut grinsend zu und kratzt sich das Gemächt. Kaum bemerkt er ihren Blick, verdrückt er sich eilig zwischen den Ferienhäusern. Clarissa schlüpft in ein paar herrenlose Badelatschen, dann macht sie sich davon. Sie findet an einer Wäscheleine ein paar weiße Shorts, zieht sie über, obwohl sie zu groß sind. Humpelnd nähert sie sich der Rezeption, an der eine Landkarte angeschlagen ist. Ein roter Punkt mit einem Pfeil markiert die Feriensiedlung. Die nächste Ortschaft heißt Vieste. Dreieinhalb Stunden Busfahrt bis Bari im Süden, wo Fährverbindungen nach Dubrovnik, dem albanischen Hafen Durrës und nach Bar in Montenegro zeigen. Alle halbe Stunde kommt hier ein Linienbus vorbei. Vor dem kleinen Laden neben der Rezeption sitzt unter einem Sonnenschirm eine Familie und bestellt fünf Eisbecher. Clarissa betritt das Geschäft, die Bedienung beachtet sie kaum, während sie die Bestellung zubereitet. Clarissa nimmt eine Sonnenbrille mit weißem Gestell und großen Gläsern, die ihr halbes Gesicht verdeckt. Von ihren liebenden Gatten geschlagene Frauen tarnen sich so. Sie kratzt das Preisschild ab und steckt sie in ihr weißblondes Haar. Dann fädelt sie einen Gürtel in die Bundschlaufen der Shorts und zieht ihn eng. Die Ladenkasse ist halb geöffnet. Als die Bedienung die Eisbecher hinausträgt, greift Clarissa zu.

Sie nimmt nicht alle Scheine. Einhundertsiebzig Euro steckt sie bis auf einen Zehner, den sie in der Hand behält, in den Slip des Bikinis. Sie wartet an der Kasse mit einem Päckchen Kaugummi in der Hand, fragt schließlich, wo sie eine Busfahrkarte kaufen kann. Die freundliche Bedienung gibt sie ihr, sie stutzt, als sie die Kasse öffnet, um herauszugeben, und schüttelt den Kopf. Sie mustert Clarissa, Bikini, Shorts, T-Shirt. Zögerlich weist sie ihr den Weg zur Bushaltestelle schaut ihr misstrauisch hinterher. Entschieden schließt sie die Ladenkasse.

Grado, Riva Slataper. Hotel Savoy.

Xenia rechnete mit einem heftigen Zusammenprall, als sie mit dem Inspektor des Gesundheitsamts bei der Flüchtlingsunterkunft vorfuhr. Doch Carletto Castelli de Poltieri hatte die Besprechung mit dem Gesundheitsamt dem offiziellen Leiter der drei ehemaligen Höfe überlassen. Luigi Ferlan, ein ehemaliger Hotelbesitzer, der wegen betrügerischem Bankrott drei Jahre bei Vollpension auf Staatskosten verwahrt worden war, glaubte wohl, die Flüchtlingsunterkünfte entsprechend der überfüllten Gefängniszellen gestalten zu müssen. Dem Bruder der Senatorin war er restlos ergeben. Offiziell leitete er die Häuser ehrenamtlich. Xenia war klar, dass er unter der Hand entlohnt wurde und damit seine Minimalpension aufbesserte. Von den in der Vergangenheit angehäuften Schulden würde er bis zum Ende seiner Tage keinen Cent zurückerstatten. Als sie mit dem Inspektor des Gesundheitsamts ankam, ließ der Mann zuerst lange auf sich warten, zeigte sich schließlich bockig und warf der Behörde vor, die Einrichtung aus Fremdenhass zu schikanieren. Er sah erst von seinen Beleidigungen ab, als Xenia ihm vorrechnete, dass er bei einer Strafanzeige des Gesundheitsinspektors aufgrund seiner Vorstrafen nicht auf Bewährung hoffen könne. Widerwillig nahm er bei der Inspektion die lange Mängelliste an. Xenia schnürte es fast die Luft ab beim Anblick der eng gestellten Stockbetten mit fleckiger Bettwäsche, zwischen denen sich zu bewegen fast unmöglich war. Von der Sauberkeit der Räume gar nicht zu reden. Die schlecht beleuchteten Flure strotzten vor Dreck, und beim Anblick der Küche konnte einem der Appetit vergehen. Hinter dem Anwesen stapelten sich gigantische leere Konservendosen und Eimer, die den Etiketten nach vorgekochtes Essen enthalten hatten. Dieses Paradies für Ratten und andere Schädlinge häufte sich offensichtlich schon seit Wochen an.

Bereits nach dem ersten Drittel der Besichtigung wurden die Rechtfertigungen Luigi Ferlans immer dünner, bis er sie ganz aufgab und nur noch zaghaft nachfragte, wenn er etwas nicht verstanden hatte. Er bekam zehn Tage Zeit, die Mängel zu beheben. Sonst drohte die Schließung der Flüchtlingsheime.

Xenia atmet auf, als sie nach über zwei Stunden endlich das Anwesen verlässt. Mit aufgeklapptem Visier fährt sie nach Grado zurück und überholt auf der Mittellinie die lange Kolonne an Urlaubern auf dem Weg in den Badeort. Sie rechnet im Kopf den Umsatz der drei Höfe hoch und kommt auf monatlich gut zweihunderttausend Euro bei Vollbelegung bei einem Kaufpreis samt Land von weniger als zwei Millionen. Der wäre schon in zehn Monaten verdient.

Als ein Mercedes SUV, ohne zu blinken, plötzlich nach links ausschert, ist es zu spät. Sie knallt gegen die Fahrertür und findet sich auf dem Asphalt wieder. Ihr Knie schmerzt.

»Sie sind viel zu schnell gefahren. Ich rufe die Polizei.« Schimpfend rutscht der kleine Mann vom Fahrersitz, macht aber keine Anstalten, seinem Opfer zu helfen.

»Die ist bereits hier. Sie sind abgebogen, ohne den Blinker zu setzen.« Xenia richtet sich mühsam auf, klopft den Staub von den Hosenbeinen und betastet ihr Bein.

In beide Richtungen staut sich der Verkehr. Der Mercedes mit Münchener Kennzeichen steht mit eingedellter Fahrertür vor der Einfahrt zum Hotelparkplatz quer auf der Fahrbahn, der Scooter liegt daneben. Hotelgäste gaffen, als freuten sie sich über die Abwechslung. Aus der Ferne nähert sich die Sirene eines Streifenwagens.

Der Mann scheint sie nicht verstanden zu haben. »Eine Frechheit, mir die Schuld in die Schuhe zu schieben, Signorina«, zetert er weiter. »Was überholen Sie auch wie eine Irre? Das ist eindeutig Ihr Fehler. Aber ich will mal nicht so sein. Sie haben sich nichts getan, also geht jeder seiner Wege und

Schluss. Die Reparatur der Tür meines Wagens ist teurer als die paar Kratzer an Ihrem Roller.«

Xenia hält ihm die Dienstmarke vor die Nase, steckt sie aber weg, als er danach greifen will. Seine Bierfahne spricht für sich.

»Dann bin ich ja in guten Händen. Es tut mir leid, entschuldigen Sie. Ich bleibe ein paar Tage. Wir regeln das einvernehmlich. Sagen Sie mir, wie teuer die Reparatur Ihres Rollers ist, und ich gebe Ihnen gleich morgen das Geld.«

Ein Rettungswagen fährt vor, vermutlich von den Gaffern verständigt. Xenia schickt die Sanitäter weg und lässt ihre uniformierten Kollegen die Arbeit erledigen, denen der Mann seine Papiere aushändigt. Ein in blaues Leder gebundener Diplomatenpass mit stolzem, in Gold geprägtem Bundesadler.

»Ist das Ihr Wagen, Herr Körber?«, fragt der Uniformierte, der seine Papiere kontrolliert.

»Ja.«

»Hier steht Bundesvermogensverwaltung, Abt. Sondervermogen – Referat Kraftfahrwesen, Helene-Weber-Allee, Munchen«, radebrecht der Italiener, ohne die Umlaute auszusprechen.

»Dienstwagen. Ich arbeite für die Bundesregierung. Das ist ein Diplomatenpass.«

»Ein Dokument wie alle anderen. Sie sind in Italien nicht akkreditiert.«

»Sie werden den Unterschied schon noch verstehen.«

»Haben Sie getrunken?«

»Nein.« Körbers Stimme ist fest.

»Bei Unfällen mit Verletzten ist ein Alkoholtest vorgeschrieben. Sie haben das Recht, diesen zu verweigern, dann werden Ihr Führerschein sowie Ihr Fahrzeug beschlagnahmt. Kommen Sie mit.«

Am Streifenwagen pustet Körber nach Anleitung in das schwarze Gerät. Er fühlt sich sicher. Zweimal muss er im vorgeschriebenen Zeitabstand blasen. Zuerst liegt er knapp unter dem Limit, dann leicht darüber. Der Beamte zeigt ihm das Ergebnis.

Körber reagiert sofort und scharf. »Ist das Gerät überhaupt geeicht?«

»Selbstverständlich. Das ist die Plakette.«

»Ist ja klar, dass man keine Chance hat, wenn der Kontrahent einer von euch ist. Muss die keinen Test machen?«

»Aber sicher muss sie.«

Xenia begutachtet den Scooter. Das Blinkerglas ist kaputt, eine Chromleiste abgerissen, der rechte Rückspiegel abgebrochen. Wäre sie schneller gefahren, läge sie jetzt schon in der Notaufnahme. Der Motor springt beim ersten Druck auf den Anlasser an. Sie stellt ihn ab, als der Kollege ihr das elektronische Messgerät reicht. Sie nickt kurz, bläst kraftvoll hinein und gibt es zurück. Der Mann zeigt den Messwert dem Mercedes-Fahrer, der resigniert nickt. Die Kommissarin wendet ihm den Rücken zu und gibt Anweisung.

»Drückt wegen des Alkohols ein Auge zu, hier vor dem Hotel. Verpasst ihm einen Strafzettel, der sich gewaschen hat. Falls er nicht bezahlt oder pampig wird, nehmt ihr ihm den Führerschein ab. Lasst euch nicht verarschen. Kontrolliert seine Buchung und wie lange er bleibt. Aber vergesst nicht, dass der Ort von den Touristen lebt.«

Auf seinem Zimmer liest Körber das Unfallprotokoll. Der Name der Polizistin steht auch auf dem Blatt der Datenanalyse des Salzburger Journalisten, das Frau Lämmle geschickt hat. Xenia Ylenia Zannier. Ein bescheuerter Name, findet er. Außerdem gehört zu ihr die Telefonnummer, die ihm Mirković durchgab, mit der zweimal auf Clarissa Waisz' Apparat angerufen wurde. Und sie ist die Vertrauensperson des toten Journalisten, wie Frau Lämmle berichtet hatte. Damit besitzt sie auch dessen Unterlagen. Körber nimmt ein Bier aus der Minibar und setzt die Flasche an die Lippen. Wie passt das alles zusammen? Die Privatadresse der Polizistin steht im polizeilichen Protokoll. Und seine Vermutung, dass die Waisz und ihr Begleiter weder in Grado noch in Rijeka zufällig waren, verfestigt sich zunehmend. Ausgerechnet mit einer Polizistin stecken sie unter einer Decke. Ließ sie vielleicht auch die Zeitungsmeldung mit Beckers Informationen los, über die Frau Lämmle ihn heute gleich als Erstes informiert hatte? An der Rezeption hatte man ihm beschieden, dass die aktuelle Auslandspresse immer erst einen Tag später eintrifft.

Dieser Polizistin ist Körber also viel schneller nahegekommen, als gedacht. Daran anzuknüpfen wird ein Leichtes sein. Er zieht sich um und geht hinunter auf die Hotelterrasse, wo er ein frisch gezapftes Pils bestellt.

»So salopp kenne ich Sie gar nicht, Herr Direktor. Als wären Sie im Urlaub. Wo haben Sie Ihre famose Krawatte gelassen?«

So schnell hatte er nicht mit Weißenfels gerechnet. Der Major, wie immer im faltenfreien, langärmligen Hemd mit ordentlich geschlossenen Manschetten, lächelt süffisant über seinen Chef. Weiße Frotteesocken, Sandalen und ein kurzärmliges rot-grün kariertes Hemd, das er über den weißen kurzen Hosen trät. Staksige, dünn behaarte Beine. Neben dem Bier ein Schälchen mit Kartoffelchips und zwei Mobiltelefone auf dem Tisch.

»Was tun Sie denn hier? Sollten Sie nicht in der Chausseestraße in Ihrem klimatisierten Büro sitzen?«, giftet Körber.

»Dann wäre mir Ihr Unfall entgangen. Ganz schön schusselig, ohne Blinker abzubiegen. Schade um den Mercedes. Wie viele Promille hatten Sie denn?«

»Wie Sie wissen, ist nichts passiert.«

»Die Italiener haben wohl wegen dem Diplomatenpass ein Auge zugedrückt? Die fürchten sich, wenn's kompliziert wird.«

Der Major setzt sich ohne Aufforderung und bestellt ebenfalls ein Pils. »Wegen Ihnen bin ich früher angereist, Herr Körber. Wie lief es in Kroatien? Konnten Sie die Reise der Kanzlerin tatsächlich so schnell organisieren? Ich staune immer wieder, was Erfahrung ermöglicht.«

Bernd Körber fixiert ihn schweigend.

»Ich habe Ihnen die letzten Bewegungsdaten bis zu meinem Abflug mitgebracht, aber erklären Sie mir bitte den Telefonüberwachungsauftrag dieses Übersetzers namens Miloš Ban«, fährt Weißenfels unbeirrt fort. »Haben Sie auch ihn in Rijeka getroffen?«

Körber faltet widerwillig das Blatt auf, das der Major vorlegt. Er stutzt. Zur Mittagszeit war Ban bereits in Zagreb gewesen. Bei der deutschen Botschaft. Was verdammt noch mal hat er da getan? Eine Stunde später verließ er die Stadt schon wieder, den Zeiten und zurückgelegten Entfernungen zufolge mit einem langsamen Kleinwagen. An der Grenze zu Slowenien muss sich der Verkehr Richtung Schengen-Zone kräftig gestaut haben, erst nach eineinhalb Stunden bewegte er sich wieder schneller. Er fuhr über Maribor nach Österreich und nach Graz in Richtung Norden, wo er fast eine Stunde im Stau gestanden haben musste. Körbers Befehl, Miloš Ban noch in Kroatien festzusetzen, war trotz aller Verzögerungen zu spät gekommen. Der letzte Eintrag vor Weißenfels' Abreise kommt aus einem Vorort im Norden Salzburgs, wo das Signal verharrt. Miloš Ban will offensichtlich zurück nach Deutschland. Frau Lämmle muss dringend die Grenzbehörden verständigen und auch die Österreicher.

»Ein Zufall, oder führen Sie seit dem Unfall in Berlin Krieg gegen ihn?«

»Solange Sie noch an Zufälle glauben, Major, bleiben Sie genau der schlechte Analytiker, als der Sie sich bisher erwiesen haben.«

»Unter Ihrer Ägide, mein lieber Herr Körber, sind unsere Leute bis heute zu langsam bei der Analyse von Datenmaterial. Was wollen Sie eigentlich von dieser Polizeikommissarin, die im Besitz der Unterlagen des Journalisten aus Salzburg sein soll?« Der Major kennt offensichtlich jeden seiner Schritte.

»Heikles Material, Weißenfels. Mehr kann ich Ihnen dazu nicht sagen.«

»Und was haben Sie mit dieser Pleitebank zu tun? Vergessen Sie nicht, dass ich Sie vertrete, wenn Sie außer Haus sind. Ich muss nicht einmal schnüffeln, um ein immer klareres Bild von Ihnen zu bekommen. Es läuft alles über meinen Schreibtisch.«

»Alles nicht, Weißenfels. Aus guten Gründen.« Körbers Augen verengen sich zu schmalen Schlitzen. Bisher konnten die Dinge bis zu seiner Rückkehr warten, oder er hatte sie telefonisch gelöst. Der Major lässt sich anscheinend keine Gelegenheit entgehen, um in die Geschäfte zu drängen. »Stecken Sie Ihre Nase nicht in fremde Angelegenheiten.«

»Das tun wir doch täglich, Herr Direktor. Es ist unsere Arbeit.«

»Seien Sie auf der Hut. Intern und extern ist nicht das Gleiche.«

»Stellen Sie die Loyalitätsfrage, Herr Direktor Körber?« Weißenfels lacht höhnisch. »Loyalität gibt es in unserem Beruf nur gegenüber dem Dienstherrn. Und der ist die Bundesrepublik Deutschland.«

»Sie wollen es also nicht anders. Haben Sie für Ihre Reise nach Grado einen Urlaubsantrag eingereicht? Ich habe keinen gesehen.« Körbers Tonfall ist schneidend. »Ihre Hotelbuchung wurde vom Büro übernommen. Und der Leihwagen ebenfalls. Wie kommen Sie dazu, Ihr Privatvergnügen dem Dienst zu belasten?«

Der Major erblasst. Körbers Angriff ist so unvermittelt wie unfair. Körber bestellt ein weiteres Bier, während er seines noch nicht einmal angerührt hat. Die Schaumkrone ist längst in sich zusammengefallen.

»Kann ich alles rechtfertigen. Ich bin wegen der Sicherheitskonferenz in Triest gekommen. Der erste Flug am Vormittag startet zu spät. Und morgen früh muss ich mich vorbereiten, das geht vor Ort besser.«

»Lächerlich, Major. Sie kosten nur Geld und Zeit. Ihnen ist bekannt, dass ich wegen weiterer Aufträge ohnehin in dieser Gegend bin. Sie leiden an Profilneurose.«

»Menzig hat mir nachdrücklich den Auftrag gegeben, die Interessen der Bundesrepublik zu vertreten. Interne Rangeleien sind verantwortungslos. Die Disziplin verlangt, Befehle sofort auszuführen.«

»Was für ein Musterknabe. Immerhin haben Sie der Senatorin den Termin mit der Kanzlerin bestätigt. Auch in dieser Sache haben Sie vergessen, mich zu unterrichten.«

»Sie gibt nach der Sicherheitskonferenz einen Empfang in ihren Räumen.«

»Weiß ich. Aber Sie fliegen mit der ersten Maschine zurück. Das ist ein Befehl, Major. Buchen Sie den Rückflug um. Die Senatorin hat nichts mit der vorbereitenden Konferenz zu tun.«

»Und warum ist es dann so wichtig, dass sie die Kanzlerin trifft?«

»Wegen einer völlig anderen Angelegenheit. Hat Ihnen das der Kanzleramtsminister etwa verschwiegen?«

»Ich werde es schon noch erfahren.«

»Würde ich nicht über zuverlässige Quellen verfügen«, knurrt Körber wütend, »würden Sie durch Ihre Disziplinlosigkeit unsere Anliegen vermasseln. Sie mit Ihrem sturen, egoistischen Ehrgeiz.«

»Wer im Glashaus sitzt, sollte nicht mit Steinen werfen. Haben Sie sich über den Verrat durch Ihre Frau Gedanken gemacht? Sie bewegen sich auf ganz dünnem Eis, Körber.«

»Was die Vorwürfe gegen Maja betrifft, können Sie gerne versuchen, damit durchzukommen. Aber das Leben ist voller Überraschungen, Major: Ich habe den Antrag auf Frühpensionierung zurückgezogen. Die Tür ist zu. Gehen Sie zurück zur Bundeswehr. Und jetzt lassen Sie mich gefälligst in Ruhe.«

Weißenfels bleibt auf der Terrasse zurück. Körber hat ihn wie einen Pennäler abgekanzelt. Und sollte er auch noch zur Sicherheitskonferenz kommen, ist es mit dem geplanten großen Auftritt vorbei, mit dem der Major die Weichen für die Zukunft stellen wollte. Körber ist für ihn zu einem noch größeren Problem geworden.

Der Zimmerservice bringt ein Bier, und Bernd Körber nimmt einen großen Schluck, als eines seiner Telefone klingelt.

»Die EARLY SUN befindet sich längst in der Obhut des britischen Kriegsschiffs, Bernd. Ich will meinen Lohn. Ich hoffe, du hast genug Bares dabei.«

»Was ist mit der Blonden, Mirković?«

»Die Urne ist auf dem Weg nach Berlin. Aber es gibt da ein kleines Problem. Weit kann sie nicht kommen.«

»Was faselst du da?«

»Offiziell obduziert und eingeäschert.«

»Darin seid ihr Spezialisten. Und was ist das Problem?«

»Jetzt nimmt alles seinen bürokratischen Lauf. Die Überstellung der Urne an die Angehörigen erfolgt über die kroatische Botschaft in Berlin.«

»Du spinnst, Mirković. Wo ist sie?«

»Wir hatten sie fast so weit, dass sie auspackte. Es ist mir ein Rätsel, wie sie entkommen konnte. Sie muss sich auf dem

Hafengelände verstecken, aber sie ist nackt und verletzt. Wir finden sie bald. Da kommt sie nicht raus. Wir haben jetzt freie Hand, offiziell ist sie tot.«

»Ich habe gesehen, wie gut ihr das Gelände sichert. Reingekommen ist sie auch.«

»Aber da war sie bekleidet und konnte gehen.«

»Du bist ein Volltrottel, Mirković. Ihr genügt es, ins Wasser zu kommen. Treib sie sofort auf. Seit wann ist sie weg?«

»Gestern abend gegen halb zehn.«

»Was? Du lässt eine ganze Nacht und einen halben Tag verstreichen, bis du mir das mitteilst?«

»Reg dich ab, Körber. Mein Teil ist erfüllt. Dass sie hinter dir her war, ist nicht meine Schuld. Ich will mein Geld.«

»Wofür willst du bezahlt werden? Du hast versagt.«

»Ich komme es mir holen, Körber. Früher als du denkst, und dann fahr zur Hölle.«

Vieste – Bari.

An der Haltestelle setzt sich Clarissa auf den Randstein. Den vorigen Bus hatte sie knapp verpasst, erst in einer halben Stunde kommt der nächste. Sie stützt die Ellbogen auf die Knie, schiebt die Sonnenbrille ins Haar und legt das Gesicht in ihre Handflächen. Jetzt, da sie alleine ist und sich nicht weiter beherrschen muss, bricht ihr Unglück ungehemmt aus ihr heraus. Der Heulkrampf fährt ihr durch den Körper wie die Stromschläge, die ihr der Glatzkopf im Container in Rijeka verpasst hatte. Ihre Sonnenbrille fällt auf den Asphalt, der erste Kratzer im Glas. Als sie endlich aufblickt, sieht sie den Bus heranfahren, der direkt vor ihr zum Stehen kommt. Clarissa schiebt die Sonnenbrille ins Gesicht und zieht die Fahrkarte aus der Tasche, steigt grußlos ein. Der Platz hinter dem Fahrer ist frei, zum ersten Mal erblickt sie ihr Gesicht im Rückspiegel. Wie eine glückliche Urlauberin sieht sie nicht aus.

Clarissa hat keinen Blick für die Schönheit des Gargano, den der Bus auf gewundenen Sträßchen entlang der Steilküste über dem blauen Meer durchquert. Sie grübelt, wohin sie von Bari aus fahren kann. Dort zu übernachten schließt sie aus, die Hoteliers fragen beim Einchecken nach dem Ausweis, und das Geld wird sie noch brauchen. Die Fähren nach Kroatien, Montenegro oder Albanien kommen genauso wenig in Betracht. Wie sollte sie ohne Papiere aus Italien ausreisen oder dort drüben einreisen? Also mit dem Zug nach Norden fahren? Am besten gleich nach Berlin? Sich bei Miloš melden? Nein, sie wird ihn auf keinen Fall anrufen, wer weiß, ob nicht sein Telefon überwacht wird. Im Container hatte sie genau gehört, wie einer der Männer gleich mehrmals den BND erwähnte.

Oder soll sie das deutsche Konsulat um Hilfe bitten? Was sagen? Wie ist sie hierhergekommen? Schwimmend? Das glaubt ihr niemand. Und wenn man sie überprüft? Clarissa bekommt Gänsehaut, sie schwitzt und fröstelt zugleich, als ihr klar wird, dass die Schweine fest vorhatten, sie umzubringen. Sie versucht zu begreifen, weshalb sie davon überzeugt waren, dass sie Böses im Schilde führt. Sie wollte doch nur Bilder machen. Clarissa schluchzt leise, lehnt den Kopf an die Scheibe und nickt ein. Ein traumloser Schlaf, in den lediglich die Geräusche des Busses dringen.

Am Stadtrand von Bari verdichtet sich der Verkehr zunehmend, doch die Stadt gleitet an ihr vorbei, ohne dass sie viel von ihr wahrnimmt. An der Endhaltestelle auf der Piazza Aldo Moro gegenüber dem Hauptbahnhof schaut der Fahrer sie fragend an, als Clarissa noch immer wie eine Skulptur auf ihrem Platz sitzt. Sie versteht nicht, was er sagt, doch sie erhebt sich mühsam und steigt umständlich über die Stufen auf die Straße hinab. Als der Fahrer sich eine Zigarette anzündet, bemerkt er ihren Blick auf die Packung und hält sie ihr hin. Clarissa zwingt sich zu einem Lächeln und lässt sich Feuer geben. Auf seiner Armbanduhr sieht sie, dass es fast halb fünf ist. Sie nimmt zwei tiefe Züge und hinkt hustend los. Palmen säumen die Piazza, die Mitte ist begrünt, der Brunnen trocken. Würde sich eine stolze Wasserfontäne aus dem Becken erheben, Clarissa würde keinen Augenblick zögern, sich hineinzustellen. Sie hat unsäglichen Durst. Im Erdgeschoss der gesichtslosen Paläste an der Piazza sieht sie die üblichen Imbisse, wie sie auf der ganzen Welt in Bahnhofsnähe zu finden sind. Doch dann entdeckt sie das Schild einer Apotheke und versucht, dem etwa fünfzigjährigen Inhaber verständlich zu machen, was sie braucht. Sie verlangt Wundsalbe, Gaze, Pflaster und Aspirin. Wenige Meter weiter sieht sie das Schild eines Kebab-Ladens. Der junge Türke hinter dem Tresen spielt gelangweilt mit seinem Telefon. Clarissa bestellt etwas zu essen und nimmt eine Colaflasche aus dem Kühlschrank. Während der Türke das Fleisch vom Spieß schneidet, fragt sie nach einem öffentlichen Telefon. Kopfschütteln, das gibt es nicht mehr, seit jeder Rentner ein Smartphone besitzt. Sie legt zehn Euro auf den Tisch und deutet auf das Handy des Türken neben der Kasse. Er reicht es ihr lächelnd. Sie versteht nicht, was er sagt. Die zehn Euro will er nicht. Sie tippt die Nummer und wartet lange und vergebens. Nach der zweiten Cola und einem Teller Kebab mit Reis fühlt sie sich besser, bittet noch einmal um das Telefon, doch noch immer kriegt sie keine Antwort. Dann fragt sie nach der Toilette, wo sie sich notdürftig verarztet. Als Clarissa endlich den Laden verlässt, macht sie Kassensturz. Ihr bleiben einhundertzwanzig Euro. Sie muss haushalten, nur Zigaretten und ein Feuerzeug wird sie sich noch leisten.

Sie hinkt zum Bahnhof hinüber und stellt sich in die Schlange vor der Auskunft. Wie überall ist nur ein Schalter geöffnet. Nach einer halben Stunde erfährt sie endlich, dass die schnellste Verbindung nach Berlin zweiundzwanzig Stunden dauert und mit zweihundertfünfzig Euro Fahrpreis für sie unbezahlbar ist. Ganz abgesehen davon, dass sie über keinen Ausweis verfügt und Deutschland und Österreich schon auf ihrer Fahrt nach Süden die Grenzbarrieren wieder errichtet hatten. Ratlos humpelt sie hinaus auf den Bahnhofsvorplatz, holt plötzlich tief Luft und brüllt unvermittelt los. Sie zeigt in die Menschenmenge. Zwei Polizisten nähern sich, bevor sie es sich versieht.

»A thief, a thief. Help! Catch him, he is trying to get away.«

Die beiden Beamten machen keine Anstalten, eine Verfolgung aufzunehmen. Stattdessen fragen sie nach ihrem Ausweis, und als sie hilflos die Arme hebt und wiederholt, dass ihr alles gestohlen worden sei, ihre Handtasche und der Koffer, fordern sie Clarissa auf, ihnen zu folgen. Falsche Tränen. Die Beamten sind freundlich und führen sie ins Büro der Bahnhofspolizei. Einer gibt ihr einen Becher Wasser, das sie dankbar runterstürzt. Dann nähert sich eine Kollegin, trotz Diensthose und Hemd eine attraktive schwarzhaarige Frau, die sich ihr in gutem Englisch vorstellt und lächelnd erklärt, Clarissa müsse Anzeige erstatten, dürfe sich aber keine Hoffnung machen, ihr Gepäck und ihre Tasche wiederzufinden. Doch mit dem Papier könne sie sich morgen an das deutsche Honorarkonsulat in Bari wenden, wo man ihr weiterhelfen würde. Und die Notfallnummer der Botschaft in Rom gibt ihr die Beamtin auch.

Endlich ein Erfolg, Clarissa unterdrückt ihren Triumph nur schwer, als sie den Bahnhof verlässt. Dann vernimmt sie aufgeregte Rufe. Vor dem Kebab-Laden sieht sie den jungen Türken mit den Armen wedeln. Mit dem Telefon in der Hand winkt er ihr eindeutig zu. Sie gerät fast unter einen Bus, als sie kopflos den Platz überquert, und entreißt ihm atemlos das Gerät.

»Ja?« Ihre Stimme ist brüchig, Tränen laufen über ihre

Wangen. »Aber ich bin's doch, Clarissa. Ich weiß auch nicht, warum ich mir deine Nummer eingeprägt habe.«

»Ich rufe immer zurück, vorhin habe ich deinen Anruf wegen des Bootslärms nicht gehört. Du hörst dich an, als wäre was Schlimmes passiert«, sagt Valerio Alfieri, Clarissa verschluckt sich immer wieder, als sie schluchzend beschreibt, wo sie sich befindet, in einem gestohlenen Bikini, geklautem T-Shirt, Shorts und Badeschlappen. Verletzt und geschunden. Und wie sie dahin gekommen ist. Der junge Mann wendet ihr halb den Rücken zu, doch immer wieder dreht er sich um, schaut sie erstaunt an, als würde er sie verstehen.

»Wenn das wirklich stimmt, bist du noch immer in Gefahr. Dann suchen sie nach dir, bis sie dich finden. Aber wir schaffen das«, sagt Valerio Alfieri trocken, als sie endlich verstummt. »Gib mir den Mann.«

Clarissa gibt dem Türken das Telefon und beobachtet ihn neugierig. Er antwortet mehrfach in seiner Muttersprache, dann wieder auf Italienisch. Offensichtlich widerspricht er zuerst, doch dann hört sie immer wieder die gleichen Worte, als wiederhole er mehrfach Anweisungen. Als vergewissere er sich, alles verstanden zu haben. Am Ende reicht er ihr das Telefon mit besorgtem Blick.

»Clarissa, der Mann heißt Mustafa, er erklärt dir jetzt alles. Komm hierher, dann sehen wir weiter.«

»Was ist, wenn die italienische Polizei eingeweiht ist?«

»Dann hätten sie dich doch schon gehabt. Ich hole dich irgendwo ab, wo es keiner mitbekommt. Aber du musst verdammt vorsichtig sein. Du bist zu auffällig. Du wirst dich ordentlich anziehen und wie eine ganz normale Touristin nach Norden fahren. Aber eine mit kurzen schwarzen Haaren, verstanden.«

»Aber reicht nicht schwarz alleine? Ich will meine Haare nicht schneiden lassen.«

»Kurz, sagte ich, mach keine Dummheiten«, sein Tonfall ist streng. »Die Bescheinigung der Polizei ist fast so gut wie ein Personalausweis. Mustafa kauft dir die Fahrkarte, und während du nach Norden fährst, kläre ich, wie es weitergeht. Wenn du heute noch einen Zug erwischst, kommst du mitten in der Nacht hier an. Kopf hoch, Clarissa. Auf Sant'Andrea bist du in Sicherheit. Hierher kommt nur, wen ich reinlasse.«

Bei seinen letzten Worten kommen ihr trotz seiner Zuversicht die Tränen. Stumm gibt sie Mustafa das Telefon zurück. Doch woher kennt eigentlich Alfieri seinen Namen?

»Da hätten wir uns ja gleich auf Deutsch unterhalten können«, sagt Mustafa, als er das Gerät zuklappt. »Ich bin in Kreuzberg aufgewachsen. In Deutschland konnte ich nicht bleiben, in der Türkei auch nicht. Komm mit. Ich helfe dir.«

»Wohin?«, schnieft sie in einem Anflug von Hoffnung.

»Zuerst die Klamotten.« Er schaltet den Grill ab, legt die Schürze beiseite, nimmt Geld aus der Kasse und steckt es in seine Geldbörse, schnappt Telefon und Schlüsselbund.

»Und woher kennst du Alfieri?«

»Valerio? Ich kenne ihn nicht, aber er hat mir sein Wort gegeben. Seine Frau ist Türkin. Ich kenne ihre Personalagentur.«

Der Türke sperrt das Lokal zu und führt Clarissa eine Straße weiter zu einem einfachen Geschäft.

»Mach schnell, du musst nicht zur Modeschau. Danach bring ich dich zu meinem Friseur.« Sie behält das altbacken geblümte Kleid nach der Anprobe gleich an, dann wählt sie eine leichte Jacke. Die Frau an der Kasse trennt nur noch die Etiketten ab und präsentiert die Rechnung. Mustafa zieht, ohne mit der Wimper zu zucken, die Scheine aus der Tasche und führt Clarissa hinaus.

Zwei Sessel aus rotem, mit Klebeband geflicktem Kunstleder, zwei Waschbecken vor dem breiten Spiegel, dessen Ecken blind sind. Der kleine Herrenfriseursalon in der Parallelstraße wirkt nicht besonders vertrauenerweckend. Mustafa wechselt einige Worte mit dem Friseur, dessen Haar selbst nach der Hand eines Profis schreit.

»Er ist gut, er schneidet mir immer die Haare. Und billig dazu. Ich habe gesagt, dass er schnell sein soll, aber dich nicht hässlich machen darf. Und abschneiden muss er sie bis auf fünf Zentimeter.«

Wie benommen fügt sich Clarissa ihrem Schicksal und schließt die Augen. Sie fühlt die Hand des Friseurs in ihren Haaren und zuckt bei jedem Schnippen der Schere wie unter Schmerzen zusammen. Der Friseur legt Strähne für Strähne auf die Ablage vor dem Spiegel. Sie wagt nicht, sie anzusehen, sie erinnert sich an den Dienst im KSK 18. Auch dort wurde sie vom Friseur ihrer männlichen Kollegen geschoren. Irgendwann drückt er sie an den Schultern über das Waschbecken, sie spürt das lauwarme Wasser wie eine Erlösung über ihren Kopf fließen, mit geübten Handgriffen massiert er das Färbemittel ein. Mit geschlossenen Augen richtet sie sich irgendwann auf und spürt den warmen Luftstrahl des Föhns.

»Fertig«, sagt Mustafa, als er zurückkommt. »Schau dich an. Gar nicht schlecht. Steht dir fast noch besser.«

Mit erwartungsvollem Blick wartet der Friseur hinter ihr, als sie endlich in den Spiegel schaut. Von wegen fünf Zentimeter. Ein schwarzer Igel schaut zurück, sie ist den Tränen nahe. Der Türke dirigiert sie über den Gehweg in Richtung Bahnhof und kauft am Ticketschalter eine Fahrkarte erster Klasse nach Triest. Der Zug steht abfahrbereit auf dem Gleis, die meisten Reisenden sitzen schon auf ihren Plätzen. Mustafa drängt Clarissa zur Eile, hinkend folgt sie ihm zum Waggon. Er zieht die Geldbörse, zählt vierhundert Euro ab und gibt ihr ein Mobiltelefon, das er gekauft hatte, während sie beim Friseur saß.

»Was …?«, stammelt Clarissa.

»Valerios Nummer ist gespeichert. Er hat gesagt, du sollst

auf seinen Anruf warten und dich auf keinen Fall selbst melden, verstanden?« Mustafa schaut sie streng an. »Keine Sorge, er gibt mir alles zurück.«

Kaum hat Clarissa den Erste-Klasse-Waggon bestiegen, schließen sich die Türen. Sie stützt sich auf die Sitzlehnen, als sie durch den Gang geht und nach ihrem Sitzplatz sucht. In zehn Stunden würde sie in finsterer Nacht dort ankommen, wo sie die Reisereportage in Miloš' Begleitung begonnen hatte. Immer wieder starrt sie auf das dunkle Display des Telefons. Sie kennt nicht einmal den Klingelton.

Grado, Isola della Schiusa. Kommissariat.

Xenia stopft in ihrer Stammbar vor der Brücke über den Kanal gleich zwei Tramezzini in sich rein, trinkt eine Cola und bestellt einen Espresso.

»Heute noch nichts bekommen, Commissario?«, scherzt Gigi, der Barista. »Dabei sind wir Gastronomen die Einzigen, die in diesem Kaff wissen, was Stress bedeutet.«

»Red nicht weiter, Gigi. Sonst verlierst du eine treue Kundin.«

»Du würdest mir fehlen. Ich hab trotzdem recht. Während du noch am Boden lagst, hat mir schon einer von deinem Pech erzählt. Lass dein Knie röntgen.«

»Schmerz ist am schönsten, wenn er nachlässt.«

Sie legt einen Schein auf den Tisch und wartet auf das Rückgeld. Sie fährt am Kommissariat vorbei bis zum Pontil de' Tripoli zur Werkstatt eines Freundes. Er hat sich zwar auf Boote spezialisiert, verspricht aber, zumindest Blinker und Rückspiegel des Scooters zu reparieren. Den Blechschaden und die Kratzer könne Xenia auch später richten lassen.

Während sie den kurzen Weg zum Kommissariat humpelt,

denkt sie an das Gespräch mit Živa Ravno zurück. Josip Mirković ist ein Mann mit guten Verbindungen und einer zurechtgestutzten Vergangenheit, ganz ähnlich wie die Senatorin, mit der ihn zumindest frühere geschäftliche Interessen verbinden. Xenia muss mehr über ihn in Erfahrung bringen. Ein berüchtigter Kommandant im jugoslawischen Sezessionskrieg, und heute? Sie kennt ihn nur von Beckers Fotos, der ihn auch noch in einer verregneten Nacht an einem schlecht beleuchteten Grenzübergang hinter Triest abgelichtet hat. Und der ist nun der Präsident der Hafenbehörde in Rijeka?

Nur noch wenige Meter trennen sie vom Kommissariat, als das Salzburger Taxi sich über die Brücke nähert und direkt vor der Einfahrt stoppt. Jack betätigt die Lichthupe, als er die Kommissarin sieht. Sie deutet ihm an, den Wagen wenigstens ein paar Meter weiter zu parken. Was haben bloß alle, dass sie ausgerechnet die wichtigste Zufahrt nach Feuerwehr und Rettungsdienst blockieren wollen?

»Wir haben länger gebraucht, als ich dachte«, sagt Jack beim Aussteigen. »Zuerst hat es eine Ewigkeit gedauert, bis ich Miloš gefunden habe. Er hat sich teuflisch gut zwischen den alten Kartonagen versteckt und ist dort eingeschlafen. Hätte ich das Gelände nicht irgendwann zu Fuß inspiziert, wäre er vermutlich in einem Müllauto verschwunden. Auf der Fahrt standen wir zwei Mal auf der Tauernautobahn wegen dieser verfluchten Urlauber im Stau.«

»Jetzt sind Sie ja da«, sagt Xenia und gibt beiden die Hand. Clarissas Freund sieht elend aus, dicke Augenringe, das Entsetzen steht ihm ins Gesicht geschrieben. »Miloš, Sie nehmen ein Zimmer in dem B & B gegenüber, wo Sie schon vor ein paar Tagen abgestiegen sind. Vorerst nur für eine Nacht. Ich weiß nicht, wie lange ich Sie brauche. Der Laden ist nur selten ausgebucht, notfalls können Sie verlängern. Erfrischt euch und kommt dann rüber. Ich warte auf euch.«

»Ich fahre gleich wieder zurück.«

»Sie sind völlig übermüdet, Jack.«

»Der Wagen hat die Tageseinnahmen nicht reingeholt, zumindest die Nacht über muss er fahren.« Der Taxifahrer steht schon wieder an der Fahrertür.

»Ruhen Sie sich aus.«

»Die drei Stunden halte ich schon durch. Richtung Norden herrscht kaum Verkehr.«

»Wollen Sie nicht wissen, weshalb Sie Miloš hergebracht haben?«, wundert sich Xenia.

»Nein, Commissario. Erstens hat er mir während der Fahrt alles erzählt, und zweitens habe ich selbst lernen müssen, dass es nicht immer Erklärungen braucht, um jemandem zu helfen. Denken Sie daran, was Becker für mich getan hat. Ich habe schon beim ersten Mal begriffen, wer Sie sind. Sie tun auch nicht nur Ihren Job. Ich kann hier sowieso nichts ausrichten, und wenn Sie mich brauchen, wissen Sie ja, wie Sie mich erreichen. Mach's gut, Miloš, ich fahr heim.«

Kaum hat er den Wagen gewendet, steigt er noch einmal aus. »Commissario«, ruft er. »Ich hätte fast vergessen, Ihnen die Zeitung zu geben, dabei habe ich sie noch extra gekauft. Wie haben Sie das nur hingekriegt?«

Während Miloš zum B & B hinüberschlurft und Xenia die Stufen zum Kommissariat hinaufgeht, legt Alfieri das Boot an. Dafür, dass er endlich seine Fabrik verkauft hat, sieht er nicht besonders erleichtert aus. Sie winkt ihm mit der Zeitung zu.

»Gib mir bitte das Unfallprotokoll«, sagt sie zu Molinari, der am Empfang sitzt. »Und die Daten von diesem Deutschen, der mich zu Boden gebracht hat.«

»Die Kollegen haben erzählt, er habe sich mächtig gewunden, als ihm klar wurde, dass er eine Polizistin angefahren hat. Wollen Sie sich rächen?«, fragt er lächelnd.

»Dass jemand mit einem Diplomatenpass hier Ferien macht, ist mir neu. Hast du schon einmal Urlauber gesehen, die im grauen Anzug und mit einer dämlichen, knallgelben Tennisschläger-Krawatte anreisen?«

»Macht ihn das verdächtig?« Molinari kramt in den Unterlagen und reicht ihr das Papier. »Vielleicht gehört er einfach zu denen, die sich selbst in der Freizeit noch zu wichtig nehmen. Sind diese beiden Journalisten schon zurückgekommen?«

»Nur er. Ohne die Fotografin.«

Xenia öffnet die Fenster ihres Büros und dreht sich eine Zigarette, während der Computer hochfährt. Sie gibt Körbers Daten ein. Ein beliebiger Name. Über die ganze Bundesrepublik verstreut findet sie einen Psychologen, einen Malermeister, einen Gitarrenbauer, gleich mehrere Ingenieure, Versicherungsagenten, Unternehmer, Sportler, Makler und andere unverdächtige Berufe. Aber keinen Bernd Körber im Dienst des deutschen Staats. Wer ist er? Und was will er hier? Eine von den Kollegen angeheftete Notiz bestätigt, dass er im Savoy für fünf Nächte reserviert hat. Sie muss Arne bitten, der dieser Tage als Aushilfskellner für Frühstück und Abendessen angefordert wurde, über Körbers Gewohnheiten zu berichten.

BAYERN-FAULSPIEL BEI MEC-DEAL. Kick-back-Zahlungen statt Due diligence. Die deutsche Tageszeitung, die Jack ihr mitgebracht hat, bringt schon auf der Titelseite das Thema ganz groß. Xenia blättert neugierig weiter. Die Journalisten haben Beckers Text zwar an manchen Stellen entschärft, folgen aber uneingeschränkt seinem Fazit. Sogar einen Nachruf auf den ermordeten Kollegen haben sie verfasst, der ihr die Tränen in die Augen treibt. Zu Lebzeiten hatte die deutsche Presse seiner Arbeit keine große Aufmerksamkeit geschenkt und die großen Skandale im Nachbarland hämisch als österreichische Provinzpossen behandelt. Immer wieder begegnet Xenia diese Arroganz auch im Gespräch mit deutschen Kollegen: Organisierte Kriminalität gibt es angeblich überall, nur nicht in Deutschland, und wenn, dann höchstens unter Ausländern. Dabei ist es ökonomisch und logisch völlig widersinnig, dass ausgerechnet die größte Wirtschaftsmacht in Europa davor gefeit sein soll, das mitzubetreiben. Wieder und wieder betrachtet Xenia die Fotos der Senatorin. Ausgerechnet in ihrem Büro hat Alfieri heute die ChimiCo in Torviscosa verkauft. Sie würde sich wundern, wenn Romana Castelli de Poltieri nicht auch davon in irgendeiner Form profitiert.

»Volltreffer, Arne. Ich habe soeben die Zeitung erhalten. Du hattest recht«, sagt Xenia am Telefon zu ihrem Freund, der sich zu Hause für seinen Job im Hotel fertig macht. »Ich bin gespannt, wann und wie unsere Medien darauf einsteigen.«

»Sie müssen Beckers Unterlagen auf Echtheit überprüft haben«, antwortet Arne zufrieden. »Sonst bringen sie solche Meldungen nicht. Jetzt sollten wir ihnen das restliche Material zuspielen.«

»Aber wie?«, wehrt Xenia sogleich ab. »Ich fürchte, es gibt inzwischen zu viele, die mitlesen oder es gar abfangen können. Und wenn es dumm läuft, können sie sogar Rückschlüsse darauf ziehen, wo das Material hochgeladen wurde. Die warten nur darauf, dass wir einen Fehler machen. Das Beste wäre, den ganzen Packen direkt in die Redaktion zu bringen. Ich kann das nicht tun, sonst bin ich meinen Job los. Du auch nicht«, ergänzt sie, bevor Arne sich anbietet. »Auch das fiele auf mich zurück.«

»Ich komme vor der Arbeit vorbei. Das muss ich selbst sehen.«

Molinari führt Miloš Ban herein, Xenia beendet das Gespräch. Er hat geduscht, seine dicken Locken sind noch nass. Er ist nervös, erhebt sich gleich wieder von dem Stuhl, den sie ihm angeboten hat, und beginnt ohne Aufforderung seine wirre Schilderung vom Aufenthalt in Rijeka. Molinari hört in der Tür stehend zu. Erst allmählich ordnen sich Miloš' Sätze. Als er vom ersten Morgen am Markt erzählt, unterbricht er sich plötzlich und fummelt eine kleine Speicherkarte aus der Hosentasche.

»Wie konnte ich die nur vergessen? Die hat sie mir zugesteckt, als man sie das erste Mal gefasst hat. Da muss irgendwas Wichtiges drauf sein. Können wir die Daten auslesen?«

Molinari streckt die Hand aus. »Ich mach das, aber nicht mit den Dienstgeräten. Ich fahre nach Hause und hole meinen Computer. Aber dann ist niemand am Empfang.«

»Ich sage Donadoni, dass er dich vertreten soll. Und Miloš, hören Sie auf damit, wie ein Irrer durch mein Büro zu stapfen. Setzen Sie sich endlich und konzentrieren Sie sich. Schauen Sie her.« Xenia deutet auf ein Blatt voller farbig markierter Namen, die sie während seinen Schilderungen mit Strichen verbunden und mit Zahlen versehen hat. »Stimmen diese Verbindungen?«

»Den kenne ich«, ruft Miloš und zieht stattdessen die deutsche Tageszeitung zu sich. »Josip Mirković. Das Schwein war mein Kommandant bei der Operation Oluja. Und in Rijeka habe ich ihn am ersten Morgen auf dem Markt gesehen, als Clarissa völlig verstört vom Hafen zurückkam. Wo sind wir da nur reingeraten?« Er bricht in Tränen aus. Xenia wartet, bis er wieder aufblickt, und ergänzt einen weiteren Namen auf ihrem Blatt.

»Sehen Sie sich jetzt diese Verbindungen an. Wer fehlt noch?« Ihre Stimme ist streng, doch sie dringt nicht zu ihm durch, Miloš ist zu stark mit seinen Erinnerungen beschäftigt.

Molinari meldet sich zurück und fragt nach dem Speicherchip. Sie bittet ihn, Miloš mitzunehmen und sie zu rufen, sollten sie fündig werden.

Bari – Triest.

Nur einmal, nach der ersten halben Stunde auf der Fahrt nach Norden, führen die Gleise von der Küste weg, um den bergigen Sporn des italienischen Stiefels im flacheren Hinterland zu durchschneiden, nachdem sie zuvor an Europas größter Saline von Margherita di Savoia entlangführten, deren angehäuftes weißes Gold in der Abendsonne leuchtete. Gleich nach der Abfahrt in Bari hatte der Schaffner den Fahrgästen der ersten Klasse Getränke und Zeitungen angeboten. Clarissa bat um Rotwein und deutete auf das erstbeste Blatt, das sie zwar nicht lesen konnte, aber aus den Bildern, Personen und Ortsnamen in den Titeln und Untertiteln grob zu verstehen hoffte, was in der Zeit ihrer Gefangennahme und Flucht passiert war.

Angeblich hatten die Russen Satellitenaufnahmen der Absturzstelle eines Air-Malaysia-Flugs in der Ukraine gefälscht. Die italienische Marine rettete fast dreieinhalbtausend Bootsflüchtlinge vor der libyschen Küste aus den maroden Kähnen, mit denen sie die Überfahrt nach Sizilien nicht überlebt hätten, und bei den Parlamentswahlen in der Türkei verlor die AKP von Präsident Erdoğan ihre absolute Mehrheit, weil zu dessen fundamentalem Ärger eine kurdenfreundliche Partei der Völker stattliche dreizehn Prozent kassierte. In Bayern hatte dafür der G-7-Gipfel getagt, auf dem die Staatschefs beschlossen, die in Irak und Syrien kämpfende Terrormiliz Islamischer Staat schnell zu besiegen.

Clarissa gelingt es nicht, sich lange zu konzentrieren, immer wieder gleitet ihr Blick über die weite Landschaft Apuliens und über das stahlblaue Meer und die unzähligen Frachtschiffe, als die Gleise nördlich des Gargano wieder parallel zur Küste verlaufen. Mit einem dieser Schiffe war auch sie hierhergekommen. Die Dämmerung senkt sich allmählich herab, und kurz bevor der Zug in den Bahnhof von Pescara einfährt, legt sich die Nacht übers Land. Clarissa Waisz betrachtet ihr Spiegelbild im Waggonfenster, als gehöre es einer Fremden. Blasser Teint, schwarze kurze Haare, tiefe Schatten unter den ungeschminkten Augen, kitschig geblümtes Kleid. Ganz und gar nicht das Bild einer Frau, die in die erste Klasse gehört. Erst der freundliche Schaffner reißt sie wieder zurück in die Gegenwart, als er ihr noch ein Glas Rotwein und Salzgebäck serviert. Kaum hat sie ihr Gläschen geleert, überwältigt sie der Schlaf. Kurz vor Bologna kommt sie zu sich. Hier muss sie umsteigen, hatte ihr Mustafa eingebläut. Dann eine Stunde später noch einmal in Mestre, dem Eisenbahnknoten vor Venedig. Fast zehn Stunden dauert die Fahrt nach Norden.

Die Brandwunden an ihren Leisten schmerzen, und ihr kleiner Zeh pocht. Während sie durch den Bahnhof hinkt und nach dem richtigen Bahnsteig sucht, kommt sie an zwei Polizisten vorbei, ein Mann und eine Frau, die sie interessiert mustern. Zu auffällig ist ihr Gang und zu verstört ihr Gesichtsausdruck. Angriff ist die beste Verteidigung, denkt Clarissa und fragt sie auf Englisch nach dem Weg. Die Beamtin erklärt ihn lächelnd. Sie bedankt sich und humpelt weiter, sieht das Schild eines Tabakladens, ein großes weißes T auf schwarzem Grund, und fragt nach ihrer Marke. Tatsächlich zieht der Inhaber ein Päckchen Parliament Night Blue aus dem Regal, mit einem Hauch von Fröhlichkeit gibt sie ihm das Geld und steckt sich auf dem Bahnsteig endlich eine Zigarette an.

Kaum fährt der Zug an, erkundigt sich wieder ein freundlicher Schaffner danach, was sie zu trinken wünsche. Wieder bestellt sie Rotwein, doch diesmal zwingt Clarissa sich, wach zu bleiben. Dieser Streckenabschnitt ist zu kurz, und den Anschlusszug darf sie auf keinen Fall verpassen. Vorwiegend elegant gekleidete Geschäftsreisende sitzen mit ihr im Waggon, sie telefonieren unablässig. Nur ihr Apparat bleibt stumm. Lange starrt sie auf das Display und widersteht nur schwer dem Wunsch, Alfieri anzurufen. Doch Mustafa hatte ihr eingeschärft, dass sie nur antworten dürfe. Sie muss ihm vertrauen. Die Po-Ebene fliegt an den Fenstern vorbei, die Lichter kleinerer Ortschaften. Sie sieht in weißer Schrift auf blauem Grund die Namen Ferrara und Padova, die einzigen Städte, in denen der Zug hält. Dann die Ansage für den nächsten Halt in Mestre, sie steht behutsam auf, um zum Waggonende zu gehen. Die Stufen zum Bahnsteig sind eine Qual.

Grado, Via Caprin. Pizzeria.

Major Weißenfels verzichtet auf sein Abendessen im Hotelrestaurant, um einer weiteren Konfrontation mit Körber aus dem Weg zu gehen. Er macht sich zu Fuß in Richtung Zentrum auf, wo er nach einem Lokal Ausschau hält, in dem er in Ruhe essen und nachdenken kann. Er braucht einen Plan, wie er Körber noch vor der Konferenz loswerden kann. In der Viale Italia entscheidet er sich für eine Pizzeria, die sogar auf Deutsch damit wirbt, das neapolitanische Original zu servieren. Er wählt eine Pizza mit Würstel. So viel Italienisch versteht er, zum Teufel mit Körber.

»Buona sera, Commissario. Wie schön, dass Sie uns besuchen. Sie sehen wie immer blendend aus«, schleimt der Kellner halb scherzend auf Deutsch.

Weißenfels blickt auf. Überschwänglich weist der Kellner einer kurzhaarigen Blonden und ihrem Begleiter, einem bärigen Typen mit langen Locken und ungepflegtem Bart, den Nebentisch zu. Die Frau, der Körber vor dem Hotel den Weg abgeschnitten hat. Kaum haben sich die beiden gesetzt, sind sie in eine heftige Diskussion verstrickt. Weißenfels nimmt einen großzügigen Schluck Bier.

»Clarissa hat gut daran getan, Ihnen den Chip zuzustecken,

Miloš.« Xenia spricht slowenisch mit ihm. »Aber zuerst bestellen wir.«

Der Kellner steht wieder am Tisch. »Zwei Bier. Und eine Marinara wie üblich, nehme ich an, Commissario? Und für den Herrn?«

»Eine Romana bitte, mit Kapern und Knoblauch. Knoblauch schützt vor Bissen.« Miloš bestellt auf Italienisch, aber mehr Leichtigkeit bringt er nicht zustande. Sein Blick versinkt im Nirgendwo, selbst als Xenia sich ihm wieder in seiner Muttersprache zuwendet.

»Sind Sie wirklich sicher, dass der kleine Mann mit der komischen Krawatte der gleiche ist, mit dem Sie den Unfall in Berlin hatten?«

»Ja, verdammt noch mal.« Vier Worte auf Deutsch, dann wechselt er ins Slowenische zurück. »Auch wenn es nur drei Fotos sind. Der hat vor nichts Angst. Die Art und Weise, wie er mit seinem Chauffeur umgegangen ist – an Machtbewusstsein fehlt es ihm nicht. Dass er mit meinem früheren Kommandanten zusammenarbeitet, ist überhaupt kein gutes Zeichen. Die Deutschen hatten immer einen guten Draht zu den Kroaten, spätestens seit den Nazis und der Ustascha.«

»Das Schiff hatten wir ein paar Tage vorher beschlagnahmt. Es wurde jedoch schnell wieder freigegeben. Aber die Container, die in Rijeka verladen wurden, geben mir zu denken.« Xenia übergeht den Kommentar. »Hilfsgüter verlädt man nicht bei einer Nacht-und-Nebel-Aktion.«

»Sie wurden auf Militärlastern gebracht. Und das Foto dieses Journalisten ist eindeutig: Mirković und diese Frau an der Grenze. Die Kisten kenne ich gut. In der DDR entwickelte Wieger-940-Gewehre. Die sind bei uns an der Front gelandet. Beim Sturm auf die Republika Srpska Krajina hatte ich selbst so eins.«

Der Kellner serviert Bier und Pizza.

»Und vermutlich haben Sie damit geschossen«, fährt Xenia fort, als sie wieder alleine sind.

Miloš entgeht ihr Unterton nicht »Und nie getroffen. Schießen lernte ich beim Militärdienst in der Nähe von Split. Es hat mich nicht besonders interessiert. Ich war dann in Istrien an einer Batterie der Küstenartillerie eingesetzt. Wir lagen meistens am Strand.«

»Aber die Waffen kennen Sie?«

»Ja, die Wieger-Gewehre waren neu für uns. Wo Mirković die herhatte, wusste ich nicht. Ich bin sowieso im ersten Moment abgehauen und über die neue Grenze nach Piran zu meinen Eltern geflohen.«

»Desertiert?« Xenia horcht auf.

»Nennen Sie es, wie Sie wollen. Warum sollte ich zwei Mal in den gleichen Krieg ziehen, nur weil ich von einem Moment auf den anderen nicht mehr eine, sondern zwei Staatsangehörigkeiten hatte? Mirković habe ich in Rijeka zum ersten Mal wiedergesehen. Er hat mich nicht bemerkt, aber vermutlich hätte er mich sowieso nicht erkannt. In seiner Einheit mussten wir uns den Schädel kahl rasieren. Ich fürchte, er würde mich heute noch umbringen, weil ich abgehauen bin.«

»Das ist lange her. Nur wenn wir wissen, was die in Rijeka verladenen Container enthalten, kommen wir weiter.«

»Was transportieren Militärlaster wohl? Zählen Sie eins und eins zusammen: Der eine ist Deutscher, der andere ist Mirković. Waffen natürlich.«

»Ich bin nicht begriffsstutzig, Miloš. Sind Sie sicher, dass Clarissa nur für das Reisemagazin fotografieren wollte?«

»Was denn sonst?«

»Warum ist sie in den Hafen eingedrungen? Was hat sie da gesucht?«

»Hören Sie doch auf damit. Sie hätte es mir gesagt.«

»Sie sagten selbst, dass sie Kampfschwimmerin in der DDR-Marine war. Hat sie wirklich keine Kontakte mehr?«

»Nein, verdammt«, entfährt es Miloš auf Deutsch. »Sie spielt kein doppeltes Spiel. Ich kenne sie genau. Wenn sie nicht arbeitet, sitzt sie beim Friseur und lässt sich die Haare färben. Sonst nichts.«

»Oh, Entschuldigung«, antwortet Xenia spitz und ebenfalls auf Deutsch. »Niemand sollte sich des anderen sicher sein. Das ist das Erste, was man in meinem Beruf lernt.«

»Entschuldigung.« Die Stimme des blonden Norddeutschen am Nebentisch klingt schüchtern, sein Blick ist es nicht. »Ich habe gehört, dass Sie deutsch sprechen. Darf ich Sie was fragen?«

Xenia lächelt kauend und nickt.

»Ich bin für zwei Tage hier, was kann ich morgen in Grado unternehmen?«

»Fahren Sie mit dem Schiff durch die Lagune, es gibt ein interessantes Ausflugsprogramm. Fragen Sie im Hotel, die helfen Ihnen.« Sie hält sich kurz.

»Eine nette Idee, aber den ganzen Tag habe ich leider nicht Zeit.«

»Bummeln Sie durch die Altstadt, schauen Sie die Mosaiken an. Essen Sie Fisch.«

»Leben Sie schon lange in Grado?«

»Allerdings. Wo kommen Sie her?«

»Ich lebe in Berlin. Ich dachte, Italiener beherrschen keine Fremdsprachen.«

»Sehen Sie. Schöne Ferien.«

Xenia ist es leid, einen einsamen Touristen zu unterhalten, sie switcht zurück ins Slowenische und wendet sich wieder Miloš zu. Als sie beim dritten Bier sind, stößt Arne zu ihnen. Obgleich sie zum Italienischen übergehen, bleibt er wortkarg, als Xenia mit Miloš weiter beim Sie bleibt. Ein Freund ist das offensichtlich nicht. Und am Schluss bezahlt sie sogar die Rechnung.

»Du solltest dir mal einen halben Tag freinehmen. Du kannst nicht ständig nur arbeiten«, sagt Arne auf dem Heimweg. »Ich koch dir was Feines.«

»Was weißt denn du schon. Aber morgen vielleicht. Wohin willst du? Und was essen wir da?«

»Lass dich überraschen. Morgen ist die Gelegenheit. An- und Abreisetag. Keine Führungen. Und auch das Hotel braucht mich nur für den Frühstücksservice. Den mach ich aber. Wenn die Gäste mich sehen, stecken sie mir vielleicht auch ein bisschen Trinkgeld zu.«

Grado Pineta, Via delle Pleiadi.

Das kleine Häuschen aus den Sechzigerjahren ist bescheiden und dunkel. Auch in der Nachbarschaft brennen kaum Lichter. In einem Fenster gegenüber das Flimmern eines Fernsehers. Der Moment scheint günstig, er lehnt das Fahrrad an den niedrigen Gartenzaun und nimmt den Blumenstrauß aus dem Hotelzimmer vom Gepäckträger. Eine Ausrede, falls doch jemand da ist. Seine Entschuldigung für den Unfall. Wenig glaubwürdig zwar, aber auch kaum zu widerlegen. Das Gartentor ist unverschlossen. Behutsam drückt er es auf. Im Gegensatz zu dem in Pullach öffnet es sich fast geräuschlos. Vorsichtig setzt er die Füße auf und geht an der Fassade entlang, bis er den Garten sieht. Im sanften Mondschein erkennt er ein Bett unter einem Moskitonetz, das am Ast eines großen Baums hängt, sowie ein Tischchen mit zwei Stühlen. Auch der Garten ist verlassen. Bernd Körber schleicht zur Hintertür, sie wackelt in dem einfachen Schloss, der Bartschlüssel auf der anderen Seite wurde offensichtlich nur einmal gedreht. Er wundert sich, dass das Haus einer Polizistin nicht besser gesichert ist. Das zweite Fenster zu seiner Linken ist sogar nur angelehnt, er drückt es auf, legt den Blumenstrauß auf die Fensterbank und zieht sich hoch. Als seine Augen sich an die Dunkelheit gewöhnt haben, erkennt er die Umrisse der Küche. Sauberes Geschirr wartet neben dem Spülbecken darauf, weggeräumt zu werden. Einfache Möbel, ein alter Gasherd. Leere Weinflaschen stehen neben der Tür. Er geht durch den Flur, in einem Zimmer nichts außer einem geöffneten Kleiderschrank, vermutlich stand das Bett in der Mitte des Raums, bevor es in den Garten geschleppt wurde. Im nächsten Zimmer erkennt Körber einen Arbeitstisch voller Papiere. Er schaltet die Taschenlampe seines Telefons an und ist perplex. Das Foto der Senatorin und das ihres Bruders hängen an der Wand, dazu eine Menge an Aufzeichnungen, Notizen, Blättern mit Daten. Es ist unverkennbar der Raum einer Ermittlerin, die ihr Material auf traditionelle Weise sammelt und ordnet. Ganz ähnlich hatte früher auch Bernd Körber in komplexen Fällen die Einzelelemente in seinem Büro aufgehängt, um kein Detail zu übersehen. Er schaltet den Blitz ein und schießt ein Foto. Als er sich in die Unterlagen auf dem Schreibtisch vertiefen will, hört er zwei Motorroller näher kommen. Rasch knipst er die Taschenlampe aus. Das Motorengeräusch erstirbt vor dem Haus. Körber läuft den Flur zurück, öffnet die Hintertür und rennt zum Zaun des dunklen Nachbargrundstücks. Als die Lichter in Haus und Garten eingeschaltet werden, landet er auf der anderen Seite in einem Busch und robbt auf allen vieren in Richtung Straße.

»Du hast schon wieder vergessen, die Hintertür abzuschließen, und das Küchenfenster ist auch noch offen.«

Körber hört die vorwurfsvolle Männerstimme, als er schon am nächsten Zaun angekommen ist. Er hält den Atem an, um besser zu hören.

»Was redest du da? Ich habe wie immer alles abgesperrt.« Nun scheint auch die Polizistin im Garten zu sein. »Ah, du Schlaumeier wolltest, dass ich den Blumenstrauß auf der Fensterbank entdecke. Arne, ich habe dir schon einmal verboten, mir ständig Blumen zu schenken. Und der ist nicht einmal besonders originell. Spar dir dein Geld.«

Körber klettert über den Gartenzaun auf den Gehweg und läuft zum Fahrrad, das er im Hotel ausgeliehen hatte.

»Ich habe keine Blumen gekauft«, protestiert Arne und schaut verwundert den Strauß an. »Der sieht aus wie die, die wir im Hotel bei Neuankünften auf die Zimmer verteilen müssen.«

Xenia läuft zurück ins Haus und schaltet das Licht in ihrem Arbeitszimmer ein. Beckers Unterlagen liegen aufgeschlagen auf dem Schreibtisch. Sie erinnert sich genau, dass sie diese in den Karton zurückgelegt und ihn nach der letzten Lektüre geschlossen hat. Sie macht sofort das Licht aus, entsichert die Beretta, öffnet behutsam die Haustür und streift die Außenwand entlang. Nichts. Dann tritt sie auf die Straße hinaus, die unter der spärlichen Beleuchtung verlassen daliegt. Sie blickt auf die Stelle am Zaun, wo bei ihrer Ankunft noch ein Fahrrad gelehnt hatte, über das sie sich wunderten. Es ist weg. Xenia steckt die Waffe in den Hosenbund und startet den Scooter. Nur zwei Wege führen aus der Via delle Pleiadi. Über die breite und übersichtliche Hauptstraße würde sie niemals die Flucht mit einem Fahrrad antreten. Sie entscheidet sich für den Park. Doch außer einigen eng umschlungenen Pärchen sieht sie dort niemanden. Erst in der Nähe der Altstadt sind ein paar Leute mit Rädern unterwegs. Zwei maulen, die Wege seien für Motorfahrzeuge gesperrt. Xenia gibt Gas und fährt zum Kommissariat. Der diensthabende Beamte blickt errötend vom Bildschirm auf, als seine Chefin eintritt, und gibt ein paar Tastaturbefehle ein. Als sie neben ihn tritt, ist kein Programm mehr geöffnet.

»Habt ihr heute Abend irgendwelche Meldungen aus Grado Pineta erhalten?«

»Bis jetzt ist es ruhig. Kein einziger Anruf seit meinem Dienstbeginn. Wohnen Sie nicht dort, Commissario?«

»Ruf mich sofort an, wenn du etwas hörst.«

Fünf Minuten später ist sie wieder zu Hause.

»Wo warst du?« Arne wartet im Garten auf sie.

»Wir sind zu früh zurückgekommen, Arne. Wir haben jemanden gestört. Ich bin mir sicher, dass ich auch die Hintertür abgeschlossen hatte. Irgendjemand hat in Beckers Unterlagen geschnüffelt. Wären wir später dran gewesen, dann lägen sie jetzt vermutlich auf einem anderen Tisch. Los, hilf mir, das Zeug in Sicherheit zu bringen. Grab ein Loch unterm Bett. Ich verpacke es in Plastiksäcke.«

»Und was ist, wenn der heute Nacht noch einmal zurückkommt?«

»Dann kann er was erleben. Aber der kommt nicht mehr. Zumindest heute nicht. Kannst du morgen früh im Hotel gleich feststellen, auf welchem Zimmer ein Blumenstrauß fehlt? Schaffst du das?«

Bari – Triest.

Der Bahnhof von Mestre ist grau und seelenlos. Unendlich viel Beton, Taubenscheiße, eine schmutzige Unterführung. Die Läden und Bars in der Halle sind längst geschlossen. Wieder stehen zwei Bahnpolizisten am Treppenaufgang und mustern sie. Wieder fragt sie nach dem Bahnsteig, als sie endlich oben angekommen ist, und wieder wird sie in die Unterführung hinab und zu einem anderen Gleis geschickt. Hier ist zwar die Umsteigezeit kürzer, doch der Regionalzug spartanisch und verdreckt. Das Erste-Klasse-Abteil ist nur ein kleiner abgetrennter Bereich von vier zerschlissenen Sitzbänken. Der Waggon füllt sich rasch, viele Leute müssen stehen, und der Zug hält schließlich an jedem Misthaufen. In San Donà steigen die meisten aus, Pendler vermutlich. Bisher wurden nicht einmal die Fahrkarten kontrolliert. Clarissa nickt wieder ein, bis der Schaffner ihr auf die Schulter tippt.

»Ist alles in Ordnung mit Ihnen?«, fragt er, während sie umständlich das Ticket aus der Gesäßtasche fummelt und ihm reicht.

»Everything okay, thank you«, flüstert sie. »How much does it take to Trieste?«

»One hour, Signora.«

Der Mann mustert sie noch einmal und wendet sich erst ab, als sie lächelt.

Warum hält ein Zug um diese Uhrzeit eigentlich noch an so kleinen Bahnhöfen, wo kaum jemand mehr ein- oder aussteigt, fragt sich Clarissa. Sie ist jetzt alleine im Abteil. Das monotone Gerumpel des Waggons schläfert sie schon bald wieder ein.

Entsetzt fährt sie hoch, als sie plötzlich eine Hand an ihrer Schulter spürt, die sie wach rüttelt. Vor Schreck zuckt sie zusammen. Als sie das Gesicht erkennt, stößt sie einen schrillen Schrei aus.

»Valerio! Mein Gott, hast du mich erschreckt.« Die Tränen laufen wie ein Bergbach über ihre Wangen.

»Wir haben nicht viel Zeit, Clarissa. Wir steigen gleich aus.«

»Sind wir schon in Triest?«

»Nein, zuerst kommt Monfalcone. Dort steht mein Wagen.«

Er hatte alle Waggons nach ihr abgesucht, er musste sich beeilen, zwischen beiden Haltestellen liegen keine zehn Minuten

Fahrt. Wäre der Zug voll besetzt gewesen, hätte er Mühe gehabt, sie zu finden. Anstelle der prächtigen blonden Mähne blickte er auf einen verstümmelten schwarzen Kurzhaarschnitt durch die Hand eines Friseurs, den ein anatolischer Hirte nicht einmal zum Schafscheren angestellt hätte.

»Steht dir gut, die neue Frisur, meine Liebe, aber müde siehst du aus. In einer Stunde liegst du in einem weichen Bett und schläfst, bis du wieder bei Kräften bist.«

Der Bahnhof von Monfalcone hat wenige Gleise, außer ihnen steigen drei weitere Personen aus, die zu der Unterführung zum kleinen Bahnhofsgebäude eilen. Aus Bangladesch stammende Arbeiter auf dem Weg zur Schicht auf der riesigen Werft für Kreuzfahrtschiffe. Den beiden Polizisten am Ausgang winken sie wie alte Bekannte lässig zu.

Clarissa kommt nur langsam voran, sie stützt sich auf Valerios Arm. Als sie die kleine Bahnhofshalle verlassen, verstellt ihnen einer der Uniformierten den Weg und fragt nach ihren Ausweisen. Alfieri zückt seinen deutschen Personalausweis, Clarissa sucht nach der Diebstahlsanzeige aus Bari.

»Sie hatte einen Unfall«, erklärt Alfieri sogleich. »Sie wird sich bei mir erholen.«

Skeptisch überfliegt der Uniformierte das zerknitterte Blatt. Dann wechselt er ein paar Worte mit seinem Kollegen, der mit dem Papier hinaus zum Streifenwagen geht.

»Stimmt was nicht?«, fragt Valerio Alfieri.

»Controllo di routine«, antwortet der Polizist einsilbig.

Clarissa blickt ihn mit wässrigen Augen an, doch er verzieht keine Miene. Der Zeiger der Bahnhofsuhr steht kurz vor halb vier.

»La signora è ferita?«

Misstrauisch mustert er Alfieri.

»Eine Operation«, sagt Clarissa in der Hoffnung, dass der Mann sie versteht.

Der zweite Uniformierte kommt zurück und schüttelt den Kopf.

»Alles in Ordnung«, sagt er und reicht ihr die Papiere.

Die flache Landschaft, die sie durchfahren, zeigt sich schemenhaft im Licht des zunehmenden Mondes. Weite Felder, ein paar wenige, spärlich beleuchtete Bauernhöfe, dann hohes Schilf zu beiden Seiten der Landstraße, zwei Brücken. Ein breiter Flusslauf schillert unter ihnen, Clarissa reckt sich, um einen besseren Blick zu haben.

»Das ist der Isonzo«, erklärt Alfieri.

»Isonzo habe ich schon gehört. Erster Weltkrieg, glaube ich. Giftgas.«

»Das war vor hundert Jahren.«

7

Grado, Isola della Schiusa. B &B Nontiscordardimé.

Sein unruhiger Schlaf ist von Schweißausbrüchen und Angstträumen bestimmt. Clarissa sitzt gelangweilt auf der Terrasse seines Elternhauses in Piran im Kreis der Familie, von der sich jeder nur darum bemüht, die blonde Berlinerin aufzuheitern. Sein Vater wendet die Scampi auf dem Holzkohlegrill, der kühle istrische Weißwein fließt in rauen Mengen. Plötzlich stehen drei Männer vor ihnen, die Wieger-Sturmgewehre auf sie gerichtet. Waffen mit NATO-Kaliber aus DDR-Produktion, die seine Einheit in der Krajina einsetzte. Alle fragten sich damals, wie ihr Kommandant sie beschafft hatte.

Josip Mirković legt Miloš' Vater Juri, ohne zu zögern, mit einem Kopfschuss um, das Hirn spritzt auf die Scampi auf dem Grill und verdampft. Mirković nimmt einen der hellroten Krebse und schiebt ihn sich samt Hirnresten, Panzer und Zangen in den Rachen. Dann reißt er Clarissa an ihrem Pferdeschwanz vom Stuhl und richtet den Lauf seiner Waffe an Miloš' Schläfe.

»Los, du schwule Sau, mach's ihr. Sie will es nicht anders. Hier, jetzt.«

Seine beiden Kumpane halten die Mutter, seine Schwester und seinen Schwager in Schach. Das Baby schreit wie am Spieß, als könnte es aus dem Tragekorb heraus begreifen, was gerade vor sich geht. Einer der Kerle feuert eine ganze Salve ab. Schlagartig Stille. Blut tropft vom Kinderwagen auf den Boden.

»Los, du schwule Sau. Fick sie. Sonst tu ich es. Dann lernst du, wie man das macht.«

Mirković reißt ihr die Klamotten vom Leib, während Clarissa keinen Laut von sich gibt. Ihr eiskalter Blick durchbohrt Miloš, als wäre er das Schwein.

»Deserteur«, nennt sie ihn abfällig und spukt auf den Boden.

Als der Kommandant seinen Schwanz aus der Hose zieht, schreit Miloš auf, schlägt wild um sich und fällt aus dem schmalen Bett des Einzelzimmers mit einem dumpfen Knall zu Boden. Er bleibt stöhnend auf dem Rücken liegen. Tränen strömen über seine Wangen. Er japst nach Luft, als er sich halb aufrichtet und das Fenster öffnet.

Außer dem Licht im Hof der Polizeistation ist es draußen stockdunkel. Miloš steht am Fenster, als die Wirtin des B & B klopft und mit ängstlicher Stimme durch die Tür hindurch fragt, ob er Hilfe brauche. Er ringt nach Atem, räuspert sich.

»Nein. Alles in Ordnung«, krächzt Miloš. »Ich habe nur schlecht geträumt.«

»Falls Sie etwas brauchen, sagen Sie Bescheid. Gute Nacht.«

Miloš steckt eine Zigarette an und lehnt sich hustend auf die Fensterbank. Der Motor eines schweren Wagens nähert sich und hält vor der Polizeistation. Er erkennt Valerio Alfieri, der das Tor öffnet und mit dem Range Rover bis zum Anleger fährt. Dort hilft er einer hinkenden Frau mit kurzen schwarzen Haaren aus dem Wagen und führt sie zu dem flachen Boot, das neben einer stattlichen Jacht liegt. Im einzigen beleuchteten Fenster des Kommissariats zeichnet sich der Umriss eines dicken Polizisten ab, der sich nach einem Kontrollblick sofort wieder entfernt.

Miloš beugt sich über den Wasserhahn, wäscht sich das Gesicht und nimmt ein paar große Schlucke, bevor er sich wieder aufs Bett fallen lässt. In dem lähmenden Halbschlaf kann er die Bilder des bösen Traums nicht abschütteln, sie verschwimmen mit Erinnerungen an den Bosnien-Feldzug, bei dem er Mirković dabei zusehen musste, wie er sich zusammen mit anderen der Kompanie über eine junge Frau hermachte und ihr dann mit der Pistole eine Kugel in den Kopf jagte. Seine Hose hatte noch offen gestanden. Ein weiteres Bild schiebt sich vor die anderen. Hat er es nur geträumt, oder hat er wirklich mit Clarissas Halbschwester in Berlin telefoniert und erfahren, dass der Fahrer der kroatischen Botschaft ein Paket zugestellt hat, in dem sich eine gusseiserne Urne mit ihrer Asche befand? Er heult wie ein Schlosshund und kümmert sich nicht darum, ob ihn jemand durch die dünnen Wände hört. Noch einmal erkundigt sich die Zimmerwirtin nach ihm, noch einmal wimmelt er sie ab, und schließlich überwältigen ihn Unglück und Erschöpfung.

Erst das Sonnenlicht, das auf sein Kissen fällt, weckt ihn. Nach einer langen Dusche zieht er sich an und schleicht durch das Treppenhaus nach unten. Er will sich nicht rechtfertigen müssen, kann es niemandem erklären. Die Kommissarin entfernt sich zu Fuß Richtung Stadt, als er sich im Erdgeschoss an eines der drei Tischchen vor der Bar setzt und auf sein Frühstück wartet.

Grado, Riva Slataper. Hotel Savoy.

Der Kaffee neben dem alten Bett ist längst kalt, als Xenia das Moskitonetz öffnet und den Anruf entgegennimmt. Mit dem Hörer am Ohr schüttet sie die Brühe auf den Komposthaufen und geht ins Haus, um frischen aufzusetzen. Arne begann um halb sieben seinen Frühstücksdienst im Hotel. Immerhin verdient er damit ein bisschen Geld dazu, auch wenn der Großteil der Gäste mit dem Trinkgeld knauserig ist und manche ihm höchstens am Morgen ihrer Abreise etwas zustecken, sofern sie gut gelaunt sind.

»Der Hotelier hat mich gebeten, dich anzurufen, Xenia«, sagt er am Telefon. »Letzte Nacht haben diese Patria-Nostra-Leute auf dem Hotelparkplatz die Gästefahrzeuge zerkratzt. Er hat das Kommissariat gleich in der Früh verständigt, aber es hat sich noch niemand sehen lassen. Die Gäste sind aufgebracht. Kannst du dich darum kümmern?«

»Ich komme auf dem Weg ins Kommissariat vorbei. Hast du erfahren, auf welchem Zimmer der Blumenstrauß fehlt?«

»Noch nicht, sie fangen gerade erst damit an, die Zimmer zu machen.«

Arnes Anruf erreichte sie um halb neun. Doch er wird sich gedulden müssen. Sie will zuerst ins Kommissariat.

»Ich kann das nicht mehr koordinieren. Die Kollegen Rossi und Malalan haben sich krankgemeldet«, murrt Berto Donadoni säuerlich, als Xenia die Dienststelle betritt. Ihm ist anzusehen, dass er Nachtdienst geschoben hat. Die oberen Knöpfe seiner Uniform stehen offen, seine Haare sind wirr.

»Hör auf zu jammern, Berto. Selbst wenn nichts zu tun ist, stöhnst du. Hast du die Krankmeldungen ans Polizeipräsidium geschickt?«

Unverständliches Murmeln.

»Los, aber sofort.«

Auf dem Kanal nähert sich der Motorenlärm von Alfieris Boot, auch er ist später dran als üblich. Xenia schaut nicht hinaus.

»Ich mach eh keine Karriere mehr.« Lethargisch kramt der Uniformierte zwei Blätter aus dem Berg an Unterlagen auf dem Tisch und schlurft zum Faxgerät.

»Und was ist mit der Anzeige vom Hotel Savoy? Die haben vor Stunden angerufen. War inzwischen jemand dort?«

»Wen hätte ich denn schicken sollen? Sie können sich doch nicht um jeden Kleinkram persönlich kümmern, Commissario.«

Rauchend geht Xenia in die Altstadt hinüber. Die paar Schritte entspannen sie. In der Mitte der Brücke lehnt sie sich auf das Geländer, schaut den mit gut gelaunten Touristen besetzten Booten auf dem Kanal zu, die in die Lagune hinausfahren. Wie sehr hat sie sich nach einem freien halben Tag gesehnt, an dem auch sie völlig ungestört und ohne Mobiltelefon den Anker ihres kleinen Bootes werfen kann. Oder sich auf einem Inselchen, zu dem niemand anderes findet, von Arnes Kochkünsten verführen lässt.

Eine schnittige Motorjacht mit kroatischer Flagge schiebt sich unter ihr durch und legt weiter unten an. Ein schwarz gekleideter Mann springt auf den Anleger und geht zielstrebig zum Hotel hinüber. Der Skipper zieht seine Schuhe aus und macht es sich auf den Polstern bequem, sobald er außer Sichtweite ist.

»Buon giorno, Commissario«, begrüßt der Concierge sie lautstark, als sie die Hotelhalle betritt. »Ihr Freund serviert im Gartenrestaurant. Für den Fall, dass Sie ihn suchen, meine ich. Oder sind Sie etwa selbst wegen der beschädigten Fahrzeuge gekommen?« Unterwürfig eilt der Mann voraus und reißt die Tür zum Garten auf.

»Raten Sie besser nicht weiter. Sagen Sie bitte dem Hotelier Bescheid.«

Ein paar wenige Familien sitzen noch an den Tischen, die Leute liegen längst am Sandstrand oder im Hotelgarten am Pool, die Terrasse ist nur zu einem Viertel belegt. Die Kellnerin an der Bar begrüßt sie überschwänglich, Xenia winkt. Arne kommt heraus, weißes Hemd, schwarze Kellnerweste, Fliege. Xenia lacht, als sie ihn sieht.

»Pinguin.« Sie drückt ihm einen Kuss auf die Wange.

»Meine Uniform. Jeans und T-Shirts sind für euch Bullen.«

»Hast du inzwischen herausbekommen, aus welchem Zimmer die Blumen sind?«

»Der Housekeeper sagt es mir, sobald sie durch sind. Bleibt's bei unserem Ausflug?«

»Wenn nicht doch noch etwas Besonderes passiert, meine Termine hake ich heute Vormittag ab.« Xenias Blick geht über seine Schulter. Der breitschultrige Kerl von der Jacht stürmt auf Körber zu, der auf der Terrasse sitzt und in die Tageszeitung auf seinem Tisch vertieft ist. Der steife Norddeutsche aus der Pizzeria, der sich ebenfalls mit strammem Schritt nähert, dreht schlagartig ab, als er den anderen sieht. Seit wann sind in Grado Businessgäste unterwegs? *More Leisure, Less Business* heißt das Motto der Fremdenverkehrsvereinigung: mehr Freizeit, weniger Arbeit. Die Geschäfte machen Hotels, Einzelhandel und Gastronomie, wenn die Touristen entspannt sind. Dann sitzen auch die Portemonnaies locker.

Xenia kennt nur die alten Aufnahmen von Mirković, denen sieht der schwarze Mann aber verdammt ähnlich. Körber und er sind in einen heftigen Disput verwickelt. Sie wartet einen Augenblick ab. Den beiden Männern gehen die Geschäfte offenbar nicht leicht von der Hand. Körber hat fünf Nächte gebucht, haben die Kollegen herausgefunden. Sie ruft im Kommissariat an und befiehlt, den Eigner der Jacht ausfindig zu machen, mit der dieser Mann angereist ist.

Der Hotelier kommt ihr entgegen, der Stress ist ihm ins Gesicht geschrieben. Er hält eines der Plakate in der Hand, mit denen in der Nacht die Hotelfassade tapeziert wurde.

DEUTSCHE raus!
GRADO ist nicht ÖSTERREICH
Basta con €
Valuta NAZISTA
Niente egemonia crucca
ITALIA AGLI ITALIANI
PATRIA NOSTRA

Den ganzen Vormittag war der Mann schon damit beschäftigt, die Gäste zu beruhigen. Er zwingt sich zu einem Lächeln.

»Endlich, Xenia. Die Leute sind empört, dass ihr so lange auf euch warten lasst. Für manche ist heute Abreisetag. Hast du die Autos auf unserem Parkplatz gesehen? Gut, dass du dich persönlich darum kümmerst. Du sprichst wenigstens deutsch.«

»Keine Sorge, Molinari und Refolo werden die Anzeigen aufnehmen. Dafür braucht es keine Deutschkenntnisse. Zeugenaussagen können wir von den Gästen kaum erwarten, und wenn sie ausfällig gegen uns Italiener werden, ist es besser, wenn sie keiner versteht. Was ist mit den Videokameras? Habt ihr die Aufzeichnungen schon durchgesehen?«

»Mehr als ein Vermummter, der sie mit schwarzem Spray außer Gefecht setzte, ist nicht zu erkennen. Sie zu ersetzen kostet einen Haufen Geld. Ich mache mir Sorgen um den Ruf unserer Stadt. Der Bürgermeister und der Hoteliersverband haben sich bereits beim Questore und beim Präfekt beschwert.«

Der nächste Anschiss wird nicht auf sich warten lassen. Trotz aller Fürsprache von Alfieri, aber der gilt hier sowieso als reicher Exot mit deutschem Ordnungswahn.

»Wer sind die Gäste dahinten?«

»Den Mann in Schwarz kenne ich nicht. Er ist vorhin eingetroffen und hat nach Körber gefragt, der unser Stammgast ist. Der kam schon, als meine Eltern noch das Hotel geführt haben. Und der stramme Mann mit dem frisch gebügelten Hemd und den Safarihosen ist ebenfalls ein Bekannter von Körber. Sein Zimmer wurde von einer Behörde in Berlin gebucht. Ich muss nachsehen, wie sie genau heißt.«

»Wie lange bleibt er?«

»Drei Nächte.«

»Und dieser Körber?«

»Zwei Tage länger.«

Xenia wird vom Klingeln ihres Telefons unterbrochen. Sie entschuldigt sich und geht in eine abgelegene Ecke.

»Ich komme schon heute Abend an, Xenia. Buchst du mir in Grado ein Zimmer? Dann haben wir Zeit. Nach Triest muss ich erst morgen.«

»Du weißt gar nicht, wie ich mich auf deinen Besuch freue, Nicola.«

»Find ein nettes Plätzchen für mich, Xenia.«

Sie lächelt erfreut. Nicola Bonanni kommt im rechten Augenblick. Es wird ziemlichen Krach geben, wenn sie sich den zweiten Gesprächspartner aus Nunzios Telefon vorknöpft. Mit dem Ministerialdirektor aus Rom kann sie sich ungeschützt besprechen und eine Strategie entwerfen.

Eine Zimmerreservierung sei soeben annulliert worden, sagt ihr der Hotelier.

»Es ist ein wichtiger Gast aus Rom, der sich ungern registrieren lässt«, behauptet Xenia. »Könnt ihr ein Auge zudrücken?«

»Die täglichen Meldelisten kontrolliert sowieso deine Dienststelle«, lacht er.

»Eben deshalb. Meine Leute sind geschwätzig.«

»Und wir Hoteliers leben von unserer Diskretion, Xenia.«

»Hast du einen Raum, wo Refolo und Molinari die Anzeigen aufnehmen können?«

»Sie können die Bibliothek nutzen.«

Xenia setzt sich im Gastgarten an einen freien Tisch und bestellt bei Arne einen geeisten Espresso. Am Schwimmbad sind alle Liegestühle mit Badetüchern belegt, obwohl nur wenige Menschen zugegen sind.

Der Muskelprotz beugt sich wütend über den deutlich kleineren Körber, der keinen Millimeter zurückweicht. Sie sprechen kroatisch, doch sie hört nur ein paar Fetzen. Es geht um Geld.

»Ich weiß nicht, wofür ich dir Geld schulden soll, Mirković. Du hast diese Spionin entkommen lassen«, bellt Körber, senkt dann die Stimme. »Mit deiner Oberflächlichkeit bringst du nicht nur dein eigenes Land in Gefahr, sondern auch das Ansehen Deutschlands und das der Amerikaner und Engländer. Wenn die Waisz ihre Flucht überlebt und die Sache an die Öffentlichkeit bringt, kann das bis vor den Sicherheitsrat der Vereinten Nationen kommen. Finde sie, bevor sie redet. Du hast genug Erfahrung damit, Frauen umzulegen.«

»Ich riskiere überhaupt nichts, Körber. Das ist allein euer Problem. Du hast versprochen, meine Provision mitzubringen.«

»Mach dir keine Hoffnung. Wie die Senatorin sagt: ›Ohne Leistung kein Geld‹.«

»Clarissa Waisz ist offiziell tot, ihre Urne ist in Berlin. Das Einzige, was von ihr übrig blieb, ist ein zerrissener Slip, den wir vor dem Container fanden. Dass ich den nicht als Souvenir behalte, ist wohl klar. Niemand sucht nach ihr. Und selbst wenn, wer sollte ihr glauben? Sie hat keine Beweise, wir haben alle Fotos gelöscht und die Speicherkarten vernichtet. Sie ist eindeutig geistig verwirrt.«

»Ihr wurden kognitive Störungen bescheinigt, keine Geisteskrankheit. Wer soll dir glauben, Mirković? Die Zeiten haben sich geändert. Du genießt keinen Schutz mehr wie damals,

als du den Auftrag hattest, meine Frau umzubringen, wofür du noch büßen wirst. Das garantiere ich dir.«

»Du hast auch kognitive Störungen, Körber.«

»An deiner Stelle würde ich das Maul nicht so weit aufreißen und bei jedem Schritt damit rechnen, abgeknallt zu werden.« Körber zieht drei Blätter aus der Tasche und legt sie auf den Tisch. »Was sagt dir der Name Robert Perić?«

Mirković verstummt, sein Blick lauert. »Keiner von uns«, sagt er schließlich.

»BMW war schon damals deine Lieblingsmarke. Und in teuren Hotels bist du auch schon immer gerne abgestiegen.«

»Was willst du, Bernd?«

»Was würdest du davon halten, wenn deine Cousine für die Serben spioniert hätte?«

»Du spinnst doch. Maja, unsere Familie ...«

»Und dass du davon Wind bekommen hast?«

»Was willst du damit sagen?«

»Dieser Robert Perić meldete den schwarzen BMW, mit dem Maja überfahren wurde, schon zwei Stunden vor der Tat in Augsburg gestohlen, allerdings blieb ihm genug Zeit, im Anschluss damit noch nach Pullach zu fahren, wo der Wagen später in einem Wäldchen gefunden wurde. In der Nähe der S-Bahn. Dass Maja überhaupt auf die Straße gegangen ist, bedeutet, dass sie einen Anruf von einem Vertrauten erhalten hat, von einem Freund oder einem Verwandten, Josip. Perić übernachtete an diesem Abend im Bayerischen Hof. Beides bezahlte er mit American Express, die von einem Konto der MEC Bank abbuchte. Robert Perić, von dem du behauptest, er sei dir unbekannt, flog am nächsten Morgen nach Zagreb zurück.«

»Spuck die Kröte gefälligst aus, Bernd.«

»Dieses Foto stammt aus seinem gefälschten Pass. Auf meine Anweisung wurden damals alle Bürger aus dem ehemaligen Jugoslawien an den Grenzen registriert. Auch ihre weiteren Bewegungen. Hättest du dir den Pass eines unverdächtigen Landes zugelegt, wären wir nie darauf gekommen. Aber die heutige Technologie macht einiges möglich. Du hast dich viel zu lange sicher gefühlt.«

Josip Mirković hebt drohend die Hand. »Glaub bloß nicht, dass du mich fertigmachen kannst. Du strickst dir eine Geschichte ohne Hand und Fuß.«

Körber bleibt ruhig. »Irgendjemand hat Maja gesteckt, dass ihr Bruder im Maksimir-Stadion abgeknallt wurde. Das kann nur einer gewesen sein. Du selbst, Josip. Der Mörder in Person. Wie viel hast du dafür kassiert?«

»Wenn sie eine Serbennutte war, die für unsere Feinde spionierte, gibt es genug Leute, die es auf sie abgesehen hatten. Du müsstest dankbar dafür sein.« Mirković gibt nicht auf. »Was den Rest betrifft, haben wir die klare Vereinbarung, dass ich der EARLY SUN gegen Bezahlung freies Geleit in internationale Gewässer garantiere. Das habe ich getan. Dafür schuldest du mir Geld. Die Blonde fällt in eure Verantwortung. Eure berühmte Geheimhaltung hat Löcher wie ein kaputter Eimer. Hast du dich nie gefragt, wer diese Pička auf dich angesetzt hat? Wenn ich an die große Glocke hänge, dass du vertragsbrüchig bist und schmutzige Operationen für die Amis und die Briten koordinierst, schadet das Deutschland mehr, als es eine geflohene Spionin je tun kann. Eure Glaubwürdigkeit ist im Keller mit all den BND-Affären. Versuch nicht, mich reinzulegen. Einhundertfünfzigtausend. Heute 14 Uhr.«

»Du lehnst dich ziemlich weit aus dem Fenster. Sicher bist du jetzt nicht einmal mehr in Kroatien. Ein Anruf genügt, und die BRD wird einen Auslieferungsantrag stellen. Du bist Anfang fünfzig, lebenslänglich ist dir sicher.«

»Verlass dich drauf, dass ich bereits dafür gesorgt habe, dass dann eure Rolle während der letzten dreißig Jahre publik wird. Angefangen bei den achthundert Millionen, mit denen ihr das

Kommando im Krieg gekauft habt. Dazu der Embargobruch, und nicht nur der über den Hafen Triest. Vergiss nicht den Flughafen Maribor. Denk daran, dass ihr neben den Italienern auch die Slowenen zur Kollaboration gezwungen habt. Und eure Offiziere und Militärberater bei uns, alle undercover natürlich, bis hin zu eurer jetzigen Rolle. Wenn Deutschland erwacht, bleibt kein Auge trocken. Die ganze Welt wartet nur darauf, euch endlich eins auswischen zu können. Eure eigenen Landsleute und Medien werden sich mit Gebrüll auf die Kanzlerin stürzen.«

»Du glaubst, das alles in Gang setzen zu können, Josip?«

Körbers Augen blitzen gehässig. Er weiß, dass er es selbst am stärksten zu spüren bekäme, sollte Mirković ernst machen. Die Situation ist gefährlich. Und er wird ihm zuvorkommen. Gleich nachher wird er seinen Spezialisten beauftragen. Sollte diese Berliner Schwimmerin doch wiederauftauchen, lässt sich alles auf Mirković abwälzen, der sich dann nicht mehr wehren kann.

»In zwei Fällen geht die Maschinerie los: Wenn du nicht bezahlst oder wenn mir etwas zustößt. Es gibt noch einen Unterschied zwischen dir und mir, Bernd. Es geht nicht um dein eigenes Geld. Für mich aber sehr wohl. Und auch meine Leute warten auf ihre Bezahlung. Führ mich nicht länger an der Nase herum. Wir sehen uns um 14 Uhr in der Enoteca am Viale Europa Unita. Kommst du nicht, hole ich dich.«

Der Kroate deutet auf seine Armbanduhr, als versuche er, dem anderen eine Uhrzeit vorzugeben. Alles, was Xenia aus der Entfernung verstehen konnte, reichte bereits für ein klareres Bild.

Mirković schenkt Körber keinen Blick mehr und erhebt sich.

»Du wirst dafür bezahlen, Josip. Verlass dich drauf. Bald schon.«

»Meine Provision, Körber. 14 Uhr vor der Enoteca. Vergiss es nicht.«

Körbers Blick fällt auf den Typen aus der Pizzeria, der das Gespräch unverhohlen verfolgt hat. Auch er scheint den schwarzen Mann erkannt zu haben.

Als Mirković sich entfernt, nimmt Körber die Zeitung wieder auf, doch der andere Deutsche setzt sich an seinen Tisch. Körber hält ihm die Seite vor die Nase. Wenig später gestikulieren auch diese beiden heftig.

Arne serviert den geeisten Espresso und berichtet: »Das ist die Zeitung von gestern mit dem Material von Becker. Der andere heißt übrigens Weißenfels. Du hättest mich sowieso danach gefragt.«

»Guten Morgen, Herr Kollege. Sie haben sich wirklich einen schönen Ort zum Entspannen ausgesucht.« Weißenfels nimmt Körber das Blatt aus der Hand, schlägt gezielt eine Seite auf. »Wenn nur nicht dieser Mirković und ich Ihnen den Aufenthalt vermiesen würden. Das war er doch, oder? Sie haben ihm das Foto aus dem falschen Pass gezeigt, das ich Ihnen in Pullach gegeben habe. Wie hat er darauf reagiert?«

»Kümmern Sie sich um Ihre Angelegenheiten.«

»Dieses Städtchen ist geradezu putzig, nicht wahr? Aber diese Plakate sind skandalös. Man muss die geplante Zeremonie mit einer heftigen Protestnote gegen den italienischen Schlendrian absagen.«

Körber hebt nicht einmal den Blick, was Weißenfels wütend macht.

»Es scheint einiges schiefzulaufen bei Ihren Geschäften. Ihr Gesichtsausdruck spricht Bände. Gleich zwei alte Verbündete bereiten Ihnen Kummer, Herr Direktor.« Bitterböse Ironie schwingt in seiner Stimme. Der Major bestellt einen Caffè Americano, während Körber die Artikel überfliegt.

»Die Probleme der Senatorin berühren uns nicht mehr, Weißenfels«, sagt Körber. »Die Übernahme der ChimiCo ist seit gestern in trockenen Tüchern.«

»Was ist mit dem Journalisten? Den Auftrag, Becker zu eliminieren, haben *Sie* gegeben. Nicht, dass mich das echauffierte. Auch das gehört zum Geschäft, wenn es keinen anderen Weg gibt. Aber ich frage mich, ob es im Sinn der Bundesrepublik war, dadurch zu versuchen, die Senatorin zu retten. Selbst wenn es Ihnen gelungen wäre.«

Körbers Miene ist wie versteinert. »So einfach mache ich es Ihnen nicht. Ihr Vorgehen bringe ich vor den internen Sicherheitsausschuss. Grober Ungehorsam in einer so straffen Organisation wie dem BND wird leicht zu einem Sicherheitsproblem. Wer diese Position will, kann sich das nicht leisten. Ich war schon zu großzügig, Sie bei der Konferenz in Triest zu dulden. Jetzt ist Schluss.«

»Kühn, Herr Direktor, ganz schön kühn. Hat Mirković den Mord an Ihrer Frau gestanden? Sie werden beweisen müssen, dass sie nicht mit Ihrem Einverständnis, wenn nicht sogar in Ihrem Auftrag gehandelt hat, als sie mit den Serben konspirierte. Und Sie wissen ja, wie normalerweise mit Doppelagenten verfahren wird.«

Körber zieht ein Blatt hervor. »Lesen Sie, Weißenfels. Ich verlängere. Ich beziehe mein Büro in Berlin. Ihre Mission ist beendet. Und jetzt verschwinden Sie.«

Weißenfels schenkt dem Papier keinen Blick, mit einem arroganten Lächeln lässt er seinen Chef zurück, noch bevor Arne den Kaffee servieren kann.

Als Xenia das Hotel verlässt, ruft Donadoni an und berichtet, die Jacht sei auf eine Firma in Montenegro registriert, über die er sonst nichts herausfinden konnte.

Triest, Piazza San Giovanni. Büro im Piano nobile.

Wütend knallt Romana Castelli de Poltieri die deutsche Tageszeitung auf ihren Schreibtisch. Auch die überregionale italienische Presse zitiert die gestrigen Skandalgeschichten aus diesem Blatt, bei der ihre Verdienste völlig in den Hintergrund geraten, weil sich die Berichterstattung auf die über zwanzig Jahre alte Geschichte mit dem Embargobruch konzentriert. Irgendjemand versucht, sie zu demontieren. Auch der Geldfluss nach dem Kauf der Middle European Credit Bank durch die BavariaFinance Group samt ihrer Steuerhinterziehung kommt ans Licht.

Embargobruch, Korruption und Pressefreiheit lautet die Headline, der Untertitel ist nüchtern: *Juristische Attacken gegen Berichterstattung im Fall Becker. Was weiß das Kanzleramt in Berlin?* Sie zwingt sich zum Weiterlesen. *Manche glauben, die europäische Sache gewinnbringend zur eigenen machen zu können, und wehren sich mit Händen und Füßen gegen die freie Berichterstattung, die diese Machenschaften aufdecken. Der Salzburger Staatsanwalt Neuner-Hebenstreit und die italienische Senatorin Romana Castelli de Poltieri versuchen, die Veröffentlichung der Artikel des in der Mozartstadt kürzlich ermordeten Journalisten Jordan S. Becker gerichtlich zu unterbinden. Der von ihren Anwälten angesetzte Streitwert wegen Rufschädigung und dadurch entgangener Einkünfte beläuft sich auf dreiunddreißig Millionen Euro.*

Der als Querkopf verschriene Enthüllungsjournalist Jordan S. Becker dokumentierte 1994 den Bruch des von der UNO verhängten Embargos gegen die Teilrepubliken des ehemaligen Jugoslawiens. Trotz der Ermittlungen italienischer Staatsanwälte wurde damals die Immunität von Romana Castelli de Poltieri nicht aufgehoben. Kurz nach dem Embargobruch war sie über zehn Jahre Aufsichtsrätin der Kärntner Skandalbank MEC, über welche die Balkanmafia das Volksvermögen einiger jugoslawischer Einzelstaaten in die Hände Krimineller im Ausland schaufelte. Bei der Übernahme der MEC durch die BavariaFinance Group sollen zwei Aufsichtsräte in München an dem Pleitegeschäft, das ihr Institut Milliarden kostete, mit fünfzig Millionen Euro profitiert haben. Die Senatorin wurde danach vom damaligen Landeshauptmann für ihre Verdienste mit dem Großen Goldenen Ehrenzeichen des Bundeslandes Kärnten belohnt. Eine andere Spur in Beckers Recherchen führt bis ins Bundeskanzleramt in Berlin.

Senatorin Castelli de Poltieri wird als Nachfolgerin des OSZE-Generalsekretärs gehandelt, worüber beim Gipfeltreffen in der kroatischen Hafenstadt Split entschieden wird. Die Aufgabe der OSZE ist es, Konflikte zwischen den Mitgliedsstaaten im Vorfeld zu vermeiden und die Kooperation in Europa zu verstärken. Kann dieses Amt von einer Person ausgefüllt werden, die ihre Karriere mit Beihilfe zum Bruch des Waffenembargos begann?

Staatsanwalt Neuner-Hebenstreit wehrt sich in Salzburg gegen den Vorwurf der Untätigkeit als Leiter der Soko MEC. Unser Kollege Jordan S. Becker wies alte Verbindungen des Staatsanwalts zur Senatorin nach, die bis in die Zeit seines Studiums zurückreichen und Zweifel an der Rechtmäßigkeit seines italienischen Abschlusses an der Universität Triest aufwerfen.

Die Redaktion dieser Zeitung wird mit allen Rechtsmitteln gegen jeden Zensurversuch vorgehen und in Folge die Aspekte detailliert darlegen.

Das Telefon im Büro an der Piazza San Giovanni klingelt ohne Unterlass. Romana Castelli de Poltieri ist allein, ihr Bruder Carletto hat sich noch nicht blicken lassen. Es wäre seine Aufgabe, die Gespräche anzunehmen und die Journalisten abzuwimmeln. Sie wartet eine längere Klingelpause ab, um nicht versehentlich selbst zu antworten, und wählt die Nummer ihres Anwalts. Einsilbig befiehlt sie ihm, sich umgehend in ihrem Büro einzufinden. Der nächste Anruf gilt dem Salzburger Staatsanwalt Neuner-Hebenstreit. Ihre beiden Rechtsvertreter sollen jeden einzelnen Schritt koordinieren, dürfen aber unter keinen Umständen gemeinsam auftreten.

Grado, Piazza Biagio Marin. Arztpraxis.

Immer wieder schaut Valerio Alfieri in der Nacht nach seinem Überraschungsgast. Er hat ihr sein Schlafzimmer überlassen und sich selbst auf dem Diwan unter dem Moskitonetz auf der Terrasse schlafen gelegt. Clarissas Schlaf ist so tief, dass sie seine Schritte oder die in den Angeln quietschende Tür nicht wecken, als er wieder barfuß ins nachtnasse Gras hinaustritt. Ein schmaler Silberstreif steht im Osten über dem Horizont, die Sonne wird sich bald über das Karstgebirge erheben und den Golf in ein erstes goldenes Licht tauchen. Noch aber herrschen die Grautöne, und nur die Rücken zweier weißer Pferde und einiger Büffel auf einem unbewohnten Inselchen gegenüber heben sich ab. Das Vogelgezwitscher verstärkt sich zunehmend, dann sieht er einen Reiher auf einem Bein im Wasser stehen und auf Beute lauern. Früher Fisch bekommt den Schnabel. Alfieri hat sich ein friedliches Paradies eingerichtet.

Clarissa seufzt und wälzt sich im Bett, als er gegen neun wieder nach ihr schaut. Baschar, der syrische Koch, hat den Frühstückstisch üppig gedeckt. Und während Alfieri einen Espresso trinkt, macht er sich Notizen. Als Erstes muss Clarissa zum Arzt, dann zu einem Friseur, der den Schaden zumindest einigermaßen korrigiert. Sie braucht neue Kleider und Schuhe. Und viel Ruhe. In einer Abstellkammer findet er ein paar Krücken, die er vor Jahren selbst gebraucht hatte, als die Harley noch neu war.

Endlich hört er auch Clarissa im Flur, wie eine Fremde tastet sie sich an der Wand entlang und schaut sich immer wieder um. Sie besteht darauf, draußen zu frühstücken. Sie sei stark genug. Ihr Gesicht zeugt vom Gegenteil. Alfieri räumt den Tisch ab und deckt auf der Terrasse. Baschar serviert ihr einen Espresso in einer großen Tasse und ein Kännchen heißes Wasser dazu. Sie möge ihn selbst verlängern. Valerio Alfieri ist beruhigt, als sie über eine Schüssel Erdbeeren herfällt, dann zwei Spiegeleier und danach drei Brioche verschlingt. Nach Wurst und Schinken verlangt sie vergeblich.

»Wenn du mir erzählen willst, was passiert ist, dann erzähl, Clarissa. Zumindest so viel, dass ich die Lage einschätzen kann, in die du dich gebracht hast.« Als Valerio ihr erklärt, dass auf seinen Hausarzt Verlass ist und er sie erwarte, stutzt sie.

»Warum tust du das alles für mich?« Sie richtet sich auf.

»Weil du Hilfe brauchst und mich darum gebeten hast. Warum fragst du?«

»Ich bin nicht gewohnt, dass sich jemand um mich kümmert.«

»Aber dein Freund Miloš würde doch alles für dich tun. Wenn er dürfte.«

»Ach, Miloš. Das ist keine Dauerlösung.«

»Dauerlösungen gibt es nicht, Clarissa. Ich bin zum dritten Mal verheiratet. Und wir leben tausend Kilometer voneinander entfernt. Probier diese Krücken, damit ich die Länge für dich justieren kann. Wir müssen los.«

Sie seufzt beim Aufstehen, gehorcht dann aber stumm.

»Kann ich bei dir bleiben, Valerio? Ich kann sonst nirgendwohin. Alle suchen mich. Die haben sogar von einem Deutschen geredet, der das Kommando hat.«

Als sie am Kommissariat anlegen und er Clarissa zum Wagen führt, fährt die Kommissarin in den Hof.

»Gäste, Alfieri?« Sie erkennt die Frau an den Krücken offensichtlich nicht wieder.

»Eine alte Freundin, die sich bei mir erholt. Sie ist heute Nacht angekommen. Manchmal frage ich mich, ob es nicht doch ein Fehler war, das Erdgeschoss an die Polizei zu vermieten. Man wird zum gläsernen Wesen.«

»Hätten Sie nur auf mich gehört, Alfieri. Meine Haltung dazu kennen Sie. Aber ich denke, wir haben uns aneinander gewöhnt. Gute Besserung«, wünscht die Kommissarin und entfernt sich.

»Puh, das ist gerade noch gut gegangen«, flüstert die Berlinerin.

»Warum? Sie könnte dir helfen.«

»Ich habe Angst. Ich bin nirgends sicher.«

»Weshalb? Wirst du gesucht? Hast du jemanden umgebracht?«

»Nein«, sagt sie und verstummt.

Die Praxis liegt in der Fußgängerzone unweit vom Rathaus, vor dem zwei Wagen der Strafzettelschreiber stehen, die auf Beute warten. Alfieri fährt mit seinem Range Rover demonstrativ vor ihnen über die gesperrte Piazza Biagio Marin und hält ein paar Häuser weiter in der Fußgängerzone. Die Stadtpolizisten lassen von ihm ab, als sie sehen, wie er Clarissa stützt und an der Praxis klingelt.

Niemand im überfüllten Wartezimmer schimpft, als Dottor Angelo Policastro die angeschlagene Frau sofort ins Behandlungszimmer bittet. Alfieri möge Kaffeetrinken gehen und nicht vor zwei Stunden zurückkommen. Der Arzt hat in diesem Ferienort über die Jahre genug Deutsch gelernt, um sich mit ihr zu verständigen. Er führt sie zu einer Liege und bittet sie, eine Einwegschürze anzulegen. Immer wieder hört er Clarissa hinter sich seufzen, während er am Computer Rezepte ausstellt und den Patienten im Wartezimmer bringt, die nur deswegen gekommen sind. Als er zurückkommt, liegt Clarissa mit geschlossenen Augen vor ihm.

»Wer hat Ihnen das angetan?«, fragt Policastro sogleich. »Alfieri hat mir zwar gesagt, dass Sie misshandelt wurden, aber das sieht mehr nach Folter aus.« Während er sie Zentimeter für Zentimeter inspiziert, redet er weiter. »Was ich als junger Arzt in den zwei Jahren in Gabun und im Kongo gesehen habe, war allerdings viel schlimmer.«

Sobald Clarissa versucht, ihre Tortur zu schildern, wird sie von Heulkrämpfen geschüttelt. Sie seufzt tief, als er die Wunden an ihren Leisten desinfiziert.

»Wurden Sie vergewaltigt?«

Sie schüttelt energisch den Kopf.

Der Arzt trägt eine Creme auf und verbindet die Wunden mit steriler Gaze.

»Die linke kleine Zehe ist gebrochen, sie wird von alleine heilen. Wir können einen Verband anlegen, wenn Sie wollen.«

»Lieber nicht, wenn es nicht sein muss.«

»Dann tragen Sie offene Schuhe, am besten Flip-Flops, damit es nicht drückt, und verzichten Sie auf lange Spaziergänge unter der Sonne, meine Gute. Setzen Sie sich mit Ihrem Freund einfach vor eine Bar, wo Sie aufs Meer sehen können. Legen Sie sich im Schatten an den Strand, meiden Sie aber den Sand. Und schwimmen sollten Sie auch nicht, bevor die Wunden verheilt sind.«

Sie lacht sogar.

»Und die Verbrennungen an der Fessel?«, fragt er. »Stromschläge?«

Sie nickt stumm und holt schließlich tief Luft.

»Ich habe den Eindruck, als wären Sie gerade noch rechtzeitig entkommen.«

Alfieri sitzt vor der Enoteca im Schatten und trinkt ein Glas Spumante. Clarissa muss bei ihm bleiben, solange die Sache sich nicht beruhigt hat und bis er weiß, wie er ihr helfen kann. Sie hat keine Papiere, und solange sie nicht redet, kann er nichts für sie tun. Auf Sant'Andrea ist sie erst einmal sicher. Die

Flüchtlinge reden nicht. Und Nunzio wird vorerst nicht wiederkommen. Auf seinen syrischen Koch ist Verlass.

Aber was passiert, wenn Clarissa wieder auf den Beinen ist und nach Berlin zurückwill? Hat sein Schwager Murat Akgün vielleicht eine Möglichkeit, sie in die Türkei zu bringen? Vielleicht hat er Verbindungen zum Reeder der Türkeilinie von Triest nach Istanbul, Pendik, Haydarpaşa, Izmir, Mersin und Cesme. Diese Lkw-Fähren sind täglich unterwegs, und außer der Besatzung ist meist niemand anderes an Bord. Er verwirft den Gedanken, als sein Hausarzt anruft und sagt, Clarissa warte darauf, abgeholt zu werden. Er sieht diesen Körber, der ihm beim Verkauf der ChimiCo vorgestellt wurde, auf die Enoteca zukommen und grüßt ihn flüchtig.

Grado, Isola della Schiusa. Kommissariat.

Die Zeitungen quellen über vor Artikeln, die sich wieder einmal mit dem Attentat von Sarajevo befassen. Der noch minderjährige Gavrilo Princip hatte mit einer 7,65er Browning aus belgischer Produktion den Thronfolger Österreich-Ungarns, Erzherzog Franz Ferdinand, und dessen am Hof geschmähte Gemahlin Sophie von Chotek, Herzogin von Hohenberg, aus nächster Nähe vor dem Kaffeehaus ermordet, in dem sich der Mörder rein zufällig aufhielt. Der junge Fanatiker wusste nicht, dass er den Scharfmachern an der Hofburg zu Wien keinen größeren Dienst erweisen konnte, als ihnen endlich den ersehnten Anlass für einen Krieg zu geben.

Xenia überfliegt die Blätter, bis sie die Meldungen über die Senatorin findet. Sie hatte nicht erwartet, dass auch die italienischen Redaktionen so schnell berichten. Die Uhren in den Zeitungsredaktionen ticken anders als bei Ermittlern, die sich ungern äußern, bevor sie eine geschlossene Beweiskette erarbeitet haben. In der überregionalen Presse kommt Romana Castelli de Poltieri nicht gut weg, die Lokalmedien hingegen schonen sie. Xenia nimmt sich den Stapel Unterlagen aus ihrem Postfach vor.

Auch Chefinspektor Refolo und Molinari kehren mit den Anzeigen der Hotelgäste zurück. Sie hatten sich jeden Wagen angesehen und drei empörte Schlaumeier zurechtgewiesen, die hofften, alte Kratzer im Lack den Vandalen unterschieben zu können und von der Versicherung bezahlen zu lassen. Insgesamt wurden sechzehn Autos beschädigt, fahrtüchtig blieben sie alle. Kaum hielten die Feriengäste das amtliche Papier in der Hand, kam schlagartig wieder gute Laune auf.

»Ich habe den Eindruck, die meisten Urlauber langweilen sich nach ein paar Tagen am selben Ort. Immer das Gleiche, tagsüber Strand oder Pool, Vollpension im Hotel und nur der Aperitif draußen. Das Tourismusbüro sollte Events planen, die einmal wöchentlich für etwas Aufregung sorgen«, scherzt Refolo. »Kleine Überfälle, Attacken, die sie dann selbst aufzuklären glauben. So hätten sie wenigstens zu Hause was zu erzählen. Alles gut vorbereitet und topsecret, damit sie nicht merken, dass es nur ein Marketinggag ist.«

Xenia nimmt sich die Abhörprotokolle von Carletto Castelli de Poltieri vor, die Donadoni hereinbringt, bevor er sich jammernd und mit unüberhörbarem Hinweis auf seine Überstunden abmeldet.

Wenn die Anzahl an Gesprächen, die jemand täglich führt, auf dessen Arbeitsmoral schließen ließe, dann hieße das für den Bruder der Senatorin, eine schreckliche Null zu sein. Den Uhrzeiten nach hängt er ständig am Telefon. Die Liste findet kein Ende. Die meisten der Gesprächsteilnehmer sitzen wie er im Stadt- oder im Regionalparlament und gehören seiner Fraktion an. Vorwiegend gibt er Weisungen seiner Schwester weiter, entnimmt Xenia den Transkriptionen, bis sie endlich auf einen Namen stößt, der in der Akte Patria Nostra zu finden ist. Einer der drei Jungs aus gutem Elternhaus, die behaupteten, beim Überfall auf den Supermarkt lediglich Nunzio einen Gefallen getan zu haben. Carletto befahl ihm, sich in der Nacht am üblichen Treffpunkt bereitzuhalten. Xenia macht eine Notiz, die Bewegungsdaten des Jüngeren zu überprüfen. Wenn sie zu blöde sind und ihre Geräte mitführen, ist es vielleicht eine weitere konkrete Spur zu den Vandalen der Patria Nostra.

Die Kommissarin wundert sich, dass der Anschiss des Polizeipräsidenten noch immer ausbleibt. Es ist eigenartig still. Befremdlich, denn normalerweise lassen Wichtigtuer wie er kaum eine Möglichkeit aus, ihre Macht zu demonstrieren. Auf der Basis von Refolos Protokoll verfasst sie ihren Bericht und ergänzt ihn mit der üblichen Personalanforderung, auf die keiner reagieren wird. Kaum hat sie ihn losgeschickt, vernimmt sie ein lautes Schluchzen im Flur. Der Chefinspektor führt Miloš Ban herein, der sich am Rande seiner Kräfte auf einen Stuhl sinken lässt und sein Gesicht in den Händen verbirgt.

»Was ist los, Miloš?«, fragt Xenia auf Slowenisch. »Haben Sie etwas erfahren?«

Sein Körper wird von einem verzweifelten Weinkrampf geschüttelt. Refolo schaut die Chefin an, die mit den Achseln zuckt.

»Ich habe telefoniert«, schnieft Miloš endlich. »Es ist wahr.«

»Mit wem?«

»Clarissas Halbschwester hat die Urne erhalten«, stöhnt er, fängt sich aber wieder. »Von der kroatischen Vertretung in Berlin zugestellt. Die einzige Verwandte. Auch wenn sie zerstritten waren und sonst keinen Kontakt hatten. Die deutsche Botschaft in Zagreb hat wiederholt, dass alles mit rechten Dingen zuging. Und dann habe ich in der kroatischen Botschaft angerufen, für die ich übersetze. Auch sie haben es bestätigt.

Aber die Schwester sagt, sie hätten ihr auch Clarissas Hab und Gut gebracht. Bei den Kameras fehlen die Speicherchips. Eine verdammte, billige Urne aus Gusseisen.« Wieder schießen ihm die Tränen in die Augen und und kullern über die Wangenknochen in seinen ungepflegten Bart. Wieder braucht die Kommissarin Geduld. Sie bedeutet Refolo, sich zu ihnen zu setzen.

Aus den vielen Dokumenten, die Miloš seit Jahren für die slowenische und kroatische Botschaft übersetzte, weiß er genau, dass bei Todesfällen im Ausland normalerweise die jeweilige Auslandsvertretung die Angehörigen zu Hause unterrichtet. Und dass dann ein Bestattungsunternehmer vor Ort die Überführung des Leichnams an einen heimischen Kollegen übernimmt und das Ganze verdammt teuer ist. Sind keine Angehörigen auszumachen, findet ein Armenbegräbnis vor Ort statt. Dass die Kroaten selbst Urne und Hab und Gut überstellen, ist Miloš neu. Nicht einmal ein Totenschein liegt vor, und in Berlin steht ein mieser Metallbehälter mit Clarissas Asche. Unmöglich. Und auch noch so verdammt schnell. Nur ein Wisch mit den Personalien hätte beigelegen.

»Kann man feststellen, ob das wirklich ihre Asche ist?«, fragt Miloš.

Refolo schüttelt den Kopf. »Anhand der Asche lässt sich gar nichts mehr feststellen.«

»Dann kann es doch alles Mögliche sein. Sogar ein Straßenköter. Warum wohl erlaubten die Bullen in Rijeka mir nicht, Clarissa zu sehen? Wäre ihr Leichnam überführt worden, hätten wir eine Obduktion veranlassen können. Ich will wissen, mit welcher Berechtigung sie eingeäschert wurde. Aber an wen soll ich mich wenden?«

»Dafür sollte die Familie vermutlich eine Erklärung vom deutschen Außenministerium verlangen, das dann bei den Kroaten nachhakt. Das wird wohl länger dauern als bisher. In

Zagreb hat man Ihnen doch schon gesagt, dass es keinen Zweifel an der Richtigkeit gibt. Der Krieg ist vorbei, und Kroatien ein demokratischer Staat innerhalb der EU.«

»Jetzt fängst du auch damit an.« Miloš duzt sie vor Empörung und brüllt wie am Spieß. Er springt auf und schlägt mit der Faust auf den Tisch. »Der Krieg ist nie vorbei. Weshalb haben sie wohl die Speicherchips zerstört, bevor sie die Fotoausrüstung nach Berlin geschickt haben? Mensch, du bist doch Polizistin.«

»Beruhigen Sie sich, Miloš«, fährt Xenia ihn an. »Wir brauchen Ihre detaillierte Aussage. Kollege Refolo wird sie aufnehmen. Vergessen Sie nicht, dass wir hier nichts damit zu tun haben und Ihnen nur helfen wollen. Geben Sie sich Mühe. Jede Kleinigkeit zählt, auch wenn sie Ihnen unwichtig erscheint. Nehmen Sie sich Zeit.«

Als die beiden ihr Büro verlassen, klingelt das Telefon.

»Die Blumen fehlen nur in einem Zimmer, Xenia.«

»Sag schon, in welchem, Arne.«

»Bei diesem Deutschen, mit dem du deinen Unfall hattest. Bernd Körber heißt er. Meinst du, dass der bei uns eingebrochen ist? Er sieht gar nicht so aus.«

»Lass dich nicht vom Schein trügen. Ist er jetzt im Hotel?«

»Er ist gerade weggefahren. Willst du ihn etwa vernehmen?«

»Kannst du dich unauffällig in seinem Zimmer umsehen?«

»Doch nicht als Kellner. Wenn mich jemand erwischt, bin ich den Job los.«

»Wieso? Gibt es bei euch etwa keinen Roomservice?«

»Du machst mir vielleicht Spaß, Xenia. Soll ich ihm eine Flasche Champagner hochbringen?«

»Bring die lieber zu unserem Mittagessen mit. Ich hoffe, du hast was Leckeres vorbereitet.«

»Eine Überraschung, Liebling.«

»Bis gleich.«

Die Kommissarin wiegt ihre fast ein Kilo schwere Beretta in der Hand und legt sie schließlich auf den Schreibtisch. Obwohl sie lange und vergeblich darum gekämpft hatte, die 92er zu bekommen, die wegen der Munition dem Militär vorbehalten bleibt, ist ihr die Waffe inzwischen ans Herz gewachsen. Sie führt sich exzellent im Schießstand und auch auf der Straße, obwohl Xenia sie seit ihrer Rückkehr in den Nordosten kein einziges Mal einsetzen musste. Xenia schließt die Waffe in den Tresor ihres Büros und meldet sich beim Empfang ab. Erst gegen Abend will sie wieder im Büro sein.

Lagune von Grado und Marano.

Das Mobiltelefon liegt im Gras neben eilig abgelegten Kleidungsstücken, dem Tabakbeutel, den Papierchen, einer Proseccoflasche und dem ausgebreiteten Laken mit den leeren Tellern. Ein umgestoßenes Glas, der Prosecco auf dem weißen Stoff trocknet rasch. An einem altersschwachen, hölzernen Steg, der vom Ufer ein paar Meter ins Wasser ragt, schaukelt friedlich das alte Motorboot. Schweißperlen rinnen Xenias nackten Rücken hinunter, als sie sich in Arnes Arm kuschelt und sie wieder in einem langen Kuss versinken.

»Endlich ...«, flüstert Arne.

»Was meint du?« Xenia zündet eine Zigarette an.

»Lange her, dass wir uns einmal ein paar Stunden weitab von allem gönnen.«

»Beschwer dich nicht. Die Saison beginnt, und du hast wenigstens ein bisschen Arbeit, Schatz. Du würdest nicht einmal merken, wenn ich einen Geliebten hätte.«

»Hast du denn einen?«, fragt Arne misstrauisch.

»Quatsch. Du bist mein einziger.«

»Aber wenn ich einmal weniger zu tun habe, nehmen deine Verpflichtungen zu. Was ist mit dieser Sitzung wegen der Versöhnungsfeier zum Ersten Weltkrieg? Sollte man nicht besser 2018 das Kriegsende feiern anstatt perverserweise den Beginn?«

»Vergiss nicht, dass Deutschland und Österreich die Niederlage nie weggesteckt haben. Dazu würden sie sich nicht bereit erklären.«

»Das ist doch pervers. Und du wirst an Arbeit ersticken.«

»Blödsinn, ich werde nur am Rande damit zu tun haben. So, wie die derzeit auf mich zu sprechen sind, teilen sie mich als Parkplatzanweiserin ein. Heute Abend sehe ich übrigens den Ministerialdirektor, ansonsten wird alles seinen gewohnten Lauf nehmen. Konntest du dich in Körbers Zimmer umsehen?«

Arne grinst übers ganze Gesicht. »Bekomme ich dafür eine Rolle beim Film?«

»Martini-Cocktail geschüttelt oder gerührt? Spann mich nicht auf die Folter.«

»Seine Unterlagen hat er vermutlich im Safe eingeschlossen, aber ich habe seinen Taschenkalender gefunden. Der Mann ist nicht so unscheinbar, wie er aussieht. Seinem Terminkalender zufolge war er in Rijeka, bevor er nach Grado kam. Davor in Pullach, München und Berlin. In München hat er die Senatorin getroffen. In Berlin ist er im Kanzleramt und in der Chausseestraße gewesen. Gott sei Dank hat mich niemand entdeckt.«

Nach seinem Dienst im Hotel hatte er in der Küche gewerkelt und mit dem Gemüse, das er in drei Beeten im Garten anbaut, und den Resten aus Alfieris Vitaminkiste das Mittagessen zubereitet. Arne wartete mit der Kühltasche am Boot auf Xenia, die zu Hause als Einziges ein leichtes Kleidchen übergeworfen hatte. Sie steuerte das Boot auf der Meerseite um Grado herum und legte bald darauf in der Lagune abseits der ausgeschilderten Fahrrinne an einem abgelegenen Inselchen an.

»Die Bibel sagt, dass auch schlechte Zeiten einmal ein Ende haben.« Arne zeigt auf einen fetten Büffel, der am Ufer der nächsten Insel auf einer begrasten Erhebung über dem schilfbewachsenen Ufer liegt und wiederkäut. »In der Genesis ging's zwar genau andersrum, da haben die Mageren die Fetten gefressen. Aber hier gibt's zum Glück nur fette Kühe. Wenn das kein gutes Zeichen ist.«

»Aberglaube schafft Hoffnung. Nach der Bibel müsste die Krise längst vorbei sein, und du solltest einen ordentlichen Job haben. Dabei geht sie ins neunte Jahr.«

»Es kann nicht immer abwärtsgehen, Schatz.«

Xenia schmiegt sich an ihn. »Ich liebe den Moment, will nicht ans Gestern oder Morgen denken. Zumindest für ein paar Stunden.«

»Das Beste kommt doch erst.«

Grado, Fischereikanal.

Die Kutter liegen vertäut und verlassen am Kanal vor der Markthalle der Fischerei-Kooperative am Rande der Altstadt. Nur wenige Tische des kleinen Restaurants sind zu dieser Uhrzeit noch belegt, die Gerichte werden ausschließlich mit Zutaten aus dem nahen Meer und mit dem Gemüse von Valerio Alfieris Insel Sant'Andrea zubereitet. Nur ein alter Fischer mit geröteter Knollennase sitzt unter der prallen Sonne auf seinem Boot, wo er die Netze inspiziert und flickt. Nicht einmal Katzen schleichen über den Kai. Selbst die Möwen halten Mittagsschlaf, nur eine sitzt auf einem rostigen Poller und wartet vergebens darauf, dass der Alte, dessen Wanst auf den Oberschenkeln seiner staksigen Beine ruht, einen Bissen ins Wasser wirft.

Er gießt Rotwein aus einer großen Plastikflasche in den Becher und vertieft sich nach einem kräftigen Schluck wieder in seine Handarbeit. Er schaut nicht auf, als ein SUV aus der Nebenstraße lautlos auf die Mole rollt, und erschrickt erst, als die Karosserie des Mercedes mit einem dumpfen Knall auf der steinernen Kante aufsetzt und die Vorderräder ins Wasser klatschen. Das Metall kreischt, während der Wagen in den Kanal rutscht. Möwen flattern hoch. Mit ungläubig aufgerissenem Mund starrt der alte Mann zwei dunkel gekleideten, kräftigen Typen nach, die schnellen Schritts hinter der Kooperative verschwinden. Ein hochgewachsener, jüngerer Blonder mit sportlicher Figur schlendert so gelassen herbei, als sei ein versinkendes Auto die normalste Sache der Welt.

Als der Wagen abrupt abkippt, prallt er mit dem Gesicht hart aufs Lenkrad. Beim Aufschlag aufs Wasser kommt er zu sich. Körber schüttelt heftig den Kopf, als könne er sich dadurch vom Nebel seiner Benommenheit befreien, der sich kurz zuvor so unerwartet wie ein Faustschlag über ihn gelegt hatte. Erst als das Wasser halb die Windschutzscheibe und die vorderen Seitenscheiben bedeckt, wird er wirklich wach. Panisch versucht er, die Fahrertür aufzustemmen. Der Wasserdruck von außen ist stärker. Die Seitenfenster machen keinen Mucks, der Schlüssel steckt nicht im Zündschloss, und die Elektronik ist durch einen Kurzschluss außer Gefecht gesetzt. Auch ein Mercedes-SUV ist kein U-Boot. Nur kurz fragt er sich, wie er überhaupt hierhergekommen ist. Verzweifelt rammt Körber den Ellbogen gegen die Scheibe, dann versucht er vergeblich, sie mit Fußtritten zu sprengen.

Nachdem sie die Schrecksekunde überwunden haben, laufen Gäste und Personal des kleinen Restaurants schreiend herbei. Die Heckscheibe ragt gerade noch aus dem Wasser. Körbers verzerrtes Gesicht und seine gespreizten Hände, die er in einem kaum hörbaren Schrei gegen das Glas presst, bevor das Wasser ihn verschlingt und der Wagen versinkt. Der Koch schildert am Mobiltelefon hektisch das Geschehen, verlangt nach Tauchern, Feuerwehr und Notarzt. Wie benommen stehen die Menschen an der Mole, während die letzten Luftblasen an die Wasseroberfläche dringen.

Lagune von Grado und Marano.

»Dein Gazpacho war köstlich pikant, danke.« Xenia gibt Arne einen langen Kuss.

»Das Beste kommt noch«, gurrt er. »Du hast gar nicht nach dem Dessert gefragt.«

»Du bist ein Nimmersatt. Ich dachte, das hätten wir vorher schon gehabt. Aber wenn du willst …« Xenia lässt sich lachend auf den Rücken fallen.

»Nein, warte. Ein kleines Geschenk. Schließ die Augen, mein Liebling.«

Sie gehorcht lächelnd.

Arne öffnet die Kühlbox und zieht eine mit farbigem Guss überzogene Marzipanfigur hervor, die mit goldenen Ringen verziert ist. Er drückt ihr den Teller in die Hand.

»Jetzt darfst du schauen.« Tage war er mit der Anfertigung des Törtchens beschäftigt.

»For ever.«

Xenia liest die Aufschrift aus rotem Zuckerguss und schenkt Arne ein Lächeln und beißt dann herzhaft hinein.

»Xenia«, sagt Arne auf einmal ganz ernst, seine Stimme klingt vor Rührung brüchig. »Ich will dir etwas sagen, ich meine, wenn du nichts dagegen hast, dann …«

Er räuspert sich und fasst Mut.

»Dass du mich liebst, natürlich. Und dass ihr Männer immer das Gleiche im Kopf habt.«

»Nein. Etwas anderes.«

»Und was?«

»Hast du die Ringe nicht gesehen?« Er strahlt übers ganze Gesicht.

Xenia erstarrt. Sie hofft, dass er nicht weiterredet, doch Arne ist nur noch ein Opfer seiner Gefühle.

»Lass uns an die Zukunft denken. Willst du mich heiraten?«

Ihr Körper versteift sich. Ihr Blick gleitet in die Weite der Lagune hinaus. Sie sieht sich immer tiefer ins Wasser gehen, bis es ihre Schultern bedeckt, dann die ersten Züge tun, durch das seichte Gebiet an den Inseln vorbei ins tiefere Gewässer schwimmen und schließlich hinaus ins offene Meer, in die Freiheit ohne Horizont. Ohne einen Blick zurückzuwerfen.

»Du machst alles kaputt«, sagt sie mit belegter Stimme.

»Aber Liebling, ich hab doch gar nichts getan. Du kannst nicht jedes Mal die Flucht antreten, Xenia. Ich meine es doch nicht böse. Liebe ist doch kein Gefängnis.« Arne verschlimmert die Situation nur, indem er verzweifelt versucht, sie zu umarmen. Wieder war sein Wunsch stärker als seine Vernunft. Auch wenn er seinen Antrag einmal anders verpackt hat. Und wieder ist er es, der die brüchige Idylle sprengt.

»Was für eine Zukunft? Du hast es noch immer nicht begriffen. Ich lass mich nicht einsperren. Von niemandem.« Sie greift mit der Hand an ihren Hals, springt auf. »Typisch deutsch. Umarmen, umschlingen, erwürgen. Hauptsache gewinnen.« Blitzartig knallt das kunstvolle Törtchen gegen die Windschutzscheibe des Boots, der Teller segelt ins Meer, und die Flasche zersplittert an einem Stein.

Xenia ringt nach Atem, sie würgt, als hätte sie sich verschluckt. Ihr Gesicht ist aschfahl. Schweißperlen rinnen ihr von der Stirn über die Wangen. Sie bebt am ganzen Leib, als fröstle sie. Panik und Rage, wie immer, wenn sie in die Enge getrieben wird.

Pathologische Klaustrophobie hatte ihr Psychiater es genannt. Bloß keine Schuldzuweisungen. Sie solle froh sein, dass sie lebe. Er schrieb den Befund aber nicht in ihre Papiere. Eine Polizistin, die in Panik gerät, wenn es eng wird?

Nur das anschwellende Klingeln ihres Mobiltelefons führt Xenia aus ihrem Tunnel. Sie bückt sich nach dem Gerät, nimmt wortlos ab und legt gleich genauso wortlos auf. Xenia klaubt ihr Kleidchen auf, springt auf das Boot und legt ab, bevor Arne protestieren kann. Mit einer weißen Bugwelle nimmt sie Kurs auf Grado.

Arne schaut ihr bestürzt hinterher. Er weiß, dass es dauern wird, bis sie sich wieder mit ihm versöhnt. Er bleibt auf dem Inselchen zurück. Der Büffel am gegenüberliegenden Ufer kaut stoisch sein Gras.

Grado, Fischereikanal.

Der Uniformierte am Ufer, dem sie die Leine zuwirft, runzelt bei ihrem Anblick die Stirn. Noch bevor er etwas sagen kann, springt seine Vorgesetzte im bunten Strandkleidchen barfuß an Land und läuft zur Unfallstelle.

Die Köpfe zweier Taucher ragen aus dem Wasser, mit dem ausgestreckten Daumen gibt einer dem Kranführer das Okay für die Bergung. Das Zugwerk des Feuerwehrkrans spannt sich. Bevor das Dach des Mercedes wie der Rücken eines weißen Wals auftaucht, kräuselt ein leichter Wirbel die Wasseroberfläche. Konstant hebt sich das Fahrzeug und wird schließlich am Ufer abgestellt, wo immer mehr Streifenwagen mit blinkenden Blaulichtern warten sowie die Ambulanz und das Fahrzeug des Notarztes.

Kaum lösen die Feuerwehrleute die Transportbänder, stürzen sich die Polizisten auf das Auto. Die Türen sind abgesperrt, unter einem kräftigen Axthieb splittert das Glas der Beifahrertür, Wasser schießt auf den Asphalt. Xenia lässt ihnen den Vortritt. Einige Meter hinter ihr prangt ein großes Plakat von letzter Nacht, auf dem gehässige antieuropäische Slogans über einem Foto der deutschen Kanzlerin im einteiligen blauen Badeanzug die verordnete Austerity schmähen, an die sich diese Frau beim Essen besser selbst hielte. Xenia zündet eine Zigarette an und mustert die Gaffer, sie prägt sich jedes Gesicht ein. Normalerweise ist diese abgelegene Gegend Grados kaum besucht. Weißenfels, der trotz seiner Freizeitkleidung seine steife Haltung nicht loswird, hält sich abseits und scheint jedes Detail zu beobachten. Noch immer trägt er diese Safarihosen mit den vielen Taschen vorne und hinten, auch am Oberschenkel und selbst am Schienbein. Kann so etwas bequem sein, wenn man keine Löwen jagt?

Drei Wiener kommentieren das Geschehen, als begleiteten sie eine Sportveranstaltung. Die herbeigeeilten Anwohner kennt Xenia alle.

»Ein Unfall«, stammelt einer der Restaurantgäste. »Vermutlich hatte der Fahrer die Handbremse nicht angezogen.«

Einer der üblichen Schwätzer. Strikt vermeidet er den Blick auf den Toten, und dass die Straße topfeben ist, hat er auch nicht bemerkt. Ein weiterer Schwall Wasser schwappt auf die Straße, als die Wagentür geöffnet wird. Der Notarzt beugt sich über den leblosen Körper. Er sucht den Puls an der Halsschlagader und schüttelt den Kopf.

»Spart euch die Mühe.« Der Arzt wendet sich an die Kommissarin. »Über eine halbe Stunde unter Wasser ist zu lang.«

Es gibt keinen Zweifel. Sie kennt den Mann auf der Bahre,

auch die Delle in der Tür des tropfenden Mercedes ist eindeutig. Xenia lässt sich Latexhandschuhe reichen und fischt mit spitzen Fingern seine Brieftasche und seinen Personalausweis aus dem Jackett. Das Foto zeigt ihn mit Brille. Sie dreht sich blitzschnell um und schaut über die Menge hinweg. Mirković hatte vorhin nicht dort am Rand der Menge gestanden. Sie winkt Inspektor Refolo zu sich und flüstert ihm ins Ohr, die Schaulustigen zu fotografieren.

Xenia lässt das Dokument in einen Plastikbeutel fallen, den ein Uniformierter aufhält. Dann die Kreditkarten, die restlichen Papiere sowie etwa zweitausend Euro in bar, die sie flüchtig durchzählt. Außerdem ein Bündel von etwas mehr als fünftausend kroatischen Kuna. Auch ein abgegriffenes Blackberry landet in einem Beutel. Sie geht durch die Scherben um den Wagen herum zur Beifahrerseite. Ein Aktenkoffer liegt im Fußraum, sie öffnet ihn auf der Kühlerhaube. Durchnässte Unterlagen, Verträge auf den ersten Blick, ein zweites Mobiltelefon. Arbeit für die Spezialisten. Xenia pfeift durch die Zähne: Zwei Pistolen liegen zuunterst neben einer zweiten Brieftasche und daneben der in dunkelblaues Leder gebundene Diplomatenpass, den er schon bei ihrem Unfall gezückt hatte. Name und Geburtsdatum sind identisch mit dem Personalausweis, doch die ausstellende Behörde ist das deutsche Außenministerium.

Xenia überprüft die Waffen, beide sind gesichert. Der Tote hat sich also nicht bedroht gefühlt. Eine Glock 17, neun Millimeter Parabellum, sowie eine Walther PPK. Ansonsten ist der Fahrgastraum leer. Kein Reisegepäck.

Sie überlässt den Wagen den Kriminaltechnikern und wendet sich dem Leichnam zu. Auf den ersten Blick sind keine Anzeichen von Gewalteinwirkung zu entdecken. Xenia weist an, ihn zur Gerichtsmedizin zu bringen, als der Staatsanwalt anruft.

»Ein Unfall also?«, fragt die Stimme am anderen Ende der Leitung.

»Dann schon eher böse Geister.« Xenia schüttelt heftig den Kopf. »Die Straße ist flach wie ein Brett, da rollt kein Wagen von alleine ins Wasser. Der Schlüssel steckt nicht, und dieser Mann führte zwei Waffen mit sich, die er nicht angerührt hat. Warum hat er damit nicht das Fenster eingeschlagen oder zusammengeschossen?«

»Finden Sie's raus, Commissario«, sagt der Staatsanwalt.

»Sein Diplomatenpass vereinfacht die Angelegenheit nicht unbedingt. Der Mann befand sich auf Dienstreise.«

»Melden Sie das direkt dem Präfekten und dem Ministerium. Aber, Zannier, keine Alleingänge. Halten Sie mich in allen Details auf dem Laufenden.«

Harmonie und Entspannung? Als hätte er mit dem Killer das Timing abgesprochen, war Arnes Gefühlsausbruch pünktlich gekommen. Nachdem sie die letzten Anweisungen gegeben hat, geht sie an den Lokalreportern vorbei. Sie kennen ihr entschiedenes Kopfschütteln gut genug. Sie reagiert auch nicht auf den Kameramann, der sowohl ihre nackten Füße wie auch ihren finsteren Gesichtsausdruck einfängt. Er filmt ihr sogar hinterher, wie sie in ihrem Kleidchen hinter der nächsten Ecke verschwindet. Gottlob war er noch nicht da, als sie mit dem Boot angefahren kam, das sie an der Mole zurücklässt. Das zerschmetterte Törtchen hätte ein herrliches Motiv zur Illustration der Polizeiarbeit in Grado abgegeben.

Im Kommissariat reißt sie als Erstes die Fenster ihres Büros auf, dreht sich eine Zigarette, feilt am Rapport an den Polizeipräsidenten und den Präfekten. Dann aber überlegt sie es sich anders und wählt die Nummer des Gerichtsmediziners.

»Ich weiß, dass Sie die Ergebnisse schon haben wollen, bevor die Leiche eingetroffen ist, Commissario«, blafft der bärbeißige Pathologe, ohne sie zu grüßen.

»Ich will eine vollständige Blutanalyse. Wenn der Mann auf dem Tisch liegt, suchen Sie bitte gezielt danach, ob er betäubt wurde. Er trug zwei Waffen bei sich, die er eigenartigerweise nicht benutzte, um die Fenster zu sprengen. Die Zeugen sagen, er habe versucht, sich mit bloßen Händen zu befreien, als der Wagen absoff. Er müsste Wasser in den Lungen haben. Ohne Zündschlüssel konnte er übrigens schlecht selbst fahren. Und er führte einen Diplomatenpass mit sich. Aus Deutschland. Das ist nicht irgendeine Leiche. Ich glaube, wir tun gut daran, akribisch bis ins letzte Detail vorzugehen. Zumindest solange wir dürfen.«

»Dürfen? Wir müssen, Commissario. Wovon reden Sie?«

»Bevor uns der Tote unter welchen Argumenten auch immer entrissen wird, Dottore. Ich rechne damit, dass die Diplomatie schnell reagiert. Also nochmals, ich will alles über den Mageninhalt und die Blutanalyse wissen, aber suchen Sie auch nach Einstichstellen am Körper. Wenn er keine K.-o.-Tropfen verabreicht bekam, wurde ihm vielleicht etwas injiziert, was ihn schnell schlafen schickte.«

»Ich verstehe«, brummt der Pathologe. »Die Blutanalyse und der Mageninhalt dauern ihre Zeit, aber Verwundungen sehe ich sofort. Ich rufe Sie an, Commissario.«

Dreimal wählt sie die Nummer des Polizeipräsidenten Falsariga, bis der endlich abnimmt.

»Ein Mord, der als Unfall getarnt wurde.« Ohne ihn zu Wort kommen zu lassen, informiert sie ihn knapp, dass ihr nächster Anruf dem Präfekten gelten werde und sie anschließend auch das Ministerium informiert. Xenia legt auf, bevor er widersprechen kann. Zumindest hat sie den Dienstweg eingehalten.

Als sich Refolo zurückmeldet, bespricht sie mit ihm die weiteren Schritte.

»Die Videoaufzeichnungen aus den Kameras der Fischereikooperative müssen gesichert werden, dann überprüft ihr, ob an den umstehenden Häusern Aufzeichnungsgeräte installiert sind. Haben Sie die Gaffer fotografiert?«

»Selbstverständlich. Ich muss die Bilder nur noch ausdrucken.«

»Ich will sie gleich sehen.«

Als er mit den Ausdrucken zurückkommt, deutet sie auf die zwei, die ihr aufgefallen sind.

»Das ist der Kerl mit der kroatischen Motorjacht, er heißt Josip Mirković.« Xenia zeigt auf das Bild. »Und der da, der aussieht, als würde er in seiner Freizeit Nilpferde erschießen, hat bis morgen ein Zimmer im Savoy. Sein Name ist Weißenfels, er ist Deutscher. Beide hatten heute früh einen heftigen Disput mit dem Toten. Sorgen Sie dafür, dass keiner von ihnen abhaut. Ich will wissen, wo sie sich heute aufgehalten haben. Jede Sekunde. Und wenn es dort Kameras gibt, sehen wir uns auch deren Aufnahmen an.«

Nicola Bonanni ist nicht erreichbar. Vermutlich sitzt er bereits im Flugzeug. Schließlich lässt sie sich vom diensthabenden Beamten einen Streifenwagen schicken, der sie nach Hause bringt. Zu weit, um barfuß zu gehen, und unnötiger Zeitverlust. Ruinierte Fußsohlen kann sie sich nicht erlauben.

Arne Nordmann steht seit Ewigkeiten auf dem wackligen Steg des Inselchens und winkt vergebens den in größerer Entfernung vorbeifahrenden Booten, welche die flacheren Gewässer der Lagune außerhalb der ausgeschilderten Fahrrinne meiden. Natürlich hatten Xenia und er einen Platz weit weg von Stadt und Ausflüglern gewählt, wo sie vor unerwünschter Gesellschaft sicher sein konnten. Eine Kommissarin im Eva-Kostüm würde sofort öffentliche Aufmerksamkeit erregen. Gerüchte und Getratsche, Exhibitionismus und Voyeurismus ohne Ende.

Allein die Tatsache, dass Arne sich rechtfertigen werden muss, wie er hierhergekommen ist und weshalb er mitgenommen werden will, wird seinen Einfallsreichtum fordern, um keine Gerüchte aufkommen zu lassen.

Endlich sieht er zwei junge Frauen in grellen Bikinis auf ihrem Boot vorbeifahren und winkt laut rufend mit den Armen. Zuerst winken sie fröhlich zurück, doch als er die Hoffnung schon aufgegeben hat, wendet das Boot und fährt in seine Richtung. Die Einheimischen kennen sich. Im Sommer lauern diese Damen fast jeden Abend in der Enoteca an der Viale Europa Unita darauf, dass sie jemand zu ein paar Drinks einlädt. Und oft genug gehen sie danach nicht zu sich nach Hause. Als sie sich nähern, fragt die Beifahrerin, was vorgefallen ist.

»Ein blödes Missgeschick, Pinkie. Xenia hatte einen Notfall und musste weg.«

»Offensichtlich warst nicht du der Notfall.«

»Ich hab keine Lust, darauf zu warten, dass sie mich irgendwann in der Nacht abholt. Könnt ihr mich bitte mitnehmen bis nach Grado?«

»Und was kriegen wir dafür?«

»Alles ist besser als schwimmen.«

»Spring schon rüber. Aber bis nach Pineta bringen wir dich nicht, Süßer.«

Als Xenia durch den Hof zum Streifenwagen geht, begegnet sie Alfieri zum zweiten Mal an diesem Tag. Die schwarzhaarige Frau hinkt an Krücken zum Boot.

»Geht es Ihrer Patientin besser?«, fragt Xenia.

»Eine neue Uniform, Commissario?«, feixt Alfieri und mustert sie eingehend. »Der dünne Stoff bringt Ihre Figur ausgezeichnet zur Geltung. Meine Einladung gilt, wann immer Sie wollen.«

Als der Streifenwagen über die Brücke fährt, um Xenia zu

Hause abzuliefern, fällt ihr Blick auf den Kanal, der die Isola della Schiusa von der Altstadt trennt. Der Beamte am Steuer bremst und schielt durch das Brückengeländer.

»Eh, Commissario, ist das nicht Ihr Freund, der auf dem Boot mit den beiden Flittchen schäkert?« Er schaut sofort wieder geradeaus.

Grado Lagune. Isola di Sant'Andrea.

»Verdammt sexy, die Polizei in Italien. Die könnte nicht einmal eine Waffe einstecken.« Clarissa schaut der Kommissarin nach, während sie am Anleger auf Valerios Hilfe wartet. Sie trägt ein schickes rotes Kleid und handgefertigte Flip-Flops. Fuß- und Fingernägel sind in der Farbe des Kleids lackiert.

»Die schert sich wenig um Anordnungen.«

Alfieri reicht ihr vom Boot aus die Hand. Die Sonne steht schon tief am Himmel und hüllt die Lagune in sanftes Licht. Er macht die Leinen los und steuert die Fahrrinne an. Er hatte die Berlinerin von der Arztpraxis zum Mittagessen in eine Pizzeria geführt, wo sie endlich zu erzählen begann. Danach brachte er sie zu einem Beautysalon und ließ sie zwei Stunden später in der besten Boutique neu einkleiden. Immerhin drückte sie bereits wieder den Rücken durch, trotz der Krücken.

»Du bist lustig, Valerio. Andere Reiche kaufen sich griechische Inseln, aber du bleibst in Italien, zahlst Steuern und baust Gemüse an. Mich wundert, dass der Friseur dich kannte, der mir den Schnitt korrigiert hat.«

»Vergiss nicht, dass ich Italiener bin, hier habe ich meine Ruhe, aber ich bin nicht aus der Welt. Zum Flughafen ist es nur ein Katzensprung. Nach Frankfurt oder München brauche ich so lang wie nach Rom oder Mailand. Meine Frau Feride ist auch schnell hier, wenn sie sich einmal eine Pause gönnt. Das kommt leider nicht so oft vor, wie ich es mir wünsche.«

»Du bist mit einer Türkin verheiratet?«, fragt Clarissa.

»Sie ist Deutsche. Warum?«

»Wegen des Namens.«

»Deutsche aus einer türkischen Familie.«

»Muslimin etwa?«

Alfieri lacht auf. Clarissas Ton ist etwas zu schnippisch.

»Und wenn sie's wäre?«, fragt er. »Würde das etwas ändern?«

»Ach, da gibt es viel zu diskutieren«, seufzt Clarissa.

Auf der Terrasse des Haupthauses steht ein Weinkühler voller Eis mit einer Flasche Spumante extra dry aus dem Felsenkeller von Edi Kante, der als Pionier einer grenzüberschreitenden Revolution im Weinbau des Karsts gilt. Alfieri ist sein treuer Kunde. Clarissa meint, eigentlich hätte der Arzt ihr wegen des Schmerzmittels Alkohol verboten.

»Wer sind die Schwarzen auf der Insel?«

»Eritreer und Somalier im Moment, aber das wechselt ständig. Ich nehme sie auf, solange sie nicht weiterreisen können. Die sind froh, wenn sie etwas zu tun bekommen und dafür bezahlt werden. Sie schlafen am anderen Ende von Sant'Andrea, wo das Gemüse verarbeitet wird. Eine renovierte schilfgedeckte Fischerhütte mit Bad und Küche, es mangelt ihnen an nichts. Allemal besser als in diesen übervollen Auffanglagern. Sie sind dankbar und machen keine Probleme. Und die Einheimischen wollen keine Jobs mehr, bei denen sie sich bücken müssen.«

»Auf einer Insel, nachdem sie es zuvor schon übers Meer geschafft haben?«

»Fester Boden unter den Füßen, Clarissa. Vor Kurzem setzte ein Schiff sogar hier Menschen ab.«

»Warum bleiben die nicht in Afrika?«

»Die meisten stammen aus Kriegsgebieten oder fliehen vor dem Hunger. Wärst du in der DDR geblieben?«

»So schlecht war das nicht bei uns, dafür geordneter. Ich bin in der DDR geblieben, der Westen kam zu uns. Und das hat nicht nur Vorteile. Wer weiß, ob ich je Rente bekomme? Diese Illegalen kosten einen Haufen Geld.«

»Das ist kein wirtschaftlicher Schaden. Warum überprüft keiner mehr, was gepredigt wird?«

»Uns hat auch keiner was geschenkt. Diese Leute werden in Hotels untergebracht und im Restaurant verpflegt. Ich hab nichts gegen die, aber Gerechtigkeit muss sein.«

Alfieri wird es zu bunt. »Es spielt keine Rolle, woher jemand kommt. Nur wer er ist.«

»Sag mir also, wenn es ein Schweinegeld kostet abzuhauen, wie können die das dann bezahlen, wenn es ihnen wirklich so dreckig geht? Das ist unlogisch, Valerio, verstehst du das nicht?«

»Beruhige dich. Der Arzt hat gesagt, dass du dich schneller als gedacht erholen wirst, wenn du dich ausruhst.«

»Lenk doch nicht ab. Das ist alles organisiert.«

»Meinst du?« Alfieri lächelt. »Und wer steckt deiner Meinung nach dahinter?«

»Natürlich ist das organisiert. Um uns zu überschwemmen.«

»Und du glaubst wirklich, dass sich dafür Zehntausende freiwillig opfern, um im Meer zu ertrinken? Schau doch, in welcher Situation du selbst steckst. Wenn du die Wahrheit erzählt hast, bist du im Moment selbst ein Flüchtling.«

»Warum sollte ich dich anlügen?«

»Eben.«

»Du kannst dich darauf verlassen, Valerio. Ich werde dir nichts schuldig bleiben.«

»Was du für einen Blick aufsetzen kannst, Clarissa.« Alfieri lacht schallend. »Ruh dich ein bisschen aus vor dem Abendessen.«

Grado Pineta, Via delle Pleiadi.

Xenia lackiert ihre Fußnägel in tiefstem Meerblau, während sie auf den Beginn der Nachrichten im Regionalfernsehen wartet. Diese Farbe hat Nicola Bonanni immer gefallen. In einer Stunde etwa müsste er eintreffen. Zwei Nägel fehlen noch, als sie das Intro der Sendung vernimmt und aufschaut. Die Nachrichten beginnen mit der Tageschronik, die stark von der Lokalpolitik und dem wirtschaftlichen Geschehen dominiert ist.

»Schwere Anschuldigungen gegen Senatorin Castelli de Poltieri – deutsch-italienische Unternehmensfusion – Rätselhafter Mordfall in Grado.«

Die Stimme des Sprechers klingt dramatisch, doch wie kommt er dazu, von Mord zu sprechen? Xenia wartet noch immer auf den Anruf des Gerichtsmediziners, sie selbst hat kein Wort an die Journalisten verloren. Wer zum Teufel hat sich wichtiggemacht? Einer ihrer Leute wieder einmal, der Staatsanwalt eher nicht, oder etwa der exzentrische Pathologe? Oder hat sich gar Questore Falsariga vorgedrängelt? Der erste Beitrag gibt sofort der Senatorin das Wort, die voller Entrüstung die Enthüllungen einer deutschen Tageszeitung zurückweist und unterstreicht, bereits Strafanzeige gegen das Blatt und den Autor des Artikels erstattet zu haben.

»Meine gesamte politische Laufbahn habe ich dem Wohl des Landes, der Bürger in meinem Wahlbezirk und der europäischen Zusammenarbeit gewidmet. Diese Schmutzkampagne verweist auf Kräfte, die es in über zwanzig Jahren auf demokratische Art nicht geschafft haben, mein Engagement und meine Erfolge zu verhindern. Wie ich bereits mehrfach unterstrichen habe, muss das Recht der Bürger gestärkt werden, juristisch gegen Leute vorzugehen, die die Pressefreiheit missbrauchen. Auch Journalisten müssen zur Verantwortung gezogen werden.«

Der Moderator leitet mit einer Luftaufnahme von Grado zum nächsten Beitrag über. Xenia beißt sich auf die Lippe.

»Die europäische Zusammenarbeit soll mit plumper Polemik unterminiert werden. Seit geraumer Zeit werden Ferienorte wie Grado mit fremdenfeindlichen, antieuropäischen Plakaten verunstaltet, deren Urheber die Polizei bis heute nicht fassen konnte. Die Hoteliersvereinigung und der Fremdenverkehrsverband haben gegen die Untätigkeit der Ordnungskräfte beim Präfekten protestiert. Die wirtschaftliche Zusammenarbeit zwischen Deutschland und Italien wird dennoch intensiviert. Im Büro von Senatorin Romana Castelli de Poltieri wurde gestern die Übernahme des Chemieunternehmens ChimiCo in Torviscosa durch die deutsche MainChemie besiegelt. Der frühere Broker Valerio Alfieri hatte den angeschlagenen Betrieb vor einigen Jahren übernommen und glücklos weitergeführt.«

Ein Kameraschwenk zeigt Alfieri in Rockerkluft bei der Vertragsunterzeichnung. Das Zoom zieht das Antlitz von Karl Marx auf seinem T-Shirt und den Spruch *Wirtschaft ist tot* in den Vordergrund. Xenia staunt, als sie Körber im Hintergrund stehen sieht. Was hatte der dort verloren? Begleitete er die Deutschen, oder hatte er mit der Senatorin zu tun?

Der nächste Beitrag gilt dem Tod Körbers. »Ein mysteriöser Mordfall im Seebad Grado vom Kaliber eines James-Bond-Films. Unter der Aufsicht von Commissario Capo Zannier wurde die Leiche eines Mannes aus seinem Wagen geborgen, mit dem er auf unerklärbare Weise in den Fischereikanal fuhr.«

Ein kurzer Schwenk auf die extrem leicht bekleidete Kommissarin, die Refolo ins Ohr flüstert. Sofort folgt eine Porträtaufnahme, die sie mit einer Selbstgedrehten zeigt, die auch ein Joint sein könnte.

»Die Polizia di Stato geht von einem Mordfall aus, da das Opfer bewaffnet war, aber keinen Gebrauch seiner beiden Pistolen machte, um sich zu befreien«, sagt der Questore mit geschwollener Brust. »Der Mann war im Besitz eines deutschen Diplomatenpasses. Über die Zukunft des Kommissariats in Grado beraten wir. Es ist schon durch die Plakataktionen der Patria-Nostra-Gruppe überlastet.«

Als ihr Telefon klingelt, schaltet Xenia verärgert den Fernseher ab.

»Haben Sie das gesehen, Capo?« Refolos Stimme bebt vor Entrüstung.

»Allerdings. Wer hat die Informationen ans Polizeipräsidium weitergegeben?«

»Ich konnte nicht anders. Kaum waren Sie aus dem Büro, rief Questore Falsariga persönlich an und verhörte mich geradezu.«

»Ab sofort geht nichts mehr ohne Rücksprache raus, Refolo. Bläuen Sie das den Leuten ein. Wir müssen vorsichtig sein.«

»Sie sollten vorbeikommen, Commissario. Ich habe etwas, das Sie interessiert.«

Xenia legt wortlos auf, streicht das Seidenkleid zurecht, das eng auf ihren Körper geschnitten ist. Dann fällt ihr Blick auf ihre Füße. Rasch lackiert sie die beiden übrigen Zehen und macht sich auf den Weg.

»Dieses Mal haben die Spezialisten rasch gearbeitet, Commissario. Die müssen Angst vor Ihnen haben. Ich habe den Zusammenschnitt der Überwachungsaufnahmen.« Die Begrüßung durch Inspektor Refolo ist wie immer herzlich. Er dreht den

Bildschirm auf seinem Schreibtisch so, dass auch sie darauf sehen kann. »Ich habe einige nette Dinge gefunden. Drei Aufzeichnungen von drei verschiedenen Orten. Dieser Körber war wirklich nicht alleine unterwegs.«

Die ausgewählten Bildsequenzen stammen von der Enoteca, vom Parkstreifen am Porto Mandracchio, dem Hafenbecken am Ende des Fischereikanals, und schließlich von der Kamera an der Seitenfassade der Markthalle der Fischereikooperative, in deren Erdgeschoss sich das kleine Restaurant befindet, sowie einer weiteren an der Ecke zur Via Tartini, aus der Körbers Wagen angerollt kam.

»15 Uhr 31. Ecke Largo Grisogono und Viale Europa Unita.« Er klickt den Streifen an.

Alfieri erhält einen Anruf und erhebt sich vom Tisch. Er winkt Körber flüchtig zu, entfernt sich aber in Richtung Rathaus. Anschließend sitzt Körber Mirković gegenüber, dessen Skipper hinter dem Deutschen steht. Den Gesten nach haben die beiden Männer einen heftigen Disput. Trotzdem wird eine weitere Flasche Spumante serviert, während der Kellner sie öffnet, schweigen sie.

»Sehen Sie da.« Refolo tippt aufgeregt mit dem Finger auf den Bildschirm. »Dieser Aktenkoffer unter dem Tisch gleicht dem in Körbers Wagen.«

Er lässt die Bilder ein Stück zurücklaufen. »Schauen Sie die anderen Gäste an.«

Ein hochgewachsener Mann sitzt aufrecht und mit dem Rücken zu den anderen einen Platz weiter. Vor ihm steht eine Espressotasse. Er lehnt sich weit in seinem Stuhl zurück, als versuche er, dem Gespräch zu folgen. Er ist nur im Halbprofil zu sehen, aber Xenia ist sich sicher, dass es Weißenfels ist.

»Den sehen wir gleich noch mal.«

»Bis auf einen alles Hotelgäste«, murmelt die Kommissarin. »Körber und Mirković scheinen sich gut zu kennen.«

»Alfieri ist später nicht mehr zu sehen. Schauen Sie sich die nächste Sequenz an.«

Der kleine Mann mit der Krawatte schlägt wütend auf den Tisch und springt auf. Mirković packt ihn an den Oberarmen, während sein Skipper nach dem Aktenkoffer greift. Körber lässt sich geschickt fallen, er kommt frei und stößt ihn mit einem Tritt außer Reichweite. Alle Gäste drehen sich zu ihnen um. Körber springt auf, schnappt seinen Koffer, murmelt ein paar Worte und geht davon.

»Und nun die Bilder von der Piazza XXIV Maggio.« Der Inspektor öffnet die Datei. »Weißenfels folgt diesem Mirković, der wiederum Körber folgt. Dort hinten steht er. Sehen Sie ihn?«

»Gehen Sie zurück zu der Stelle, an der Körber den Wagen öffnet.«

Der Mann geht zuerst zur Beifahrerseite und legt den Koffer auf den Sitz.

»Vergrößern Sie das.« Jetzt stößt Xenia mit dem Finger auf den Bildschirm. »Stopp, leicht zurück. Sehen Sie den Koffer, Inspektor?«

Während Mirković sich gut zehn Schritte entfernt hält, tritt sein Skipper auf Körber zu und versucht offensichtlich, ihn wegzuschieben. Doch dann mischt sich plötzlich Weißenfels ein. Er spricht Körber an und fasst ihn am Arm. Als der sich erschrocken umwendet, hellen sich seine Gesichtszüge kurz auf, er öffnet die Wagentür und wird einen Augenblick verdeckt. Er scheint zu straucheln und zieht sich schließlich auf den Sitz.

»Achten Sie darauf, wie es weitergeht.«

Körber parkt aus, fährt um das Hafenbecken herum, wendet am Ende, kommt zurück und biegt auf der Hauptstraße links ab. Die zwei Männer auf der Piazza beginnen zu laufen, wobei nicht erkennbar ist, wer sich an die Spitze setzt. Auch Weißenfels läuft federnden Schrittes in die gleiche Richtung.

»So.« Refolo klickt den dritten Film an. »Am Kanal tauchen sie alle wieder auf.«

Die Tische vor dem Restaurant sind deutlich zu erkennen. Ein Kellner kümmert sich um die Gäste. Zur Linken ist die leere Mole mit den Kuttern zu sehen, der alte Fischer mit dem dicken Bauch hält sein Weinglas, eine Möwe sitzt auf dem Poller und beobachtet ihn. Am unteren Bildrand schiebt sich langsam die Schnauze des weißen Mercedes in den Vordergrund. Refolo verlangsamt die Wiedergabe.

»Schauen Sie jetzt, Commissario«, flüstert er aufgeregt, als hätte sie bisher etwas anderes getan. »Es ist wirklich zum Kotzen, der letzte Beweis fehlt.«

Vier Hände lösen sich vom Heck des Wagens, bevor die Männer ins Bild treten. Der Mercedes rollt weiter, setzt auf, als die Vorderräder den Halt verlieren, und rutscht langsam ins Wasser.

»Zeigen Sie mir noch einmal, wie der Kübel versinkt«, befiehlt Xenia.

Im Wagen tut sich nichts. Die Radkästen und die Motorhaube sind bereits unter Wasser, als Füße gegen das Fenster der Beifahrertür treten. Das Auto ist schon fast vollständig abgesoffen, als das von Schrecken und Angst verzerrte Gesicht Körbers am Heckfenster auftaucht. Vergeblich versucht er, es mit den Händen aufzudrücken. Seine Schläge erfolgen erstaunlich langsam. Der Wasserspiegel steigt. Körbers Kopf verschwindet.

»Zurück«, sagt Xenia leise. »Bis zu der Stelle, wo die Männer in der Seitenstraße ins Bild treten. Und stopp, hier. Haben Sie den gesehen, Refolo?«

Sie zeigt auf Weißenfels, der an der Ecke Via Tartini auftaucht, nur fünfzig Meter weiter. Mit verschränkten Armen steht er dort in seinen hellen Klamotten und sieht gelassen zu, wie der Mercedes absäuft. Zumindest unterlassene Hilfeleistung lässt sich ihm nachweisen – wie allen anderen in der Nähe auch. Im Vordergrund treten die zwei anderen ins Bild, sie drehen am Kai in Richtung Zentrum ab. Die Restaurantgäste stehen nun gestikulierend am Ufer, keiner springt ins Wasser. Der Inspektor spult vor, der erste Streifenwagen fährt ins Bild, kurz darauf ein Rettungswagen und schließlich die Feuerwehr. Dann fährt Xenia mit dem Boot in den Kanal. Refolo stoppt den Schnelllauf erst, als der Notarzt kopfschüttelnd Körbers Tod feststellt.

Der Inspektor schlägt einen Aktendeckel auf und zeigt ihr die Vergrößerungen der Schlüsselmomente.

»Wir sollten die drei sofort festnehmen, Commissario. Jeder von ihnen weiß, wer es war. Wenn sie es nicht sogar gemeinsam getan haben.«

»Gut gemacht. Auch wenn der entscheidende Bildausschnitt fehlt. Ich spreche mit dem Staatsanwalt. Und dann nehmen wir das Hotel auseinander.«

Xenia geht in ihr Büro hinüber, öffnet die Fenster, dreht eine Zigarette, legt die Füße auf den Schreibtisch und ruft den Gerichtsmediziner an. Er meldet sich nach langem Klingeln. Er klingt heiter, doch hat er die Aussprache eines Angetrunkenen.

»Ah, Commissario Zannier. Ich habe soeben von Ihnen geträumt.«

»Geträumt, Dottore? Sie wollten mich anrufen, sobald Sie die Leiche untersucht haben. Haben Sie etwa noch nicht angefangen?«

»Tschuldigung. Naturlich, aber dann habe ich Ihre Nummer nicht gefunden und bin mal kurz raus. Den ganzen Tag hält es niemand in so einem kalten, gekachelten Verließ aus, wenn draußen die Sonne scheint. Warum sind Sie nicht einfach zum Aperitif gekommen, anstatt mich jetzt zu stören?« Der Mann hat einen heftigen Zungenschlag.

»Resultate, Dottore. Haben Sie etwas gefunden?«

»Aber ja. Soll ich Sie morgen anrufen?«

»Nein.« Xenia schreit vor Entsetzen. »Ich muss es jetzt wissen.«

»Wie spät ist es?«

»Noch nicht einmal neunzehn Uhr, verdammt. Raus damit, was haben Sie gefunden?«

»Er hatte keinen schlimmen Tod. Sondern schöne, obszöne Träume, Commissario.«

»Wer?«

»Der Tote natürlich. Was meinen Sie, von wem ich rede?«

Der Pathologe scheint langsam zu sich zu kommen. Er wirkt konzentrierter, auch wenn die Aussprache noch immer zu wünschen übrig lässt.

»Ein Nebeneffekt von Propofol. Sie wissen gar nicht, wie viele Ärzte wegen diesem Stoff schon des sexuellen Missbrauchs angeklagt wurden, wenn ihre Patientinnen aus der Narkose erwachten. Obwohl sie rein gar nichts getan haben.«

»Ein Anästhetikum?«

»Aber sicher. Mit einer klitzekleinen Spritze in den Oberarm. Zack, durch die Kleidung hindurch. Propofol ist ein guter Stoff, hat viele Nebenwirkungen nicht, die andere Mittel aufweisen, dafür löst es meist sehr angenehme Illusionen aus. Wer dem Kerl das verpasst hat, muss ihn gemocht haben. Wie groß die Dosis war, kann ich Ihnen aber erst morgen sagen, Commissario. Und jetzt entschuldigen Sie mich bitte, ich werde gerufen.«

Den Stimmen im Hintergrund nach befindet er sich nur ein paar Schritte vor einer Bar.

»Wann bekomme ich die restlichen Analysen?«

»Morgen, Commissario. Wie ich es versprochen habe. Ich bin schon fast damit fertig.«

Xenia ist aufgebracht. Wenn der Pathologe sie früher informiert hätte, würde sie längst die Haftbefehle in den Händen halten. Sie unterrichtet den Staatsanwalt über den neuesten Stand. Als Erstes wird sie die kroatische Jacht beschlagnahmen und sich auf die Suche nach den Kroaten machen, Weißenfels spart sie sich noch auf. Mirković und sein Skipper haben Vorrang, sie könnten mit dem Kahn fliehen, ohne gefasst zu werden. Zur kroatischen Küste ist es ein Katzensprung, und dieses Boot läuft spielend über dreißig Knoten. Mit Refolo, Donadoni und Molinari fährt sie zum Anleger an der Riva Slataper. Kein Mensch ist auf dem Schiff. Sie versperren den Zugang mit einem amtlichen Siegel und dem gestreiften Plastikband der Polizia di Stato. Einige Touristen schauen ihnen neugierig zu. Die Kollegen von der Polizia Marittima werden die Jacht zum Anleger des Kommissariats schleppen und neben der von Alfieri vertäuen. So lange achten ihre Leute darauf, dass der Mann nicht an Bord geht und sich aus dem Staub macht.

Grado, Riva Slataper. Hotel Savoy.

Trotz ihrer eleganten Erscheinung bleibt Xenia Polizistin. An der Rezeption verlangt sie nach den Inhabern, doch sie wird gebeten, sich etwas zu gedulden. Xenia mustert die Hotelgäste, die durch die Halle zur Bar oder in den Speisesaal gehen. Einige von ihnen hat sie heute hinter der Absperrung am Fischereikanal gesehen.

»Verzeihung, dass du warten musstest, Xenia.« Wie immer strahlt die freundliche Inhaberin übers ganze Gesicht. »Hast du ein Rendezvous? Du bist heute so schick.«

»Später, jetzt bin ich dienstlich hier. Hast du von dem Toten gehört?«

»Das ganze Hotel redet darüber. Der arme Mann.«

»Er war euer Gast.«

»Stammgast seit über dreißig Jahren. Früher kam er mit

Frau und Kindern, aber seit mindestens zehn Jahren nur noch alleine.«

»Es tut mir leid, aber wir müssen sein Zimmer durchsuchen und versiegeln, morgen kommen dann die Kriminaltechniker. Sie werden unauffällig bleiben, damit eure Gäste denken, dass sie Handwerker sind. Dafür will ich das Zimmer gleich sehen. Du musst auch seinen Safe öffnen. Und ich brauche eine Gästeliste.«

»Wir schicken euch doch täglich die Meldedaten.«

»Es geht nicht anders.«

»Auch der Herr, für den du ein Zimmer gebucht …?« Die Hotelierdame beißt sich auf die Zunge, als sie Refolos neugierigen Blick sieht. »Ich hol den Schlüssel und lass dir in der Zwischenzeit die Liste ausdrucken.«

»Irgendwelche Auffälligkeit bei deinen Gästen?«, fragt Xenia, während sie zu dritt im Aufzug stehen. »Außer dem Krach, den Körber am Morgen mit den beiden Männern hatte?«

»Manche haben natürlich ihre Eigenheiten. Körber hatte einen großen Betrag in unserem Panzerschrank deponiert. Den ließ er sich ausgerechnet aushändigen, als eine ganze Gruppe beim Check-in war. Man kann nicht einfach einen Aktenkoffer zur Aufbewahrung akzeptieren, ohne seinen Inhalt zu kennen. Sonst kommt noch jemand auf die Idee, später zu behaupten, dass es viel mehr gewesen sei.«

»Wie viel war es denn?«

»Muss ich es sagen?« Sie windet sich. »Diskretion ist in unserem Geschäft alles.«

»Wie bei uns.« Refolo hat vom Geplänkel genug. »Nur sprechen wir von Mord.«

»Man erlebt ständig was Neues. Was die Menschen betrifft, lernt man in meinem Beruf nie aus. Ich glaube, da ist sogar für euch Polizisten noch vieles dabei, was ihr noch nie gesehen habt. Manche deponieren Pistolen, andere Schmuckstücke so wertvoll, als wären wir hier in Portofino, auf Capri oder in Saint-Tropez. Und einer hatte sogar mal einen kleinen Renoir dabei.«

»Wie viel?«, insistiert Xenia.

»Einhundertfünfzigtausend in Fünfhundertern.« Die Frau errötet.

»Dreihundert Scheine?«

»Du kannst dir denken, dass man das nicht in zwei Minuten zählen kann. Aber Herr Körber führte immer große Summen mit. Manchmal ließ er sich das Geld aushändigen und kündigte an, dass er für ein paar Tage nicht in seinem Zimmer übernachten würde. Bezahlt hat er trotzdem immer für die volle Zeit. Wir haben uns aber nie gefragt, was dahintersteckt. Wie gesagt, Diskretion ist alles.«

Xenia überlegt, welches Gesetz hier wohl zur Anwendung käme. Beträge von zehntausend Euro und mehr müssen in der EU beim Grenzübertritt angemeldet werden. Hatte Körber die Kohle aus Deutschland mitgebracht oder aus Kroatien? Und wo ist sie jetzt? Die Hoteliers haben es gewiss nicht gemeldet, sonst hätte das Kommissariat längst davon erfahren.

»Hast du ihn eine Quittung unterzeichnen lassen?«

»Natürlich.«

»Ich brauche sie.«

»Du gehst zu weit, Xenia.« Die Hoteliersfrau hat offensichtlich ein schlechtes Gewissen, doch selbst wenn sie Körber nach der Herkunft der Summe gefragt hätte, könnte niemand den Wahrheitsgehalt überprüfen.

»Lass uns nicht streiten. Vor allem hab keine Angst. Wenn das Geld irrelevant für die Ermittlung ist, gebe ich sie dir zurück. Bis wir das wissen, verwahren wir sie nur, nehmen sie aber nicht offiziell zu den Akten. Auch der Inspektor wird schweigen.«

Refolo nickt zustimmend, zögerlich gibt die Frau nach.

»Und was passiert, wenn es anders kommt?«, fragt sie.

»Dann werdet ihr euch zusammen mit dem Steuerberater eine Geschichte ausdenken, die Körber bei der Einzahlung präsentiert hat.«

»Er hat bis übermorgen gebucht.« Sie schließt das Zimmer auf. Ausladend, schön dekoriert, feine Materialien, ein Balkon zum gepflegten Garten mit Blick aufs Schwimmbad. Es ist so ordentlich, es könnte umgehend vom nächsten Gast bezogen werden. Im Badezimmer eine Zahnbürste, Kamm, Deodorant und Rasierzeug. Offensichtlich war Körber ein Mann, der nicht viel brauchte.

»Sah sein Zimmer immer so aus?«

»Unsere Mädchen teilen uns nur mit, wenn ein Saustall herrscht. Über ihn haben sie nie ein Wort verloren.«

»Ist es kompliziert, den Zimmersafe zu öffnen?«

»Mit dem Master Key machen wir das täglich, weil immer jemand seinen Code vergisst.«

Ein paar wenige Handgriffe, dann tritt die Frau einen Schritt zur Seite und fordert die Polizistin auf, das Türchen zu öffnen. Der Safe ist leer.

»Könnte ein Profi das auch ohne den Master Key?«, fragt Refolo.

»In den Unterlagen, die sich in jedem Zimmer befinden, weisen wir stets darauf hin, dass größere Wertsachen besser bei uns im Panzerschrank deponiert werden sollen. Aber nur wenige nehmen das in Anspruch.«

»Erinnern Sie sich nicht an letztes Jahr, Ispettore, als drei andere Hotels Diebstähle meldeten? Wenn der vom Hersteller eingestellte Mastercode nicht geändert wird, ist es ein leichtes Spiel. 1-2-3-4 oder 1-1-1-1 oder 0-0-0-0 und so weiter. Und wenn jemand einen Magnetkartenleser und genügend Zeit hat, liest er den Code relativ schnell aus. Oder man montiert die Deckplatte ab und verwendet einen Dietrich. Die Dinger sehen meist besser aus, als sie sind. Bei ganz billigen Modellen genügt ein heftiger Schlag.«

Die Ordnung in dem Zimmer ist augenfällig, hier hat sich jemand bereits vor ihnen umgesehen. Ein Profi, der ganz gewiss keine Spuren hinterließ.

Als sie zur Rezeption zurückkehren, liegt die Gästeliste bereit. Xenia überfliegt sie und reicht sie Refolo weiter. Ihr Handtäschchen ist zu klein für den Stapel Papier. Dann tritt ein anderer Gast an den Tresen und verkündet, dass er einen Tag früher als geplant abreisen werde. Xenia erkennt den schneidigen, schlanken Blonden sofort. Er scheint guter Laune zu sein. Xenia und Refolo werfen sich einen Blick zu, doch sie hält ihn zurück, als er auf den Mann zugehen will.

»Nicht jetzt, Ispettore. Heute läuft er uns noch nicht davon«, sagt sie leise.

Er wirkt viel lockerer als am Morgen. Leichten Schrittes geht er hinaus in den Garten und setzt sich an die Bar. Xenia lässt sich den Namen auf der Liste zeigen. Das Zimmer wurde vom selben deutschen Amt gebucht, auf das Körbers Wagen zugelassen ist und das für die Hotelkosten aufkommt.

»Kann ich Sie einen Moment sprechen, Herr Weißenfels?«

»Gehören Sie zum Hotel?«

Er mustert die Blonde, die in etwa so groß ist wie er selbst, von oben bis unten. Kein einziges Mal hat er sie bisher so gesehen, wie man sich eine typische Polizistin vorstellt. Am Abend des Unfalls und in der Pizzeria hatte sie Jeans und Bluse getragen, heute Nachmittag am Kanal war sie barfuß und hatte nur ihr Strandkleid an. Und jetzt sieht sie aus, als hätte sie ein Rendezvous. Seine Stirn kräuselt sich. Xenia zeigt ihm ihren Dienstausweis.

»Jetzt erinnere ich mich. Sie saßen vorletzten Abend mit einem jungen Mann und noch einem Kerl vor der Pizzeria.«

Sein Gesicht hellt sich auf. Weißenfels gibt ihr die Hand, seine kalten blaugrauen Augen bohren sich in ihre.

»Eine italienische Polizistin, die Deutsch spricht, habe ich noch nicht kennengelernt.«

»Dann gehören Sie zu den wenigen Ihrer Landsleute, die noch nie in Südtirol oder am Gardasee waren. Oder in Grado.«

»Ich verbringe den Urlaub lieber in Skandinavien. Was kann ich für Sie tun?«

»Sie standen unter den Schaulustigen, als der Wagen mit dem Toten geborgen wurde. Kannten Sie ihn?«

»Ein altbewährter Kollege. Schade um ihn, ein verdienstvoller Mann.«

»Für wen arbeiten Sie?«

»Sagen wir einmal für den deutschen Staat. Auch eine Art Ordnungsbehörde, wenn Sie so wollen.«

»Wann haben Sie Körber zuletzt gesehen?«

»Heute Morgen im Hotel. Beim Frühstück.«

»Und was haben Sie am Fischereikanal gemacht, als Körber zu Tode kam?«

»Einen Spaziergang, reiner Zufall, dass ich dort vorbeigekommen bin. Grado ist ein nettes Städtchen. Aber schreckliche Dinge passieren leider überall.«

»Sie kannten ihn also und finden es völlig normal, dass er in seinem Wagen ertrunken ist?«

»Dass es sich um Körber handelte, habe ich erst gesehen, als man ihn aus dem Mercedes zog.«

»Sie standen tatenlos daneben, als er absoff, und haben sich nicht gemeldet.«

»Ist das ein Verhör, Frau Kommissarin?«

Das Lächeln des Majors gefällt ihr nicht, sein Blick ist wie Froschlaich.

»Ich nehme an, auch in Deutschland werden in einem

Mordfall eventuelle Zeugen befragt. Kannten Sie nicht Körbers Wagen?«

»Wer spricht von einem Mord? In unserer Behörde weiß jeder, dass Körber ein unheilbarer Alkoholiker war.«

»Auch ein Betrunkener ist nicht imstande, ohne Autoschlüssel zu fahren, sehr wohl aber, seine Waffe zu bedienen. Er führte zwei Pistolen mit sich, aber er hat keine Anstalten gemacht, sich zu befreien. Haben Sie ihn zuvor in der Stadt etwas trinken sehen?«

»Ja, in Begleitung zweier schwarz gekleideter Männer vor einer Bar. Verzeihung, aber ich muss jetzt zum Abendessen.«

»Dann sind Sie ihm also gefolgt?«

»So groß ist Grado nun wirklich nicht, dass man sich nicht ständig über den Weg läuft.«

»Warum haben Sie uns das nicht mitgeteilt? Würde einer meiner Kollegen in meiner Nähe ermordet, wäre ich die Erste, die sich an die Polizei wenden würde, Herr Weißenfels. Zumindest um etwas zu erfahren, wenn nicht sogar um dabei zu helfen, seinen Mörder zu finden.«

»Man sollte nie von sich auf andere schließen, Frau Kommissarin. Im Gegensatz zu Ihnen gehören Körber und ich nicht zur Polizei. Entschuldigen Sie mich jetzt bitte.«

»Zeigen Sie mir bitte Ihren Ausweis, Herr Weißenfels.«

Er zieht einen blauen Diplomatenpass der Bundesrepublik Deutschland aus dem Jackett, gibt ihn ihr aber nicht.

»Sie sind also dienstlich hier?«

»Ich vertrete die Bundesrepublik Deutschland bei einer Sicherheitskonferenz wegen der Zeremonie zum Ersten Weltkrieg. Und ich habe dafür auch das Treffen einer hiesigen Politikerin mit der Bundeskanzlerin zu organisieren. Mehr will ich dazu nicht sagen.«

Xenia lässt sich ihr Erstaunen nicht anmerken. Also war

nicht nur Körber einer der Vertrauten der Senatorin gewesen, sondern auch dieser Schnösel.

»Herr Weißenfels. Sie befinden sich auf italienischem Territorium, falls Sie das vergessen haben. Wenn Sie nicht mit mir reden wollen, werde ich Sie als Zeuge vorladen. Um die Angabe Ihrer Personendaten kommen Sie nicht herum. Ihren Ausweis, bitte.«

Mit einem überheblichen Lächeln reicht ihr der Major den Pass.

»Sind Sie als Diplomat in Italien akkreditiert, Herr Weißenfels?«

Xenia verzieht keine Miene. Zu viele Menschen sind mit solchen Deckeln unterwegs, vom Abgeordneten bis zum Lobbyisten. Auf einfache Gemüter machen sie vielleicht Eindruck, aber Immunität gewähren sie nur mit Akkreditierung.

»Schauen Sie, darauf kommt es wirklich nicht an.« Weißenfels reicht ihr eine Visitenkarte. »Ein Anruf von Ministerium zu Ministerium genügt, damit Sie mich gehen lassen müssen. Nach der Sicherheitskonferenz fliege ich nach Berlin zurück, und für den Fall, dass Sie noch Fragen haben, versuchen Sie es unter dieser Nummer. Ich verstecke mich gewiss nicht vor Ihnen. Übrigens bitte ich Sie, Körbers Sachen bereitzustellen, ich werde sie mit nach Berlin nehmen.«

Xenia ist baff ob so viel Kaltschnäuzigkeit.

»Das sind Beweismittel. Die bleiben hier. Da müssen Sie schon mit der Wehrmacht kommen. Und das ist noch nie gut gegangen.«

»Und ob Sie das werden, Frau Kommissarin. Es handelt sich um Amtsgeheimnisse.«

»Dann halten Sie sich an den Amtsweg, Major. Verstanden? Ich habe gehört, Sie wollen morgen abreisen. Ich werde das nicht zulassen, ohne dass Sie Ihre Aussage gemacht haben. Ich erwarte Sie um 9 Uhr im Kommissariat. Seien Sie pünktlich, sonst lasse ich Sie vorführen. Und versuchen Sie nicht, sich heimlich aus dem Staub zu machen. Sie würden nicht weit kommen.«

Die Kommissarin wendet sich ab, bevor Weißenfels weitere Drohungen ausstoßen kann, und geht zurück in die Halle.

»Warum haben Sie ihn nicht gleich festgenommen?«, fragt Refolo zweifelnd.

»Stellen Sie eine Streife vor dem Hotel ab. Die ganze Nacht. Das wird einerseits die Gäste beruhigen, andererseits weitere Überraschungen verhindern. Gehen Sie jetzt zurück ins Kommissariat, Refolo, und schreiben Sie Mirković zur Fahndung aus. Der wird sich sicher nicht von alleine melden.«

»Sie glauben, der schreibt seine Jacht einfach so in den Wind?«

»Keine Sorge, wir machen Fortschritte.«

Grado, Fischereikanal.

Er hat seinen Arm um ihre Schultern gelegt, als sie am Fischereikanal entlangschlendern. Sie hat versprochen, ihn in ein Restaurant an einem romantischen Platz abseits der Touristenwege zu führen, und in dem Lokal, das nur mit lokalen Produkten kocht, einen Tisch reserviert. Ganz vorne am Wasser. Die Fernsehnachrichten haben Wirkung gezeigt: Nicht nur die Täter zieht es an den Tatort zurück, wie es in Kriminalromanen behauptet wird, auch einige der Schaulustigen erkennt sie unter den Gästen.

An der Frontscheibe von Xenias kleinem Boot, das sanft auf dem Wasser schaukelt, klebt noch immer der Rest des Marzipantörtchens. Arne wusste sich zu helfen, denkt sie und legt nun auch ihren Arm um ihren alten Verehrer und Verbündeten.

Der Maître begrüßt sie überschwänglich, weist ihnen den Tisch zu und serviert ungefragt den Aperitif. Der Schaumwein perlt in den beschlagenen Gläsern. Dann legt er eine gefaltete Papierserviette vor die Kommissarin.

»Das ist leider alles, was ich retten konnte.«

Neugierig faltet sie das kleine Päckchen auf, ein goldener Ring fällt vor ihr auf den Tisch. Sie hält ihn gegen den Kerzenschein. *Arne* ist in die Innenseite graviert. Xenia lässt ihn in die Handtasche gleiten und steckt sich eine Zigarette an.

»Ein Ring für dich? Gibt es einen Grund, eifersüchtig zu werden?« Nicola Bonannis Augen blitzen neugierig.

»Tausende, Nicola. Wenn nicht noch mehr.« Sie lächelt.

»Du fehlst mir, Xenia. Immer nur mit dir zu telefonieren schmerzt mich. Wann kommst du nach Rom zurück?« Bonanni prostet ihr zu. Er ist nur schwer an Selbstsicherheit zu übertreffen, und elegant wie immer sitzt er seiner ehemaligen Freundin gegenüber.

Drei Jahre hatte die Affäre gedauert, wie Xenia ihre Verbindung nannte. Der im römischen Innenministerium zuständige Direktor der Sektion für Verbrechen mit politischem Hintergrund war ihrem beruflichen Fortkommen nicht ganz uneigennützig behilflich gewesen.

»So frische Meeresfrüchte und Fisch wie hier finden wir in ganz Rom nicht.« Er lutscht eine Venusmuschel aus der Schale. »Wenn du nicht kommst, dann muss vielleicht ich mich nach einem Job hier umsehen. Meinst du nicht, ich gäbe einen guten Nachtportier in einem Hotel ab?«

Xenia prustet vor Lachen.

»Heute sind wir beide hier, Nicola. Das ist doch schon etwas. Obwohl ich eigentlich im Kommissariat sitzen sollte nach allem, was passiert ist.«

»Ich habe die Nachrichten im Netz gelesen. Im ach so ruhigen Nordosten ist endlich was los.«

»Was meinst du, erwischt es die Senatorin?«

Bonanni verzieht sein Gesicht zu einem schrägen Lächeln. »Schwer vorzustellen. Auch wenn ich es dir wünschen würde. Die Sache mit dem Embargobruch ist längst verjährt, auch das Schwarzgeld, das sie dafür bekommen hat. Wie du weißt, leben wir in einem Land kollektiver Amnesie, das völlig anders funktionieren würde, wenn die Schweinereien der Vergangenheit akzeptiert und Teil des Bewusstseins wären.«

»Die Übernahme der MEC Bank ist noch keine zehn Jahre her. Auch da hat sie schwarz abkassiert. Ein Vorbild für ihre Wähler.«

»Ach, weißt du, Xenia. Ihren Worten in den Nachrichten zufolge hat sie diese deutsche Zeitung bereits wegen Verleumdung verklagt. Alles hängt davon ab, ob unsere Behörden die Beweismittel aus dem Ausland anfordern, und davon, ob die anderen diese liefern. Sie wird alle Beziehungen spielen lassen, damit das nicht passiert. Eine Steuernachzahlung kratzt sie einen feuchten Dreck.«

»Die Unterlagen sind hier in Italien, Nicola.«

Er hebt die Brauen. »Willst du damit sagen, dass du sie hast?«

Xenia lächelt triumphierend. »Si vis pacem, para bellum.«

»Dein altes Motto, ich weiß. Wo verwahrst du sie?«

»An einem sicheren Ort.« Sie sagt nichts von dem Loch, das Arne und sie im Garten unter der alten Linde gegraben haben, dort, wo jetzt das Bett steht.

»Du weißt, wer Körber war?«

»Ein Geheimdienstler, befürchte ich. Da ist übrigens noch ein zweiter Mann mit dem gleichen Diplomatenpass, dessen Zimmer vom selben Amt bezahlt wird, auf das Körbers Wagen zugelassen ist. Weißenfels heißt er.«

»Ich kenne beide.«

Xenia horcht auf.

»Körber seit vielen Jahren. Er koordiniert die Aktivitäten des BND in Südosteuropa. Ein hemdsärmeliger Pragmatiker. Jetzt soll Weißenfels den Job übernehmen. Er steht auf meiner Einladungsliste für die Sicherheitskonferenz in Triest.«

»Er hat sich fürchterlich aufgespielt. Ein verdammt blasierter Kerl.«

»Die liebst du doch besonders.«

»Ich habe ihn für 9 Uhr ins Kommissariat einbestellt. Er war hier am Kanal, als Körber absoff. Die Videos sind eindeutig. Er hat schon am Morgen Krach mit Körber gehabt, später ist er ihm dann durch die Stadt gefolgt, während Körber sich mit zwei Männern getroffen hat. Ein Josip Mirković samt seinem Skipper. Wir haben beide zur Fahndung ausgeschrieben und ihre Jacht beschlagnahmt.«

»Kein unbeschriebenes Blatt. Derzeit Hafenpräsident in Rijeka. Sein Vater war einer der führenden Köpfe der kroatischen Abspaltung von Jugoslawien. Und im Krieg gegen die Serben war Josip ein gefürchteter Kommandeur. Das ist aktenkundig. Es ist anzunehmen, dass er mit Körber schon damals zu tun hatte.«

»Ich weiß, Nicola.«

»Wenn du wirklich die Unterlagen dieses Journalisten besitzt, Xenia, dann pass verdammt gut auf dich auf.«

»So weit bin ich auch schon. Körber kennt auch die Senatorin seit Jahrzehnten. Wer sagt, dass der Mord an Becker nicht von ihm veranlasst wurde? Der osmanische Krummsäbel ist eine nette Tarnung für die Medien, die unersättlich die Klischees bedienen, um Auflage zu machen, aber darauf fall ich nicht rein. Aber woher sollten die wissen, dass ich mit Becker befreundet war?«

»Er hat doch Jahr für Jahr über dich berichtet, Xenia. Wenn sie ihn zum Schweigen bringen wollten, wussten sie weshalb. Geh davon aus, dass sie ihn erst überwacht haben, bevor sie zuschlugen. Du weißt, wie unsere Geheimdienste arbeiten, die Deutschen sind nicht weniger perfide.«

»Viel zu viel Aufsehen, wenn die bei mir suchen würden.« Xenia beißt sich auf die Zunge. »Aber du hast recht, es erklärt einiges. Es war vermutlich Körber, der neulich versucht hatte, nachts bei uns einzudringen. Aber wir kamen zu früh nach Hause.«

»Wer ist wir, Xenia?«

»Arne. Ich teile im Moment das Haus mit ihm. Sonst nichts.«

»Ist das der mit dem Ring?«

Als sie bereits beim Espresso sind, legt neben ihrem Tisch ein flaches Boot am Kai an. Xenia grüßt den Mann am Steuer, er winkt kurz zurück und hilft der hinkenden Frau auf die Mole. Dann kommt er an ihren Tisch.

»Wir begegnen uns dreimal an einem Tag, Commissario, was mag das bedeuten?« Alfieri reicht ihr die Hand und stellt sich Bonanni vor. Seine Begleitung bleibt abseits.

»Nicola ist ein alter Freund. Warum sind Sie schon wieder in der Stadt? Ich dachte, auf Ihrer Insel hätten Sie alles, was Sie brauchen?«

»Bis auf die Lust zu kochen. Heute lass ich mich lieber bedienen. Der Laden gehört zur Hälfte mir. Aber für Sie, meine Liebe, stelle ich mich gerne an den Herd.« Er steuert einen Tisch weiter hinten an. Xenia vernimmt, wie er noch im Stehen eine Flasche Nekaj ordert, vom Weingut, auf dem sie groß geworden ist.

»Entschuldige, dass ich dich nicht mit deinem Titel vorgestellt habe«, sagt sie, als sie wieder Platz genommen haben.

»Wer ist der Rocker?«

Bonanni amüsiert es, dass sich ein Mann in dem Alter kleidet, als wäre er mit einer verdreckten Harley-Davidson vorgefahren. Immerhin hat er gute Manieren.

»Valerio Alfieri? Hier nennen ihn alle den Deutschen, obwohl er in Mailand geboren ist. Er hat zuerst in Mailand und dann in Frankfurt ein Vermögen an der Börse gemacht. Als er sich von seinen Geschäften zurückgezogen hat, kam er nach Italien zurück. Auch er war heute in den Nachrichten. Er hat im Büro der Senatorin seine letzte Firma verkauft. Die ChimiCo in Torviscosa.«

»Und was machen wir jetzt?«, fragt Bonanni, nachdem er die Rechnung beglichen hat. »Kommst du mit mir ins Hotel?«

»Willst du morgen in der Zeitung stehen, Nicola? In einem Nest wie Grado können wir keinen Schritt unbeobachtet tun. Die Omertà der Einheimischen gilt nur für ihresgleichen, aber nicht für Zugezogene wie mich, erst recht nicht in meinem Job. Aber wenn du willst, dann fahre ich dich mit dem Boot in die Nähe. Ich bringe dich da an Land, wo die EARLY SUN gelandet ist.«

Alfieri schaut ihnen nach, als sie aus dem Kanal hinaustuckern und später aufs offene Meer zuhalten. Xenia winkt, als sei es das normalste Ding der Welt, dass sie in einer lauen Nacht gegen 23 Uhr mit einem attraktiven Fremden hinausfährt.

8

Grado, Isola della Schiusa. Kommissariat.

Arne ist nicht zu Hause, als Xenia nach ihrer nächtlichen Bootsfahrt mit Nicola Bonanni heimkommt und sich im Garten unters Moskitonetz legt. Sie ist aufgekratzt und müde zugleich, schläft sofort ein und erwacht bald wieder. Sie wirft sich unruhig hin und her, komische Träume. Gesichter laufen wie im Daumenkino vor ihr ab, ergeben aber kein Ganzes. Clarissa Waisz taucht am häufigsten auf. Neben der Senatorin. Körber streckt ihr verschlagen die Zunge raus. Kurz vor 4 Uhr gibt sie den Kampf auf, befüllt die Moka mit Kaffee und Wasser und setzt sie auf den Herd. Eine lange Dusche bringt sie vollends ins Leben zurück.

Auf dem Weg zum Kommissariat sind die Straßen leer, ein paar Katzen lassen nicht von einem Müllkübel ab, als sie das Licht des Scooters trifft. Der Mond spiegelt sich im Wasser der Lagune.

»Ist schon wieder was passiert?« Molinari schiebt Nachtdienst und grüßt sie so missmutig, als befürchte er das Schlimmste, wenn die Chefin um diese Uhrzeit auftaucht.

Xenia Zannier zwinkert ihm wortlos zu, geht in ihr Büro und öffnet die Fenster, sie startet den Computer und wirft einen Blick auf die Unterlagen, die sich auf ihrem Schreibtisch angehäuft haben. Sie mag die Reinheit der frühen Stunden, und doch geht sie meist viel zu spät schlafen und kann sie nur selten genießen. Letztes Jahr, als die Langeweile sie in der neuen Dienststelle zu ersticken drohte, fuhr sie mit Arne eine Zeit lang im Morgengrauen mit dem Boot zum Angeln raus. An manchen Tagen brachten sie sogar Fische mit nach Hause. Doch wie immer erlischt die Leidenschaft, wenn die Gewohnheit überhandnimmt.

Sie öffnet den Ticker mit den aktuellen Meldungen aller Dienststellen im Land und scrollt über die Unfälle und die üblichen Straftaten hinweg, bis sie an einer Meldung hängen bleibt, die von den Kollegen aus Triest verfasst wurde.

01.27. Zwei Bomben bei Bristie, Gemeinde Sgonico (TS), detonierten am Wartungsschacht der Transalpin-Pipeline. Brennende Bäume nach zwei Stunden gelöscht. Keine weiteren Schäden, Transalpin-Pipeline nach Norden intakt. Hintergrund unklar. Täter unbekannt.

Also hatte sie doch richtig gesehen: Als sie und Nicola Bonanni auf dem spiegelglatten Meer vor der Punta del Becco den Anker geworfen hatten, vernahmen sie ein fernes Donnergrollen und rote Blitze über dem Triestiner Karst, obgleich kein Wölkchen den Himmel bedeckte. Xenia behauptete, es sei eine Detonation gewesen, doch Bonanni erinnerte daran, dass sie endlich alleine waren und niemand sie sehen konnte, außer dem Mond, dessen weißes Licht sich auf dem Wasser spiegelte und ihre Haut schimmern ließ.

Xenia stößt in ihren Unterlagen auf die Ergänzung der Telefonate und der Funkzellen, in die sich das Mobiltelefon von Carletto Castelli de Poltieri bis gestern Mittag eingeklinkt hatte. Einige Anrufe galten dem Leiter der Flüchtlingsheime bei Fossalon und enthielten Anweisungen zur Behebung der Mängel. Sie gleicht die restlichen Daten mit denen der anderen Überwachten ab und dreht sich schließlich mit triumphierendem Grinsen die erste Zigarette an diesem Morgen. Der Jüngling aus dem Supermarkt, dem Nunzio geholfen hatte, war mit Carletto für 23 Uhr an einer Kreuzung auf dem Karst verabredet, von wo ein verschlungenes Sträßchen an der Siedlung Bristie vorbei zum Wartungsschacht einer Pipeline führt. Sorgfältige Ermittlungen sind schwer zu übertreffen. Der Tag der Rache nähert sich. Si vis pacem, para bellum. Wenn du den Frieden willst, bereite den Krieg vor – ihr Motto, solange sie sich erinnern kann.

Im nächsten Aktendeckel findet sie die Auswertungen der SIM-Cards aus Körbers Telefonen. Bei den aufgeweichten und inzwischen getrockneten Papieren in seinem Koffer handelt es sich um eine Kopie des Übernahmevertrags der ChimiCo. Kannten sich hier eigentlich alle? Und nur ihr, der obersten Ordnungshüterin der alten Kleinstadt, war es entgangen? Und wo steht die Senatorin in dieser Konstellation? Die nächsten Seiten mit dem Briefkopf des Bundesnachrichtendienstes wurden vor zwei Tagen von einer Frau Lämmle unterzeichnet. Sie enthalten verdammt noch einmal genau das, was Xenia selbst aus den Bewegungsprofilen und Kontakten Körbers zu erfahren hoffte. Der BND hatte die Daten von Clarissa Waisz und Miloš Ban analysiert. Ein Anruf stammte von Mirković, und Miloš Ban hatte sie danach noch aus dem Einzugsgebiet von Salzburg zu erreichen versucht. Xenias Nummer ist die letzte auf der Liste und mit gelbem Marker unterlegt. Datum und Uhrzeit nach war sie für Körber keine Unbekannte, als er sie anfuhr. Xenia schüttelt fassungslos den Kopf. Nur Alfieri steht mit keinem der anderen in Kontakt, außer mit der Senatorin über den Verkauf seiner Fabrik. Doch was treibt er wirklich auf seinem Inselchen dort draußen in der Lagune? Und wer ist sein Gast, die kurzhaarige Frau mit der Verletzung, deren Gesichtszüge Xenia bekannt vorkamen, als sie sich über den Weg liefen?

Körber war von Rijeka über Triest nach Grado gefahren und hatte sich zuvor eine knappe Stunde am Flughafen aufgehalten.

Xenia wirft einen Blick auf die Uhr, die Kollegen vor Ort müssten bereits ansprechbar sein. Bei einem kurzen Telefonat erfährt sie, dass der Co-Pilot der Lufthansa-Maschine aus München einen Umschlag für Körber abgegeben und dieser sich bei der Abholung am Nachmittag mit seinem Diplomatenpass ausgewiesen habe.

Sie beginnt, mit verschiedenen Farben eine Grafik der Bewegungen anzulegen. Die Überschneidungen auf dieser Landkarte sind eklatant. Körber muss hinter den anderen her gewesen sein, über die technischen Mittel, sie aufzuspüren, verfügte er.

Eine zweite Skizze konstruiert sie aus den Kontakten der verschiedenen Telefone. Die Kommissarin konzentriert sich auf Gemeinsamkeiten und Abweichungen. Klar wird, dass Körber nie mit diesem Miloš Ban telefoniert hat, dafür ständig mit Josip Mirković in Verbindung stand, in dessen Hafen in Rijeka die EARLY SUN nach der Freigabe anlegte. Xenia springt auf und rast zum Empfang des Kommissariats, wo Molinari, den Kopf auf die verschränkten Arme auf dem Schreibtisch gelegt, neben dem Telefon schläft.

»Willst du Zucker zum Kaffee? Habt ihr eigentlich die Jacht durchsucht?«, fragt sie laut genug, damit er aufwacht.

»Entschuldigung, Commissario. Kommt nicht wieder vor.«

»Meinst du, das sei mir nie passiert?« Beim ersten Tageslicht stellt Xenia eine Tasse Kaffee auf den Schreibtisch des diensthabenden Beamten. »Ich fragte, ob ihr die kroatische Jacht durchsucht habt. Der Kahn draußen an unserem Anlieger, habt ihr ihn euch angesehen?«

»Refolo hat beschlossen zu warten, bis Sie kommen. Der Durchsuchungsbefehl ist erst eingetroffen, als es schon zu dunkel war. Und vom Eigner und seinem Skipper gibt es keine Spur. Ich nehme an, die warten hier nicht auf Probleme und haben sich längst abgesetzt.«

»Sie können genauso gut nach Mitternacht irgendwo ein Zimmer bezogen haben, als die Hotels die Tageslisten der Gäste bereits abgeliefert hatten. Falls sie nicht untergekommen sind, ohne ihre Personendaten anzugeben. Wirte lieben Barzahlung.«

»Wenn ich jemanden umgebracht hätte, würde ich sofort verschwinden.«

»Das Schiff kostet gut und gerne eine Million.«

»Hat er die mit eigenen Händen verdient?«

»Wer sagt, dass es Mirković war, Molinari? Auch Major Weißenfels ist einer unserer Kandidaten. Wenn du deinen Kaffee getrunken hast und es halbwegs hell ist, nehmen wir uns die Jacht vor. Aber verrat mir vorher eines, wo du doch ständig am Computer hängst: Können wir vom Kommissariat aus ein Telefonat mit der Telefonnummer eines anderen führen, dessen SIM-Card wir nicht haben?«

»Man kann alles, Commissario, wenn man weiß wie. Legal ist es aber nicht.«

»Ich habe gefragt, ob du das kannst?«

Ein Lächeln umspielt ihre Mundwinkel. Molinari ist inzwischen wach.

»Ein Kollege hat es mir einmal gezeigt. Es dauert allerdings eine Weile, das einzurichten. Ich mach das schließlich nicht jeden Tag.«

»Versuch es, danach sehen wir uns das Boot an. Kannst du einen Schlosser auftreiben? Sonst ruf die Feuerwehr. Es ist bestimmt ordentlich gesichert.«

Der erste Anruf zu ungewohnt früher Stunde droht Ärger zu bringen. Xenia Ylenia Zannier erkennt die Mobilnummer des Polizeipräsidenten Falsariga auf ihrem Display. Sie gähnt lange und antwortet nach dem fünften Läuten.

»Setzen Sie sich sofort mit den Kollegen vom Kommissariat in Opicina in Verbindung, Zannier. Mein Triestiner Kollege hat mich informiert, dass versucht wurde, mit Sprengstoff die Ölversorgung nach Deutschland zu unterbrechen. Es wurden Flugblätter in der Nähe gefunden. Überprüfen Sie, ob es die Handschrift der Patria Nostra ist, oder ob es sich um Trittbrettfahrer handelt. Lassen Sie alles andere stehen und liegen, die warten auf Ihren Anruf. Die Ermittlungen liegen aber nicht bei Ihnen, Zannier, sondern bei den Kollegen vor Ort. Sie arbeiten ihnen nur zu. Ein Bombenattentat ist drei Nummern zu groß für Sie.«

Nicht einmal ihre Personalakte hat der Boss gelesen, sonst wüsste er von der Anschlagsserie in Ostia, in dem vor fünf Jahren ein Camorra-Clan versucht hatte, eine gegnerische Familie mit C4 auszuschalten und die absolute Kontrolle über Strandbetreiber, Gastronomen und Ladenbesitzer an sich zu reißen, nachdem er das Drogengeschäft bereits beherrschte. Nachdem Xenia die Bande hochgenommen hatte, rückte allerdings sofort eine andere nach.

Namen nannte der Questore nicht, doch zu erfahren, wer die ermittelnden Kollegen sind, ist leicht. Sie wird ihren früheren Ausbilder fragen, Vicequestore Proteo Laurenti. Ihr erster Anruf gilt dem Kollegen von der Telefonüberwachung. Sie bittet ihn, ihr die letzten Daten von Carletto Castelli de Poltieri zu mailen.

Der zweite Anruf ist wesentlich erfreulicher. Nicola Bonanni sitzt beim Frühstück und hat Sehnsucht nach ihr. Sagt er. »Ich habe einen Arne kennengelernt, den Frühstückskellner. Sympathisch. Ist er das?«

»So selten ist der Name nicht.«

»In Deutschland vielleicht, aber in einer Kleinstadt wie Grado wird es kaum zwei davon geben. Er ist eigentlich Archäologe und stammt aus Dortmund. Er sagt, seine Freundin sei bei der Polizei. Und er hat offensichtlich Kummer. Übrigens habe ich auch Weißenfels gesehen. Er regte sich ziemlich auf, man zolle ihm und seinem Diplomatenpass nicht den nötigen Respekt, behauptet er. Er sei kein gewöhnlicher Reisender, und der Vorladung ins Kommissariat würde er auf keinen Fall folgen. Er habe seinem Minister bereits eine Nachricht geschickt. Was hast du denn mit ihm gemacht?« Seinem Tonfall nach amüsiert sich Bonanni.

»Zeuge im Fall Körber, wenn nicht Mordverdacht. Der wird sich wundern.«

Der Tag verspricht, heiß zu werden. Mit Molinari und dem Schlosser im Schlepptau geht Xenia zur Jacht des Kroaten. Die Kabine zu öffnen ist für ihn ein Kinderspiel. Sie steckt dem Mann einen Zwanzigeuroschein zu und schlägt vor, die Bürokratie nicht unnötig zu beanspruchen. Er hätte einen sehr viel höheren Betrag auf seine Rechnung geschrieben, doch es ist besser, sich mit den Behörden gut zu stellen. Und dass die Kommissarin ihn ganz offensichtlich aus eigener Tasche entlohnt, lässt ihn erst gar nicht weiter nachfragen.

Die Luft in dem mit Edelholz möblierten Salon des Schiffs ist stickig. Es hat zwei Doppelkabinen, die größere belegt den Bug. Das Bett ist frisch bezogen, ein weiteres im hinteren Teil belegte vermutlich der Skipper. Molinari nimmt sich die Küche und die Stauräume vor, während sie die Badezimmer durchsucht und schließlich in Mirkovićs Reisetasche frische Kleidung für einen Tag findet. Darunter liegt eine Glock 17 mit vollem Magazin. Ohne sie anzufassen, erkennt Xenia, dass mit ihr schon oft geschossen wurde. Mirković muss noch eine zweite Waffe haben. Sonst hätte die Glock auf statt unter den Klamotten gelegen.

»Commissario, das müssen Sie mit eigenen Augen sehen.« Molinari steht in der Tür und reißt sie aus ihren Gedanken.

Xenia schließt die Reisetasche und geht zum Heck. Fast ehrfürchtig betrachtet der Kollege den Fund, den er hinter der Holzverkleidung des Salons gemacht hat. Das Paneel, auf dem vorschriftsgemäß die Leuchtpistole angebracht ist, gibt zwei griffbereite Sturmgewehre frei sowie mehrere Magazine. In einem anderen Fach finden sich Nebelgranaten.

»Gut versteckt, und gut gefunden, Molinari.«

»Sieht so aus, als wolle Mirković Krieg führen.«

»Schlimmer, das sieht aus wie eine AK 12 der russischen Armee, die ist offiziell noch gar nicht auf dem Markt. Das macht den Mann nicht sympathischer.«

Xenia hat bereits ihr Telefon am Ohr, doch dann zögert sie. Wenn die Spezialisten mit ihren Fahrzeugen und den Gerätschaften hier vorfahren und aufzuräumen beginnen, geht das wie ein Lauffeuer in Grado um. Auch Mirković, falls er überhaupt noch in der Stadt ist, würde es erfahren.

»Wollen Sie das Zeug etwa hierlassen, Commissario?« Molinari schaut sie fragend an. »Mich wundert, dass er den Mut hatte, die Dinger mitzuführen. Er muss doch damit rechnen, dass so ein Kahn in einem ausländischen Hafen überprüft wird.«

»Wir belassen es vorerst dabei. Außer Alfieri hat niemand Zugang zur Mole. Außerdem habe ich Weißenfels für 9 Uhr einbestellt.«

»Glauben Sie denn, er kommt?«

Sie schüttelt den Kopf. »Ich lasse ihm eine akademische Viertelstunde, wenn nicht, gilt Plan B.«

Um 9 Uhr 16 klingelt ihr Telefon. »Das Subjekt hat ausgecheckt und geht zum Hotelparkplatz. Sollen wir zugreifen?«, fragt Inspektor Refolo.

»Ich bitte darum. Er ist über die Zeit. Und keine Diskussionen.«

»Wir bringen ihn gleich vorbei.«

Der arrogante Deutsche wird gewiss all seine Beziehungen erwähnen und eine Drohgebärde nach der anderen aufsetzen.

Als sie mit Molinari auf den Hof tritt, legt Alfieri an, begutachtet flüchtig die beschlagnahmte Jacht und führt dann die hinkende Frau zu seinem Range Rover. Er winkt den Polizisten kurz zu.

Weißenfels hat seine militärisch stramme Haltung verloren, als Refolo ihn ins Büro führt und ihm die Handschellen abnimmt. Sein Gesicht ist tiefrot angelaufen, den Oberkörper beugt er leicht nach vorne, als wolle er zuschlagen. Nichts wäre Xenia lieber. Refolo legt den Diplomatenpass, Weißenfels' Mobiltelefon und sein Portemonnaie auf ihren Schreibtisch, drückt ihn auf einen Stuhl und stellt sich breitbeinig und mit vor der Brust verschränkten Armen hinter ihn.

»Damit eines klar ist ...«, sagt der Deutsche.

Er verstummt schlagartig und setzt sich wieder, als Xenias Hand die Luft wie ein Messer durchschneidet und bedrohlich nahe vor seinen Augen stehen bleibt.

Gemächlich schweigend studiert sie seinen Pass, prüft die Bindung, hält ihn gegen das Licht, gibt die Daten in den Computer ein und legt ihn zur Seite.

»Lei è Weißenfels, Wolfgang, nato a Hannover, Germania, il 17 maggio 1973, residente a Berlino in Chausseestraße numero ...?«

»Was reden Sie da? Spielen Sie sich nicht so auf.« Er spuckt fast vor Empörung.

»Come vuole, Signor Weißenfels. Possiamo anche cominciare con la sua identificazione, impronte digitali, fotografie eccetera. Ispettore, prego.«

Als Refolo auf ihn zugeht und ihn mit den Handschellen in der Linken auffordert aufzustehen, besinnt sich der Major.

»Gestern haben Sie deutsch gesprochen, Commissario. Was soll das Theater?«

Xenia gibt Refolo ein Zeichen, worauf er wieder Position einnimmt.

»Sie befinden sich in einem Kommissariat der Polizia di Stato. In Italien. Die Amtssprache ist Italienisch.« Sie lenkt auf Deutsch ein, ohne die Kälte ihres Tonfalls zu verlieren. »Wenn Sie der Sprache nicht mächtig sind, haben Sie das Recht auf einen amtlichen Übersetzer, den wir aus Triest anfordern müssen. Bis er eintrifft, werden wir Sie in Gewahrsam nehmen.«

»Was liegt überhaupt gegen mich vor?«

»Das hängt von der Perspektive ab. Im Moment höre ich Sie als Zeugen in einem Mordfall. In Ihrer Position kennen Sie die Gesetze, die sind in Deutschland nicht viel anders. Sie können sich dieser Vernehmung nicht entziehen, egal wer Sie sind. Allerdings kann sich das alles sehr schnell ändern, Herr Weißenfels.«

»Verlassen Sie sich darauf. Mein Büro ist informiert, es wird nicht lange dauern.«

»Das meinte ich nicht. Ich schließe auch Mordverdacht nicht aus. Dann wird es schwieriger für Ihr Büro.«

»Sind Sie noch ganz bei Trost?«

»Der Chefinspektor zeigt Ihnen ein paar Filmchen, um Ihnen auf die Sprünge zu helfen. Sie haben Ihren Kollegen Bernd Körber gestern mehrfach getroffen, nachdem Sie ihm durch die halbe Stadt gefolgt sind. Jemand hat Körber betäubt, bevor er seinen Wagen in den Fischereikanal schob. Das Gutachten des Gerichtsmediziners ist eindeutig. Eine kleine Spritze, und fertig. Gifte und ihre Dosierung muss man kennen, gewöhnliche Gangster greifen zu anderen Methoden.«

»Was wollen Sie wissen?« Weißenfels lenkt scheinbar ein. »Stellen Sie Ihre Fragen, aber bedenken Sie, dass ich Geheimnisträger der Bundesrepublik Deutschland bin. Wenn ich kann, antworte ich.« Herablassendes Grinsen.

»Weshalb sind Sie in Grado?«

»Ich sagte es Ihnen bereits. Wegen der Sicherheitskonferenz

anlässlich der Zeremonie der Regierungschefs an diesem Mausoleum.«

»Am Sacrario von Redipuglia. Die Konferenz ist morgen, und zwar in Triest. Sie sind den dritten Tag hier.«

»Ich müsste längst weg sein.«

»Was tun Sie in Grado?«

»Dienstliche Besprechung mit Herrn Direktor Körber.«

»Worüber?«

»Das fällt unter meine Schweigepflicht.«

»Wie viel Bargeld führen Sie mit sich?«

»Alles, was Sie in meinem Portemonnaie finden.«

»Haben Sie von Körber Geld entgegengenommen?«

»Warum?«

»Kennen Sie Josip Mirković?«

Weißenfels schaut sie nachdenklich an und mahlt mit dem Kiefer, als modelliere er seine Antwort, bevor er sie ausspuckt, doch dann schluckt er sie runter.

»Wenn Sie wollen, dürfen Sie vor der Fortsetzung der Vernehmung gerne die Aufnahmen der Überwachungskameras ansehen. Sowohl vor der Enoteca wie auch auf der Piazza XXIV Maggio scheinen Sie und Mirković alles andere als Fremde zu sein.«

»Ich habe dienstlich mit dem Mann zu tun.«

»In welcher Angelegenheit?«

»Dienstgeheimnis.«

»Haben Sie von Mirković Geld entgegengenommen?«

»Warum sollte ich, Commissario?«

»Dienstgeheimnis«, feixt sie. »Wie oft haben Sie ihn gestern getroffen?«

»Die beiden Male, die Sie genannt haben.«

»Sie lügen.«

»Ich habe vergessen, dass Mirković zur Frühstückszeit auch im Hotel war und vor mir mit Körber gesprochen hat.«

»Gestritten, wollen Sie sagen.«

»Ich habe nicht zugehört.«

»Woher kennen die beiden sich?«

»Dienstlich.«

»Was hat der BND mit der Hafenbehörde in Rijeka zu tun?«

»Stellen Sie eine offizielle Anfrage.« Weißenfels lehnt sich auf seinem Stuhl zurück, um Gelassenheit vorzuspielen.

»Vor Kurzem hat ein Frachtschiff namens EARLY SUN hier Flüchtlinge aus dem Nahen Osten abgesetzt. Es wurde beschlagnahmt. Aufgrund diplomatischen Drucks Ihres Landes, Major, mussten wir es wieder freigeben. Seine nächste Station war der Hafen von Rijeka. Körber war zeitgleich in Rijeka. Das ergibt die Analyse der Funkzellen. Was hat die EARLY SUN in Rijeka geladen?«

»Selbst wenn ich es wüsste, fiele es unter das Dienstgeheimnis.«

»Nach unseren Auskünften hält das Schiff derzeit Kurs auf İskenderun, den letzten türkischen Hafen vor der syrischen Küste. Dort hat es im Übrigen vor knapp zwei Wochen auch die Flüchtlinge an Bord genommen. Sie wissen selbst, dass der Schiffsverkehr dank dem automatischen Informationssystem AIS nahezu transparent ist.«

»Würde ich alle Details von Körbers Aufgaben kennen, könnte ich seine Arbeit selbst erledigen. Wissen Sie etwa, was Ihre Kollegen in Mailand im Moment machen?«

»Warum Mailand?«

»Weil mein Büro sich in Berlin befindet, Körbers aber an unserem Stammsitz in Pullach bei München. So viel dazu.«

Die Tür des Büros wird geöffnet, ein Beamter gibt Refolo ein Zeichen, worauf dieser sich entfernt.

»Was hatten Sie zwei Tage in Grado zu tun, Weißenfels?«

»Ich sage es noch einmal: Ich berufe mich auf meine Schweigepflicht.«

»Sie haben sich auch am Fischereikanal aufgehalten. Was haben Sie dort getan?«

»Auch das sagte ich Ihnen schon: Grado ist nicht so groß, dass ein Spaziergänger sich nicht dahin verirren kann. Ich habe gesehen, wie Körbers Wagen geborgen wurde. Da habe ich selbstverständlich nicht weggesehen.«

»Vorher waren Sie nicht dort?«

Weißenfels presst die Lippen zusammen und schüttelt den Kopf.

»Die Videoaufzeichnungen der Überwachungskameras erzählen eine andere Geschichte.«

»Ich spreche nicht mehr länger mit Ihnen. Lassen Sie das die Ministerien miteinander verhandeln. Ich habe eine ganze Menge Termine heute.«

»Komisch, dass sich bis jetzt noch niemand aus Deutschland für Sie stark gemacht hat. Sie haben doch Bescheid gesagt?«

Weißenfels schweigt. Refolo kommt herein und flüstert seiner Vorgesetzten ins Ohr. Sie schaut ihm kurz prüfend in die Augen.

»Major Weißenfels, Chefinspektor Refolo wird Sie jetzt mit in sein Büro nehmen, den Staatsanwalt verständigen und einen Übersetzer anfordern, damit er das Verhör auf Italienisch vornehmen und protokollieren kann. Sie müssen sehr geduldig sein, es wird dauern. Wie ich bereits erwähnte, noch handelt es sich um eine Zeugenaussage. Es kann aber deutlich unangenehmer für Sie werden. Also, überlegen Sie es sich.«

Der Major glotzt Xenia verdutzt an. »Sie übernehmen sich, das schwöre …«

»Ich habe jetzt zu tun«, unterbricht sie ihn barsch und wendet sich den Akten auf ihrem Schreibtisch zu. »Übrigens bleibt Ihr Pass so lange bei mir.«

Refolo nickt und nimmt ihre Anweisungen entgegen. Er

grinst über das ganze Gesicht, als er hinausgeht. Weißenfels bringt er in das Vernehmungszimmer mit dem vergitterten Fenster.

Natürlich rief der Präfekt in dem Moment an, als Xenia sich über die ausbleibende Unterstützung des Majors durch die Deutschen mokiert hatte. Immer wieder passiert ihr das, als wären manche Gedanken mehr als logische Vorahnungen. Als könnte sie kraft ihres Willens selbst etwas auslösen. Xenia soll den Mann sofort freilassen, lautet der Befehl des Ministeriums. Doch so einfach wird sie es Weißenfels nicht machen.

»Das Programm steht. Wenn Sie wollen, können wir loslegen.« Molinari sieht müde aus, aber er lächelt triumphierend, als sie ihm gegenüber an seinem Schreibtisch Platz nimmt. »Schlafen kann ich später, so viel ich will.«

»Einen Augenblick, Kollege. Zuerst besprechen wir in Ruhe die Details. Ich hab vergessen, wie viel Zucker du nimmst.« Sie hantiert an der Kaffeemaschine und tritt mit ihrer Tasse ans Fenster, von wo sie die Mole und den Anleger der Ausflugsschiffe übersieht. Die Menschen warten in Trauben darauf, durch die Lagune geschippert zu werden. »Können wir ihn orten, falls er auf mich reinfällt?«

»Der Kollege sagt Ja. Aber es dauert ein bisschen, bis die Koordinaten von mindestens zwei Antennen vorliegen.«

»Ich bitte das Kommissariat in Monfalcone um Verstärkung durch drei Beamte. Sechs Leute in Zivil müssten reichen. Er ist garantiert bewaffnet und in Begleitung des zweiten Mannes, der ebenfalls mit einer Pistole umgehen kann.«

Grado, Isola della Schiusa. B & B Nontiscordardimé.

Erst als er den kleinen Fernseher auf seinem Zimmer einschaltet, wird Miloš klar, weshalb er die Kommissarin nicht mehr zu Gesicht bekommen hatte. Die Spätnachrichten zeigen Aufnahmen vom Fischereikanal, Körbers Passfoto, sein Auto und die Polizistin im viel zu leichten Kleidchen, die sich barfuß entfernt.

Den ganzen Tag war er ziellos durch Grado geschlendert. Grübelnd war er den Menschen ausgewichen und hatte immer versucht, den Grund für Clarissas Tod zu entschlüsseln. Mirković in Rijeka gesehen zu haben war kein guter Vorbote gewesen. Doch warum hätte Clarissa in das Hafengelände eindringen sollen? Welches Motiv mochte seine Freundin gehabt haben, dort die Fotos von dem Schiff und den Männern zu schießen, die auf dem Chip gespeichert waren?

Die unveränderbaren Angewohnheiten der deutschen Feriengäste waren ihm schließlich entgegengekommen. Schon um 18 Uhr fand Miloš einen Platz im Innenhof einer einfachen Trattoria in der Altstadt, wo er eine große Portion panierter Sardellen und Calamari fritti verschlang und dazu einen Liter offenen Weißwein hinunterkippte. Die anderen Tische waren von aufgeregten Familien in Urlaubslaune belegt, während er alleine schweigend am Katzentisch saß.

Wenn er in letzter Zeit mit Clarissa essen gegangen war, erreichten ihre Gespräche auch oft den Nullpunkt. Und auf seine Fragen nach dem Grund hatte sie nicht geantwortet. Doch konnte Miloš es sich nicht vorstellen, dass sie im Stillen ganz anderen Zielen folgte als ihren Aufträgen als Fotografin. Was also war wirklich in Clarissa vorgegangen? Noch immer konnte er nicht glauben, dass sie tot war.

Miloš bezahlte und ging ziellos durch die bevölkerten Gassen, bis er irgendwann am Tresen des Lokals der *Associazione*

Nazionale Marinai d'Italia in Congedo in der Calle Toso stand und noch ein Glas Wein verlangte. Die pensionierten Seeleute waren gute Trinker, doch er lehnte jedes Gespräch ab und erinnerte sich an den Besuch mit Clarissa am Anfang ihrer Reise bei seinen Eltern im istrischen Piran. Sein Vater hatte versucht, Miloš von Berlin abzubringen.

»Ich bin sowieso dafür, dass du nach Piran zurückkommst«, sagte Jure Ban. »Berlin tut dir nicht gut, und wir bauen dann das Bed & Breakfast aus. Damit verdienst du mehr als mit den Übersetzungen. Deine Deutschkenntnisse kannst du hier zu barer Münze machen, wenn du nebenbei noch ein paar Führungen anbietest, Ausflüge, Bootsfahrten und so weiter. Und im Winter hast du genug Zeit für anderes.«

»Wärmer als in Berlin ist es hier auch. Der Wein und das Essen sind ohnehin besser«, pflichtete seine Mutter Marija eifrig bei.

»Schöner ist es natürlich, als in Berlin auf die grauen Fassaden der Häuser zu glotzen«, gab Miloš beim Blick übers Meer zu. »Aber sonst? Ich möchte Clarissa nicht verlieren.«

»Miloš, bleib hier«, insistierte Jure. »Seit zwanzig Jahren bist du dort. Fehlt dir das Meer nicht? Und die Sonne? Hier hast du alles, was du brauchst. Das bessere Leben. Und nettere Frauen gibt es, so viele du willst. Warum hängst du so an diesem Panzer?«

»Ich lebe inzwischen länger in Deutschland als sonst wo. Berlin ist Berlin. Freunde, Kultur, Großstadt. Soll ich das alles aufgeben?«

»Wir haben jenseits der Grenze noch viele Hektar Land. In Kroatien. Seit Generationen. Derzeit ernten dort andere den Wein und die Oliven. Du könntest dich um die Vermietung der Zimmer und die Touristen kümmern. Deutsche Touristinnen findest du, so viel du willst. Da hast du Kultur. Und du baust dir eine Zukunft auf.«

In der Nacht hatte er Clarissa vom Vorschlag seiner Eltern erzählt und gesagt, sie könne doch auch von der Adria aus arbeiten. Sie hatte ihn für verrückt erklärt und behauptet, nie ginge sie länger von Deutschland weg, wo es einem doch an nichts fehle, solange man unter sich bleibe. Sie sei eine echte Berlinerin, eine Deutsche. Und er? Miloš bezeichnete sich als Istrier in Berlin, weil es Jugoslawien nicht mehr gibt, und zu seinen Vorfahren auch Italiener, Österreicher, Montenegriner und Serben gehörten. Slowene oder Kroate allein träfe es aber noch weniger. Der ganze Nationalitätenkram sei nichts wert. Sie waren im Unfrieden zu Bett gegangen.

Trotz des vielen Weins bleibt sein Schlaf auch in der zweiten Nacht im B & B *Nontiscordardimé* unruhig. Zu viele Bildfetzen ziehen vorbei, zu viele Zweifel und Erinnerungen. Seit er vor über zwanzig Jahren für die Kroaten in den Krieg ziehen musste, weiß Miloš Ban, dass man einen Grad an Müdigkeit erreichen kann, von dem man sich unmöglich durch einen langen, ruhigen Schlaf erholt. Das Fenster weit geöffnet, die Vorhänge zugezogen, dringen entfernte Bootsgeräusche mit dem sanften Luftzug zu ihm herein. In seiner Kindheit hatten ihn das Meeresrauschen und die Schiffsmotoren beruhigt und in den Schlaf gewiegt. Heute gelingt es ihm nicht, sich ihnen hinzugeben. Er steht auf, schiebt die Vorhänge beiseite und wirft einen Blick auf die Straße. Der Duft von Kaffee zieht von der Bar im Erdgeschoss herauf, er hört Tassen und Löffelchen klappern. Er duscht lange und zieht sich an, kämmt seine dicken Locken so gut er kann und geht hinunter. Die Zimmerwirtin gießt die üppigen Rosen und fetten Geranien im Vorgarten und will ihn in ein Gespräch verwickeln. Sie sei Witwe, ihr Mann Fischer gewesen und vor langer Zeit nicht mehr vom Meer zurückgekehrt. Ihre beiden Kinder und die Enkel lebten anderswo und kämen höchstens einmal im Jahr zu Besuch. Sie habe das Haus zur Pension umgewandelt, um gelegentlich ein bisschen Gesellschaft zu haben. Miloš lächelt ihr verbindlich zu, murmelt von Frühstück und schlendert zu der kleinen Bar, wo er der einzige Gast ist.

Grado, Isola della Schiusa. Kommissariat.

»Hier spricht Clarissa Waisz.« Xenia spricht ihr Deutsch betont langsam aus, mit weichem R.

Obwohl er sogleich abnahm und sich mit einem knappen Ja meldete, zögert Mirković zu lange mit der Antwort. Xenia hört nur die Hintergrundgeräusche. Den Lärm zurückdrehender Schiffsschrauben und ein paar Kommandos, die nur von einem Anleger stammen können. Diese Geräusche hört sie täglich.

»Und?«

»Mit wem spreche ich?«

»Das weißt du ganz genau, du Dreckstück. Woher hast du diese Nummer?«

Molinari hört am Computer mit und starrt wie gebannt auf das Ortungsprogramm, das den Gesprächsteilnehmer noch nicht erfasst hat.

»Nennen Sie Ihren Namen.« Die Kommissarin bemüht sich, jeden verräterischen Akzent zu unterdrücken. »Ich will sicher sein.«

Wieder verzögert sich seine Antwort. »Namen sind Schall und Rauch.«

Sie hört das metallene Geräusch einer Gangway, die von einem Boot auf die Mole geschoben wird, winkt ihren Kollegen zu sich und tritt ans Fenster.

»Können wir uns sehen?«, fragt sie verhalten.

Molinari zeigt mit dem Finger zum zweihundert Meter entfernten Anleger des Linienschiffs, das Grado im Sommer dreimal täglich mit Triest verbindet. Xenia nickt. Mirković steht mit dem Telefon am Ohr abseits an Land gehender Badegäste. Sein Skipper observiert wie ein Leibwächter die Umgebung. Eine halbe Stunde macht der DELFINO VERDE vor der Rückfahrt Pause.

»Hat es dir bei uns gefallen?«

Die Kommissarin ringt nach Sätzen, mit denen sie das Gespräch verzögern kann. »Es wird Sie interessieren, was ich zu sagen habe.«

»Was du nicht sagst. Wo bist du?«

Molinari gibt ein Zeichen, dass die Zivilbeamten sich in der Umgebung positioniert haben. Xenia kann sie sehen, doch wegen der vielen Touristen ist das Risiko einer Schießerei nicht zu verantworten. Sie bedeutet dem Kollegen, dass sie auf keinen Fall zugreifen sollen.

»Wann können wir uns sehen?«

»Das hängt davon ab, wo du bist.«

»Ich habe Sie in Grado gesehen.«

»Du bist vielleicht ein Schätzchen. Reist du mir etwa hinterher?«

»Ich kriege Sie, Mirković, doch ich biete Ihnen ein Geschäft an, das Sie interessieren wird.«

»Was du nicht alles weißt.«

»Ich weiß noch mehr. Es wird Ihnen kaum passen, wenn es andere erfahren.«

»Rück endlich raus damit.«

»Nicht am Telefon. In zehn Minuten vor der Pension *Nontiscordardimé* auf der Isola della Schiusa.«

»Du spinnst, du Nutte.«

»Ich bin allein. Kommen auch Sie allein.«

Die Kommissarin legt auf, bevor Mirković verhandeln kann.

»Was, wenn er nicht darauf reinfällt?« Molinari schaut sie fragend an.

»Dann greifen wir ihn dort drüben auf, sobald sich die Touristen verzogen haben. Sag Refolo, er soll Weißenfels rauswerfen. Er soll sich aber die Rückgabe seiner Dokumente quittieren lassen. Wir müssen ihn ohnehin ziehen lassen. Vielleicht ist es ganz gut, wenn die beiden sich begegnen. Am besten, er schickt ihn erst einmal in die falsche Richtung. Dass er auf einer Insel ist, merkt er frühestens am Ende der Straße.«

Triest, Piazza San Giovanni. Büro im Piano nobile.

Im Senat stehen keine wichtigen Abstimmungen an, Romana Castelli de Poltieri fliegt doch nicht nach Rom, sie darf jetzt die Kontrolle nicht verlieren. Mehrere Interviews in den Regionalmedien, die sie anstoßen konnte, waren wunschgemäß verlaufen. Es war ihr gelungen, die Vorwürfe der deutschen Presse zu zerstreuen. Sie wird bald weitere Vorstöße zu einer Justizreform unternehmen. Die Unabhängigkeit der Staatsanwaltschaft muss endlich beschnitten werden und ihre Vertreter haftbar dafür gemacht werden, wenn sie zu Unrecht Anklagen erheben. Warum soll Italien das einzige Land in der Europäischen Union sein, in dem die Politik kein Weisungsrecht hat? Ein schwerer Wettbewerbsnachteil und ein erhebliches Imageproblem für das Land. Auch die Berichterstattung über laufende Verfahren muss drastisch eingeschränkt werden.

Romana sitzt an ihrem Schreibtisch an einer Liste für den Empfang nach der Sicherheitskonferenz, bei dem sie ihr Treffen mit der Kanzlerin erwähnen wird. Es wird Aufsehen erregen unter den Gästen. Die Terminbestätigung wurde von Berlin trotz der negativen Presse nicht zurückgenommen. Die Einladungen hat Carletto längst abgearbeitet und so gut wie keine Absagen erhalten. Nur wenige ließen sich entschuldigen, aus nachvollziehbaren Gründen, die er alle überprüft hat. Lediglich der Leiter der Konferenz, Ministerialdirigent Nicola Bonanni, machte sich nicht einmal die Mühe einer Antwort. Der Sprung auf den Chefsessel der OSZE in der Hofburg in Wien ist zum Greifen nahe, und die Berichterstattung über ihr Einvernehmen mit der mächtigsten Frau der Welt wird ihre Position untermauern.

Als Carletto im Vorzimmer zu hören ist, greift sie zum Telefon und ruft ihn herüber. Er steht erwartungsvoll vor ihrem Schreibtisch.

»Du bist spät dran heute. Wo warst du?«

»Gestern wurde es spät. Eine lustige Runde unter Freunden samt Feuerwerk. Du hast mir nicht gesagt, dass du mich gleich am frühen Morgen brauchst.«

»Bockmist hast du verbrochen. Ich hab's in den Morgennachrichten gesehen. Ich habe dir von Anfang an gesagt, dass die Pipeline eine Nummer zu groß für euch Idioten ist.«

»Der zweite Zünder war zu weit entfernt und ist nicht losgegangen. Es wäre ein Spektakel geworden.«

»Warst du etwa selbst dort?« Ihre Stimme gleicht einem Kugelblitz vor dem Donnerschlag.

»In der Nähe. Ich hab den Knall am Telefon gehört.«

»Noch einmal, Carletto, ich habe kein Problem damit, mich öffentlich von dir zu distanzieren, wenn es nötig wird. Ich habe dir explizit gesagt, dass ihr euch was Neues einfallen lassen sollt, gegen ganz Europa. Nicht nur gegen Deutschland. Und das hier war dilettantisch. Habt ihr wirklich geglaubt, dass eine wichtige Pipeline so leicht zu sabotieren ist? Du hast nicht ein Gramm Verstand in deinem Kopf. Und jetzt setz dich endlich, damit wir die Liste für morgen besprechen können.«

Die Häppchen des Caterings, die Getränke, die Blumendekoration und die Eintrittskontrolle, die ein breitschultriger Mann im Anzug zusammen mit einer adretten jungen Frau im kurzen Röckchen übernehmen wird. Sie müssen die Namen auf der Liste überprüfen, damit sich keine unerwünschten Personen einschleichen. Journalisten sollen ihrem dreckigen Geschäft auf der Straße nachgehen. Für den Service will Romana ausschließlich attraktive junge Frauen. Und sie braucht ein Mikrofon. Allein die Konferenzteilnehmer machen fünfzig Personen aus, dazu Parteifreunde und der eine oder andere Industrielle oder Bankier.

»Konntest du mir das nicht schon gestern sagen?«, fragt Carletto zerknirscht. »Das ist unglaublich viel Arbeit für so kurze Zeit.«

»Und schon bist du am Jammern. Du hast doch sonst nichts zu tun.«

Stumm notiert er ihre Angaben. Er wird den ganzen Tag beschäftigt sein.

»Wenn du das nicht Punkt für Punkt erfüllst, hast du die längste Zeit für mich gearbeitet. Ist dir das klar? Es wird Zeit, dass du dich an die Arbeit machst.«

Er zieht die Tür zu ihrem Büro nachdrücklich ins Schloss und setzt sich ans Telefon.

»Ich muss unser Treffen verschieben«, flüstert er, ohne seinen Namen zu nennen.

»Spinnst du? Ich brauche das Geld jetzt.« Die Stimme des anderen ist so laut, als hätte er den Lautsprecher am Telefon eingeschaltet. »Was soll das heißen?«

»Das heißt, du musst bis heute Abend warten. Das gilt für euch beide. Vorher bin ich beschäftigt. Versucht bloß nicht, hier vorbeizukommen.«

Grado, Isola della Schiusa. B & B Nontiscordardimé.

Das kleine Blümchen trägt in allen Sprachen, die er beherrscht, einen so langen Namen: Nontiscordardimé auf Italienisch, Vergissmeinnicht auf Deutsch, Nezaboravak heißt die Pflanze auf Kroatisch, Spominčica in Slowenien, Erinnerdichanmich. Forget-me-not und Ne m'oubliez pas.

Miloš sitzt an einem Tischchen auf dem Gehweg vor der Bar im Erdgeschoss des B & B und trinkt in kleinen Schlucken den zweiten Latte macchiato. Die Lokalzeitung mit der Doppelseite über Körbers Tod will er soeben beiseitelegen, als er seinen Augen nicht zu trauen glaubt. Aus dem Kommissariat tritt der norddeutsche Schnösel, den er noch gestern Vormittag mit Körber in der Stadt gesehen hat. Mit wütendem Schritt entfernt er sich. Rasch versteckt sich Miloš hinter der Zeitung. Wenn Weißenfels in die Stadt will, denkt er, kommt er nicht weit. Die einzige Brücke zum Zentrum liegt in der entgegengesetzten Richtung. Dann sieht er genau von dort eine Silhouette näher kommen. Den martialischen Gang kennt er seit sehr Langem. Nur trug sie vor zwanzig Jahren ein schweres Sturmgewehr, eine Wieger 940.

Im Schatten eines Hauses schräg gegenüber erkennt Miloš zwei Männer, die er unschwer als Polizisten in Zivilkleidung ausmacht. Wie immer sportlich gekleidet, weite, über den Jeans getragene Hemden, Sneakers. Dem aufmerksamen Beobachter muss es geradezu ins Auge fallen.

Vier weitere Köpfe tauchen jetzt auf dem Brückenbogen auf und mit jedem Schritt, den sie sich nähern, auch die dazugehörigen Schultern, dann die Oberkörper, bis sie ganz sichtbar sind. Einer ist wie Mirković gekleidet und näher an ihm dran als die anderen, die mit großem Abstand folgen. Von der anderen Seite kommt Weißenfels zurück, der seinen Irrtum erkannt und umgedreht hat. Der Abstand wird immer kleiner.

Verdammt, wenn es hier zur Konfrontation kommt, sitzt Miloš mittendrin. Bewaffnet sind sie alle. Er zögert, ob er sich besser in die Bar verziehen soll, doch er lässt sich lediglich tiefer in den Stuhl sinken. Inzwischen überquert ein schwarzer Range Rover die Brücke, überholt die Männer und hält direkt vor dem Kommissariat. Valerio Alfieri steigt aus, öffnet das Tor. Er parkt im Hof und hilft einer Frau mit kurzen schwarzen Haaren und Krücken heraus.

Nun kommt auch noch die Kommissarin aus dem Büro und läuft auf die Straße.

Der Major ist keine fünfzig Meter mehr entfernt, als Mirković auf der anderen Straßenseite am Kommissariat vorbeischlendert und die Bar anzusteuern scheint, vor der Miloš sitzt, der sich nach einem Fluchtweg umsieht. Mirković ist keiner, der verzeiht. Vor Miloš' Augen hatte er damals einen Soldaten abgeknallt, der davonlief. Zwei Schüsse in den Rücken, ohne Vorwarnung, dann eine Kugel in den Kopf.

Mirković stoppt, als sein Blick auf die Schwarzhaarige fällt, die zaghaft den Fuß auf den Asphalt setzt. Er zieht seine Waffe und legt an. Jetzt erkennt auch Miloš sie.

»Clarissa!«, schreit er auf und wirft sich mit drei mächtigen Sätzen auf Mirković, als der den Finger am Abzug krümmt. Er versucht, sich sofort wieder hochzurappeln und sich erneut auf ihn zu stürzen.

Die Kugel verfehlt Clarissa knapp und durchlägt die Seitenscheibe des Range Rovers, die in tausend Scherben zersplittert. Mirković taumelt vom Aufprall, hebt seine Waffe und drückt erneut ab. Ein stechender Schmerz wirft Miloš zu Boden. Als hätte ihm jemand mit dem Vorschlaghammer einen langen Nagel ins Fleisch getrieben. Wieder blickt er in den Lauf der Pistole.

»Es ist aus, du dreckiger Deserteur. Ich habe dich schon in Rijeka erkannt.«

Im Bruchteil einer Sekunde ändert Mirković mit einer halben Drehung das Ziel und drückt ab. Er lässt seine Pistole fallen, torkelt, sein linkes Bein bricht weg. Er klatscht zu Boden, versucht aufzustehen. Ein weiterer Schuss fällt. Mirković sackt endgültig zusammen. Blut und Hirnmasse sickern aus einer Wunde am Hinterkopf.

Miloš will sich aufrichten, er sieht Mirkovićs Begleiter auf dem Bauch am Boden, zwei Zivilbeamte knien auf ihm, seine Pistole liegt auf dem Asphalt. Sie fesseln seine Hände auf den Rücken. Plötzlich stehen zwei lange Beine in schwarzen Jeans vor Miloš, langsam hebt er den Blick. Die Kommissarin steckt ihre Waffe ins Holster.

»Clarissa!«, schreit er noch und verliert das Bewusstsein.

Inspektor Refolo tritt aus dem Kommissariat und überquert die Straße. Aus der Ferne sind die Sirenen der Rettungswagen zu hören.

»Weshalb sind Sie noch hier, Major? Ich habe Sie doch soeben entlassen.«

»Haben Sie nicht begriffen, dass Sie mir keine Vorschriften machen können?«

»Folgen Sie mir. Sie sind Augenzeuge«, befiehlt Chefinspektor Refolo. »Sieht ganz danach aus, als seien Sie immer zur falschen Zeit am falschen Ort. Und selbstverständlich haben Sie mit nichts etwas zu tun.«

»Man sollte einen Fehler nicht wiederholen. Ich reise auf der Stelle ab.«

»Sie stehen unter Arrest, machen Sie keine Probleme.«

Als Refolo ihn die Treppen zum Kommissariat hinaufführt, hält hinter ihm ein Rettungswagen. Miloš erlangt sein Bewusstsein wieder, als der Sanitäter seinen Atem und den Puls prüft, dann das T-Shirt aufschneidet.

»Hören Sie mich?«

Der Mann legt einen Pressverband an und setzt eine Nadel.

»Lassen Sie mich, mir fehlt nichts.«

Der stechende Schmerz zwingt ihn auf den Asphalt zurück.

»Nur ein Loch in der Schulter.«

»Miloš. Was machst du hier?« Es ist Clarissas Stimme. Sie beugt sich über ihn. »Du darfst nicht sterben. Ich brauch dich doch, du Trottel.« Tränen laufen über ihr Gesicht, als sie sich neben ihn kniet. Ihre Hand fasst nach seiner Wange.

»Wo sind deine Haare?« Seine Stimme ist matt. Und doch versucht er zu lächeln.

»Alles wird gut, Mili.« Hinter Clarissa steht Valerio Alfieri.

»Wir können ihm besser helfen, Signora.« Der Sanitäter lässt sich nicht irritieren. Mit geschultem Griff stabilisiert er den Verletzten, Alfieri nimmt die aufgelöste Clarissa am Arm, hilft ihr aufzustehen und schiebt sie zur Seite.

»Ich komme mit«, schluchzt Clarissa, als Miloš auf die Bahre verfrachtet wird.

Der erste Sanitäter schüttelt den Kopf und wehrt sie ab.

»*Verboten.*« Sein R rollt, es ist wohl das einzige deutsche Wort, das er kennt.

Mirkovićs Bodyguard wird auf eine Bahre gehievt. Auch er hat Kanülen im Arm, sein Handgelenk ist am Gestänge festgezurrt. Ein Polizist steigt mit ein.

»Er packt das«, sagt einer der Sanitäter.

»Wo ist das Geld?« Xenia beugt sich über den Skipper.

»Welches Geld?«, zischt er gehässig und mit schmerzverzerrtem Gesicht.

»Du kannst nur gewinnen, wenn du redest. Stell dir vor, der Rettungswagen verfährt sich, und du verblutest langsam.«

»Frag Weißenfels.«

Mehr kann sie ihm nicht zumuten. Die Kommissarin gibt den Sanitätern ein Zeichen. Die Zivilpolizisten stehen schweigend beisammen, als die Sirene erklingt und das Fahrzeug sich in Bewegung setzt.

»Wer von euch hat *nicht* geschossen?«, fragt sie die Beamten.

Bis auf Renato Rossi heben alle den Arm.

»Rossi bleibt hier. Die Angelegenheit wird von Kollegen eines anderen Kommissariats untersucht. Wir können nicht in eigener Sache ermitteln.«

»Schade, bei Ihrem Verhältnis zum Chef. Hoffentlich schickt er nicht seine eigenen Leute.«

Xenia setzt auf Bonannis Einfluss, der Mord an Körber passt nicht in die gängigen Muster, hier geht es um Aktivitäten des deutschen Geheimdienstes in Italien. Selbst wenn sie diese aufdecken könnte, würden sie kaum an die Öffentlichkeit dringen.

Xenia übernimmt wieder das Kommando. »Zwei von euch fahren ins Krankenhaus. Ihr könnt später aussagen. Lasst keinen der beiden aus den Augen. Niemand darf zu ihnen, außer Ärzte und Krankenpfleger. Meldet euch, falls ihr Verstärkung braucht. Die anderen sperren die Straße ab, ich will hier keine Gaffer sehen. Und keine Journalisten.«

Alfieri hält Clarissa im Arm, die ihren Kopf in seiner Schulter vergräbt, als versuche sie, sich zu verstecken. Vor Miloš, vor Xenia, vor sich selbst. Ihr Körper zuckt mit jedem Schluchzen, während er mit schiefem Grinsen seine Nobelkarosse betrachtet, die mit zerschossenem Fenster und einem Loch im Kotflügel perfekt zu seinem Aufzug passt.

»Brauchen Sie uns noch, Commissario?« Seine Stimme ist verschwörerisch leise.

»Fragen Sie das im Ernst?« Xenias Blick ist unerbittlich, neben ihr bedeckt ein Kollege Mirkovićs Leichnam mit einem Tuch.

»Und der hier?« Sie hebt wütend die Stimme. »Weshalb wollte er Sie erschießen, Frau Waisz?«

Alfieri antwortet an Clarissas Stelle. »Sie war zur Kontrolle beim Arzt.«

»Was glauben Sie eigentlich, wer Sie sind? Sie bleiben beide hier. Sie sagen aus. Und tun Sie nicht, als hätten Sie mit alldem nichts zu tun. Was treiben Sie wirklich auf der Insel, Alfieri? Warum verheimlichen Sie, wer Ihr Gast ist? Das hat doch erst zu dieser Schießerei geführt. Molinari, nimm sie mit!«

»Glaubten Sie etwa, ich sei tot?«, schnieft Clarissa trotzig.

Xenia wendet sich abrupt ab und geht zu Rossi.

»Hast du ihm den Kopfschuss verpasst?«

Der Polizist schüttelt den Kopf. »Das waren doch Sie selbst, Commissario.«

Xenia hebt die Hand. »Drei Schüsse: Handgelenk, Kniescheibe, Schultergelenk.«

»Und ich habe den Leibwächter mit dem ersten Schuss ausgeschaltet. Er war eine Zehntelsekunde zu schnell. Meinen Sie, sein eigener Mann hat ihn erledigt?«

»Die Ballistik wird's zeigen und unsere Überwachungskamera auch.«

»Hoffentlich. Sie hätte längst gewartet werden müssen, Commissario.«

Es ist der falsche Moment, um sich aufzuregen. Jetzt zählt es, Einigkeit zu bewahren, um nicht wie ihr großer Bruder Floriano im Prozess gegen Carletto Castelli de Poltieri durch den reinen Glauben an das Gute in die Falle zu gehen. Und es gilt, die Fälle penibel auseinanderzuhalten.

Refolo und Molinari waren während der Schießerei im Kommissariat gewesen, fünf Zivilbeamte und Xenia draußen, außerdem Weißenfels, Mirković und sein Skipper sowie Miloš Ban. Und Alfieri kam mit Clarissa Waisz dummerweise in dem Moment an, als Xenias Falle zuschnappen sollte. Sie hätte die Straße sperren lassen sollen, nachdem Mirković über die Brücke gekommen war. Auf jeden Fall ist es ein und derselbe Sachverhalt aus zwölf unterschiedlichen Perspektiven.

Noch immer steht Xenia neben der abgedeckten Leiche, das Tuch wird von der leichten Brise immer wieder angehoben. Solche Rettungsdecken hatten sie im Morgengrauen am Busbahnhof an die Flüchtlinge verteilt. Doch hier ist niemand mehr zu retten, nur die Lebenden sind vor dem Anblick des Todes zu schützen. Sie sucht zwei Steine, um die Folie zu beschweren. Einer der Zivilpolizisten meldet, die Brücke sei inzwischen abgesperrt. Xenia weist alle an, ins Kommissariat zu gehen, als die Nummer des Polizeipräsidenten auf dem Display aufleuchtet.

»Zannier, die Kriminaltechniker sind auf dem Weg«, platzt er sofort heraus. »Staatsanwalt Percoraro und seine Kollegen aus Triest werden den Vorfall untersuchen. Eine Anweisung der Direktion in Rom. Wie zum Teufel haben Sie das gemacht? Sie treffen in Kürze bei Ihnen ein. Fassen Sie nichts an, verändern Sie nichts und versuchen Sie niemanden um den Finger zu wickeln.«

»Wie üblich, Questore Falsariga«, kommentiert die Kommissarin, als wäre sie täglich in Schießereien verwickelt.

»Sachlich bleiben, Zannier. Und lassen Sie Weißenfels umgehend laufen. Ich bekomme Ihren Rapport als Erster, damit das klar ist.«

Xenia legt ohne Antwort auf. Weißenfels kann nur Probleme bereiten, wenn sie darauf nicht vorbereitet ist. Auch er hat seinen schwachen Punkt, den sie finden muss. Bevor er mit dem Rettungswagen abtransportiert wurde, hatte Mirkovićs Bodyguard auf ihre Frage nach dem Verbleib von Körbers Geld auf Weißenfels verwiesen. Sie geht ins Kommissariat zu Molinari, der über seinem Bericht brütet.

»So einfach ist es nicht, damit nichts auf uns zurückfällt«, sagt er. »Er brauchte doch ein Motiv, um hier aufzutauchen.

Und auch, dass wir in dem Moment auf der Straße waren. Er würde noch leben …«

»… wenn er nicht geschossen hätte. Den Rest wissen nur wir beide, Molinari. Vermutlich wollte er sich sein Schiff mit Gewalt zurückholen. Wo ist Alfieri mit der Deutschen? Ich war von Anfang an dagegen, dass er unseren Hof und den Anleger benutzen durfte. Wir konnten nicht ahnen, dass die mit Mirković verbandelt sind.«

»Nebenan. Ich halte es für besser, sie schmoren zu lassen, bis die Externen kommen und die Zeugenaussagen aufnehmen. Wenn Sie denen jetzt einheizen, kann sie das gegen uns aufbringen.«

»Du hast recht. Sie laufen uns wohl kaum davon. Wir müssen noch einmal die Videos aus der Innenstadt anschauen. Bereite die Mitschnitte vor. Nimmst du deinen Kaffee eigentlich mit oder ohne Zucker?«

Mit der Tasse in der Hand weist die Kommissarin Refolo an, Weißenfels ohne Erklärung rauszuschmeißen. Dann setzt sie sich neben Molinari an den Bildschirm.

»Wonach suchen wir, Commissario?«

»Es muss mehr passiert sein bei den Begegnungen zwischen Körber, Mirković und Weißenfels, als wir bisher wahrgenommen haben. Zuerst stritten sie doch vor der Enoteca noch um den Aktenkoffer, den wir dann im Auto gefunden haben. Weshalb war der dann noch da? Wenn einer von denen oder alle drei zusammen Körber ermordet haben, weshalb haben sie sich dann nicht mehr für den Koffer interessiert? Es wäre ein Kinderspiel gewesen, ihm den abzunehmen, solange er betäubt war. Also, wo ist das Geld, das Körber am Vormittag aus dem Hotelsafe geholt hat?«

Molinari startet die erste Aufnahme. Vor der Enoteca gelingt es keinem seiner Widersacher, sich des Koffers zu bemächtigen und ihn zu öffnen. Der Körperkontakt zwischen

Körber und dem Skipper ist kurz – den Bildern zufolge war der Deutsche trotz seines Alters zu wendig für dessen pralle Muskelgewalt.

Xenia wählt die Nummer des Gerichtsmediziners, der sich nach langem Klingeln äußerst unfreundlich meldet. Sie legt das Gespräch auf den Lautsprecher. Seine Stimme ist so rau, als hätte er die ganze Nacht gekotzt.

»Glauben Sie eigentlich, das Großkommissariat in Grado genieße Vorrang? Ich schlitze eine Leiche nach der anderen auf, spalte Schädelplatten, zersäge Brustkörbe, biege Knochen auseinander, durchwühle die Scheiße im Darm und ertrage den Gestank von vergärendem Essen in den Mägen. Und wenn's dumm kommt, muss ich mich mit Würmern und Larven plagen. Aber Sie glauben, ich hätte auch noch Zeit für alberne Bürokratie. Meine Sekretärin ist im Urlaub. Das ist nicht so wie bei euch däumchendrehenden Bullen. Sie müssen sich gedulden.«

Der Pathologe legt auf, bevor sie den Mund aufmachen kann. Sie betätigt sofort die Wiederholtaste und schießt als Erste los.

»Erstens haben Sie es versprochen, Dottore, und zweitens waren Sie gestern schon am hellen Nachmittag so besoffen, dass Sie froh sein müssen, wenn Sie nicht bald eine interne Ermittlung erwartet. Ich will auf der Stelle wissen, wie viel Alkohol Körber im Blut hatte, Ihre Bestätigung des Gifts samt der Höhe seiner Dosierung, den Zustand der Lunge und alles, was sonst auffällig erscheint.«

»Sie sind die humorloseste Person, die ich kenne, Frau General.« Er knallt den Hörer auf den Tisch. Papierrascheln im Hintergrund und sein unflätiges Fluchen.

»Null Komma acht drei Promille und Propofol in nicht letaler Dosierung. Wäre er nicht abgesoffen, dann wäre er irgendwann mit einem Mordsständer wieder aufgewacht. Das Mittel bereitet feuchte Träume. Ich kenne grausameres Zeug, wegen dem man unter quälenden Krämpfen erstickt und innerlich verblutet. Ein kleiner Einstich am Oberschenkel, nicht am Oberarm, wie Sie behauptet haben. Ich würde dazu eine Einwegspritze verwenden. Und bevor Sie danach fragen, es wirkt sehr schnell. Bei Körbers Statur weniger als drei Minuten bis zum Tiefschlaf. Natürlich hatte er Wasser in den Lungen, beidseitig voll wie eine Wärmflasche. Außerdem: Leberzirrhose im Anfangsstadium. Genügt das fürs Erste?«

»Danke, Dottore. Ich warte auf den schriftlichen Bericht.« Sie legt auf, bevor er antworten kann.

»Sehen wir uns die Aufnahmen an. Der Einstich erfolgte also am Oberschenkel. Wenn es wirklich eine Einwegspritze war, können wir sie vielleicht noch irgendwo finden, falls Müllabfuhr und Straßenkehrer nicht schneller waren. Ruf an, halt sie auf. Hoffen wir, dass sie die übliche Verspätung haben.« Xenia steckt sich am Fenster eine Zigarette an.

Die Kriminaltechniker sind noch am Werk, stellen Schildchen auf, fotografieren die Projektile und lassen sich von einem Kollegen die Positionen der Beteiligten beschreiben. Xenias Gedanken sind bei den Überwachungsaufnahmen. Was hatte die Szene vor der Enoteca zu bedeuten? Körber und Mirković stritten und ließen dennoch eine zweite Flasche Spumante kommen, als hätten sie etwas zu feiern. Weißenfels saß scheinbar unbeteiligt mit dem Rücken zu Körber. Offensichtlich kannte Mirković ihn da noch nicht. Was war in der Zwischenzeit passiert, dass sie sich später am Hafen wiedertrafen? Aufnahmen vom Weg dahin gibt es leider nicht.

Die nächsten Bilder zeigen die Annäherung des Skippers auf der Piazza XXIV Maggio vor dem Hafenbecken. Der Mann versucht, Körber beiseitezuschieben, allerdings geht Weißenfels dazwischen. Mirković hält sich erstaunlicherweise abseits. Der Major spricht Körber an und versucht, ihn am Arm zu fassen. Der wendet sich erschrocken um, dann hellen sich seine Gesichtszüge kurz auf, während er die Wagentür öffnet und einen Augenblick verdeckt wird. Weißenfels' rechter Arm bewegt sich mit einem Ruck. Körber scheint zu straucheln, zieht sich aber auf den Fahrersitz des SUVs, knallt wütend die Tür zu und startet. Er parkt im Rückwärtsgang so heftig aus, dass der Skipper sich gerade noch mit einem Sprung zur Seite retten kann, und überfährt kurz darauf die rote Ampel, wo er abbiegt und aus dem Blickfeld verschwindet. Alle drei gehen ohne Eile in die gleiche Richtung. Der Deutsche hält beträchtlichen Abstand.

»Weißenfels und Mirković machen plötzlich gemeinsame Sache. Leider sieht man nicht, was hinter der Wagentür geschah«, sagt Molinari.

»Und es sieht ganz danach aus, als hätte der Kroate das Kommando. Er lässt die beiden anderen handeln und schaut selbst nur zu. Werfen wir einen Blick auf die Aufnahmen am Kanal.«

»Commissario.« Refolo schaut zur Tür herein. »Alfieri und Waisz haben ausgesagt. Die Frau sieht mitgenommen aus. Sie braucht Ruhe.«

»Im Moment brauche ich sie nicht. Nur darf keiner ohne unsere Genehmigung abreisen. Nehmen Sie ihnen die Pässe ab.«

»Die Frau hat lediglich eine Diebstahlsanzeige von den Kollegen in Bari.«

»Waren Sie bei der Aussage dabei?«

»Beide haben uns entlastet. Alfieri sagt, Sie hätten Mirković nur unschädlich gemacht, Commissario.«

»Das weiß ich selbst.«

»Aber er habe den Eindruck gehabt, es handle sich um eine filmreife Inszenierung. Es kam ihm merkwürdig vor, dass alle zeitgleich da waren.«

»Lassen Sie sie laufen, ohne Papiere kommen sie nicht weit.«

Als Refolo die Tür schließt, startet Molinari die Aufnahmen vom Fischereikanal.

»Die wussten genau Bescheid. Man sieht nur ihre Hände am Wagen, aber die Haut des einen ist etwas dunkler als die des anderen.«

»Das kann am Licht liegen. Geh zu der Stelle, wo sie in der Seitenstraße verschwinden, nachdem der Wagen im Kanal landet.« Sie deutet auf Weißenfels, der gelassen zusieht, wie Körbers Mercedes absäuft. Mirković und sein Skipper drehen am Kai ab. »Lass das Bild mit Weißenfels stehen.«

»Ich kann es vergrößern.«

»Dann tu es.«

Xenia dreht sich eine neue Zigarette, während sie auf den Bildschirm starrt, und steckt sie zwischen die Lippen, ohne sie anzuzünden.

»Ich sehe was, was du nicht siehst …« Sie schaut Molinari an.

»Was ist anders?«

»Mach ein Einzelbild daraus, bitte. Und auch eines von Weißenfels auf der Piazza XXIV Maggio. Leg sie nebeneinander.«

Molinari starrt stumm auf den Bildschirm und schüttelt schließlich den Kopf.

»Sieh nicht hin, und jetzt sag mir, wie Weißenfels gekleidet ist.«

»Helles Hemd, helle Hose mit vielen Taschen, wie sie auf der Straße höchstens ein Maler tragen würde. Sie passt auch nicht zu den feinen Lederschuhen.«

»Du bist ganz nah dran. Was ist das für eine Hose?«

»Sagte ich schon, eine für Jäger oder Handwerker.«

Sein Blick schweift immer schneller von Bild zu Bild, dann

atmet er tief durch und lehnt sich zurück. »Sie haben recht, Commissario.«

»Vergleich die beiden anderen.«

Xenia greift zum Telefon und wählt die Nummer des Leiters ihrer Bankfiliale. »Ich rufe dienstlich an. Wie dick ist ein Stapel Fünfhunderter im Wert von einhundertfünfzigtausend Euro?«

»Haben Sie Geld gefunden, Signora? Alle Euro-Noten sind genau 0,1 Millimeter stark. Reicht Ihnen das?«

Sie legt auf und wendet sich an Molinari. »Also einhundertfünfzigtausend sind gar nicht so viel. Wenn die Scheine, die Körber dabeihatte, neu sind, ist so ein Bündel gerade drei Zentimeter. So dick wie eineinhalb Schachteln Zigaretten. Wie groß sind solche Scheine?«

»Mit Fünfhundertern zahlen hier höchstens noch Deutsche und Österreicher. Oder die vom Balkan.« Molinari sucht im Netz. »Hundertsechzig mal zweiundachtzig Millimeter, Commissario.«

Sie spreizt Daumen und Zeigefinger. »Zu groß, man muss sie zusammenlegen. Aber dann wird's wesentlich dicker. Sehen wir uns noch mal die Hosentaschen der Herren auf den Bildern an.«

Molinari stellt alle vier Ausschnitte zusammen. Oben Mirković, vorher und nachher. Darunter Weißenfels. »Beim Kroaten ist nichts zu sehen. Aber die Taschen am Unterschenkel der Safarihose von Weißenfels sehen auf dem zweiten Bild aus wie verrutschte Knieschützer. Hat Mirković zugelassen, dass Weißenfels das ganze Geld einsteckt?«

»Oder sie hatten eine andere Vereinbarung, auf die Mirković sich jetzt nicht mehr berufen kann.«

»Sie glauben, er ist zum Kassieren gekommen und ohne Lohn gestorben?«

»Ich glaube gar nichts.«

Vom Fenster sieht Xenia Alfieri telefonieren. Wenig später steigt er mit Clarissa Waisz in ein Taxi.

»Was wollen Sie tun?«, fragt Molinari.

»Ich sehe mir jetzt das ganze Szenario draußen noch einmal in Ruhe an. Und sobald ich mit dem Staatsanwalt fertig bin, schau ich im Krankenhaus von Monfalcone vorbei. Ich hoffe, die Wachen pennen nicht.«

»Wer sollte den beiden Kerlen jetzt noch etwas antun, Commissario?«

»Den Einzigen, der alles weiß, mussten wir laufen lassen. Geh nach Hause, Molinari, und schlaf dich aus. Du hast auch kommende Nacht Dienst.«

In der Bar gegenüber läuft der Fernsehapparat. Kaffee hat Xenia schon genug getrunken. Während sie darauf wartet, dass die Kollegen die Untersuchung abschließen, will sie sich ein Bild davon machen, wo Miloš Ban gesessen hatte, bevor er allen zuvorgekommen war und Mirkovićs Schuss ablenkte. Das Krankenhaus vermeldete, dass die Ärzte ihm die Kugel aus der Schulter operieren, kein gefährlicher Eingriff. Allerdings sei der Zustand des Skippers immer noch ernst.

Die Inhaberin der Bar jammert über ausbleibende Kunden und fragt, wie lange die Straße abgesperrt bleibe. Xenia bestellt einen Schinken-Käse-Toast und eine Cola. Sie horcht auf, als die Meldung über den Bombenanschlag auf die Transalpin-Pipeline über den Bildschirm läuft. Vom Tatort selbst sind nur ein paar verkohlte Büsche und Bäume zu sehen sowie der Wartungsschacht der Pipeline nach Norden und die zerschnittene Umzäunung. Ein Pamphlet der Patria Nostra wird eingeblendet, das in den umliegenden Dörfern auf dem Karst gefunden wurde. Die Handschrift ist eindeutig.

NO petrolio per GERMANIA NAZISTA
NON PERDONIAMO DIE FRAU
I nostri soldati non devono morire due volte
REDIPUGLIA È SACRO
Nessuna ceremonia senza risarcimento
W L'ITALIA
PATRIA NOSTRA

Die Kommissarin geht hinaus und setzt sich an den kleinen Tisch auf dem Gehweg, wo noch immer das hohe Glas steht, aus dem Miloš Ban seinen Latte macchiato getrunken hatte. Auch dort haben die Kriminaltechniker eine Nummer angebracht. In der Tat überblickt man von hier aus die Straße besser als vom Kommissariat. Zu dem Punkt, an dem Mirković stehen blieb und seine Waffe zog, waren es nur drei, vier große Schritte. Miloš ist von kräftiger Gestalt, hatte blitzschnell reagiert und seinen Kontrahenten im Bruchteil einer Sekunde erreicht.

Xenia hätte es selbst probiert, läge nicht noch immer die bedeckte Leiche dort. Auf der Brücke setzt einer der Streifenwagen zurück, um dem Wagen des Staatsanwalts den Weg freizugeben. Die Kommissarin hat mehr als dieses Blutbad mit ihm zu besprechen. Der Tag wird lang werden.

»Beschweren Sie sich immer noch über die Langeweile in Grado?« Staatsanwalt Percoraro schüttelt beim Anblick der Leiche, der Blutflecken auf dem Asphalt und dem zerschossenen Range Rover den Kopf. »Das sieht aus wie eine Szene aus *High Noon*. Erklären Sie, was vorgefallen ist, Zannier.« Er trinkt einen Espresso und folgt ihren Schilderungen, dann stellt er die schwierigste Frage. Eine Frage, auf die sie nicht vorbereitet ist.

»Wie erklären Sie, dass all das ausgerechnet hier vor dem Kommissariat ablief? Reden Sie nicht von Zufall, ich kenne Ihre Einstellung dazu gut genug.«

Xenia braucht länger als sonst, eine Antwort zu finden, dem Staatsanwalt entgeht ihr Zögern nicht. »Gestern Abend haben wir wegen Fluchtgefahr Mirkovićs Jacht sichergestellt, Dottore. Vielleicht wollte er sie holen. Dass Alfieri mit seinem Gast im gleichen Moment ankam, war nicht zu ahnen.«

»Wenn dieser Mirković wusste, dass er gesucht wird, wäre er kaum vorbeigekommen, um sein Boot auszulösen.«

»Außer er hat ein reines Gewissen.«

»Einer, der bis an die Zähne bewaffnet ist, Commissario? Woher wissen Sie überhaupt, wie der Mann heißt?«

»Aus dem Hotel. Ich habe ihn gesehen, als er mit seinem Schiff einlief und an der Riva Slataper beim Savoy anlegte, wo er gleich danach Körber getroffen hat.«

»Und dieser Miloš Ban befindet sich genauso grundlos hier?«

»Ich kann es nicht erklären. Noch nicht.«

»So verlegen habe ich Sie noch nie erlebt, Zannier. Ich nehme Ihnen Ihre Geschichte nicht ab.«

»Es gibt eine Erklärung, Dottor Percoraro. Leider mussten wir Weißenfels gegen alle Vernunft ziehen lassen. Ich habe gestern Nacht das Bewegungsprofil der Beteiligten angelegt. Sie werden staunen, wenn Sie die Überschneidungen sehen.«

»Wer hat Mirković erschossen?«

»Alle Waffen sind sichergestellt. Ich war es nicht. Rossi auch nicht, sagt er. Die Ballistik wird zeigen, ob es sein eigener Mann war.«

»Das ist Sache der Kollegen, Commissario. Halten Sie sich aus deren Arbeit raus. Kümmern Sie sich um Ihre anderen Fälle.« Percoraro erhebt sich.

Xenia verstellt ihm den Weg. »Dazu gehört auch der Mord an Körber.«

»Sehen Sie es als Geschenk, Zannier. Stützen Sie sich auf

die Zeugenaussagen, die die Kollegen aufnehmen. Sie müssen nicht alles selber machen.«

»Eine Sache habe ich trotzdem noch. Ich will den Fall Patria Nostra abschließen. Kann ich wie besprochen vorgehen?«

»Meinetwegen, Commissario. Sie wissen, dass Sie sich eine blutige Nase holen, falls Sie sich täuschen.«

Monfalcone, Via Galvani. Ospedale San Polo.

Valerio Alfieri führt Clarissa vom Taxi zum Empfang des Krankenhauses, wo sie den Wegweisern zur Chirurgie folgen.

»Das muss das Zimmer sein, Clarissa. Siehst du den Bullen?« Alfieri deutet auf einen offensichtlich gelangweilten Mann, der neben der Tür auf einem Stuhl sitzt und mit seinem Telefon spielt. Das T-Shirt verdeckt die Waffe im Gürtelholster kaum.

»Aber dahinten sitzt noch einer«, flüstert Clarissa aufgeregt.

»Sie lassen dich sowieso nicht zu ihm. Fahren wir nach Hause.«

»Mit den Krücken falle ich nicht weiter auf. Hilf mir, bitte, Valerio.«

»Und wenn du dich in der Tür irrst?«

»Die Chancen stehen fifty fifty.«

Zwei Pflegerinnen schieben den Servierwagen mit dem Abendessen in den Flur und beginnen mit dem Verteilen der Tabletts. Auf manchen klebt ein Zettel mit dem Namen des Patienten. Clarissa humpelt ihnen hinterher. Als sie das erste bewachte Zimmer erreichen, erhebt sich der Polizist und stellt sich vor die Tür. Alfieri geht zielstrebig an ihm vorbei zu dessen Kollegen ein paar Türen weiter.

»Zu wem möchten Sie?«, fragt der Beamte, als er sich nähert.

»Zu meiner kranken Mutter, warum?«

»Die ist nicht hier.«

»Ich war doch gestern Abend bei ihr. Was reden Sie da? Wer sind Sie überhaupt?«

»Agente Aesculapius. Sie kommen trotzdem nicht rein.«

Der erste Polizist sieht zu ihnen herüber. Bereit einzugreifen, nähert er sich ein paar Schritte, als die Krankenschwester das Zimmer wieder verlässt. Clarissa schlüpft hinter ihrem Rücken durch die Tür und zieht sie sorgfältig ins Schloss. Sie atmet auf, als sie Miloš sieht.

Er sitzt fast aufrecht im Bett. Das Hemd aus Zellulose ist an der linken Schulter aufgetrennt, wo der Verband sitzt. Sein Arm ist vor der Brust fixiert. Er scheint Hunger zu haben.

»Miloš! Verdammt noch mal, was bist du doch für ein trotziger, blöder Kerl.« Clarissa schießen die Tränen in die Augen, als sie ihn die Suppe löffeln sieht. Blasse Kost. Langsam schaut er zu ihr auf. Sie bleibt einen Meter vor seinem Bett stehen, die Augen geweitet wie ein Reh vor den aufgeblendeten Scheinwerfern eines Autos.

»Du siehst scheiße aus, Clarissa.« Er widmet sich dem nächsten Löffel.

»Mili, wie geht es dir? Es tut mir alles so leid.« Sie macht zögerliche Schritte auf ihn zu. »Wie bist du überhaupt hergekommen?«

»Bestimmt nicht zu Fuß.« Kein Gruß, kein Lächeln.

»Bist du von Rijeka direkt hierhergefahren? Hast du dir überhaupt keine Sorgen um mich gemacht?«

Sie bringt den Mut nicht auf, sich zwischen Miloš und sein Essen zu drängen. Er schüttelt stumm den Kopf. Seine Locken stehen wirr vom Kopf ab.

»Du bist tot, Clarissa.« Zwischen zwei Löffeln findet er Zeit zu sprechen. Suppe tropft auf die dünne Decke. »Dir kann nichts mehr passieren. Deine Urne ist längst in Berlin. Was willst du noch?«

»Miloš!« Schluchzend stürzt sich Clarissa auf sein Bett und verbirgt ihr geschundenes Gesicht in seiner Bettdecke.

Miloš Ban beißt sich vor Schmerz auf die Lippen.

»Fahr zurück nach Berlin, Clarissa. Und zwar alleine.« Seine Stimme klingt fest.

»Was heißt das, Miloš?« Sie hebt den Kopf, keine Tränen in den Augen.

»Dein Problem, Clarissa. Ich gehe nicht mehr nach Berlin zurück. Ich schicke einen Freund von der slowenischen Botschaft, der meine Sachen holt.«

Clarissa wird wütend. »Glaubst du allen Ernstes, das geht so leicht? Du hast ja keine Ahnung, was ich durchgemacht habe.«

»Doch, so geht es. Ich geh zurück nach Piran. Und ich hab auch schon einen Namen für das Bed & Breakfast im Haus meiner Eltern. Nontiscordardimé und Spominčica auf Slowenisch. Auf Deutsch bedeutet das Vergissmeinnicht.«

»Frau Waisz? Was tun Sie hier?« Die Stimme hinter ihr klingt eisig. Erschrocken richtet sie sich auf. Die Polizistin mit dem kurzen blonden Haar starrt sie unbarmherzig an.

»Wie sind Sie hier reingekommen?« Ihre Stimme ist hart.

»Ich habe mir Sorgen um meinen Freund gemacht. Ist das etwa verboten?«

Die Kommissarin geht zur Tür und gibt dem Beamten im Flur den Befehl, die Frau wegzubringen. Eilfertig führt er sie ab. Er weiß, dass er nicht lange auf seine Abreibung warten muss.

»Herr Ban«, sagt Xenia schließlich, als sie mit ihm alleine ist. »Sie haben Glück gehabt. Der Arzt sagt, Sie würden sich schnell erholen. Versuchen Sie nicht, sich einfach aus dem Staub zu machen. Wir haben noch einige Fragen an Sie. Ihre

Papiere sind bei uns in der Dienststelle. Wenn die Ärzte Sie in ein paar Tagen entlassen, werden wir Sie abholen.«

»Bin ich verhaftet?« Miloš scheint zu lächeln.

»Es ist durchaus im Rahmen des Gesetzes, Zeugen zwangsvorzuführen, wenn sie sich ihrer Aussage zu entziehen versuchen. Aber keine Sorge, es liegt nichts gegen Sie vor, falls Sie das meinen. Sie können mir jedoch helfen, ein bisschen Licht in die Geschichte Ihrer mysteriösen, scheintoten Freundin zu bringen.«

Ein gelangweilter Kollege sitzt in sich versunken vor dem Zimmer von Mirkovićs Skipper und schrickt auf, als die Kommissarin bereits die Türklinke in der Hand hat.

»Fragen Sie nach einem freien Bett, Agente«, herrscht sie ihn an. »Und sorgen Sie dafür, dass niemand reinkommt.«

Ivan Matić heißt der dreiundvierzigjährige Skipper, wie Xenia seinen Papieren entnommen hat. Dem Alter nach könnte er bereits im Bosnienkrieg an der Seite Mirkovićs gekämpft haben. Er hängt an unzähligen Apparaten und Monitoren, doch er ist wach, als Xenia eintritt. Er liegt flach auf seinem Bett und stiert zur Decke. Aus irgendeinem Grund haben die Ärzte ihm kein Kopfkissen zugestanden. Seine Handgelenke sind am Bettgestell fixiert. Die Kommissarin beugt sich über ihn. Furcht zeichnet seine Züge, als er sie erkennt.

»Keine Sorge, ich bring dich schon nicht um.« Sie schwenkt um ins Kroatische. »Wie gut kennen sich Weißenfels und dein Chef?«

Sein Blick gleitet suchend über die weiße Wand des Zimmers, doch als sie ihre Frage wiederholt, flüstert er zögerlich. »Gut.«

»Wie lange schon?«

Er schweigt.

»Dein Chef ist tot. Du kannst ihn nicht verraten. Jetzt geht es nur darum, wie du deinen Kopf aus der Schlinge ziehst. Also rede. Seit wann kennen sie sich?«

»März. Berlin. Nach Anruf.« Es strengt ihn sichtlich an.

»Hast du Mirković begleitet?«

»Immer.«

»Wo haben sie sich getroffen?«

»Büro Weißenfels. Auch Frau.«

»Welche Frau?« Xenia denkt an Clarissa Waisz.

Es dauert, bis Ivan Matić wieder spricht. »Italienerin. Alte Bekannte.«

»Wie heißt sie?«

»Romana«, flüstert er so leise, dass sie ihn kaum versteht.

»Romana Castelli de Poltieri?«, fragt Xenia viel zu schnell, um ihr Staunen zu verbergen.

Er nickt ganz schwach.

»Worüber haben sie gesprochen?«

»Über Minister.« Matić hüstelt. »Und Fabrik.« Er bringt das Wort kaum heraus.

Die Senatorin war sogar mit Weißenfels im Geschäft. Zusammen mit Mirković und hinter Körbers Rücken. Xenia zwingt sich zur Ruhe. Einen Zeugen in normalem Gesundheitszustand würde sie jetzt gnadenlos ausquetschen. Dieser Mann aber ist kostbar, seine Aussage wird später noch Gold wert sein. Sie darf ihn nicht gefährden. Xenia geht leise zur Tür, macht aber doch noch einmal kehrt.

»Wer hatte die Idee, Körber umzubringen?«, fragt sie sanft.

»Beide.« Der Blick des Skippers flattert.

»Und wann haben sie es vereinbart?«

»Am Morgen. Im Hotel.«

»Weshalb?«

»Körber war gefährlich. Josip wollte sein Geld.«

»Wofür?«

»Hafen. Rijeka.«

»Was wurde da verladen?« Xenia kennt die drei Aufnahmen der Fotografin, die Miloš Ban mitgebracht hatte.

»Waffen.«

»Für wen?«

»Weiß nicht.«

»Wie heißt das Schiff?«

»EARLY SUN.«

Xenia atmet tief durch. Auf diplomatischen Druck aus Deutschland musste der Staatsanwalt es freigeben. Erst Flüchtlinge, dann Waffen. Oder lief es umgekehrt?

»Wohin fuhr das Schiff?«

»Türkei.« Immerhin lügt er nicht.

»Kennst du die Frau?«

»Welche?« Er röchelt, als steige Schleim in seiner Speiseröhre auf. Er hüstelt, Speichel läuft aus seinem Mundwinkel. Dann beruhigt er sich wieder.

»Die Frau, auf die Mirković geschossen hat?«

»Spion. Fotografierte Verladung.«

»Ihr habt sie gefasst?«

Er nickt wieder.

»Und sie ist entkommen?«

Er bestätigt.

»Warum verzichtete Mirković auf das Geld? Weißenfels hat es.«

»Erpresst.«

»Wer?«

»Major.«

»Womit?«

»Wegen früher.«

»Was ist früher passiert?«

»Josips Aufträge in Deutschland. Körber hat ihn geschützt. Major nicht.«

Xenia richtet sich auf. Es war bekannt, dass zuerst jugoslawische, später auch kroatische Geheimdienstler politische Gegner im Ausland ausgeschaltet hatten. Nicht nur in Deutschland. Kroatien wurde erst in die EU aufgenommen, nachdem es gegen viel Widerstand einen seiner Killer ausgeliefert hatte, wäre er nicht zuvor verstorben.

Die Aussage des Mannes bestätigt ihre Vermutungen. Sie waren alle hintereinanderher. Wenn sie die gesamte Dimension erst einmal übersichtlich darstellt, ist die Wahrscheinlichkeit groß, dass der Generalstaatsanwalt die Sache über alle Köpfe hinweg in andere Hände legt. Fraglich, ob dann tatsächlich jemals Licht in die Sache gebracht wird und alles an die Öffentlichkeit kommt. Wenn die internationale Politik greift, sind Paragrafen Altpapier, und Demokratie verkommt zum Schimpfwort.

Sie wirft einen letzten Blick auf Matić und beschließt, ihn nicht weiter anzustrengen. »Gute Besserung.«

Sie ist schon bei der Tür, als er schwach nach ihr ruft. »Ich habe Angst.«

»Ganz ruhig, Matić. Dir wird nichts passieren. Du wirst gut bewacht.«

»Der andere?«

»Ist in Haft«, lügt sie.

Weißenfels war ihr wie Gelee durch die Finger gegangen. Sie wird die Wachen vor dem Zimmer verstärken lassen und auch vor dem Krankenhaus einen Posten aufstellen. Der Deutsche hat zu großes Interesse daran, dass Ivan Matić nicht aussagt. Sie muss verhindern, dass er erfährt, wo der Mann ist und in welchem Zustand er sich befindet. Am besten wäre es, ihn unter Geheimhaltung in eine andere Klinik zu verlegen und eine Falschinformation an die Medien herauszugeben, dass er seinen Verwundungen erlegen sei.

»Ich habe Josip erschossen«, stöhnt Matić. »Sie werden ihn rächen.«

»Falls sie es erfahren. Wenn du kooperierst, lässt sich darüber verhandeln, ob du in ein Zeugenschutzprogramm aufgenommen wirst. Aber nur wenn du die Hosen ganz runterlässt. Ansonsten bist du Freiwild.«

Xenia muss nicht lange nach dem behandelnden Arzt suchen. Ihre Frage, ob Matić transportfähig sei, nimmt er mit Stirnrunzeln zur Kenntnis.

»Es wäre besser, ihn nicht unnötig anzustrengen«, sagt er schließlich.

»Ich fragte, ob es möglich sei.«

»Hängt davon ab, wie.«

Auf dem Parkplatz vor dem Krankenhaus telefoniert Kollege Rossi am Steuer des Dienstwagens, als seine Chefin zurückkommt. Neben der Fahrertür haben sich Zigarettenkippen angesammelt.

»Ich muss jetzt Schluss machen, Liebling. Ich wollte dir nur sagen, dass es heute länger wird. Warte nicht mit dem Abendessen auf mich. Ich liebe dich.«

»Fahren wir nach Triest«, ordnet Xenia an.

Sie wählt die Nummer des Staatsanwalts. Sie werden sich schnell einig. Percoraro wird eine entsprechende Pressemeldung rausgeben und die verstärkte Bewachung des Patienten veranlassen. Per Helikopter soll er nach Udine verlegt werden. Unter falschem Namen. Wenn alles klappt, schafft es die Meldung in die Abendnachrichten. Die Zeitungsredaktionen haben erst später Redaktionsschluss, sie werden die Meldung morgen bringen. Schießereien schaffen es immer auf die erste Seite.

Auf der Küstenstraße nach Triest ruft sie Živa Ravno an und fasst die Geschehnisse im Telegrammstil zusammen. Die kroatische Generalstaatsanwältin verspricht, das Umfeld des toten Mirković darauf zu sondieren, ob mit Vergeltungsschlägen zu rechnen ist.

Triest, Via Cadorna.

Der Tag war verdammt lang. Xenia spürt die Müdigkeit in den Knochen. Inzwischen ist es 19 Uhr. Rossi und die Kommissarin sind der Warterei vor dem Jugendstilpalast, in dem Carletto Castelli de Poltieri wohnt, überdrüssig, und auch von den Köstlichkeiten des Eissalons im Erdgeschoss haben sie genug.

Sie halten vor dem Triestiner Polizeipräsidium, das sich gegenüber dem Amphitheater in einem machtstrotzenden Gebäude aus der Mussolini-Ära befindet. Der Leiter der Kriminalpolizei, Vicequestore Laurenti, umarmt Xenia zur Begrüßung. Er sieht älter aus, als sie ihn in Erinnerung hat, seit Monaten haben sie sich nicht gesehen. Er sagt, einer seiner Beamten habe unter einem Vorwand im Büro der Senatorin angerufen, und ihr Bruder habe sofort geantwortet.

Zumindest wissen sie, wo er sich aufhält, aber Xenia will ihn nicht unter den Augen seiner Schwester festnehmen. Die feine Dame soll es aus den Medien erfahren.

Um 19 Uhr 30 meldet die an der Piazza San Giovanni abgestellte Zivilstreife, dass Carletto das Büro verlassen und sich vor der *Malabar* mit zwei Männern getroffen hat, denen er einige große Scheine zusteckte.

Rossi und die Kommissarin parken wenig später vor der Verdi-Statue. Carletto sieht sie, bevor sie ihn erblicken. Er leert sein halb volles Glas in einem Zug. Als er sich eilig von seinen Kumpanen verabschiedet, verstellt Xenia ihm den Weg und hält ihm den Durchsuchungsbefehl unter die Nase. Rossi blockiert die beiden anderen und notiert ihre Personalien, bevor er sie laufen lässt.

»Ich bin Abgeordneter im Landesparlament«, protestiert Carletto, während sein Blick zu dem Palazzo schweift, in dem sich das Büro seiner Schwester befindet.

»Sie genießen keine Immunität«, herrscht ihn Rossi an. »Kommen Sie mit.«

»Einen Moment, ich muss zuerst telefonieren.«

»Können Sie lesen?«, fragt Xenia. »Eine Anordnung des Untersuchungsrichters.«

Stumm gibt er seinen Widerstand auf, Rossi drückt den Knopf der Kindersicherung, als Carletto auf der Rückbank sitzt. Wenig später halten sie vor dem Sitz der Landesregierung. Der Mann geht die letzten Meter zu seinem Wohnhaus in der Via Cadorna schweigend vor ihnen her.

Zwei Kollegen der Questura erwarten sie am Eingang. Früher müssen die Leute dünner gewesen sein, denkt Xenia im alten Aufzug mit den Scherengittertüren während der langsamen Fahrt in den vierten Stock. Ein Limit für sechs Personen steht auf einem Schild, doch schon zu fünft steht man aneinandergedrängt. Carletto zögert vor der Wohnungstür und tut, als finde er den Schlüssel nicht.

»Die Kosten für einen Schlosser müssen Sie selbst tragen«, sagt Rossi ungerührt. Wie oft hat er diese Szene schon erleben müssen? »Und die neuen Schlösser auch, denn er wird sie aufbohren.«

Die Präsenz der vier Polizisten überzeugt ihn schließlich. Der jüngste von ihnen bleibt auf Xenias Geheiß bei Carletto. Xenia lächelt und denkt an den 22. April 1996 zurück, als Laurenti ihr die gleiche Aufgabe zugewiesen hatte. Nie hat sie den Satz vergessen, den die Frau ihr damals ins Gesicht spuckte: SUCH DIR EINEN NEUEN JOB, FLITTCHEN. ICH MACH DICH FERTIG.

Rossi ruft aus dem Arbeitszimmer des kleinen Bruders der großen Senatorin. Der Trottel scheint auch noch stolz auf seine Taten zu sein. Er hat von jedem Plakat ein Exemplar mitsamt den darauf erschienenen Zeitungsmeldungen aufgehoben. Ein Entwurf liegt auf seinem Schreibtisch. Seine fahrige Handschrift erinnert an die Hausaufgaben eines pubertären Jugendlichen.

»Ich streite jede Beteiligung ab.« Seine Stimme bebt. Sein Protest ist brüchig. »In meiner Position muss ich das dokumentieren. Wenn Sie wüssten, wie viele Hoteliers sich an mich gewendet haben. Man muss diese Schweinereien unterbinden.«

»Wir sind dabei, Signore.« Xenia betrachtet ihn ungerührt. »Wie viel haben Sie den beiden Männern vor der *Malabar* bezahlt?«

»Ich habe sie nicht bezahlt. Ich habe ihnen Geld geliehen. Und jetzt will ich meine Anwältin anrufen.«

»Wie heißt sie?«

»Romana Castelli de Poltieri. Meine Schwester.«

Xenia kann ein Grinsen kaum unterdrücken, als sie ihm erklärt, dass er die Nacht im Coroneo verbringen wird, dem Gefängnis hinter dem mächtigen Gerichtspalast, in dem der Staatsanwalt ihn zum Verhör erwartet. Wegen des Attentats auf die Pipeline werden die Triestiner Kollegen die Wohnung auf Sprengstoff durchsuchen.

»Ich hoffe, für heute sind wir durch«, sagt Rossi gähnend, als er seine Chefin nach Grado zurückfährt.

Auch Xenia ist todmüde. Nach Mitternacht setzt er sie in Grado Pineta vor dem kleinen Häuschen ab. Nach einer langen Dusche gießt sie sich ein Glas Wein ein, dreht eine Zigarette und setzt sich auf die Stufen der Treppe, die in den Garten hinabführt. Sie hört Arnes leichtes Schnarchen unter dem Moskitonetz am Ast der alten Linde. Nur wenn er sehr müde ist oder sturzbetrunken, schnarcht er, denkt sie, leert das Glas, legt sich neben ihn und fällt sofort in den Tiefschlaf.

9

Berlin, Platz der Republik. Bundeskanzleramt.

Dr. Hartlieb von Menzig hat kein erfreuliches Gespräch hinter sich. Er knallt seine Lesebrille auf den Schreibtisch, als er in sein Büro zurückkommt und sich deprimiert in den Sessel fallen lässt.

Die Kanzlerin war äußerst ungehalten und hatte im Beisein des Finanzministers ein regelrechtes Verhör mit ihm geführt, bei dem es um die Vorwürfe in der Presse ging. Ob es wahr sei, dass er die Übernahme der Middle European Credit Bank durch die BavariaFinance Group gegen ein Schmiergeld in Millionenhöhe betrieben habe? Obwohl er als Vertrauter der Parteispitze im Aufsichtsrat gesessen habe und danach in der Politik rasch aufgerückt war. Wenn stimmt, was die Medien melden, woran es kaum mehr Zweifel gebe, habe er das Vertrauen der Kanzlerin massiv missbraucht. Die Konsequenzen könnten ihre unerschütterliche Position zum ersten Mal ins Wanken bringen. Es bleibe ihm nur ein Weg. Länger tragbar sei er nicht.

Auch Körber hat versagt, schimpft Menzig in sich hinein. Wenigstens steht er nicht mehr als Zeuge zur Verfügung. Einfach blamabel, dass er Beckers Unterlagen nicht gefunden und vernichtet hat. Oder hat der Fuchs das gezielt getan, um sich an ihm wegen der Bevorzugung seines Nachfolgers zu rächen?

Der Mann durfte viel zu lange eigenmächtig handeln. Zwar waren die Waffenlieferungen für die Amerikaner und Engländer über den Hafen Rijeka reibungslos über die Bühne gegangen, und auch die MainChemie hat wie angestrebt die ChimiCo zur Herstellung von Dual-Use-Produkten im Ausland übernommen. Alles auf Anordnung des Kanzleramtsministers, aber das ließ die mächtigste Frau der Welt restlos kalt. Es gehe darum, dass er, Dr. von Menzig, umgehend öffentlich Stellung dazu beziehen müsse, ob er als einstiger Aufsichtsrat der Bavaria-Finance Group sich habe bestechen lassen. Noch am Vormittag wird man über seinen Entwurf beraten, bevor er als offizielle Verlautbarung an die Medien geht. Wenn er wenigstens wüsste, wie viel diese selbstgerechten Journalisten wirklich gegen ihn in der Hand haben. Ein nüchternes Dementi verschlimmert vielleicht alles.

Von Menzig nimmt ein Blatt Papier, sucht nach einer seiner Lesebrillen und feilt an einer neuen Fassung.

Die Übernahme der MEC war für die BavariaFinance Group strategisch entscheidend gewesen, da sie die von Landespolitikern verlangte Ausweitung der Geschäfte nach Südosteuropa gewährte. Von den Österreichern sei man eiskalt und von langer Hand geplant betrogen worden, schreibt von Menzig mit starkem Druck seines Kulis. Die jüngste Rechtssprechung untermauere die Position der BavariaFinance Group. Eine einstweilige Verfügung werde er dagegen einreichen, ihm als ehemaligem Aufsichtsrat Konten und Zahlungen unterzuschieben, von denen er keine Kenntnis habe.

Verdammt, fünf Jahre hat er als jüngstes Mitglied in diesem Gremium voller Weißhaariger gesessen. Parteifreunde hatten ihn dazu verführt, wenn nicht sogar gezwungen, weil die grenzüberschreitende Zusammenarbeit enorme Profitchancen bot und die Einflussnahme in Südosteuropa ökonomisch untermauerte. Die Bezüge waren ansehnlich, der versprochene spätere Aufstieg in den Dunstkreis der bundespolitischen Führung verlockend. All das kann er in seiner Stellungnahme natürlich nicht äußern, ohne sich lächerlich zu machen und sich umgehend den Widerspruch seiner einstigen Förderer einzuhandeln.

Unzufrieden steckt Menzig das Blatt in den Schredder, um einen neuen Entwurf zu beginnen, als er Weißenfels' Nummer auf dem Display seines privaten Mobiltelefons sieht. Schon gestern hatte ihn sein alter Schulfreund angerufen und direkt um Beistand gebeten, damit er ihn aus den Klauen einer italienischen Polizistin befreie, die seinem Diplomatenpass keine Beachtung schenke.

Seit ihrer Jugend sind sie unzertrennliche Freunde, die sich immer gegenseitig geholfen haben. Der sportlichere Weißenfels strebte nach der Schule die Offizierslaufbahn an und studierte an der Hochschule der Bundeswehr Hamburg Politikwissenschaften mit dem Schwerpunkt Internationale Beziehungen und Vergleichende Demokratieforschung. Hartlieb von Menzig ließ sich hingegen von Weißenfels' Vater, Chefarzt der Augenheilkunde am städtischen Klinikum, als für den Militärdienst untauglich ausmustern und begann ohne Zeitverlust mit seinem Jurastudium. Erst viele Jahre später waren sie sich auf einem Parteitag wieder begegnet und hatten ihre Freundschaft aufgefrischt.

Was will Weißenfels jetzt schon wieder? Der Minister lässt das Gerät klingeln, bis es verstummt. Kurz darauf meldet seine Sekretärin über den Hausapparat, dass Weißenfels in der Amtsleitung sei.

»Sagen Sie ihm, ich sei verhindert und melde mich, wenn ich ihn brauche.«

Auch mit dem Major hat er ein Hühnchen zu rupfen, sobald er zurück ist. Körbers Tod wird in der Öffentlichkeit und gegenüber seinen Kindern zwar als Unfall deklariert werden und, wenn überhaupt, kleine Wellen schlagen, aber was hatte sein Nachfolger ausgerechnet dort zu suchen gehabt? Hat er gar mit Körbers Tod zu tun? Keine Sache fürs Telefon.

Seine Rechtfertigung in Sachen MEC hat Priorität. Daran hängt sein politisches Schicksal. Von Menzig weiß, dass er die Sache nicht aussitzen kann. Das kann nur die Kanzlerin. Er aber ist angreifbar. Gewiss, um die Zukunft muss er sich keine Sorgen machen. Eine gute Position in der Wirtschaft oder als Berater eines internationalen Gremiums, auch in Brüssel, wird sich finden.

In einer SMS schildert Weißenfels einen Bombenanschlag auf die italienische Ölpipeline und eine eklatante deutschenfeindliche Stimmung im Nordosten Italiens, die mit schweren Anwürfen gegen die Kanzlerin gespickt sei. Er rät zur Absage der Zeremonie, weil der BND unter diesen Umständen nicht für ihre Sicherheit garantieren könne. Er erwarte Weisungen für die Sicherheitskonferenz.

»So ein Blödsinn«, schimpft der Minister. »Die Italiener haben tausend Defekte, aber ihr Sicherheitsapparat funktioniert besser als bei uns. Weißenfels muss hysterisch geworden sein.«

Hartlieb von Menzig bittet einen seiner engsten Mitarbeiter, sich im Außenministerium über die politische Lage in Triest zu erkundigen. Sollten sich Weißenfels' Angaben nur im Geringsten bestätigen, wird er dies sofort an die Chefin weitergeben. Vielleicht macht er dadurch wieder ein paar Punkte gut. Und nach der erfolgten Übernahme der ChimiCo bestehen auch gegenüber Senatorin Castelli de Poltieri keine Verpflichtungen mehr.

Erst mit seinem fünften Entwurf ist Dr. Hartlieb von Menzig zufrieden. Nur die Schlusszeile, in der er seinen Rücktritt anbietet, war ihm unendlich schwergefallen. Er unterzeichnet mit seinem Füllfederhalter und wirft seine Lesebrille auf den Tisch.

Triest, Piazza dell'Unità d'Italia.
Präfektur, großer Sitzungssaal.

PALAZZO DEL GOVERNO – in stolzen Lettern glänzt der majestätische Schriftzug über den Bögen am Palast der Statthalterei Roms in der Morgensonne. Die Fassade wurde in den Zwanzigerjahren mit Mosaiken aus Muranoglas umdekoriert, das österreichisch-ungarische Wappen, der doppelköpfige schwarze Reichsadler auf goldenem Grund und die Konterfeis der Kaiser waren den Emblemen des Savoyer Königshauses gewichen.

Die Stammgäste vor den Cafés an der weiten Piazza dell'Unità d'Italia fragen die Kellner nach dem Anlass für den großen Bahnhof vor der Präfektur. In der Zeitung steht nichts darüber, dafür prangt schon auf der Titelseite die Meldung über die Festnahme von Carletto Castelli de Poltieri neben dem Aufmacher über die Schießerei in Grado. Den Aufwand vor der Präfektur rechtfertigt das aber nicht.

Streifenwagen der Polizia di Stato und der Carabinieri sperren den Platz vor dem Eingang ab. Anzugträger und hochdekorierte Uniformierte entsteigen ihren Dienstwagen und verschwinden zielstrebig in dem stattlichen Gebäude. Der schwere Scooter von Commissario Xenia Ylenia Zannier steht wie ein spöttisches Ausrufezeichen zwischen den teuren Karossen.

Für 9 Uhr ist im großen Saal der Präfektur der Landeshauptstadt die offizielle Konferenz der Sicherheitskräfte angesetzt, an der auch die ausländischen Kollegen teilnehmen. Bei den Maßnahmen zum Schutz der fünf Regierungschefs am Sacrario Militare von Redipuglia ist Einigkeit wichtig. Doch bereits vor Beginn liegt ein dunkler Schatten über der Sitzung: Trotz der Festnahme Carlettos hat die Patria Nostra in der Nacht zuvor die Plakatwände unzähliger Bushaltestellen mit ihren widerlichen Plakaten tapeziert. Die deutsche Bundeskanzlerin im blauen Badeanzug: Ein Paparazzo hatte das Foto während ihres alljährlichen Thermenurlaubs auf Ischia geschossen. Nur zwei Wörter stehen darunter: *NEIN! RAUS!*

»Ein Ereignis von gesamteuropäischem Interesse, das durch niemanden gefährdet werden darf. Der europäische Geist muss geschützt und ausgebaut werden«, hebt der Präfekt zur Begrüßung an.

Als Hausherr hatte er die aus Rom angereisten Repräsentanten der Staatsgewalt willkommen geheißen. Neben ihnen sitzen die Polizeipräsidenten der vier Provinzen und hohe Dienstgrade von Carabinieri, Guardia di Finanza und der Küstenwache, dann die Leiter der Dienststellen. Er wünscht viel Erfolg und übergibt das Wort an Ministerialdirigent Dottor Bonanni, in dessen Händen die Koordination liegt. Ein paar Claqueure bemüßigen sich zu applaudieren, verstummen aber schnell.

Nicola Bonanni kommt dafür schnell zur Sache: »Fünf Premierminister verlangen fünffache Aufmerksamkeit. Besonders am Sacrario von Redipuglia haben wir viel Erfahrung. Ich erinnere an den Staatsakt der Präsidenten Italiens, Sloweniens und Kroatiens vor zwei Jahren und zuletzt an den Papstbesuch zum Gedenken an den Ausbruch des Großen Kriegs. Zusammen mit den Kollegen der Sicherheitskräfte der befreundeten Staaten haben wir den Plan ausgearbeitet, den ich Ihnen vorstelle.«

Xenia reckt den Hals, um Nicola Bonanni besser sehen zu können, während er seine Ausführungen vorträgt.

»Um allen Gefahren vorzubeugen, wird das Schengen-Abkommen an den Grenzübergängen nach Österreich und Slowenien zeitweilig ausgesetzt. Das ist mit Brüssel abgestimmt.« Er drückt die Tasten der Fernbedienung vor sich, eine Leinwand rollt herunter, die Fenster verdunkeln sich. Stuhlrücken. Die Bilder beginnen mit einer Satellitenaufnahme der Grenzregion, ihr folgt ein filmischer Rundflug, der mit dem Überblick über das Mausoleum von Fogliano Redipuglia endet.

»Zum fraglichen Zeitraum wird sich hier niemand unerkannt bewegen können. Satellitenbilder, Videoüberwachung, Spezialkräfte und die verstärkten Kontrollen durch Ihre Einheiten. Gleiches gilt für die Luftraumüberwachung. Der Flughafen wird abgesperrt, die Linienflüge aber nicht gestrichen, lediglich ihre An- und Abflugrouten werden verändert. Zugang hat nur, wer im Besitz eines Flugtickets ist. Begleiter sind nicht zugelassen. Die Kanzlerin wird vor 10 Uhr morgens einfliegen und nach der Zeremonie und dem Mittagessen mit dem Hubschrauber zum Flughafen gebracht, wo sie vor der Abreise ein kurzes Statement vor den Vertretern der Medien abgibt. Dort sind nur ausgewählte Journalisten zugelassen. So weit ist alles Routine.« Die Leinwand fährt hoch, die Sonne fließt wieder in den Saal. Bonanni stellt die Verteilung der Sicherheitskräfte dar und räuspert sich, bevor er fortfährt. »Nach der Verlesung der Ächtung von biologischen und chemischen Kampfstoffen spielt das European Union Youth Orchestra die Europahymne. Und hier beginnt die wohl größte Herausforderung für uns: Die Regierungschefs wollen sich bei den einhundertvierzig Musikern mit Handschlag bedanken. Ein Moment, der die höchste Aufmerksamkeit der Personenschützer verlangt. Wer gut Violine spielt, ist nicht per se ein friedliebender Mensch.«

Irgendjemand lacht und verstummt sofort wieder.

»Vor dem Mittagessen der Politiker auf einem Weingut ist eine Stunde für Unterredungen mit verschiedenen lokalen Exponenten vorgesehen. Unser Hauptaugenmerk gilt auch hier der Kanzlerin. In Koordination mit den Kollegen aus Berlin«, er nickt Major Weißenfels zu, der seine Worte wegen der Simultanübersetzung mit Verzögerung versteht, »finden ihre Begegnungen in der Präfektur von Gorizia statt. Einen Einzeltermin hat sie mit Senatorin Castelli de Poltieri, zu dem auch die Journalisten zugelassen sind.«

Xenia schluckt trocken. Die Senatorin hat es also geschafft, und niemand kann es jetzt noch verhindern, dass sie es als Engagement zweier starker Frauen ausschlachten wird: Die Rettung der ChimiCo mitsamt der Arbeitsplätze und die Stabilität in Europa. Der Coup, damit über die schweren Angriffe hinwegzuspielen, nötigt sogar der Kommissarin Respekt ab.

Vier Stunden zieht sich die Konferenz ohne Pausen hin. Detailpläne werden wie immer erst kurz vor der großen Zeremonie den verantwortlichen Sektionsleitern direkt zugewiesen. Auch innerhalb des Staatsapparats ist Misstrauen gegenüber allzu mitteilungsbedürftigen Kollegen angesagt. Und ausländische Kollegen neigen untereinander häufig zu Eifersüchteleien und Profilierungssucht. Mit ihnen verhandelt der diplomatisch versierte Nicola Bonanni in der Regel alleine. Nur einer hält sich nicht an die Abmachung und drängt sich vor.

»Als Vertreter Deutschlands muss ich leider eine besorgniserregende Fremdenfeindlichkeit in Italien feststellen, die insbesondere gegen mein Land gerichtet ist.« Weißenfels' Stimme bebt zwischen Wut und Drohung. »Allein diese Plakate zur Verunglimpfung der Bundeskanzlerin sorgen für berechtigten Unmut. Was gedenken Sie, dagegen zu unternehmen? Sind Sie überhaupt dazu in der Lage, die Sicherheit der Kanzlerin zu garantieren?«

Viele der Anwesenden schauen ihn ratlos an. Xenia vermeidet jegliche Mimik, obwohl Bonanni ihr einen kurzen Blick zuwirft. Sie ist noch nicht mit dem Major fertig. Der Ministerialdirigent bügelt den Blonden freundlich ab, weist auf die Erfahrung vergangener G-8- und G-20-Gipfel hin, auf Regierungstreffen, die sowohl in Triest als auch in anderen Städten stattfanden. Weißenfels macht Notizen, äußert sich aber nicht mehr.

Zumindest die Struktur der Zuständigkeiten ist geklärt. Xenia wird nicht als Parkplatzeinweiserin eingeteilt, sondern der gemischten Einheit am Flughafen zugewiesen. Kein schlechter Job. Sie beteiligt sich nicht am anschließenden Small Talk und eilt, ohne sich von den Kollegen und Würdenträgern zu verabschieden, hinunter auf die Piazza. Ein paar Schritte abseits wartet sie darauf, dass Weißenfels rauskommt. Den ganzen Vormittag vermied er jeglichen Blickkontakt.

Es dauert mehr als eine Zigarettenlänge, bis der Mann mit seinem österreichischen Kollegen plaudernd aus dem Portikus vor der Präfektur tritt und sogleich abdreht, um wie andere Konferenzteilnehmer sich über den angrenzenden Opernplatz zu entfernen. Zu essen und trinken werden sie in den Räumen der Senatorin bekommen.

Nicola Bonanni ist im Gespräch mit Questore Falsariga. Als er Xenia auf dem Platz entdeckt, verabschiedet er sich eilig.

»Du führst irgendwas im Schilde. Das seh ich an deiner Körperhaltung, Xenia.« Bonanni lächelt verschlagen. »An dem Deutschen kannst du dir die Zähne ausbeißen. Vielleicht solltest du zuvor etwas zu Mittag essen?«

»Gehst du etwa nicht zum Empfang der Senatorin?«

»Nur wenn du mitkommst.«

»Ich bin vermutlich die Einzige, die keine Einladung bekommen hat. Wann geht dein Flug?«

Bei der Vorspeise aus rohen Meeresfrüchten berichtet sie von den gestrigen Ereignissen. Bonanni fragt immer wieder nach, um die Beweiskette zu prüfen.

»Mein Respekt, Xenia«, sagt er schließlich. »Das sitzt. Du warst schnell und präzise. Ich hoffe nur, niemand kann dir nachweisen, dass du die Schießerei in Grado provoziert hast. Zwei Tote wiegen schwer.«

»Schon einer ist zu viel, Nicola«, unterbricht sie ihn. »Vermutlich war es Mirkovićs eigener Mann. Das ballistische Gutachten soll am Nachmittag kommen.« Sie überprüft den Abstand zu den Nachbartischen und beugt sich zu ihm über den Tisch. »Außerdem ist es nur ein Toter.« Als die Kellnerin den Zwischengang serviert, lehnt sich Xenia wieder zurück.

»Nochmals Respekt.« Bonanni lächelt zufrieden. »Auch wenn ich nicht glaube, dass der Deutsche dem Skipper ans Leder gehen würde. Viel zu aufwendig. Und viel zu gefährlich. Bei den Seilschaften Mirkovićs sehe ich das anders. Doch die können eigentlich warten, bis der Mann geheilt zurückkommt, um ihren Chef zu rächen. Was hast du mit Weißenfels vor?«

»Ich geh zum Empfang.«

»Du holst dir eine blutige Nase, wenn du ihn dort verhaftest.«

»Bei Ladendiebstahl drück ich durchaus mal ein Auge zu. Aber gemeinschaftlicher Raubmord wiegt schwer. Dazu Fluchtgefahr und Beseitigung von Beweismitteln.«

»Was für Beweismittel?«

»Einhundertfünfzigtausend Euro.«

»Dann setz ihn fest. Du kannst ja jetzt schon einige Namen von der Liste streichen. Körber ist tot, Mirković auch. Der Skipper liegt im Krankenhaus. Und Carletto sitzt im Knast. Was machst du eigentlich mit diesem Alfieri?«

»Der läuft mir nicht davon. Ich habe Zweifel, dass er an der Landung der Flüchtlinge unbeteiligt war. Du kennst die Verflechtungen dieser Organisationen. Irgendwo sitzen die Drahtzieher und waschen Unmengen an Geld. Man sollte seine Verbindungen nach Deutschland und in die Türkei durchleuchten.«

»Für solche Ermittlungen brauchst du konkretere Hinweise. Ist die Berlinerin noch bei ihm?«

»Ich werde es erfahren, wenn ich wieder in Grado bin. Eigentlich solltest du doch zum Empfang der Senatorin, Nicola, und mir von der Stimmung dort erzählen.«

»Ich dachte, du magst keinen Tratsch. Die Frau wird sich mühelos von ihrem Bruder distanzieren, Xenia.«

»Diese feine Europäerin, die sich an Kriegen bereichert und angeblich nichts von der Hasskampagne ihres Untertans weiß.«

»Näher kommst du ihr nicht. Das Böse trifft man nie ins Herz. Schlägst du der Hydra den Kopf ab, wachsen zwei neue nach.«

»Mein Motto: Die Gliedmaßen sind es, die man treffen muss. Und die Gelenke, die Verbindungen. Da, wo es am meisten schmerzt. Die deutsche Presse walzt die Korruptionsgeschichten um den Minister aus. Dabei wird auch die Senatorin nicht ungeschoren davonkommen. Erst recht, weil sie im Ausland keine politischen Rücksichten nehmen müssen. Auch Herkules brauchte die Hilfe von Iolaos, der ihm mit Feuer beistand, bis die Hydra vernichtet war.«

»Mir soll's recht sein, Xenia. Ich hole dich ohnehin nach Rom zurück.«

»Lass mir Zeit. Ich bin noch nicht fertig hier. Und du weißt, dass es mir schnell zu eng wird, Nicola.«

»Du bist schon länger hier, als ich es dir zugetraut habe.«

Triest, Piazza San Giovanni. Büro im Piano nobile.

Xenia stellt den Scooter auf den Gehweg. Zwei Zivilbeamte von der Triestiner Questura kommen aus der Via delle Torri und begrüßen sie mit Handschlag. Sie hatte sie angefordert, nachdem Nicola Bonanni sich in den Wagen zum Flughafen gesetzt hatte. Als die drei den Palast an der Piazza San Giovanni betreten, stürmt ein Uniformierter mit dem Autoschlüssel in der Hand die Treppe hinunter, um seinen Wagen umzuparken. Eine zierliche Schönheit mit treuen Augen, tiefem Dekolleté und kurzem Röckchen fragt sie nach ihrer Einladung. Ein breitschultriger Rausschmeißer verstellt hinter ihr den Zugang zu der breiten Treppe. Die Kommissarin zückt ihren Dienstausweis.

»Tut mir leid«, sagt die junge Frau verunsichert ob der geballten Amtsgewalt in Jeans und Sneakers, die ihr gegenübersteht. »Wir haben strikte Anweisung, nur geladene Gäste einzulassen. Aber wenn Sie wollen, kann ich anrufen und nachfragen.«

»Machen Sie sich keine Mühe«, sagt Xenia und geht an ihr vorbei.

Der Kleiderschrank zögert noch, zuckt schließlich verlegen mit den Achseln und tritt zur Seite. Warum sollte er sich wegen eines Aushilfsjobs mit der Polizei anlegen? Die drei betreten das weitläufige Büro der Senatorin, wo die Honoratioren sich mit Gläsern in der Hand unterhalten. Den hochgewachsenen Deutschen entdeckt sie sofort, er ist in die Fänge der Gastgeberin geraten. Offensichtlich ist er dankbar, dass sie sich um ihn kümmert, denn außer Deutsch spricht er lediglich Beamtenenglisch. Und die Senatorin lässt sich gerne von jüngeren Männern hofieren. Xenia gibt ihren Begleitern ein Zeichen, sich zurückzuhalten, und bahnt sich den Weg durch die Gesellschaft. Falsariga schaut sie stirnrunzelnd an und verstellt ihr den Weg.

»Zannier«, keift er. »Die Polizei hat Vorbildfunktion, und Sie trauen sich in diesem Aufzug zu einem wichtigen Empfang.«

»Ich bin im Dienst, Questore. Sie werden es mir nachsehen. Eine Festnahme wegen gemeinschaftlichem Raubmord.«

»Präsentieren Sie sich morgen früh in meinem Büro. Um 8 Uhr.«

Sie lässt ihn stehen und nähert sich Weißenfels.

Die Senatorin ist ihr einen Schritt voraus und begegnet ihr kampfeslustig. »Sie sind nicht eingeladen, Signora Zannier. Verlassen Sie umgehend meine Räumlichkeiten, sonst werde ich Sie wegen Hausfriedensbruch belangen und gewaltsam entfernen lassen. Ich spaße nicht, das sollten Sie wissen.«

»Auch ich spaße nicht, Senatrice. Sie behindern mich bei der Festnahme eines Verdächtigen.« Xenia lächelt und weicht ihrem Blick nicht aus.

Die umstehenden Gäste unterbrechen ihre Unterhaltungen und schauen herüber.

»Was glauben Sie eigentlich, wer Sie sind?« Die Senatorin schaut Hilfe suchend zum Vorgesetzten der Polizistin, der instinktiv zögert.

»Ich bin Commissario Capo Xenia Ylenia Zannier«, sagt sie, als würde sie sich vorstellen, und fügt schließlich noch hinzu: »Ich bin die Schwester von Floriano Benes, vielleicht erinnern Sie sich noch an ihn. Und ich habe Ihren Bruder eingelocht, Senatrice. Und jetzt gehen Sie mir aus dem Weg.« Eine Aufzählung, an der Romana Castelli de Poltieri zu kauen hat.

Sie erreicht Weißenfels mit einem Schritt, ihre Kollegen verstellen ihm den Weg. Die Senatorin gibt Questore Falsariga aufgeregte Zeichen.

»Haben Sie es noch immer nicht begriffen, Frau Kommissarin?« Die Stimme des Deutschen ist arrogant, seine Haltung versteift sich noch mehr.

»Einhundertfünfzigtausend Euro sind eine Menge Geld.«

»Wovon sprechen Sie?«

»Von Beweismitteln. Wo ist Ihr Gepäck? Wir müssen es durchsuchen.«

»Dazu haben Sie nicht das geringste Recht.«

»Glauben Sie, Major Weißenfels? Sie stehen unter Mordverdacht an Ihrem Vorgesetzten Direktor Bernd Körber. Besser gesagt unter dem Verdacht des gemeinschaftlich mit Josip Mirković und Ivan Matić begangenen Raubmords.«

»Sie sind schon gestern beim Versuch mich festzuhalten gescheitert. Mein Flug geht um 17 Uhr.« Obwohl er sich abwendet, kommt er keinen Schritt von der Stelle. Die beiden Zivilbeamten blockieren ihn mit demonstrativ hinter dem Rücken verschränkten Händen.

Der Questore nähert sich, doch als er die Worte der Kommissarin vernimmt, greift er nicht ein.

»Ihr Ticket wird verfallen. Die Bilder der Überwachungskameras in Grado geben ein klares Bild. Als Körber in seinen Wagen stieg, injizierten Sie ihm mit einer Einwegspritze Propofol in den linken Oberschenkel. Als er losfuhr, folgten Sie ihm ohne Eile, weil Sie den Wirkungsgrad des Anästhetikums kennen. Auch Mirković und sein Mann schlugen die gleiche Richtung ein. Bevor Sie den Wagen zusammen in den Kanal beförderten, nahmen Sie das Geld an sich und steckten es in die Hosentaschen. Vielleicht hätte es wie ein Unfall ausgesehen, wenn Sie den Schlüssel von Körbers Auto nicht abgezogen hätten. Da ist wenig zu machen, Major. Die Spritze haben wir gefunden, sie befindet sich in der Kriminaltechnik. Ich bin gespannt, ob es Ihrer Regierung auch in diesem Fall gelingt, Sie rauszuhauen. Wie wir ermitteln konnten, haben Sie im Grandhotel auf der Piazza Unità genächtigt. Ihr Gepäck befindet sich noch dort, auch das wissen wir.«

»Eigentum der Bundesrepublik Deutschland.«

»Das kann jeder behaupten. Wir sind der Ansicht, Sie haben Körber umgebracht, um sich zu bereichern.«

»Es ist unser Geld. Der rechtmäßige Eigentümer ist der deutsche Staat.«

»Und wie ist es nach Italien gekommen?«

»Dienstgeheimnis. Auch Körber hätte es Ihnen nicht gesagt.«

»Sie haben es ihm zusammen mit Mirković abgenommen, bevor er ertrank. In welchem Verhältnis stehen Sie zu Mirković?«

»Dienstgeheimnis, Signora.« Ein Lächeln wie Schmieröl. Doch es verdampft schnell. Weißenfels ist sich seiner Sache nicht mehr so sicher.

»Auch darüber wissen wir inzwischen mehr. Sie sind sich im März in Berlin begegnet. Übrigens zusammen mit Senatorin Castelli de Poltieri. Sie haben die Wahl, hier in aller Öffentlichkeit in Handschellen abgeführt zu werden oder uns ohne weiteres Aufsehen zu begleiten.«

Die Körperhaltung der beiden Kollegen, die Weißenfels auf die Pelle rücken, lässt keinen Zweifel zu. Mit offenem Mund sieht die Senatorin zu, wie der Mann der Polizistin folgt. Ihre Gäste treten ohne Aufforderung einen Schritt zurück und geben eine Gasse frei. Ein Streifenwagen wartet bereits. Die beiden Kollegen nehmen Weißenfels auf der Rückbank in die Mitte.

»Wir treffen uns am Hotel«, sagt die Kommissarin, setzt den Helm auf und startet den Scooter.

Dem Concierge des eleganten alten Grandhotels an der Piazza Unità gelingt es nicht, sein Staunen zu verbergen, als der arrogante deutsche Beamte unter dem Druck der italienischen Ordnungskräfte sein Gepäck verlangt.

Es ist lediglich ein Trolley, einer der Polizisten fragt nach einem Nebenraum. Nicht auszuschließen, dass ihre Kollegen den Mann einer Leibesvisitation unterziehen müssen, sollten sie in seinem Koffer nicht fündig werden. Die Kommissarin wartet in der Halle in einem mit rotem Samt bezogenen Sessel vor einem Fenster mit Blick auf das Gebäude der Landesregierung.

Schließlich ruft einer der Beamten sie herüber. Sein Kollege zählt die Fünfhunderter auf dem Tisch, während Weißenfels mit seinem Büro telefoniert. Er durfte die Hosen anbehalten.

Grado Pineta, Via delle Pleiadi.

Ein riesiger Rosenstrauß steht in einem Blecheimer auf ihrem Schreibtisch. Eine Pfütze hat sich unter ihm gebildet, doch seit sie den Kollegen ihr Büro für die Untersuchung der Schießerei überlassen hatte, liegen ihre Akten und Unterlagen sicher im Schrank. Xenia reißt das Fenster auf, stellt die Blumen in den Papierkorb und schüttet das Wasser in den Vorgarten.

Manche lernen es nie. Weder Refolo noch die anderen Kollegen erwähnen Arnes Besuch im Kommissariat. Sie wischt den Tisch trocken, dreht sich eine Zigarette, zieht ihre Dienstwaffe, lässt die Kugel aus dem Lauf gleiten, entnimmt das Magazin und reinigt die Beretta, obwohl sie brandneu ist. Dann beginnt sie eine neue Skizze voller Namen und Verbindungslinien. Die Gleichung ist fast gelöst, nur eine Person bleibt eine unbekannte Größe.

Als sie den Range Rover in den Hof fahren hört, geht die Kommissarin hinaus. Alfieri nickt ihr zu. Anders als sonst hat er keine netten Worte für sie.

»Wie lange bleibt Ihr Gast?«, fragt sie.

»Frau Waisz ist heute abgefahren.« Es scheint ihn nicht zu berühren.

»Ich möchte Ihnen ein paar Fragen stellen.«

»Haben das nicht schon Ihre Kollegen getan?«

»Nicht alle, Alfieri.«

»Und worum geht es?«

»Ich rede leidenschaftlich gern über Schifffahrt.«

»Es war ein langer Tag heute.«

»Ich erwarte Sie morgen früh. Ein Meinungsaustausch erst

einmal. Sollten Sie nicht kommen, nehme ich Ihre Einladung an und komme nach Sant'Andrea. Aber offiziell.«

Als sie die Telefonnotizen durchgeht, fällt ihr Blick auf einen separaten Zettel. Der Diensthabende hielt sogar die Uhrzeit der drei Anrufe des Questore fest. Irgendetwas muss passiert sein. In der Vergangenheit hat sie das Fehlen der Zeitangaben immer vergeblich kritisiert. Sie zerknüllt den Zettel und wirft ihn in den Papierkorb. Dass der Chef sie nicht auf ihrem Mobiltelefon anrief, bedeutet etwas.

Zufälle existieren nicht in Xenias Leben. Zufall ist der Mangel an Überlegung und Studium der Sachverhalte, verursacht durch Faulheit oder Oberflächlichkeit. In ihrer Hosentasche spürt sie einen kleinen Gegenstand. Sie kramt Arnes Ring hervor. Der andere liegt vermutlich auf dem Grund des Kanals. Sie wird einen befreundeten Taucher bitten, dort nach ihm zu suchen, wo sie das Boot festgemacht hat. Groß ist die Fläche nicht, er wird ihn sicherlich irgendwo im Schlamm finden können.

Außer eine der Möwen hat sich in das Schmuckstück mit ihrem eingravierten Namen verliebt und fliegt seither beringt über die Lagune. Möwe Xenia.

Sie dreht den Ring im Licht und steckt ihn lächelnd an den Finger.

Arne sitzt vor dem Fernseher, als sie nach Hause kommt, die Regionalnachrichten beginnen jeden Moment.

»Wie war dein Tag?« Xenia beugt sich zu ihm hinunter und gibt ihm einen Kuss.

»Ich bin erst aufgewacht, als du schon weg warst. Hab verschlafen, die Gruppe war ganz schön sauer, dass ich eine halbe Stunde zu spät gekommen bin, um sie durch Aquileia zu führen. Kein Cent Trinkgeld. Am Nachmittag hab ich mich um den Garten gekümmert.«

Sie zieht ihre Waffe, sichert sie und legt sie auf den Tisch. Als Arne den Ring an ihrer Hand erblickt, zieht er sie aufs Sofa und küsst sie, doch Xenia schüttelt ihn ab, als die Nachrichten beginnen.

»Gib mir bitte ein Glas Wein. Und einen Aschenbecher.« Arne bringt die entkorkte Flasche und setzt sich neben sie vor den Fernseher.

»Großer Empfang in der Präfektur von Triest.«

Die Kamera schwenkt über die Piazza Unità und zeigt die ankommenden Limousinen und ihre Insassen, die kurz darauf in dem Gebäude verschwinden.

»Die erste Sicherheitskonferenz zur Zeremonie der fünf Regierungschefs Italiens, Deutschlands, Österreichs, Sloweniens und Kroatiens anlässlich des Gedenkens an den deutschen Giftgaseinsatz während der Isonzoschlachten.«

Die Einstellung zeigt die Präfektur von Triest und über die große, zum Meer hin geöffnete Piazza.

»Vier Stunden dauerte die Konferenz der in- und ausländischen Repräsentanten der Sicherheitskräfte. Details des Plans werden erst kurz vor dem Ereignis bekannt gegeben, wie immer wird schon am Vortag des Staatsakts mit schweren Verkehrsbehinderungen zu rechnen sein.«

»Das bist doch du«, ruft Arne laut, als er Xenia im Bild entdeckt, die mit Nicola Bonanni davongeht. »Und das ist der, der bei uns im Hotel übernachtet hat.«

»Still, Arne.«

»Im Anschluss auch ein großer Empfang in den Räumlichkeiten von Senatorin Romana Castelli de Poltieri, bei dem viele Teilnehmer der Konferenz ihre Aufwartung machen. Die Senatorin negierte jegliche Kenntnis der Hintergründe, die zur Festnahme ihres Bruders geführt hatten. Sie betonte die Verstärkung der europäischen Einheit. Anlässlich der kommenden Zeremonie am Sacrario von Redipuglia wird Senatorin

Castelli de Poltieri die deutsche Kanzlerin zu einer Unterredung treffen.«

»Diese Schlange«, schimpft Arne. »Ist sie dir also wieder entwischt?«

»Da wäre ich mir an deiner Stelle nicht so sicher. Alles hat seine Zeit. Übrigens danke für die Rosen im Büro. Aber ich sag's zum letzten Mal: Lass das sein. Privates hat im Berufsleben keinen Platz. Versprich es mir.«

»Aber ich habe dir keine Rosen geschickt.«

Xenia runzelt die Stirn.

»Dafür sehe ich, dass du den Ring trägst. Gilt es also doch?«

»Wir werden sehen, Arne.«

»Und wo ist meiner?«

»Vermutlich auf dem Grund des Kanals. Wir werden ihn finden. Ich schicke einen Taucher mit einem Magnet hinunter.«

»Gold ist doch nicht magnetisch, Xenia.«

»Wieder ist ein Flüchtlingsschiff in der nördlichen Adria gelandet. Eintausendunddreiundachtzig Syrer gingen im slowenischen Izola an Land«, melden die Nachrichten noch.

Eine Woche später

Berlin, Chausseestraße. Bundesnachrichtendienst.

Der Frühsommerhimmel über Berlin zeigt sich generös, und die Sonne, die durchs Bürofenster auf seinen Schreibtisch fällt, lässt das Haar des neuen Direktors der Abteilung Einsatzgebiete/Auslandsbeziehungen Südosteuropa golden leuchten, während er die Pressemeldung des Bundeskanzleramts liest, die ihm seine Sekretärin hereinbrachte. Ein zufriedenes Lächeln umspielt seine Mundwinkel, am Ende hat Major Weißenfels sich durchgesetzt.

Presse- und Informationsamt der Bundesregierung
Pressemitteilung 669
STÄRKUNG DES FRIEDENS IN EUROPA:
GEMEINSAMER STAATSAKT ZUR ÄCHTUNG
CHEMISCHER KAMPFSTOFFE
Der Sprecher der Bundesregierung, Josef Walmdach, teilt mit: Auf Beschluss der Bundesregierung wird die Bundeskanzlerin aus Sicherheitsgründen über eine Videoschaltung beim Staatsakt der Regierungschefs Italiens, Österreichs, Slowenien und Kroatiens teilnehmen und nachdrücklich die gemeinsame Erklärung zur Stärkung des Friedens innerhalb der Europäischen Union und die weltweite Ächtung chemischer Kampfstoffe unterstützen.

Die Zeremonie am Sacrario di Redipuglia, dem Ort der letzten Ruhe von hunderttausend im Ersten Weltkrieg gefallenen italienischen Soldaten, gilt auch als ein Akt der Versöhnung und der weiteren Verstärkung der nachbarschaftlichen Zusammenarbeit der beteiligten Staaten. 1916 war es an der Isonzofront zum Einsatz chemischer Kampfstoffe gekommen.

Alles Schall und Rauch. Grinsend lässt Weißenfels das Blatt in seinen Papierkorb segeln. Nachdem sein Dienstherr ihn am zweiten Tag endlich aus der Polizeiverwahrung ausgelöst hatte, berichtete er mehrere Stunden über die antideutsche Stimmungsmache im Nordosten Italiens. Seine drastischen Schilderungen über Anschläge auf Touristenautos, volksverhetzende Plakate und Sicherheitsbehörden, die jegliche Kontrolle über das Gebiet verloren hätten, waren schamlos übertrieben. Auch den gescheiterten Anschlag auf die Transalpin-Pipeline hatte er dramatischer ausgemalt, als er war, und dabei an den Anschlag der Palästinenser vor vierzig Jahren erinnert, der die Energieversorgung der Bundesrepublik Deutschland massiv gefährdet hatte.

Sein Fazit lautete, dass die Erkenntnisse des BND derzeit wenig Vertrauen in die italienischen Behörden hinsichtlich der Sicherheit der Kanzlerin zuließen. Es sei diesen nicht einmal gelungen, den Tod eines verdienten Kollegen des BND im Badeort Grado aufzuklären. Auch von Einzelterminen der Kanzlerin mit italienischen Politikern hatte der Spezialist vom deutschen Auslandsgeheimdienst deshalb dringend abgeraten.

Gleich nach der Konferenz sagte er Senatorin Castelli de Poltieri schriftlich ab. Ihr Ziel, Nachfolgerin des OSZE-Generalsekretärs zu werden, konnte die Frau ohne den Rückhalt Deutschlands vergessen.

Der Major greift sich eine weitere Meldung aus dem Bundespresseamt, die von der stellvertretenden Regierungssprecherin verfasst war und eine kleine Kabinettsumbildung ankündigte, nachdem der bisherige Kanzleramtsminister Hartlieb von Menzig sich bedauerlichweise dazu entschlossen habe, eine Position in der freien Wirtschaft anzunehmen. Die Kanzlerin danke ihm für seine Dienste.

Weißenfels wirft auch dieses Blatt in den Papierkorb und bittet seine Sekretärin darum, die Leitung zu seinem alten Schulfreund herzustellen. Er weiß, dass der Mann in den Aufsichtsrat eines russischen Energieversorgungskonzerns berufen wird. Weißenfels' sofortige Ernennung zum Abteilungsdirektor der Abteilung E/A Südosteuropa hatte von Menzig nach dessen Rückkehr aus Triest noch als letzte Amtshandlung durchgesetzt.

Grado Pineta, Via delle Pleiadi.

Nach weiteren Befragungen durch die ermittelnden Kollegen, dem Abfassen und der Korrektur unzähliger Protokolle, die der Staatsanwalt wegen der Schießerei von Kommissarin Xenia Ylenia Zannier und ihren Leuten angefordert hatte, war wieder die alte Langeweile in den Badeort eingekehrt. Nach ein paar Tagen hatten auch die Stammgäste in den Bars das Thema lange genug durchgekaut. Es tauchten auch keine Plakate der Patria Nostra mehr auf.

Senatorin Romana Castelli de Poltieri bedauerte in einem Interview mit dem Lokalfernsehen, dass sie wegen unerwarteten Gesundheitsproblemen leider nicht mit der Kanzlerin zusammentreffen und auch sonst vorerst keine öffentlichen Termine wahrnehmen könne.

Für Xenia war dies lediglich eine Vorsichtsmaßnahme in Bezug auf die Anklage wegen Vorteilnahme im Amt, Strafvereitelung, Verdacht auf Bildung einer kriminellen Vereinigung und der Anstiftung zu rechtsextremistischen Gewaltakten. Schwere Vorwürfe, die absehen ließen, dass die Kollegen und Kolleginnen im Senat sie dieses Mal nicht retten würden. Mühelos wird die Frau dafür die nötigen ärztlichen Atteste vorlegen, die ihre Verhandlungsunfähigkeit belegen.

»Man muss nicht immer gleich alle umbringen«, hatte Xenia im Schießstand gesagt. »Wenn eine Waffe auf dich gerichtet ist, schieß sie ihm aus der Hand und triff, wo's wehtut und nie wieder ausheilen kann. Lass sie leben und für immer büßen. Die Lizenz zum Töten hat nur James Bond.«

Die laue Nachtluft, die durch die sperrangelweit geöffneten Fenster ihres hell erleuchteten Arbeitszimmers strömt, riecht nach frisch geschnittenem Rasen. Kein Laut dringt herein, die Nachbarn sind längst schlafen gegangen. Um die nackte Glühbirne kreisen Mücken. Xenia nimmt das Foto der Senatorin von der Wand, löscht das Licht und geht in den Garten hinaus. Sie dreht sich eine Zigarette, nimmt einen Schluck Weißwein und hält das Feuerzeug an eine Ecke der Fotografie. Die Flamme wird rasch größer. Sie lässt die Reste in den Aschenbecher fallen, wo sie verglüht.

»Endlich«, sagt Arne und umarmt seine Freundin. »Und jetzt?«